法国
文学名著便览

A Guide to the Masterpieces in French Literature

主编　钱培鑫

编者　（按姓氏笔画排序）

丁云霞　　王吉英　　任倬群

刘　嘉　　刘芳菲　　孙光召

毕　晴　　杨　振　　陈　晴

李明夏　　周　莹　　胡　玥

徐文卿　　黄晓吉　　谢津津

上海外语教育出版社
外教社 SHANGHAI FOREIGN LANGUAGE EDUCATION PRESS

图书在版编目(CIP)数据

法国文学名著便览 / 钱培鑫主编. —上海:上海外语
教育出版社,2015
(外教社文学名著便览系列)
ISBN 978-7-5446-3818-0

Ⅰ.①法… Ⅱ.①钱… Ⅲ.①文学欣赏-法国
Ⅳ.①I565.06

中国版本图书馆 CIP 数据核字(2014)第 227665 号

出版发行: 上海外语教育出版社
(上海外国语大学内) 邮编:200083
电 话: 021-65425300 (总机)
电子邮箱: bookinfo@sflep.com.cn
网 址: http://www.sflep.com.cn http://www.sflep.com

责任编辑: 曹 艺

印 刷: 昆山市亭林彩印厂有限公司
开 本: 787×960 1/32 印张 17 字数 445千字
版 次: 2015年 6月第 1版 2015年 6月第 1次印刷
印 数: 2 100 册

书 号: ISBN 978-7-5446-3818-0 / I · 0278
定 价: 35.00 元

本版图书如有印装质量问题,可向本社调换

前　言

民族个性的形成是各种因素共同作用的结果。个性鲜明的法兰西民族也是如此。法国文学源远流长,不仅给世人留下文学瑰宝,而且潜移默化,深刻地影响着法兰西民族的性格,有助于我们了解法国人民。

浪漫的法国

"浪漫的法国","浪漫的法国人",无论在私下还是在正式场合,我们中国人经常这样称赞法国和法国人。我们出于真心,法国人当然知道,但有时候也会感到纳闷。在法国,"浪漫"这个词主要指浪漫主义文学及其风格。按照法国人的理解,"浪漫者"是19世纪初那些怀才不遇、无病呻吟的年轻人,或者那些强烈的情感得不到满足,陷入痛苦、绝望的男女们。他们立刻想到夏多布里昂(1768~1848)笔下"莫名惆怅"的勒内,想到拉马丁(1790~1869)在《湖》畔缅怀昔日的爱情,哀叹时光飞逝。因此难免不太认同"浪漫"这个字眼。

其实,我们中国人所理解的浪漫,法国人是用 galanterie (殷勤)这个词来表达的,如果换成"殷勤"这个字,法国人就会欣然接受。因为它代表着法国的传统,表现在日常生活的方方面面。八十年代我们在法国曾经目睹看到这样一幕:一位妙龄女子走在香榭丽舍大街上,伸出食指和中指,作出夹香烟的手势,一位素不相识的男士便立刻递上香烟,"啪"地打开打火机为她点火。女子略一点头,飘然而去,男子也继续走自己的路。这个印象久久留在我们的脑海中,那就是法兰西民族浪漫——殷勤的生动体现。

这种"浪漫"的传统,在法国文学的初期就已经出现。如果说以《罗兰之歌》(11 世纪)为代表的英雄史诗着重武功、忽视爱情,骑士罗兰至死没有想念未婚妻,反而是未婚妻得知罗兰死讯后顿时气绝身亡的话,那么两百年之后问世的骑士文学,则彻底扭转了这种倾向。典雅爱情成为骑士文学的重要题材,开创了法国文学的"浪漫"风气。骑士文学代表作家德·特罗亚(约 1135~1183)留下了五部韵文体传奇,除了歌颂勇敢、坦荡、忠诚、献身精神和荣誉至上之外,每个故事都围绕女性展开,《朗斯罗或囚车骑士》是其代表作。故事讲述骑士朗斯罗为了救亚瑟王后,不惜坐上关押犯人的囚车,受到众人侮辱,赴汤蹈火,出生入死,拼死救出王后。尽管他历经艰险,英勇杀敌,从魔窟中救出王后,不料王后依然拒绝接见朗斯罗,因为在跳上囚车之前,朗斯罗曾经有过片刻的犹豫。在王后看来,那是不可原谅的错误,说明朗斯罗还有杂念,不配获得爱的回报。骑士文学宣扬女性至上,必须摒弃任何私心杂念,忘我的投入才能赢得贵妇人的爱情。"夫人的意志就是上帝的旨意",必须言听计从。典雅爱情提升了女性形象,更重要的是它成为一种文明的驱动力,促使骑士们不断自我超越,自我完善,这对于民风仍然相当蛮野、粗犷的中世纪来说,起着积极的文明作用。

13 世纪出现的《玫瑰传奇》被视为"典雅爱情"的宝典,它以八百多行诗句的篇幅,从个人卫生、衣着打扮、言行举止、待人接物等侧面,全面传授如何使自己变得"可爱"的法则,以便适应人际往来、社交生活,博得女性的欢心。

骑士文学的浪漫传统在 17 世纪进一步得到传承。贵妇人们广开沙龙,巴黎出现了令外省贵族和市民阶层羡慕的上流社会,社会名流、文人学士趋之若鹜。人们在沙龙里众星捧月般地围着贵妇人彻夜长谈,除了缅怀贵族的昔日辉煌,还填词赋诗、议论文学,尤其喜欢探讨爱情,比如漂亮与爱情的关系、婚姻与爱情的矛盾(当时上流社会的婚姻多讲门当户对,而不是两情相悦)、情人暂时分别之利弊等。沙龙文学、田园小说,心理小说,应运而生,女权意识空前觉醒、女性地位显著提升,这一切都对社会风尚产生过直接的影响。所以说,法国人对女性的尊重、温文尔雅的谈吐、得体的举止等等"浪漫"的痕迹,都可以从法国文学中找到渊源。

幽默的法国

法国是一个充满幽默和喜剧气氛的国度,幽默风趣也是法国民族特点之一。滑稽戏、单口喜剧在法国备受青睐,RTL电台的 Les Grosses Têtes(自命不凡者),每天下午 4 点到 6 点直播,如今已进入第 38 年,经久不衰。每次都会邀请一位嘉宾,他们来自社会各界,有政界人士、学者院士,也可以是演员、作家、运动员等。该节目以诙谐的口吻谈天说地,插科打诨,笑声此起彼伏。互联网风行之后,它的听众遍布全球,不少侨居海外的法国人以此聊慰乡愁。

法国幽默的文学渊源可以上溯到中世纪充满喜剧精神的市民文学,主要表现为韵文故事和《列那狐传奇》。韵文故事又称"笑话",大致涉及三种类型的人物——妇女、教士和农民。这些故事讽刺神甫的贪婪、迂腐,嘲笑农夫的老实和愚蠢。妇女则常常红杏出墙:她们或勾引邻居、或与神父偷情,这种事情不符合道德,有悖教理,理应受到谴责。但是经过韵文故事的幽默化处理,人们不觉得她们可耻可恨,反而喜欢有加。比如故事《隔壁的神甫》中,丈夫见妻子三天两头找隔壁的神甫忏悔,怀疑妻子与神父有染,于是伪装神父听妻子忏悔。妻子不知有诈,结果被丈夫抓住把柄。丈夫正要发火,不料妻子却说,"我早就知道是你了,那些话,全是为了让你嫉妒,让你更加爱我而说的"。故事虽然揭露了妻子的不忠,但是目的在于塑造妻子急中生智、化险为夷的形象。由此可见法国幽默以机敏、智慧为前提,不顾及道德判断,具有鲜明的特点。幽默者往往是强者,智慧高人一等,因此格外受人喜欢。

《列那狐传奇》传达了同样的信息。在这部动物史诗中，各种动物为了生存而竞争，体现出弱肉强食的丛林法则。但是我们从中可以看到这样一条规律，那就是弱小的动物往往能够战胜比自己庞大的动物。列那狐能够挫败伊桑格尔狼，但是遇到比它弱小的动物——公鸡、鸟雀——则屡屡失败，因为弱小动物以它们的诙谐、机智，逢凶化吉，战胜强者。

法国文艺复兴时期的巨匠拉伯雷（1494～1554）认为"笑是人的本性"，他的《巨人传》充满笑料，展现一片自由的空间、放松的心态，幽默成为社会交流的工具和思想斗争的武器。

谈到幽默大师，非 18 世纪启蒙作家伏尔泰（1694～1778）莫属，因为讽刺幽默、嬉笑怒骂在他那儿皆成文章。卢梭 1755 年发表《论人类不平等起源和基础》，提出"人本性善良，社会使其堕落"，追怀人类早期的黄金时代，反对文明，反对社交。伏尔泰在给卢梭的回信中称之为"令人产生在地上爬行的冲动"的大作，幽默而鲜明地表明了自己主张社会进步的立场。伏尔泰还写过一首诗形容某人凶狠恶毒，大意是有一天那人在山里被蛇咬了一口，结果竟然是"蛇被毒死了"。

这种文学底蕴、审美传统和思维特点，使得法国人民在日常生活中处处流露出幽默、诙谐、从容和自信。无怪乎 73 年石油危机之际，面对严峻的形势，他们会说出"我们没有石油，但是有点子"这样幽默而自信的话来。

我们很多学生法语基础很好，听说读写译都不成问题，但与法国人沟通却不那么畅通，原因之一就在于我们还不太了解法国人的幽默，只知其字面意义，却吃不准对方的真实用意。只有深入了解法国的文学传统、广泛接触法国文化和生活，才能逐步体会法国的幽默，获得一种心领神会的乐趣。

宽容的民族

宽容在许多国家是一个时髦的字眼，但在法国则是一种社会现实,体现在法国人生活的方方面面。在法国,人们遇事大多不会先下定论,不会先作道德判断、分清"是非",而是了解原委、分析问题、设身处地,与人为善。

这种宽容基于对于自由平等的认识,1789年《人权宣言》认为"人们生来是而且始终是自由平等的"。所谓自由,在法国人看来,就是有选择的可能,没有选择就谈不上自由。尊重他人的选择,就是尊重他人的自由,宽容则是这种尊重的直接表现。伏尔泰的名言"我不同意你说的话,但我会至死捍卫你说话的权利"堪称宽容精神的最佳写照。

尽管近年来法国右翼势力有所抬头,排斥、反对外国移民,把脏水泼在他们头上。但是平心而论,相对世界其他民族而言,法国人民在对待外来移民方面还是一个非常宽容的民族。他们富有同情心、充满人道精神。比如你对一个法国孩子说,你们班里某某同学是黑人,他会感到十分惊讶,因为他平时看到的是实实在在、个体的人,而不是某人的种族特征,甚至不记得那个同学是黑人了,种族的差别已经十分淡化,"海纳百川"在法国已是名至实归。

融化在法国人血液中的这种宽容精神,早在中世纪的强盗诗人维庸(约1431~1463)的作品中就有所体现了。这位中世纪唯一上过大学的法国诗人,假想自己作恶累累被判处绞刑,写了著名的《绞刑犯之歌》,向人们呼吁:"我的兄弟,别对我们冷酷心肠……但求你们祈求上帝把我们全都宽赦。"

启蒙作家伏尔泰认为只要不妨碍他人,每个人都有随心所欲地生活的权力。他写过一部《论宽容》,其中包含令人动容的《祷告上帝》:"你赋予我们心脏,不是让我们互相仇恨,赋予我们双手,不是让我们互相扼杀;但愿你让我们互相帮助来承担艰难而短暂的生命之重担,但愿存在于遮掩我们羸弱躯体的衣服、我们各种贫乏的语言、种种可笑的习俗、所有不完备的法律、各种荒诞的主张之间的那些细小差异……但愿所有这些把微如原子的人区别开来的细微差别,不要成为仇恨和迫害的信号。……但愿人人都能记住,他们彼此是兄弟！"。尽管伏尔泰本人并非是宽以待人的典范，但是他赞赏英国的宗教和解、君主立宪制，呼吁宗教宽容，反对政治迫害，在18世纪的法国开创了"自由、平等、博爱"理念的先河，他的名字从此与宽容紧密相连。

雨果（1802~1885）在《悲惨世界》中塑造的冉·阿让是家喻户晓的文学人物。在雨果的笔下，冉·阿让受到主教宽宏大量的感召，从一个仇恨社会不公正的苦役犯，变成了人类善良和爱心的化身，揭示出人间宽容的伟大力量。法国著名歌手乔治·布拉桑斯（1921~1981）在70年代写过一首以红杏出墙女子为主题的歌曲，他唱道"别拿石块砸她……因为我在后面"，宽容之情溢于言表。虽然婚外恋悖于普遍道德，在法国也是如此，但是允许不同思想、感情、习惯的存在却是法国人的共识，这首歌因此成为几代人传唱的经典老歌。

法兰西的宽容精神更集中体现在法国人的定义之上：一个人只要认同法兰西共和国的理念，融入法国文化，说法语，他就是法国人了。正是有了这种悠久的宽容传统，在法国，人的个性得到尊重，生活方式多彩多姿，精神活动和智力创作有了广阔的空间。法国以其包容异己的气度海纳百川，成为世界上最具吸引力的、最开放与和谐的国家之一。

崇尚含蓄、中庸的民族

初到法国，我们的第一印象就是法国人在公开场合讲究谦让、收敛个性、说话轻声轻气，处处方便他人，很少看到大声喧哗、争吵的情况。在法国，谦让、含蓄是最基本的处世之道。

这种民族修养也与长期的文学影响有着密切关联。究其源头，我们可以上溯到文艺复兴晚期的大作家蒙田（1533~1592）。在蒙田之前，法国文坛出现了拉伯雷和七星诗社，个性张扬、处事高调。前者抨击宗教愚昧，塑造巨人形象，赞美人的力量、主张纵情享受；后者以古人为楷模，追求永恒的荣誉，期盼成为照耀法国文坛的北斗七星。蒙田博览群书，知识渊博，但是他格外谨慎，认为自己一无所知，始终把"我知道什么？"奉为座右铭，而且谦虚到了用"尝试集"为自己思考人生的巨著冠名的地步。

蒙田为人低调，把自己作为研究对象，以此考察人类状况，从而帮助人们认识自我。他用怀疑的目光省视人生，揭露人的弱点，无论从体力、美貌、聪明程度来说，与动物相比，人往往不占上风，没有什么优势可言。不然女性就不会借助动物的皮毛打扮自己，我们自以为在戏弄猫，但谁能保证不是猫在戏弄我们呢？人的理性也不可靠，外来因素会左右我们的判断……因此我们必须谨慎、谦虚、宽容。这么看来只有"自我"可以被我们把握，可是"自我"也在不断变化，我们只能把握自我的某个时刻、某个片断，所以应当随遇而安，顺乎人的天性生活。对人而言，自然就是天性，它是人类的天然向导，凡是自然朴素的乐趣，对人都是有益的：健康的体魄、肉体的欢愉、精神的享受……但是，顺应自然并不意味着放任自流、放纵情感。生活的智慧表现在善于节制："过度是扼杀享乐的瘟疫，节制才能增添享乐的滋味"。而且节制不是自私的，它会给别人带去好处，是每个人应尽的义务。人有幸福生活的权利，更有人的尊严，我们应当努力保持自己的尊严。

蒙田反对极端，主张中庸，拒绝崇高，安于平凡，因此被尊为文艺复兴时代的智者。五十年之后，《尝试集》广为流传，成为乡绅们的床头书。他们经常随手翻阅，思考生活哲理，作为行为准则。

蒙田的创作正值巴洛克文学向古典主义过渡时期，《尝试集》具备了古典主义文学的许多特征，比如推崇理性、模仿古人、重视心理道德分析、讲求个性与共性的结合。因此，蒙田克己节制、秉持中庸之道的理念在 17 世纪自然得到传承。帕斯卡尔（1623～1662）在《思想录》这部与《尝试集》有异曲同工之妙的著作中写道："自我是可恨的"，这句话成为 17 世纪"正人君子"们的行为准则。君子们应具备在公开或社交场合取悦他人的素质,即彬彬有礼、善于言谈、风趣诙谐、见多识广……但是千万不能自吹自擂,因为"自我是可恨的"。为人谦虚、处事低调、不求闻达成为优良品质。

当然,这种风气在 17 世纪的形成,与恢复强势的天主教强调人性堕落有关,也反映出贵族势力衰退、寄人篱下的窘境,同时也出于巩固封建王权、建立君王绝对权威的需要。它与古典主义的文学主张也不谋而合,比方说古典主义时期的作家,从来不用第一人称写作,不在作品中直接露面。时至今日,法国人写完信之后,经常会检查一下,看看"我"字是否用得太多,以免太关注自我,给人失礼之感。久而久之,含蓄中庸、为人低调成为法国人处世之道的重要组成部分。

崇尚理性的民族

崇尚理性,也许不为法兰西民族所特有。就办事严谨、循规蹈矩而言,许多民族不在法国之下。但是理性对于法兰西民族的生活、思想、历史、文化的影响之深,在法国人民心中的地位之高,确实是举世无双的。大到启蒙运动、法国大革命,小到吃饭时刀叉的搭配、酒杯的选择,处处可以看到理性的身影。法国人家里的工具间,永远井井有条,锉刀、榔头、锯子、钻头放得整整齐齐,给人一种理性的美感,就连如何开启盒装牛奶,也会给你列举几种方法,作一番利弊分析。法式园林中笔直的林荫道、修剪齐整的大树,犹如接受检阅的仪仗队,堪称法兰西理性最直接的体现。

说到法国崇尚理性之风,不能不提笛卡尔(1596~1650)。笛卡尔生活在 17 世纪上半叶,在文艺复兴与古典主义之间承上启下。众所周知,文艺复兴时代的人文学者们渴望知识,兴趣广泛,结果导致当时作品包罗万象,囊括人文、科学、历史、宗教等各种知识,成为百科全书式的大杂烩,往往文理不分、逻辑松散,带有浓厚的中世纪痕迹,拉伯雷的《巨人传》就是一个典型。

这种倾向在笛卡尔那儿发生了彻底扭转。笛卡尔认为掌握知识的目的在于认识真理，而古代史料并不能满足我们认识真理的需要，因此要用一种新的方法——即理性思维的方法——来构筑我们的知识。在笛卡尔看来，什么都不可靠，只有我在思考、我的思想在质疑这一点是确定无疑的，所以在《方法谈》（1637）中提出了"我思故我在"这一著名论断。他认为人的力量在于理性，从怀疑入手，正确运用思维规则，我们就能够认识并驾驭世界，把握人生所需要的全部真理。虽然"我思故我在"曾经被视为唯心论而遭到猛烈攻击，而且笛卡尔方法论的初衷是希望用理性分析证明上帝的存在，但是笛卡尔提出的方法论四原则无懈可击，是"放之四海而皆准"的。

"第一条：在尚不清楚某件事为真之前，就绝对不要接受它。换言之，即谨慎地避免鲁莽和偏见，并除了那呈现在我的理性之中既极清晰明了，而又毫无怀疑余地的事物之外，不作任何其他的判断。第二条：要把每一项在审察中的困难，尽问题所许可地划分成若干部分，好达到充分的解决。第三条：要按次序引导我的思想，由最简单和最容易明了的事物着手，渐渐地和逐步地达到最复杂之事的知识，甚至在那些本质上原无先后次序的事物，也为之假定排列层次。第四条：在每一种研究上，枚举事实要那么周全，而且审查要那么普遍，但可确实地知道没有任何遗漏"。

《方法谈》不仅提出了明确概念、分解和分析问题、推理综合、检验四大准则，而且作为第一部用法语写成的哲学著作，对后世产生了深刻影响。他为 17 世纪理性至上、规制严谨的古典主义奠定了基础。到了 18 世纪，启蒙思想家用理性眼光审视法国的社会格局、政治体制，从而导致 1789 年大革命爆发，以理性的名义推翻了封建制度。这种理性精神，法国人从小就耳濡目染，习以为常，故众多科学家、思想家在法国涌现，绝非偶然，以至于法国人都称自己是"笛卡尔信徒"。

《思想录》的作者布莱斯·帕斯卡尔（1623～1662）是法

国科学史、哲学史、文学史上另一位天才的、理性主义的杰出代表。他把思维视为人类的力量所在。与无垠的宇宙相比，人类是微不足道的，如同一根细细的芦苇，随时会被扼杀摧毁。但这是一根"会思想的芦苇"，即使被宇宙所压倒，依然比大自然更伟大，因为人知道自己会死去，而大自然并不知道自己的力量。人类虽然是宇宙中的沧海一粟，会被宇宙所吞没，但是通过思想，人类能够囊括宇宙，"思想造就了人的伟大"。那是何等的气势，对人类理性的何等礼赞！

在文学领域，理性原则曾在古典主义中得到了充分体现。19 世纪，斯丹达尔（1783～1842）在创作《红与黑》之前，曾经写了《论爱情》（1822），详细分析爱情萌生的七个阶段（欣赏、欲望、希望、萌生爱意、初次结晶、怀疑、再次结晶）。斯丹达尔早在弗洛伊德之前就发现了理想化在精神生活中的重要作用，堪称爱情心理学的鼻祖，理性原则的影响之大可见一斑，尽管这本书在作家生前只卖了 22 本。

享受人生的民族

法国人会享受，这是举世公认的。自然、人生、美酒、爱情，法国人处处走在世界各国前列，无怪乎奢侈品牌大多出生在法国。到了星期天，中午时分街上才会有动静，因为很多法国人睡到这时方才起床；晚饭之后，三五知己还会请出美酒，谈笑风生，不到半醉不罢休。

哀叹人生短暂、宣扬及时行乐是法国文学重复出现的主题。16 世纪，七星诗社的诗人王子龙萨（1524～1585）就提醒美丽的埃莱娜"请从今天起采摘生命中的朵朵玫瑰"："美人，咱们去看那玫瑰，她今晨刚刚开放，趁您风华正茂，趁您美妙年华，采摘啊，采摘您青春的花朵：因为时光会将您的美貌包裹，一如他黯淡了这凋谢的玫瑰。"

18 世纪初，摆脱太阳王路易十四统治之后的法国渴望幸福，贵妇人纷纷敞开豪宅大门，各界名流、文人骚客趋之若鹜，在摇曳的烛光下谈论文学、兼顾爱情游戏。连愤世嫉俗的卢梭也不甘落后，将湖光山色引入法国文学，启发人们如何享受自然，享受自我的存在……追求幸福，成为整个18世纪文学的重要题目。此风一直刮到美食领域，"动物吃食，人吃饭，唯独有格调的人才知道去品味"，布里亚·萨瓦然（1755~1826）的名著《口味生理学》，从人的五种感觉入手，畅谈美食艺术，成为法国美食的"圣经"。

当然，法兰西民族早就意识到必须创造幸福，才能获得幸福，拉伯雷、蒙田、伏尔泰在他们的作品中多次提到这一点。因此法国人很会享受，也很会工作，因为他们深知自己"无权对社会无用"（伏尔泰语）。

综上所述，我们不难看出文学与民族个性的不解之缘和相互作用。法兰西的悠久历史、灿烂文明促成了丰富多彩的法国文学；反过来，法国文学也给法兰西的民族个性打下了鲜明的烙印。"有什么样的文学就有什么样的民族"，这么说可能不太妥当，但是"文学是人学"这句老话看来还没有过时。法国文学可以成为我们了解法国民族性格的重要途径之一，这种了解在中法建交50周年之际变得尤为必要。

本书介绍了法国文学史上100余位作家及其最具代表性的200余部作品，从中世纪的《罗兰之歌》开始，以2003年菲利普·克洛岱尔的《灰色的灵魂》结尾，重点放在19和20世纪文学。读者一卷在手，便能对法国文学有所了解，若能引起阅读原著、了解法国人文的兴趣，那就更令人欣慰了。

感谢上海外语教育出版社的精心策划，曹艺先生的认真编辑、严格审定。本书参编人员均为法国语言文学专业硕士，本书是他们倾情奉献的成果。

编　者
2014年7月于上海

前言

目 录

17 世纪文学

18 世纪文学

19 世纪文学

目
录

目
录

20 世纪文学

目

录

中世纪文学

《罗兰之歌》

　　《罗兰之歌》是中世纪最著名的英雄史诗,当时流传着许多手抄本,内容基本相同,经专家们鉴定,以后来英国牛津大学收藏的手抄本最为完善。全诗长达 4002 行,分 291 节,每行 10 个音缀,不押脚韵,系用罗曼语(古法语)写成,编写者为图洛尔。

　　《罗兰之歌》述说的是法兰克国王查理大帝征讨西班牙时的武功勋业和他麾下忠勇骑士们的英雄事迹。这一情节有历史事实作依据,不过经过民间诗人的辗转传唱和编写者的加工,武功歌中的历史人物与事件被艺术化、典型化了,与史实不尽相同。全诗大致可分为三个部分:第一部分写加奈隆叛国投敌,第二部分写罗兰率领的二万骑兵全军覆没的经过,第三部分写审判加奈隆。

　　《罗兰之歌》之所以在众多的武功歌之中独领风骚,为广大民众热忱歌唱,主要在于它是一部歌颂爱国主义与英雄主义的诗篇,反映了法兰西人的憧憬与追求。史诗里的查理大帝是一位理想化的君主形象。他既能捍卫法兰西,又能制服封建领主的叛乱,既英明能干,又身先士卒,正是当时人民大众所期待的好国王。罗兰则是理想的封建骑士的典型,是抵御外族、忠君爱国思想的体现者。他跟随查理大帝出兵打仗,出生入死,身经百战,充分体现出中世纪英雄忠君爱国、勇敢刚毅的性格特点。在征讨西班牙的战斗中,他竭力维护查理大帝和法兰西民族利益,把忠于查理大帝、保卫法兰西当做自己的天职,勇猛顽强,视死如归。

　　《罗兰之歌》通过罗兰这一英雄形象,歌颂了保卫祖国、抵御外侮、为民族舍身战斗、不惜献身的英雄精神,反映了当时法兰西人民要求统一、建立强大中央集权国家的愿望和进步要求。诗篇颂扬勇敢、正直、虔诚的品德,且善于铺陈,结合人物感情的变化,制造各种悬念,情节生动,扣人心弦。全书保留了民间创作的粗犷、豪放的风格,具有浓郁的浪漫主义色彩。

创作时间： 约 1066 年

主要人物：

内容梗概：

  查理大帝在西班牙同异教徒整整打了七年仗，战无不胜，攻无不克，最后只剩下马席勒统治下的萨拉哥萨尚在负隅顽抗。马席勒召集群臣商议对策，决定归顺基督教，请求讲和。

  查理大帝召集众将商议，他的外甥罗兰反对接受议和。罗兰的继父加奈隆却赞成议和，得到与会的多数将官的附和。罗兰提出由加奈隆担任议和使臣。但加奈隆贪生怕死，认为去萨拉哥萨，休想再活着回来。加奈隆对罗兰的"举荐"气愤之极，诅咒叫罗兰没有好日子过。

  加奈隆回到住所，准备行装，奉命来到萨拉哥萨。他故意激怒马席勒说：如果你接受神圣的基督教义，查理大帝就把一半西班牙赏给你，另一半由他的外甥罗兰治理；如果不肯就范，就把你抓住进行审判，并处以死刑。马席勒气得满脸通红，要不是有人阻拦，非得当场刺死加奈隆不可。马席勒派出使臣摸清了加奈隆的底细，决计收买他，一起策划谋反。加奈隆说，只要罗兰还在，战争就不可避免。只要把罗兰杀了，查理大帝就会失去左膀右臂，他的英雄军队就会被粉碎。加奈隆还发誓密谋使罗兰丧命。

  加奈隆回营后，按原定的计谋向查理大帝作了回禀，建议由罗兰担任后卫。查理大帝觉得西班牙已经平定，便下令返回法兰西，留下罗兰殿后。

  马席勒聚集四十万大军袭击罗兰。异教徒吹响号角，声震四方。罗兰的好友奥里维听到敌人的号声，登山远望，见异教徒人强马壮，旗帜飘扬，不禁暗暗心惊，火速下山，劝罗兰吹号，请查理大帝驰援，他劝了三次，都被罗兰拒绝。因为罗兰不愿意在可爱的法兰西丧失英名，表示宁死也不能受辱。大主教杜班登上丘陵，以上帝和皇帝的名义鼓励士兵们奋勇杀敌。

两军开始交锋，罗兰驰骋战场，奋勇杀敌。鲜血染红了他的铠甲和双臂，也染红了战马的脖子和脊背。奥里维也在混战中骑马追奔，英勇杀敌，法兰西人个个勇猛异常。马席勒集合他的强大兵将，再次发动进攻。罗兰和奥里维挥剑猛杀猛砍，可是面对敌军五次进攻，法方损失惨重，罗兰手下最后只剩下六十余人，眼看大势已去，罗兰想吹号向查理大帝求援。奥里维不赞成，认为现在吹号为时已晚，算不得勇敢。大主教杜班认为，虽然为时已晚，但还是应该吹，因为大帝会回来替我们报仇。罗兰觉得大主教说得有理，于是用力吹号，号声传到查理大帝耳朵里。

罗兰因用力过度，太阳穴胀裂了。看到漫山遍野躺着同伴的尸体，他悲痛地哭泣起来。他向敌人冲去，敌人见他如此勇猛，望风而逃。他砍掉马席勒的右手，又杀死马席勒的儿子。奥里维战死了，罗兰又吹响号角，微弱的号声传入查理大帝的耳中。查理大帝知道罗兰危在旦夕，吩咐全军吹响号角，远远响应。敌人闻声而逃。罗兰昏倒在地上，当他发觉有人夺他的宝剑，便举起号角，砸碎了敌人的脑袋。罗兰爬到一堆岩石跟前，把宝剑和破碎的象牙号角压在自己的身体下面，不让它们落入敌人的手中。他脸朝向西班牙，好让查理大帝知道他死时仍不忘杀敌。一切停当之后，他不忘祈祷上帝赦免他一生的罪过，然后安详地死去。

查理大帝的大军赶来时，天色已接近黄昏。查理大帝翻身下马，伏在地上，恳求上帝让太阳停止运行，以阻止黑夜的降临。法兰西大军把敌人赶到河里，大部分敌人淹死，查理大帝在战地安营休息，想到罗兰、奥里维以及其他战死的法兰西将士，心情十分悲痛，祈祷上帝保护他们的灵魂。马席勒仓皇逃回了萨拉哥萨，等待大领主的援兵。

查理大帝来到将士们战死的地方，看到他们的尸首，悲伤万分。在寻找外甥罗兰的尸体时,他看到草地上的花朵都被将士们的鲜血染红了,哀恸不已。他来到两株松树附近,认出了罗兰在石头上砍出的剑痕。他看到倒在草地上的罗兰,紧紧地抱住他的躯体,悲伤得晕倒在地上。

激战不久爆发,查理大帝亲手杀死了马席勒的大领主。马席勒得知自己的大领主命丧黄泉,心急而死。萨拉哥萨终于被法兰西帝国统一。班师回朝后,罗兰的未婚妻奥德得知罗兰战死,顿时倒在查理大帝跟前,当场死去。查理大帝为她举行了隆重的葬礼,并亲自审理加奈隆反叛之事。加奈隆否认自己出卖了罗兰,声称只不过想报复罗兰而已。他的三十个亲戚也为他喊冤叫屈,求大帝饶恕。加奈隆的一个亲信甚至扬言要同主张绞死加奈隆的人当场决斗。为了罗兰,骑士蒂埃里站出来应战。在上帝的帮助下,蒂埃里取得了胜利。加奈隆被处以五马分尸,三十个亲戚也被吊死。想到罗兰、奥里维和死去的将士们可以含笑九泉,查理大帝才略感心安。当晚,天使托梦给查理大帝,要他召集军队,去别处攻打异教徒。

特罗亚
(1135~1183)

克雷蒂安·德·特罗亚是行吟诗人,被公认为法国中世纪最伟大的传奇诗人,也是中世纪欧洲最重要的骑士文学作者,其作品标志着传奇文学的繁荣和成熟。在美国,他是继普鲁斯特之后拥有读者最多的法国作家。

关于诗人的生平,人们所知甚少,只知道他出生在香槟省的特罗亚。特罗亚似乎一辈子都在大贵族门下写作,他先是投靠香槟伯爵,后又为弗兰德伯爵效劳。他生活富裕,无物质方面的困扰,一辈子辛勤笔耕,最后握着笔死在书桌前。

特罗亚早期模仿古罗马诗人奥维德的抒情诗，没什么特色，之后又写过当时的热门题材特里斯丹的故事，也无惊人之处。他真正的创作生涯是从《艾莱克与艾尼德》开始的，在这部作品中，特罗亚抛弃了陈词滥调，挖掘出属于他个人的东西。他把爱情和冒险结合起来，加强了传奇的可读性。《克里盖斯》和《伊万或狮子骑士》(1180)也保持了同样的特色。《伊万或狮子骑士》是特罗亚最富有诗意的一部传奇，并已开始呈现出迷幻的色彩。这种迷幻色彩和神秘色彩在特罗亚最重要的两部传奇《朗斯罗或囚车骑士》(1179)和《伯斯华或圣杯故事》(1181左右)中得到了充分的发展，成为特罗亚传奇作品的主要特色之一。他多写骑士的风雅爱情和冒险经历，情节曲折，章法严整，擅长心理描写，不仅对欧洲的骑士文学，而且还对骑士制度本身产生过重大而持久的影响。

特罗亚对中世纪传奇文学的贡献是空前的。他的《伯斯华或圣杯故事》标志着法国传奇文学的最高峰，不但成为历代宫中津津乐道的保留节目，而且在艺术上给后世文学以巨大的影响。他一改作家全知全能的面孔，作家成为外部行为的见证人和记录者。18世纪的许多作家和20世纪的新潮流派都把特罗亚当作他们的宗师，称他为现代小说的真正开创者。

《伯斯华或圣杯故事》充满了奇幻的情节和神秘的关系，结构上一改单刀直入的传统手法，几条线索互相穿梭，颠倒时空，把回忆、现实和预测结合在一起。这种手法在18世纪被一些小说家和散文家广为使用。这部传奇没有写完，我们无法得知伯斯华后来的奇遇。

《伯斯华或圣杯故事》

创作时间：1181 年左右

主要人物：

伯斯华………………………………………… 骑士
渔夫………………………………………… 城堡国王

内容梗概：

这是一个草长莺飞的季节，树木长出新叶，小鸟愉快地歌唱。荒凉偏僻的大森林里住着一位寡妇和她年轻的儿子伯斯华。一天，伯斯华起床后，熟练地装好马鞍，骑着马带着他的三只镖来到不远处玩耍。突然，伯斯华听到一阵声音传来，心里非常害怕，以为是母亲和他说过的魔鬼出没，他紧紧捏着手里的三只镖，想要是魔鬼伤害他，他就将镖刺过去。声音由远及近，五个全副武装、威风无比的骑士出现了，他们带着银光闪闪的头盔，穿着锃亮的铠甲，骑着马出现在伯斯华面前。年轻人被眼前的情景惊呆了，以为是天使下凡，愣在原地一动不动。

骑士的首领看到伯斯华，就上前几步，来到他面前，和气地说："别害怕，年轻人，我不会伤害你的。""你是谁？上帝吗？"伯斯华问道，"不是，我是骑士。"首领回答道，伯斯华说："我不认识，没见过，也从来没有听说过骑士，但你比上帝还英武，我多么想和你一样。"说着，他走到骑士身旁，首领走近他问道："你今天可曾看见五名骑士和三个姑娘打从这里经过？"但是伯斯华依然自顾自地发问，他对首领身上的东西都非常感兴趣，他没见过长矛和盾牌，首领就把长矛和盾牌给他看，告诉他它们有什么用处。其他的骑士已经等得不耐烦了，但首领执意询问这个年轻人，他又一次问道："年轻人，你有没有看到五名骑士和三个姑娘从这里经过？"伯斯华依旧没有回答，他对首领的头盔和铠甲产生了兴趣，又问个不停，首领给他解释完他们的作用之后，再次问伯斯华有没有看到五名骑士和三个姑娘从森林里经过，伯斯华还是毫不理会首领的问题，继续问自己的问题："你们生来就是骑士吗?""当然不是,人不可能生来就是骑士的,是亚瑟王授予我们骑士称号并赐给兵器和铠甲的",首领回答道。

一回到家,伯斯华就把自己的奇遇告诉了母亲,向她描绘那些比上帝还英武的骑士,说他也想成为骑士。可怜的妇人极力劝儿子打消这个念头,但那只是徒劳,因为伯斯华心意已决。妇人的丈夫和两个大儿子都是骑士,最后全都战死沙场,之后,她带着小儿子远离人世间,住到了森林深处,把儿子当做农家孩子来抚养,希望以此摆脱宿命,但不料小儿子也要去亚瑟王的王宫成为骑士。可怜的母亲几乎晕厥过去。她最终还是将儿子全副武装好,叮嘱他一定要虔诚、勇敢。伯斯华没走多远,老妇人就倒地身亡。

在亚瑟王宫中,伯斯华忠诚勇敢,经过严格的考验之后,被亚瑟王授予骑士称号。有一天晚上,他在河边遇到一个渔夫,渔夫把他带到一座神秘荒芜的城堡,他惊奇地发现渔夫就是城堡的国王。而后,伯斯华目睹了奇怪的一幕:一个年轻人拿着一支染血长矛经过,还有两只大烛台,后面跟着两个姑娘,其中一人拿着一只镶着宝石的圣杯,另一人拿着一个银托盘。出于谨慎,伯斯华没敢问睡在他身边的城堡国王这种神秘的行为有什么含义,因而错过了天赐良机。第二天出了城堡之后,伯斯华得知母亲在他离开后不久忧郁而死,便开始反思自己出来当骑士的这种选择是否正确。他回到亚瑟王的宫殿里,一位相貌丑陋的姑娘告诉他,假如当时他叫醒国王,向他提问的话,瘫痪的国王就能被治愈,而他自己也能获得幸福,但一切都为时已晚。

从那以后,伯斯华踏上了寻找圣杯的道路,他的朋友戈文也帮他一起寻找。找了五年,一无所获。伯斯华碰到一位隐居的教士,忏悔自己的罪过。这位教士其实正是渔夫国王的叔叔,并且还是伯斯华母亲的哥哥,他说出了圣杯的秘密:当时,渔夫国王的父亲奄奄一息,多亏了有人拿来圣杯,吃了里面圣饼才又起死回生。如果当时伯斯华也这么做,巨大的永福将降临在他头上……

特
罗
亚

玛丽·德·法兰西

（1154～1189）

玛丽·德·法兰西是法国第一位女诗人，生活在 12 世纪下半叶。她出生于法国，长期生活在英国国王亨利二世的宫廷里，诗中自称"我的名字是玛丽，来自法兰西"，英国人便称她为"玛丽·德·法兰西"，即法国的玛丽。她擅长以骑士爱情为题材的故事诗，但她采用的样式则是通常所谓的"短歌"。"短歌"本是布列塔尼地区传唱的民间叙事短诗。这些"短歌"通常为 8 个音节，短者百余行，最长者也不过千余行。现存有她的短篇故事诗 12 首，约于 1180 年结集出版。她的短篇故事诗着重从嫉妒、忍让、自我牺牲等不同侧面描写爱情，较少冒险情节，表现了女性作家的阴柔之丽，代表作有《夜莺短歌》、《金银藤短歌》、《忍冬》等。

此外，这位女诗人还根据民间故事编译成一部寓言集，题为《伊索》，开法国寓言诗的风气之先。这些寓言诗表明，她虽身为宫廷诗人，却不满现实。她的社会政治观点中含有同情市民阶层和劳动人民的因素。她以狮、狼、鹰等贪婪而凶残的动物比喻封建贵族领主、地方行政官司法官等，称他们为"富有的盗贼"；以惨遭欺凌只知哭求不敢反抗的绵羊象征平民。一般说来，她的寓言诗停留于奉劝强权者节制的层面，偶尔也流露出愤怒的反抗意向，从中可以看出她出身高贵，但不乏一颗同情底层人的人道主义之心。

《夜莺短歌》

初版时间：1180 年

主要人物：

内容梗概：

年轻的男爵爱上其邻居——一位领主的妻子，由于这位贵妇人受到严密的监视，这对恋人只能在窗口相互凝望，互诉衷肠。骑士和贵妇人完全陷入情网之中，不能自拔。深夜，当皎洁的月光洒满大地，贵妇人的丈夫睡熟之后，她就悄悄从床上起来，披上大衣，站在窗前，她知道此时她的爱人也站在窗前凝望着她。

丈夫看见贵妇人如此频繁地在夜里起来并站在窗前，非常生气，多次询问她为什么那么晚起来，去哪儿了，贵妇人回答道："老爷，没听到过夜莺歌唱的人是不知道人世间的这种幸福的，所以我站在窗前，我在听夜莺唱歌。深夜里，倾听夜莺歌唱是无上的享受，它唱得如此动听，我没法合眼。"听完这番话，领主狡黠地笑了笑：他要把夜莺抓起来。不久，树上都装上了捕鸟的套索和粘鸟胶，很快就抓住了夜莺。

仆人将被活捉的夜莺交给领主。领主看到夜莺非常高兴，他走进贵妇人的房间："夫人，你在哪？快来看看啊，我把夜莺捉住了，从今往后，你可以安心睡觉了，它再也不会把你吵醒了！"夫人听了非常伤心，向领主索要那只小鸟。领主见贵妇人闻讯非但不高兴，反而伤心，非常生气，于是一下子拧断夜莺的脖子，将它扔向贵妇人。夜莺的鲜血染红了她胸前的裙子，领主扬长而去。

贵妇人拾起夜莺的尸体，伤心地哭泣。她憎恨那些用套索和粘鸟胶抓住夜莺的人，因为他们夺走了她仅可拥有的幸福时光，她哀叹道："唉！多么不幸！我再也不能在深夜里起床，凭窗凝望我的爱人了。他会以为我偷偷地离开了，我得设法告诉他。"她用一块绣着金字的绸缎将夜莺裹住，让仆人把口信和夜莺捎给骑士。

骑士仔细听了仆人叙述夜莺的来龙去脉，心里也很难过，但

·11·

玛丽·德·法兰西

是他没有流露出哀伤的神色。仆人离开之后,骑士找人打造了一个纯金的盒子,给它镶嵌了珍贵的宝石。他把可怜的夜莺放入盒子,将盖子密封起来。从此,他一直把这个盒子带在身边。

《特里斯丹与伊瑟》

骑士特里斯丹和公主伊瑟的爱情故事是凯尔特人的古老史诗传说,后来很多诗人、作家根据这个民间故事创作了大量作品,在欧洲各国有多种版本流传。著名的宫廷诗人克雷蒂安·德·特罗亚对这一情节进行过加工,但未被保存下来。最负盛名的是 12 世纪行吟诗人诺曼底的贝勒和英格兰的托玛的诗篇,可惜它们残缺不全。根据片断,我们可以看出贝勒的故事诗很好地表现出了故事情节惊险的一面,并且传达出主人公感情的强烈与真实,而托玛的作品按照宫廷故事诗的要求和心理刻画进行了细致的加工。直到 1900 年,法国中古文学专家约瑟夫·贝迪耶才将其搜集整理成书。

故事通过两位恋人爱情的悲惨遭遇,歌颂了"比生死还强烈的爱情"。从他们的悲剧性的结局看,全书对那种不以感情为基础的封建婚姻,无疑持一种强烈的控诉和批判的态度。整个故事情节娓娓动人,它为后来的长篇小说打下了基础。特里斯丹和伊瑟的传说已进入人类精神文化的宝库。特里斯丹和伊瑟的形象,他们炽热的爱情故事,似乎要先于但丁《神曲》中的帕奥洛与弗朗契司卡和莎士比亚笔下的罗密欧与朱丽叶。

初版时间: 1900 年

主要人物:

马克 …………………………………………	高纳瓦叶国王
特里斯丹 ………………………………………	马克的侄子
伊瑟(金发) …………………………………	马克的妻子
伊瑟(玉手) …………………………………	特里斯丹的妻子

内容梗概：

　　骑士特里斯丹由他的叔父高纳瓦叶国王马克教养成人，他深深地感激和热爱国王。年少的特里斯丹是一位出色的勇士和猎手，骑猎击剑，弹琴歌咏，样样娴熟。他住在叔父马克王宫中的时候，爱尔兰派巨人莫尔乌来高纳瓦叶国索取三百对童男童女作为贡赋，限期交纳，除非能战胜巨人，方可免除。众将皆退缩，只有特里斯丹请命比武。双方约定时日，前往孤岛决一胜负。莫尔乌乘船驶进小岛系缆上岸；特里斯丹到岸边后，将自己的船推入海里：反正两人之中只能有一人生还，留一条船就够了。最后他杀死了爱尔兰的巨人莫尔乌，马克国王可以不再向爱尔兰纳贡。但特里斯丹在战斗中被毒剑刺中，负了重伤，他自己觉得活不长久了，就要求把自己放在一只小船上，不用桨也不张帆，随波荡去。

　　大海将他送至爱尔兰，碰到了王后和伊瑟公主，她们采摘草药，调制秘方，治好了他的伤。这位王后正是被他杀死的莫尔乌的胞妹，特里斯丹怕被她们认出自己是杀害巨人莫尔乌的凶手，等伤口痊愈，便匆匆回到高纳瓦叶。

　　特里斯丹对马克国王怀有深厚的感情，由于马克国王没有孩子，人们都认为特里斯丹将继承王位。朝臣出于嫉妒，屡次劝说国王成亲延嗣。国王难拂众意，便出了道难题，指着当天早晨两只燕子衔来的一根金色长发，说非这位金发女子不娶。文武大臣听了面面相觑，特里斯丹为了洗脱有觊觎王位野心的嫌疑，表示即使到天涯海角也要将她寻访得来。他想起了伊瑟公主，便出海远航。

　　他打扮成商人到了爱尔兰，恰逢有头怪兽肆虐，每天要吃一名少女。特里斯丹见义勇为，不畏凶暴，终于杀死怪兽，割下舌头作为凭证，但没走多远，就倒在地上了。宫廷总管大臣一直垂涎伊瑟的美貌，那天正好走过格斗地点，看到怪兽已死，便割下兽头去请功，要求国王将女儿嫁给他。伊瑟觉得事有蹊跷，寻着痕迹来到现场，只见远处树丛里躺着个美少年。原来特里斯丹被怪兽舌头的毒涎熏昏过去，公主第二次救了他，希望英俊骑士能揭穿那个冒名顶替者。不巧，公主偶然发现特里斯丹剑上的缺口,和舅父莫尔乌颅骨里取出的残锋正好相吻合,便知道了他就是杀死自己舅父的凶手,于是抽出宝剑,要报仇雪恨。特里斯丹劝她暂且息怒,让她在他与宫廷总管大臣之间做选择,伊瑟看到特里斯丹人品可爱,又想到他杀了怪兽,将会娶自己为妻,不由得软下心来。但是,特里斯丹却是向国王为马克求亲,伊瑟非常失望。

国王同意了伊瑟与马克的婚事,伊瑟的母亲特地调制了一剂药酒,让女儿和马克在新婚之夜同饮,两人便能永世相爱。特里斯丹护送伊瑟回国成婚。途中,盛夏酷暑,口渴难忍,两人误喝了药酒,彼此顿时倾心起来,无论用理智或意志,都无法克制住内心萌发的感情。

伊瑟和马克国王完婚后,依然难以忘情于特里斯丹,特里斯丹因为欺骗了自己的叔父而感到十分的痛苦,但他无力抗拒爱情的力量,两人经常私下幽会。由于国王身边的奸臣告密,马克国王发现了他们秘密相会的事,为维护自己的名誉,下令将特里斯丹处以火刑,把伊瑟送到麻风病院去。特里斯丹在押赴火刑途中奇迹般逃脱,并将伊瑟从麻风病院中救了出来,两人决定远离人间,到森林深处去生活。

三年一晃而过,这对恋人虽然过得很清苦,但却十分相爱。一天,马克国王在森林中打猎,无意中发现了这对恋人的栖身之处,看到特里斯丹和伊瑟正在熟睡,两人之间隔着一把利剑。见此情景,国王原谅了他们,没有吵醒他们,留下自己的手套和结婚戒指就离开了。等这对情人醒来,发觉国王来过,心里十分感动和内疚。两人决定分开,伊瑟回到马克国王的身边,特里斯丹则出外远行。

但特里斯丹对伊瑟无法忘怀,思念有增无减。有好几次,他打扮成朝圣者、麻风病人或是乞丐,回到高纳瓦叶偷偷看望自己深爱的人。为了忘却对伊瑟的爱,特里斯丹在布列塔尼娶了一位玉手纤纤也叫伊瑟的女子。不久,特里斯丹又在一次战斗中被毒刃刺伤,久治无效,他想到只有金发伊瑟能够救治毒伤,就派人去请金发伊瑟。他和派去的人约定:如果接回了金发伊瑟,船进港时就挂上白帆,否则就悬黑帆。

金发伊瑟听到旧友召唤，不顾习俗礼仪，毅然前去。但是船被暴风雨所阻，始终无法靠岸。而特里斯丹病情一天天加重，终于卧床不起，后被转移到远离海港的地方去了，他便央求妻子替他在海港眺望。玉手伊瑟早在特里斯丹派人去请金发伊瑟的时候，偷听到了丈夫的心思，心生妒忌，决定报复他。

终于，白帆出现了。一见回港的船上挂着白帆，玉手伊瑟就跑到病床旁边骗特里斯丹，说船挂着黑帆。特里斯丹听了不胜悲哀，在绝望中死去。

金发伊瑟赶来时，只看到已死的特里斯丹，金发伊瑟悲痛欲绝扑在特里斯丹身上，由于悲恸过度，也殉情而去了。马克国王后来得知他们相爱缘于误饮药酒，欷歔感叹，便命人将他俩埋葬在教堂两侧的坟墓里。晚上，特里斯丹坟墓上长出一根枝叶茂盛的金雀花，越过教堂的屋顶，一直延伸到伊瑟的坟墓里。当地的居民剪去枝条，转天又长，跟原先一样青葱，生机勃勃地开着花朵，依旧伸进伊瑟的坟墓里。

《列那狐传奇》

《列那狐传奇》是中世纪时期法国市民文学中最著名的讽刺故事诗。它产生于12世纪70年代，在民间流传过程中，几经多人加工，至13世纪中叶，汇集成包括二十七组故事、三万余行的长诗。它的作者中，能够确知的只有皮尔·德·圣克卢（第二组诗）、里查·德·利松（第十二组诗）和一位神父（第九组诗），可见这是一部产生于民间的集体之作。

这部民间故事诗集中采用拟人化手法所刻画的各类动物不仅个性鲜明突出，而且被赋予了人的社会属性和阶级属性。它以动物故事讽喻现实社会，借描写动物世界，来影射中世纪封建社会各阶层的人生世相。如狮王诺勃勒象征昏庸专横的国王，雄狼伊桑格兰影射封建权贵，鸡、兔、猫、鸟等动物代表底层受压人民。列那狐具有市民阶级的特点：机智、狡诈，既敢于和狮、狼斗争，又不断欺凌弱小的鸡、兔等，它的胜利实质上是新生的市民阶级对封建势力的胜利。

作品通过列那狐的一系列的活动，并以列那狐同灰狼伊桑格兰的斗争为主线，真实反映了中世纪封建社会急剧变化的时期，市民阶级与封建统治阶级之间的矛盾和市民阶级上、下层之间的冲突，成为当时社会的一个缩影。该书描摹动物形象生动，惟妙惟肖，再加上故事性强，讽刺深刻，历来被视为法国古代文学遗产中的珍品，至今仍受读者喜爱。主人公狐狸的名字"列那"也成为法语中狐狸的通名。

创作时间： 12~14 世纪

主要人物：

列那…………………………………………………… 狐狸

诺勃勒………………………………………………… 狮子国王

伊桑格兰……………………………………………… 灰狼重臣

勃仑…………………………………………………… 狗熊重臣

尚特格雷……………………………………………… 公鸡

内容梗概：

在马贝渡城堡住着狐狸列那和它的妻子艾梅丽娜以及它们的两个孩子。寒冬腊月，列那家的食橱空无一物，艾梅丽娜为此愁眉不展。列那不愿看到妻子和两个孩子的哭泣，决定亲自出马同饥饿作斗争。它走到大路边，适逢一辆鱼车急驰而来，它立即跳过篱笆，躺在大路中央装死。鱼贩子停车拣起这只"死狐狸"随手扔在鱼筐边，准备向城里的皮货商换回一点外快。列那上车后就开始了它的美餐，一眨眼工夫就吞吃了至少三十条鲱鱼，接着又咬开鳗鱼筐子，将鳗鱼像项链似的绕在脖子上，然后轻快地从车上跳下，并向鱼贩子喊话致谢，气得鱼贩子懊丧万分。

狐狸列那称灰狼伊桑格兰为舅舅，其实它俩毫无血缘关系，只是因为伊桑格兰是国王狮子的重臣而已。有一次，列那从车夫那里骗来了几条鱼，正想要美餐一顿，灰狼闻风即至，要列那将鱼让给它吃。列那说，这种鱼只有出家人才可以享受，狼为了想吃鱼，就答应当出家人。列那就让它先举行剃发仪式，用滚烫的开水浇了它一头，痛得它半死。列那又教灰狼钓鱼，它叫伊桑格兰将水桶绑在尾巴上，然后将它沉入冰窟窿，好让鱼游进水桶。天寒地冻，河水结冰了，冰结得又硬又厚，灰狼不仅没有钓到鱼，连尾巴都给河水冻住了。到第二天早晨，人们赶来的时候，狼没办法逃跑，最后把尾巴挣断了才算保住了这条命。

不过，列那也有被捉弄的时候。一次，它闻到了一股诱人的香肠味，迅速赶到散发香味的地方，遇到了花猫蒂贝尔。两人合伙弄到了一根又长又粗的香肠，却被花猫独吞了。虽说列那后来寻机截断了花猫的尾巴，出了这口气，但总的说来，和蒂贝尔共事，列那很少占到便宜。

有一天，列那路遇公鸡尚特格雷。它的一番花言巧语，使公鸡失去警惕，打消了对狐狸的疑虑，竟闭着眼睛唱起歌来。列那乘机扑过去擒住了公鸡。站在远处的母鸡潘特看到了这一情景，便没命地叫起来，女佣和男仆应声赶来，列那匆忙逃奔而去，败兴而归。这是它一生中的奇耻大辱。为出这口恶气，列那再次来到大花园，一连杀了公鸡尚特格雷的十四个儿女和鸡小妹科珀。

列那的罪行激起了众怒。狮王诺勃勒决定召集全体臣民，开庭审判列那。灰狼、小狗等均纷纷起来控告，公鸡也要求狮王为受害者申冤报仇。于是狮王下令捉拿列那。笨拙的狗熊勃仑自告奋勇，前去马贝渡执行任务。

列那见勃仑到来，先给它说好话、灌迷汤，然后再领勃仑去吃蜂蜜。两人来到一棵砍倒的橡树干前，列那对勃仑说，树干里藏着许多蜂蜜，把嘴伸进去，越往里伸，吃的蜜就越多、越甜。狗熊勃仑信以为真，硬往橡树干的缝隙里挤，把头和肩膀都伸进去了。站在一旁的列那立即拔掉撑开裂缝的楔子，狗熊便被紧紧夹住，拼命挣扎才得以挣脱出来，结果一大块头皮被撕去了，还掉了一个耳朵，满嘴淌血。狮王改派机警的蒂贝尔去捉拿罪犯。蒂贝尔的下场也不比勃仑好，列那害得它眼受重伤，皮毛被毁。狮王大为震怒，下令悬赏列那的首级，多亏列那的嫡亲外甥胡獾格兰贝恳求，狮王才恩准再给列那一次警告。

格兰贝说服舅舅去替自己辩护一下。列那到了王宫，对别人的揭发和控告——进行了申辩,证明自己心地正直纯洁,以致狮王也拿不定主意是否给列那判刑。谁知就在等候判决的时候,列那竟在朝廷上当众咬死了好心向它通风报信的老鼠别雷。狮王目睹了这一谋杀案,怒不可遏,判处列那绞刑。

列那就要上绞刑架了。它表示要向狮王的御祭司留下自己的遗言。它说,它曾经挫败一起反对狮王诺勃勒的阴谋,灰狼伊桑格兰和花猫蒂贝尔都是这个阴谋集团的成员,它们企图杀死狮王,推选狗熊勃仑接替王位。由于它列那暗中转移了阴谋集团的财宝,断绝了它们的财源,才迫使它们放弃了罪恶的念头,从而拯救了狮王的性命。它还说,本想把这笔巨大的财富献给狮王,无奈自己被判绞刑,就要死了,也就无人知晓财宝所藏的地方。狮王一听,动了心,立即派两名心腹雄羊贝兰和兔子朗普陪同列那回马贝渡取那些财宝。

三人匆匆来到马贝渡。列那夫人艾梅丽娜喜出望外,列那巧使计谋,一口咬死了兔子朗普,而且让雄羊贝兰把朗普的头颅当做特殊的礼物带给狮王。狮王大怒,决定率领大队人马攻打马贝渡,抄列那的老家,取回那批财宝。

一场激战开始了。列那早已采取防卫措施,狮王的军队束手无策。当大家沉沉入睡的时候,列那悄悄地来到屋外,在儿子们的帮助下,把躺在树下的进犯者都绑了起来。它一口咬定说是贝兰贪财杀了朗普兔,问狮王为什么兴师问罪。它假惺惺地说想去罗马朝圣,祈求神的保佑和宽恕,因为近来自己接二连三受到不公正待遇。狮王被列那虔诚的样子所蒙蔽,欣然应允,并愿上帝保佑它成功。

列那回到马贝渡后,又想回朝廷去。一天,它外出远游,看见狮王在一棵树下打盹,不远处放着樵夫扔下的绳子,便轻轻地走到狮王的旁边,用绳子将狮王紧拴在树干上,然后躲在一旁。狮王醒来,发现自己被绑,向正在远处踱方步的列那呼救。列那于是成了狮王的救命恩人。狮王因受惊致病,危在旦夕,列那又采制草药,治好了狮王的病。狮王有感于列那两次救命之恩,要封列那做大元帅,当自己的左右手。列那却考虑到狮王的宠爱难以持久,与其在宫中侍候狮王,还不如回马贝渡独自为王,于是坚决不当大元帅。

狮王为列那不愿留宫一事闷闷不乐,派松鼠卢索去召它进宫,保证给列那绝对自由。但卢索回宫禀报说:列那不能进宫,因为它已经死了。

满朝文武为列那举行了隆重的追悼仪式。狮王的御祭司在悼词中高度赞美了狐狸列那的德行。

《玫瑰传奇》

13世纪法国文坛流行一种"隐喻诗"。所谓"隐喻诗",即用人的形象、言语、动作来表现一种抽象的概念。这种诗通常以梦游的故事情节来隐喻作者不便明言或不敢明言的内容。在当时流行的隐喻诗中,《玫瑰传奇》最为著名。

《玫瑰传奇》分上、下两部,由两位作者写于不同的年代。上部写于13世纪二三十年代,作者为吉约姆·德·洛利斯,他的生平事迹后世知之甚少。估计他1210年生于卢瓦河河谷的洛利斯,是一位与上流社会关系密切的教士。他以自身的一段爱情经历为题材,采用隐喻的表现手法,用"玫瑰"代替心目中的少女,以"情人"对"玫瑰"的追求,比喻自己对少女的爱情。他还将各种促进爱情的因素如"美貌"、"坦率"、"文雅"、"慷慨"和阻挠爱情的因素如"吝啬"、"嫉妒"、"坏嘴"、"胆怯"等都加以拟人化,将整个故事假托于梦境之中。上部整个故事以"情人"追求"玫瑰"不果而结束。从思想意义上看,整个故事情节还停留于骑士文学中那种"典雅"式的爱情复述。就艺术表现而言,这种隐喻和写梦的表现手法,对后世文学产生了深远影响。

事隔四十年,一位名叫让·德·墨恩的市民接着上部的故事内容续撰下去:"情人"在"理性"和"自然"的帮助下终于获得了"玫瑰"。让·德·墨恩(约1240~1305)是平民出身的教士,知识渊博的哲学家。下部完成后,与上部联结起来成为一个整体,称为《玫瑰传奇》。下部的贡献在于:它增添了"自然"和"伪善"两个角色,特别是加强了在上部无足轻重的"理性"的地位。在上部比较单调的"典雅"爱情中,增添了许多针砭时弊的社会性内容,大大加强了作品的现实性。《玫瑰传奇》全书均用诗体写成,共有两万两千余行,涵盖了中世纪文学几乎所有的重大主题,在营造春意盎然的氛围、高雅的心理描写、优美的隐喻等方面,开文艺复兴之先声。

创作时间: 约13世纪

内容梗概:

在美好五月的一天早上,"情人"从床上起来去散步。他穿过柔软的草地,来到了一条小河边,河边有一座花园,这个花园被厚厚的高墙围绕着。花园墙壁上画着"嫉妒"、"吝啬"、"衰老"等等各种令人憎恶的形象,"情人"来到了一扇小门前,花园里住着玫瑰。但是玫瑰被一些坏人严加看管,他们是"仇恨"、"背叛"、"卑鄙"、"贪婪"、"吝啬"、"欲望"、"忧伤"、"衰老"和"贫穷"。但是一位叫"悠闲"的女士将"情人"带到了令人快乐温馨的庭园里,他在那里碰到了爱神以及陪伴爱神的"美貌"、"坦率"、"富有"、"殷勤"、"年轻"……

"情人"被一朵漂亮的"玫瑰"所吸引,想要采她,爱神一箭将他射中,使他爱上了"玫瑰"。但是对他的考验才刚刚开始。"英俊"、"坦率"、"纯朴"、"礼貌"、"恻隐之心"、"美好愿望"等站在他一边,愿意助他一臂之力;另一方面,"危险"、"羞耻"、"仇恨"、"妒忌"、"谗言"等则牵制他、阻挠他、妨碍他,千方百计使他失败。"理智"在一旁不停地劝"情人"放弃他的爱情。"情人"克服障碍,终于偷偷吻了一下"玫瑰"。随后,"嫉妒"挖了一条又宽又深的鸿沟,将"玫瑰"和"欢迎"禁闭在高墙之后。"情人"哀叹自己不幸的命运。上部就此结束。

下部续写道:"理智"与"朋友"分别和"情人"进行了长谈,"理智"依然劝"情人"放弃"玫瑰";"朋友"则鼓励他坚持下去。爱神也加入到"情人"的队伍,"坦率"和"怜惜"将"欢迎"放了出来,但"危险"、"害怕"和"羞耻"很快又把"欢迎"关了起来。在"自然"和"智慧"的帮助下,"情人"又重新拾回勇气,带领自己的队伍攻克关押"欢迎"的城堡，将其救出。最终，"欢迎"帮助"情人"摘下了"玫瑰"。这时，"情人"从梦中醒来。

小故事

　　小故事是市民文学的主要体裁之一，是一种短小的韵文故事诗。篇幅不长，平均约数百行，通常用八音节诗句，表现手法简练，描写逼真，劝喻和说教的意味比较明显，大约在 12 世纪末发展起来，直到 14 世纪初，盛行了两个世纪。从现存的作品看，大部分小故事产生于法国北部地区。小故事的风格并不完善，韵律常常比较粗糙和单调。我们很少知道小故事作者的名字，也谈不出某个作品创作者的风格。但是很多小故事以其道地的法兰西式的生动活泼、幽默风趣和现实主义而著称于世。

　　小故事具有一定的思想倾向。有的小故事以强烈的讽刺表现了市民阶级反对宗教和教会的情绪，圣徒和教士是它经常嘲笑的对象。不少故事揭露招摇撞骗和贪图钱财的教士和僧侣们，如《给司祭的母牛》；有的小故事更接近下层市民，因此它的讽刺矛头也指向了这一部分城市贵族，如《撕开的鞍褥》；还有一些小故事是以农民为主人公的，作者以赞赏的态度讲述农民主人公的机智，著名的有《农民医生》。

　　我们读这些小故事可以清楚地看到这些故事源自笑话。许多小故事干脆就是由机警的问答、逗人的双关语和意外的情节稍加改变而成的笑话。故事虽然短小，却对后世的法国和欧洲文学产生过不小的影响：意大利作家薄伽丘、英国诗人乔叟、法国寓言家拉封丹、戏剧家莫里哀、小说家巴尔扎克等，都曾采用中世纪法国小故事的题材。例如莫里哀就以小故事《农民医生》为基础写出了他的天才喜剧《屈打成医》。

《撕开的鞍褥》

创作时间：约 13—14 世纪

内容梗概：

　　一位有钱的市民，为了儿子能娶到骑士的女儿，将全部财产交给儿子经营，条件是儿子赡养他一辈子。转眼十二年过去了，孙子也长大了。这对夫妇却越来越嫌弃老人，骄傲又虚荣的儿媳，极力唆使丈夫将老人赶出门去。可怜的老人请求儿子给点吃的东西，但那只是白费力气。伤心绝望的老人跟儿子要一条被子避寒，儿子什么都不想给，老人再三哀求儿子，至少给一条鞍褥御寒。

　　儿子看到如果不给父亲一点东西，是没法摆脱这个老头的。为了打发老人尽快离开，儿子终于同意给他一条鞍褥。他叫自己的孩子去给爷爷拿鞍褥，为了表现自己的慷慨，他让孩子把最好的鞍褥拿出来。老人跟着孙子去拿鞍褥，心里充满忧伤。孩子找了条最好的鞍褥，对折后裁开，把其中一半给了老人。老人大惑不解："你这狠心的孩子啊！你怎么只给我半条鞍褥呢？你父亲都说了给我一条的，我要跟他说去！"孩子却回答道："您想去哪您就去吧，我没法给您更多了。"

　　老人离开牲口棚，找到儿子说："你看看你那不听话的孩子，只给了我半条鞍褥！"儿子命令孩子把鞍褥都给老人，孩子说道："我这半条鞍褥是给您留着的呢，您不会从我这里得到更多的。哪一天我成了这个家的主人，我会像您对待爷爷那样来对待您的。他把财产都给了您，您等他老了把他赶出家门；等我有了您的财产，我也会把您赶出家门。您怎么对待他，我也就学着怎么对待您。"

　　儿子听完自己孩子的话，不禁陷入沉思。孩子的话使他深为惭愧并幡然悔悟，于是决定将老人留在家里，好好奉养老人直至天年。

《给司祭的母牛》

创作时间：约 13～14 世纪

内容梗概：

在圣母降临节那天，一个农民和妻子去教堂祷告。司祭在讲经台上说，凡是对教堂有贡献的人，都会从上帝那里得到加倍的偿还。农民对妻子说："你听到司祭的话了吗？凡是对教堂有贡献的人，将会从上帝那里得到加倍的偿还！把我们的那头母牛献给教堂吧，再说它也挤不出什么奶了。"农民没多做考虑，回家后就将母牛从牛棚里牵出来，送到司祭那去了，并发誓说除母牛自己别无其他财物。司祭称赞农民做得很对，他心想，要是大家都这么做的话，我就有数不清的牲畜了！农民走后，司祭立即让教士将农民的母牛和自家的母牛拴在一块养。教士拴完后走了。不料农民的那头母牛拱开栅栏又跑了回去，还把司祭的牛也带回家。农民看到两头母牛回来了非常高兴，认为司祭的话果然应验了——献出一头牛，得到了两头，自己慷慨好施得到了加倍的偿还。就这样，出于偶然，憨直的农民胜过了狡猾的司祭。

《农民医生》

创作时间：约 13～14 世纪

·23·

内容梗概：

有个农民非常富有，但是吝啬而又粗暴，经常打妻子。妻子想如果丈夫自己挨打的话，就会宽容别人了。时值国王访求名医为公主治病，因为一根鱼刺卡在公主喉咙里怎么也弄不出来。妻子就向国王使者推荐其丈夫，说他是个医术高明的医生，不过他有个怪毛病，那就是不挨打是不会献出医术的。于是农民被国王使者打了一顿,只得进宫。他玩各种滑稽把戏,公主哈哈大笑,结果鱼刺脱落,公主的病不治而愈。农民要回家,但是国王想把他留在宫里,于是让侍从使劲打农民,他认为这样能让农民留下。结果农民又挨了一顿打,只得留下来。

这个农民医术高明的消息不胫而走,求医者蜂拥而至,国王召见农民,要他治愈所有的病人,农民回答说:"陛下,病人太多了,我应付不过来啊,没法都治好。"国王叫来两个手持粗棍的仆人,农民见状不禁浑身发抖,只好答应治病。

农民让人搬来一大堆木材,在大厅里生火。他将病人都召到跟前,冲着他们说:"我没法给你们大伙一个一个治病,可是我有一个办法能把你们全都治好。我要把病情最重的人烧成灰,拿灰做药,你们吃下去,保证药到病除。"

病人们面面相觑,没人愿意承认自己病得最厉害。农民就对最前面的一个人说:"看得出来,你的病最重,你不行了。"那个人赶忙说:"不,不,我很健康,只是感到有点累而已,请相信我,我从来没有这么健康过。""那你干吗来这儿?还不赶紧走!"农民训斥道。那个人立刻夺门而出。国王拦住他问到:"病治好了?""哦,是的,感谢上帝,我一点儿病都没了。医生真是高明!"

病人们怕被活活烧死,都说自己没病,离开了王宫。国王见状非常高兴,对农民说:"你把他们全治好了,真是太神奇了!现在,你想回家就回家吧。不过需要的时候,我还会找你的,你不再会非挨打才肯献出医术吧?""当然不会了,我愿随时为您效劳。"农民说罢就转身回家了。从此以后,他再也没有打过妻子。

维 庸

(约 1431~1463)

弗朗索瓦·维庸是法国中世纪最杰出的抒情诗人。他继承了13世纪市民文学的现实主义传统,一扫贵族骑士抒情诗的典雅趣味,是市民抒情诗的主要代表。

维庸生于巴黎,早年丧父,被一个名叫纪约姆·维庸的教士收养,以后便从了养父的姓。维庸受过高等教育,获得文学学士学位,但他生活的时期正值英法百年战争,政局动荡不安,社会风气败坏,维庸结交了一帮狐朋狗友,染上了恶习,酗酒闹事,打架偷盗,无恶不作。1455 年他在一次斗殴事件中杀死一名教士,被逐出巴黎,次年遇赦,不久又因与一宗盗窃案有牵连而被迫再度离开巴黎,临行前写下《小遗言集》,以玩世不恭的口吻讥讽和嘲笑权贵僧侣。写完《小遗言集》后,维庸于 1457 至 1461 年流落外省,其间多次犯案,1461年他在卢瓦尔河畔墨恩市被捕,几乎被送上绞架,服刑一年后,刚加冕的路易十一途经该城,赦免了他。

1461 年维庸作《大遗言集》。《大遗言集》集中体现了维庸的抒情风格,奠定了他在文学史上的地位。写完《大遗言集》后,维庸重返巴黎,但再度犯案,1463 年被巴黎法院判处绞刑,后改为逐出巴黎,流放十年。此后维庸便神秘失踪,音讯杳无。

维庸的《大遗言集》结构非常巧妙。诗人既表示忏悔,祈求世人宽恕,又为自己的坎坷命运鸣不平。维庸极尽冷嘲热讽之能事,在暴露外部现实的同时,敞开自己的内心世界。这种直言不讳地谈自己经历的写作方法是前所未有的。维庸的诗格律工整、朴实无华、寓意深刻,被誉为中世纪以个人生活为题材的诗歌之先驱。

《大遗言集》

初版时间: 1489 年

内容梗概:

《大遗言集》是维庸的代表作,全诗由 186 节八行诗组成,其中还插入了一些谣曲和长短歌。这是一部带有讽刺意味的忏悔

维
庸

录,有的内容可独立成篇。该诗集融抒情、讽刺和哲理为一体,真实而完整地袒露了作者的内在思想感情。首先,维庸诅咒将他关在墨恩的奥尔良大主教,感谢路易十一将他释放。然后,维庸回顾青年时代与纨绔子弟为伍,在酒馆妓院纵酒放荡流连忘返的情景,哀叹年华虚度,追悔莫及,羡慕那些功成名就的同伴。他写道:"唉!上帝,如果在疯狂的青年时代我努力学习,并且养成良好习惯,我早有了舒适的房子和松软的床铺。但是我常常逃学,正像一个不争气的孩子,一提起这件往事,我就禁不住心碎。"

维庸自问:何以会落得如此下场?是命运不济,为人懒散,还是情场失意?诗人在此深化了主题,沉思人的命运:昔日友人,有的已长眠地下,有的尚在人间;有的荣华富贵,有的沿街乞讨。然而,无论贵贱、贫富、美丑,人在死亡面前是一律平等的。在名篇《昔日佳人曲》中,他列举了许多贵妇美女的名字,她们生前有享不尽的荣华富贵,到头来都化为一堆尸骨。曲终的叠句"去年的雪啊今在何方?"成为脍炙人口的佳句;在《昔日贵人曲》中,他则列举了古代的帝王公侯,然后发问道:"但是,英勇的查理大帝今在何方?"维庸表达了人生短暂、谁都不免一死的思想:"人人都处于死亡的屠刀之下",不管是贫富,最终都要"被风卷走"。他在墓地沉思道:大法官、大主教和穷人,有人统治,有人受奴役。尽管生前贫富不同,死后却都一样。

人到暮年,他曾经羡慕的风度翩翩的青年贵族和热恋过的名门淑女都已变得又老又丑,世间没有任何力量能阻止死神的降临。维庸强烈地感到世间的不平和人间的不公,他让死神这个谁也摆脱不了的阴影来替天行道,从而表达他渴望人间平等的愿望。他还说自己想立遗嘱把财产赠给他人,但自己一贫如洗,只能以诗相赠,例如用《圣母院之诗》为年迈的母亲打开天堂的大门,还发誓把双目赠给盲人。他十分细致地描写死亡的场面,十分周到地设想自己的葬礼,为自己写了一篇墓志铭,"这里长眠着……弗朗索瓦·维庸",戏称自己是倒在"爱神之箭"之下,希望由此得到"长久的安息"。

法国
文学名著便览

16世纪文学

拉伯雷

(1494~1554)

弗朗索瓦·拉伯雷,16 世纪法国的医生和作家。公元
1494 年出生于法国中部希农市附近的拉德维尼庄园,曾经在
修道院学哲学、神学、医学及希腊文。并游历法国中西部各
大城市,先后在波尔多、图卢兹、奥尔良和巴黎访问各大学和
学者。1530 年和 1537 年,先后两次进入蒙佩利大学医学院
学医,并取得医学硕士和博士学位。日后在里昂,为追求科
学真理而解剖过一具被绞死的犯人的尸体。大学毕业后成
为知名医生和解剖学教授。此后的二十年,他的活动一直以
里昂为中心。

1532 年,他在书摊上见到一本民间故事集《高长硕大巨
人卡冈都亚大事记》,受到启发,从而开始撰写著名讽刺小
说,即他最初发行的作品《庞大固埃故事》(1532 年)。这部作
品深受好评,同时拉伯雷也获得了国王身边的巴黎主教若阿
尚·杜·贝莱的青睐,并随他去了意大利。回国后他又写了前
篇《卡冈都亚故事》(1534 年),将其称为"《巨人传》第一部",
而把先问世的那本称为"《巨人传》第二部"。作者在书里猛
烈抨击当时的统治思想:烦琐哲学、巴黎神学院、教会、修道
士、法官和教育制度。由此招来了福音主义者和宗教改革者
的群起攻击和迫害,因而他只能暂时销声匿迹,随若阿尚·
杜·贝莱主教隐居罗马,直到蒙教皇豁免才返回国内。"《巨
人传》第三部"(1546 年)和"《巨人传》第四部"(1552 年)在
后来相继成为禁书。拉伯雷于 1554 年结束了他辉煌的一生,
最后一本"《巨人传》第五部"(1564 年)是其死后才出版的。

拉伯雷的作品有其无与伦比的独到之处,它包罗万象、

涉及农艺、医学、天文、航海、物理、神学等各类学科。与此同时,它还以夸大现实、滑稽怪诞闻名于世,从而成为法兰西精神的代表。

《巨人传》第一部

初版时间:1534 年

内容梗概:

　　《巨人传》第一部《卡冈都亚故事》以庞大固埃之父卡冈都亚作为小说主人公。卡冈都亚的母亲怀孕长达十一个月之久,临盆那天,她吃了太多的牛肠,敷了一种收敛剂,不料药性太猛,结果把包衣给弄破了,孩子钻进大动脉通过横膈膜和肩膀,从左耳朵里钻了出来。他一落地,不像别的婴孩呱呱啼哭,而是大声叫嚷:"喝呀!喝呀!喝呀!"

　　卡冈都亚是个不折不扣的巨人,他一天要吃一万七千多头奶牛的奶,不到两岁就长了一个十八层的下巴,全身上下珠光宝气,光一件锦袍就得用上近万码丝绒。从三岁到五岁,他的生活就是喝、吃、睡;吃、睡、喝;睡、喝、吃。

　　卡冈都亚的父亲大肚量先后请来多位老师教卡冈都亚,但是他却越学越呆头笨脑,失魂落魄,口嚅舌钝。最后大肚量不得不决定让卡冈都亚远赴巴黎就学。在巴黎他大受欢迎,大家紧紧跟随他,逼得他只好上圣母堂钟楼暂避,摘取圣母堂的大钟当马铃铛,引起了全城骚动。

　　卡冈都亚的老师巴诺克拉忒请教大师,开了一帖泻药,把卡冈都亚的一切毛病和恶习完全清除出脑袋,然后叫他用心攻读,一刻光阴也不白费。吃饭的时候,老师见缝插针给他讲解饭菜品种的知识,玩牌的同时还顺便研究数学,此外,他还学习天文、音乐、体育、军事武艺及天文地理等,从早到晚几乎没有一刻停歇,他也一天比一天有进步。

　　收获葡萄的季节到了,垒尔内的卖糕饼的人和卡冈都亚国内看守葡萄园的乡民发生争端,垒尔内的居民在国王霹雳火的率领下出其不意袭击卡冈都亚的家乡,所过之处,洗劫一空,不分贫穷富有,不问寺产民居,造成一片无法比拟的混乱,却没有遇到半点抵抗。

霹雳火的军队一路糟蹋蹂躏,掳掠劫夺,直抵沙依埃。修道院的一群修士个个吓得魂飞魄散,祈求保佑,只有约翰修士挺身而出。他脱下长袍,抓起一支长柄十字架,出其不意冲了出去,使出老派武功,横七竖八,一阵乱打,把敌人杀得一个不剩。

然而,就在修士应战的当儿,霹雳火率领人马来到了克莱莫岩,卡冈都亚的父亲大肚量被迫应战,处境岌岌可危。大肚量迫于无奈,写了封信给儿子,让他赶紧回国,保卫民众和财产。另一方面,他也试图向霹雳火求和,结果事与愿违,和平无望。卡冈都亚接到父亲的来信,连忙离开巴黎,一路奔命回国。

霹雳火不顾大肚量的忍让相劝,继续攻击,遇上了卡冈都亚。卡冈都亚的大马松一松肚子,撒了一泡尿水,结果变成七里长的洪水,敌人猝不及防,几乎全被淹死,只有几个逃到山坡上,才得幸免。堡垒中的残敌一股脑向卡冈都亚开了九千零二十五发炮弹,却没有伤他分毫。卡冈都亚拔起大树干子,对着堡垒砸下去,堡垒被彻底摧毁,敌人身首异处,肢体破碎。之后,他又率领父亲的军队,在约翰修士的协助下,打得霹雳火丢盔弃甲、落荒而逃。

战后,卡冈都亚对将士论功行赏,同时不忘酬谢约翰修士的汗马功劳。卡冈都亚特意修建了德廉美修道院,规定只接受容貌端丽、身材合度、秉性温良的女子和气宇轩昂、体格魁梧、秉性温良的男子;规定凡有女人的地方必须有男人,凡有男人的地方必须有女人;男女修士可以光明正大地结婚;人人都可富有钱财,自由自在生活。修道院只有一条院规:"做你所愿做的事。"

《巨人传》第二部

初版时间: 1532 年

·31·

拉

伯

雷

内容梗概:

卡冈都亚活到四百八十,再加四十又四岁,和他老婆——乌托邦大王的女儿白贝克公主生下一子,便是庞大固埃。公主却因产子丧生,因为庞大固埃实在肥大、笨重。父亲给他取名庞大固埃是因为在他出生那年闹干旱,而"庞大"在希腊语中意为"十分","固埃"在哈卡莱语中意为"干渴"。庞大固埃的诞生令卡冈都亚悲喜交加、啼笑皆非,他不知道该为老婆的死而哀伤还是为儿子的诞生而喜悦。

庞大固埃身材和体力成长之快速,令人难以置信,他每顿饭要喝四千六百条母牛的奶,人们让母牛给他喂奶,他居然挣脱了摇篮的绳索,几乎将母牛囫囵吞下。卡冈都亚怕他闯祸,下令特制四根粗大的铁链,将他绑住,又在他摇篮四边,装上许多粗硬的木条,将摇篮紧紧箍住,以防万一。然而有一天过节,卡冈都亚大摆筵席,将可怜的庞大固埃撇在一旁,他居然两脚一蹬,竟把摇篮蹬穿,一骨碌滑到地上,连锁链带摇篮背起就走,宣称从此不回摇篮里睡觉。

如此这般,庞大固埃日长夜大,父亲送他上学,让他读书识字,度过他的少年时代。他到布瓦迪埃大学念书,学业长进非常迅速。之后,他游历全法国各地有名的大学:波尔多、图卢兹、蒙彼利埃、瓦朗斯、昂热、布尔日、奥尔良,最后前往巴黎。

终于,庞大固埃来到了巴黎,将语法、伦理、修辞、算术、几何、音乐、天文等七科钻研了一番。

一天,庞大固埃在街上遇到了一个身材俊美但满身伤痕的中年人,攀谈之下发现此人会说各种语言,最终得知他叫巴汝奇,两人从此形影不离。

庞大固埃不忘父亲的教诲,某天,他想试一试自己的才学,于是摆擂台同学院院长、教授及演说家们展开辩论,结果把对方都驳得面红耳赤。于是消息马上传了出去,正巧法院有桩悬而未决的讼案,案子讨论了四十六个星期依然毫无结果,当事人是两位大人物,庞大固埃自然被请去审理这个案子。他叫来两位当事人,让他们当庭辩驳,最后这桩本来毫无头绪的案子在庞大固埃口中得到宣判,判得一清二楚,头头是道,两个当事人都表示悦服,分头退出。至于旁听席上的咨议和法学博士,无不钦佩庞大固埃超凡的学识和见地。

不久之后,庞大固埃闻报狄波莎国人侵犯阿莫洛托的疆土,急忙带着一行人离开巴黎,赶去御敌,他和伙伴们大败敌军骑士六百名,为此大家开怀畅饮。敌人又派出了三百名巨人军,结果庞大固埃对准敌人营盘撒了一泡尿,尿量之大,直把敌军全部淹没,敌人死伤无数。打完胜仗之后,庞大固埃和巴汝奇来到阿莫洛托城,宣布胜利,并动员居民去征服狄波莎国,最终取得了成功。

《巨人传》第三部

初版时间: 1546 年

内容梗概:

征服整个狄波莎国之后,庞大固埃把当地变成一个乌托邦殖民地,进行大量移民,总计九十八亿七千六百五十四万三千两百一十人。之后,就是如何治理国家的问题,要知道治理一个国家,绝对不能使用暴力掠夺、剥削、蹂躏人民,而是要善待他们,就像对待新生婴儿一样,要把他放在摇篮里,哄着呵护着。

为了治理国家,庞大固埃任命巴汝奇为萨米尔贡丹宫堡主人,给予丰厚的俸禄,巴汝奇大摆筵席,开销极大,还大量借款,以至入不敷出。对此庞大固埃既不生气也没有表示任何不满,他现在能够居住在这样一片广阔的土地上,就用不着再浪费精力和激情了。他满足于巴汝奇的辅佐,不过还是委婉地劝对方节制,否则就无法致富。巴汝奇却不同意这种说法,觉得人只要活得开心健康就好,节制不能带来真正的富有。

为了整治领土,庞大固埃征询巴汝奇,问他如何看待借贷。巴汝奇滔滔不绝,发表宏论。大肆赞扬放贷者。

巴汝奇想结婚,但是在婚姻问题上举棋不定,此外还担心未来的妻子会有外遇,给自己戴绿帽子,因为这在当时是司空见惯的事。巴汝奇摇摆不定,顾虑重重,于是向庞大固埃征求意见。庞大固埃给不出有用的意见,因为他觉得对于婚姻问题发表意见是很困难的事情。于是他们找来算卦的书,庞大固埃发现书上说的对巴汝奇很不利,巴汝奇的看法却与庞大固埃不尽相同。

巴汝奇跟各色人讨教对婚姻的看法,越是想找到答案,越是深陷进退两难的尴尬处境。这时,庞大固埃出了个主意,说有句谚语说疯子比智者更懂得教导,于是建议巴汝奇去找疯子问问,疯子漫天胡说了一番,却提到了神瓶预言的事,据说在神瓶上有答案,庞大固埃和巴汝奇便决定动身找神瓶。于是他们开始做出海的准备……

《巨人传》第四部

初版时间: 1548 年

内容梗概:

话说庞大固埃和巴汝奇决定出发去寻找神瓶上的预言,以确定巴汝奇到底该不该结婚。庞大固埃征得父亲卡冈都亚的同意,向他借了船,集结大批人马,联合成一个浩大的出海舰队,带足粮食和生活必需品,准备出发。

出发当天及之后的两天中,他们没有碰到任何陆地或是其他东西。等到第四天,他们在灯塔指引下发现了一个叫“马得莫迪”的小岛,说是小岛,看上去却像加拿大那么大。岛的国王因外出参加婚礼,不在岛上。这是个物产丰富的岛屿,当天正是集市的第三天,大家都禁不住买了许多新奇美丽的东西,尤其是庞大固埃,疯狂购买了许多奇异的动物。

到了第五天,他们已经渐渐远离赤道,在路途中,他们遇到了一艘商船,双方都异常开心能在茫茫大海上遇到对方,相互交流海上及陆地上的消息。当得知对方来自灯笼国,庞大固埃及整个船队异常开心,他们了解了对方国家的风土人情。然而巴汝奇却与商船的一个水手在绿帽子这回事上发生争执,双方相互挑衅，相互讽刺，甚至到闹出人命的地步，商船主人和庞大固埃出面调解，才使双方冰释前嫌。

巴汝奇欲从之前跟他有争执的商人那里购买一只母羊，商人拐弯抹角，趁机大肆奚落巴汝奇，并故意抬高物价。几经周旋之后，巴汝奇终于出高价买了一只母羊，他毫不客气地挑选了羊群里最肥最好的一只，那是羊群的头，弄得商人追悔莫及。说时迟那时快，巴汝奇把那只母羊扔进海里，羊群的其他母羊看到后，也跟着纷纷跳进了大海。商人眼见自己的羊全都跳入大海，赶紧制止，可是哪里还来得及，他只抓住了一只母羊，可是却连人带羊一起掉进了大海，船翻了，商人也淹死了。一起的牧羊人纷纷游向巴汝奇所在的船逃难，而巴汝奇却甩起船桨，不是为了救他们，而是为了驱赶他们，还对着他们大放厥词，致使牧羊人全都葬身大海。

又过了几天，船队来到了另一个岛，这个岛叫做"联姻岛"。岛上的一万名男女老少都长着三叶鼻，他们相互联姻，都有着亲属关系，同属一个大家庭。奇怪的是，在这样一个大家庭中，成员与成员之间的关系纷繁复杂。

后来他们又来到了西卡努人居住的地方，即"诉讼岛"，在这里他们也看到了前所未闻的怪现象。西卡努人浑身是毛，他们没有邀请庞大固埃等人喝酒吃饭，而是让他们用钱支付自己的劳动服务以作交换。更奇怪的是，他们的生存方式与平常人的完全相反，在罗马，为了维生，就得战斗厮杀，取得胜利；而在这里，西卡努人维持生计的方式居然是挨打，如果他们长时间没有被打败，那么他们会因为饥荒而死。

紧接着，经过一场暴风雨，庞大固埃和巴汝奇一行人来到了斋戒人统治的地方，这儿的人非如其名，生活排场极大，十分贪吃。他们是邻国香肠国人的死敌。

之后，他们又来到鲁亚岛，鲁亚岛的人也非常奇怪，他们居然靠风生活，以各种扇子为食，他们以风信标为家，有钱人则住在磨坊里面。

几经周折后，庞大固埃一行人又来到了帕普菲格岛，这里的人原来非常富有，号称逍遥人，而这已经是历史，如今他们贫困

不堪,受邻国帕普马纳人的统治。原来他们曾对教皇的画像比
了一个无花果的手势,于是受到了惩罚,沦为奴隶。

《巨人传》第五部

初版时间:1564 年

内容梗概:

庞大固埃和巴汝奇一行人踏上了寻找神瓶的航海旅程之
后,领略了各种风土人情,见识了各种闻所未闻的奇人异事,他
们继续着自己的航程……

三天以来,他们没有发现任何异样。第四天,他们发现了陆
地,领航员告诉大家,这块陆地叫做"钟鸣岛"。从岛上,大老远
传来了嘈杂的声音,感觉像是各种大大小小钟一齐发出的鸣声。
庞大固埃一行来到悬崖底下,弃舟上岸,躲到附近的小屋中。小
屋的主人是一个隐居者,他以极其怪异的方式招待大家。他先
是让大家连续禁食四天,因为当时正是钟鸣岛的"四时"斋戒日。

禁食日终于熬到了头,隐居者给了大家一封信,收信人是钟
鸣岛的主人。这位老好人应隐居者的要求,很好地招待了庞大
固埃一行人,等大家吃饱喝足之后,他开始向大家介绍钟鸣岛的
不同寻常之处。原来起初钟鸣岛的居民是斯蒂西内人,但是根
据事物永恒变化的自然法则,他们变成了鸟。他接着向大家介
绍了鸟笼,鸟笼异常大,耸人听闻,建筑结构非常新奇。鸟儿体
积庞大,长得非常漂亮,非常殷勤,长得跟国内的人一个样,他们
如同普通人一般吃喝、瞎聊、放屁、睡觉、交配。简单来说,他们
乍看与普通人没什么两样,但他们并不是人类,他们不属于现实
也不属于现世,他们的羽毛也异常梦幻,有的全白,有的全黑、全
灰、全红,也有半白、半黑、半蓝的等。

这里的鸟完全按照圣职等级来分类,如果贪婪就会变聋,同
去的约翰修士说:"看到这些鬼一样的鸟,真让人由不住破口
大骂。"

接着,庞大固埃一行人来到了"判罪岛",这是一座荒岛,无

人居住。岛上有无数的树,有的树上挂着锄头、铲子、瓦刀、镰刀、锯子、剪刀等等铁器。还有的挂着匕首、利剑、小刀、剑等等利器,谁想要,只需摇动树木就可以,一旦落地,它们会与地上长着的一种叫鞘子草的植物结合,立即入鞘。

光看这些树木就感觉到判罪岛是个阴森恐怖的地方。而更令人胆战心惊的是,在这里有一种"穿皮袍的猫",这种猫十分凶狠,它们有着异常锋利的爪子,身上居然还挂着个张开的大口袋,它们专以贿赂为生。

紧接着,庞大固埃一行人又来到"五元素国",这里也发生着千奇百怪的事情。王国的女王居然用歌声来医治各种疑难杂症,她不像普通人那样吃东西,而是以思想、意象、抽象、梦幻、概念等为食,这里的人争论不休的话题则是:山羊毛究竟是不是羊毛。

一番奇遇之后,庞大固埃和巴汝奇等人终于到达了他们的目的地,即"灯国"。这里有一座寺庙,里面有一个喷泉,喷出来的不是水,而是酒。巴汝奇被单独带到一个小房间,他终于在那里见到了寻找已久的神瓶,还听到空中传来的声音:"喝吧!"这就是他们历经千难万险要寻找的答案。

杜·贝莱
(1522~1560)

16世纪怀旧诗人,七星诗社重要成员。他家室显赫,叔叔有的铁马征戈,有的在教会就职;父亲是领主,也是布雷斯特的长官,母亲是图尔姆利埃尔城堡的继承人。杜贝莱就出生在这个城堡。他体弱多病,双耳失聪,原本打算跟随叔叔从军,结果叔叔的去世将他的计划全盘打乱。随后他转而投向教会,投靠另一个叔叔,为了做准备,他于1545年来到普瓦捷学院学习法律。但他很快对诗歌产生了浓厚兴趣,起初他只对法国诗歌感兴趣,尤其是马洛的诗歌。在普瓦捷,杜贝莱修习拉丁语,他的老师鼓励他开拓对诗歌的兴趣。随即,杜贝莱发表了他的早期的拉丁及法语诗歌创作。1547年年底,他与龙萨邂逅,并与他一起来到巴黎师从著名的人道主义学家朵拉学习,在那里他们学习意大利语,并迷上了意大利诗人贝特拉克。与此同时,他开始撰写《保卫和发扬法兰西语》,并发表了他的第一本诗集《橄榄集》,作品取得巨大成功。然而由于劳累过度,杜贝莱病倒了,卧床近两年,从此以后,病痛就一直折磨着他。1553年,杜贝莱已是红衣大主教,并被国王弗朗索瓦一世派遣到罗马任大使,在这一过程中,杜贝莱创作了《旅行日志》。在罗马逗留期间,他领略了罗马皇廷的遗址,想象古时的胜景,深思罗马的盛衰,创作了著名的《罗马怀古集》。后来他又创作了另一部诗集《悔恨集》,该诗集以现代罗马为主题,表达他的失望和苦楚,描写当时教廷的不为人知的生活百态。回到法国之后,他对法国的皇廷也失望万分,《悔恨集》没有受到预期的欢迎。杜贝莱最后几年的生活非常悲惨,他双耳失聪,无法交流,在失望和忧虑之中他早生白发,最后于1560年因中风而死,享年37岁。

《保卫和发扬法兰西语》

初版时间: 1549 年

内容梗概:

　　人类的多样性和多变性导致了不同的说话和表达方式的产生,即产生了语言的多样性,而语言本身并无优劣之分,如果说一种语言残缺不全,薄弱脆懦,而另一种语言完美无缺,顽固坚强,那是不符合逻辑的。语言的共性是用于服务人类,以便交流沟通。所以,我们不能在褒扬一种语言的同时贬低另一种语言,因为它们来自于同一个起源:表现人类文明和进步,表达对世界的看法。当然,有些语言随着时间的流逝变得更为丰富,但这不应归因于那些语言本身的机缘,而只是得益于人类的设计和工巧而已。事实上,大自然所创造的万物,全部的艺术和科学,在世界任何地方都是同一事物。但是,由于人们的意愿各不相同,说写的方式也就各异其趣,所以语言本身是没有好坏之分的。法兰西语言并不比希腊语或是拉丁语逊色,法兰西语同样能写出美文,同样能随心所欲地表达,因此,我强烈希望改变世人对法兰西语言的成见。

法兰西语言并不是野蛮人的语言。"野蛮"这个词起源于希腊语,指当时进入雅典而被迫学说希腊语的人,之后这个词被披上了粗鲁蛮横的色彩,指希腊以外的所有国家和人民。然而,法兰西语并不会因此而逊色,希腊人过于傲慢,只尊重本国的发明和创造,贬低他人的成果。无论从文明、从法制、从民族正气,以及所有生存形式和方式上来讲,法兰西语都是值得称道的。我们对希腊人应该不卑不亢,也应该用同样的态度对待罗曼人的无理。他们将我们称为蛮族,那是因为他们的野心和无止境的成功欲,我们大可不必在意,要记住法兰西语是我们自己的语言,它不比希腊语或是罗曼语逊色,不应该受到歧视。

如果说法兰西语相对于希腊语和罗曼语来说显得贫瘠,原因在于我们的祖先做的比说的多,忽略了语言的重要性,致使后辈不得不借用他人的语言来点缀自己。然而希腊语和拉丁语也未必永占鳌头,我们的语言正在不断丰富和完善,有着很大的上升空间,在不久的将来,它势必能赶上希腊语和拉丁语,与之齐头并进。与此同时,虽说法兰西语相对匮乏,但是其匮乏程度远远低于人们的估计,它在借用的同时也在自我创造,随着本国文明进步和科技发展,它也不断地得到丰富和发展,变得更加优秀更加完善。

对于我个人来说,那些饱受赞扬的翻译家的工作并不足以丰富我们的语言,使它与其他语言匹敌。语言在借用外来语的同时还要注重自我发展,更何况,翻译家在翻译的同时,并不能排除本身的知识限制。因此,错误是不可避免的,这势必误导无知的读者,将黑白颠倒。他们注重的不是翻译本身,而是翻译给他们带来的荣耀和头衔,提升自我价值。况且,翻译过程中的文体、措辞及修辞等问题都是非常棘手的问题，尤其是在翻译诗歌的过程中。所以我建议大家不要翻译诗歌，当然许多翻译家是御用翻译家，翻译是他们的使命和任务，他们无从选择，然而对于那些出于兴趣翻译的人，奉劝大家千万小心，切勿自以为是。

那么罗曼人又是怎样丰富自己语言的呢？他们没有通过翻译这个途径，而是通过模仿、消化、改造，内化希腊人的语言，最后将这些语言复制改造成自己的语言，以此使自己的语言日趋完善，最终他们超过了这个，匹敌了那个，将自己的语言变为优秀的语言。试想如果他们当时只是一味地翻译，那么他们的语言能达到现在的境界吗？所以，趁我们的语言还有提升空间之时，让我们抓紧时间同样通过模仿希腊人和罗曼人的做法，丰富它，让它茁壮成长。

有人说法兰西语不足以用来表达哲学思想，那么我要驳斥说，我们的祖先同样使用法兰西语，为何他们却比现代人更加博学？所以原因并不在于语言本身，而在于我们自己。我所倡导的保卫本国的法兰西语，并不意味着阻止学习希腊语和拉丁语，因为毕竟它们是优秀的值得学习的语言。而在学习其他语言的过程中，我们会发现其实用本国语言创作更符合我们的思维，更符合我们的习惯，也更方便表达。与其用别国的语言写糟糕的东西，还不如用自己可以操持的母语来创作优秀的作品。我并不是盲目地捍卫法兰西语，我只是相信，只要我国学者能够坚持用法兰西语创作，就像当初罗曼人所做的一样，那么法兰西语迟早都会享誉各地。

在语言创作过程中，诗人和演说家扮演着至关重要的角色。所以我强烈建议诗人们用法兰西语创作诗歌，借鉴古希腊古罗马的诗律，重新定义诗歌规则，包括诗歌种类、表达内容、节奏和韵律等。

《橄榄集》

初版时间：1549 年

内容梗概:

1549 年,在发表《保卫和发扬法兰西语》的几周后,杜贝莱出版了他的首部十四行诗集《橄榄集》。在此诗集前,法国只有寥寥数十篇十四行诗歌,由马洛等人零星创作,故杜贝莱是第一位把十四行诗体正式引进法国的诗人。《橄榄集》体现了七星诗社的诗歌理论主张:在《保卫和发扬法兰西语》中,杜贝莱提倡诗人用法语创作诗歌,并借鉴古希腊罗马的诗律。在巴黎师从朵拉期间,他阅读大量古典文学,并学习意大利语,十分推崇彼得拉克。《橄榄集》正是一部旨在模仿和翻译彼得拉克诗歌的习作。

《橄榄集》共收录 50 首诗歌。次年杜贝莱发表第二版《橄榄集》,增加了 65 篇。诗人以爱情为主题,献给一位叫薇奥尔(Viole)的情人,他的缪斯(橄榄 Olive 即是薇奥尔 Viole)。他运用讽喻、对偶、夸张和借用等修辞手法来抒发爱意,歌颂爱情。情人所到之处,有"岩石嶙峋,铺满野草的绿茵",有"奇花异卉,水晶般的碧涛"(诗篇 77)。那么,在诗歌中反复出现的,有着一头金色长发、温润眼神和轻柔叹息的女神是谁呢?

在 1549 年出版的《橄榄集》前言中,杜贝莱称要把此诗集"献给我的缪斯,我的月桂,我的太阳神",而在次年的第二版前言中,他又称献给"尊贵的玛格丽特公主"。玛格丽特公主是法国国王亨利二世的妹妹,是杜贝莱的保护人。杜贝莱指的是同一位女子吗?

不论女子是谁,她在诗人心中不仅仅是肉身完美的情人薇奥尔,而且已化身为诗人苦苦追寻的理念世界,它是"彼岸"。《橄榄集》中最著名的一首"天长而地久,如人的一生无奈"(诗篇 113)中所描写的那样:"彼岸有你我向往憧憬的幸福,彼岸有人人梦寐以求的宽舒,彼岸有爱情,彼岸有欢乐无限"……"我的灵魂啊,你向着天顶飞翔,我在尘世间追求的美的理想,你到了彼岸才发现就在眼前"。现实可悲而无奈,通过爱情便可飞到彼岸的理念世界。他和薇奥尔一进一退的爱情波折:"我发现了你,而你不在我身边。突然,我感觉到你在我身边,我却说不出只字片语,混沌不堪",诗人在追寻理念的旅程中感受到的理念超越了一切语言,是远在自己艺术能力之上,他要突破语言的表象去寻找的真理。杜贝莱的诗句字里行间充满着柏拉图思想。

《悔恨集》

初版时间:1558 年

内容梗概:

《悔恨集》是杜贝莱在罗马逗留的几年间创作的一部诗歌集,发表于 1558 年,即诗人返回法国之后。1553 年杜贝莱跟随身居红衣主教高位的堂兄出使罗马,并担任红衣主教宫中主管。这部诗集如同日记一般,记录了诗人在异地的所见所闻以及他的情感世界。枯燥的管家工作和罗马教廷的各种丑态,使诗人思乡心切,他怀念故乡安茹小城平静质朴的田园生活。除此之外,诗集还记录了杜贝莱辗转归国的旅途及在巴黎的生活,法国的宫廷和罗马教廷一样让他失望透顶。

《悔恨集》共收录十四行诗 191 篇,按照主题被分成四个部分,每个部分诗歌篇幅分布不均,文学比重也不等。

第一部分(诗篇 1~6)中,诗人介绍了自己的创作理想:"我无意为诗句推敲崇高的诗题,我也不用丰富的色彩来图绘画幅,我只是随手俯拾偶然发生的事物,不论是好或是坏,我信手写得仔细"。当时,以龙萨为首的"七星诗社"诗人擅长写天地万物的长篇颂歌。杜贝莱则在此坦言自己只取亲切质朴的风格,无意浓妆艳抹的华丽辞藻,只记下平日所见所闻、所思所想。

第二部分(诗篇 7~49)中,诗人尽情抒发了对祖国的无比怀念和渴望返乡的迫切心情。身为红衣主教宫中主管,他无意在每日琐碎杂务中施展自己的创作天赋,这令他十分沮丧。但就是在他最失意的时候,杜贝莱写出了最美的两篇诗歌:"法兰西,艺术、军事以及法律的母亲……"和"幸福啊,尤利西斯壮游时勇往直前……"前一篇道出了困顿异乡的游子心声,把法国比作母亲,把自己比作羔羊,"在平原上一群恶狼的中间漂泊";后一篇借用了荷马史诗《奥德赛》中的主人公尤利西斯,羡慕这位英雄在特洛伊胜仗后返回家乡伊塔克，而自己却客居异乡，归国之日遥遥无期。此诗运用工整的排比对仗，把思乡之情、故土之恋抒发得十分细腻，朗朗上口，故是《悔恨集》中最著名的一篇。

第三部分（诗篇50～127）中，诗人描绘了罗马教廷不为人知的百态。宫中的生活习俗、朝臣的谄媚虚伪、社会的不良风气，在诗人笔下如一幅幅图画般呈现在我们眼前。尽管这一部分的诗歌如今看来不如前一部分的有名，但在杜贝莱的时代它们却享有很高的文学地位，备受追捧。因为杜贝莱开讽刺十四行诗之先河，这部分诗歌比讽刺短诗要长，又比一般的讽刺诗要短。"我不写爱情，因为我不在谈情说爱……"（诗篇79）中的最后一句"我不写知识，因为我已被神甫包围"体现了他高超的讽刺技巧。

第四部分（诗篇128～191）记录了诗人1558年辗转返乡的旅途（诗篇128～138）和他回到巴黎后的生活（诗篇139～191）。这一部分诗歌的文学比重远不如前两个部分。诗人返乡途中经由意大利乌尔比诺、费拉拉和威尼斯，再到瑞士，这些地方在他的笔下全然失去魅力，他只是一心想回家。但盼望已久的归国却让杜贝莱非常失望，法国宫廷同样也充斥着丑陋的恶习。《悔恨集》并没有收到预期的欢迎，诗集中批评讽刺罗马教廷的诗段令他的红衣主教的堂兄很不满，并公开批判他忘恩负义。另外，杜贝莱双耳失聪，健康状况越来越糟糕，在病痛折磨下度过人生最后两年的时光。

《悔恨集》是杜贝莱最为成功的一部诗歌集，他对十四行诗的编创能力，他那丰富细腻的情感世界，使得他的诗歌代代为人传诵。

龙　萨

（1524～1585）

龙萨是16世纪爱情诗人、七星诗社重要成员，于1524年出生于奥尔良附近的一个贵族家庭,从小出入宫廷,担任过王太子的侍童。因过早失聪,他放弃了从军和外交事业的志愿,潜心学习诗歌创作,和杜贝莱一起进入高克雷学院,跟随希腊人文主义教授朵拉研习古典文学。1549 年,他作为七星诗社的领军人物之一,参与编写由杜贝莱执笔的七星诗社宣言书——《保卫和发扬法兰西语》;次年出版第一部诗集《颂歌集》(Odes),进一步阐述诗社的诗歌理论:统一法兰西民族语言、借鉴古典诗歌格律、建立一个可与古希腊罗马诗坛相媲美的法国诗坛。

作为宫廷御用诗人,龙萨尤以爱情诗著称,被誉为"诗歌王子"。1552 年,他发表《爱情诗集》上卷《致卡桑德拉》,歌颂心中的女神——一位意大利贵族女子。1556 年发表下卷《致玛丽》,歌唱的对象换成了名叫玛丽的乡村姑娘。1578 年受亨利三世之托,创作短小的十四行诗集《玛丽之死》,以纪念国王已故的情妇玛丽·德·克莱夫。同年发表《致海伦的十四行诗》,表达对海伦——美帝奇皇后身边的贴身女仆的爱恋。

除了爱情诗,龙萨也创作政治诗歌,例《关于时代灾难的时论诗》(1562),长篇史诗《法兰西亚德》(1572)等和一些王室应酬之作。诗人晚年远离宫廷,在圣克斯马修道院过隐退平静的生活,期间整理以前的作品,并不断再版。1585 年在修道院逝世。

《致卡桑德拉》和《致玛丽》

龙萨的《爱情诗集》合计 350 首诗歌,分上下两卷,其中大多数是十四行诗。上卷《致卡桑德拉》(1552)计 240 首诗歌,其中229 首十四行诗,献给一位名叫卡桑德拉·萨维阿蒂的意大利女子,她金发、高贵,是佛罗伦萨一个大银行家的女儿。龙萨于1545 年在布洛瓦的一次宫廷舞会上遇见她,并视其为女神。在诗集中,诗人时而高歌爱情的力量,时而凝望美人的芳容:"你的纯白胜过百合,谁让你的嘴唇如此鲜红,脸庞如此美丽,谁在你的胸前染上这炽烈的红色"。有时,他的口气会渐渐放肆起来:"啊!我将死去!啊!亲吻我!啊!爱人,请靠近我!至少感受一下我的双手,在你的胸前流连"。

和七星诗社的其他诗人一样,龙萨的诗歌创作深受彼得拉克的影响,不但运用坎佐纳抒情诗体,还引进大量神话人物来隐喻卡桑德拉的美,这是一种气势宏大、史诗一般的美丽。同时他还有着通过爱情到达至美境界的柏拉图思想。但不同于彼得拉克在《劳拉》中坠入爱情深渊的痛苦绝望,龙萨的爱情诗释放出在爱的极乐世界里尽情欢愉的气息。这和他的身份分不开,龙萨是宫中的大红人,生活舒适奢华,信奉及时享乐,如他最著名的那句"丽人,请凝视这朵玫瑰"。他在爱情中索取的多是对肉体的欲望,因此他对卡桑德拉的赞美总是伴随着强烈的欲望。

下卷《致玛丽》(1556)计96首诗歌,其中有68首十四行诗,这卷诗歌歌颂的是一名叫玛丽·杜班的姑娘。和金发高傲的卡桑德拉不同,玛丽只是一个普通的乡村姑娘,龙萨在一次打猎时与她邂逅。在《致玛丽》中,没有壮丽波澜的景色和神话人物的隐喻,它所散发出的是轻快活泼的田野气息:"含苞欲放的蔷薇,娇俏可爱的石竹,您昨晚给它们浇过水,用您呵护的双手"。诗人对卡桑德拉强烈的欲望在这里也转化为温柔朴实的爱恋。

《玛丽之死》

《玛丽之死》合计15篇十四行诗,发表于1578年。此处的玛丽已不再是《致玛丽》中的乡村姑娘,而是国王亨利三世逝去的情妇玛丽·德·克莱夫。1574年,情人亡故,爱情幻灭的亨利三世号召多名诗人,为玛丽合作悼念诗集。"当人们看到五月枝头的玫瑰,如同看到她青春的花蕾,鲜艳欲滴,令上天嫉妒。"玛丽娇嫩脆弱的美丽抵挡不住现实的残酷不公:"优雅的叶瓣,爱情栖息,在花圃中,在芳香枝头,经风吹雨打,芬芳散尽,无精打采,片片颓唐"。诗人用"盛满鲜奶的器皿"、"鲜花芬芳的竹篮"来隐喻玛丽瞬间飞逝的命运。"无论您或生或死,都化作永恒的玫瑰",龙萨的挽歌最令人心碎。

《致海伦的十四行诗》

当你老时,凭着黄昏的烛光,
独摇着纺车枯坐于炉火之旁,
你会吟诵,欣美我的诗章,会说:
"龙萨曾赞美过我,当我还年轻漂亮。"

《致海伦的十四行诗》问世于 1578 年。当时龙萨已经 54 岁,海伦·德·苏哲尔却新进宫,是美帝奇皇后的贴身女官。当时皇后开玩笑地鼓励龙萨去追求这位年轻女子,不料他真的深深爱上了她。海伦有很高的文学修养,而当时龙萨的写作技巧已经磨炼得十分成熟,《致海伦的十四行诗》可以算是龙萨的抒情诗巅峰之作。此后查理九世去世,海伦离开皇宫,诗人的爱情也因此无疾而终。

这部作品一共分为两部,第一部包含 60 小节,第二部包含 55 小节。除了规律的十四行诗外,还包含了一些歌唱的部分。龙萨在诗中纵情地表达自己对海伦无法自拔的爱恋。在他笔下,海伦集所有美貌才德于一身,她的目光穿透他的心灵,使他陶醉在爱慕中。但情人的冷漠让他备受煎熬。"我将长眠地下,化作幽灵游荡,独自在爱神的浓荫下徜徉;而你,衰老的身躯只枯对炉火,你会后悔,你的矜持把我的深情埋葬"。诗人用略带残忍的语气,责怪海伦错过及时享乐的良机,蔑视了自己的热情。同时,他又声称即使爱人风烛残年,自己对她的激情会永垂不朽。

除了歌颂爱情之外,龙萨在诗篇中还抨击宫廷盛行的矫揉造作文风,此风尚一直延续到 17 世纪,主导着各个人文领域。他借助海伦之口,表达对奢靡生活的厌倦:"与其身居宫廷,我宁愿孤独一生,与世隔绝,我憧憬那边的生活"。宫外战争硝烟,宫内夜夜笙歌,诗人感到隐隐不安,故此诗集透露出对逝去时光扼腕忧郁。

蒙　田
(1533～1592)

　　米歇尔·德·蒙田是法国文艺复兴之后最重要的人文主义作家、思想家,以博学著称。生于波尔多附近,为家中长子。家族为殷实商人,从事鱼、酒的国际贸易。6 岁以前寄宿在农村家庭,以农民夫妇为教父母,并由只说拉丁语的老师教导,因此拉丁文为其母语。少年时代,在吉耶讷学院习希腊文、法文、修辞术,因其拉丁语流利,多在拉丁剧中担任主角。后来到图卢兹(一说巴黎)学习法律,曾先后担任波尔多市法官、议员和市长,与法兰西国王亨利三世等过从甚密。38 岁时回到庄园过退隐生活,开始撰写《随笔集》,另辟新径,不避嫌疑大谈自己,开卷即说:"吾书之素材无他,即吾人也。"他一生抨击教会与封建制度,批判经院哲学,反对灵魂不朽,主张认识自我、追求真理。凭借《随笔集》这部著作,他同拉伯雷一道,奠定了法语作为文学语言基础的地位,对弗兰西斯·培根、莎士比亚以及法国的一些先进思想家、文学家与戏剧家影响颇大。蒙田的创作开创了随笔这一体裁的先河,使散文作品进入文学殿堂,同时也奠定了他在世界文学史上不可替代的地位。他的《随笔集》与《培根人生论》、《帕斯卡尔思想录》,被人们誉为欧洲近代哲理散文三大经典,在世界散文史上占有重要地位。

《随笔集》

初版时间：1580,1588,1589 年

内容梗概：

　　《随笔集》分为 3 卷,共 107 章。该书融书本知识和生活经验于一体,是作者的思想记录,他将自己作为这部书的材料,内容几乎涉及生活的各个层面,诸如日常生活、传统习俗、人生哲理(友谊、爱情、教育、善恶、生死、信仰等)。

　　《随笔集》第一卷的开篇章节名为"殊途同归",这一章节阐明在普遍原则规律的基础上,观察人类行为是不可能的:"因为人类是一个虚浮、丰富、多变的主体"。正是鉴于这种多样性和波动性,作者在之后的章节中分析了由社会、心理及认识构成的几何三面体:规律随着民族及时代的变化而产生相应的变化,规律的权威性只源于它们长时间的应用性和实用性;情感和激情与人类构成错综复杂的矛盾关系,所有固有的定位在其中都将化作乌有,而情感和激情最终凌驾于人类之上;另外,包括学校等文化知识教育机构摆脱不了这种整体的"多变性",它们以反常理的方式将古怪无常的东西化作教条教义。这一普遍意义上的演变使得智慧应运而生,这种智慧基于对偶然性和人类局限性的接受和诠释。也正是基于此,才有了真正的哲学,用以"解释人类的诞生和衰败";年轻的孩子们被送进学校学习锻炼,经受各种考验,让他们摆脱沉重的学究气和咄咄逼人的雌黄,待到他们长大成熟时,给他们灌以"死亡的概念",这一概念同时也是"自由的概念"。而这种智慧的试金石来源于孤独寂寞——因为自从好友博埃蒂 1563 年过世以来,蒙田深受打击,感觉被掏空了一样,他认识到唯有智者才懂得真正体验友谊,即对两个灵魂相互碰撞交融的体验。

　　《随笔集》第二卷包含了无以计数的物理、道德及知识概念,是第一卷的补充。蒙田在其中谈到了自己的文学爱好,他热衷于各种史学家,并且表露出自己对于希腊传记作家及史学家普

鲁塔克的绝对偏爱。在第二卷中蒙田还论及自己的"形体条件"、自己的"体质",认为自己的"体质"与其抱负相排斥,同时又可以挣脱各种束缚。除此之外,作者还谈及自己的健忘症以及自己"迟钝"的理解力。文章中不乏作者对自己的描绘,而对此作者也做出了充分的解释,他不止一次在书中回应了所有一切可能针对他的谴责,深信自己的作品和内心情感是一致的。在他眼里,写作就是塑造自我个性的过程,"我不是别人,我描绘的是我自己,用最纯粹的色彩、最最原始的色彩"。除却上述内省过程之外,本书还收录了著名的《雷蒙·塞邦赞》,构成蒙田随笔中最复杂而曲折的章节。在此章节中,蒙田通过合理的论证方法,倡导一套理论,即用信仰来战胜肉体的痛苦,以完成精神上的历练,达到自我的超越。他认为痛苦的体验可以变得不同寻常地快乐,使我们摆脱人生的种种束缚。感觉在很大程度上影响一个人的判断和行为,而感觉机能是人类和动物所共有的,在此意义上,人类并不见得比动物来得高明,对环境的适应能力也并不见得比动物强。

《随笔集》第三卷进一步确认了第二卷中阐述的认识论,蒙田在书中写道:人类的理性是一种自由而模糊的工具,人类行为的持久演化遇到某些固定法则的阻挠。蒙田反对过于自信的理性和对他人经验的抽象总结,提倡自身的直接经验和具体经验,在这一点上,他是苏格拉底的忠实拥护者。第三卷中多个章节都致力于描绘人生百态,探讨个人秉性、喜好与社会交往之间的平衡。他还认为与人交谈是训练思想最有效的手段。虽然人只应献身于自己,但是也有义务为公众社会作出贡献,应当扮演自己的角色,然而不必将面具和外表当成实质,正如担任波尔多市长的蒙田与生活中的蒙田永远是两回事那样。作者在本卷中详尽描绘自身的天性和心灵,从而主张接受人的处境,顺应自然,随遇而安,学会自自然然地过好这一生,因为生活得当是人生最伟大的杰作,而"忠实地享受自己的生命是神一般的尽善尽美"。

17世纪文学

笛卡尔

(1596~1650)

笛卡尔是 17 世纪法国哲学家、科学家，西方近代哲学的奠基人之一，解析几何的创始人。1596 年 3 月 31 日，笛卡尔出生于都仑省拉爱城一个贵族家庭，1650 年 2 月 11 日卒于斯德哥尔摩。他于 1604 年入读拉·弗雷士的耶稣会公学，接受传统教育，除神学和经院哲学外，还学习数学和自然科学，并于 1612 年毕业。由于他对法学、医学、力学、数学、光学、气象学、天文学以至音乐都有着研究的兴趣，因此接触到了各方面的学者。1618 年他入伍从军，退伍后定居巴黎，专门从事科学研究，企图建立起新的科学体系。他曾想把自己的研究成果写成《世界》一书，效法哥白尼、伽利略，但当时教会反动势力很大，迫使他打消了写作这部著作的计划。这时他对思想方法进行了研究，1628 年写成《指导心智的规则》，但生前并未发表。1629 年他迁居资产阶级已经取得政权的荷兰，在那里隐居了 20 年。

1637 年，笛卡尔用法文写成 3 篇论文——《折光学》、《气象学》和《几何学》，并为此写了一篇序言——《科学中正确运用理性和追求真理的方法论》，哲学史上简称其为《方法论》，其中《几何学》确定了笛卡尔在数学史上的地位。1641 年他又用拉丁文发表了《形而上学的沉思》，比较详细地论证了他已经提出的论点，并附有事前向当时著名哲学家们征求来的诘难以及他自己对这些诘难的驳辩。1644 年，笛卡尔发表了他的系统著作《哲学原理》，这部书不仅包括他已经发表的思想，而且论述了他的物理学理论，还包括过去未发表的《世界》一书的内容。1649 年，他最后发表了心理学著作《论心灵的感情》。

《谈谈方法》

初版时间: 1637 年

内容梗概:

笛卡尔之所以用讲话的方式写成这部作品,其目的在于阐述他在寻求形而上的真理过程中思维的历程,而非强加一种方法于读者,或是论证某个道理。作者在书中这样说道:"我无意教授那种人人必须遵循、并用以指导理性的方法。我只想让人们看看,我是如何试图运用自己的理性的。"书中所探讨的问题涉及各个领域:既有哲学的和形而上的思考,又有纯科学的推理。该书无疑是对科学真理的科学研究。

严格地说,这部作品并没有一条主线贯穿其中。然而整部作品却浑然天成,其原因在于它始终贯彻三个基本原则:即只在接受绝对确凿的事实的情况下继续思考;试图将所思考的领域划分成各个小块,有助于理解;从最简单的对象出发,逐步推进思考,确保没有遗漏。这本书最广为人知的一句话,即笛卡尔最终得出的结论:"我思故我在"。这句话是笛卡尔形而上学体系的基础。除此之外,这本书中还有两个命题也同样重要,即上帝存在论和人类灵魂说。

作品共分六个部分。第一部分是对各种科学的论述以及对完全可信性的质疑。在这一部分中,笛卡尔借助对某些科学门类的分析,来阐述自己的理性推理过程。

第二部分是笛卡尔研究方法的主要规则。笛卡尔在孤独的自省中发现,对他人的观点进行思考,只会越来越乱。然而,由于理性具有普遍性,而且全人类最简单的思维能够得出相同的结论,笛卡尔决定将自己变成理性推理的素材,与那些在理性推理过程中急于求成,或满足于迷信权威的人区别开来。由于笛卡尔在芸芸众生中难以作出选择,而倾向于自我引导,这使得他养成了谨慎的思考习惯,并得出了四条原则,简言之即清晰原则、分解原则、顺序原则和全面原则。同时他又提出,必须要等到一定成熟的年龄,这些原则才能得到彻底地贯彻。

第三部分是由此方法衍生出的道德规则。笛卡尔给自己设立了工作的基础:遵守国家法律,尊重国家的宗教选择;行动坚决而果断(不盲目听从可疑的观点),尤其要与怀疑论者划清界限;如果没有绝对真实的观点可以追随,便选择最为可靠的观点作为理论支撑,从而避免在原地停滞不前。

第四部分是上帝与人类灵魂存在的本体论证明。笛卡尔追寻真理的独一无二的方法使得他拒绝任何有一丝可疑迹象的观点。在他看来,人的感官有时会具有欺骗性,人们的理性思考有时也会出错,因为他们会受到各种外部因素的干扰。笛卡尔由此意识到,在他怀疑一切的同时,正在思考中的他一定是某种事物,因此"我思故我在"作为哲学的首要原则,是无可置疑的。

笛卡尔以"我思故我在"为起点,作了一系列推论。首先,思考者作为一种实体,其本质就是思考。笛卡尔由此确信,灵魂截然不同于身体,比身体更容易被认识。最后,笛卡尔审视了灵魂的确定性,并推而广之,认为思维是对存在的确认,我们"清楚而明晰地"思考的事物便是真的事物。

笛卡尔认为,既然自己存在疑问,便说明自己是不完满的,于是他便思考什么是更为完美之物,答案就是:上帝。而且上帝不是由肉身组成的,它是个完美的存在物,包含了存在本身。

第五部分是一篇小型的解剖学论文,最终讨论的是人与兽的区分问题。在这一章中,笛卡尔为了避免与某些学者发生矛盾,没有继续展开阐述在其方法指导下所能获得的真理,只是做了一番笼统的讨论。

第六部分针对写作此书的动机做了一系列的讨论。作者从整体上对自己的方法进行观照,并阐明了出版此书的情形和原因。

高乃依
（1606～1684）

皮埃尔·高乃依出生于卢旺的小资产家庭，父亲是司法官员。他在耶稣教会中学完成学业后，投身于律师行业。然而他非常害羞，不善言辞，他放弃了打官司，因为与判例相比，他更喜欢戏剧和诗歌。1629 年，他在巴黎上演了他的首部喜剧，取得了巨大成功，于是高乃依继续他的喜剧生涯。应红衣主教黎世留之邀，他与其他四个人一起组成了"五作家协会"，负责为红衣主教写戏。1637 年，《熙德》首演，此时的高乃依年仅 30 岁，就获得了路易十三授予他的贵族头衔。《熙德》的降世就像是一声响雷震撼了整个戏剧世界，也被写入史册。整个巴黎都在谈论戏剧的男女主角，高乃依也无可争议地成为戏剧大师。1640 年，在发表《贺拉斯》的当年，他结了婚，1647 年进入了著名的法兰西学士院。然而他的成功招来了妒忌和敌人，关于《熙德》的争论持续了一年之多，有人质疑他抄袭了西班牙作家，有人提出他写的是悲喜剧，不符合当时的写作规则。与此同时，法兰西学士院也批判他："这部戏剧不符合规则，也不符合礼法，没有任何引人入胜之处。"

然而不管怎样，继起初的成功之后，伴随高乃依而来的是一次次幻想的破灭。尤其是，他在戏剧界的地位遭到了拉辛的挑战，1670 年，高乃依新剧的风头不敌拉辛的悲剧，蒙受莫大的耻辱，之后他又接连写了几部剧作，但都未获成功，最终他身退隐修，于 1684 年逝世。

《熙 德》

首演时间： 1637 年

内容梗概：

在 11 世纪的西班牙，有一个卡斯蒂尔国。老将军唐狄埃格和伯爵唐高麦斯是功臣元老，分别有一子一女，这就是罗德里克和史曼娜，他们是一对热恋中的情侣。然而正当论及婚嫁时，老将军与伯爵起了争执。

事情是这样的：国王把狄埃格和高麦斯召来，想要在他们两个中间选一人当王子的老师。最后入选是年迈的狄埃格。对此，高麦斯很不服气，先是满腹牢骚，最后变成冷言冷语，把怨气全都发泄在狄埃格身上，还动手打了狄埃格一个巴掌。

狄埃格自己无能为力，于是找来儿子罗德里克为自己报仇雪耻。但是罗德里克得知仇人是高麦斯时，顿感晴天霹雳，左右为难。一方面，为父亲雪耻，就不得不失去爱情和心爱的恋人；另一方面，复仇必定会引起史曼娜的怨恨，但是不复仇又会遭到她的蔑视，使自己不配爱她。在一番挣扎之后，最终理智战胜了情感，他决定向高麦斯挑战。不可一世的高麦斯怎会把一个毛头小子放在眼里，他接受罗德里克的挑战，两人开始比试。

史曼娜得知父亲和爱人比试的消息，急得像热锅上的蚂蚁，即刻赶往宫中，她在那儿碰到了公主。公主之前一直暗恋着罗德里克，但由于双方身份悬殊，所以将这段感情暗自埋葬，面对现实。她自知与罗德里克不可能，便转而撮合罗德里克和史曼娜，并竭力安慰史曼娜，可是这时候的史曼娜已完全失去理智，心乱如麻，所以匆匆离去。

高麦斯与罗德里克决斗，结果被罗德里克所杀，消息马上传到国王耳里，国王一方面觉得高麦斯傲慢不羁，罪有应得，但另一方面又为自己失去一名元老而伤心难过，特别是面对眼前摩尔人的入侵，却无人抵抗，令他顿感手足无措。

史曼娜前往拜见国王，向他哭诉父亲的惨死，请求国王务必主持公道,严惩罗德里克,为父亲报仇。狄埃格在一旁竭力为儿子罗德里克辩护,他表示宁愿国王砍下自己的头,也不愿他动罗德里克一丝一毫。面对复杂的局势,国王表示事关重大,要三思而行。

此时,摩尔人的舰队已经驶进了大江。狄埃格提醒儿子可以利用这个机会,保卫国家,为国家立功,以功抵过,以使国王赦免他的杀人之罪,同时也可以使得史曼娜无话可说,以此浇灭她的怨气。于是罗德里克听从父亲的建议,开始了抵御摩尔人的征程。他率领众勇士打得敌人落花流水,并亲手俘获了两个摩尔人首领。这两个首领尊称他为"熙德","熙德"在摩尔语中是"君王"的意思。

然而史曼娜出于女儿对父亲的责任感,又来找国王,请求国王无论如何也一定要严惩罗德里克。国王知道她的处境及对罗德里克的感情,于是打算试探她一下,谎称罗德里克已经在与摩尔人的战斗中受伤身亡。史曼娜闻讯当即晕了过去。但是史曼娜还是不愿流露真情,硬说自己当时是因为听到他的死讯很开心,所以才晕过去的。她要求国王答应,让所有武士同罗德里克决斗,并表示最后嫁给战胜者。

罗德里克在决斗之前来找史曼娜,要预先向她告别,因为他深感受到爱情的束缚,打算让对方杀死。史曼娜说什么也不同意,她告诉罗德里克,如果他还在乎自己,就只准胜不许败。得到爱人的鼓励,看到爱人的真情表达,罗德里克喜出望外,信心倍增,表示他对决斗毫无畏惧。

罗德里克同武士唐桑士决斗的时刻到了,史曼娜如坐针毡,忐忑不安。唐桑士来到史曼娜面前,把剑捧到她的脚下,史曼娜一见是唐桑士而不是罗德里克向她报捷,以为罗德里克已被唐桑士所杀,顿时真情流露,怒斥他杀死了罗德里克。唐桑士表示是自己被罗德里克击败,而罗德里克饶了他一命。史曼娜终于当众承认,她无法不爱罗德里克。

《贺拉斯》

初版时间：1640 年

内容梗概：

话说罗马与阿尔布是两个邻国，它们经历了长期交战，但始终不分胜负。大家都厌倦了战争的阴霾，对战争深恶痛绝。为了想出一个办法来解决这个问题，即结束战争，双方想到了让两国的人民通婚这一方法，因为罗马的贺拉斯家同阿尔布的居里亚斯家就有这样的关系。贺拉斯的妻子沙比娜是居里亚斯的妹妹，而贺拉斯的妹妹卡米耶又与居里亚斯相爱。

一次，沙比娜和好友朱丽及卡米耶相聚谈心，她说，事实上罗马的创建者正是阿尔布的国王尼米托的孙子，但是现在这个史实已经被大家所遗忘。当前，双方必须拼个你死我活。无论哪方胜出，哪方战败，沙比娜都非常担心。对此，卡米耶持不同态度，虽然她也不希望任何一方得胜，但无论如何听到战争终于要结束，她感到很高兴，因为这样一来，她就可以跟居里亚斯结婚了。朱丽对她们两人说，如果罗马得胜，沙比娜的处境比卡米耶难堪很多，因为在她看来情人是可以换掉再找的，而丈夫却是无法替换的，她认为卡米耶可以忘掉居里亚斯，接受罗马骑士瓦莱尔的追求。卡米耶对此不敢苟同，她认为这样做等于是犯罪，是背信弃义。

居里亚斯带来了消息：阿尔布的统帅对罗马的国王说，本是同根生，相煎何太急，我们共同的敌人正幸灾乐祸地等待坐收渔翁之利，建议两国不如冰释前嫌，各选出三个人对打，被打败的一方合并到胜利的一方成为帝国。

于是，贺拉斯三兄弟理所当然地被罗马选为代表，而居里亚斯三兄弟也被选中成为阿尔布的代表。居里亚斯同贺拉斯相见，他对贺拉斯表示说，友谊、联姻和爱情再重要，也无法阻止居里亚斯三兄弟为国效命。但与此同时，他自己也意识到同贺拉斯三兄弟对决是非常困难和恐怖的事情。他一方面要镇定自若

高乃依

地履行自己对国家、对人民的职责,另一方面他也有些不知所措。话说贺拉斯,他的想法却与居里亚斯不尽相同,在他看来,这种亲属关系的存在可以愈发突出胜利者。他觉得国家的差遣是一种无上荣耀,既然国家派他去战斗,那么无论对手是谁,他都会欣然接受。如今既然罗马选择了他,那么他将抛弃种种关系,坚决与居里亚斯战斗。

另一方面,面对卡米耶,居里亚斯表示即将到来的决斗对自己而言就像是种折磨和酷刑。卡米耶痛苦万分,感叹双方出身如此对立,以至于无法逃避如此残酷的现实。这时沙比娜痛苦万状地跑来,她向贺拉斯和居里亚斯乞求,让他们杀了自己,因为无论谁胜谁负,她都会失去至亲,都是痛不欲生的事情。

无论如何,决斗已是势在必行,当战斗的号角吹响,人们把沙比娜和卡米耶关在家里,生怕她们无法控制自己的情绪,影响战士们的战斗。幸亏有朱丽做她们的信使,她跑来告诉沙比娜,大家对决斗议论纷纷,莫衷一是,但都指责统治者这样的决定,都想制止这场战斗。说完,朱丽继续去打探消息,不多会,她又回来了,告诉沙比娜和卡米耶说贺拉斯的两个兄弟已不幸战死,眼看着按这种趋势下去,罗马就要战败了。在场的贺拉斯的父亲则坚持相信不论如何,只要有一个儿子活着,罗马就不会战败。朱丽闻言告诉他,在她回来之前,贺拉斯已落荒而逃。老贺拉斯听闻朱丽的话,忍不住诅咒贺拉斯,说不战而逃是莫大的耻辱。

就在这时,瓦莱尔急匆匆赶来通知老贺拉斯,他的儿子战胜了对手。事实上居里亚斯三兄弟起先都受了伤,但贺拉斯却毫发无损。他的逃跑是假装的,因为他一个人无力抗击三人。由于伤势轻重不一,居里亚斯三兄弟在追赶贺拉斯的过程中彼此拉开了距离。贺拉斯乘机来了个回马枪,把他们三个一一歼灭。

贺拉斯凯旋。他先见到卡米耶,卡米耶对他冷眼相待,哭诉自己失去情人的痛苦,说自己只能以泪洗面,不知怎样为自己的情人复仇。贺拉斯闻罢,指责她心系敌人,要她忘却这段感情。失去爱人的卡米耶怎么可能听得进去,她说自己从此憎恨罗马,祈求天火降落到罗马这块土地上,恨不得它被摧毁消失。贺拉斯听罢,火冒三丈,一怒之下用剑把她刺死,并对外声称他与卡米耶脱离关系,卡米耶再也不是他的妹妹了,凡是为罗马的敌人哭泣的人都会得到这样的下场。沙比娜闻讯赶来,求贺拉斯也赐她一死。

这时老贺拉斯来了,他表示,卡米耶是罪有应得,但是贺拉斯这样做是弄脏了自己的双手。国王和瓦莱尔也闻讯而来。瓦莱尔见状,极力请求国王伸张正义,惩罚杀人犯贺拉斯。贺拉斯毫不畏惧,豪情万丈地对国王说,罗马到处都是勇士,没有了他,照样有足够的人保卫国王、捍卫国家,但是他即便是死,也要为荣誉而死,而不是因为卡米耶而死。同时,沙比娜对国王说,她不能爱双手沾满自己兄弟鲜血的丈夫,但又无法不爱他,她只能以死求得解脱。老贺拉斯极力为自己的儿子辩护,认为瓦莱尔要求惩处贺拉斯,必然遭到众人的反对,凯旋的日子绝对不能以贺拉斯的死而告终。最后,国王作出如下仲裁:贺拉斯为罗马赢得了胜利,使国王成为两个国家的主宰,应该获得豁免;同时为了安慰沙比娜,国王答应把卡米耶和居里亚斯合葬一处,作为此事的了结。

拉封丹
(1621~1695)

让·德·拉封丹是17世纪法国的寓言诗人,也是欧洲著名的寓言家。1621年9月7日(一说8日),拉封丹生于香槟省的沙托-蒂埃里的一个市民家庭里,后在当地中学读书,学会了拉丁文,也懂得一点希腊文。1647年,他与玛丽·埃里卡尔结婚。婚后拉封丹挥霍财产,幸好他继承了父亲的水泽森林管理员的职务。

1654年,拉封丹改写并出版了泰伦斯的《阉奴》。1656年,拉封丹和"圆桌骑士"文学团体来往。1658年起他定居巴黎,在巴黎的四年中,他接触到大贵族、财政家、法官和大艺术家,开阔了眼界。从 1664 年到 1672 年,他投靠加斯通·德·奥尔良公爵的遗孀,住在卢森堡宫,从而走进了上流社会的沙龙。

拉封丹于 1665 年至 1674 年写成的《故事诗》取材于薄伽丘和阿里奥斯托等作家的作品,显示了他写诗的才能。《寓言诗》于 1668 年春出版了六卷,几乎都取材于《伊索寓言》和费德尔的寓言,作品大获成功,一年中两次再版。

1672 年,拉封丹的女保护人去世后,他又投靠拉萨布里埃尔夫人,一直到 1684 年。在这一时期,他发现新的题材,写作新的故事诗——一部未写完的悲剧《阿溪里斯》。《寓言诗》的第七至十一卷出版于 1678 年,这次从印度的《五卷书》中撷取了不少题材,再一次获得成功。1682 年,拉封丹写出《金鸡纳霜》。1684 年,在经历了一番周折之后,拉封丹被接纳为法兰西学士院院士。1694 年 9 月,他发表了《寓言诗》第十二卷。这位寓言大师于 1695 年 4 月 13 日谢世。

《寓言诗》

初版时间: 1668 年

内容梗概:

《寓言诗》共 12 卷 239 首诗。前 6 卷(共 124 首寓言诗)出版于 1668 年,题目为:"由拉封丹先生精选并赋成诗行的寓言"。其中的 8 则寓言于 1671 年又在一个名为"新寓言外诗数则"的集子中单独出版,并被第二个寓言集再次收录。该集共有 89 则寓言诗,分两次出版,包含从第七到第十一卷的寓言:其中第七卷和第八卷于 1678 年出版,第九、十、十一卷于次年出版。第十二卷(共 25 则寓言)直到 1694 年才面世。拉封丹在该集面世的几个月后便与世长辞。

每一篇寓言诗都是一个不可缺少的构成部分。寓言故事里的主要角色约有 12 类,即男人、女人、神、鸟类、狼、狐狸、狮子、老鼠、驴、猴子和水生动物等。它们活动的主要地点也有 12 个左右,即森林、田野、悬崖、河流、大海、道路、城市街道、店铺、宫殿、茅屋等。这些寓言生动地反映了 17 世纪法国社会生活的方方面面。

第一个寓言集开头是致太子殿下的一封信,希望该作能对年幼的王子产生教益。在序言中,拉封丹简练地勾勒了寓言的历史,并谦虚地表明了自己的写作意图:他所做的,只是选取古代的若干寓言,按照自己的喜好赋予它们新的面孔,强调寓言这一体裁的作用,并承认叙事的最终目的是为道德服务。寓言则由两部分构成,可以称之为身体部分和灵魂部分:身体就是寓言故事本身,而灵魂则是故事的寓意所在。

第一卷(22 首寓言诗)中有一些家喻户晓的寓言,尤其为孩子们所津津乐道,如《蝉与蚁》、《乌鸦与狐狸》、《妄想成牛的青蛙》、《褡裢》、《燕子与小鸟》、《城市之鼠与乡野之鼠》、《狼与羔羊》、《死人与樵夫》、《狐狸与鹳》、《橡树与芦苇》等。

第二卷(20 首寓言诗)中的第一首,便是针对那些"口味难合"之士而作。诗人在寓言诗中捍卫了自己所选择的这一体裁。诚然,他也可以将这些故事写成田园诗或史诗,但他将仍然无法满足那些有着挑剔品味的人,因为"那些吹毛求疵的人是倒霉的——什么都无法满足他们的趣味"。就像第一卷一样,这一卷的素材几乎都来自于古人,比如《狮子与小蝇》、《掉入井中的星相学家》、《野兔与青蛙》等。

第三卷的第一首《磨坊主,他的儿子和驴》是献给作者童年时的玩伴马克卢瓦的。在这首诗中,拉封丹的艺术手法达至巅峰:风格明快,风俗刻画细腻,语言妙趣横生。这首寓言诗堪称是其杰作之一。接下来是《四肢与胃》、《化身牧羊人的狼》、《登上皇位的青蛙》、《风华不再的雄狮》等。

在第四卷(22 首寓言诗)中,拉封丹将开篇之作《情狮》献给了美丽而"冷若冰霜"塞维涅小姐,即未来的格里尼昂太太。作品《园丁与贵族》是一首针砭时弊的讽刺诗。除此之外,该卷还有《驴与小狗》、《批着孔雀羽毛的松鸦》等名作。

第五卷(21首寓言诗)的首篇献给布庸骑士,题为《樵夫与墨居尔》,同时,在这篇作品中,作者再一次阐释了自己的寓言观。接下来是《土罐与铁罐》、《耕田者与他的孩子们》、《下金蛋的母鸡》等,这些作品讽刺了平庸的智慧,并提醒人们在努力过程中要注意谨慎并持之以恒。

第六卷(21首寓言诗)以一则"复合"寓言诗《牧人与狮子以及狮子与猎人》作为开头。在这一卷中,作者再一次谈到寓言的技巧问题:"赤裸的说教只能引人生厌;而故事则能潜移默化地灌输德训"。寓言《野兔与乌龟》中充满了诡诈的机灵。至于该卷的最后一首,正如拉封丹所言:与其说这是一篇寓言,不如说它是一个"真理"。作者以细腻而尖锐的笔触刻画了一个"年轻寡妇"的心理嬗变过程。在这一卷的后记中,拉封丹说他将辍笔,因为"长篇大论令他心生恐慌"。

第二个寓言集前有一篇告读者文。拉封丹预告读者,他们在这个集子中将会发现"风貌和技巧与第一集略有不同的"一些新寓言。他还指出"这一切都要归功于印度智者皮尔拜"。第七卷(18首寓言诗)一开头,便上演了一出真正的悲剧:《染上瘟疫的动物们》。作品刻画有力,感情真挚,是对全人类的讽刺。第三首寓言诗《避世的老鼠》的主题似乎为作者所独创。第九首寓言诗尽管取材于伊索寓言和费德尔的寓言,但却颇有新意。此外,此卷还有《马车与苍蝇》、《送奶女工与奶罐》、《跟在运气后穷追不舍的人与在床上坐等的人》等佳作。

第八卷(27首寓言诗)中有《死者与垂死者》、《鞋匠与金融家》、《弱者的权利》等。寓言《两个朋友》堪称整个法国文学潮流中对于友谊最美的赞颂。尽管如此,作者仍然是抱着怀疑态度来写作的:这个美丽的故事发生在莫诺莫塔普斯。《蒂尔西斯与阿马兰特》与其说是一则寓言,不如说是一段充满诗情画意的爱情场景。拉封丹既知道如何迎合时代的口味,又能够避免一切矫揉造作。《母狮的葬礼》直接而激烈地批评了只爱听谗言媚语的皇帝。

第九卷我们应当记住这样一些作品:《两只鸽子》、《橡栗与南瓜》、《牡蛎与诉讼人》、《猴子与猫》等。其中《牡蛎与诉讼人》

的主题曾经被布瓦洛写过。该卷结尾是对拉萨布里埃尔太太的首次讲话。

在第十卷的第十四首寓言诗《兔子》中，拉封丹再次回到他惯常的论述中来，这则寓言之前和之后都是"致罗什富科尔公爵先生的讲话"。

第十一卷中，拉封丹将寓言《诸神有意教化朱庇特之子》献给时年九岁的曼内公爵，他是路易十四和蒙特斯潘太太的儿子。这卷有两篇尤为有名，值得我们记住：《狼与狐狸》和《达努布河的农民》。在第二集寓言的结尾语中，拉封丹让诗人们沿着他的足迹往下走："如果说我的作品还算不上典范，至少我开辟了一条新路"。

最后一卷，即第十二卷是献给勃艮地公爵的。我们在阅读时或许会隐隐感到作者的年岁。然而也正因为这种成熟，使得作品不时地散发出勃勃生机。作品结尾是一首初版于 1685 年的小诗，题为《费雷蒙与鲍西斯》。

莫里哀

(1622~1673)

莫里哀是法国 17 世纪古典主义最重要的作家，古典主义喜剧的创立者。

莫里哀原名让-巴蒂斯特·波克兰，1622 年生于巴黎一个富裕的市民家庭。他的喜剧生涯大致可以分成以下四个阶段：

第一阶段是认识社会，积累生活经验的时期，在此期间他率领剧团在外省辗转演出达十二年之久（1645~1658）。

第二阶段为古典主义戏剧的开创时期（1659~1663）。这一时期莫里哀的喜剧《可笑的女才子》、《丈夫学堂》、《太太学堂》、《太太学堂的批评》等具有鲜明的政治倾向，产生很大的社会反响。

第三阶段是莫里哀创作的成熟期(1664~1668)。莫里哀这一时期的创作同路易十四确立绝对君权的政治斗争有着密切关系,期间最优秀的作品是《伪君子》、《唐璜》、《恨世者》、《乔治·唐丹》、《悭吝人》等等。

1669年到1673年是莫里哀创作的晚期。此时莫里哀与王权的关系已出现裂痕,我们可以从《贵人迷》、《司卡班的诡计》等剧中找到这种变化的蛛丝马迹。此外,莫里哀还写了《普索涅克先生》、《埃斯卡巴涅斯伯爵夫人》、《女博士》等作品。

莫里哀的喜剧具有深刻的思想内容:它们讽刺资产者,抨击贵族,歌颂下层人民。在艺术手法上,莫里哀对旧喜剧的形式加以改造,在情节剧的基础上创造了风俗喜剧和性格喜剧。他的喜剧中含有较多的闹剧成分,有些戏剧似乎是纯粹闹剧。莫里哀对喜剧手法做过多方面的探索和改善,对喜剧艺术作出了重大贡献。

《伪君子》

初版时间: 1664年

主要人物:

奥尔贡……………………………… 艾耳密尔的丈夫
艾耳密尔……………………………… 奥尔贡的太太
克雷央特……………………………… 艾耳密尔的兄弟
达米斯………………………………… 奥尔贡的儿子
玛丽亚娜……………………………… 奥尔贡的女儿
达尔杜弗…………………………………… 伪信士
桃丽娜………………………………… 玛丽亚娜的侍女

内容梗概:

居住在巴黎的富商奥尔贡是一个虔诚的天主教徒。他曾辅佐过国王,因而受到了人们的尊敬。

每当奥尔贡到教堂的时候,总会发现有个信士,双膝跪地,口中念念有词祷告上帝,时而激动,时而叹息,时而流泪。当奥尔贡离开教堂时,此人抢先赶到门口,向他撒上圣水。奥尔贡得知:他叫达尔杜弗,本是一个富有产业的贵人,因信奉上帝不关心产业而陷入贫困。

奥尔贡出钱帮助达尔杜弗,达尔杜弗却执意不肯收下,当场把钱分给了别人。被达尔杜弗的行为感动了的奥尔贡把他接到自己家中,为他提供了最优裕的生活条件。在奥尔贡面前,达尔杜弗表现得十分的热心和虔诚,行为中出现一点小错也要当做罪恶而自我谴责。奥尔贡因此奉他为导师、圣人,把自己的秘密也不加设防地告诉了他,殊不知达尔杜弗暗中对奥尔贡的妻子艾耳密尔垂涎三尺。

奥尔贡外出归来,此时妻兄克雷央特来看望他。女仆桃丽娜向奥尔贡说夫人艾耳密尔的病渐好,奥尔贡却对妻子的病情不闻不问,却一个劲地打听达尔杜弗的情况。桃丽娜见状,生气地指出了达尔杜弗的种种不是,奥尔贡对此十分不悦。妻兄克雷央特也劝奥尔贡要对达尔杜弗有所提防。执迷不悟的奥尔贡不听劝告,他认为达尔杜弗能引导人走向正路,是大家效法的榜样。见自己的妹夫如此固执,克雷央特只好作罢,他随后询问起侄女玛丽亚娜的婚事来。面对克雷央特的询问,奥尔贡却支支吾吾。原来玛丽亚娜和瓦里雷两情相悦,奥尔贡也曾答应过他们的婚事。现在他却想把女儿玛丽亚娜嫁给达尔杜弗,让他成为自己家中的一员。

当玛丽亚娜得知父亲的决定时,如遭五雷轰顶。她对达尔杜弗厌恶至极,但又不知道如何反抗父亲的意志。左右为难的她甚至想一死了之。瓦里雷知道这一切后,也感到焦急和窝火,但也束手无策。女仆桃丽娜鼓励他们不要轻易放弃,她要玛丽亚娜表面上遵从奥尔贡的安排,尽量拖延时间,从而想法扭转局势。

艾耳密尔夫人找到达尔杜弗,对他说如果他真的不迷恋尘世,就应该主动放弃与玛丽亚娜的婚事。达尔杜弗一改平日的苦行僧形象,竟对艾耳密尔动手动脚起来,同时说着一些不堪入耳的话。此时,达米斯突然从里间小屋里跳了出来,把两人吓了一跳。这时奥尔贡进屋,怒不可遏的达米斯把达尔杜弗的行径告诉了父亲。

吃惊的奥尔贡质问达尔杜弗。后者索性来了苦肉计,在奥尔贡面前大骂自己是世上从未有过的坏蛋和罪人,说他这一生都是污秽、罪恶与垃圾。随后他的话峰回路转:"我也看出来了,上帝原要处罚我,要借这个机会来磨炼我,因此无论人们怎样责备我,说我有多大的罪恶,我也决不敢自高自大来替自己辩护。"达尔杜弗的一番话说得奥尔贡晕头转向,他认为达米斯的控告纯粹是诬陷。一怒之下,他把儿子撵出家门,让达尔杜弗做他的继承人。

全家人都在为达米斯的事一筹莫展时,艾耳密尔决定与达尔杜弗私下见面,从而让奥尔贡认清达尔杜弗的真面目。她让奥尔贡躲起来,以看清达尔杜弗的嘴脸。达尔杜弗赴约。艾耳密尔假意地告诉他说对他的爱情并非无动于衷。达尔杜弗立刻原形毕露,两只眼睛在艾耳密尔身上滴溜溜直转,坚持要"索取爱情的保证"。艾耳密尔说怕得罪上天,也害怕丈夫得知。达尔杜弗安慰她说有什么罪过他一人承担,而且奥尔贡也很容易被欺哄。

躲在桌子下面的奥尔贡再也按捺不住了。他气呼呼地爬出来,一把抓住达尔杜弗,怒气冲冲叫他滚蛋。谁知达尔杜弗叫嚷得更厉害,他扬言要惩罚那些和他捣乱并侮辱上帝的人,然后他带着那份继承财产的契约和奥尔贡让他保管的首饰盒离开了。这个首饰盒里有奥尔贡一个被通缉的朋友的秘密文件,奥尔贡知道大事不妙了。

次日,一个政府官员来到奥尔贡的家里,要奥尔贡一家在第二天早上搬出"达尔杜弗先生的房子"。奥尔贡一家人目瞪口呆,不知如何是好。祸不单行,瓦里雷匆匆赶来报信,说达尔杜弗带着国王的人前来捉捕他。瓦里雷提议帮助奥尔贡逃跑,可此时国王的人已进入了奥尔贡的家。

众人纷纷指责达尔杜弗忘恩负义,而达尔杜弗面不改色,催促军官逮捕奥尔贡。出人意料的是,军官竟然将达尔杜弗抓了起来。军官说道,国王圣明,认清了达尔杜弗的面目,决定不让他贻害他人。国王宽恕了奥尔贡的过错,并把赠与财产的契约还给了他。

奥尔贡感激不尽,在亲自感谢了国王的恩典后又宣布了瓦里雷和玛丽亚娜的婚事。一家人从此幸福地生活在一起。

《悭吝人》

初版时间: 1668

主要人物:

阿巴贡 ……… 艾丽丝和克雷央特的父亲,玛丽亚娜的求婚人
克雷央特 ………………… 阿巴贡的儿子,玛丽亚娜的情人
艾丽丝 ………………… 阿巴贡的女儿,瓦里雷的情人
瓦里雷 ………………… 安塞尔姆的儿子,艾丽丝的情人
雅克师傅 ……………… 阿巴贡的厨子兼车夫
阿箭 ………………………… 克雷央特的听差

内容梗概:

《悭吝人》是一部五幕散文体喜剧。故事发生在巴黎。高利贷者阿巴贡晚年发了笔财,却不改吝啬的本性。

阿巴贡有两个孩子——艾丽丝和克雷央特。艾丽丝暗地里爱着瓦里雷。瓦里雷是那不勒斯的贵族,曾救过艾丽丝的命。为了接近艾丽丝,他当上了阿巴贡的管家。克雷央特则爱上了贫穷的玛丽亚娜。无独有偶,阿巴贡也有意娶玛丽亚娜。

阿巴贡想把艾丽丝嫁给安塞尔姆老爷,他作出此决定是因为后者不要嫁妆。见女儿执意不肯,阿巴贡便把瓦里雷找来,让他说服女儿。同时,阿尔贡还暗中决定让儿子克雷央特同一个富有的寡妇结婚。克雷央特通过仆人阿箭借了十五万法郎的高利贷,债主的利息高得离奇。后来他发现放贷者正是自己的父亲阿巴贡。父子俩因此展开一番激烈的舌战,关系更加

恶劣。

阿巴贡托弗罗齐娜撮合自己与玛丽亚娜的婚事。弗罗齐娜告诉阿巴贡，玛丽亚娜的母亲同意这桩婚事，并谎称玛丽亚娜对他也颇为心仪。可是玛丽亚娜没有嫁妆，这让阿尔巴贡头疼不已。阿巴贡准备宴请玛丽亚娜订婚，他再三吩咐厨子兼马车夫雅克师傅尽量减少花费。瓦里雷为了讨好阿巴贡，对雅克师傅指手画脚，要他一切从简。雅克师傅忍不住顶嘴，遭到一顿棍打，他发誓要报复。

玛丽亚娜由弗罗齐娜领着，战战兢兢地来赴宴。阿巴贡的嘴脸令她心生厌恶，克雷央特的出现使她神色慌张。阿巴贡起了疑心，为摸清克雷央特对玛丽亚娜的感情，他佯装把玛丽亚娜让给儿子。没有戒心的克雷央特喜出望外，坦言他对玛丽亚娜的爱。阿巴贡勃然大怒，对儿子拳脚相加，并将其扫地出门。

阿箭手里拿着阿巴贡埋藏在花园里装有十万埃居金子的宝匣，告诉他遭窃了。丢了黄金的阿巴贡痛不欲生的号啕道："我完啦，叫人暗杀啦，叫人抹了脖子啦……我可怜的钱，我的好朋友……既然你被抢走了，我也就没有了依靠，没有了安慰，没有了欢乐。我是什么都完啦……这儿聚了许多人！我随便看谁一眼，谁就可疑，全像偷我钱的贼……我找不到我的钱呀，跟着就把自己吊死。"阿巴贡找来警察调查此事。出于报复之心，雅克说看见瓦里雷偷了阿巴贡的钱。当瓦里雷受到讯问时，他坦白了他与艾丽丝已私下订婚。阿巴贡听后火冒三丈，发誓要监禁女儿，把管家送上绞刑架。

正在这时，安塞尔姆前来签订与阿巴贡女儿的婚约。瓦里雷为了洗刷罪名，公开了自己的身份。安塞尔姆这才发现自己是瓦里雷的父亲。他向阿巴贡表示，愿意拿出一切结婚费用，这才使阿巴贡点头应允女儿与瓦里雷的婚事。当然，最让阿巴贡高兴的是他最终找回了自己"亲爱的宝盒"。

《贵人迷》

初版时间：1670

主要人物：

汝尔丹先生 ···················· 资产者
汝尔丹太太 ···················· 他的太太
吕西尔 ······················· 汝尔丹的女儿
尼科尔 ······················· 使女
克莱翁特 ····················· 吕西尔的求婚人
考维埃尔 ····················· 克莱翁特的听差

内容梗概：

《贵人迷》是一部五幕芭蕾喜剧。

汝尔丹是商人的儿子，靠做假发生意成了一个富有的资产者。没有受过贵族教育的他忌讳别人提起他的出身。为了在举止上像个贵族，他决心通过学习来弥补："贵人也学音乐吗？""贵人也这样做吗？"贵族的行为方式成了他的圭臬。

第一幕开场，两个乐师在对话。他们讨论音乐艺术的高妙，哀叹自己收入的微薄，并表现出对汝尔丹这个暴发户的轻蔑。后者一上场，便暴露了其无知与自命不凡。

第二幕，汝尔丹先生在晚宴上对音乐大放厥词，随后他让人上演了一场音乐会和芭蕾舞剧。他还学习舞蹈和各种礼节，在他看来，这些都是贵族不可或缺的本领。剑术教师上场后，三位老师之间为了维护自己的专长而据理力争。哲学教师上前劝说，谁知几位教师都把矛头对准了他。激烈的舌战之后，哲学教师下场。汝尔丹宣称，他渴望学习一切"他所能学到的本领"。然而他放弃了逻辑学、伦理学、物理学，决定学习拼写。这时候裁缝出场，给汝尔丹先生做礼服。第二幕在汝尔丹试穿新衣的芭蕾中落下帷幕。

第三幕，汝尔丹先生向其太太和使女尼科尔炫耀他新学到的本领，不料却招来了她们的嘲讽。汝尔丹太太批评丈夫整天

莫
里
哀

泡在贵族堆里,对女儿的婚事漠不关心。她还责怪汝尔丹先生接待道琅特。不顾妻子劝阻的汝尔丹一意孤行,继续借钱给道琅特,让他买戒指送给侯爵夫人道丽麦娜。汝尔丹只顾着追求侯爵夫人,丝毫没意识到自己正陷入道丽麦娜的情人道琅特的骗局中。道琅特利用汝尔丹的贵人梦,在汝尔丹家里宴请侯爵夫人,让汝尔丹深信自己这么做是为他着想,从而继续心甘情愿地把大笔钱财借给自己。使女尼科尔察觉到其中有诈,便提醒汝尔丹太太。

这一幕中还上演了克莱翁特与吕西尔、尼科尔与考维埃尔之间曲折的爱情戏。汝尔丹太太建议克莱翁特亲自向汝尔丹先生提亲,娶吕西尔为妻,谁知遭到汝尔丹的坚决反对,理由很简单:克莱翁特不是贵族出身。克莱翁特的听差考维埃尔开始替主人出谋划策,想办法让汝尔丹接受这门亲事。

再说汝尔丹,尽管他一丝不苟地学习贵族礼节,却仍然不停地出洋相。

第四幕,为道丽麦娜举办的盛宴结束后,汝尔丹以他那拙劣的口才向侯爵夫人献殷勤。汝尔丹太太突然出现,对汝尔丹、道琅特和道丽麦娜直言了她的气愤。尴尬的侯爵夫人欲夺门而出。就在汝尔丹一家吵得不可开交之际,化装成土耳其人的考维埃尔出现在大家面前。他对汝尔丹先生说,土耳其苏丹的皇太子(由克莱翁特化装而成)在见到吕西尔后,一见钟情,欲娶她为妻。考维埃尔抓住汝尔丹想当贵族的心理,说他未来的女婿希望将他封为贵族,授予其"玛玛姆西"荣誉称号。被冲昏头脑的汝尔丹心花怒放,他甚至宁愿改信伊斯兰教以实现他的贵族梦。就这样,狡黠的考维埃尔得到了汝尔丹肯定的回答,克莱翁特的心中重新燃起了希望的火苗。

于是,一场荒唐绝伦的土耳其式的封爵仪式在汝尔丹家上演了。

第五幕,汝尔丹太太看见丈夫身上挂满了代表各种头衔的徽章,以为他发疯了。汝尔丹先生与考维埃尔签订协议,把女儿嫁给这个"土耳其苏丹的皇太子"。女儿吕西尔认出了乔装改扮的克莱翁特后,欣然答应了父亲的要求。汝尔丹太太对此也毫

无异议。此时台上歌声响起,演员们翩翩起舞。在狂欢中,该剧
落下帷幕。

帕斯卡尔

(1623~1662)

　　布莱斯·帕斯卡尔是 17 世纪最伟大的数理科学家和思
想家之一,被夏多布里昂称为"可怕的天才"。1623 年,帕斯
卡尔生于克莱蒙费朗,幼年时期就表现出了科学天才,16 岁
写成论文《圆锥曲线论》,提出了被称为"神秘的六边形"的帕
斯卡尔定理。18 岁时根据齿轮系的转动原理,研制出世界上
第一台计算器。之后转向大气压力研究,1648 年发表《液体
平衡论》和《大气压力论》,确立了大气压力的理论与流体静
力学的基本规律。随后的著作《真空论》成为科学史和思想
史上的光辉典籍。

　　帕斯卡尔的《思想录》是反映 17 世纪人类思想最主要的
著作之一,它自面世之日起就受到思想界的激赏,300 多年来
一直畅销不衰,几乎所有的国家都有其译本。

　　帕斯卡尔在笛卡尔理性主义哲学之外另辟蹊径,一方面
以理性主义来批判现实,另一方面又指出理性本身的内在矛
盾及其局限。作者考察了人的本性以及社会、历史、哲学、宗
教等诸多问题。帕斯卡尔是连接古代和近代思想的一个重
要的"中间环节",从他开始,经莱布尼兹,再到康德,这一线
索为我们提供了近代思想史上最值得探索的课题之一。

《思想录》

初版时间：1670 年

内容梗概：

《思想录》全书共 14 章 924 节。这部散文集并没有写完，帕斯卡尔生前曾把他手写或口录的文字分为 27 卷，后世整理出版的本子有多种，但内容已有不少失散，其中较有名的版本是布伦斯维克(1897)和路易·拉富马(1951)整理的本子。帕斯卡尔设想对一个自由思想者说话，后者沉迷于世间的欢乐中，忘却了考虑自己和自身的得救。作者让他学会认识人的本质，唤醒他的不安，并向他指出哲学和宗教并不能平息这种不安。然后让他发现圣书的教诲和耶稣之光，让他得到安慰。综观全书，内容非常丰富而庞杂，作者在宗教的说理中展示对人世的深刻思考。帕斯卡尔认为没有信仰的人是痛苦的。他想认识真理，却遇到不可克服的困难；他想在世界中找到自己的位置，却只得到矛盾的指示，令他头昏目眩。他意识到自己的不成比例：看到无限大，他是虚无；看到无限小，他是巨人。如果他不是一个谜的话，他是不是"虚无和一切之间的中间物"呢？如果人观察自己，他会被骗人的力量所迷惑。充满谬误和虚假的想象，把他带到理性认识的限度之外。自尊心妨碍他如实地看清自己："他千方百计遮掩自己的错误，向着别人和向着自己……他不能忍受别人让他看到这些错误，也不能忍受别人看到它们"。人虽然渴望正义，却无法在人间建立合理的秩序。任何习俗都没有存在的理由。所有制在法律上没有坚实的根据。战争是无情的蠢事。任何制度都不能令人满意。暴君以暴力获得权利，而不能用别的方法取得。民主以为应获得真正的荣誉，但它不具备必要的光芒去识别荣誉。最好还是保留君主制，因为它是约定俗成的，但它也像其他制度一样荒谬。人渴望得到幸福，却忘不了生活条件的困苦，也不能通过哲学来逃避困苦。人不能单独面对自己，他需要消遣，但这是权宜之计，而不是一服真正的好药。连国王也不例外:"一个没有消遣的国王是一个充满不幸的人"。哲学家提出了许多体系,都有自身的价值,但每一个体系都不能充分满足我们。蒙田让人避免本能的驱使,但他又为不敬神和恶习开了方便之门。由于找不到救治良药,我们转向宗教。必须选择信仰。

因此,《思想录》是一篇护教之作,是在基督教发展过程中,面对以蒙田为代表的怀疑主义在日心说和地理大发现等现代科学萌芽之后,以理智觉醒的名义向基督教提出严峻挑战的关键时期应运而生的。《思想录》在帕斯卡尔生前未曾发表,却奠定了他身后在哲学史上的崇高地位。

帕斯卡尔认为,上帝不能证实,也不能用科学理性证伪,于是上帝不存在。一切不能获得实证的皆不存在。但敏感的心灵是存在的,理性的逻辑不是心灵感受世界的工具,这套逻辑对心灵没有用处。他提出以心性逻辑抚摩生命的其他领域。

帕斯卡尔对理智的脆弱性的指责,是对笛卡尔主义的否定。帕斯卡尔认为,在认识上帝的过程中,逻辑推理没有用处。人需要的是一种"极其细致又十分明晰的感觉",它能在一瞬间突然感悟到"整个的事物"。于是,心灵恍然大悟,茅塞顿开。几何逻辑与心性逻辑是人类认识和改造世界的两种方法,也是人类的两种归宿。用几何学逻辑来关照心灵的直觉,是对生命力的一种屠杀。也就是说,用理性逻辑打倒心性逻辑是人类的一场灾难。

细致而明晰的感觉存在着,人可以根据这种感受做出正确公允的判断。这种直觉的基本特征是:"在一瞥之下就能看到事物的整体而不是靠推理得到一知半解,至少在一定程度上是这样的"。

·75·

他提出:"上帝,并不只是一个创造几何学规律与元素秩序的上帝","这些无限空间的永恒沉默让我恐惧","无能的理智","你谦卑吧,你沉默吧"。他还提出人的自我谋杀。人的兽性使人堕入"对小事敏感却对大事麻木"的境地。但就是这同一个人,明明知道自己一死就会丧失一切,却无动于衷。你告诉他,只要信仰上帝,就算失去了今生还会有来生,但他毫不动情。

这就意味着人被杀死了,而且是灵性谋杀。凶手就是他自己。

帕斯卡尔反复论述无限大与无限小这一主题。人是这样一种动物,在无限大与无限小这两个极限之间对立悖反着:既强大又软弱,既伟大又渺小,既悲悯又高尚。这是法国思想史的动人主题。

《思想录》叙述优美,文笔简练,意蕴深刻,被奉为"法兰西第一部散文杰作"。它反映了人类关心的根本性问题:说服他人的技巧、人的悲惨处境、寻找真理所面临的种种困难、人的伟大在于思想和对上帝的信仰。对于人类的伟大与渺小,帕斯卡尔曾有精辟言论:"如果他抬高自己,我就贬低他;如果他贬低自己,我就抬高他。并且永远和他对立,直到他明白他是个不可理解的怪物为止。"

拉法耶特夫人
(1634~1693)

德·拉法耶特夫人原名玛丽-马德莱娜·皮奥什·德·拉维尔涅。她 15 岁时父亲去世,母亲改嫁给了塞维涅骑士(塞维涅夫人丈夫的叔叔)。1655 年,她嫁给拉法耶特伯爵,伯爵在奥维涅拥有大量田产,诉讼不断。她在奥维涅呆了四年后,于 1659 年回到巴黎,在沃吉拉尔街的沙龙汇聚了上流人士,她与塞维涅夫人和拉罗什富科是挚友,还曾在法国与萨伏瓦的往来中起过重要的外交作用。

拉法耶特夫人被看做是法国第一位心理小说家。1662 年,拉法耶特夫人发表了短篇小说《蒙庞西埃王妃》,这部作品已经具有描写心理的特点,相当细致地描绘了人物的嫉妒、痛苦或悔恨的心情,尤其女主人公的心理发展脉络异常清晰。1670 年,她发表了小说《查依德》,故事叙述了西班牙的摩尔人,将沉船遇难、比武、谈话被人撞见、情书遗失、巧合和爱情交织在一起，小说未能摆脱矫饰文学的影响。1678 年发表的中篇小说《克莱夫王妃》引起很大反响，这部小说充分展示了拉法耶特夫人心理描写的才能。小说第一次把爱情心理作为描绘的对象，把克莱夫亲王夫妇和内穆尔公爵的心理刻画得相当细腻。作为一部历史小说，《克莱夫王妃》的背景也是相当真实的。拉法耶特夫人研究了大量历史材料以及关于历史人物和亨利二世、菲利普二世宫廷的回忆录，甚至还阅读新出的法国史、英国史、苏格兰史、纹章学和关于礼仪的著述。

晚年的拉法耶特夫人撰写了《一六八八至一六八九年法国宫廷回忆录》。她的遗作有短篇《唐德伯爵夫人》。在她生活的时代，像她这样的身份是无法用真名来发表小说的，所以她的小说发表时用的都是笔名，后世对小说的作者是谁争论不休。

《克莱夫王妃》

初版时间：1678 年

主要人物：

克莱夫先生 ………………………………………… 亲王
德·沙特尔小姐 ……………………………… 克莱夫王妃
德·内穆尔 ………………………………………… 公爵

内容梗概：

小说分为四卷，是发生在 1558 年至 1559 年的事。一开头，作品便鲜明地体现出历史小说的特征，作者花了相当多的篇幅描写宫廷风俗。第一卷的故事发生在亨利二世统治末年，宫廷中公子王孙互相媲美，个个如玉树临风，彬彬有礼。

德·沙特尔小姐早年丧父，在母亲严格的道德教化之下长大成人，16 岁时第一次入罗浮宫。刚正不阿的克莱夫亲王为沙特尔的美貌所倾倒,向其求婚。可怜沙特尔小姐少不更事,从未接受过爱情的洗礼,就在对克莱夫亲王并无爱意的情况下答应嫁给他。

但在订婚礼上,她同德·内穆尔公爵跳舞时,两人一见倾心。沙特尔夫人见女儿婚后还春心萌动,便提醒她要注意自己的行为。临死前,沙特尔要女儿尽妇道,与内穆尔公爵在她心底掀起的罪恶之情作斗争。没有了母亲的支持,克莱夫夫人为了回避内穆尔,便去乡下隐居。可是尽管如此,她对内穆尔的倾慕之情依然未减。克莱夫先生仍然待在巴黎,因为他要安慰他的一个朋友桑塞尔先生。

第二卷中,住在古洛米埃别墅中的克莱夫太太得知图侬太太的死讯,黯然神伤。在她看来,这样一个秀外慧中的少妇就这样香销玉殒,实为憾事。克莱夫先生从巴黎回到乡间,告诉克莱夫太太,他的朋友桑塞尔先生暗恋图侬太太已长达两年之久,可这位图侬太太私底下却同时答应他和艾斯图维尔先生,都说要嫁给他们。一直被蒙在鼓里的桑塞尔先生直到图侬太太死的那一天才明白事实真相:就在图侬太太死的当天,悲痛欲绝的桑塞尔发现了图侬太太写给艾斯图维尔的一封封激情洋溢的信。克莱夫先生对他的朋友说了这样一段话:"真诚使我的心灵受到如此猛烈的触动,以至于如果我的情人,甚至于我的妻子对我坦言某个男人令她心动,我只会感到心痛,而不会因此大发雷霆。"听到这话,王妃心乱如麻。

在克莱夫先生的要求之下,克莱夫太太回到了巴黎。但她很快就发现,她心中对内穆尔公爵的爱意又死灰复燃。内穆尔为了她,可以放弃对荣誉的追求,这让她感动不已。内心充满矛盾的克莱夫太太心想,如果说控制自己的感情实非易事,至少她可以控制自己的行动。她希望能够再次从她心上人的阴影中逃离出来,然而她的丈夫却让她丝毫不要改变自己的言行举止。

接着,克莱夫太太眼睁睁看着内穆尔偷走她的肖像,表面不加干预,但内心却非常矛盾:若公开去问内穆尔,"这等于让大家知道内穆尔对自己的感情;若私下向他要,又等于给他机会向自己说出爱情"。内穆尔发现,克莱夫太太明明目睹了一切,却毫无反应,回到家中心中无比欢喜,沉浸在被爱的喜悦之中。

还有一次,内穆尔在比武中受伤,克莱夫太太看他的眼神中充满了深情厚谊。当她以为有个情人向内穆尔写情书时,内心生出无比的嫉妒,十分痛苦。

第三卷中,克莱夫王妃的叔叔勒维达姆·德·沙特尔本是内穆尔的密友,却也因这封情书而对内穆尔心存嫌隙,因为克莱夫王妃读到的这封信实则归他所有。尤其是当他得知这封信已传遍整个宫廷,最终落在皇后手中时,更是怒不可遏。事实上,这封信的传播有可能会使一位十分值得尊敬的女士声名扫地,更会引起皇后对勒维达姆·德·沙特尔的不满,因为皇后把他当做知己,她无论如何也无法接受他的这段艳遇。

因此,他希望内穆尔向皇后讨回这封信,并声称自己才是这封信的接收人。为了让内穆尔对自己的心上人有个交代,不至于造成误会,沙特尔先生给了他一份署有自己姓名的情书,那是他情人的一个朋友转交到他手上的。

内穆尔先生去见克莱夫太太,将沙特尔的要求告知于她。由于他手中有沙特尔先生给他的署名情书为证,因此成功地打消了王妃心中的嫉妒之情。为了对皇后证明所言不虚,这对情人当着克莱夫先生的面,凭记忆将那份造成混乱的情书重新录出。这场风波之后,克莱夫太太的"恼怒消失了,随之而来的是宽慰和乐滋滋的心情"。她感到自己"被一片痴情所俘虏、制服,我不由自主地被它牵着走"。她再次意识到自己对内穆尔的激情一丝未减。于是她决定再度隐居乡间。她的决定招来丈夫的埋怨,他很难理解为何妻子对孤独情有独钟。

于是,她含着泪水对丈夫坦言,她爱上了另一个男人,为了无愧于克莱夫先生,她不得不离开宫廷。不料这段话被暗中藏在一边的内穆尔听到了。克莱夫先生最初听到妻子充满勇气的自白时显得颇为平静,可是很快,嫉妒便占据了他的心灵,他用接二连三的问题炮轰妻子,但克莱夫太太缄口不言,她终究没有供出克莱夫先生对手的名字。内穆尔此刻也躲在一旁观望。这时,皇上下令,命克莱夫先生回巴黎听候差遣。

独守空房的克莱夫太太对于自己的忏悔心有余悸,但她内心坦然,认为这样便是对丈夫尽了忠诚之道。

内穆尔先生逃到附近的树林里,他意识到征服他心上人的一切希望都已破灭,但无论如何,他觉得自己能博得一个与其他女性迥然有别的少妇的爱,终究是十分荣耀和幸福的。他一时大意,对沙特尔叙述了他的经历。尽管他用词极其隐晦,沙特尔还是猜出真相。这时,克莱夫也得知了他妻子不愿透露姓名的那个人,正是内穆尔先生。后来,由于内穆尔口风不严,这件事终被公之于众,而克莱夫夫妇由于不知谈话已被人偷听,则互相指责是对方有意走漏了风声。

就在这期间,皇上亨利二世在一次比武中身亡。

第四卷,克莱夫太太又回到乡下,试图寻得清静。内穆尔暗地跟踪,却被克莱夫先生差遣的密探发现。是夜,内穆尔发现克莱夫太太正凝视着他的一幅肖像,眼神迷离。被幸福冲昏头脑的内穆尔决定现身与之相会。可是克莱夫太太一旦发现了他的行踪,就立刻躲到别处。内穆尔在花园中空等到半夜,终于决定暂时放弃,第二天再来。

克莱夫先生从密探口中得知内穆尔出现在乡下的消息,他确信无疑地认为妻子背叛了他。他病倒了,不久便郁郁而终。直到他临终时,仍然分辨不清妻子对他的感情是真是假,"内心非常矛盾,苦不堪言"。亲王死后,王妃感到非常悲哀,尽量回避内穆尔。一天,她向他承认自己确实爱着他,但不会嫁给他。为了安抚心灵的伤口,克莱夫王妃流亡比利牛斯山区,几年后在忧郁中魂归离恨天。

拉 辛
(1639~1699)

让·拉辛于1639年12月22日生于拉费尔泰-米龙,3岁时父母双亡,由祖母抚养。他十岁那年被送进巴黎附近的波尔·洛亚勒修道院读书。在修道院里拉辛学会了希腊文，大量阅读古希腊作家欧里庇得斯、赫利俄多罗斯等人的作品，并且很快在诗歌创作方面显示出才华。1658年，他进入巴黎阿古尔学校学习逻辑学。在此期间，他与拉封丹以及一些喜剧演员来往密切。后来，他又和古典主义理论家波瓦洛建立了友谊，并被引荐给国王路易十四。

　　1667年底，拉辛的五幕诗剧《安德洛玛克》一经上演就大获成功。这是他的第一部杰作，被认为是法国第一部古典主义悲剧。该剧如同古希腊悲剧一样，不枝不蔓，内容精炼，符合古典主义所倡导的"三一律"。此后十年，拉辛开始了他创作的黄金时期，创作了一系列名剧：《讼棍》（1668）、《布里塔尼居斯》（1669）、《贝蕾妮丝》（1670）、《巴雅泽》（1672）等。1673年，拉辛当选为法兰西学士院院士。1677年，拉辛顺再从希腊神话中撷取题材，创作了《费德尔》，再一次获得成功。

　　拉辛的作品揭露人欲之横流，描写权力斗争，宣扬了宿命的观念。其情节单纯，充分展现内心悲剧，语言典雅和谐，富于音乐性。让·拉辛是17世纪后半叶法国古典主义悲剧最有代表性的作家。他严格遵守三一律，把悲剧艺术推进到一个新的高度。

《安德洛玛克》

初版时间：1667年

主要人物：

安德洛玛克 ………………	赫克托尔的孀妇，皮吕斯的俘虏
皮吕斯 ……………………………	埃皮尔的国王
爱妙娜 ……………………………	皮吕斯的未婚妻
俄瑞斯特 ………………	希腊使节，阿伽门侬之子

拉

辛

内容梗概:

悲剧《安德洛玛克》取材于古希腊诗人欧里庇得斯的悲剧《安德洛玛克》和《特洛伊妇女》。全剧共分五幕。

第一幕,阿伽门农之子俄瑞斯特受希腊人派遣,前来带走赫克托尔与安德洛玛克的儿子阿斯蒂亚那克斯。此前,埃皮尔国王皮吕斯杀死特洛伊主将赫克托尔,毁灭了特洛伊城,把安德洛玛克掠为俘虏。

俄瑞斯特与在宫廷中长大的美丽的爱妙娜在刚成年时就彼此相爱。后来,皮吕斯前来向爱妙娜求婚。豪华的婚礼仪式和求婚者高贵的地位使爱妙娜动了心,于是她有意接受皮吕斯的求婚。爱妙娜这种见异思迁的行为没有使俄瑞斯特灰心丧气,他对爱妙娜仍然一往情深,因此想借带走阿斯蒂亚那克斯的机会来看望爱妙娜。此行程中,俄瑞斯特与半年未见的好友比拉德重逢。

俄瑞斯特向皮吕斯说明来意,要带赫克托尔的儿子回希腊。皮吕斯表面上拒绝了俄瑞斯特,接着邀请俄瑞斯特与爱妙娜会面。皮吕斯的太傅菲尼克斯提醒他,俄瑞斯特与爱妙娜之间的爱火有可能被再度点燃。皮吕斯却置若罔闻。

原来,皮吕斯移情别恋,爱上了安德洛玛克,欲娶她为妻,而不愿履行他与爱妙娜订下的婚约。安德洛玛克把儿子留在身边,使希腊人很恐慌。在他们看来,阿斯蒂亚那克斯是个后患:"只要听到他的名字我们的寡妇和女儿就会心惊胆战,而在全希腊没有一个家庭不向这不幸的儿子追讨"。皮吕斯将她儿子的危险境地告诉安德洛玛克,并承诺如果她同意嫁给他,他便会保护她的孩子。在遭到了安德洛玛克的拒绝后,皮吕斯开始威胁安德洛玛克。

第二幕,爱妙娜对她的密友克莱欧娜说,她愿意见俄瑞斯特一面。克莱欧娜建议他们私奔。俄瑞斯特上场,向爱妙娜倾吐衷肠,后者的反应十分暧昧。俄瑞斯特以为爱妙娜会跟他走,而皮吕斯也不会阻拦。谁知道皮吕斯告诉俄瑞斯特,他最终决定娶爱妙娜为妻。尽管嘴上这么说,皮吕斯心里仍在犹豫,在太傅菲尼克斯的劝说下,他坚定了决心。皮吕斯宣布了他的婚期,这让俄瑞斯特陷入了绝望。近在咫尺的幸福转眼化为乌有。

第三幕，俄瑞斯特找到了比拉德，向他倾诉了对皮吕斯的不满。俄瑞斯特打算劫走爱妙娜。然而，在与爱妙娜交谈之后，俄瑞斯特却放弃了这一计划。俄瑞斯特的这一转变让爱妙娜颇感吃惊。克莱欧娜则抱怨俄瑞斯特虚情假意。

这时，安德洛玛克来求爱妙娜保护她的儿子。爱妙娜曾从俄瑞斯特那里得知，皮吕斯爱的是安德洛玛克，因此她断然拒绝了安德洛玛克的请求。安德洛玛克因此只得听从好友赛菲则的建议，硬着头皮又去找皮吕斯。皮吕斯告诉她，要想救儿子，只有接受他的求婚。他给了安德洛玛克一个月的时间考虑。安德洛玛克心乱如麻。她深爱儿子，却不能改变对皮吕斯的厌恶。在作出决定之前，她来到赫克托尔的坟前思索。

第四幕，安德洛玛克的心饱受着煎熬：国破家亡使她成为皮吕斯的囚犯，后者乘人之危，她却无力自卫；儿子是"全特洛亚人的希望的唯一受托者"，其性命受到威胁却无人相助。面对希腊人的愤怒和皮吕斯的逼迫，她开始感觉到："我将不得不丧失一切"。但她仍然挣扎着，报之以"怒气和眼泪"，"她的灾祸激怒了她，且一次比一次凶狠"。残酷的现实要求她做出妥协："把贞节看得过高也许会使你变成有罪"。她经过激烈的内心斗争，感到面前的矛盾无法调和，她于是打算牺牲自己以保全儿子。安德洛玛克决定答应嫁给皮吕斯，并在结婚仪式结束后自刎。

克莱欧娜告诉爱妙娜说皮吕斯违背了誓言，将娶安德洛玛克为妻。狂怒的爱妙娜召来俄瑞斯特，以爱的名义要求俄瑞斯特杀死皮吕斯。俄瑞斯特起初有些犹豫，但最终还是答应了。克莱欧娜试图劝阻爱妙娜，后者也曾有所动摇。然而后来皮吕斯在向她解释时闪烁其词，这加深了爱妙娜的仇恨。菲尼克斯提醒皮吕斯有危险，可皮吕斯却没当一回事。

第五幕一开场是爱妙娜的一段独白，她思忖自己究竟做了些什么。这时克莱欧娜向她讲述了皮吕斯婚礼的盛况，这再一次激起了她对皮吕斯的仇恨。克莱欧娜还说，俄瑞斯特内心充满了内疚感。此时俄瑞斯特跑来告诉爱妙娜，说他已经发动希腊士兵杀了皮吕斯。可爱妙娜不但没有赞赏他，还把他痛斥了一顿。俄瑞斯特失望地离开。当他得知安德洛玛克发动埃皮尔人起来追袭自己,而爱妙娜在皮吕斯身边自杀后,他失去了理智。若无比拉德相救,俄瑞斯特恐已葬身火海。

皮吕斯被杀,爱妙娜自刎,俄瑞斯特发疯。只有安德洛玛克和她的儿子逃过了劫难。

《费德尔》

初版时间: 1677 年

主要人物:

伊波利特………………………………… 王子
岱塞…………………………………………… 国王
费德尔………………………………………… 王后
厄诺娜………………………………… 王子的乳母
阿丽丝………………………………… 雅典王的公主

内容梗概:

《费德尔》取材于欧里庇得斯的悲剧《希波吕托斯》,共五幕。

第一幕:王子伊波利特和他的亲信德拉曼尔登场。伊波利特告诉德拉曼尔说他要去寻找离家半年且杳无音信的父亲岱塞。伊波利特对父亲的英勇非常崇敬,但对他在爱情上的朝三暮四却十分不满,他甚至因此对爱情产生了厌恶之情。当他发现自己在不经意间爱上了阿丽丝公主时,心中十分惶恐。阿丽丝是父亲敌人的女儿,这让王子更感为难。由于不知道如何面对阿丽丝,伊波利特决定以寻找父亲为由离去。王子离开后,王后费德尔在她的知己、奶妈厄诺娜的陪伴下登场。王后显得十分憔悴和悲伤。在奶妈的再三要求下,费德尔终于向奶妈吐露了她的心事:她暗恋着王子伊波利特。尽管她在理智上努力抑制她对王子的爱,这种感情却变得越来越炽热。此时一个仆人上场,传达了国王岱塞驾崩的消息。

第二幕:阿丽丝和她的随从伊斯梅尔上场。阿丽丝向伊斯梅尔倾诉了她对伊波利特的爱,并说自己的命运现在就掌握在伊波利特手中。王子上场,向阿丽丝表白了爱情。颇为吃惊的阿丽丝也对王子一吐衷肠。

奶妈厄诺娜告诉费德尔,国王既已驾崩,她的爱情就不再罪恶。费德尔于是找到王子,向他吐露自己的感情。刚开始伊波利特没有听懂费德尔的话,不能自持的王后于是把自己的感情表达得明白无误,甚至差点扑倒在伊波利特的脚下。伊波利特听明白后感到异常吃惊和愤怒,断然拒绝了费德尔的求爱。自尊心遭到损害的王后感到无比羞辱,追悔莫及:"我的耻辱已经在他面前暴露","我讲了别人永远不该听到的话"。她一下抽出伊波利特的佩剑,意欲一死了之。幸亏奶妈赶到,阻止了她自杀。

有传言说国王并没有死,王子独自一人去探明虚实。

第三幕:奶妈厄诺娜奉劝王后,以王权为诱饵安抚王子。绝望的费德尔听从了奶妈的建议。她让奶妈去告诉伊波利特让他当国王,希望王子因此感动而回心转意。费德尔对自己的软弱感到脸红,她祈求维纳斯在王子的心中播下爱情的种子。

然而奶妈任务尚未完成,却突然传来国王回来的消息。费德尔感到大祸临头,奶妈建议她把罪名反加在伊波利特身上:"您怕他,那么您就先来把他告控。把他能加在您头上的罪名反加于他","为了挽救您那毁坏的名誉,我们必须牺牲一切,甚至是道德"。奶妈甚至说愿为费德尔作伪证。一筹莫展的费德尔接受了这个提议。岱塞上场,惊慌失措的费德尔在搪塞几句之后逃之夭夭。岱塞心生疑团。

第四幕:奶妈在国王前指控王子。国王轻易相信了厄诺娜的指控,对儿子勃然大怒。面对父亲的怒火,儿子试图替自己辩解,告诉父亲说自己只爱阿丽丝一个人。但国王对伊波利特的辩解置若罔闻,并祈求海神波赛东驱逐他,"替一个可怜的父亲报仇"。

看到岱塞深受折磨,费德尔感到十分后悔。良心曾一度催促她"要竭尽全力去挽救他的儿子"。然而,当她知道伊波利特的心属于阿丽丝时,她的心中再一次燃起嫉妒的烈焰:"他们无忧无虑沉溺在热恋里。洁净清明的艳阳天统统属于他们! 而我可怜地被遗弃在天地之间!"她因此任由国王对王子动怒。可是没多久,她又心生悔意,责怪奶妈把她引向罪恶。她饱受煎熬:"我嫉妒? 我要去哀求岱塞! 我的丈夫还活着,我却欲火难耐。……我这个人真是罪恶滔天,两者汇于我一身,乱伦与诓骗。我残忍的双手,急于报仇泄恨,要让无辜的鲜血四处飞溅!"厄诺娜前来安慰她,她粗暴地将其撵走。

第五幕:伊波利特答应娶阿丽丝为妻,和她私奔。之后,阿丽丝找到岱塞,告诉他伊波利特受到了诬陷,并非真正的罪人。国王将信将疑,命人召见厄诺娜,后者却已自杀。国王心里产生了不祥的预感,他开始相信儿子是清白的,请求海神不要满足他的愿望。他要求见他的儿子,却从德拉曼尔德得到噩耗:伊波利特被海怪掀起的浪花吞噬了。阿丽丝得知这一切后悲痛至极,随即离开了人世。悔恨交加的费德尔最终向国王坦白了自己罪恶的爱情:"是我用无耻淫乱的目光,/瞧着这正直善良的儿郎。上天使我怀抱不洁的欲念,可恶的厄诺娜完成了这一罪孽……"然后她喝下了毒药。在弥留之际,她只剩下了一口气:"你徒劳的援助不再唤起,剩下的热力,它已准备消失。"一切,都太迟了。

拉布吕耶尔
(1645~1696)

让·德·拉布吕耶尔出生于一个小资产家庭,学过希腊文、德文和拉丁文,主修法律,毕业后成为巴黎法院律师。1673 年,他用遗产买下冈城财政区财务局,但他仍然居住在巴黎。生活的安定与清静使得他有足够的时间和精力来观察周围的人。1684 年 8 月 15 日,他在博须埃的举荐下,当上孔代亲王的孙子波旁公爵的家庭教师,为时两年。在亲王府和宫廷中,他有机会观察世态人情。1686年,波旁公爵结婚以后,他仍然作为秘书(具有贵族头衔)留在亲王府中。

拉布吕耶尔在著名的"古今之争"中扮演了重要角色。他属于崇古派,正是在该派成员的支持下,他于1693年被选入法兰西学士院。1688年,《品性论》出版,这毫无疑问是他一生中最为重要的作品:就像拉罗什富科一样,他在该作品数次出版过程中不断加以修改。该作品共十六章,由格言和人物素描混合而成。拉布吕耶尔在严密的心理分析中又揉入了一幅广阔的时代风俗画:他看见并记录下了同时代人的各种小缺点和大毛病;他细致入微地观察了各种癖好:虚荣、谎言、私心、无所事事以及妇人的扮俏。他不满足于单纯地描写可笑的场景以取悦读者,而是以基督教的道德为准绳,洞察人性的弱点,并力图去改变它们。不仅如此,拉布吕耶尔还在作品中进行深刻的政治分析。他披露出那个时代达官贵人们滥用职权、自我膨胀、暴发户蛮横无理等丑相,并为农民们的悲苦振臂疾呼。他指出了革命的必要性,成为18世纪哲学发展的第一站。

1696年3月11日,拉布吕耶尔因中风去世。

《品性论》

初版时间: 1688年

内容梗概:

这部作品模仿古希腊作家俄弗拉斯特(约公元前372~前287)作品的形式写成,主要是人物素描和格言警句,前者较为出色。作品共分16章,有两章论人性(《论人》、《论判断》),两章论宗教(《论讲道》、《论强有力的人》),一章论艺术(《论精神作品》),两章论爱情(《论妇女》、《论心灵》),其余论社会(《论城市》、《论宫廷》、《论大人物》、《论时髦》等)。

拉布吕耶尔

在第一章《论精神作品》中，拉布吕耶尔讨论了作家的工作以及对作品的要求。他指出，写作是吃力不讨好的事，因为自有人类的七千年以来，什么话都说过了，我们来到世上太迟。作者很难满足不明事理的读者、嫉妒的批评家和小集团。但拉布吕耶尔还是评论了悲剧、喜剧、讽刺诗等各种文学体裁和16世纪、17世纪的主要作家。

第二章《论个人地位》认为，社会地位是天生具有的或靠运气获得的，但真正的地位是靠纯洁的品德和仁慈获得的。当下的社会忽视个人价值的重要性，光看个人外表，不论其实质，这是十分值得怀疑的风气。

第三章《论妇女》认为妇女是社会的女王，她们要么好过男人要么坏过男人，但往往坏过男人。她们爱风流，爱虚荣，不忠实，很轻浮。随着年龄的增长，她们变得过分虔诚。

在第四章《论心灵》中，作者用十分精练的语言歌颂了真爱和真诚的友谊。他发现，人心很矛盾，很少能获得幸福，因为人们往往弄错目标，让欲望吞噬自己。然而事实上，要想获得幸福十分简单："能同所爱的人在一起，这就够了。"

第五章《论社会和谈话》认为，谈话艺术和社交艺术在人际关系中起着支配作用。作者批判了虚伪的谈话，批评那些滥用职权的能说会道者，他们常常想利用自己的权力凌驾于他人之上。作者还认为，沙龙里的人不懂得谈话艺术和社交艺术。

第六章《论财产》认为，只有财富令人肃然起敬，一切都乖乖地服从金钱的统治：荣耀、力量、家庭关系等等。包税人确实很难对付。他们出身仆人，在别人破产的基础上获得巨大的财产。可是，只要命运捉弄一下，就会使他们完蛋。真正的富人是智者。

第七章《论城市》认为，城市是资产者、法官和检察官的天下。一座城市就是一片舞台，每个人都是演员。城市是一个由各阶层混居的微型社会。大家都想模仿宫廷。

第八章《论宫廷》指出，宫廷就是一个由每个人的私欲构建的地点。群臣都只有一个目的：不论付出多少代价，都要赢得主子的欢心。大臣都想方设法发财,在漂亮的外表下隐藏着自私自利的心。

第九章《论大人物》指出,王亲贵戚爱虚荣、粗暴,他们蔑视劳动者,然而事实上,没有劳动者,就没有他们高贵的地位。这些大人物在抛头露面的艺术中个个都是好手。

第十章《论君主和共和国》认为,最好的政府就在所生活的那个国家。作者同时认为,所谓理想的政府是不存在的。在这一章中,作者抨击了征服战争,接着,在提到孤独的国家元首之后,作者勾勒了一幅明君肖像,即"父母官"。作者认为,君主制的治国艺术很细腻,国君应维持和平,不要认为自己绝对主宰臣民的财产;君主要避免奢侈,像牧童一样看好羊群。最后,作者又强调了君主与人民之间应该相互尽到的义务。

第十一章《论人》认为,人本质上是忘恩负义、不讲正义的。恶内在于人之天性,正如人是变化无常的一样。孩子已经染有成人的恶习,老人则放弃了恶习。该篇主张要原谅人。

第十二章《论判断》认为,人的大多数判断都是毫无价值的、可笑的,出于虚荣心、自私心、别人或流行的见解,但人自以为有理智,蔑视旁人,以在战争中死去为荣耀,这像动物一样滑稽。

第十三章《论时髦》认为,时尚会对我们产生负面影响,因为如果人们一味追求时尚,便容易受肤浅而多变的评论所控制。讲时髦表明我们的判断是软弱和可笑的,趣味、意识和宗教都有这样的问题。

在第十四章《论几种习俗》中,作者讨论了属于社会、宗教、家庭、经济、医学等领域的习俗。它们中的绝大部分都是可笑的、随意制订的。贵族失去了荣誉感,而平民反而显得高贵。教会人士过着轻浮的生活,法官堕落,医生只会江湖骗术,教育掌握在学究手里,这些习俗对人们有百害而无一益,因为它们嘲弄人类的理性。

第十五章《论讲道》认为,讲道变成吸引群众的一种娱乐;讲道师应该言简意赅,少想获得功名,多想拯救心灵。

第十六章《论强有力的人》,这个题目是个反语,它其实是指那些否认上帝、灵魂和神意的脆弱的人。作者揭露了虚假的虔诚,对于上帝的存在坚信不疑。宇宙的和谐、我们的存在以及我们那与物质截然不同的思想假设了一种精神原则的存在。

18世纪文学

马里沃

(1688~1763)

马里沃是 18 世纪法国的剧作家,原名皮埃尔·卡尔雷,于 1688 年 2 月 4 日生于巴黎。马里沃青年时学习法律,在 1721 年获得法学学士学位并创办了名为《法国观众》的报纸,此报持续了 12 年。在此期间,马里沃当过巴黎最高法院的律师。1742 年,马里沃被选入法兰西学士院并于 1759 年成为该院院长。

1712 年,马里沃以《精明公正的老爹》在戏剧创作上初试牛刀,但他主要的喜剧都是在 1722 和 1740 年之间为意大利的戏剧演员创作的,代表作有《爱情的惊喜》(1722)、《双重不忠》(1723)、《爱情与偶然的游戏》(1730)、《假秘密》(1737)等。马里沃的爱情喜剧多讲述年轻的贵族男女和他们的仆人调情、求爱或移情别恋的故事,情节中充满着巧合、乔装打扮和张冠李戴,结局往往好事成双,有情人终成眷属。除了以爱情为题材的戏剧外,马里沃还写了一些讽刺戏剧,如《奴隶岛》(1725)和《理性岛》(1727),揶揄了当时的社会现实。在小说创作方面,马里沃留下《暴发户农民》(1736)和《玛丽安娜的生活》(1741),它们真实而大胆地刻画了社会风气和心理,反映了作家的哲学思想和对社会道德的批判。

马里沃喜剧中人物的对白常常独出心裁、妙语连珠,在遣词造句上优雅而考究,被称为"马里沃体"。这种语言的雕琢和滑稽虽遭受到诟病,但它能细腻而曲折地描写出人物复杂和矛盾的心理活动。

《爱情与偶然的游戏》

初版时间：1730 年

主要人物：

奥根先生

马里奥 ························· 其子

西尔薇亚 ························· 其女

多朗特 ····················· 西尔薇亚的求婚者

莉莎特 ····················· 西尔薇亚的婢女

阿尔金 ····················· 多朗特的侍从

内容梗概：

《爱情与偶然的游戏》是马里沃最具代表性的爱情喜剧，它包括三幕。

第一幕：奥根先生希望他的女儿西尔薇亚与他老友的儿子多朗特喜结良缘。他通过莉莎特——西尔薇亚的女仆，打听女儿的想法。西尔薇亚向莉莎特吐露了她对和一个未曾谋面的人结婚的顾虑。通情达理的奥根先生知道了女儿的担忧后，允许她和莉莎特调换身份，以便她能更好地观察她的未来丈夫。西尔薇亚和莉莎特交换了衣服和身份。

殊不知西尔薇亚的未婚夫多朗特也有同样的想法，他将以仆人的身份来奥根先生的家，以便一窥未婚妻的庐山真面目。奥根先生把这个秘密告诉了他的儿子马里奥。乐不可支的爷俩决定对西尔薇亚只字不提，让这美妙的爱情与偶然的游戏自然展开。

多朗特如约而至，只不过他和他的仆人阿尔金交换了身份。阿尔金成了多朗特，西尔薇亚的未婚夫；而多朗特自称布格龙，甘当阿尔金的仆人。"多朗特"一进屋就用亲昵戏谑的口吻对"莉莎特"叫嚷要见丈人。看见自己的未婚夫竟然是这副德行，西尔薇亚的心凉了半截。然而"多朗特"的仆人"布格龙"堂堂的仪表和尊贵的举止却吸引了她的注意；同样，西尔薇亚的魅力和高贵也没因她女仆的装束而黯淡。多朗特被这个"女仆"深深吸引住了。

第二幕：莉莎特向奥根先生表示她的担忧，她发现"多朗特"对她的魅力并非视而不见。她希望立刻停止这场游戏，以免出现不可挽回的局面。狡黠的奥根先生不但没有警觉，反而建议莉莎特接受"多朗特"的求爱。阿尔金前来与莉莎特会面，向她大胆而直白地作了爱的表白，莉莎特由于得到了奥根先生的首肯，对阿尔金步步为营的挑逗半推半就。西尔薇亚找到莉莎特，对她不得不忍受"多朗特"的粗俗而表示感谢，并要求她婉转地拒绝"多朗特"的求婚。莉莎特为"多朗特"辩护，声称奥根先生不允许她拒绝"多朗特"，并指出女主人正是受"布格龙"装模作样的蛊惑才如此贬低"多朗特"。西尔薇亚情不自禁为"布格龙"极力辩护。事后西尔薇亚对莉莎特的态度感到气愤，也因自己为"布格龙"失态而感到懊悔和一丝羞辱。多朗特上场。在理智和情感夹击中西尔薇亚屈从了理智，她痛苦地告诉"布格龙"他们应该保持距离并要求他离开。这时奥根先生和马里奥一起上场，多朗特心灰意冷地离开了。奥根先生振振有词地谴责女儿对"多朗特"的冷淡，坚持要她嫁给他。已经极度心烦意乱的西尔薇亚倍感左右为难。不甘心就此放弃爱情的多朗特重新上场，乞求西尔薇亚回心转意。当多朗特得知如果他的社会地位更高可能扭转局面时，他忍不住向西尔薇亚承认了自己的贵族身份。西尔薇亚如释重负。不可逾越的障碍已经消失了，西尔薇亚决定把这场乔装的游戏继续玩下去。

第三幕：阿尔金要求主人多朗特不要阻止他同"西尔薇亚"结婚，多朗特认为这是他仆人的又一场胡闹而把他打发走了。马里奥上场，他指责"布格龙"用甜言蜜语哄骗"莉莎特"，并声称自己迷恋"莉莎特"，不希望"布格龙"和他竞争。"莉莎特"和奥根先生相继登场。显然，马里奥、西尔薇亚、奥根先生已经达成了某种契合。多朗特问"莉莎特"是否对马里奥抱有同样的感情，后者闪烁其词，多朗特离开。莉莎特上场，她向奥根先生和西尔薇亚讲述了她和"多朗特"的进展，询问他们的意见。父女俩爽快地允许她和"多朗特"结为伉俪。"多朗特"上场，"西尔薇亚"告诉他说得到了奥根先生的祝福,让他去请求奥根先生的同意。阿尔金忍不住了,承认了自己的真实身份。莉莎特忍俊不禁,也承认了她的身份。两人正莺音燕语,多朗特回来找"莉莎特"。在他的眼中,"莉莎特"的心已另有所属,所以才对他的爱情无动于衷,他决定和她告别。他指责了"莉莎特"的冷漠,向她做了永别,准备离开。西尔薇亚在心中对自己说:如果他真的离开,她就永远不和他结合。爱情的力量果然不容多朗特就这样决绝地离开。他还没走出房门就转身回来,让"莉莎特"解释她对马里奥和对他的感情,"莉莎特"否认了自己对马里奥有任何感情,并吐露了她对多朗特的真实感情。她告诉多朗特自己卑微的地位让她在想一诉衷情时欲言又止。多朗特欣喜若狂,他向"莉莎特"发誓说他不会因为她的身份减少一分对她的爱。多朗特的诚恳已不容置疑,西尔薇亚向他承认了她的真实身份。这对两人的爱情不啻为锦上添花。

在主仆两对恋人的皆大欢喜中,本剧结束。

孟德斯鸠
(1689～1755)

孟德斯鸠原名查理·路易·德·琴贡达,1689年出生于法国波尔多市一个达官显贵之家。他自幼学习希腊语和拉丁语,中学毕业后专攻法律,19岁时获法学学士学位,出任律师。1714年开始担任波尔多法院顾问。1716年,他担任波尔多法院院长职务,并获"孟德斯鸠男爵"封号。1721年孟德斯鸠化名"波尔·马多"发表了名著《波斯人信札》。1726年,孟德斯鸠卖掉了世袭的波尔多法院院长职务,迁居巴黎,专心于写作和研究。他漫游了欧洲许多国家,其间在英国呆了两年多,考察英国的政治制度,认真学习早期启蒙思想家的著作,还入选英国皇家学会。1731年回到法国后,他潜心著述,并于 1734 年发表《罗马盛衰原因论》,利用古罗马的历史资料来阐明自己的政治主张。1748 年,他最重要的著作《论法的精神》发表,作者在书中全面阐述了自己的政治、法律和社会思想。1755 年,孟德斯鸠在旅途中染病去世。

《波斯人信札》是孟德斯鸠比较重要的一部作品,主人公是两个旅居法国的波斯人郁斯贝克和黎伽,作者借助他们对法国社会的观察和议论发表了自己对当时的政治、经济、宗教、社会风俗等各方面的观点和看法。《论法的精神》是资产阶级早期的法学经典著作,全书共 6 卷 31 章,体系完整,内容涉及孟德斯鸠多方面的思想,如法律、政治、哲学、历史等,著名的"三权分立"学说就是在这部书中提出的。

《波斯人信札》

初版时间: 1721 年

主要人物:

郁斯贝克……………………………… 旅居法国的波斯青年
黎伽……………………………………… 郁斯贝克的朋友

内容梗概:

《波斯人信札》是一部书信体小说,全书由一百六十封信组成,叙述了这样一个故事:波斯青年郁斯贝克是一个开明的贵族,他在朝廷中刚正不阿,遭到仇敌的忌恨,在政治上不得意,不得不离开祖国,前往法国游历。郁斯贝克的朋友黎伽和他一起前往法国,途中,两人访问了朋友耐熙。在他们的影响下,耐熙的侄子也决定辞别祖国,前往威尼斯研究历史。郁斯贝克和黎伽旅居法国长达十年之久。在此期间,他们不断给在波斯的家人和朋友写信,报告他们在巴黎的所见所闻。家人和朋友则在回信中向他们介绍波斯的情况。全书还包括郁斯贝克和黎伽与少数侨居国外的波斯人和外交官的通信以及两人之间的通信。《波斯人信札》没有统一、完整的故事情节,郁斯贝克和黎伽的游历构成全书的主线。另外，有一部分信的内容与别的信明显不同，单独构成一个故事，即有名的后房故事。在郁斯贝克和黎伽两人的通信之外，书中还穿插了三个较长的独立故事："穴居人故事"、"阿非理桐和阿丝达黛的故事"以及"伊卜拉亭的故事"。所有书信根据内容大体可以分为以下几个方面：四十九封信涉及政治问题，其中包括寓言"穴居人"；四十三封信涉及西方特别是法国的社会生活和风俗习惯；十封信涉及宗教问题，包括"阿非理桐和阿丝达黛的故事"；四十封信与后房故事有关，包括"伊卜拉亭的故事"在内；剩余是一些杂信。

关于政治问题：郁斯贝克和黎伽在自己写给家人和朋友的信中评论了当时法国和欧洲其他国家的政治与政体，指出欧洲各国政府多半为君主专制，国王的权力高于一切，普通百姓的生死都掌握在国王手中。法国国王路易十四就是这样的君主，他随心所欲、穷兵黩武，整个法国已被他弄得千疮百孔。这部分还包括一个虚构的"穴居人"的故事。穴居人长相一般，却极其凶狠残暴、自私自利，毫无公平和正义可言。他们不推举国王，每个人耕种自己的土地，别人的事与自己毫不相干。最终穴居人因为品行恶劣而灭亡，只有两个家庭幸免。因为这两家人主张正义，崇尚道德，他们教育孩子要讲道德。通过联姻，这些穴居人的后代不断繁衍下去，大家和睦相处，相亲相爱，生活幸福，还选出了自己的国王。

关于社会生活和风俗习惯问题：郁斯贝克和黎伽写信把他们在巴黎的见闻告诉他们的家人和朋友。他们以讽刺的笔调描绘法国的社会生活和风俗习惯：这儿有沉迷于赌博的时髦妇女、疯癫的炼丹士、终日空谈的沙龙才子、无中生有搬弄是非的"新闻家"等等。有些信还揭露当时社会的黑暗面，如教士的荒淫无耻、妇女左右政治、巴黎社交界男女关系混乱、权贵沽名钓誉等。

关于宗教问题：在十封关于宗教的信中，作者借郁斯贝克和黎伽之口批判传统宗教的腐朽，揭露教皇和教士的虚伪。宗教纷争不断，对异教徒的迫害也非常残忍，主教们完全凭自己的主观标准行事。整个法国生活在宗教统治的黑暗之中。作者在第六十七封信中还讲述了一个姐弟恋的故事。阿非理桐和阿丝达黛本是姐弟二人,出生于拜火教徒的民族,还未成年,阿非理桐就爱上了姐姐,而且这种感情越来越强烈。他们的父亲出于对伊斯兰教徒的恐惧,力图扑灭这场爱情火焰,可是无济于事。于是父亲将姐姐送入后宫,让她伺候国王的后妃苏丹娜。可怜的弟弟甘冒杀身之险与姐姐见面,常常受到太监的阻拦。后来他们的父亲去世了,苏丹娜看到阿丝达黛一天比一天美丽,出于嫉妒之心,便将她许配给一个太监。但弟弟仍不死心,设法救出了她,并一同逃进树林,他们在那儿互诉衷肠,发誓永远相爱。婚后由于生活贫困,弟弟只好出去借钱。不料他回家的时候,一帮鞑靼人抢走了姐姐,把她卖给了一帮犹太人,只留下姐姐几个月前生下的小女儿。他紧追上去,打算把自己和女儿卖给那伙人,赎回姐姐。姐姐知道后,坚决拒绝。一个善良的亚美尼亚人收留了他们,一年后他们获得自由,过上了和睦的生活。

后房故事:与后房故事有关的信穿插于其他内容的信中间,主要是郁斯贝克与其后房妻妾的通信以及和看管这些妻妾的黑阉奴的通信。在古老的波斯,一夫多妻的现象不足为奇,富贵人家尤其如此。郁斯贝克就是妻妾成群,这些妇女们常年待在紧闭的深院后房,轻易不许和外界接触,出门要蒙脸,裹得非常严实。郁斯贝克游历海外期间,担心妻妾们不守妇道,命令黑阉奴严加看管,并向他报告一切可疑的事情。后房妻妾们起先经常给郁斯贝克写信,诉说相思之苦,盼望丈夫早点归来。可是年复一年,总不见主人回来,后房妇女渐渐不安于室,有了越轨行为。郁斯贝克知道后,便露出大老爷的真面目,下令黑阉奴代替自己行使权力,残酷镇压。此举激起后房妇女的不满和反抗,其中尤以洛克莎娜的反抗最为激烈。洛克莎娜温柔美丽,她知道郁斯贝克并不爱她,思念的话只不过是骗人的甜言蜜语。实际上,洛克莎娜早已有了情人,经常在自己房里与情人幽会。阉奴发现真相,杀死了洛克莎娜的情人。洛克莎娜忍无可忍,用毒药毒死可恶的阉奴,然后自杀。最后一封信便是洛克莎娜的绝笔信。

孟德斯鸠

《论法的精神》

初版时间：1748 年

内容梗概：

《论法的精神》不仅是西方自亚里士多德以来的一部重要的政治哲学著作，而且也是资产阶级法学最早的古典名著，对近代资产阶级政治学的发展产生了巨大的影响。其内容主要涉及政治、法律、经济等方面的理论。政治理论方面，孟德斯鸠把政体分为共和、君主、专制三种，并指出了每种政体的原则，对共和政体极力褒扬的同时也无情抨击了专制政体。孟德斯鸠最大的政治理论贡献在于它在《论法的精神》一书中提出的"三权分立"学说，即要按照立法、行政、司法三权分立的原则组成国家。三种权力相互制约、相互协调。《论法的精神》还提出了许多关于法律的理论，深刻批判了封建制度下残暴的刑法。《论法的精神》中还有不少的经济学理论，孟德斯鸠主张尊重私人财产权，大力发展工业和商业，减轻赋税，废除奴隶制。此外，该书中还提出了"地理说"，阐述了法律和地理环境，尤其是气候、土壤的关系。具体来说，《论法的精神》主要包括以下内容：

法律的定义。广义上的法指的是源于客观事物性质的必然关系。我们所生活的客观世界是由物质运动构成的，而物质运动必然具有某种固定的规律，即一般的法。法基本上可以分为自然法和人为法两类。前者是在人类和人类社会之前就已经存在的法；后者则是进入人类社会之后产生的法，如国际公法、民法等。

法律和政体的关系。有些人为法是直接产生于政体性质的。政体有三种类型：共和政体、君主政体、专制政体。这三种政体的性质显而易见：共和体制是全体人民或部分人民拥有最高权力的体制；君主政体意味着只有一个人统治国家，只不过遵循业已建立和确定的法律；专制政体毫无法律与规章，由一人按照自己的意志以及变化无常的情绪领导国家的一切。每种政体都会有相关的法律,也都有各自的原则,而政体原则是政体行为的关键。共和政体的原则是品德,君主政体的原则是荣誉,专制政体的原则是恐惧。总之,法律和政体是相互联系、不可分割的,立法应该与政体的原则相适应。政体不同,法律的繁简以及判处方式也就不同,君主政体的法律就比专制政体的法律复杂得多。政体的原则不仅影响与之对应的法律,还决定政体的存亡,因为每一种政体的腐化几乎都始于原则的腐化。

法律和自由的关系。何谓自由? 在一个有法律的社会里,自由只能是人们能够做应该做的事,是做一切法律所允许做的事情的权利。如果一个公民能够做被法律所禁止的事情,那么他就不再有自由了,因为其他人同样有这个权利。没有绝对的政治自由,只有法律约束下的相对自由。政治自由与政体、公民、税收等有着密切的联系。首先,国家权力可以分为立法权、司法权和行政权三种,只有将这三种权力分开,避免三权集中在一个人手中,公民才可能享受到真正的政治自由,因此专制政体下毫无政治自由可言。其次,当政治自由和公民联系在一起时,便是指公民的安全感。共和国可以给予公民充分的政治自由,即让公民感到很安全。最后,关于征税、国库收入与自由的关系,一般的规律是:国民所享受的自由越多,征收的赋税便越重;国民所受的压迫越重,就越要减轻赋税。

法律和地域或气候的关系。人的性格、嗜好、心理、生理特点的形成与人所处的环境或气候有着密切关系。处在不同环境下的民族有不同的精神风貌和性格特点。立法者的责任就是在认真研究分析这些特点的基础上,制定出相应的法律,发扬精华,抑制或摒弃糟粕。

法律与贸易、货币与人口之间的关系。贸易是随着人类社会的发展而出现的商业活动。它促进人类社会的发展,扩大世界各民族之间的交流。贸易的发展应当有章可循、有法可依,必须建立适合于各类贸易活动的法律法规,努力使贸易活动在其相适应的国家政体下受到保护和发展。历史的车轮不断前进,今天的贸易已经大不同于往日,必须根据实际情况制定适用的法律法规,以便促进各国贸易的发展。货币是贸易活动的必然产物,是代表各类商品价值的标记。货币的使用方便了交易的进行,使买和卖可以在时空上分离,拓展了贸易空间。但货币的发行和兑换应受国家机器的控制,并遵循贸易市场的客观需求。人类的生息繁衍是人类社会赖以生存的基础,人类社会的发展也正是为了人类的生息和繁衍。没有了人类的繁衍生息,人类也就失去了发展的动力。婚姻和生育应符合社会发展的需求,同时国家也应制定相应的法律法规保护人类的婚姻和生育。

法律和宗教的关系。宗教信仰是伴随着人类社会的发展而出现的,并逐渐成为人类生活的一个重要组成部分。只要能把宗教利益与国家政治体制的利益结合起来,宗教就起着与法律同样的作用,成为人们安居乐业的可靠保证。基督教、天主教、新教和伊斯兰教都有各自的特点和与之相适应的国家政体。国家统治者只有信奉宗教才可能实施仁政。一个国家信奉的宗教是好是坏,应当从这种宗教是否有利于国家的发展来判断。宗教的一些戒律还可以弥补民事法规的不足。但民事法规与宗教法规毕竟不同,两者不能混淆使用,只有依法行事,不滥用法律,不混淆各种法律的使用范畴,才能国泰民安。

欧洲各国的法律。欧洲各国的法律都有其理论根据、历史渊源、相关的人物和事件。古罗马继承法便是依附于罗马的政治体制,并且派生于土地分配法律。日耳曼各民族的法律也有各自不同的特征。

伏尔泰

(1694~1778)

伏尔泰原名弗朗索瓦·阿鲁埃,伏尔泰是他的笔名。他于 1694 年出生在法国巴黎一个富有的中产阶级家庭,父亲希望他做个出色的律师,但伏尔泰偏爱文学创作,尤其擅长写讽刺诗,曾经因此锒铛入狱。1726 年,由于贵族的陷害,他被驱逐出法国，流亡到英国。1729年，伏尔泰回到巴黎，写了歌颂民主共和制的历史剧《布鲁杜斯》，鼓吹资产阶级革命。1734年，在鲁昂出版《英国通讯集》，用书信方式介绍英国的政治、宗教、科学和哲学，并对法国的教派纷争进行抨击。该书刚出版就被判为禁书，当众焚毁，伏尔泰被迫流亡在外，后来在情妇夏德莱夫人家中定居。在长达15年的流亡期间（1734~1749年），伏尔泰写下大量的文学、史学、哲学和科学著作。1749年，夏德莱夫人去世，伏尔泰应腓特烈国王之邀来到普鲁士，但是不久两人关系破裂。他对君主失去信心，从此不再和任何君主来往。伏尔泰在法瑞边境的一个乡村定居下来，一面从事创作，写下《老实人》、《天真汉》等不朽名著，一面和法国启蒙思想家保持联系，支持他们的工作，同时还利用他崇高的威望，为受教会迫害的人仗义申冤，一直到1778年5月30日逝世。

中篇小说《查第格》，写于1747年，由18个章节组成。它以古代的东方为背景，富有神话色彩和异国情调。作者通过主人公曲折非凡的境遇，将许多极为有趣的故事串联起来，给读者展现出一个似真似假、虚实交融的奇异世界。《老实人》写于1759年，是伏尔泰哲理小说中最杰出的一个中篇，启蒙思想的特点表现得更为深刻有力。它通过老实人的经历直接描述了当时欧洲的社会生活，表达了作者对盲目乐观思想的嘲讽。

《查第格》

·103·

初版时间：1747年

主要人物：

查第格……………………………………古巴比伦富家青年
赛弥尔………………………………………查第格前未婚妻
阿曹拉………………………………………查第格前妻

伏

尔

泰

阿斯达丹 …………………………………… 摩勃达的王后

内容梗概:

富家青年查第格生活在摩勃达王临朝的巴比伦。他不仅品性善良,人才出众,还向来明哲保身,既不自以为是,也肯体谅宽宥他人。这个正直宽宏的青年和美貌的少女赛弥尔订了婚。两人情投意合,婚期临近。一天,他们正在幼发拉底河边散步时,忽然迎面来了一批打手,强行要将赛弥尔抢走。为首的是巴比伦一位大臣的侄子,名叫奥刚。他嫉妒查第格的爱情,依仗叔父的权势,为所欲为。查第格拼死救爱人,不幸被打瞎了眼睛。赛弥尔受的是轻伤,不久就养好了。可她厌恶自己的未婚夫成为独眼,很快嫁给奥刚,背叛了查第格。

查第格听到如此意外的消息,一时痛苦得死去活来,最后还是理性战胜了悲伤,残酷的遭遇反而给他指点了一条出路。他决定娶平民女子为妻,于是跟城里一个叫阿曹拉的女子结了婚。但是阿曹拉生性轻浮虚伪。为了考验妻子的忠贞,查第格请朋友加陶帮忙,趁阿曹拉去乡下看望朋友的时候佯装死去。阿曹拉以为丈夫真的死了,急忙赶回城里。加陶当夜找她谈话,两人都哭了。第二天,阿曹拉留加陶吃晚饭,吃到一半时,加陶忽然大叫脾脏剧痛,只有找来头天刚死的人的鼻子才能止痛。阿曹拉为了得到新欢,竟想割查第格的鼻子。查第格发现爱人已经变心,当即离婚,然后离开城市,往幼发拉底河边走去。

有一天,他在树林里散步,碰到一群行色匆匆的太监和官员,他们正在寻找王后的狗和国王的御马。查第格学识渊博,宫廷里走失的狗和马,他虽然没有亲眼目睹,却能通过足迹说出动物的长相。昏庸的太监和官员都怀疑查第格偷了国王的马和王后的狗,把他押到总督衙门审问,结果查第格被判终身流放西伯利亚。判词刚念罢,狗和马都找到了,法官只好重判,罚查第格四百两黄金。

几次三番受到命运愚弄之后,查第格想在哲学和友谊中寻找解脱。他在巴比伦近郊有所房子,陈设幽雅,与上等人身份相称的各种艺术和娱乐一应俱全。白天,学者们可以去他的藏书楼看书。晚上,上等人都可以去他家吃饭。不料,查第格的这种做法得罪了在交际场中颇不得志的邻居阿利玛士。查第格遭到后者诬陷,差点被判死刑,幸好国王的鹦鹉无意中解救了他。适逢宰相去世,国王便任命查第格接任。查第格操政,一切以法律为准绳。他公正廉明,又不滥施权威,深受民众的爱戴。查第格的优异才华,给王后阿斯达丹留下了深刻的印象。久而久之,两人互生爱慕之心。双方竭力克制,痛苦万分。但多疑的国王听信谗言,决定毒死王后,绞死查第格。这个秘密刚巧被宫中一个哑而不聋的矮子听见。小哑巴对王后和查第格素有好感,画画把情况透露给王后和查第格。查第格连夜逃走。

查第格流落到埃及。被人当做奴隶卖给了阿拉伯的商人赛多克,不过他赢得了赛多克的尊敬和友谊。那时候,阿拉伯盛行寡妇殉夫的风俗。赛多克的部落中有个妇女阿莫娜死了丈夫,要于某月某日投火殉夫。查第格认为这种风俗有悖人类的利益,求见部落首领,说服他废除了惯例。但是祭司们决定惩罚他。阿莫娜把查第格当做恩人,成功地解救了查第格。

得救后的查第格辞别了恩人,向叙利亚方向走去,一直走到叙利亚边境的一座宫堡,遇到一群强盗,查第格勇猛抵抗,博得了宫堡主人的喜爱,破例邀请他入内作客。闲谈中查第格得知摩勃达国王已被杀,王后阿斯达丹不知去向。第二天,查第格满腹忧愁,动身上路,信步走到一片草原上。在小溪旁,碰到一群正在捉四脚蛇的妇女,因为主子奥瞿大人病了,医生说只有吃了用玫瑰香水煎的四脚蛇才能治好病。没想到王后阿斯达丹就在这群妇女中间。查第格和王后意外重逢,惊喜交集,互诉衷肠。阿斯达丹把自己逃脱摩勃达国王毒计的过程告诉了查第格,然后两人回到奥瞿的宫堡。查第格治好了奥瞿大人的病,带着阿斯达丹回到巴比伦。

阿斯达丹回到巴比伦后,大受欢迎,重新成为王后。民众立意选一个智勇双全的人当国王,决定进行文武比试,压倒群雄者方可立为国王。查第格最终赢得胜利。他被推举为国王,娶阿斯达丹为妻。从此国家歌舞升平,盛极一时。

《老实人》

初版时间: 1759 年

主要人物:

老实人 …………………………… 小说主人公,普通青年
居内贡小姐 …………………… 贵族小姐,后与老实人结婚
老婆子 ………………………… 教皇女儿,后流落民间
邦葛罗斯 ……………………… 男爵府里的教师,哲学家
男爵 …………………………… 威斯发里的脱龙克男爵

内容梗概:

老实人寄居在富有财产、有权有势的脱龙克男爵府上,因头脑简单,不谙世事,被人们叫做"老实人"。邦葛罗斯是男爵府上的家庭教师,他认为世界上的一切都是美好的,万物皆有尽善尽美的归宿。天真幼稚的老实人对邦葛罗斯的这一说法深信不疑。

男爵的女儿居内贡长得丰满漂亮、面色红润,很招人喜欢。一天,男爵发现老实人居然和自己的女儿亲吻,勃然大怒,把老实人痛打了一顿后赶出府上。老实人从此开始流浪。

在保加利亚,老实人遇到了招募新兵的差役。老实人被带进了兵营。在那儿因自由行动而惨遭毒打,幸亏国王救助,才被赦免。不久,保加利亚和那伐尔交战。两军互相屠杀、奸淫掠夺,无恶不作。老实人躲进死人堆里才得以逃生,一口气跑到荷兰。老实人在街上闲逛时,碰见了被脏病弄得面目全非的家庭教师邦葛罗斯。邦葛罗斯告诉老实人,男爵一家因为战争都死了。等邦葛罗斯治好病后,两人搭上去葡萄牙里斯本的轮船。

在里斯本,他们遇上了大地震,房屋倒塌,死伤无数。神职人员觉得要举办大规模的"道德会",处死几个活人,才能阻止地

震。于是，邦葛罗斯被宗教裁判所抓走了，判以绞刑。老实人遭到一顿毒打后，得到了赦免。等老实人养好伤后，意外地遇到了居内贡小姐。原来，居内贡小姐的父母在战争中惨遭杀戮，她独自一人流落里斯本的街头巷尾，屡遭蹂躏，沦为犹太银行家和大法官的玩物。她感慨地对老实人说，原以为世界正如邦葛罗斯所说，十全十美，但现实告诉她，那全是骗人的谎话。老实人愤怒无比，杀了玩弄居内贡小姐的银行家和大法官，然后，带着居内贡小姐连夜逃遁。

他们来到阿根廷的布宜诺斯艾利斯，这里的总督是好色之徒，看到美丽的居内贡小姐，便把她占为己有。老实人被迫与居内贡小姐分离。他离开阿根廷，来到巴拉圭。老实人在巴拉圭与居内贡小姐的哥哥意外相逢。但是没想到，两人在交谈中因一言不合而拔刀相向。居内贡小姐的哥哥被老实人刺死了。老实人只得再次逃亡，历经各种风险，到了"黄金国"。黄金国里遍地都是黄金和宝石，人人温文有礼。这里没有法院，也没有监狱，人们安居乐业，相亲相爱。老实人深受国王厚待，但因他一心只想去寻找居内贡小姐，只在黄金国住了一个月。临行前，黄金国的国王送给他很多财物。

途中，老实人携带的大部分财物都被骗走了，还目睹了互相残杀的场面和尔虞我诈的勾当，他开始对邦葛罗斯"世界上一切都是美好的"这种说法产生怀疑。后来，老实人来到意大利的威尼斯，找到了老婆子，得知居内贡正在君士坦丁堡当奴隶，便带着仆人加刚菩启程前往。一路上又遇到了"功德会"中得以逃生的邦葛罗斯，于是他们一同前往君士坦丁堡。到达目的地之后，老实人见到了居内贡，她已经因生活的折磨变得非常丑陋，但老实人还是忠实于自己的诺言，与居内贡结了婚。结婚后的老实人和其他人买下了一块田地，一起耕种，过起了田园生活。

卢 梭

（1712～1778）

让-雅克·卢梭是法国 18 世纪著名的哲学家、文学家、启蒙运动的代表人物。他 1712 年出生于瑞士日内瓦,出生后不久母亲便离开了人世。父亲是钟表匠,酷爱读书。卢梭深受父亲的影响,自幼对文学有深厚的兴趣。10 岁时,卢梭的父亲被迫逃离瑞士,卢梭由舅父抚养,跟随乡村牧师学习拉丁文、绘画、数学等科目。之后在一家钟表店当学徒,由于不堪忍受师傅的虐待,逃到巴黎,开始流浪生涯。1750 年卢梭为第戎科学院的有奖征文活撰写了题为《论科学与艺术的复兴是否有助于净化风俗》论文,一举成名。随后他又写出了许多其他著作,如《论人类社会不平等的起源》、《新爱洛绮丝》、《爱弥尔》、《社会契约论》、《忏悔录》等。卢梭晚年光景凄凉,物质极其贫困,精神上非常孤独,又备受疾病折磨,除了《一个孤独漫步者的遐想》之外,再没有其他作品问世。1778 年卢梭在一个侯爵的庄园里去世。

《新爱洛绮丝》是一部书信体小说。作品讲述了平民出身的家庭教师圣·普乐和贵族学生朱丽小姐不幸的爱情故事。小说带有明显的反封建性,揭示所谓的贵族文明、道德和习俗对自然人性的摧残。同时,小说还描写了瑞士阿尔卑斯山麓壮丽的湖光山色,抒发了人对大自然的热爱。《爱弥尔》全书共五卷,是卢梭论述资产阶级教育思想的哲理小说,作者以夹叙夹议的小说体裁,讲述了虚构的贵族子弟爱弥尔在其教育下成长的故事。《忏悔录》是卢梭晚年撰写的一部自传体小说。作者在书中诚实、坦率地叙述了自己从出生到1766 年离开圣皮埃尔岛之间 50 多年的生活经历,讲述他的思想感情,剖析他的行为和内心世界。《一个孤独漫步者的遐想》是卢梭最后的作品,全书由10篇遐想组成,是作者"为自己而作"的作品,是一个孤独的隐居人与自己和大自然的对话,把卢梭既平静又不安的心境展现得淋漓尽致,所以本书通常被看做是《忏悔录》的续篇。

《新爱洛绮丝》

初版时间:1761年

主要人物:

圣·普乐 …………………… 出身卑微的家庭教师
朱丽 …………………………………… 贵族小姐
德·埃唐什 ……………………… 朱丽之父,男爵
爱德华 …………………… 男爵家的世交,英国爵士
德·伏勒玛 ……………………… 朱丽之夫,俄国贵族

内容梗概:

故事发生在18世纪,在瑞士风景秀丽的日内瓦湖畔有一个美丽的村庄。德·埃唐什男爵是村里的名门望族,也是封建礼教的坚决捍卫者,不能容忍任何违背礼教的行为。男爵的女儿朱丽天生丽质、温柔孝顺,父母把她当做掌上明珠。朱丽的母亲为了让女儿知书达理,聘请了一个名叫圣·普乐的青年做朱丽的家庭教师。这位家庭教师虽然出身卑微,但学识渊博、温和善良,与朱丽相处融洽。久而久之,俩人相爱了,并且海誓山盟,相约白头到老。

贵族小姐爱上了贫穷的家庭教师,这件事在村子里逐渐流传开来。英国爵士爱德华是德·埃唐什男爵的好朋友,听到流言后,便乘隙向圣·普乐寻衅。朱丽知道这个消息,亲自给爱德华写信,说明事情的原委,信的内容诚挚感人,使得一向颐指气使、刚愎自用的爱德华爵士深感内疚。不打不相识,这件事使得爱德华和圣·普乐成了莫逆之交。爱德华素来行侠仗义,为朋友两肋插刀。他知道朱丽和圣·普乐是真心相爱,于是自告奋

勇替圣·普乐向德·埃唐什男爵提婚。顽固的男爵非但不答应，反而指责爱德华不顾自己的贵族身份，为低贱的家庭教师提亲。两人大吵一顿，不欢而散。德·埃唐什男爵回家后，把女儿朱丽找来问情况。他暴跳如雷，把朱丽的头打出了血。男爵很后悔自己行为粗暴，多次找女儿道歉，但封建门第观念仍然不改，坚决不同意朱丽与圣·普乐来往。朱丽自幼孝顺，不敢违背父意，只好通过表姐德·奥尔勃夫人劝圣·普乐离开村庄，远走国外。圣·普乐别无他法，只好接受朱丽的提议，跟随好友爱德华到法国贝桑松市小住。

爱德华爵士不忍心看着相爱的人天各一方、饱受相思之苦，就写信邀请朱丽到他在约克公国的庄园小住，同时也邀请了圣·普乐，希望有情人终成眷属。朱丽当然明白爱德华的良苦用心，但她怕玷污家族的名声而婉言谢绝。虽然不能见面，俩人依然相爱，书信频繁。男爵知道女儿和圣·普乐藕断丝连，又掀起一场轩然大波，逼朱丽致信圣·普乐，与他断绝一切关系。孝顺的朱丽迫于父亲的压力，给圣·普乐写了一封断交信，同时瞒着父亲还给圣·普乐写了一封信，转告事情的真相。从此之后，朱丽终日郁郁寡欢，终于卧病不起。圣·普乐闻讯后立刻赶回来，在朱丽表姐德·奥尔勃夫人的帮助下，见到了卧病在床的心上人。不久，朱丽病愈，在父亲的逼迫下，嫁给了俄国贵族德·伏勒玛。德·伏勒玛和朱丽的父亲有着二十多年的交情，德·伏勒玛曾在战场上救过德·埃唐什的命，可谓生死之交。德·伏勒玛虽然富有，但在爱情上并不得意，和朱丽结婚时，已经五十多岁了。正因为年龄差别较大，婚后，德·伏勒玛对朱丽关怀备至、体贴入微。两人的生活和谐美满，并生有两个孩子。圣·普乐应爱德华爵士的邀请，跟随英国皇家海军舰队周游世界。

其实，对于朱丽和圣·普乐的爱情往事，德·伏勒玛在婚前也略有耳闻，不过他生性质朴，没有责怪妻子，还主动提出聘请圣·普乐做两个孩子的家庭教师。接到德·伏勒玛的邀请信后，圣·普乐回到了阔别八年的故乡，见到了魂牵梦萦的阿尔卑斯山和风光绮丽的日内瓦湖。在德·伏勒玛家，圣·普乐被奉为上宾，受到主人的热情款待。昔日情人重逢，两人都痛苦万分,因为往日的恋情难以忘怀。善良的德·伏勒玛安排朱丽和圣·普乐到初恋时定情幽会的森林里散步,作为对妻子的补偿,因为他觉得自己娶朱丽,就是抢走了圣·普乐的心上人。德·伏勒玛的坦荡胸襟更让两人觉得内疚,无地自容。有一次,德·伏勒玛去德·埃唐什男爵家小住,留下朱丽和圣·普乐单独在家,圣·普乐差点控制不住,做出越轨的举动,多亏朱丽自我控制,才没有做出令俩人后悔的事。事后不久,圣·普乐辞别德·伏勒玛一家,去了意大利的米兰。

　　不久,朱丽的母亲去世了,这给朱丽造成很大打击。一天,全家在日内瓦湖畔散步的时候,孩子不慎落水,朱丽纵身跃入湖中,把孩子救了上来。朱丽因此染上风寒,一病不起。她临终前写信给圣·普乐,再次表白自己的爱情,希望能够与恋人在天国里幸福结合,并恳求圣·普乐代她教育自己留下的两个孩子。

《爱弥尔》

初版时间: 1762 年

主要人物:

爱弥尔 ……………………………… 作者虚构的贵族子弟

苏菲 ……………………………… 作者虚构的爱弥尔之妻

内容梗概:

　　第一卷:两岁以前的婴儿期——身体和语言教育。婴儿期要对婴儿进行身体和不受任何强迫和阻碍的语言行为教育。诚然,自然创造的事物都是美好的,但如果没有相应的教育,婴儿将不能顺利成长。更何况,人自诞生之日起,就受到各种境遇的支配,不可能自然发展。现在就设想一个叫"爱弥尔"的孩子,他是个孤儿,我将承担他父母的义务来教育他。因此,他必须尊敬我,除我之外,他不必服从别人的要求,为的是让他从小就自由地成长。我当然不愿意照顾一个体弱多病的孩子,所以爱弥尔的身体必须健康。有了充沛的精力,才能听从精神的支配;相反,虚弱的身体会使精神变得衰弱。婴儿期是人生的第一个阶段,也是为以后的健康成长奠定基础的阶段,因此,婴儿期的爱弥尔必须健康。除了身体方面的训练之外,两岁以前还要接受语言行为教育,让婴儿倾听周围人说话,在大脑中自然地留下印象。总之,人的教育从诞生之时就已经开始了,但教育必须"顺乎天性",服从自然。

第二卷:两岁至十二岁的幼年期——感官教育。两岁到十二岁的儿童不再像从前那样爱哭,而是更多地用语言表达自己的要求和思想,对世事的判断还没有完全形成自己的标准,主要是模仿大人,因此,这一阶段,父母就是孩子的榜样,要时刻注意自己的言行。过于严厉和过于宽容都是教育必须避免的。在任何事情上,身教应多于口训。这个年龄段的孩子如果做错了事,不必进行责罚,只要让他明白其行为造成的后果就可以了。比如,孩子撒谎,就让他亲自体会撒谎造成的不良后果;如果孩子很爱发脾气,性情暴烈,一生气就摔东西,父母也没必要生气,更不用斥责孩子,把他要破坏的东西放在他拿不到的地方就可以了。假如孩子打碎窗玻璃,那就让他体会一下昼夜吹冷风的感觉,让他知道自食恶果的滋味,懂得最终惩罚的是他自己。这样他就不会再打碎玻璃了。我会让爱弥尔尽可能地感觉周围的事物,自己去弄明白行为的对与错。凡事不加强迫,让他在学习中感到快乐和趣味。爱弥尔的身心同时活动,常常照自己的想法去做事,不拘泥于他人的意见,所以身心日渐发达强健。

第三卷:十二岁至十五岁的少年期——智力和知识技能教育。孩子的教育不仅包括感官教育,智力教育也不能忽视。但是一个人的智力发展空间是有限的,好在对儿童来说,大人的知识已经十分广博了。但是我认为,学习知识技能不在于数量多少,而在于所学的知识没有错误,是准确的。我反对学习过程中死读书本,生活本来就是最好的教材,要尽可能采用实物教学和直观教学法,让学生在亲身感受和体验中学习知识。除了学习知识之外,还要对学生进行劳动教育以及自由、平等、博爱教育。对学生来说,老师只是个向导,引导学生对人类知识产生学习的兴趣和动力,至于如何坚持学习,就要靠学生自己了。因此,对于爱弥尔的学习，我只是引他入门，他必须自己学习。

第四卷：十五岁至二十岁的青年期——道德和宗教教育。经历了前几阶段的自然感官教育和智力教育后，爱弥尔已经进入青年阶段，这时候需要对他进行道德和宗教教育了。一个人除了有健康的身体、发达的大脑外，还必须具备良好的品质和宗教信仰。做一个有道德的人，就是要抛弃自己的私利，心胸开阔，为他人着想。但爱别人的基础是爱自己，爱护自己是每个人的天性。儿童最初的感情，就是自爱，其次才是从自爱到爱身边的人。把爱自己扩大到爱他人，这就是道德。至于宗教信仰，爱弥尔必须自己选择，因为他必须信奉他认为正当的宗教，也就是自然的宗教。真正的宗教是不受人类制度影响的，不管你在哪个国家、笃信哪个教派，都必须爱他人如同爱自己。

第五卷：苏菲教育或女子教育。爱弥尔经历了婴儿、幼年、少年和青年四个时期的教育后，已经是一个有知识、有技能、有道德的年轻人了，现在到了青年阶段的最后一幕。孤身独居是不好的，我们曾经答应给爱弥尔找一位伴侣，现在应该给他介绍伴侣了，这个伴侣就是苏菲。男女虽然共同寻求生活的目的，但是由于成长经历不同，心理上又有显著差异，因此婚姻生活中难免产生摩擦。爱弥尔在我的指导下找到了他的伴侣苏菲，并与她恋爱、结婚，他婚后得到了幸福，也遭受过痛苦，几经周折，终于走向成熟。婚姻是爱弥尔人生经历必不可少的一部分。女子教育方面也要顺其自然，要充分考虑到男女的不同心理特点，因为男人主动、坚强，女人被动、柔弱，所以要根据女人的自然天性，好好教导她。女人就应该像个女人，如果像男人就不好了。

·113·

《忏悔录》

初版时间：1782 年前六卷，1789 年全文本

主要人物：

"我" ……………………………………… 作者本人

卢

梭

内容梗概:

我现在要做一件前无古人、后无来者的艰巨工作,我要把一个人的真实面目赤裸裸地展示在世人面前。这个人就是我,让-雅克·卢梭。我将毫不隐瞒地把我的内心完全暴露出来,请你们倾听我的忏悔,为我的卑鄙龌龊而叹息,从而引导你们也在上帝面前忏悔、自省。

我于1712年出生于日内瓦,父亲是伊萨克·卢梭,母亲是苏萨娜·贝纳尔。祖父留下的遗产十分微薄,全家靠父亲当钟表匠来糊口。我的母亲是牧师的女儿,聪明美丽,与我的父亲是青梅竹马的恋人。但是我的出生却夺走了母亲的生命,这成为我最初的不幸。我生下来就身体孱弱多病,多亏姑姑的悉心照料,才活了下来,我对她的感激之情永远都说不尽。小时候,我酷爱读书,常常和父亲一起读母亲留下的书读到天亮。正是这种阅读经历,让我养成了爱自由、共和思想和不屈服、不受辱,反压迫、反奴役的性格。我喜欢安静,怀有一颗温柔的心,希望去爱别人,也希望被别人爱。而且,在姑姑的影响下,我对音乐也产生了浓厚的兴趣。

一次意外结束了我这种宁静的生活。我的父亲因与人发生纠纷,被迫离开了日内瓦,我的舅舅贝纳尔成了我的监护人,他把我和表兄送到包塞,寄宿在朗拜尔西牧师家里,学习拉丁语和其他一些科目。那两年的乡村生活对我来说是个美好的回忆。我不仅尝到了友情的快乐,更渴望成年人的爱情。

我离开包塞后,在琐碎无聊的小事中度过了一段时间。后来,我投靠到一个零件镂刻师门下做学徒。杜康曼先生是我的师父,他脾气暴躁、暴虐专横,常常呵斥、殴打我,摧残了我那温柔多情、天真活泼的性格,而我只能暗中追求自由了。于是我学会了隐瞒和撒谎,最后,还学会了偷东西。我曾经跟人合伙偷过师父菜园中的龙须菜,再拿到集市上去卖,也偷过储藏室里的苹果。但是,我是蔑视金钱的,我甚至不曾把金钱看做多么方便的东西,但是我又重视金钱,因为金钱能使我独立。学徒期间,我虽然染上了一些恶习,但我从没有放弃过对书籍的热爱,用了不到一年的功夫,把一个小书店里的书全都读光了。

就这样到了十六岁。我觉得学徒生活实在烦闷无聊,便决定出逃。在城郊的德·彭维尔先生家住了几天后,便动身前往安纳西,因为德·彭维尔先生说那里有一个非常仁慈的华伦夫人。我带着德·彭维尔先生到了安纳西,见到了美丽的华伦夫人,我对这位夫人可以说是一见钟情。但我并没有在安纳西逗留很久,因为有人介绍我到都灵的一所教养院去。

我在都灵的那家教养院改信了天主教。但我实在忍受不了教养院的生活,就自己找了个房子独居。好心的女房东介绍我到维尔塞里斯夫人家做仆人。这位贵妇人心灵坚强、品格高尚,但她也只是把我当仆人看待,而且她不久就病逝了。清点财产的时候,我因为非常喜欢彭塔尔小姐的一条丝带,就暗中藏了起来,有人问起的时候,我就把这个罪名推给了女仆玛丽永。以后很长一段时间里,我都常常因为这个罪行而夜不能眠。离开维尔塞里斯夫人家后,我经朋友介绍到了古丰德伯爵家里做仆人。这种不固定的生活让我感到十分厌烦,于是我计划离开都灵。我来到了尚贝里,重新见到了华伦夫人,在她家里安顿下来。

华伦夫人对我温柔体贴,而我对她更是眷恋有加。我们之间以"妈妈"和"孩子"称呼彼此。我以极快乐的心情来消磨我的时光,但是每天做的都是一些我不感兴趣的事。我便尝试写作,这是一件非常困难的事情,因为我不知道如何表达自己的思想。华伦夫人决定送我到神学院学习一段时间。在神学院的日子是痛苦的,学习结束回到华伦夫人身边后,她看我对音乐感兴趣,便决定把我培养成音乐家,不断介绍音乐家给我认识,还把我送到一家音乐学院学习。但是等我学习结束,回到安纳西的时候,华伦夫人却不见了,原来她去了巴黎,读者们可以想象我当时是多么痛苦。

华伦夫人走后,我在安纳西待了一段时间,又经历了几段短暂的爱情故事。最后,我决定到洛桑去,去看看美丽的洛桑湖。我在那里遇见了好心的佩罗太太,我跟她撒谎说我是从巴黎来的音乐家,她便相信我,介绍我给一个女孩做音乐教师。我当然是撒谎了,因为我连乐谱都不认识。在教别人音乐的过程中,我逐渐学会了音乐。有一天,我在散步的时候碰到了一位希腊主教,于是跟他一起离开洛桑,踏上了旅途。我们辗转到了德国,然后我决定去巴黎,希望能见到华伦夫人。

除了喜欢音乐,我对文学和哲学也产生了浓厚的兴趣。我始终关注着伏尔泰的活动和创作。那时候,我的身体已经变坏,不时地吐血,乡间宁静的生活也没能改善我的健康状况。我感到死神步步逼近,便更加贪婪地读书。我还决心研究音乐,引发一场音乐革新。我发明一种新的记谱方法,送给法兰西科学院鉴定,结果让我大失所望。与此同时,我开始结交一些文学界的朋友,像伏尔泰、布封等。我也曾一度去威尼斯,担任法国驻意大利大使的秘书。但是,我虽然勤奋工作,却得罪了一些小人,也触怒了大使。我失望地离开官场,重新投身于文学创作和音乐研究。我应狄德罗的请求,为《百科全书》撰写音乐条目。狄德罗因《哲学思想》一文被捕时,我写信向国王的情妇蓬巴杜夫人求助。狄德罗出狱后,我们的感情越发亲密。

1749 年,第戎科学院以《论科学与艺术的复兴是否有助于净化风俗》为题征文,我应征写了一篇论文,没想到竟然获了奖。这件事让我成为巴黎文化界的焦点。论文得奖后,我骨子里的平民思想又被触动。我认为世上没有比自由更伟大、更美好的了。我决心过贫穷而独立的生活,不要任何财富和地位。

歌剧《乡村魔法师》一举成功,国王要召见我,赐予我津贴。我内心十分矛盾,不知道到底要不要接受这笔津贴。最后,我还是决定不去晋见国王,不要津贴。狄德罗则认为我应该为家庭着想,接受津贴,这是我们之间的第一次争吵。昔日的朋友也逐渐疏远我。

1753 年,第戎科学院第二次举办征文比赛,这次的题目是《人类不平等的起源》。我为第戎科学院的勇气感到惊讶。既然他们有勇气出这样的题目,我也就有勇气去论证这个题目。为此,我又写了一篇论文,即《论人类不平等的起源》。我知道,我的文章不会获奖,因为奖金本来就不是为我这样的文章而设立的。

1754 年,我去日内瓦旅行,后悔改信天主教。决心结束巴黎的生活,带着妻子泰蕾丝迁入杰比内夫人赠送的房子,实现自己多年来渴望"回归自然"的愿望。朋友们对此议论纷纷,说我三个月内一定会再回巴黎的。但我不这么认为。为了维持生计,我继续抄写乐谱。

我认为,伏尔泰对灾难的恐怖描绘,只会使他的同胞绝望。人类的罪恶不应该归罪于自然,是人类自己滥用权力造成的。我在给伏尔泰的信中陈述了自己的看法。这时候,我已经沉浸到小说创作的狂热中去了。《新爱洛绮丝》就是在这时完成的,出版之后,轰动了全巴黎。我的《音乐字典》和《社会契约论》也相继出版。但是,《爱弥尔》的出版却给我带来了巨大的灾难。这本书被列为禁书,遭到焚烧。我也成为报纸、杂志的攻击对象,我断绝了和狄德罗等朋友的关系,认为他们与攻击我的人沆瀣一气。杰比内夫人也下了逐客令,我只有远走异国这条路了。我的流亡生活就这样开始了。

读者们,这些就是我要向你们讲述的全部真话和我内心的忏悔。

《一个孤独漫步者的遐想》

初版时间: 1782 年

主要人物:

"我" ……………………………………………… 作者本人

内容梗概:

我现在终于孤身一人了,远离了都市的喧嚣,脱离了那个给我带来不幸的社会。看到自己今天的处境,我不得不回忆过去十五年来的经历。我饱受世人的陷害和折磨,被人认为是一个心狠手辣的人。我不断地为自己抗争,但是我越挣扎,就陷得越深,于是我决定放弃了,听天由命。这样一来,心情反而平静了。迫害我的人使尽了所有招数:诽谤、贬低、侮辱。经历了那么多事后,我已经不再惧怕他们,也不会再感到痛苦了,因为一切都已经习惯了,我的心是彻底平静了。如果说写《对话录》的时候,

卢

梭

我对未来还抱有一丝希望，希望公众能重新站到我这一边，现在，我泰然自若，不再抱有任何希望。外界的一切从此与我毫不相干，我现在想的只是我自己，我将用剩下的岁月来研究我自己，与我的灵魂对话，因此这些篇章可以看做是《忏悔录》的补录，但内容并不相同，因为我已经没有什么好忏悔的了。我的这些遐想只是为自己而写。当我即将离世时，重读这些文章会让我回忆起往昔写作时的甜蜜心情。

我决定要执行研究自我的计划了。我发现只有在独自散步的时候，我的思想才能自由驰骋，我便决定描绘这些遐想。我1776年10月24日散步的时候，遇到了一个意外事故，这打断了我的思绪。那天，我上了梅尼蒙丹山冈，正走在乡间的小路上，一边欣赏风景，以便采集植物标本。走到山冈脚下的时候，一只丹麦狗直接向我扑来，把我撞昏在地。等我苏醒过来时，天已经黑了，三四个年轻人正扶着我送我回家。我谢绝了他们，神情恍惚地走回了家。妻子被我的模样吓坏了，但我并不觉得痛。第二天早上照镜子的时候，我才发现自己摔得很严重。这件事很快就传开了，并且越传越离谱。公众竟然以为我已经死了。那些憎恨我的人也借机大做文章。我再次感到了痛苦，平静的心情也被破坏了。

二十年来的经历让我明白了一件事：人不能太聪明，愚昧无知反而更好。我已经老了，没有必要再学习新知识了，我过去所受的不幸对现在和将来都毫无益处。现在的我已经没有别的牵挂。如果说还有什么要学习的，也只有学习如何面对死亡了。我很清楚自己与这个社会格格不入，自年轻时候起，我就把四十岁定为我努力追求成名和实现各种抱负的终点。一旦到了这个年纪，不论命运状况如何，我也要毫不犹豫地摆脱一切束缚，放弃一切，过自己喜欢的隐居生活，寄情于山水。从那一刻开始，我要着手一项新的工作，即进行长久平静地思索，远离喧闹，与自己的灵魂展开对话。这项工作执行起来并不容易，但我会坚持。

在我众多的漫步遐想中，有一次是以谎言为主题的。说到这个话题，我自然会想起年少时撒的那个谎（指卢梭诬陷女仆玛丽永之事,参见《忏悔录》第二章——编者注),这个谎言注定要折磨我一生,让我内疚一辈子。从那时起,我就发誓再也不说谎。一直以来,我都认为自己是个坚信真理的人,但一番自我剖析之后,我惊讶地发现有好多事情竟然是我杜撰出来的。为什么这么多年来我竟没有为撒谎感到一丝悔意? 撒谎总是不对的。普遍的绝对的真理自然要遵守,但现实中也存在很多没有意义的真理,我们要遵循良心的道德指引,而非理性的知识。写《忏悔录》的时候我并没有发现自己对撒谎是如此深恶痛绝,但现在,我要坦白地说出我对撒谎的态度。永远说真话,这就是我对待真实的准则。

我永远都不会忘记在圣-皮埃尔岛度过的那段幸福时光。圣-皮埃尔岛位于比安纳湖中。岛上风光秀丽、景色迷人。除了圣-皮埃尔岛有人居住外,还有一个偏僻荒芜的小岛。岛上的田园、果园、葡萄园和森林交融在一起,就像一幅美丽的山水画。我喜欢这个与世隔绝的小岛,在这里可以忘记一切烦恼,投入大自然的怀抱中。在岛上生活期间,我还对植物产生了浓厚的兴趣,采集了不少植物标本。我还经常和朋友泛舟湖上,听水波拍打岸边的声音,欣赏湖上的风光。在圣-皮埃尔岛,我只意识到自己的存在,心情平静地度过了令人难忘的两个月。

一切不自觉的行为,其实都有其内在原因的。就拿做善事这件事来说,行善是人们按照心灵的冲动自觉地去帮助别人。曾经有一段时间,我也很乐意帮助别人,但是后来经历了很多不幸之后,我拒绝了很多我想做的善事,因为这已经成了一种义务、一种约束,没了当初帮人的乐趣。我明白自己这种自由的天性根本就不适合这个到处都是约束、责任和义务的文明社会。

隐居生活期间,我大部分时间都用来采集植物标本了。我决定编一本内容丰富的植物标本集。这个爱好让我没有时间去想仇恨和复仇的事。我全身心地投入了进去。身处美丽的大自然中,心中没有任何杂念,只感到自己与天地融合在一起。鲜花、绿树净化了我的心灵,让我忘记了自己的不幸,留给我的只有欢乐和平静。回想起自己一生的经历,所有的痛苦都成了快乐的回忆。我现在心如止水。虽然目前的处境也是危险重重,

卢

梭

但我却可以安定地生活。这种转变是不知不觉中形成的。这种心态也是历经磨难后磨炼出来的。

我曾经将我的孩子送进育婴堂，别人认为我是个丧尽天良的父亲，说我仇恨孩子。但事实是，我没有能力抚养孩子。如果把孩子交给他们的母亲，他们会被宠坏，我只能把他们送进育婴堂。何况遭受了很多苦难后，孩子们已经跟我不那么亲近了。为了他们的将来着想，我当时只能这么做。

华伦夫人是我生命中最重要的一个女子。她年长我九岁，是一位机智优雅、风韵迷人的女人。我叫她"妈妈"。跟她相处的日子里，我活得自由自在。我别无所求，只希望有朝一日可以报答这位伟大女性对我的帮助。

（注：《一个孤独漫步者的遐想》第十篇是卢梭在同华伦夫人相识五十周年时对她的追思，对在她身边的短暂幸福岁月的回忆。原稿仅写了两页，作者就在1778年5月20日离开巴黎，应吉拉丹侯爵之邀，迁居到他在埃尔姆农维尔的别墅中去。7月2日在那里猝然离世。这篇《漫步》也就始终没有完成。）

狄德罗
(1713~1784)

狄德罗是18世纪法国的唯物主义哲学家、文学家、美学家、百科全书派的代表人物。他1713年出生在法国东部的朗格尔城。在巴黎求学期间，他的兴趣爱好广泛，涉猎了哲学、美学、文学等各方面的知识。1732年，狄德罗获得巴黎大学文科硕士学位。狄德罗一生最主要的成就是主编了《百科全书》（1751~1772）。这部巨著普及科学知识，宣扬理性主义，反对宗教愚昧，启迪人们认清腐败的现状，创造美好的社会环境。该书多次被禁，但狄德罗克服重重阻力，毕生为真理和正义而奋斗。1784年7月30日狄德罗在巴黎逝世。除了主编《百科全书》外，狄德罗还撰写了大量著作，如《哲学思想录》、《论盲人书简》、《怀疑者漫步》、《修女》、《宿命论者雅克和他的主人》、《拉摩的侄儿》等。

《修女》讲述的是一个悲怆的故事。天真无邪的少女苏珊被父母逼迫出家做了修女。苏珊在修道院中遭受了种种肉体和精神上的痛苦折磨，最后虽然逃出了修道院，但也只能过隐姓埋名的生活。作者通过苏珊的不幸命运揭露了宗教隐修生活的虚伪和残酷。《拉摩的侄儿》是一部对话体小说，对话在作者和拉摩的侄儿之间展开。小说通过拉摩的侄儿的言语，揭露了巴黎上流社会的腐朽，并就道德、艺术等问题提出了一些独到的见解。《宿命论者雅克和他的主人》是一部虚构小说。作者安排两个萍水相逢的人一起漫游法国，两个人在旅行途中分别讲述自己的经历和故事，各个故事具有相对的独立性。作者通过这些故事刻画了当时社会上所谓的名人的丑恶嘴脸，揭露了当时社会黑暗的一面。

《修　女》

初版时间：1796 年

主要人物：

苏珊·西蒙南 …………………………… 小说女主人公，修女
科瓦马尔侯爵 …………………… 苏珊写信求助的对象，开明贵族
戴·孟妮夫人 ………………………… 龙桑修道院院长
奴曼尔 ………………………… 帮助苏珊的律师

内容梗概：

科瓦马尔侯爵人格高尚，富于同情心，这是我写给他的信，向他诉说我的悲痛，并向他求助。

我叫苏珊，父亲是一个律师，我还有两个姐姐。我的聪明和姿色，品行和才干，样样都胜过我的两个姐姐，但是，因为我是母

亲的私生女,父母并不喜欢我,他们为了只让我的两个姐姐继承财产,决定把我送进修道院,让我出家。

我第一次去的是圣马利亚修道院,但我对修行根本不感兴趣,满腔悲愤和痛苦。修道院的院长和嬷嬷就对我花言巧语,骗我暂时穿上修女的制服,争取在两年的初学期间内感化父母,说服他们不让我出家。其实,院长这样做只是为了拿到一千块钱的寄宿费。但是,我的父母非常顽固。两年后,到了正式举行宣誓典礼的时候,他们也不答应我的恳求。我只好在宣誓典礼上大闹一场,希望他们可以改变主意。我父母没办法,只好把我接回家中,在幽禁了六个月后,又把我送进了龙桑修道院。这是我进的第二家修道院。

龙桑修道院同意接受我做自愿备修生,为期两年。院长戴·孟妮夫人为人仁慈宽厚、通情达理,她很同情我的遭遇,对我疼爱有加。因此,我在龙桑修道院的两年备修期过得还算顺利。但是不久,这位可敬的院长就过世了。同时,我也结束了两年的备修期,举行了宣誓典礼,成了一名真正的修女。

新来的院长叫圣·克利斯丁,与前任院长不同,她心胸狭窄、凶狠毒辣。所有前任院长喜欢的修女都遭到她的厌恶。我忍受不了这位新院长的种种做法,更加怀念可敬的戴·孟妮夫人,到处称赞她的善良,并拿她同新院长比较。圣·克利斯丁于是便残酷地折磨我。我经不起这样长久的残酷折磨,一直想自杀。但我发现,周围的人正巴不得我死去。只有在修道院,人性才能泯灭到这种程度啊!我不甘心就这样被她们折磨而死,决定解除修行誓言,还俗为民。我设法同外界取得联系,向法院起诉。我先把写好的状子交给我的好朋友厄修拉修女保管,让她帮我把状子交给有能力的奴曼尔先生。不幸的是,这件事情被院长发现了,她们对我的折磨变本加厉,用尽一切手段来摧残我的健康和精神。我真难想象在这些出家修道人的脑海里,竟会想得出这样一连串如此阴毒残暴的手段!直到教区埃培尔副主教来修道院调查我的事情,她们的残忍行为才稍有收敛,因为埃培尔副主教是个严厉而公正的人。我向法院起诉了,要求离开修道院,还俗为民。但是法院却宣布我败诉。我脱离修道院的希望化为灰烬，遭到了院长她们更加残酷的迫害，差点被折磨致死。我唯一的好朋友厄修拉修女此时也离开了人世，修道院里只剩下我一个人，孤零零的。之前帮助我的曼奴尔先生虽然没有帮助我打赢诉讼，但他在阿巴松修道院帮我捐了一笔钱，我可以离开现在的修道院，调换到阿巴松修道院了，这对我来说未必不是件好事。

于是阿巴松修道院就是我进的第三家修道院了。但是厄运并没有从此离我远去。这个修道院的女院长在长期的禁欲压抑下，成了一个心理变态的色情狂，并且喜怒无常。我来到阿巴松修道院后，她马上对我产生好感，我不论在精神上还是肉体上都遭受到了严重的折磨。由于院长对我过于亲昵，我成了众矢之的。所有人都指责我。我不堪忍受人间地狱般的生活，在向院里的列满纳神父忏悔时，把女院长的卑污行径毫无隐瞒地告诉了他。神父明确指示我不许再让院长亲狎我。我不知道该怎么做，只好按照神父的指示去做，尽量躲避院长。院长因为我的冷淡感到痛苦，病倒了，并且精神失常，不久就死去了。所有人都指责我，说院长是因为受了我的蛊惑，才会发疯，以致去世。我只好向新来的神父唐·摩累尔倾诉内心的痛苦，得到了他的同情，我们一起逃出了修道院。在逃往巴黎的途中，拯救过我的唐·摩累尔神父终于露出了他的本来面目，原来他试图拐骗奸污我。我只好独自逃到巴黎，在一个洗衣妇家中当帮工。我不知道自己将来的命运如何。我并不奢求什么，只希望能隐姓埋名，住在乡下做一个普普通通的佣人。但如果将来有一天要我再回到修道院中，我宁愿去死。侯爵先生，我只能向您求助，请快点来救救我吧。

·123·

《拉摩的侄儿》

初版时间： 1823 年

狄德罗

主要人物:

拉摩的侄儿 ……………… 主人公,穷困潦倒的音乐家的侄子
狄德罗 ………………………………… 作者本人,哲学家

内容梗概:

音乐家拉摩的侄儿穷困潦倒,狄德罗经常在各种场合见到
他。他时而脑满肠肥,衣冠楚楚,神气十足;时而憔悴不堪,衣衫
褴褛。一天,两人在一家咖啡馆里遇到,开始了一场对话。

两人首先谈论天才。拉摩的侄儿认为,虽然拉摩是音乐天
才,但他还是讨厌天才,因为这个天才音乐家叔叔没有给他留下
任何遗产,他不但没有沾到叔叔的光,反而沦为乞丐,以乞讨为
生。他本人曾经在音乐理论上下过工夫,而且有自己的一番见
解,但是没人理会他的理论,弄得他自己连糊口都难。平常听
到、看到的尽是尔虞我诈的事情,不是丈夫背叛妻子,就是朋友
之间互相欺骗,道貌岸然的君子也干无耻勾当。现实与他所受
的教育完全相反,有钱就有好名声,正人君子却都没有钱。他没
钱,所以美丽的妻子弃他而去。在这个社会上,正经人不会有好
下场,乞讨过程一再证实了这点。向别人乞讨食物时,只有阿谀
奉承、装疯卖傻,才能饱餐一顿。反过来,如果他稍微像个正常
人,那就非但讨不到食物,还会被人驱赶。接二连三的打击,使
他改变了主意,他不愿继续研究音乐,也不打算让儿子搞音乐,
整个人变得玩世不恭。

拉摩的侄儿对自己的所作所为毫无羞耻感,反而讲得有声
有色。为了得到两千块钱的报酬,他帮别人引诱年轻的姑娘跟
人私奔。他会用上千种方法勾引姑娘而不让姑娘的母亲知情。
为了糊口,他冒充提琴手,给别人当家庭教师,谄媚奉承一天后,
主人高兴,自己拿到酬金,皆大欢喜。在崇尚金钱、虚伪的社会
中生活,拉摩的侄儿学会了当面恭维奉承,背后大肆辱骂的做
法。他掌握了很多生存技巧,模仿能力也极强,能够惟妙惟肖地
扮演各种角色,堪称多才多艺。但不论怎样努力,生活似乎永远
跟他过不去,他时刻要担心自己的温饱,只能饥一顿饱一顿地苟
延残喘。

狄德罗觉得纳闷,他怎么会如此坦然地抖露自己卑鄙龌龊

的隐私。拉摩的侄儿倒是觉得，你是哲学家，人情练达，万事皆通，我不讲你也知道。他不愿意别人只把他看作平庸的傻瓜，而要别人把他看作大无赖、大恶棍。因为，人们对傻瓜只有蔑视，而对大恶棍却只能表示某种钦佩。何况让人知道自己是坏人，也是一件"需要高深造诣的艺术"才能做到的趣事。

对话快结束时，狄德罗问拉摩的侄儿，他的行为是否不道德，有没有受到良心的谴责。他回答说："他们是流氓，但是有钱，为什么我不可以呢？"他曾经为自己的平庸苦恼过，希望得到别人的称赞，但是更多的时候他为自己的"艺术"而自豪。他认为，既然整个社会是虚伪的、秩序颠倒的，正直的人没有钱，有钱的人不正直，人们无法做自己想做的事，那么，他这样生活就是顺应社会，是命中注定的，自己要尽可能从中获利。况且，社会没有了他这种恶人，也就不完美了。他虽然辱骂了所有的人，但是并没伤害过谁，所以问心无愧。既然作恶给人带来快乐，那就没必要改变自己，用不着理会道德问题。

分别的时候，拉摩的侄儿充满信心地对狄德罗说："但愿我再经历四十年这种不幸吧，笑到最后的人是笑得最好的。"

《宿命论者雅克和他的主人》

初版时间：1796 年

主要人物：

内容梗概：

雅克和他的主人本来素不相识，一次偶然相遇，便开始结伴漫游法国，但是这次旅行并没有明确的目的地。旅途中，为了不至于太无聊，雅克就和他的主人分别讲述自己过去的生活和恋爱经历。小说除了讲述两人各自的经历外，还穿插了他们旅行

·125·

狄
德
罗

过程中的所见所闻。

雅克出身农民,但精明能干,以前跟父亲生活在一起。有一天,他因为喝醉了酒,忘记牵马去饮水,被父亲痛打了一顿,一气之下,雅克入了伍。雅克的连长笃信宿命论,认为这个世界上的所有事情都是上天安排好了的。在连长的影响下,雅克也开始相信"我们在这个世界上遭遇到的一切幸运和不幸的事都是上天写好了的"。在一次战斗中,雅克的膝盖受了伤,由救护队送往医院。在途中,雅克碰到一个外科医生,就让他治疗膝盖,谁知不但伤没有治好,反而被骗走了十八个法郎。

雅克继续赶往医院,他途中遇到了谭格朗府的女佣若尼,若尼打碎了主人的一个油瓮,雅克给了她十二法郎。为了表示对雅克的感谢,若尼邀请雅克到她家里养伤,并让女儿丹尼斯照顾雅克。在不断的相处和了解中,雅克和丹尼斯相爱了。

在这之前,雅克曾经和很多女人有过暧昧关系,比如漂亮的女裁缝裘斯蒂、邻居苏柴尼太太、玛格丽黛太太、苏仲太太等。雅克在与这些女人的交往中失去了童贞,但他并没有怨恨她们,因为他相信自己没有欺骗她们,她们也没有欺骗过他。

笃信宿命论的雅克每次碰到一些荒诞、离奇古怪的事时总是说"一切都是上天安排好的"这句口头禅。如雅克的连长喜欢与人决斗,但是打伤对手后,又请求对手的原谅,还悉心照料对手的伤,痊愈之后再次决斗。在常人看来,连长的行为令人费解,但雅克认为,连长这样做,是因为"上天是这样安排的"。再如,雅克和他的主人曾经在饭店里碰见一群强盗,雅克用计把他们锁到一个房间里,然后不慌不忙地离开。但他的主人就非常害怕,不断地催雅克赶快离开,雅克却不以为然,他说强盗不可能追上来,因为这也是"上天早就安排好了的"。

虽然雅克相信宿命论一说,但他在旅行中的言行常常违背自己的信仰,使自己陷入自相矛盾的境地。一次,他们下榻的旅店的老板娘讲了这样一个故事:寡妇拉·宝姆蕾是阿西侯爵的情人,后来阿西侯爵对拉·宝姆蕾失去了兴趣,竭力想摆脱这个女人。为了报复,拉·宝姆蕾联合开赌场兼做妓女的爱侬夫人合谋设计阿西侯爵,让阿西侯爵娶了爱侬夫人的女儿爱侬小姐,然后，拉·宝姆蕾当着侯爵的面公开了爱侬小姐的身份，嘲笑侯爵竟然娶了妓女的女儿，阿西侯爵非常尴尬，只好带着爱侬小姐离开巴黎，到乡下去隐居。雅克听完这个故事后，大骂拉·宝姆蕾是个阴险的"刁妇"，对侯爵表示同情。在这件事上，雅克抛弃了他一贯信仰的宿命论，没有再说"一切都已经是上天安排好了的"之类的话，他的主人趁机嘲笑雅克。

雅克的主人是一个死气沉沉，缺乏基本生存能力的人，是一个十足的寄生虫。他按照雅克的宿命论观点，认为雅克的仆人身份也是上天早已经安排好了的，雅克永远是主人的仆人，应该听从主人的命令。但雅克认为自己比主人聪明得多，应该与主人平起平坐，因此不断向主人争取平等地位，并且向主人证明：雅克可以没有主人，但主人却离不开雅克，所以结论就是，雅克应该领导主人。主人确实离不开雅克，只得承认"雅克是主人的主人"。

雅克和他的主人在旅行途中遇到了很多奇怪的人，也听闻了很多故事。一次，他们碰到了阿西侯爵，侯爵跟他们讲了他的秘书查理的故事。查理是个修士，他所在教区的修道院院长于特生是个好色之徒，修会会长知道了于特生的丑行之后，就派查理前去调查。于特生非常狡猾，设下圈套，让一个妓女来揭露自己的丑事，引查理上当，反而被警察逮捕。

雅克的主人也讲述了自己的恋爱史，还讲了谭格朗先生的故事。谭格朗为了和情敌争夺寡妇，在自己脸上贴了块膏药，每胜一次，就把膏药剪下一圈。后来寡妇死了，谭格朗就把那块已经剪得很小的膏药一把撕下来。雅克的主人本打算用这个故事来讽刺雅克的宿命论信仰，不料雅克对此不以为然。

旅行过程中，雅克和他的主人曾经走散过，后来又再在格朗府邸重逢。雅克和女佣若尼的女儿丹尼斯结了婚，在谭格朗府邸工作。

博马舍

(1732~1799)

　　博马舍,原名皮埃尔-奥古斯丁·卡龙,于1732年1月24出生于巴黎的一个钟表店家庭,年轻时在钟表方面有所发明。1753年博马舍进入宫廷,向金融家巴利士-杜威奈学习经营,投机致富,还继承亡妻的名分成为贵族。1770年,他和布朗士伯爵开始了长达八年的诉讼,最后胜诉。在政治方面博马舍也颇不安分。1775年,他在伦敦为法国王室执行秘密使命。1776年,他为美国的起义者购买军火。法国大革命期间,博马舍到荷兰为共和军购买军火。1792年博马舍短暂入狱。1799年,博马舍在贫困中去世。

　　1767年,博马舍为法国喜剧院创作了《欧也妮》,上演后反响平平。三年后《两个朋友》的上演更是一败涂地。1773年,博马舍为他的诉讼发表了四部《备忘录》,揭露法院的内幕,反响强烈。1775年,《塞维尔的理发师》在巴黎首演,并没取得预期的成功。博马舍对剧本作了修改,将五幕浓缩成四幕。此后,《塞维尔的理发师》的每次上演都获得巨大成功。1781年,法国喜剧院接受了《费加罗的婚礼》。但该剧潜在的颠覆性使它迟迟通不过审查。几经周折,《费加罗的婚礼》终于在1784年上演。该剧一上演立刻获得了空前的成功,成为法国喜剧院的一大盛事。1787年博马舍创作了歌剧《塔拉尔》。1792年,博马舍继续以费加罗为主角写了《有罪的母亲》。与前两个剧本相比,在思想和艺术性方面都很平庸的《有罪的母亲》就不免狗尾续貂了。

《塞维尔的理发师》

首演时间: 1775 年

主要人物:

阿尔玛维瓦 ·················· 西班牙贵族
罗辛娜 ···················· 年轻的贵族小姐
巴尔托多 ··················· 医生,罗辛娜的监护人
费加罗 ···················· 巴尔托多的理发师
巴斯勒 ···················· 罗辛娜的音乐老师

内容梗概:

《塞维尔理发师》又名《防不胜防》,其创作无疑受了狄德罗的市民喜剧理论的启发。本喜剧共四幕:

第一幕:故事发生在西班牙的塞维尔,年轻的伯爵阿尔玛维瓦爱上了名为罗辛娜的贵族小姐。在罗辛娜小姐的窗下,伪装成牧师的阿尔玛维瓦翘首等待心上人的出现。这时,费加罗弹着吉他出场。他立刻识破了阿尔玛维瓦的伪装。阿尔玛维瓦告诉他用意,让他以"林多"称呼自己。费加罗绘声绘色地向他讲述自己在马德里的经历时,罗辛娜和巴尔托多出现在窗口。罗辛娜让她所谓着《防不胜防》"歌词"的纸滑落指间,打发巴尔托多下楼去捡。巴尔托多刚从窗口离开,阿尔玛维瓦就捷足先登,拾起"歌词"藏了起来。巴尔托多下楼后没找到歌词,嘀咕着回了屋,叫罗辛娜也离开窗口。阿尔玛维瓦展开那页纸,发现它竟是罗辛娜小姐写给他的情书。他欣喜若狂,告诉费加罗自己如何在马德里和罗辛娜萍水相逢,几经周折才知道罗辛娜是个孤儿,她的丈夫是巴尔托多。费加罗向他透露了真相:巴尔托多根本不是罗辛娜的丈夫。阿尔玛维瓦了解真相后决定赢得罗辛娜的芳心。费加罗答应利用巴尔托多理发师的身份,鼎力相助。

第二幕:在巴尔托多家,罗辛娜正在给"林多"写信。费加罗突然进门,让罗辛娜大吃一惊。从费加罗口中,罗信娜得知了"林多"的来历和他对她不渝的爱。窃喜中,罗辛娜把信给费加

罗,让他带给"林多"。巴尔托多的脚步声传来,费加罗藏身。巴尔托多怒火中烧,原来费加罗对他的仆人们下了药。和巴尔托多一番争执后,罗辛娜离开房间。巴斯特上场,他告诉巴尔托多镇上新来了个伯爵,住在一家豪华的旅馆,常常乔装易服以偷香窃玉。巴尔托多决定尽快和罗辛娜结婚。他给了巴斯勒一些钱,让他筹备婚礼。这一切都被藏着的费加罗看到了。趁巴尔托多离开,费加罗从藏身处出来,向罗辛娜陈述了巴尔托多的意图。罗辛娜不知所措,费加罗安慰她说将努力拖延婚礼的举行。在巴尔托多回屋之前,费加罗离开了。当巴尔托多指责罗辛娜与她的秘密情人互递情书时,屋外传来喧哗声。巴尔托多和罗辛娜下楼,发现一个酒后撒野的"大兵"。而这个"大兵"正是阿尔玛维瓦本人。阿尔玛维瓦递给巴尔托多一封公文,要求他按规定履行公民的义务,让他留宿。巴尔托多声称有权不履行这项义务,并向他出示了授权书。阿尔玛维瓦挑衅巴尔托多,罗辛娜劝阻,在混乱中阿尔玛维瓦递给罗辛娜一封信。目的达到,阿尔玛维瓦离开。在信中,阿尔玛维瓦建议罗辛娜故意跟巴尔托多斗嘴。

第三幕:阿尔玛维瓦再一次乔装来到医生家里。他自称是巴斯特的学生"阿伦佐",因老师生病而代替他给罗辛娜上课。他向医生透露罗辛娜和阿尔玛维瓦伯爵在悄悄通信并向医生展示了罗辛娜写的一封信。然后他提议为了让罗辛娜悬崖勒马,他将向她展示这封信,警告她伯爵已把这封信给另一个女人看了,因此她面临身败名裂的危险。巴尔托多同意,要求罗辛娜来上音乐课,罗辛娜百般不愿意。当她看见老师竟是"林多"时,不禁失声叫了出来,不过立刻随机应变,谎称自己的脚扭伤了。巴尔托多去拿板凳,这对情人乘机互诉衷情。音乐课开始,巴尔托多没有离开,但缺乏音乐细胞的他很快就睡着了。阿尔玛维瓦小心翼翼地向罗辛娜献殷勤。费加罗按惯例来给巴尔托多理发。巴尔托多问他的女儿是否喜欢罗辛娜送给她的糖果。费加罗支支吾吾,罗辛娜打圆场。巴尔托多倍感蹊跷,怀疑费加罗和"阿伦佐"是伯爵的同谋。不放心让罗辛娜和"阿伦佐"单独在一起,巴尔托多决定在客厅里剃头,他把钥匙给费加罗,让他去取理发用品。费加罗乘机偷了罗辛娜窗户的钥匙。阿尔玛维瓦悄悄告诉罗辛娜他拿到了窗户的钥匙,将和费加罗午夜来救她。不幸的是,巴尔托多听到了他们的谈话,顿时勃然大怒。阿尔玛维瓦和费加罗离开。

第四幕:漆黑的街上,巴尔托多责备巴斯勒之前不但没有揭穿"阿伦佐"的把戏还接受他的贿赂,然后打发他去找公证人。巴斯勒说公证人只能第二天下午四点钟到,因为之前费加罗的侄女也要结婚。巴尔托多立刻意识到其中有诈,于是他让巴斯特立即把公证人带来。回到屋里,巴尔托多埋怨罗辛娜背着他给伯爵阿尔玛维瓦写情书。对阿尔玛维瓦一无所知的罗辛娜非常吃惊。巴尔托多告诉她伯爵把她写的信给另一个女人看了,然后那个女人向他透露了,希望他采取措施以防伯爵的非分之想。罗辛娜感到羞辱和震惊:原来"林多"的甜言蜜语是为伯爵代劳的。一气之下,她答应嫁给"巴尔托多",并把"林多"和费加罗晚上来救她的计划一五一十地透露了。巴尔托多让她待在卧室里,然后他去找警察,以便夜里逮捕非法入室的伯爵和费加罗。夜深人静,阿尔玛维瓦和费加罗悄然潜入罗辛娜的房间。罗辛娜看见阿尔玛维瓦,脸上没有一丝欣喜。阿尔玛维瓦问她为什么,她指责"林多"没有心肝,说他从开始就只是为伯爵充当走狗。阿尔玛维瓦不得不坦白他的真实身份,罗辛娜向他道歉,后悔把伯爵的计划泄露给了巴尔托多。这时巴斯特如约带来了公证人,为巴尔托多和罗辛娜成婚。见此伯爵改变原计划,要求公证人立即为他和罗辛娜证婚。公证人以为眼前的罗辛娜和巴尔托多的未婚妻是同名的姐妹,也就答应了。当巴尔托多带着警察回到家时,罗辛娜已经是阿尔玛维瓦夫人了。

·131·

《费加罗的婚礼》

首演时间: 1784 年

主要人物:

阿尔玛维瓦……………………………………………… 伯爵

博马舍

伯爵夫人

费加罗

苏珊娜…………………………………… 费加罗的未婚妻

玛斯琳…………………………………… 女管家

薛茹宾…………………………………… 伯爵的侍从

巴尔托多…………………………………… 医生

巴斯勒…………………………………… 音乐老师

芳社特…………………………………… 园丁女儿

内容梗概：

《费加罗的婚礼》，又名《狂欢的一天》，无疑是博马舍艺术水准最高的一部喜剧。本剧中很多角色已在《塞维尔的理发师》中出现过。

第一幕：卧室里，费加罗和苏珊娜在布置他们的洞房。费加罗告诉苏珊娜，这间屋是伯爵让给他们的，苏珊娜表示以后不愿意住在这里。费加罗问其故，苏珊娜回答说伯爵一直都在打她的注意，甚至打算恢复被他本人废除的初夜权。一向对伯爵忠心耿耿的费加罗惊愕万分，于是决心施计挫败伯爵的如意算盘。玛斯琳和巴尔托多上场，谈论如何阻止费加罗与苏珊娜结合，因为玛斯琳想嫁给费加罗。玛斯琳还说她多年前跟巴尔托多生过一个孩子，至今下落不明。苏珊娜独自一人，薛茹宾进屋，坦白了他对伯爵夫人的迷恋。伯爵出现，薛茹宾藏身。伯爵请求苏珊娜入夜后跟他在花园会面，谈一件公事。这时门外传来巴斯特的脚步声，做贼心虚的伯爵迅速躲了起来。巴斯特要苏珊娜投伯爵所好，苏珊娜怒斥他恬不知耻，巴斯特置疑苏珊娜的德行，说看见薛茹宾在她的房间出入。伯爵醋意大发，按捺不住跳了出来，想把薛茹宾撵走。

第二幕：伯爵夫人和苏珊娜、费加罗结成统一战线。经过夫人允许，费加罗派人给伯爵递一张条子，暗示夫人已红杏出墙。与此同时，费加罗安排薛茹宾乔装成苏珊娜去见伯爵，让伯爵出洋相。伯爵夫人和苏珊娜卧室里为薛茹宾乔装打扮。门外传来伯爵的说话声，薛茹宾钻到梳妆室里，苏珊娜也躲了起来。伯爵拿着一封匿名信，要求夫人解释她的行为，梳妆室传来声音。伯爵要求夫人打开梳妆室的门，夫人说苏珊娜在里面试衣服，拒绝开门。伯爵不依不饶，离开屋子去找破门的工具。趁伯爵不在，苏珊娜让薛茹宾离开梳妆室，把自己关进屋子。薛茹宾跳窗逃跑。伯爵拿来工具，打开梳妆室的门，里面果然是苏珊娜，伯爵只能作罢。玛斯琳和巴尔托多上场。玛斯琳向伯爵呈上一份文书，称费加罗已经和她订下了婚约，要求伯爵主持公道。伯爵答应她请法官来审理此案。与此同时，伯爵夫人决定代替薛茹宾，晚上和伯爵会面，她让苏珊娜不要把这一改变告诉费加罗。

第三幕：伯爵要费加罗和他一起去伦敦工作。费加罗表示不乐意，英语他只会说"该死的"一个词。法官到来，费加罗离开为开庭做准备。苏珊娜见伯爵只身一人，便故意和他调情。心猿意马的伯爵试图亲吻苏珊娜，苏珊娜让他少安毋躁，并答应晚上和他在花园里见面。伯爵迫不及待。在临时布置的法庭里，当事人都到场，诉讼开始。巴斯特开始阅读一份有费加罗签名的协议，其中规定费加罗应还玛斯琳的钱并娶她为妻。费加罗反驳说契约中写的不是"并"，而是"或"。法官看了字迹模糊的协议，认为是"或"，费加罗欢呼雀跃。这时伯爵指出协议中规定费加罗必须当天还钱，否则就得娶玛斯琳。身无分文的费加罗看见形势不利，便说如果没有身为贵族的父母同意，自己是不会结婚的。费加罗接着讲述自己身世，并且露出能证明自己身份的标记。玛斯琳看了标记，发现费加罗就是自己失散多年的儿子。于是母子相认，伯爵气急败坏地离开。

第四幕：费加罗要苏珊娜取消晚上与伯爵的约会，苏珊娜答应了。伯爵夫人上场，把费加罗打发走，然后要苏珊娜按原计划进行。夫人口述一封信，让苏珊娜记下。园丁的女儿芳社特带来一群乡村姑娘给苏珊娜献花，其中包括男扮女装的薛茹宾。不知情的伯爵夫人亲吻了薛茹宾的脸蛋，薛茹宾窃喜。园丁和伯爵上场。园丁一眼认出了薛茹宾，扯掉薛茹宾的假发，暴露了他的身份。伯爵对薛茹宾违抗命令非常恼怒；芳社特为薛茹宾求情，并请求伯爵开恩，允许薛茹宾做她的丈夫。费加罗回来，他宣布婚礼仪式即刻开始。当苏珊娜和费加罗按习俗敬拜伯爵和夫人时，苏珊娜乘机把信递给伯爵。伯爵读了信兴奋不已。

博马舍

婚礼后，费加罗和玛斯琳在一起，见芳社特来找苏珊娜，费加罗问她何事。芳社特说伯爵带信说他将在晚上如约和苏珊娜见面。费加罗吃惊不已，以为苏珊娜对他不忠。玛斯琳请儿子别妄下结论，应静观事态的发展。

第五幕：费加罗召集巴斯特、巴尔托多等人到花园集合。他们藏在各处等着看伯爵出丑。夜幕降临，伯爵夫人和苏珊娜互换衣服，穿着对方的衣服上场。她俩已经知道费加罗躲在花园的某个角落。伯爵来到花园向“苏珊娜”求爱，提出给她一袋金子和一枚钻戒作为见证他俩关系的信物。费加罗忍不住跳了出来，伯爵和夫人逃跑。费加罗追进阁楼，不料撞见了真正的苏珊娜。苏珊娜惊慌失措，无意中暴露了身份。缓过神之后，她假扮伯爵夫人的声音与费加罗调情；费加罗将计就计，索性跟她附和。见郎君如此经不住考验，苏珊娜怒不可遏，几个巴掌打过去，费加罗立刻说出真相。伯爵从藏身处出来，看见费加罗和苏珊娜接吻。他以为费加罗与夫人偷情，放声大叫，让人来抓费加罗。这时所有的人都走了出来，伯爵发现自己上当了。他只能向夫人道歉，把金子和钻戒作为礼物送给费加罗和苏珊娜。苏珊娜笑着对费加罗说：“又是一份贺礼。”费加罗拍拍他手里的钱袋，“这份贺礼真是来之不易。”

拉克洛
(1741～1803)

肖德尔洛·德·拉克洛出生于法国北部一个小贵族家庭。1760 年，拉克洛开始在皇家炮兵团学院学习。1763 年，他从军校毕业后开始服役，后来晋升上尉。1766 年，拉克洛成了公济会成员。1788 年，他在奥尔良公爵的麾下效力。在雅各宾专政期间，拉克洛被丹东任命为中央特派员，因作战有功而被提升为准将。丹东被处死后，他身陷囹圄，于 1794

年出狱。1803 年,拉克洛被拿破仑任命为炮兵司令并于同年
逝世。

　　1767 年,拉克洛在一份期刊上发表了一首诗,不过这首
诗以及随后写的诗马上就被人遗忘了。1777 年,拉克洛创作
的歌剧《爱丽丝汀》在巴黎上演。1778 年,为了在军队里消磨
时光,拉克洛开始创作小说《危险的关系》。这部小说于 1781
年发表,得到了大众的欢迎,但受到上流社会的排挤。《危险
的关系》以书信的方式讲述了一个充满情欲和诡计的爱情游
戏。虽然小说以主角的自食其果而结束,但由于它的整体价
值判断并不明显,因此长期被贬为淫书。拉克洛的语言优
美、流畅,在小说中他通过风格各异的书信刻画人物性格和
心理时体现出游刃有余的娴熟,因而《危险的关系》成为书信
小说和艳情小说的经典。拉克洛在两年后完成了另一部小
说《论妇女教育》,但没有获得成功。

《危险的关系》

初版时间: 1781 年

主要人物:

梅特伊夫人……………………………… 侯爵夫人
瓦尔蒙子爵……………………… 侯爵夫人的老情人
院长夫人…………………… 子爵所迷恋的女人
赛茜尔……………………………… 贵族少女
唐瑟尼骑士…………………… 塞茜尔的爱慕者

·135·

内容梗概:

　　贵族少女赛茜尔即将从修道院出来,其母伏朗奇夫人把她
许配给了席耳库尔伯爵。梅特伊夫人得知这个消息后怒火中
烧,原来席耳库尔伯爵曾为了另一个女人而抛弃了她。为了破
坏席耳库尔的婚礼,梅特伊夫人向此时住在姑妈家的瓦尔蒙子
爵求助,要他回巴黎诱奸赛茜尔,并承诺以一夜欢情作为犒劳。

拉克洛

但对于风流倜傥的瓦尔蒙来说,勾引一个不谙世事的少女远没有征服虔诚的院长夫人有吸引力,他决定留下。在姑妈家里,瓦尔蒙试图同院长夫人亲近,由于院长夫人对瓦尔蒙的习性已有所闻,因此一直对他敬而远之。同时在巴黎,塞茜尔结识了骑士唐瑟尼,两人的爱情开始萌芽。

一天,瓦尔蒙子爵出去狩猎,院长夫人出于好奇跟踪了他。在村里,一家人无力交税,眼看家具即将被变卖。瓦尔蒙见状解囊相助,保住了这家人的家具。其实,子爵做出慷慨解囊之举是因为他发现有个探子在监视自己,于是想出这招来迷惑对方。谁知探子是院长夫人派来的,院长夫人听闻了这一切,改变了对子爵的看法,越来越频繁地与他交往。一天下午,客厅没有旁人,瓦尔蒙乘机向院长夫人表露爱情。院长夫人经受不起感情和道德的拉锯,流着泪逃离客厅。从这以后,院长夫人借故躲避子爵,子爵三番五次写信,她也不回。最后,为了自己的名誉,院长夫人请子爵离开,子爵答应了。就在动身前,瓦尔蒙得知赛茜尔的母亲伏朗奇夫人跟院长夫人谈过他的为人,而且密探是她派来的,于是瓦尔蒙发誓报仇,诱奸赛茜尔显然是一石二鸟的上策。瓦尔蒙回到巴黎,伺机实施计划。

在巴黎,赛茜尔和唐瑟尼骑士的爱情越来越炽热。赛茜尔从剧院观众的闲谈中得知她的未婚夫是从未谋面的席耳库尔伯爵,对爱情的憧憬立刻化为泡影。尽管很不情愿,赛茜尔还是遵从母亲的意愿,打算同骑士唐瑟尼分道扬镳。侯爵夫人知道赛茜尔的两难处境,鼓励她继续同骑士来往。与此同时,侯爵夫人把赛茜尔和骑士的私情告诉伏朗奇夫人,建议她们到瓦尔蒙的姑妈家住一段时间。伏朗奇夫人立即禁止女儿同唐瑟尼有任何来往,带着她离开了巴黎。在侯爵夫人的安排下,瓦尔蒙回到姑妈家以便诱奸赛茜尔。但是,能再次看到院长夫人才是他的高兴所在。瓦尔蒙子爵取得了赛茜尔和骑士的信任,充当他们的秘密送信人。子爵要赛茜尔去偷一把能开她卧室门的钥匙,为他送信提供方便。赛茜尔起初不乐意,但唐瑟尼让她信任子爵,赛茜尔也就照办了。

卧室里,赛茜尔酣睡。子爵开门入室,对赛茜尔动手动脚。

赛茜尔半推半就地抗拒子爵。事后,赛茜尔为自己没有坚决反抗感到内疚,便向侯爵夫人倾吐她复杂的感受。侯爵夫人劝她不该内疚,而要及时行乐。伏朗奇夫人见女儿离开巴黎后一天比一天憔悴,不由地觉得禁止女儿与骑士交往是个错误,她考虑取消赛茜尔与席耳库尔伯爵的婚约,让女儿和骑士自由地交往。在瓦尔蒙的长期挑逗下,年轻的赛茜尔终于禁不起肉欲的诱惑,和他发生了肌肤之亲。梅特伊夫人和瓦尔蒙终于报了仇。

　　子爵的存在让院长夫人心神不宁,于是她决定回家。院长夫人的不辞而别让瓦尔蒙痛苦不已,他向修道院的昂塞姆神父求助,假称把书信归还给院长夫人,求神父安排两人见面。院长夫人答应接见子爵。在院长夫人的客厅里,瓦尔蒙再一次向她表达爱意,责备她无情,声称为了她的安宁,自己愿意和她分手。院长夫人再也无法掩饰自己的真实感情,流着泪向子爵倾吐了爱慕之情。就这样,瓦尔蒙征服了犹如美德化身的院长夫人。瓦尔蒙向侯爵夫人炫耀自己的功绩。梅特伊夫人对他嗤之以鼻,认为子爵对院长夫人动了真情,局面完全失控。子爵不同意,力图反驳。伯爵夫人要他同院长夫人分手,并帮他写了一封绝交信。瓦尔蒙把伯爵夫人写的信寄给了院长夫人,院长夫人读信后万念俱灰,立刻病倒。艰难的考验通过了,瓦尔蒙要求伯爵夫人兑现一夜情的承诺。伯爵夫人一口拒绝,告诉他,唐瑟尼骑士是她的新宠。被激怒的瓦尔蒙向梅特伊夫人发出最后通牒,梅特伊夫人回答:“那好,开战!”

　　子爵给唐瑟尼写了封信,规劝他回到赛茜尔的身边,同时他也试图和院长夫人恢复联系。他现在意识到自己对院长夫人怀有真挚的感情,想弥补他的过失。但是院长夫人已处于癔症状态,在修道院养病。伯爵夫人在挑拨离间上显然更胜一筹。她把子爵和赛茜尔的奸情告诉了骑士。愤怒的骑士要同子爵决斗。结果子爵身亡。临死前,他把伯爵夫人写的信交给骑士。骑士公布了其中两封信:伯爵夫人在一封信中大谈她的人生哲学,另一封信讲了她如何诬陷普雷旺先生。伯爵夫人的假面具被撕破了,从此身败名裂。但惩罚并没有就此结束。这个靠色相呼风唤雨的女人得了天花,弄得面目全非;她还输了一场官司,落得倾家荡产。伯爵夫人在唾弃和潦倒中离开了巴黎。院长夫人听闻子爵的死讯,悲伤过度,撒手人寰。赛茜尔进了修道院,骑士决定去马耳他,两人的幸福化为泡影。"仅仅一种危险的关系就会带来如此多的不幸,想到这一点,谁不胆战心惊呢?"

19世纪文学

夏多布里昂

(1768~1848)

弗朗索瓦·勒内·德·夏多布里昂于 1768 年出生于圣马洛一个没落的贵族家庭。1786 年他投身军界,后来进入宫廷。大革命的爆发促使他到美洲去旅行,这为他后来的文学创作提供了灵感。回到法国后,他为摇摇欲坠的王室效力,在提翁维尔战役中负伤,辗转逃亡到伦敦。1800 年,夏多布里昂回到法国,随后当上了罗马使馆的秘书。由于政治原因,他后来辞去了这个职位到东方去旅行,回国后在政府中担任了一系列要职。七月革命结束了他的政治生涯。

在伦敦流亡期间,夏多布里昂写了《革命论》(1797)。母亲去世后,他皈依了基督教,创作《基督教的真谛》,其中有两篇著名的中篇小说:《阿塔拉》和《勒内》。1811 年,从东方旅行回来的夏多布里昂发表了《从巴黎到耶路撒冷纪行》(1811)。20 年代中期,他发表了一系列在流亡时创作的作品,包括《纳切兹人》(1826)、《最后一个阿邦塞拉奇人》(1826)。七月革命后,夏多布里昂隐退著书,主要作品有《历史研究》(1830)、《论英国文学》和耗时 30 年的巨著《墓外回忆录》(1839)。

夏多布里昂的小说充满了忧伤的情调和迷人的异域风光,他塑造的人物勒内成为"世纪病"的典型,夏多布里昂因此成为法国浪漫主义文学的巨擘。他的《墓外回忆录》抹去了事实和虚构的界限、融合了个人经历和历史叙述,是回忆录文学中的一株奇葩。

《阿达拉》

初版时间：1801 年

主要人物：

沙克达斯 …………………………………………… 那契人

阿达拉 …………………………………… 沙克达斯的恋人

神甫

内容梗概：

故事一开始把我们带到了风景奇丽的北美。在那里勒内结识了智慧的印第安老人沙克达斯。在勒内的要求下，阅历丰富的老人给他讲述了自己的故事：

沙克达斯在密西西比河畔出生。17 岁时，他和父亲同最强大的部族穆斯科古奇人作战。在这场战斗中，他们的部族失败。沙克达斯的父亲被杀，他被溃败的武士抬到圣奥古斯丁。在那里，沙克达斯被善良的西班牙老人洛佩兹收留，收到了无微不至的照料。三个月过去了，沙克达斯感到城市的生活索然寡味，蛮荒的森林在召唤着他。沙克达斯把自己想离开的想法告诉了老人。洛佩兹试图挽留他，但沙克达斯的决心已定。两人挥泪告别。沙克达斯独自一人向森林前行。

在森林里，沙克达斯迷了路，被穆斯科古奇人和西米诺抓做俘虏。在敌人的营地里，沙克达斯认识了美丽的少女阿达拉。阿达拉告诉他自己是酋长西马甘的女儿，因为她的西班牙母亲而信奉天主教；她还告诉他部族正向契科拉前进，在那里沙克达斯将被烧死。在十多天的跋山涉水中，阿达拉和沙克达斯之间萌发了爱情。一天，阿达拉趁守卫不在给沙克达斯松了绑，要他逃命。沙克达斯要阿达拉和他一起离开，阿达拉不愿意，沙克达斯因此拒绝逃亡，他不想离开阿达拉而苟延残喘地生活。处决的日子到了，不愿看见爱人被烧死的阿达拉买通了巫师，灌醉了刽子手，和沙克达斯一起逃亡了。在森林里，两个人自给自足，过着世外桃源的生活。但很快沙克达斯就发现阿达拉变得越来越忧伤。他问她原因，她说自己永远也不会成为他的妻子。

　　经过15天的行走，沙克达斯在阿达拉的建议下做了一只小舟，顺着密西西比河漂流而下。在途中，阿达拉更加忧伤。她有时感觉能听到母亲哀怨的嗓音，看到地下冒出火光。沙克达斯不明白爱人的悲伤。七月的一个夜晚，风雨大作。阿达拉依偎在沙克达斯的怀抱中，她的眼泪潸然而下。沙克达斯以为她因背井离乡而感到忧伤，试图安慰她。阿达拉向他吐露了她真正的身世：她的父亲不是西马甘，而是母亲遇见西马甘以前认识的一个西班牙男人。西马甘知道后并不在意，一直把她当做自己的女儿。沙克达斯问她亲生父亲的名字，阿达拉回答说他叫"洛佩兹"。听到这个名字，沙克达斯不禁叫出声来，他告诉阿达拉此人正是他的救命恩人。听到这个消息阿达拉非常激动和高兴，她对沙克达斯的爱倍增。夜幕下，沙克达斯在阿达拉不再设防的芳唇上品尝了爱的甘甜。在狂躁的自然中，他们的肉体期待着酣饮那无上的至福。这时传来了狗叫声，一个老人提着灯笼从黑暗里走了出来，他是附近的一个神甫。在每个雨夜，神甫总会出来寻找无处躲避的旅行者。

　　三个人一起回到了神甫栖身的山洞。在山洞里，神甫向沙克达斯讲述了对耶稣的信仰，并向阿达拉保证将把沙克达斯培养成信仰基督教的丈夫。沙克达斯流出高兴的泪水，他和虔诚的神甫一起祷告。第二天，沙克达斯陪伴神甫去教会建的村庄。看着安居乐业的村民，他憧憬着和阿达拉未来的幸福。然而一场悲剧将粉碎他的美好希望。回到山洞里，他们发现阿达拉处于极度虚弱的状态中。神甫以为她是因疲劳而发烧，但阿达拉说她死期将至，她要在死之前吐露她的秘密：阿达拉在出生时生命危在旦夕，她的母亲许愿如果她能存活就把她献给圣母，终身不嫁人。十六岁时阿达拉的母亲去世。在临死前她要女儿发誓永不嫁人，当一个虔诚的信徒。女儿答应了母亲的遗愿，多年来都成功地忽视了她的追求者。但是当她遇上沙克达斯，爱情的力量动摇了她的决心。在前天雷雨夜里，她差点就彻底背叛她的誓言。为了防止自己意志薄弱，她吞食了毒药。突如其来的打击让沙克达斯昏倒在地。当他醒过来后，阿达拉把脖子上的十字架取下来给他。她要沙克达斯皈依基督,和她在天堂中结合。沙克达斯答应了,在无法慰藉的悲痛中他仿佛听到了天使的说话声和天堂里的竖琴声,他看到上帝向他走来,来迎接他迷失的灵魂。

阿达拉死后,沙克达斯把她葬在"陵园"入口的天然桥下。他和神甫一起回到山洞后,要求能留在神甫身边和他一起工作。但神甫要他带着对阿达拉的思念和对耶稣的信仰回到密西西比河,回到他的母亲身边。

《墓外回忆录》

初版时间: 1839

主要人物:
　"我" …………………………………………… 作者本人

内容梗概:

九月四日,圣马洛,我在一个贵族家庭里呱呱坠地。一出娘胎,我就被流放到了普郎科埃。三年后我回到了圣马洛的贡堡,在那里我度过大部分少年时代。

在贡堡,我常一个人散步。太阳藏身在阿吕依钟楼上空的云中,鸫鸟的鸣啭仿佛时时跟着我:在田野里,它给我幸福的幻觉;在花园里,它提醒我时光的流逝。我的卧室在塔楼的顶上。夜晚,呼啸的风声成了我想象的玩具和梦想的翅膀。我的勇气在独居中增加了。

我的父亲沉默寡言、离群索居。我的母亲才德兼备,她努力让我接受一种传统的教育。我的姐姐吕西尔是一个忧郁而具有宗教情怀的少女,她还是我的朋友和保护人。和她在一起,我们谈论世界以及与现实世界相去甚远的内心世界。我的过度害羞妨碍我接触让我好奇的女性,于是我只能在理想和梦幻中邂逅她。在梦里我遇到了戴着钻石和鲜花的女气精。她抚弄我的额头,把手紧贴在我怦怦直跳的胸上。尊敬和幸福之感充满了我的心。美梦之后，我面对的是缺憾的现实，我陷入更深的惆怅中。

不久，贡堡的生活变得令人难以忍受。我把猎枪上了膛，把枪口放入嘴里，用枪托敲地多次，枪也不响。一个看守的到来终止了我自杀的企图。我想我的时辰还没有到，于是我决定推迟计划的执行。几周后父亲召见我，他要我放弃疯狂的行为，到纳瓦尔团去服役。在军团里，我很快得到晋升。我的卧室成了上尉和中尉们聚会的场所。我在康布雷完成训练的那一年，父亲中风去世了。他的离去让我悲伤不已。我忘却了他的严厉和弱点，怀念他对我静默而深切的爱。在大革命期间，我目睹了群众的残忍和疯狂。我既不想跟随莫特马尔侯爵流亡，也无意为新的观点服务。我离开了军队，登上了去美国的船。

我到了费城，在那里我有幸受到华盛顿将军的接见。他身材高大，神色安然。我们谈到了我的旅行目的和巴士底狱，他向我展示了一把巴士底狱的钥匙。晚餐很快就结束了，但这位世界解放者的目光以美德的热量温暖着我今后的生活。我继续我的旅行，见到了尼亚加拉瀑布，它令人叹为观止的壮丽将在《论革命》和《阿达拉》再现。为了一览它的全貌，我冒险爬上一块几乎笔直的岩石，结果摔在离深渊半尺远的地方。我的向导救了我，把我带到印第安人的医院疗伤。我在那里观察印第安人关于出生和死亡的习俗，结识了将成为我作品女主人公的 14 岁的米拉。

1791 年路易十六被捕事件促使我回到欧洲，以捍卫摇摇欲坠的君主制。我加入了勤王军，在蒂庸维尔战役中受了伤，后转赴泽西岛我舅舅家。几经周折，我来到了英国。我白天翻译，晚上写《革命论》。那时我常去肯辛顿和威斯敏斯特。肯辛顿的海德公园旁聚集了许多的富人，他们让我想到了自己的贫穷和孤独。我感觉死亡已临近，他给我的世界罩上一层神秘。威斯敏斯特教堂的伟人像在遗忘和灰尘中见证着过去的辉煌。灾难比幸福更有意义。时间的帷幔遮住了生活中神圣。

在一次失败的恋爱后，我返回伦敦。《论革命》终于发表了，我也同封塔纳订了婚。我的姐姐朱丽给我写信告知母亲去世的

夏多布里昂

噩耗。她告诉我,母亲对我的误入歧途深感忧伤。在临终时,她希望我皈依天主教。当这封信漂洋过海到达我手里时,我的姐姐也已离开人世:她是在被关进监狱后死去的。这两个来自坟墓的声音对我产生了强大的影响,我的内心重新燃起了信仰的火炬;我哭了,我相信了。

母亲的晚年因我的不信教而痛苦,这让我心中充满了悔恨。我甚至一度把《革命论》看作犯罪工具而想把它毁掉,但它只是一本饱含怀疑而痛苦的书,决非亵渎宗教的书。我想到一部宗教著作或许能补偿时,我开始了《基督教真谛》的创作。三年后,这部作品完成。渴望信仰和宗教慰藉的人们把它当做旱灾后的甘霖。《基督教真谛》对精神的冲击使 18 世纪脱离常规,它促使人们重新发现基督教。出于对此书的赏识,波拿巴接见了我。在这次会面后,波拿巴任命我为罗马使馆的一等秘书。但后来由于德·昂吉安公爵被处决,我辞去了在罗马的职位。

1815 年 6 月 18 日中午,我带着《恺撒回忆录》在冈城外散步,轰隆声在远方响起。我穿过大路,脸朝向布鲁塞尔方向,南风使我分辨出炮声。我孤寂一人,头脑中充满了对远处正在进行的战斗的疑问:这是什么战斗? 是决定性的战斗吗? 拿破仑亲临战场吗? 种种可能性折磨着我,每声炮响震得我的心怦怦直跳。一个信使向我走来,我拦住他询问。他告诉我波拿巴正在浴血奋战,目前看来失败已成定局。后来我才知道,这就是滑铁卢之战。

拿破仑已经去世,我访问了他在违反流放厄尔巴岛命令后到过的地方。夜晚,我独自散步在静谧的海滩,心中充满了懊悔。拿破仑的死带走了一个时代,一个我所属的时代。我为什么要死在其后呢? 世界已从现实跃进虚无,从山巅跌入深渊。在他之后,还有何人何事可谈? 历史舞台上的巨大太阳已经消失,我们只是舞台上可疑的夜间活物。

我在复辟中看见了恢复声望的希望,于是全力投身混战。我和朋友创办了报纸《保守派》。在法国,它改变了两院的多数;在外国,它转化了内阁的精神。我先后在欧洲几个国家当过外交官。我代表法国参加了维罗纳会议,促成了西班牙战争。官场里的尔虞我诈让我厌恶,我在杂志上发表文章对其抨击。七月革命爆发,我的政治生涯结束了。

旧的世界结束,新的世界开始。我看见曙光的反光,却不见太阳从曙光中升起。我要做的是在我的墓穴边坐下,手里拿着带耶稣像的十字架,勇敢地下到永恒中去。

斯丹达尔
(1783~1842)

斯丹达尔,法国19世纪批判现实主义小说家。他继承和发展了拉法耶特夫人注重心理描写的传统,开创了批判现实主义的先河。

斯丹达尔原名亨利·贝尔,生于格勒诺布尔,七岁丧母,父亲是律师。斯丹达尔早年崇尚卢梭,崇拜拿破仑,1799年到巴黎参军,第二年跟随拿破仑远征米兰,任第六骑兵团少尉。1801年因身体欠佳回到巴黎,后辞去军职。1806年重返军界,担任军事委员会专员,1810年任皇室器物总监。1812年拿破仑远征莫斯科失败。不久波旁王朝复辟,斯丹达尔退出军界,转向文学创作。在1817年至1827年的十年中,他翻译了《意大利绘画史》(1817),创作了游记《罗马、那不勒斯和佛罗伦萨》(1817)、心理分析著作《论爱情》(1822)、文艺论著《拉辛和莎士比亚》(1823~1825)以及第一部小说《阿尔芒丝》(1827)。1830年,斯丹达尔就当时一名家庭教师与女主人相爱,后因绝望开枪打死她的案件改写成了长篇小说《红与黑》,同年,斯丹达尔被任命为法国驻意大利里雅斯特的领事。但奥地利当局对这一任命不予认可,他于1831年改任驻教皇管辖的小城奇维塔韦基亚的领事。1936年,他请了三年的长假进行旅行和创作,其间产生了另一部小说,即《巴马修

斯丹达尔

道院》(1839)。他创作的最重要的作品是未完成的长篇小说
《吕西安·娄万》(1894)。斯丹达尔于1842年因中风去世。
在当时浪漫主义盛行的法国,他的作品都不被人们所理解。
小说展现了19世纪30年代法国的社会现象,对社会现实的
深刻批判,对典型人物的刻画尤其是心理描写和分析,对后
世小说的发展有巨大影响。

《红与黑》

初版时间:1830年

主要人物:

于连·索黑尔……………………………………… 家庭教师
德·雷纳尔夫人…………………………………… 市长夫人
玛蒂尔德·拉莫尔………………………………… 侯爵小姐

内容梗概:

维立叶可称得上是一座妩媚秀丽的城市,依山傍水,人民安
居乐业。尽管小城林壑优美,但当地人更重视这自然带来的"有
利可图"。

"有利可图"是木匠索黑尔的全部思想,但他的儿子于连·
索黑尔却不一样。于连是个身体纤弱,却有极大野心的青年。
他有一双又大又黑的眼睛,平静时,眼中流露出沉思的火一般的
神态,一会儿,又浮现一种最狂烈的仇恨的表情,深受刺激而激
动着。于连内心狂热地崇拜着拿破仑,而现实告诉他,做一个牧
师能更快满足他的野心。于是,于连向谢阆神甫学习神学,为了
博得神甫的好感,他凭着惊人的记忆力把一本拉丁文《圣经》全
部背下来。由于于连精通拉丁文,他被推荐到市长家里做家庭
教师。

市长德·雷纳尔先生出身贵族,是保皇党的积极拥护者。
他显得傲慢和知足,但他又死板又平庸。在小城里能与市长对
抗的人只有贫民寄养所所长瓦尔诺先生。市长为了显示自己优

势,必须抢在他之前请到于连做家庭教师。

市长妻子德·雷纳尔夫人是一位拥有姣好形态和巨额遗产的贵妇人。她有着娴雅又活泼,敏感又坚贞的性格。她与市长先生没有爱情,她的全部感情和精力都放在她的孩子们身上。她轻蔑像她丈夫那样利欲熏心的男人,比如瓦尔诺先生。这个曾经向她示爱的男人就遭到她果断的拒绝。当雷纳尔夫人在门口遇到于连,得知这个漂亮的小伙子是被请来的老师时,她马上对于连产生了好感。于连在市长家里表现出色,这使雷纳尔夫人相信慷慨、高尚和仁爱只能存在于这年轻人身上,她对于连的好感进一步加深。当于连拒绝了女仆的求婚,雷纳尔夫人激动万分,终于承认自己陷入了爱情。

市长一家搬到维尔吉乡村别墅度假。晚上,于连和市长一家在大树下乘凉。谈笑间,于连的手撞到了雷纳尔夫人的手,夫人的手一下子缩回去了。这一举动伤害了于连的自尊心。他决心让雷纳尔夫人的手留在他的手中。第二天晚上,他做到了,自尊心得到了满足。雷纳尔夫人却被幸福和恐惧搞得不得安宁。她试图用冷淡的态度对待于连,而于连告假不在家的时候,她又急切地想见到他。雷纳尔夫人大胆的表现增加了于连的勇气,午夜两点,于连进了雷纳尔夫人的房间。雷纳尔夫人尝到了爱情的甜蜜,而于连他的爱情则是一种占有一切的野心。

把于连视为情敌的瓦尔诺先生给雷纳尔先生写了一封匿名信,向他叙述了他的妻子和家庭教师的暧昧关系。雷纳尔先生非常生气,但虚荣心让他无法放弃妻子的巨额遗产,他只能装作视而不见。女仆遭到于连的拒绝之后,把于连与市长夫人的爱情讲给本堂神父听。整个小城都在议论这件事,于连被迫离开维立叶来到贝桑松神学院。

阴冷的神学院让于连感到他进入了“人间地狱”。尽管院长皮拉尔神父对于连很关照,但于连想凭着自己过人的智慧,在学习上名列前茅,以此获得尊敬,然而神学院是个伪善的地方,他受到的是轻蔑和排挤。皮拉尔神父把于连介绍给德·拉莫尔侯爵做秘书。于连终于摆脱了让他痛苦的地方。当晚他冒险跑回维立叶向雷纳尔夫人告别。

斯丹达尔

德·拉莫尔侯爵是个极端保皇党人。于连的工作就是为德·拉莫尔侯爵抄写信件和公文。由于于连勤奋工作，沉默寡言，又聪颖过人，他很快得到了侯爵的赞赏和信任。侯爵让于连管理两个省的地产，负责跟诉讼案有关的通信工作。侯爵甚至想让于连成为贵族，为此派他到国外搞外交，赠他一枚十字勋章。于连的自尊心得到满足。

玛蒂尔德·拉莫尔小姐，德·拉莫尔侯爵的女儿，有一双美丽的眼睛和一颗冷酷骄傲的心。玛蒂尔德认为英雄的浪漫爱情才是真正的爱情。她崇拜玛戈王后，这位王后曾大胆地向刽子手索要她的情夫也就是拉莫尔的祖先的头颅，并亲手把头颅埋葬。玛蒂尔德古怪的性情导致她对她身边的追求者表示不屑，但于连的沉默高傲引起了她的注意。

经过巴黎上流社会的熏陶，于连已成了一位花花公子，懂得巴黎的生活艺术。这让玛蒂尔德注意到于连，主动与他搭讪。当玛蒂尔德发现于连内心也向往过去的英雄时代，崇拜伟大的革命者，她以为找到志同道合的人，她沉浸在与于连散步的美好时光里。玛蒂尔德怀着"我敢爱一个社会地位与我如此悬殊的人"的伟大感情，写信向于连表达爱意。

玛蒂尔德要求于连在明亮的月光下爬进自己的房间，这是为了考验她的情人是否足够勇敢。于连心怀猜测和怀疑，但还是顺利地进了她的房间。玛蒂尔德当晚便委身于他，但第二天就后悔了。之后玛蒂尔德的感情就时好时坏，一会儿对于连顺从，一会儿对于连冷酷；有时她愿意做于连的奴隶，过后她又侮辱于连。爱情和地位折磨着这位年轻小姐。于连也为此感到十分痛苦。

于连到外出差，在那儿遇到了阿尔塔米拉伯爵。伯爵教于连征服玛蒂尔德的好方法，即向玛蒂尔德以外的女人献殷勤。于连回到巴黎，马上把伯爵给的情书抄了一遍，寄给了元帅夫人。元帅夫人很受感动，给于连回信。这下玛蒂尔德终于败在了于连脚下，求于连爱她。

不久，玛蒂尔德发现自己怀孕了。她写信告诉她的父亲，要父亲原谅于连，并希望能答应她跟于连的婚事。拉莫尔侯爵无奈之下,给了他们一份田产,让他们结婚后既能到田庄去住又有收入。在女儿的压力下,侯爵又作了让步,他给于连一个轻骑兵中尉的头衔和一个贵族称号。面对突如其来的成功,于连有些吃惊,但更多的是激发了他对他的野心和儿子的热情。

然而正当于连陶醉在他的荣誉和对儿子的爱里,玛蒂尔德来了一封信,一切都完了。原来雷纳尔夫人写信告诉拉莫尔侯爵她与于连以前的关系,顿时打破了于连所有的梦想。恼羞成怒的于连赶到维立叶,在教堂向雷纳尔夫人开了枪。雷纳尔夫人当场倒下,于连因杀人罪被捕。

在监狱里,于连的疯狂和冲动平静下来,他对自己的行为感到悔恨和绝望。当他得知雷纳尔夫人没有死,他感谢上苍,泪流满面。于连清楚自己将走向死亡,但他一点也不害怕。他已没有野心,开始安静地享受生活。玛蒂尔德为了营救于连,四处奔波。于连的处境激发了她离奇的热情,她感到于连比她的祖先拉莫尔还要勇敢。公审来临,于连在法庭上没有为自己辩解,而是要求法庭给自己判死刑。最后法庭正式宣布于连犯预谋杀人罪,处以死刑。雷纳尔夫人不顾一切到监狱探视于连,想让于连提出上诉,但被于连拒绝。于连得知雷纳尔夫人给侯爵的信是她的忏悔神父逼迫她写的,他发现自己还是痴狂地爱着夫人。他们彼此宽恕了对方。

行刑那天,阳光灿烂,于连镇定地走上断头台。玛蒂尔德像她崇拜的玛戈王后那样买下情人的头颅,亲手把它埋葬。雷纳尔夫人在于连死后三天,也抱吻着孩子离开了人间。

《巴马修道院》   ·151·

初版时间: 1839 年

主要人物:

斯丹达尔

内容梗概:

一八一五年,拿破仑从厄尔巴岛出逃,在儒昂湾登陆,挺进巴黎。台尔·唐戈侯爵的小儿子,刚满十六岁的法布利斯兴奋不已,认为自由幸福的日子将近,这位传奇大英雄将再一次拯救在奥地利黑暗统治下的意大利。他决心投奔波拿巴,加入到那些伟大热烈的战役中去。背着效力奥地利的父亲和哥哥,法布利斯逃出了荒凉阴郁的格利昂城堡,历经波折终于混入滑铁卢战役的战场。他天真幼稚,徒有一腔热情,很快挨了刀子。而且对他充满厌恶的哥哥已写了匿名告密信给米兰当局,要求追捕这个参与拿破仑阴谋的间谍。侯爵夫人姑嫂两人花尽积蓄,四处打点求情,让法布利斯逃亡到罗玛尼阿诺。

法布利斯年轻美丽的姑母吉娜,也就是后来的桑塞维利纳公爵夫人是一个坚强独立,热情奔放的女人。她早年不顾哥哥的反对嫁给了一个崇拜拿破仑的军官,后来她丈夫在决斗中丧命,她才搬到格利昂城堡。法布利斯对拿破仑的热切向往就是受姑母的影响。姑侄俩亲密无间,假如谈到爱情,她是会爱上他的。但每当法布利斯拥抱她时,从天真的感激和纯洁的温情里去寻找另外一种感情,只会令她讨厌自己。

一次,吉娜去米兰的戏院看戏,认识了莫斯卡伯爵,赫赫有名的巴马亲王艾尔耐斯特四世的国防、警务、财政大臣。四十五岁的莫斯卡手握重权,日理万机,无数烦心事让他觉得度日如年。这位机智谨慎、和蔼温顺的好人在遇到"年轻漂亮,像鸟儿一样轻盈"的吉娜一星期后,完全陷入疯狂的爱情中。他甚至愿为她辞去职务,抛弃妻子,和她私奔。最后,他们选择了更为理智的方法:吉娜在名义上嫁给了年老的出使外国的桑塞维利纳公爵,不过她很快就成了寡妇。从此桑塞维利纳公爵夫人活跃在巴马宫廷,风头出尽。她无人能比的美貌、活泼热情的性格甚至令亲王和王子倾倒。唯一让桑塞维利纳公爵夫人碰上一点波折的是拉维纳西侯爵夫人,一个无比出色的阴谋家,莫斯卡的敌对党派领导人,当然再加上她还是桑塞维利纳公爵的侄女,新桑塞维利纳公爵夫人的魅力影响了她的财产。

法布利斯那次冒冒失失的行动影响了他的大好前程。由于他拥护拿破仑，当然不能再做巴马国的军人，吉娜先让莫斯卡去申请赦免法布利斯，然后安排他做总主教助理。巴马的总主教年老了，法布利斯不久就可以接替他。

法布利斯的俊美风流曾引来许多夫人小姐的追求，但他从没把她们放在眼里。他爱他的姑母远远超过任何人，但他不可能和她认真地恋爱，他甚至怀疑自己天生缺乏热情去迷恋别人。饱受心事折磨的法布利斯去戏院散心，觉得女演员玛丽埃塔十分滑稽可爱。第二天他竟扮演起她高贵的情人来。此举不幸引起了玛丽埃塔的保护人吉莱蒂的妒忌。他们提出决斗，法布利斯失手杀死了吉莱蒂。法布利斯吓坏了，听从了女演员的劝告一直逃到博洛尼亚。

死掉吉莱蒂这样一个可笑的家伙，不可能使台尔·唐戈家的人受到严厉的指责。凡人力所及的事，莫斯卡伯爵都会出手。但拉维纳西侯爵夫人想以这件事推翻莫斯卡伯爵。她收买证人，伪造证据，哪怕使用毒药，也要致法布利斯于死地。姑侄分离，莫斯卡伯爵夫人会厌恶巴马，离开巴马。这时莫斯卡伯爵就会提出辞职，和公爵夫人一起走。与此同时，亲王也想借此事压压公爵夫人过于独立自主的气焰。他曾经厚颜无耻地的向公爵夫人吐露他企图占有她的野心，不料当面遭到拒绝。这让他十分恼火，这次除非公爵夫人到他面前流泪恳求，他才会宽恕她的侄子。但公爵夫人竟高傲地威胁说要离开巴马，除非他写下"决不在呈上来的判决书上签字，而且这个不公正的诉讼程序将来也不会产生任何后果"。对君主这样不敬，在莫斯卡看来也过分了。于是他在奉命写这封短信时略去了"而且这个不公正的诉讼程序将来也不会产生任何后果"。这一过于谨慎的举动给法布利斯带来了牢狱之灾。亲王利用这一点，只是将原本二十年的监禁改为了十二年。

法布利斯被关押在巴马要塞法而耐斯塔里。这座塔戒备森严，岿然屹立。公爵夫人想尽办法也未能和法布利斯取得联系：要塞的司令正是法比卡·康梯将军，拉维纳西派的同盟者；关押法布利斯的房间连窗子都用木板钉死了；里面的看守都不敢收受任何贿赂。

但法布利斯却喜欢上这个监狱了,因为要塞将军的女儿克莱莉娅小姐也住在这儿。他们曾有一面之缘,互相留有好感。克莱莉娅小姐的鸟房离法布利斯的房间不远。有一天,他终于得以在木板窗上偷偷地开了一个口,这样就能天天看到克莱莉娅小姐了。这些天来,他们小心地互通书信,有时克莱莉娅小姐还给他带来面包和水,让几次想要毒死他的阴谋没有得逞。他已经清清楚楚地感到了爱情带来的快乐,他终生的幸福都寄托在她身上了。

克莱莉娅小姐是个美丽而害羞的姑娘,她极端的理智和克制让她不愿承认她已经爱上法布利斯。法布利斯轻浮的做派和他对公爵夫人的爱都让她感到深切的不幸。她责备自己对他过于关心,但又宽恕自己对一个可怜人的好心。事实上,有一件事法布利斯是不知道的,不然他一定会绝望:克里申齐侯爵将要娶克莱莉娅。不过克莱莉娅宁可去修道院也不肯依从她父亲的决定。

法布利斯再没有机会出狱的事实让公爵夫人失去了理智,她想到让他越狱。虽然这样做非常危险,但法布利斯多一天被关在牢里,就多一天受到被毒死的威胁。爱着公爵夫人的烧炭党人费朗特·巴拉随时会为她献出生命,他答应她去为法布利斯报仇,暗杀亲王艾尔耐斯特四世。而陷于绝望的公爵夫人天天疯狂地花钱,做了周密的考查、准备和试验。她为法布利斯制作了越狱的绳子,细而柔软,但卷起来体积仍然很大。为做到不漏破绽,公爵夫人在克里申齐侯爵妹妹的生日晚会上把绳子交给克莱莉娅后,还在要塞司令的酒杯里滴了几滴鸦片酊。她又拿出庄园里全部的酒灌醉了当地百姓,也灌醉了要塞的卫兵。最后她放光了蓄水池的水,让水漫过街道,作为和费朗特约好的信号。法布利斯终于得救了!艾尔耐斯特四世也被费朗特设计毒死。

新即位的艾尔耐斯特五世在作王子时,就深深地爱慕桑塞维利纳公爵夫人了。他赦免法布利斯的罪名,并让他接任总主教的职位。桑塞维利纳公爵夫人感谢亲王的好意,但当他希望她做王后时,她再次拒绝了。忧伤、奔走、失望让当年迷人的吉娜变老了,她现在只想和莫斯卡伯爵远离这个喧嚣之地。事实上,真正让桑塞维利纳公爵夫人做出这样伤感的决定的人还是法布利斯。自从塔里出来,他就已经不是那个快活可爱的法布利斯了。他每天郁郁寡欢,公爵夫人也知道他爱的不再是自己,而是克莱莉娅了。法布利斯在得知克莱莉娅嫁给克里申齐侯爵的消息后,觉得摆在他眼前的自由日子比在牢里的那些日子不知要凄凉多少倍。当时克莱莉娅不知情,以为令她父亲晕过去的鸦片酊是公爵夫人报仇的毒药,就深深自责。后来她为了弥补自己的罪过,答应了嫁给克里申齐侯爵的要求,并向圣母发誓再也不用眼睛看法布利斯。法布利斯不断找机会与她见面,但执拗的姑娘就是处处躲着他,即使相思一直苦苦折磨着她。

法布利斯后来只得把情感寄托在布道上,希望有朝一日能在听众中看到克莱莉娅。他激扬深情的布道远近闻名,终于打动了克莱莉娅。夜里这对情人终于重逢,只是在黑暗中看不到互相的脸。这样过了三年,法布利斯有了一个儿子。他看不到克莱莉娅,对儿子的思念就更加炽热了。他希望儿子待在他身边,只能又让孩子装病,趁克里申齐侯爵外出时死去。尽管这场拐骗进行得非常巧妙,可孩子由于药物和新环境的缘故没过多久就死了。这也许是圣母的惩罚,因为有几次孩子生病,克莱莉娅在灯光下看见了法布利斯。几个月后克莱莉娅死在爱人的怀抱里。法布利斯一方面太痴情,一方面笃信宗教,没有选择自杀,他辞去职务,到巴马修道院隐居去了,一年后,他也死了。吉娜姑母看上去万事如意,但她在法布利斯死后,也去世了。

《论爱情》

初版时间: 1822 年

内容梗概:

1818 年,35 岁的斯丹达尔在米兰认识了玛蒂尔德·邓波夫斯基,并真正爱上了她。虽然玛蒂尔德并不接受斯丹达尔不懈的追求,但这场恋爱对于斯丹达尔是一个"伟大音乐主题"的开

斯丹达尔

端,他记录下这位卓越女子在他身上引起的各种感受和思考,结集成了《论爱情》。

在这本随笔集中,斯丹达尔运用科学研究的方法对爱情作全面细致的分析,将爱情分为激情之爱、情趣之爱、肉体之爱和虚荣之爱。激情之爱是指葡萄牙修女对夏密里伯爵,爱洛绮丝对阿贝拉尔的爱。激情之爱"把整个大自然及其崇高的面貌"展现在人眼前,"一切都是那么新鲜,充满活力",这种爱情是内心摆脱了卑俗情感的高度结晶。情趣之爱在 1760 年前后在巴黎风行一时,"这是一幅世情画","无处不充满着轻松愉快","一个出生高贵的人预先就熟知他在这种爱情的各个阶段中应该举止如何",他总是清醒如常,因而更显得韵味无穷。肉体之爱众所周知,"一个美貌的农家女匆匆消逝在树林中,你会感到若有所失,无限惆怅"。虚荣之爱,譬如"在一个平民眼里,公爵夫人永远不会超过 30 岁","一个海牙的女子,每遇到一位公爵或王子都会曲意逢迎"。

《论爱情》中将爱情的产生分成七个阶段:一,惊叹;二,想得到爱人的吻;三,期望;四,爱情产生;五,第一次结晶开始;六,产生怀疑;七,第二次结晶。"结晶"是斯丹达尔解释爱情这一现象的特有术语。他写道:"将冬日脱叶的树枝插进盐矿荒凉的底层,两三个月之后再把它抽出来,上面就布满了闪闪发光的结晶,还没有山雀爪那么厚的最小的树枝都被数不清的钻石点缀得光彩夺目"。这种称之为结晶的现象,是心灵的作用,"产生于支配着我们获得快乐,并且把热血输送到我们的头脑中的本性;产生于由于感到心上人的完美而滋长的愉快情感;产生于她是属于我的那种想象","一个已坠入情网的男子看他所爱恋的人总是完美无缺"。

斯丹达尔还对这七个阶段做定量分析,他指出第一和第二阶段相隔时间大约一年;第二和第三之间是一个月;第三和第四之间只是一瞬间;第四第五并无时间间隔,因亲密的程度不同而有所区别;第五和第六之间可能持续几天;第六和第七之间没有时间间隔。

爱情在"真心实意的发展的全过程中处处体现着美",在《论爱情》中,斯丹达尔提出美是"一种能给你快乐的新的力量,而快乐的变化则因人而异"。因而若要揭示美的本质,就应先研究每个人快乐的性质,"一个男人对他恋人的结晶,也就是说,她的美,不是别的,而是那个男人自己逐渐形成的各种愿望完全称心如意的总和"。他同时指出,爱情胜过美貌,"美貌是一个人特征的体现,是道德上的习惯,因此与感情无关",如果一位女子的美貌给人的幸福感是三分,而你的恋人是两分,但你对恋人的爱要超过那位女子,因为恋人的容貌给你带来一百分的幸福感。因而在这种情况下,丑就是美。

两性在爱情领域的表现有所不同,因为男性和女性在期望的本质上是不同的。"一个进攻,一个防守;一个追求,一个拒绝;一个大胆,一个犹豫羞怯",男性想的是是否能被心爱的人接受,女性则关心对方的感情是否持久。因此大部分男性追求得到可以排除一切疑窦的证明,一个微笑就能把他置于幸福的巅峰;而对女性而言,由于她所关心的爱情证明并不易获得,她显得就更加谨慎,更迟缓更优柔寡断,而一旦结晶形成,她们也更忠贞不渝。

《论爱情》对恋爱中的各种细致情绪做了区别和分析,比如"关于第一眼"、"关于迷恋"、"关于羞耻心"、"关于信义"、"关于女性的勇敢"等等。比如在"关于嫉妒"中作者分析道:"嫉妒有可能作为一种证明爱情的新手段而令人喜欢,但也有可能触犯一位极其尊贵的女人的羞耻感"。

书中还讨论了当时法国、意大利、英国、西班牙、德国、美国、阿拉伯等国爱情生活的状况。谈到法国,作者认为法国男人只有虚荣心和肉欲,因而他们调教出来的法国女人比起西班牙和意大利的女人来,就是些"不那么活泼、不那么精力充沛、不那么勇敢大胆,特别是不那么招人喜爱、感情不那么强烈的人了"。

以下选自《论爱情》(崔士篪译. 团结出版社,2005.6)的第六章:萨尔茨堡的树枝

结晶几乎从来没有在恋爱中中断过。下面就是它的过程:只要人们同他所爱的人关系不顺当,就会产生要想象出解决方法来的结晶:正是由于去想象,你才会确信在你所爱的女子身上有着怎样的至善至美。在有了亲密关系之后,那些不断产生的

·157·

斯丹达尔

恐惧就被更切实的结果所缓解。因此,幸福除了在其起源上之外,从来都不是一成不变的。每天都会开出不同的花朵。

如果受宠爱的女子顺从她自己的感情,犯了用强烈的感情冲动来消除你的恐惧的重大错误,结晶就会立即停止。但当爱情失去冲动,也就是说没有了恐惧时,它会得到一种毫无保留、充分信赖的魔力;一种温柔的习惯就会来减轻人生的所有痛苦,使享乐具有另外一种兴味。

你如被遗弃,结晶会重新开始;你曾希图能给你的,而你已不再去想的每种幸福和每个举动,都会由于这种令人肠断的考虑而结束:"如此诱人的幸福,我再也见不到了! 正是由于我的过错,我才失去了它啊!"即使你在另外一种类型的享乐中寻找慰藉,你的心也会拒绝去感受它。你的想象会向你清楚地描绘出你的姿态,让你骑在一匹在德文郡森林中行猎的奔马背上;可是你知道,你明显地感到,你在那里并无丝毫愉快可言。这就是产生令人大吃一惊结果的视觉错误。

赌博也同样有因为要用你将赢得的钱重新下注而引起的结晶。

贵族们所感兴趣的宫廷阴谋都披着合法的外衣,因为它们能引起结晶。没有哪个佞臣不梦想能像吕伊纳或者洛赞那样急速发迹,也没有哪个迷人的女子不巴望着能有波利尼亚克夫人那样大的领地。没有哪个明智的政府能使这种结晶恢复。也不会像美国政府那样反对空想。我们知道,他们的邻人——未开化的野人几乎不懂得结晶。罗马人几乎没有结晶的观念,而只有本能的爱。

拉马丁

(1790~1869)

阿尔封斯·德·拉马丁于1790年出生于一个贵族家庭,

幼年时在耶稣会教士办的学校受过教育。波旁王朝复辟后，他当过路易十八的近卫军。拿破仑百日统治时期，拉马丁逃到萨瓦省避难，在那里结识了对他诗歌创作有重要影响的朱丽·查理夫人。1820年，拉马丁在驻那不勒斯的使馆工作。1830年，他成为法兰西学院院士。拉马丁于1834年当选为议员，这时他的政治主张逐渐由保皇主义转变为共和主义。在1848年的二月革命后，拉马丁担任临时政府的外交部长，但他的政治生涯在第二帝国成立前戛然而止。1869年，拉马丁在穷苦中逝世。

1820年，拉马丁《沉思集》的问世成为法国浪漫主义诗歌的开端。这部诗集在辞藻和格律上虽并无太大突破，但它在刻画复杂而敏感的个体的激情和内省上却达到了新的深度。1823年，拉马丁写了《新沉思集》和长诗《苏格拉底之死》。1825年，为了纪念英国诗人拜伦的逝世，拉马丁创作了《哈罗尔德的朝圣绝唱》。1830年，拉马丁出版了《诗与宗教的和谐集》。七月王朝期间，对人类命运更为关注的拉马丁尝试用诗歌来"讲述人的灵魂史"，为此他创作了《约瑟兰》(1836)、《天使的堕落》(1838)和《冥想集》(1939)。晚年的拉马丁涉猎过诗歌以外的体裁，代表作有小说《葛娜齐拉》(1852)、历史著作《吉伦特派历》(1847)、《土耳其史》(1854)等。

拉马丁认为诗是心灵的语官，是感情充溢时的自然流露。他在诗歌的永恒主题抒发方式上另辟蹊径，为后来雨果、缪塞的诗歌创作起了抛砖引玉的作用。

《沉思集》

初版时间：1820年

内容梗概：

　　作为拉马丁的处女作，《沉思集》一经出版便获得了巨大的

拉马丁

成功。这部诗集一共有 24 首诗歌,是拉马丁在 10 年中完成的。其中脍炙人口的名篇有:《湖》、《不朽》、《孤独》、《幽谷》和《秋》等。在《沉思集》中,拉马丁用沉郁却不失空灵的笔调描述了他对爱情、自然、时间、死亡和上帝等主题的体验和思考。与之前的法国诗人相比,拉马丁在这部诗集中将情感表达得更为细腻,对内心世界的挖掘更为深刻,而自然在拉马丁的笔下也成为他主观世界的外化和延伸。正是因为这一点,《沉思集》成了法国浪漫主义诗歌的开山之作。

《湖》无疑是《沉思集》的压卷之作。这首诗的灵感来源于他和朱丽·查理的爱情经历。1817 年,病入膏肓的朱丽未能如约和拉马丁在埃克斯相见。惆怅的诗人在布尔格湖畔预感到爱人即将凋零,书成此诗。

《湖》以诗人痛苦的诘问开始。诗人把岁月比作翻动的海洋,悲伤却又无力地希冀能在岁月的海里抛锚。由岁月的海洋回到现实的湖畔,诗人寻不到爱人的踪影。石头和波浪分享了这种的惆怅,用各自的方式向诗人讲述对伊人的回忆。在湖水的邀请下,诗人开始了回忆之旅。他回想起夜空下和谐的桨声和那天籁之音在他的喉咙中激起的衷肠:"啊,流光,请停一停你的飞逝!"他请求时间为他的美好年华驻足,而只在碰见苦难时才加快步伐。然而薄情的时光却毫不留情地吞噬了他的良夜。于是欢欣的、浓缩的爱成了对飞逝的流光的唯一回答。但爱的醺醉怎经得住嫉妒的光阴的冲洗,良辰被抹去,消失得无影无踪。诗人向永恒、虚无索要它们吞没的岁月,但得到的回答是缄默。从形而上的世界回到湖畔,诗人向亘古不变的森林、峭壁和湖泊发出呼唤,要它们见证他昙花一现的幸福,把爱人的记忆留在涟漪或狂暴的湖水中,切切或飒飒的风声中,直到万物最终能同时低语:"他俩曾一往情深!"

《幽谷》是《沉思集》中另一首著名的诗,于 1819 年完成。

对一切包括希望都已厌倦的诗人回到他孩提时的幽谷,只求在那里等待死神的来临。茂密的树丛把山谷笼罩在一片静谧之中,唯一的声音是两股溪流的淙淙。站在溪流旁,诗人为自己逝者如斯的生命太息。纷乱的心情经不起清澈的溪流的冲刷,诗人的灵魂坠如梦乡。溪流如忘川冲走了诗人的烦恼,他的灵魂扶摇直上。生命在往日的阴影中消逝,只有爱情留下。诗人的灵魂到达了永恒的门槛,他让灵魂吸一口黄昏的空气,抖落脚下的灰尘,以更好踏上这不归之路。此时诗歌峰回路转,诗人从永恒之城回到现实生活,向我们描述了生命的短暂、孤寂和衰落。面对生命的缺憾,诗人邀请我们投入大自然敞开的环抱。万古长青的自然用阳光和绿荫笼罩我们,诗人召唤我们放弃虚妄的财富,以聆听曾让毕达哥拉斯倾倒的仙乐,和阳光、阴影、北风和树林翩翩起舞。最后,诗人请我们认识幽谷以及整个自然的造物主。只要保持沉静,每个人都能在心中听到那神圣的低语。

维　尼

(1797~1863)

阿尔弗雷·德·维尼 1797 出生在一个贵族家庭,青年时加入过保皇党,在百日王朝时护送过路易十八逃亡。1815年,维尼成为禁卫军少尉。但由于戎马生涯始终没有起色,1827 年他辞去了少尉的职位。1837 年维尼的母亲去世,他隐居乡下。1845 年,他在 5 次竞选失败后当选为法兰西学士院院士。1848 年革命再一次激起了维尼的政治热情。他竞选议员遭到失败,失望的他在乡下度过了他的余生。

1822 年,维尼发表了一个收录 10 首诗歌的匿名诗集,已失传。在这段时间,他还在雨果编辑的杂志《文学保守者》上发表过一些诗歌。1824 年,哲理诗《爱洛亚或天使的妹妹》的发表使公众认识了维尼。这首诗后来被收到《古今诗集》(1826~1837),这部诗集分为神秘主义诗歌、古代诗歌和现代诗歌三部分,收录了《洪水》、《摩西》等 21 首诗。30 年代后期,生活已走入低谷的维尼隐退到乡间。在这段时间他写了

《狼之死》、《海上浮瓶》和《牧羊人之屋》等诗,均被收入他的遗著《命运集》(1864)。除了诗歌创作外,维尼还翻译过莎士比亚的戏剧,他自己也写过一个叫《夏特东》(1835)的剧本。在小说方面,维尼写了《斯泰洛》、短篇小说集《军人的荣誉和屈辱》(1835)等。

维尼一生的诗作不过30多首,但它们都体现出精湛的技巧,闪烁着哲思的光芒,受到高蹈派和象征派诗人的推崇。

《狼之死》

发表时间: 1843 年

内容梗概:

《狼之死》出自《命运集》。这部诗集在维尼身后由后人编成(1864),包括了他在 1838 年到 1863 年写的 11 首诗歌。《命运集》中的诗歌因其思想的光芒而获得了哲理诗的称号,它们以寓言的方式表现了诗人对人类的孤独、苦难、尊严和进步等问题的思考。

1832 年,维尼在他的日记中写道:"我热爱那些从不呻吟,默默背负着他们包袱的人们。"对于苦难和死亡,维尼主张以一种坚韧却又宿命的斯多葛精神对待。《狼之死》表达了这种看法。这首诗是《命运集》中少有的在诗人生前发表的诗歌。

在一个满月的夜晚,诗人同一群猎人在黝黑的森林中无声地前行着,他们在追寻狼的踪影。在高大的松树下,猎人发现了狼的爪印,于是大家屏住呼吸。凄惨的风摇动着风信鸡,掠过孤独的钟楼,在四周的空寂中发出回响。经验丰富的老猎人低身仔细观察地上的沙,他告诉同伴一对大狼和两只小狼在这一带出没。所有的人准备好尖刀,小心翼翼地拨开枝蔓向前走。这时,黑暗中出现了两股火炬般的闪光和四个跳动着的轻盈的黑影——狼显身了!

公狼站立在前面,母狼像一尊大理石雕像保护着两只狼崽。

自知在劫难逃的公狼把爪子深深地嵌在地里,准备殊死搏斗。它一口死咬住最凶狠的猎犬的喉咙,猎人的枪弹开始了扫射。子弹穿过它的肌肤,尖刀插进它的肋间,狼铁一般的牙齿没有半点松懈。猎狗断了气,狼也倒在血泊之中。它瞪着猎人,带着对命运的轻蔑死去了。

公狼的死让诗人没有心情去追逐母狼和小狼。如果不是为了小狼,母狼决不会丢下公狼独自逃遁。但她必须救出幼小的狼崽,教会它们忍饥耐寒,不因食宿而沦为人类奴性的走狗。狼面对生死的超然让诗人为人类感到惭愧。只有沉默才伟大,其余的都是软弱。狼弥留时的眼神似乎告诉诗人应通过努力和沉思而达到一种坚韧的高傲,毅然遵循命运的路线,在缄默中受苦并死去。

巴尔扎克
(1799～1850)

奥雷诺·德·巴尔扎克是法国19世纪杰出的批判现实主义小说家,他在小说方面成就斐然,使小说艺术在欧洲达到了前所未有的高峰。

巴尔扎克生于图尔市。父亲是个资产者,当过图尔市的副市长。由于父母不和,他从未享受过家庭的温暖。1816年,巴尔扎克放弃法律学习开始进行文学创作,并经营印刷厂和铸字厂,结果都以失败告终。1829年他的小说《舒昂党人》终于获得成功。受到鼓舞的巴尔扎克开始了他伟大的写作计划,即写一部总题目为《人间喜剧》(1829～1848)的风俗史。在不到20年的时间里,他完成了91部长篇小说。债务与爱情的重负、夜以继日的工作终于耗尽了巴尔扎克旺盛的精力,他于1850年8月18日与世长辞。

巴尔扎克的《人间喜剧》是法国小说史上一座不朽的丰

碑。它从各个方面展现了法国 19 世纪上半叶的社会现实,构成了一幅社会变革时期的宏伟历史画卷,是一部社会百科全书。《人间喜剧》中有许多读者所熟悉的长篇小说:《驴皮记》(1830)、《欧也妮·葛朗台》(1833)、《高老头》(1834)、《幽谷百合》(1836)、《塞查·皮罗多盛衰记》(1837)、《幻灭》三部曲(1837~1843)、《交际花盛衰记》(1843~1844)、《邦斯舅舅》(1847)和《贝姨》(1846)等。

巴尔扎克的小说通过真实情节和典型人物,以富有特色的细节和语言,深刻地批判了资产阶级的自私和贪婪。从艺术手法上来说,由于他塑造的许多人物在不同小说中重复出现,使他的《人间喜剧》构成了一个统一的世界,从而开创了多卷本长河小说这一新颖体裁,对后世影响深远。

《欧也妮·葛朗台》

初版时间: 1833 年

主要人物:

葛朗台老爹……………………………………… 当地首富
欧也妮·葛朗台 ………………………… 葛朗台的女儿
夏尔……………………………………… 葛朗台的侄子

内容梗概:

在索漠城一座阴暗、沉寂的老屋中住着当地颇有声望的葛朗台先生。葛朗台本是一个有实力的箍桶匠。共和政府在索漠拍卖教会产业的那几个年月,他才四十上下,与一位富裕的板材商的女儿结婚不久。他把手头的现款和妻子的嫁资凑成一笔资本,从监卖国有地产的凶狠官员中廉价买到区里最好的几片葡萄园、一座修道院和几块分租地。这种便宜的交易尽管不公道,却是合法的。葛朗台先生也因此被看成敢作敢为、符合爱国新潮流的共和党,被任命为当地行政机构的委员。执政府时期,这个好好先生被委任为市长。拿破仑称帝后,共和党葛朗台自然被革了职。但丢掉官职,他并不惋惜,因为他当政时已经为民造福修了好几条公路,直达他乡下的产业。经过长期精心的打理,葛朗台的葡萄园已经享誉一方。同年,他的岳母、妻子的外公和他自己的外婆接连去世,他因此得到三笔丰厚的遗产。面上的财产已经显示他雄厚的财力,他手头的资金也相当可观。葛朗台善于理财,计算起来精确得像个天文学家,从来不曾打错过算盘。

然而家财万贯的葛朗台省吃俭用,他的开支无非是圣餐券、妻子和女儿的衣着花销以及教堂座位的租金,还有女佣大高个娜侬的工钱。他从不买肉、蔬菜、水果和柴火,佃户都会送上门去,面包也是娜侬自己做。每天他总是亲自定量分发食物和蜡烛;每年十一月一日堂屋里才生火,到三月三十一日就得熄火。他妻子的零用钱每次不超过六法郎;多年来在元旦和节日给女儿的金币,虽是礼物,却要求她一一攒着,将来做陪嫁的压箱钱。女佣娜侬长得像神话里的大力士,葛朗台觉得可以利用才收留了她。可怜她在葛朗台家忠心耿耿得劳作了三十年,还赤着脚,穿着破衣衫,睡在过道尽头的一间从墙洞漏进一点光线的小黑屋里。

一八一九年十一月中旬,女儿欧也妮二十三岁生日。晚饭刚过,替葛朗台放债的公证人克罗旭和银行家格拉桑两家便争先恐后地来到葛朗台家。公证人的侄儿和银行家的公子忙着给欧也妮献殷勤,还各自奉上了稀罕的礼物。葛朗台看在眼里,心里明白他们看中的与其说是他女儿,还不如说是他的钱。

正当大家在兴致勃勃地玩牌时,大门被门锤敲响,随后进来一位漂亮青年,他就是葛朗台二十二岁的侄儿夏尔。他处处显示出巴黎时髦青年的帅气,巴黎浮华生活的全套行头,他尽可能都带全了。欧也妮整天忙于替父亲缝袜子补衣裳,到底没见过世面,眼前这位衣着和人品如此完美的堂弟就像天使下凡一般。

夏尔的到来使欧也妮心神不宁。她夜不能眠,一清早梳妆打扮,叫娜侬给夏尔做奶油和千层饼,还拿出私房钱给他买喝咖啡用的糖。葛朗台对侄儿却冷若冰霜,知道他不过是个生活负担而已。原来夏尔的父亲将破产,打算自杀,求葛朗台做夏尔的监护人,接济夏尔一笔本钱,好让他去美洲做生意。

果然次日报上登出葛朗台弟弟在巴黎自杀的消息。夏尔得知噩耗,痛哭得死去活来。欧也妮生平第一次,为自己所爱的人遭受的不幸感到切肤之痛。夏尔去印度前,她拿出自己所有的近六千法郎的金币。夏尔也把装有母亲肖像的镶金梳妆盒托付给欧也妮。两人山盟海誓,私订终身。

夏尔走后,欧也妮苦于对他的思念,每天早晚打开那个梳妆盒从叔母的肖像中寻找对夏尔的回忆。葛朗台得知女儿把金币给了夏尔,气得把女儿关起来,只供给冷水和面包。葛朗台太太竭力劝阻不得,伤心得日益憔悴,而且疾病缠身。公证人克罗旭告诉葛朗台,太太如有不测,根据法律,女儿将有权要求分财产,卖掉家里的产业。葛朗台大为震惊,为了财产决定向女儿屈服。

一八二二年,葛朗台太太去世。她死后的第二天,老箍桶匠就哄骗欧也妮在遗产文契上签了字,放弃继承权,全部财产归父亲管理。一八二七年,葛朗台感到了衰老的分量,不得不向欧也妮面授有关田产的机宜。那年年底,老头儿终于在八十二岁高龄瘫痪了,而且病情很快恶化,医生下了不治的诊断。老头的机能虽衰退,吝啬却依然凭本能支撑着。他让女儿把门打开,监督她亲手把钱袋秘密地堆好,把门关严。弥留之际,他给女儿的遗言是:“万事要多操心,以后到那里向我交账。”

父亲死后,欧也妮才得知,她的财产总计高达一千七百万法郎。然而在她眼里,财富并不是一种安慰;她钟爱的财宝不是收益日增的家当,而是夏尔的那只盒子。

远在印度的夏尔不断追逐利益,做贩卖人口的生意,心早冷了,干枯了。他在不少国家有过艳遇放纵,把堂姐忘得一干二净。一八二七年,他在回巴黎的途中结识了贵族奥勃里翁先生,为得到贵族头衔所带来的种种利益,夏尔决定娶奥勃里翁家丑得嫁不出去的女儿。

欧也妮不久收到夏尔的来信,并随信寄来汇票,偿还七年前的资助,同时要求她交还他的梳妆盒。悲愤中,欧也妮答应嫁给多年来追求她的老克罗旭的侄子,做名义上的妻子。

欧也妮三十三岁的时候丈夫就死了。虽然年收入高达八十

内容梗概：

昂古莱姆自古以造纸出名，但我们故事开场的时代，当地的印刷业依然还使用木机。故事的主人公大卫·赛夏的父亲开着一家印刷所。老头子又贪心又精明，把印刷所打理得殷实有序，有一份刊登广告的报纸，还承接省公署和主教专区的印件。老赛夏虽然大字不识几个，从掌车工爬上来，非常瞧不起学问，却也派儿子上巴黎学习高级的印刷技术。大卫在巴黎边工边读从监工变成了一个学者，年终听从父亲的命令回去接管买卖。老赛夏挑了五十年的担子扔给大卫，自己到乡下的葡萄园享福去了。

那时候，开纸厂的库安泰兄弟买下昂古莱姆的第二张印刷执照。大卫天性高尚，一心想着科学，不像个生意人那样唯利是图。他既不考虑王政复辟以后宗教对政府的影响，也不理会自由党的势力，在政治和宗教问题上采取了最要不得的中立态度。库安泰兄弟早就认清对手，轻而易举地抢走了省公署和主教的业务，也办了一份报纸。赛夏老店只剩下零星的活儿可做，广告收入也减了一半。

大卫有一个情投意合的朋友叫吕西安·沙尔东。母亲是吕邦泼雷家唯一的后人，还是当年从断头台上救下来的。妹妹夏娃是个率直天真、心平气和、适合过日子的姑娘。开药房的父亲死后，家里一贫如洗。母亲和妹妹疼爱吕西安，外出做活的进账几乎全都花在他身上。大卫想接济吕西安，让他来学做印刷所的监工，慷慨地付工资。

这对朋友情同手足，亲密无间。吕西安把大卫看做父亲、兄长，事事和他商量。而在大卫看来，吕西安俊美高贵，天生需要受人崇拜。吕西安热烈地向往文学的名声；大卫的趣味则偏向严格的科学。两人聪明才智都比得上一流人物，命运不公使他们屈居人下。

一天，吕西安得到杜·夏特莱先生的引荐，居然能上德·巴日东太太府上朗诵诗歌。平民与贵族的距离遥不可越，吕西安

·171·

巴尔扎克

却用诗人的才情打开了巴日东府的大门。巴日东太太出身名门，是当地的王后。穷乡僻壤接触艺术的机会很少，她却对音乐文学感兴趣。但环顾周围，尽是庸才俗物，不免令她感到虚无寂灭。她心高气傲，在轻浮无知的外省上流社会看来难免可笑，若不是限于财力，她早去了一心向往的巴黎了。

吕西安的到来让她如遇知音。他的英俊，羞怯的举动，还有他的声音都令巴日东太太感到惊异。她预言他前途无量，使尽手段要让吕西安成为家中常客，慈母般照顾他。吕西安陶醉在她的甜言蜜语里，存心把一切看得十全十美。他震于她高贵的地位，尝遍恐惧，希望和绝望的滋味，可是经过痛苦和快乐的交替，第一次的爱情在他心里种得更深了。况且他完全明白，交上好运对实现个人抱负至关重要。无论如何不能放弃巴日东太太。

夏娃和大卫默默相爱已久。一日，大卫终于向夏娃求婚，将他的爱情、担心和希望都告诉了他未来的妻子：吕西安既然常常出入巴日东府就不适合做监工，住阁楼，他要做吕西安真正的哥哥，为着他将来的幸福资助他；他还有个宏图大计，要发明一种廉价好用的纸浆，到时能挣得一大笔家私。

吕西安的得宠招来杜·夏特莱先生的妒忌，当时他引荐这个年轻人是想讨好巴日东太太，没料到竟给自己树了情敌。巴日东太太和吕西安的关系也日渐成了交际场里颇受关注的话题，人们冷嘲热讽，捕风捉影，尤其是夏特莱。他不信两人清白，满脑子寻思要证明巴日东太太已经失身。

他搭上冒失鬼塔尼斯拉斯，怂恿他先潜入府中。恰巧吕西安伏在巴日东太太膝上哭泣，被塔尼斯拉斯撞个正着。马上此事被添油加醋四处传播。巴日东太太听闻后，立刻向丈夫说明原委，叫他为她的荣誉决斗。结果倒霉的塔尼斯拉斯险些丧命。巴日东太太为这事愈发痛恨外省到处流言的生活，决定去巴黎拜访她的亲戚德·埃斯巴太太。如果可以在那儿定居，就再不回来。她要吕西安同行，告诉他繁华的巴黎才是让天才光芒四射的地方。吕西安带上大卫借来的钱和自己的小说和诗稿，等不及参加妹妹的婚礼，就踏上了巴日东太太的马车，心里想着有一天能功成名就,偿还亲人们的恩情。

《幽谷百合》

初版时间: 1836 年

主要人物:

我(费利克斯) ……………………………… 叙事主人公
德·莫尔索夫人 ………………………………… 伯爵夫人
娜塔莉·德·玛奈维尔 ………………………… 伯爵夫人

内容梗概:

致娜塔莉·德·玛奈维尔伯爵夫人的信

我遵从你的意愿。你要了解我的过去,它全部在此。往事如织,深埋我心,回想昔日会使我万分痛苦;我在忏悔中可能因悲恸而伤害你,如果是这样,请你不要忘记,我是被逼无奈而服从你的。

费利克斯

我还是婴儿时,母亲就对我非常冷淡。我被送到乡下哺养,足足三年家里无人过问。我哥哥同两位姐姐也不给我一点慰藉。一切温情都与我无缘,天生就我一颗爱人之心,却爱无所施! 青年时,母亲克扣,我生活拮据,只好克制欲念。我读书成癖,自身幽禁,过了二十岁,依旧身材矮小,面黄肌瘦,不过心灵却坚忍不拔。我博览群书,勤于思索,比哪个青年都善于感受,富于情感。

时局正酝酿重大事变。波旁王室复国,古老的法兰西欣喜若狂。一日,我得以参加王爷举办的舞会,同一个女子不期而遇。当时她坐到我身边,我感到她比舞会还要光彩夺目,心中遽然萌生了爱情,却不知道爱情是什么。

·173·

巴
尔
扎
克

虽然我精神兴奋,外表看来却像害了大病,母亲决定让我去弗拉佩斯勒古堡住几天。我怀着无知无畏的勇气,打算徒步旅行,搜遍都兰地区的乡间别墅,每望见一座秀丽的塔楼都觉得她可能住在那儿。

古堡主人带领我拜访葫芦钟堡,这正是德·莫尔索伯爵的宅邸。德·莫尔索夫人是独生女,她娘家是勒农库-吉弗里世家。德·莫尔索伯爵夫人虽说生了两个孩子,却保留了少女的情态,一起一坐,一言一止,无不招人喜爱,我见过的女子都不及她。她就是这座幽谷的百合花,为天地而生长,满谷飘溢着她美德的馨香。

但我很快察觉出这个家庭存在着的不幸。德·莫尔索伯爵在十八世纪末的大劫大难中未老先衰。在孔代军的经历、感愤的忧伤、羁旅中染上的重病,使他变得郁郁寡欢,浮躁易怒。异国流亡的生活已经结束,心灵的创伤有所平复,他又深感没有财产,难以支撑门第。两个身体孱弱、不易成活的孩子的出生更彻底摧毁了他。

我在逗留的初期,竭力同伯爵建立起密切的关系,但他无缘无故就发怒,回想起来真叫我害怕。我对德·莫尔索夫人的感情日益深切,向她倾诉我童年的不幸,她也向我倾诉她为母为妻的苦楚。她对我的信赖让我吐露深藏心中的爱情。但她却把我看成她的孩子,她要忠于她的丈夫,尽职尽责地照看她的孩子。没有希望的爱也是一种幸福,我要分担她的痛苦,给她最纯洁的爱情。

王朝复辟进展迅速,几件大喜讯传到了葫芦钟堡。伯爵获得了十字勋章,得到四千法郎的年金。勒农库-吉弗里公爵被任命贵族院议员,收回了几片采邑。

秋日逼近,万木萧瑟,我也要离开那个地方。动身前一天,德·莫尔索伯爵夫人给了我一封信,她在母爱般的快乐中,把自己的处世经验集中起来传授给我,做我踏入社会前的准备。她不断激发我的抱负,希望我能光耀门第。

我听从了伯爵夫人的劝告,拜访了德·勒农库公爵及其夫人。从他接待我的态度上,我猜得出他收到了女儿私下关照我

的信。上流社会能为胸有大志的人提供机缘。恰逢三月二十日事变,我随德·勒农库公爵去根特。他见我对波旁王室忠心耿耿,亲自把我引荐给国王陛下。我年仅二十一岁,就进入宦途,出色地完成了国王交给我的使命。不久,我被任命为行政法院审查官,同时在路易十八身边有一个秘密的心腹职务,它使我处于政务的核心,成为我发迹的源泉。

我经常给德·莫尔索夫人写信,一有机会就去葫芦钟堡。德·莫尔索伯爵生病,五十二天来,我与德·莫尔索夫人轮流看护。国王将我召回时,我们心灵相连,为分离感到万分痛苦。

回巴黎后,我在爱丽舍-波旁宫的沙龙遇见阿拉贝尔·杜德莱侯爵夫人。她是当时人们崇拜的偶像,是巴黎上流社会的王后。她同许多英国女子一样,特别热衷浪漫情调与难得之物。我对轻蔑冷淡的态度和德·莫尔索夫人的痴心反而中了她的心意。她的深情终于打动了我。她成了我肉体上的情妇,而德·莫尔索夫人永远是我灵魂上的妻子。很快德·勒农库公爵夫人把我的事告诉了她女儿。

一日,我从德·勒农库公爵同国王的对话中得知德·莫尔索夫人已病得奄奄一息。我竟没有收到一点音信。我心急如焚,飞身上车直奔葫芦钟堡。途中遇到医生说德·莫尔索夫人是忧郁成疾,无法医治。她是为我而死啊! 我赶到葫芦钟堡时,神甫和她的孩子已一起跪在一个十字架下祷告。病榻上的德·莫尔索夫人虽知道自己枯瘦如柴,容颜消损,却仍渴望见我。她说:"我曾希望在您的记忆里,我始终美丽崇高,宛如一朵永不凋谢的百合花;但我打破了这个幻想,因为真正的爱情从不计较什么。我要活下去。我刚刚过三十五岁,还能有美好的岁月。我们把他们丢在葫芦钟堡,一起去意大利。"她身子很轻,浑身滚烫,最后声音都变了。我痛苦得神经迟钝,有生以来,这是我头一次目睹死亡。整整一夜,我一直凝视着她。她雪白的面孔仍然具有无限深情,但是再也不会回答我的爱了。

从此以后,我决心再不眷顾任何女人。我潜心研究科学、文学和政治。查理十世登基后,免去了我在先王身边担任的职务,让我进入外交界。

·175·

巴
尔
扎
克

娜塔莉,我毫无保留地向您叙述了我的经历,我确信,也许有些情感会激怒一个平庸的女人,却能成为您爱我的又一条理由。

致费利克斯·德·旺德奈斯伯爵先生的信

亲爱的伯爵,葫芦钟堡那位圣女的美德,会使最自信的女人相形见绌;而大无畏的阿拉贝尔会使最大胆追求幸福的人自愧不如。我的朋友,千万注意不要再这样把您的失意和盘托出,这会使爱恋之心泄气,会迫使一个女子怀疑自己。我们并不像您以为的那么愚蠢:爱一个人,绝不会把他置于一切之上。所以小心翼翼藏起你对我说的这些,因为像我这样坦率地直言相告又不怨恨的人,在她们中寥寥无几。

您忠实的朋友,娜塔莉·德·玛奈维尔
一八三五年十月于巴黎

大仲马
(1802~1870)

大仲马,法国 19 世纪浪漫主义通俗小说家。

大仲马生于巴黎和苏瓦松之间的维莱科特雷。他的父亲是大革命时期著名的将领,屡立战功。大仲马生性开朗,没有受过正规教育,后来在做奥尔良公爵的抄书员时,他阅读了大量的文学作品,为以后的创作奠定了基础。大仲马对戏剧有强烈的爱好,1829 年,他的历史剧《亨利三世和他的宫廷》在法兰西剧院首次上演就获得了成功,这使大仲马成为了浪漫主义文坛上的明星。他的通俗小说代表作《三个火枪手》(1844)和《基督山伯爵》(1844)在报刊上的成功连载则使他成为著名的历史小说家和小说专栏作家。1845 年至却用诗人的才情打开了巴日东府的大门。巴日东太太出身名门，是当地的王后。穷乡僻壤接触艺术的机会很少，她却对音乐文学感兴趣。但环顾周围，尽是庸才俗物，不免令她感到虚无寂灭。她心高气傲，在轻浮无知的外省上流社会看来难免可笑，若不是限于财力，她早去了一心向往的巴黎了。

吕西安的到来让她如遇知音。他的英俊，羞怯的举动，还有他的声音都令巴日东太太感到惊异。她预言他前途无量，使尽手段要让吕西安成为家中常客，慈母般照顾他。吕西安陶醉在她的甜言蜜语里，存心把一切看得十全十美。他震于她高贵的地位，尝遍恐惧，希望和绝望的滋味，可是经过痛苦和快乐的交替，第一次的爱情在他心里种得更深了。况且他完全明白，交上好运对实现个人抱负至关重要。无论如何不能放弃巴日东太太。

夏娃和大卫默默相爱已久。一日，大卫终于向夏娃求婚，将他的爱情、担心和希望都告诉了他未来的妻子：吕西安既然常常出入巴日东府就不适合做监工，住阁楼，他要做吕西安真正的哥哥，为着他将来的幸福资助他；他还有个宏图大计，要发明一种廉价好用的纸浆，到时能挣得一大笔家私。

吕西安的得宠招来杜·夏特莱先生的妒忌，当时他引荐这个年轻人是想讨好巴日东太太，没料到竟给自己树了情敌。巴日东太太和吕西安的关系也日渐成了交际场里颇受关注的话题，人们冷嘲热讽，捕风捉影，尤其是夏特莱。他不信两人清白，满脑子寻思要证明巴日东太太已经失身。

他搭上冒失鬼塔尼斯拉斯，怂恿他先潜入府中。恰巧吕西安伏在巴日东太太膝上哭泣，被塔尼斯拉斯撞个正着。马上此事被添油加醋四处传播。巴日东太太听闻后，立刻向丈夫说明原委，叫他为她的荣誉决斗。结果倒霉的塔尼斯拉斯险些丧命。巴日东太太为这事愈发痛恨外省到处流言的生活，决定去巴黎拜访她的亲戚德·埃斯巴太太。如果可以在那儿定居，就再不回来。她要吕西安同行，告诉他繁华的巴黎才是让天才光芒四射的地方。吕西安带上大卫借来的钱和自己的小说和诗稿，等不及参加妹妹的婚礼，就踏上了巴日东太太的马车，心里想着有

内容梗概：

昂古莱姆自古以造纸出名，但我们故事开场的时代，当地的印刷业依然还使用木机。故事的主人公大卫·赛夏的父亲开着一家印刷所。老头子又贪心又精明，把印刷所打理得殷实有序，有一份刊登广告的报纸，还承接省公署和主教专区的印件。老赛夏虽然大字不识几个，从掌车工爬上来，非常瞧不起学问，却也派儿子上巴黎学习高级的印刷技术。大卫在巴黎边工边读从监工变成了一个学者，年终听从父亲的命令回去接管买卖。老赛夏挑了五十年的担子扔给大卫，自己到乡下的葡萄园享福去了。

那时候，开纸厂的库安泰兄弟买下昂古莱姆的第二张印刷执照。大卫天性高尚，一心想着科学，不像个生意人那样唯利是图。他既不考虑王政复辟以后宗教对政府的影响，也不理会自由党的势力，在政治和宗教问题上采取了最要不得的中立态度。库安泰兄弟早就认清对手，轻而易举地抢走了省公署和主教的业务，也办了一份报纸。赛夏老店只剩下零星的活儿可做，广告收入也减了一半。

大卫有一个情投意合的朋友叫吕西安·沙尔东。母亲是吕邦泼雷家唯一的后人，还是当年从断头台上救下来的。妹妹夏娃是个率直天真、心平气和、适合过日子的姑娘。开药房的父亲死后，家里一贫如洗。母亲和妹妹疼爱吕西安，外出做活的进账几乎全都花在他身上。大卫想接济吕西安，让他来学做印刷所的监工，慷慨地付工资。

这对朋友情同手足，亲密无间。吕西安把大卫看做父亲、兄长，事事和他商量。而在大卫看来，吕西安俊美高贵，天生需要受人崇拜。吕西安热烈地向往文学的名声；大卫的趣味则偏向严格的科学。两人聪明才智都比得上一流人物，命运不公使他们屈居人下。

一天，吕西安得到杜·夏特莱先生的引荐，居然能上德·巴日东太太府上朗诵诗歌。平民与贵族的距离遥不可越，吕西安

·171·

巴尔扎克

万法郎,可怜的欧也妮却始终过着当年的简朴生活,严格按照父亲立下的规矩。可她办了不少公益事业,每年都给责备她爱财的人迎头痛击。这就是欧也妮的故事,她身处世俗却不属于世俗,天生的贤妻良母却无丈夫儿女。不过近来又有人向她提亲,像当年克罗旭家的人一样开始包围这个有钱的寡妇。

《高老头》

初版时间:1834 年

主要人物:

高里奥 ·································	退休面粉商
拉斯蒂涅 ·······························	大学生
阿娜斯大齐 ····························	高老头的大女儿
但斐纳 ································	高老头的小女儿

内容梗概:

　　伏盖太太四十年来在巴黎圣·日内维新街开着一所兼包客饭的公寓。这公寓死气沉沉,连墙桓都带着几分牢狱气息。王朝复辟时期,在这寄宿的房客共有七位:从前做面粉生意的高里奥;从乡下来巴黎读法律的穷大学生拉斯蒂涅;外号“鬼上当”的伏脱冷;老姑娘米旭诺;退职小公务员波阿莱;被富有的父亲抛弃的少女维多莉,和同她相依为命的古的太太。

　　六十九岁的高里奥在一八一三年结束了买卖,住进了伏盖公寓。起先他还被尊称为高里奥先生,因为他每年付一千二百法郎的膳宿费,里外行头都很讲究,红光满面,看上去是个不满四十又肥又胖的小财主。第二年年终,高里奥先生竟要求搬到三楼,膳宿费减为九百法郎。还极度撙节,整个冬天没生火。从此伏盖太太便管她叫高老头。快满三年的时候,高老头还要节省开支,搬上四层楼,每个月的膳食费只有四十五法郎了。他戒了鼻烟,头上也不再扑粉了。整个人忽然像七十老翁,摇摇晃晃,面如死灰。有些人觉得他可憎,有些人觉得他可怜。他住房降级的原因始终让人猜不透,大家闲言碎语说他把钱都花在养情妇上。事实上,也总有光鲜美丽,神仙似的年轻女人来找高老头。高老头说这是他的两个女儿,但在伏盖太太看来,若高老头真有那么有钱的女儿,就决不会过这种寒碜的日子了。

大学生拉斯蒂涅在巴黎见了世面,看清了老家的情形。雄心奋发之下,对权位的欲望和出人头地的志愿增强了十倍。起先他只是没头没脑地用功,像所有有志气的人,发愿一切都要靠自己的本领去挣。后来他发觉女子对社会生活影响极大,便突然想投身上流社会,去征服几个可以做他后台的贵妇。通过姑母介绍,拉斯蒂涅终得以在家谱的各支各脉上攀到了阔亲戚特·鲍赛昂子爵夫人。

在特·鲍赛昂夫人的舞会上,迷人的阿娜斯大齐·特·雷斯多伯爵夫人让年轻人一见倾心。这个南方的冒险家渴望踏进上流社会,第二天就去登门拜访伯爵夫人。他自以为相当英俊,足以博得女人的欢心和庇护,当提起特·鲍赛昂夫人是他亲戚时也自然受到了青睐。可是当说到他和高老头住一个公寓时,伯爵夫人竟大为不快。

可怜的拉斯蒂涅不知哪里冒犯了这对夫妇,疑惑不已,去特·鲍赛昂夫人家求教,才知道了其中原委:原来特·雷斯多伯爵夫人是高老头的大女儿。以前高老头做面粉生意,省俭,熟练,又有魄力,积攒了不少钱。富有的高老头有两个女儿,都相貌出众。自妻子去世后,他的爱都转移到了两个女儿身上,没头没脑地疼爱她们。女儿的才艺教育自不用说,到了出嫁的年龄,她们可以随心所欲挑选丈夫,各得父亲一半的财产做陪嫁。于是大女儿阿娜斯大齐嫁给了特·雷斯多伯爵,小女儿但斐纳嫁给了银行家纽沁根。不久,儿女女婿觉得他继续做面粉生意有失体面。虽然他除此之外,别无寄托,但还是带着几年的盈余退休,住进了伏盖公寓。二十年的心血、慈爱和财产,高老头能给的都给了,现在"柠檬榨干了,两个女儿把剩下的皮扔在街上"。

拉斯蒂涅听了高老头的遭遇,为他掉了几颗眼泪。但特·鲍赛昂夫人告诉他这个社会就是又卑鄙又残忍:"只能把男男女女当做驿马,把它们骑得筋疲力尽,到了站上丢下来,这样你就能达到欲望的最高峰"。既然拉斯蒂涅已经得罪了特·雷斯多伯爵夫人,特·鲍赛昂夫人建议他找特·纽沁根太太做幌子。拉斯蒂涅认清了社会本相,法律和道德全无效力。为能混迹上流社会,拉斯蒂涅写信给母亲和妹妹,要她们变卖首饰好让他置办像样的衣物。

饱经世事的"鬼上当"伏脱冷看出了拉斯蒂涅想发财往上爬的心思,向拉斯蒂涅提出了一个六个月就能让他平步青云的计划。老强盗赤裸裸地说出了特·鲍赛昂夫人文文雅雅地说的话:如果能娶维多莉小姐就可以很快得到幸福。他可以帮他害死维多莉小姐的哥哥,富翁泰伊番不能再生孩子继承产业,必定回过头来承认女儿。事成之后,拉斯蒂涅只要在陪嫁中分他二十万法郎就行了。拉斯蒂涅对这计划感到犹豫和害怕。又想到规矩清白地用功,问心无愧地挣钱,到头来只有潦倒贫困地度一生。这正如伏脱冷所说:"现在在向你提议的,跟你将来所要做的,差别只在于见血与不见血"。

特·鲍赛昂夫人又把拉斯蒂涅介绍给了高老头的二女儿——轻巧窈窕的但斐纳。回来后他和高老头说起他的女儿们,老头子盲目的感情让他为女儿们辩护,说是两个女儿都很孝顺,只是两个女婿不好。他不愿意女儿女婿不和,才宁可暗地里看她们。拉斯蒂涅心里可怜高老头,他的女儿一点没有想着他,当他外人一样。

拉斯蒂涅第二天如约陪同但斐纳去剧院。车到王宫市场附近,停了下来,但斐纳要拉斯蒂涅去赌场压上她仅有的一百法郎。但斐纳的情人特·玛赛抛弃了她,现在感情没了,就要她还钱。幸亏拉斯蒂涅运气好,赢了还债务的钱。但斐纳兴奋得不得了,告诉拉斯蒂涅说,她结婚后用的都是父亲给的陪嫁,和纽沁根也毫无感情。但斐纳外交家的手腕叫拉斯蒂涅尝遍了爱情的痛苦和快乐,可是行头、送礼、赌牌样样要开销,眼看自己没钱又没前途,就顾不得良心,想到伏脱冷的计划。

高老头为女儿能找到一个真心爱她的人而高兴,把拉斯蒂涅当自己儿子看待。为女儿也为自己能享受到时常看到女儿的幸福,拿出他所剩不多的年金买下了供他们幽会的漂亮公寓。拉斯蒂涅也坚定了立场,要阻挠伏脱冷的计划,不料伏脱冷有防在先,灌迷了拉斯蒂涅,泰伊番家公子难逃厄运。谁知米旭诺和波阿莱已被警察署用三千法郎收买,也用麻药制服了伏脱冷,发现了他身上苦役犯的印记:原来伏脱冷是重案刑事逃犯。

纽沁根为规避生意上的风波,威胁但斐纳说她要是想讨回陪嫁,就宣告清理企业。阿娜斯大齐的情人马克辛花完了她的钱,现在又负债累累要被抓进牢狱,阿娜斯大齐偷了夫家的钻石尚且不能抵债,要父亲提供一万二千的款子。刚为但斐纳买了房子的高老头此时已爱莫能助。两姐妹当着父亲的面吵得天翻地覆。老头子受了刺激,脑出血,有生之日不多了。

躺在伏盖公寓的床上奄奄一息的高老头仍对女儿们一片痴心,甚至要省下医药费给女儿们挽救财政危机,还指望自己病情好转,能重操就业赚钱。可是当时女儿们只想着特·鲍赛昂夫人府上的盛大舞会,根本顾不上来看望父亲。临死前,高老头要再见女儿一面,两个女儿却推三阻四,一个被丈夫关了起来,一个深夜跳舞回来着了凉。高老头的出殡费是由拉斯蒂涅卖了金表支付的,棺木是大学生皮安训廉价买来的。棺木下土时,只有女儿家中的管事在场,拉斯蒂涅瞧着墓穴,埋葬了他年轻人的最后一滴眼泪。高老头去了天堂,但他还留在地狱。拉斯蒂涅为了向社会挑战,到特·纽沁根太太府上吃饭去了。

《幻 灭》

初版时间: **1837～1843 年**

主要人物:

1855年是大仲马历史小说创作的高峰期,这期间的主要作品是:《二十年后》(1845)、《玛戈王后》(1845)、《蒙梭罗夫人》(1846)、《布拉日隆子爵》(1848~1850)、《一个医生的会议,约瑟夫·巴尔萨莫》(1846~1848)、《王后的项链》(1849~1850)、《红屋骑士》(1845~1846)、《昂热·皮都》(1851)和《夏尔妮伯爵夫人》(1852~1855)。写作的成功给大仲马带来丰厚的收入,但他挥金如土,最后穷困潦倒,于1870年12月去世。

大仲马的历史小说是通俗小说的典范,是通俗小说发展史上的里程碑。大仲马的历史小说大都以历史时期为背景,凭借丰富的想象、跌宕起伏的情节、生动典型的人物和浪漫的传奇色彩,成为深受读者欢迎的小说。

《三个火枪手》

初版时间: 1844年

主要人物:

达达尼昂 ……………………	火枪队实习生
阿多斯 ……………………	火枪手
波尔多斯 ……………………	火枪手
阿拉密斯 ……………………	火枪手
米莱狄 ……………………	女间谍
博纳希厄太太 ……………………	王后的侍女

内容梗概:

在十七世纪的法国,城里经常会出现恐慌和争斗。暗的、明的、国王和红衣主教之间、西班牙人和国王之间,还有盗匪、乞丐、教徒、狼和仆从,向所有人开仗。一六二五年四月的一天,一个加斯科尼年轻人的到来引起了法国小镇的骚乱。原因是他的贝亚恩小马有着古怪的橙色皮毛和罕见的走相。马的不良形象甚至殃及了骑马的人。达达尼昂这个好胜的世家子弟,发现有个高傲的贵族边看着他边说笑,立刻以为对方在嘲笑他的马,他觉得受到了侮辱,狂怒地拔出剑攻击。不过他很快受了伤,昏了过去。旅店老板扶他上楼,但他一醒又挣扎着跑下楼去。这时他发现那个寻衅者正与一个美丽的贵夫人谈话。不一会儿谈话双方分道扬镳,达达尼昂只听到那贵夫人叫"米莱狄"。

达达尼昂发现他的介绍信竟不翼而飞了!这是他父亲写给他的老朋友,当今法国仅次于路易十三国王和德·黎塞留红衣主教的第三号人物、德·特雷维尔火枪手队长的信。达达尼昂这次到巴黎就是来投奔他、做他手下的火枪手的。介绍信丢失让他气愤不已,他发誓一定要找到那个贵族,因为他已经确定是他偷走了信。

那时国王和红衣主教都有为自己效力的卫队,总夸耀自己手下的仪表和勇敢。他们表面上反对侍卫间的决斗和斗殴,但实际上,如果赢的是自己的手下,他们反而会觉得颜面有光。

不过头一天做实习生的达达尼昂就因无意中的失礼触怒了三个火枪手:冷静沉着的阿多斯、热情勇敢的波尔多斯和英俊博学的阿拉密斯。他们决定进行决斗,结果招来红衣主教的侍卫的围捕。四个人只好齐力和对方大干一场。达达尼昂的机智勇敢和谦逊真诚赢得三个火枪手的尊敬。从此四个人形影不离,从钱袋到生命,不论什么事,他们都会遵守诺言:"人人为我,我为人人。"

达达尼昂的房东——博纳希厄先生的妻子是王后的心腹侍女。他的妻子被人绑架了,她知道很多王后的秘密。说到绑架她的人,达达尼昂发现就是偷他信的贵族。

一天,博纳希厄太太逃了出来,不料家里已经有人设了埋伏。达达尼昂早有准备,不费多少力气就打退了他们。博纳希厄太太对他心怀感激,达达尼昂觉得自己正可以做这个美丽聪明、同时还很有钱的博纳希厄太太最温柔体贴的情人。

夜里,坠入爱河的达达尼昂出于情人的妒忌追踪了博纳希厄太太,发现她和一个穿火枪手衣服的人一起赶路。虽然达达尼昂认识博纳希厄太太不过三个小时,但他已经把自己看成被侮辱和背叛的情人了。一怒之下,他挡住他们的去路,不过达达尼昂马上发现自己错了。这个年轻男人是英国大名鼎鼎白金汉公爵。这次红衣主教伪造王后的笔迹写信给他,想把他骗到罗浮宫,败露公爵和王后的私情。白金汉公爵识破了这个圈套,他将计就计,冒着生命危险要来见王后一面。

事实上,这件事既有爱情也有政治的因素。红衣主教十分妒忌白金汉公爵,因为他爱美丽的奥地利安娜王后,而她却爱着白金汉公爵。另外,英法不久就要开战,白金汉公爵是这场战争的中心人物。

博纳希厄太太的逃跑,使红衣主教没有抓住白金汉公爵和王后幽会的证据,但他立刻开始第二个计划。他劝国王让王后在舞会上带钻石坠子,因为她已经把它送给白金汉公爵了,要是她不带,就说明王后里通外国。为确保万无一失,红衣主教还派女间谍米莱狄从坠子上偷偷割下了两颗钻石。

王后因此愁眉不展,唯一的办法是派人去把坠子要回来。这个任务落在了达达尼昂的头上。博纳希厄太太的情意让他接受任务,况且这还是个赚钱的好机会。达达尼昂和三个火枪手于是请了假去英国。途中处处是红衣主教设下的陷阱。波尔多斯遇上要和他决斗的人,阿拉密斯受伤不能前行,阿多斯被扣在旅店里,说他造假币。只有达达尼昂来到去英国的港口,但必须持有红衣主教的特别许可证才可以通行。达达尼昂打翻了正要去英国的德·瓦尔德伯爵和他的仆人,终于如期到达英国。白金汉公爵发现坠子上少了两颗钻石,马上让人补齐了,解救了王后的燃眉之急。舞会那天,红衣主教没有什么把柄可抓。达达尼昂因此受到王后的接见,还得到一枚珍贵的蓝宝石戒指。

达达尼昂的勇敢和聪明征服了博纳希厄太太的心,她写信邀请他会面。可当达达尼昂来到时,博纳希厄太太又被绑架走了,绑架者还是那个偷他信的贵族。一次他上教堂碰到了那位被叫做"米莱狄"的可疑女人,觉得通过她可以顺藤摸瓜得到博纳希厄太太的消息,于是就跟踪她。米莱狄的马车在德·瓦尔德伯爵门口停下,她的使女下车送信。可事有凑巧,她把达达尼昂的仆人普朗歇当成德·瓦尔德伯爵的仆人。达达尼昂从信里得知米莱狄正爱着受伤的德·瓦尔德伯爵。他跟随她到另一条路上时，又看到米莱狄正用英语和一个骑士说话，可以看出她很生气。达达尼昂乘机介入，与那位骑士——米莱狄的小叔子——温特勋爵展开决斗。当达达尼昂将剑架在温特勋爵的脖子上时，达达尼昂却放了他，因为达达尼昂的计划已经实现，温特勋爵答应将他引见给米莱狄。

为了找回一个女人而去追求另外一个女人，这是一条最长最有趣的道路。这段时间，达达尼昂有自己良心上的呼喊和朋友明智的忠告，但他对这位神秘而美丽的米莱狄的爱情却与日俱增。与此同时，米莱狄的使女凯蒂爱上了达达尼昂，答应为他做傻事，把米莱狄写给德·瓦尔德伯爵的信都截下来，由达达尼昂回信。夜晚，米莱狄府上熄灯，达达尼昂假冒伯爵赴约，得到米莱狄的戒指作为信物。达达尼昂还发现米莱狄的一个秘密：她的肩上烙了一朵百合花，这是刽子手给罪犯行辱刑时烙上去的。米莱狄认出达达尼昂，知道他发现了这个可怕的印记，发誓要杀死达达尼昂。

路易十三国王统治时期，拉罗舍尔围城战是最大的政治事件之一。法国军队节节胜利，只有拉罗舍尔负隅顽抗，所以法军围而不打，切断英国士兵的食物来源，迫使他们投降。但是神圣罗马帝国、西班牙、英国和洛林之间缔结过针对法国的同盟。一旦同盟插手，战争局面可能发生逆转。红衣主教派米莱狄去和白金汉公爵谈判，因为他手里有证据说明王后和同盟间牵连很深，公爵如果出兵，就让王后身败名裂。假如威胁不能奏效，米莱狄答应行刺白金汉公爵。

米莱狄和红衣主教的密谋被四个火枪手偷听到了。为了不让米莱狄得逞，达达尼昂写信给温特勋爵，要他等米莱狄一到英国就将她囚禁，还告诉勋爵，他的哥哥是被米莱狄害死的，米莱狄还蓄意谋害勋爵本人，窃取遗产。温特勋爵将米莱狄关了起来，不料守米莱狄的军官费尔顿却抵挡不住米莱狄的姿色和花言巧语。这个狂热内向的清教徒深信米莱狄受到万恶的白金汉公爵的迫害，将她偷偷释放并发誓刺杀白金汉公爵。正好温特勋爵派他去签署流放米莱狄的文件，他拔出匕首刺死了白金汉公爵。

米莱狄一路无阻到达法国,住在加尔默罗修道院。此时博纳希厄太太也被王后派人救出,暂时在那儿藏身。达达尼昂来接她,博纳希厄太太喝了米莱狄的毒酒,已经奄奄一息。米莱狄逃跑了,但她逃不过上帝的惩罚。四个火枪手和温特勋爵不会放过她,里尔的剑子手也在追踪她。原来米莱狄曾是阿多斯的妻子,她给达达尼昂的戒指正是阿多斯给她的。她先前与村里的教士相爱,怂恿他变卖圣器私奔,结果两人都被捕,教士为了她自缢身亡。米莱狄越狱后嫁给了阿多斯,直到他发现她被烙过火印,是个心狠手辣的逃犯。这个剑子手就是那个后来为她自杀的教士的哥哥,米莱狄被判无罪,而剑子手则是那位教士的哥哥。

达达尼昂有一天又遇到那个偷他信的贵族,原来他是红衣主教手下的德·罗什福尔骑士,受命押他去见红衣主教。其实虚惊一场,红衣主教早对达达尼昂十分器重,要他为自己效力,任命他做火枪队副队长。

一六二八年,十月二十八日,拉罗舍尔在被围困一年后投降。波尔多斯退役娶了个有钱的妻子。阿拉密斯如愿做了修士。阿多斯在达达尼昂的指挥下做了几年火枪手后,也退役去继承一笔遗产。德·罗什福尔骑士和达达尼昂不打不相识,成了一对好朋友。

《玛戈王后》

初版时间: 1845 年

主要人物:

大仲马

主要内容：

一五七二年八月十八日，罗浮宫举行盛大晚会，庆祝亨利二世国王的女儿——查理九世国王的妹妹——玛格丽特·德·瓦罗亚公主和纳瓦拉国王亨利·德·波旁的婚礼。王室的喜庆节日将持续一星期，法国胡格诺派的显要人物——海军元帅德·科利尼、拉罗什福科尔、小孔代亲王、泰利尼都会聚罗浮宫。新教和天主教在当时是那么水火不容，这门亲事不得不使人感到意外。但查理国王、卡特琳太后、德·安茹公爵和德·阿郎松公爵在这次盛会中都非常殷勤地尽地主之谊，又让人看到重建和平的希望。

玛格丽特公主，也就是玛戈王后，和纳瓦拉国王毫无感情。对他们而言，这场政治联姻本质上是新教和教皇结婚，所以他们各自早有情人。纳瓦拉国王和卡特琳太后美丽的梳妆官德·索弗夫人相爱，而她也是太后身边最可怕的助手之一。新婚之夜，玛戈与显赫的亨利·德·吉兹公爵在一起，这时纳瓦拉国王亨利的到来反而出乎玛戈的意料，德·吉兹公爵不得已被推进了套房的小间。原来纳瓦拉国王是请求玛戈做他的盟友来的，他从本能上感觉到来自各方面的威胁，但有了玛戈的帮助，他就可以自卫，因为所有人都爱她。这位法兰西公主的正直让她答应了他的请求，况且她毕竟是他的妻子。亨利走后，德·吉兹公爵责备玛戈倒向了敌人的阵营，玛戈认为她只是要保护弱者。

查理国王一反故态，往常终日愁眉不展，现在倒诗兴大发，称科利尼元帅"亲爱的父亲"。回到他的武器陈列室，他叫来了专事暗杀的莫尔韦尔，要他杀死科利尼，并嫁祸给德·吉兹公爵。但科利尼只是受伤，这事在胡格诺教徒们中间引起了骚乱和怀疑。天主教派人士反咬一口，说是胡格诺教徒们想要挑起事端。

自婚礼那天来，胡格诺派的绅士们陆续赶来巴黎。其中德·拉莫尔伯爵在八月二十四日才赶到，他相貌高贵，忧郁而甜美。受德·吉兹公爵之邀，英俊勇敢的柯柯纳伯爵也在那天赶到巴黎。他与拉莫尔在吉星旅店偶遇，虽然信仰不同，却兴味相投。

在这个圣巴托罗缪之夜,圣日耳曼-洛克赛卢瓦教堂的钟凄切地敲了十二下,很快传来了第一声枪声,紧接着火把照亮了巴黎的街道。卡特琳太后和德·吉兹公爵蓄谋已久屠杀胡格诺教徒的计划开始实施了。男女老少一个不留,除非立刻改信天主教,受伤的科利尼就被残忍地扔下塔楼。巴黎城一夜之间血流成河,到处是胡格诺教徒的尸体。听着警钟和枪声,亨利心中的恐惧不断增长,他缺乏肉体上的勇敢,但却有精神上的力量。查理九世给他的选择是死、弥撒或者巴士底狱。玛戈劝服了亨利改宗,正像小孔代亲王和其他勇士那样,至少在表面上改信天主教。事实上,玛戈聪明绝顶而有野心,预见到了一切。如果亨利有足够的勇气,完全可能成为一个真正的国王。

那夜柯柯纳奉命不得不追杀新教徒拉莫尔,拉莫尔身负重伤,眼看就要被追上,竟一跃跳进了罗浮宫三楼的套房。他认出了玛戈,一面之缘早已使他爱上雍容美丽的王后。她在恐慌之中应付了追来的人和他的兄弟,把他藏进小间并给他治伤。拉莫尔归宗天主教后,做了玛戈弟弟阿朗松公爵的手下,有了安身之地。柯柯纳遇到了玛戈形影不离的女伴德·内韦尔夫人,激烈的战斗中,他被人砸伤,德·内韦尔夫人救了他,并因为他的英俊与勇敢爱上了他。拉莫尔和柯柯纳刚有恢复,又摆出势不两立的架势进行决斗,结果柯柯纳伤得很重。拉莫尔其实并不想失去这样勇敢的朋友,于是为他治疗,终于挽回两人的友谊。

纳瓦拉国王的死原本是这场大灾难的自然结局。但现在形势变了。或许这正如勒内对卡特琳太后所言:"形势无法改变命运,相反,是命运在左右形势。"佛罗伦萨人勒内是卡特琳·德·美第奇的化妆师,也是个高明的占星家。他说这句话的冷静态度也许比每次占卜得出的相同结果更令太后害怕。卡特琳多次请人占卜,都得出波旁家将要取代瓦罗亚家:查理九世之后,其弟安茹公爵将在位十四年,接着亨利·德·波旁将取代他。对卡特琳来说,困境也许就是大胆改变现状的机会,她心里盘算着,无论如何要将纳瓦拉国王置于死地。

被软禁在罗浮宫的纳瓦拉国王表面上温顺服从,嘴上说要脱离政治,心里不得不警惕周围的威胁。圣巴托罗缪之夜之后,

大
仲
马

胡格诺教徒绝大多数死了,但也有一部分藏了起来,纳瓦拉国王的威信并没有改变,他们只是在等待时机卷土重来。很快德·穆依得到了与纳瓦拉国王说话的机会:很多人为了拯救这位胡格诺国王的荣誉和自由,甘愿冒生命危险。但亨利竟然明确地拒绝了。这使德·穆依目瞪口呆,因为拒绝意味着背叛。聪明冷静的亨利这样说是因为他发现查理最小的弟弟阿朗松公爵已经偷听到他们的谈话。阿朗松公爵阴险狡猾,随时随地可以把朋友变成敌人,把敌人变成朋友。他听到亨利拒绝非常满意,于是就和真心耿直的德·穆依达成自立为纳瓦拉国王的协定。公爵让德·穆依去做了一件樱桃红色披风,跟拉莫尔的披风一模一样,这样可以随时出入罗浮宫。谁知玛戈将穿着樱桃红色披风的德·穆依当成拉莫尔,阿朗松这个密谋家反而成了被算计的对象,玛戈和亨利将计就计,借红披风和阿朗松的幌子,和德·穆依商量自己的出逃计划。

卡特琳一直在找机会弄死亨利,起先他从勒内那儿偷来有毒的润唇膏给德·索弗夫人,勒内的阻挠使亨利躲过一劫。这一次卡特琳要把亨利打入巴士底狱,她怂恿查理签署逮捕令,为了万无一失,还特别叫来莫尔韦尔执行这项重要任务。

那一天,查理国王和宫廷显贵们去皇家森林围猎野猪,猎狗赶出了一头极大的老野猪,国王吹响出击的号角,一时马蹄声和猎狗的叫声响彻森林。国王策马飞奔,冲在前面,挡住野猪的去路,不料他的马受惊直立起来倒了,查理被压在下面,老野猪向他冲来。安茹公爵等着看好戏,哥哥一死,就是他来继位。阿郎松公爵举枪故意射偏,因为他得知教皇已选安茹公爵去波兰继位,安茹一走,就轮到他做国王。万急之中,在比利牛斯山区长大的亨利勇敢地用他的短匕首救下了查理,他的冷静事实上也救了他自己,因为不论安茹公爵或是阿郎松公爵继位对他都极为不利。

查理对亨利感激不尽,对他抱有亲似兄弟的真情。他想到早上签署的逮捕令,就有意帮他脱身。他把亨利带到他心爱的女人和孩子的住处,分享他最温馨的秘密。次日亨利回屋发现冲刷过的墙上血痕斑斑,大惊失色。原来他约了德·穆依密谈,但无法赴约，莫尔韦尔来抓捕他，被德·穆依打得落花流水。

卡特琳不肯罢休，要追查那个穿樱桃红色披风的抗命者。德·穆依的身份当然不好暴露，玛戈又担心拉莫尔出事。来缉拿拉莫尔时，拉莫尔得到亨利的绳梯从玛戈窗口缒下去逃跑了。从此，他们开始了西班牙式的爱情，一个在窗口，一个在窗下。

勒内占星得出查理在位的时日将尽了，安茹公爵于是再三推迟，不去波兰继位想等哥哥病死，由他来接替。查理早料到兄弟们的心思，做了周全的事先准备，逼迫安茹两天之内就去继位。随后他又成全阿朗松，让他做纳瓦拉国王。不但因为他厌恶他的兄弟，还因为这可以避免兄弟间的手足相残，更因为他要亨利做摄政王。一个在天主教和新教都有威信的人，可以避免内战，给法兰西带来和平。

这种形势是卡特琳所最不愿看到的。她要让查理看清亨利的面目：他一次次的出逃计划就足以成为他谋反的证据。但卡特琳并没有得逞，也许是上天有意庇护这位未来的国王，也许是查理故意和太后作对。阴谋的本能和仇恨的感情在一直驱使这个佛罗伦萨女人。她这次将一本犬猎的书交给阿朗松，让他带给亨利。这本书看上去长久受潮，纸张粘在一起。其实纸上涂了毒药，会令舔手指翻书的人像得了痨病慢慢死亡。亨利不在房间，阿朗松把这本书扔在了桌上。不巧这时查理来找亨利，在弟弟的眼皮底下，查理津津有味地翻看这本致命的书。死亡走向了查理，毒药逐渐发作疼得他死去活来。他围猎归来呼唤爱犬，发现它死在那本被咬过的书边上时，他顿时明白了。一五七四年五月三十日，查理全身流出大量汗水，每一滴汗水都是鲜红的。这种恐怖的血汗把众人都吓坏了。查理接受了死亡，为了挽救法兰西王室的荣誉，他把母亲残忍的秘密带进坟墓。临死前，他把摄政权交给了亨利。亨利收起了命令他摄政的羊皮纸，匆忙逃离罗浮宫。因为卡特琳已经送信给安茹让他来继位，士兵涌入罗浮宫，把守着每一条通道。

卡特琳把查理的死嫁祸给拉莫尔，她给检察官写信说在拉莫尔的住处发现了谋害国王的邪物：一个胸前有字母 M 的戴皇冠小蜡人。M 意味着死亡（Mort），但对拉莫尔而言，M 意味着爱情,因为这是玛戈(Margerite)的名字。拉莫尔和他忠诚的朋友柯柯纳一起被判处死刑。刽子手应玛戈王后和德·内韦尔夫人的要求,留下了两人的人头。悲痛欲绝的玛戈将拉莫尔的头颅装进圣物盒,把卧室变成祈祷室。她成天闷闷不乐,默默承受生离死别的巨大悲痛。

至于亨利,他吉星高照,命运从未因世事艰险而改变。

《基督山伯爵》

初版时间: 1844 年

主要人物:

爱德蒙·邓蒂斯(基督山) ···················· 伯爵
登格拉斯 ······································· 银行家
维尔福 ··· 检察官
弗南 ··· 伯爵

内容梗概:

一八一五年二月二十四日,三桅大帆船埃及王号在年轻能干的大副爱德蒙·邓蒂斯指挥下安全回到马赛。老船长在途中因病去世,船主莫莱尔决定让爱德蒙接任船长。爱德蒙与父亲、未婚妻美茜蒂丝团聚,他沉浸在美好前程和爱情的快乐中。

归途中爱德蒙曾应老船长临终之托送一包东西给厄尔巴岛上的拿破仑,还带回了拿破仑写给巴黎亲信的回信。同船的押运员登格拉斯嫉妒爱德蒙就要成为船长,听说爱德蒙要去巴黎,于是计上心来写了一封告密信,诬告爱德蒙是拿破仑党的专使,是反叛王室的罪人。爱德蒙的情敌弗南则把告密信寄了,他相信只有这样才能拆散这对恋人。

爱德蒙在婚宴上被捕。审理爱德蒙的代理检察官维尔福从爱德蒙的话中了解到他是个品德高尚的青年。可是当他发现回信是写给他的父亲时,他震惊了。父亲和他在政治上一个是革命者,一个是保皇党人。维尔福有着极大的野心,为了自己的前程,销毁了信件,把爱德蒙打入死牢——伊夫堡。这座阴气沉沉的堡垒,给爱德蒙的感觉像"死刑犯看到了断头台"。

维尔福赶到巴黎,把信中拿破仑就要登陆的消息告诉了国王路易十八。为此,他得到了国王亲自颁发的勋章,从此飞黄腾达。登格拉斯如愿地成为埃及王号的代理船长。他称爱德蒙的悲惨命运是天命,但他害怕爱德蒙回来复仇,离开马赛去了马德里,从此再没有他的消息。弗南仍担心爱德蒙回来抢走美茜蒂丝,但他还是带着一丝希望应征入伍。只要爱德蒙不回来,美茜蒂丝总有一天会是他的。

爱德蒙进了监狱,陷入了痛苦,他想念父亲,想念未婚妻,不吃不喝,变得与疯子相差无几了。由于爱德蒙总是要求见堡长申诉,堡长怀疑他图谋不轨,就把他关进黑牢。黑牢漆黑一片,只有蜘蛛在寂静中织网,牢顶上的水珠间歇滴落。就在爱德蒙想着自杀时,有一天,他听见墙上传来声响,这让他立刻想到了一个念头——自由。他开始吃东西了,利用能用的工具挖起墙来。他在地下通道里遇到邻房的长老,这让他很高兴。他们成了好朋友,一起准备逃走。经过长老的提示,爱德蒙终于知道自己被捕的原因,立下了令人生畏的誓言。同时,爱德蒙成了长老的学生,长老把渊博的知识全都教授给他,一年之后,他成了一个新人。长老还道出了一个宝藏秘密,爱德蒙成为宝藏的继承人。长老死后将被埋葬。爱德蒙忽然想到这是获得自由最好的办法。于是,他代替长老钻到了大麻袋里,准备出逃。大海是伊夫堡囚犯的坟场。埃德蒙被投入大海,但他迅速地挣脱了麻袋,奋力地游到一座小岛上。囚禁十四年之后,爱德蒙获得了自由。

爱德蒙来到基督山,沿着记号找到了宝藏。爱德蒙回到马赛,得知父亲由于饥饿悲惨死去;船主莫莱尔正面临着破产;登格拉斯在法国和西班牙战争时期发了一笔财,靠这笔钱投机公债成为有百万财富的男爵;情敌弗南入伍之后通过私通王室,勾结保皇党获得提拔,成为马瑟夫伯爵,在希腊独立战役中,他出卖总督阿里获得一笔巨款逃回法国,然后娶了美茜蒂丝;维尔福也已荣升为巴黎法院检察官。爱德蒙感激莫莱尔对自己有恩,暗中用自己的财富帮助莫莱尔摆脱了破产的困境。然后经过八

·187·

大仲马

年的精心准备,爱德蒙以基督山伯爵的身份来到巴黎,开始了他的复仇。

基督山伯爵在罗马认识了阿尔培·马瑟夫,由此见到了他的父母弗南·马瑟夫伯爵和美茜蒂丝。登格拉斯男爵因业务关系接待了基督山伯爵。男爵夫人有一对心爱的烈性灰斑马,原打算借给维尔福的后妻,结果发现被卖了,买主正是基督山伯爵。基督山便趁机把马还给了夫人。第二天,维尔福的后妻和他的儿子坐上了马车。灰斑马野性奔发,马夫想控制也是枉然。这一切都在基督山的计划之中,他命人用绳套住了马,救了坐在马车上的人。由此,基督山赢得了维尔福夫妇的感激和信任。基督山拜访维尔福夫人,假装无意,和她谈起毒药,告诉她什么样的毒药下毒可以不留痕迹,维尔福夫人贪婪地听着。

基督山把维尔福和登格拉斯夫人的私生子——苦役犯安德里假扮成富有潇洒的贵公子,竭力把他介绍给登格拉斯,暗示安德里到巴黎是为选一个新娘。登格拉斯因内政部的错误消息而连续遭到经济损失,而这些错误消息都是基督山暗地操纵的。

基督山邀请维尔福夫妇和登格拉斯夫妇到维尔福前妻岳父的别墅,在维尔福和登格拉斯夫人曾经幽会的房间伯爵讲了一对情人偷偷地把孩子埋掉的故事。维尔福顿时脸色苍白,登格拉斯夫人则昏了过去。维尔福夫人已制成了毒药,不久维尔福家里接二连三地出现中毒死亡事件,他前妻的岳父母相继突然去世,老仆人也差点没了命。医生告诉维尔福他怀疑下毒者可能是他的女儿凡兰蒂。

报纸上出现了关于弗南在希腊出卖总督阿里的丑闻,这让他的儿子阿尔培感到了羞辱。消息是登格拉斯提供的,但登格拉斯辩解这是基督山伯爵唆使的,于是阿尔培向伯爵提出决斗。这时美茜蒂丝向伯爵来求情,她求爱德蒙不要杀她的儿子,伯爵向曾经爱过的女人让了步。同时她也告诉阿尔培所有的真相。阿尔培了解了父亲的恶劣行径,觉得伯爵复仇不为过分,于是与伯爵握手言和。弗南在议院上为自己辩解,而伯爵收养的总督阿里的女儿海蒂出庭作证,击垮了他。弗南去找伯爵决斗,得知伯爵就是爱德蒙时,他恐慌地跑回家。美茜蒂丝和她的儿子阿尔培放弃了贵族头衔和豪华生活,他们不愿意接受弗南犯罪得来的钱财,不顾一切地弃他而去。弗南终于在害怕和绝望中开枪自杀。

濒临破产的登格拉斯为了保住信用和希望,接受了安德里对他女儿的求婚。然而在婚礼上他才知道安德里不是什么贵族,而是个苦役犯和杀人犯。登格拉斯名誉扫地,彻底地破产了。他抛弃了妻子,窃取了原本给医院的五百万法郎企图逃往意大利,但还是被伯爵抓住了。伯爵告诉他自己是他当年企图害死的爱德蒙,登格拉斯吓得缩成一团。最后他拿着伯爵给的五万法郎走了,一夜之间头发全白。

在维尔福家里,凡兰蒂也遭到了毒手,生命危在旦夕。船主莫莱尔的儿子玛西米兰找伯爵帮忙。伯爵得知玛西米兰和凡兰蒂相爱,于是答应玛西米兰挽救凡兰蒂的生命,并使他们在基督山岛重逢。维尔福终于知道凶手竟是他的妻子。原来凡兰蒂的存在剥夺了维尔福夫人儿子的继承权,为了使自己的儿子独占所有的遗产,她从伯爵那里得知毒药的配方然后凶残地连续杀人。维尔福夫人看到事情败露,得不到丈夫的原谅,于是带着儿子服毒自杀。安德里从伯爵那儿得知自己真实的身世。维尔福想在法庭再现辉煌,但安德里在法庭上指着他称自己是他的儿子,维尔福回到家看到妻儿又死去,一连串的打击把他逼疯了。

伯爵的复仇结束了,他感谢上帝。就在玛西米兰和凡兰蒂相聚的第二天,伯爵带着海蒂远航他乡,开始新的生活。

雨 果
(1802~1885)

维克多·雨果是法国浪漫主义文学运动的领袖,法国最伟大的诗人、小说家之一。同时,他又是一个民主主义斗士,声讨封建专制;也是一个人道主义卫士,反对阶级压迫。

1802 年雨果出生于法国东部的贝尚松,父亲是共和党人,母亲信奉保皇党,雨果早年受母亲影响,有反拿破仑倾向。1814 年,父母离异,他和两个兄弟一起被送往寄宿学校。成年后,他与青梅竹马的姑娘结婚,生育了 5 个孩子。此后,夫妻两人分道扬镳,各自找到情人,雨果与女演员朱丽叶相伴一生。

雨果 12 岁便开始创作,1817 年,在法兰西学士院举办的诗歌比赛中,荣获第一鼓励奖,被当时的诗坛泰斗夏多布里昂誉为“神童”。

1827 年,雨果为自己的剧作《克伦威尔》写的一篇序言被公认为浪漫主义运动的宣言,从此被拥为浪漫派领袖。其中所提出的对比原则,成了著名的浪漫主义美学原则。

1830 年,雨果在他的悲剧《欧那尼》上演之际,组织力量跟统治舞台近两百年的古典派展开了激烈斗争。该剧获得巨大成功,成为浪漫主义最后战胜古典主义的标志。

1831 年,雨果发表小说《巴黎圣母院》,轰动了世界。

19 世纪 30 年代至 40 年代,雨果发表了《东方集》、《秋叶集》、《晨夕集》、《心声集》、《光与影集》等五部史诗,《国王取乐》、《吕克莱斯·波基亚》、《玛丽·都铎》、《昂杰罗》、《吕意·布拉斯》、《城堡卫戍官》等六个剧本。

1843 年,雨果的女儿利奥波婷在塞纳河溺水身亡。雨果悲痛欲绝,自己的人生观也发生了转变,由保皇派转而支持共和,甚至一度放弃写作。

1852 年,雨果多次发表演说反对路易·波拿巴政府而被驱逐出境,开始了长达 19 年的流亡生涯。他曾辗转去过比利时和英伦诸岛。在此期间他的创作进入了鼎盛阶段。他在政治诗集《惩罚集》里,以讽刺为战斗武器,预言第二帝国必将崩溃,表现自己不可动摇的斗志。在抒情诗集《静观集》中,抒写自己的生命体验和情感经历。史诗《历代传说》从《圣经》、神话和历史中撷取素材,赞美人类的不断进步,表现对历史发展的乐观态度。《悲惨世界》(1862)、《海上劳工》

(1866)和《笑面人》(1869)是他的三部长篇力作。

雨果在 1870 年法俄战争大败后，毅然回国，四处发表演说支持共和，并用版税购买大炮送给国民自卫军。

1871 年，雨果声援巴黎公社起义；起义失败后，在家中收留起义者避难。1876 年第三共和国成立，雨果当选议员，仍继续写作。

晚年，雨果除发表了《林园集》、《祖父乐》、《精神四风集》等诗集外，还完成了长篇历史小说《九三年》(1874) 的创作。小说描写 1793 年法国大革命风暴，真实表现了革命与反革命之间的残酷斗争。

1885 年，雨果患了严重的肺充血，逝世后巴黎有 200 多万人为他送殡，他的遗体被安葬在先贤祠。

《悲惨世界》

初版时间：1862 年

主要人物：

冉·阿让（马德兰）	苦役犯（市长）
芳汀	妓女
柯赛特	芳汀的私生女
马里尤斯	年轻共和党人
吉尔诺曼	马里尤斯的祖父
贾维	警察
米利埃	主教
泰纳迪埃	旅馆主人

内容梗概：

《悲惨世界》是以真实的事件为蓝本而创作的，当时一个贫苦农民因偷了一块面包被判五年苦役，出狱后又因带有前科、案底记录的黄色身份证而不能就业，这件事深深触动了雨果，他花了十七年的时间完成了这部巨著。在"作者序"中雨果指明了创

·191·

雨果

作目的:揭露因法律和习俗造成的压迫,暴露这个世界中贫困使男子潦倒、饥饿使妇女堕落、黑暗使儿童羸弱,企图使小说对社会问题的解决有所裨益。这部作品结构庞大,枝叶繁复,全书共有五大部分:《芳汀》、《柯赛特》、《马里尤斯》、《卜吕街的儿女情和圣丹尼街的英雄血》及《冉·阿让》;围绕的中心问题是穷苦人民悲惨的命运和处境,可以说它描写的是主人公冉·阿让的悲惨生活史。

主人公冉·阿让原是个诚实的工人,一直帮助穷困的姐姐抚养七个可怜的孩子。有一年冬天,他找不到工作,为了不让孩子饿死,他只得去偷了一块面包,因此被判处五年徒刑。在服刑期间,冉·阿让因不堪忍受狱中之苦四次逃跑,但最终都没有成功,刑期也从五年加到了十九年。假释出狱后,苦役犯的罪名永远地附在冉·阿让的身上,他找不到工作,连住宿的地方都没有。即使同样是做苦工,假释犯得到的报酬也只是别人的一半。不甘心被人如此欺负的冉·阿让感到十分苦恼。

正在他感到灰心气馁的时候,冉·阿让遇到了米利埃主教。米利埃主教是个善良、正直、极富同情心的人。他好心收留冉·阿让,他在自己家里过夜。但走投无路的冉·阿让却为了生计偷走了主教的银器,准备潜逃。途中,又被警察抓住,但关键时刻,善良的米利埃主教声称银器并不是冉·阿让所偷,而是自己送给他的,并且连银烛台也一同赠给了他,就这样使冉·阿让免于再次被捕。而冉·阿让也被这一位主教的宽厚与爱心所感化,获得了新生的勇气,决心从此去恶从善。之后,冉·阿让确实改名换姓,化名马德兰,埋头工作,而命运也给了他机会,让他在制造黑玻璃小工艺品上有所发明而起家,经过了十年的辛勤努力,他成了一个成功的商人,办起了企业。成了大富翁后,他乐善好施,兴办福利,救助孤寡:他为滨海蒙特勒依城的穷人花了一百多万,创办托儿所,创设工人救济金,开设免费药房等等。他的善举让他得到了大家的爱戴,并终于当上了市长。

也是在此期间,冉·阿让认识了妓女芳汀,一位女工。她有美发皓齿,多情而又幼稚无知的她真心爱着一位大学生并以身相许,失身怀孕,但这个大学生却是个逢场作戏的轻薄儿,对她虚情假意,不久便弃她而去。芳汀生下了女儿柯赛特后不敢返乡。一次偶然的机会,她认识了泰纳迪埃大妈。芳汀为了有时间赚钱,把女儿寄养在泰纳迪埃家。这夫妇俩其实是极其贪婪、庸俗的一对,经营着一家小旅馆,但生意很糟糕。他们同意收留柯赛特其实也是为了骗一笔钱还债。小柯赛特慢慢长大,夫妇俩人想尽办法,以各种理由要芳汀寄更多的生活费。一方面骗芳汀说她的女儿过着怎样幸福的生活,另一方面却随时随地侮辱、虐待、殴打小柯赛特。让她小小年纪就要干杂事,打扫房间、院子、街道,洗杯盘碗盏,甚至搬运重东西。总之,可怜的柯赛特在那里受着非人的待遇。

芳汀在把女儿托付给泰纳迪埃一家后,来到了滨海蒙特勒依一家玻璃制造厂工作,工厂的老板便是马德兰先生,也就是冉·阿让。芳汀来到工厂之后,终于可以自食其力了,每月都会给旅店老板泰纳迪埃写信、寄钱。她的美貌引起了当地许多恶妇的嫉妒,她的行为更成了她们议论、猜忌的对象。终于有一天,一个名叫维克图尼安太太的人查到了芳汀的过去经历,将她有私生女的事揭发了出来。厂长兼市长的马德兰知道了此事,尊重社会习俗的他给了芳汀50法郎,让她离开。芳汀从此开始了她的悲惨经历。她被解雇,再也没有人肯雇用她,她无法靠劳动养活自己和寄养在别人家的女儿,只能为10法郎卖掉了自己的一头秀发,40法郎出售两颗门牙,最后沦为娼妓,变为社会的奴隶。曾几何时,一个活泼的年轻少女变得形容枯槁,病入膏肓,还饱受社会的歧视。

马德兰知道芳汀的真情和悲惨遭遇后,感到十分内疚,也深深地被她感动,于是决定要照顾她们母女俩。有一次,芳汀受到恶少把雪团塞进衣衫的捉弄,奋起反抗反而要被警察贾维监禁。马德兰出面干涉,贾维是冉·阿让在狱中的警长,认为罪人永远是罪人,一直对冉·阿让穷追不舍的贾维认出了马德兰就是当年的苦刑犯。他写信告发,却没得到理睬。马德兰将芳汀从狱中救出后,把她接到工厂的诊所请人照顾,立即给泰纳迪埃夫妇去信,还寄了一笔钱,让他们把柯赛特送来见病重的母亲。贪婪的夫妇俩却一再拖延,用各种名目骗马德兰一次又一次的寄钱。

眼见芳汀的病情越来越严重,马德兰十分着急。正在他为此事伤神的时候,另一件烦心事又接踵而来。

当地一个叫尚马蒂厄的老头被当成冉·阿让正在接受审判,冉·阿让于是陷入了矛盾挣扎中:如果承认自己的身份则会被捕,无法照顾芳汀母女;如若不承认,一个无辜的人就会为自己所累,被捕入狱。良知最终战胜了一切,他毅然走上法庭,道出自己的真实身份。冉·阿让因此又开始被通缉。他来到芳汀家中,贾维带人前来逮捕他,芳汀受刺激死去。冉·阿让也再一次被投入狱中。

但没多久,冉·阿让从监狱中逃了出来,去蒙费梅找芳汀的孤女柯赛特。几经波折后,他终于在圣诞节找到了正去泉边打水的柯赛特。跟着女孩回到旅馆后,他亲眼目睹了女孩的悲惨生活,于是立即从狠毒的夫妇俩人手中救出了可怜的小柯赛特。带着她来到巴黎。为了逃避警察的追捕,冉·阿让带这女孩逃进了巴黎市郊的一个修道院,在那里将她抚养成人,他们两人也在那里过上了暂时的平静生活。

好景不长,几年后,平静的生活再起波澜。长大后的柯赛特因为一次偶然的机遇,在公园里遇上具有共和思想的年轻人马里尤斯,两人一见钟情。马里尤斯原先受到外祖父吉尔诺曼的影响,是个保皇派。他的父亲蓬梅西是拿破仑手下的爱将,拥护共和,在滑铁卢之战中立了战功,被封为男爵。吉尔诺曼敌视女婿,不让他与马里尤斯见面,否则要剥夺马里尤斯的继承权。蓬梅西为儿子的前途着想,只得忍气吞声,只能趁儿子上教堂之际,偷偷去看儿子。他快去世时才给儿子留下遗嘱,把真相告诉自己的儿子。马里尤斯受到震动,暗地里查阅书报,了解到父亲的英勇事迹,终于改变立场,离家出走,接触到"ABC之友社"的共和派青年,很快加入他们,成了一个共和党人。

起先,这位共和派青年并不知道他爱上的这名少女名叫柯赛特,也不知道这少女在一起的先生是冉·阿让。他找到柯赛特的住处,向她倾诉衷情,他俩常幽会,但马里尤斯的外祖父不答应这婚事,马里尤斯终于和外祖父决裂。1832年6月,ABC的成员都投入起义。冉·阿让此时也知道了柯赛特与马里尤斯的恋情,深受打击的他收到马里尤斯来信后也来到街垒加入了战斗。

战斗中,冉·阿让放走了被俘的警长贾维,还把自己的住址告诉了他。他的行为终于感动了贾维,使他相信犯过错的人真的会幡然醒悟,重新做人。战斗激烈,许多战士身亡,马里尤斯身受重伤,冉·阿让从下水道将他救离险境,送到他外祖父家中。但当时身负重伤的马里尤斯并不知情。他外祖父看马里尤斯安然无恙,答应了他和柯赛特的婚事。在两人成婚的第二天,冉·阿让将自己的身世向马里尤斯和盘托出,后者知道了大为震惊,对他冷眼相看。连他辛辛苦苦带大的孤女也误解他,离开了他。多年来舍己救人,最终却连多年来与他相依为命的"女儿"也误解自己,伤心的冉·阿让抑郁成疾,终日只有孤寂与他相伴。

而之后一个偶然的机会,马里尤斯才知道冉·阿让原来是自己一直寻找的救命恩人,连忙去接他来同住,但冉·阿让此时已经生命垂危,最后在柯赛特和马里尤斯德怀里与世长辞。

《巴黎圣母院》

初版时间: 1831 年

主要人物:

卡西莫多…………………………………	钟楼怪人
埃斯梅拉达…………………………………	吉卜赛女郎
克罗德·弗洛罗…………………………………	副主教
菲比斯…………………………………	宫廷弓箭队队长
格兰瓜尔…………………………………	流浪诗人

内容梗概:

《巴黎圣母院》(1831)是雨果第一部大型浪漫主义小说。它以离奇和对比手法叙述了 15 世纪一个发生在巴黎圣母院的故事。雨果在这部以中世纪为背景的小说里,赞颂人民群众的美好品质和斗争力量,揭露封建统治集团的凶残虚伪和色厉内荏。小说的浪漫主义特色浓重,环境描写,情节编排,人物刻画,无不带着丰富的想象和大胆的夸张。整篇小说用对比、讽刺的手法揭露了宗教的虚伪,宣告禁欲主义的破产,歌颂了下层劳动人民的善良、友爱、舍己为人,反映了雨果的人道主义思想。

卡西莫多是一个弃婴,在复活节之后的第一个星期日,即卡西莫多日,在圣母院门口被人发现。由于相貌奇丑无比、面目狰狞,当时有许多人围观,却没有人愿意收养他。正巧弗洛罗经过,看见婴儿弃置在弃婴木架上,他立即想起了从小与自己相依为命的可怜的弟弟,于是怜悯之心油然而生,遂将婴儿抱走。弗洛罗决心将婴儿抚养长大。他为婴儿取名卡西莫多,将他收为养子,让他留在圣母院内做敲钟人。命运悲惨的卡西莫多,天生独眼、驼背、跛足,十四岁时又被钟声震破了耳膜,成了聋子。原本造化为他向外界敞开的唯一门户也被永远关闭了,这一关闭也截断了他唯一欢乐的光明,他的灵魂从此坠入无边的黑夜,他开始变得乖戾、疯狂。周围人的歧视、嘲讽、讥笑使他对一切事物充满了敌意。只有一个人被他排除在所有的恶意和仇恨之外,那就是克罗德·弗洛罗。自幼便遭社会摈弃的卡西莫多把克罗德看做是自己的恩人,十分地敬重这位副主教,对他的话也是言听计从。但其实,这位道貌岸然的副主教实际上却是蛇蝎心肠,是一个不折不扣的虚伪、奸诈、好色之徒。

"愚人节"那天,流浪的吉卜赛艺人在广场上表演歌舞,其中有个叫埃斯梅拉达的吉卜赛姑娘更是吸引了来往行人的目光,她长得美丽动人,舞姿也非常优美,令大家赞叹不已。这时,她的表演也引起了巴黎圣母院副主教克罗德的注意。他和其他人一样,也一下子对美丽的埃斯梅拉达着了迷,他内心燃烧着情欲之火,疯狂地爱上了她。一心想得到埃斯梅拉达的克罗德于是命令教堂敲钟人——相貌奇丑无比的卡西莫多去把埃斯梅拉达抢来。一向十分信赖他的卡西莫多听从了他的差遣,一路跟随吉卜赛姑娘准备将她劫持。

流浪诗人格兰瓜尔在街上看到埃斯梅拉达的表演,也被她的美貌所吸引,不知不觉跟着她进了小巷,正巧撞见前来绑架吉卜赛女郎的卡西莫多。格兰瓜尔上前阻止,却被强壮的卡西莫多打昏过去。卡西莫多抱起女孩准备回去交给副主教,宫廷弓箭队队长菲比斯闻声赶来,将埃斯梅拉达救下,并逮捕了卡西莫多。这一举动触发了少女的爱情,美丽的姑娘被这位外貌俊朗的年轻队长所打动,对他一见钟情,深深爱上了他。但其实埃斯梅拉达是被他的外表所骗了。菲比斯事实上是个无情无义、只知道到处寻欢作乐、十分轻浮和浅薄的家伙。

被打昏的格兰瓜尔这时慢慢醒来,恍恍惚惚地闯入了光怪陆离的乞丐王国——"奇迹王朝"。那里住满了被社会歧视的无赖汉和乞丐们。胆战心惊的格兰瓜尔被三个壮汉抓到了"王上"面前。长期受"正派市民"刻薄对待的乞丐们坚持要以同样的方式来报复,决定吊死擅自闯入的诗人。而他唯一可以脱险的机会就是与那里的某个女人结婚,以此成为乞丐王国的一员,倒霉的格兰瓜尔恳求了好几位女孩都没有成功。正在乞丐们准备行刑之际,埃斯梅拉达出现了,出于同情,为了救这个素未谋面的陌生人,善良的吉卜赛女孩自愿接受格兰瓜尔作为自己的丈夫,使他免于一死。

与此同时,可怜的卡西莫多则因绑架而遭到惩罚,代人受过,成为牺牲品。在一番闹剧般的审判之后,敲钟人被判处到广场中央受鞭笞之刑。行刑当日,他被绑在耻辱柱上,至于烈日下忍受鞭刑。疼痛难当、口渴难耐的卡西莫多大声喊着要喝水,围观的众人对他不但没有同情,反而都像看马戏表演一般不停地嘲笑他,一副幸灾乐祸的模样,还用石块、罐子砸他。他的养父,罪魁祸首克罗德经过之后也只当没看见,掉头就走。心地善良的埃斯梅拉达却在此时出现了,她没像其他人一样责怪、嘲讽意图绑架自己的卡西莫多,反而不计前嫌,取来水喂他喝。埃斯梅拉达的做法令卡西莫多感动不已。敲钟人外貌丑陋,但内心纯洁高尚,他非常感激埃斯梅拉达,也深深地爱上了她。

天真的埃斯梅拉达对菲比斯一见钟情,便与他约会。在两人约定见面的当天,副主教克罗德悄悄尾随。出于嫉妒、报复的心理,克罗德用刀刺伤了菲比斯,受惊过度的埃斯梅拉达当即昏倒,克罗德立即逃跑,并将罪行嫁祸给可怜的女孩。于是,无辜

雨

果

的吉卜赛女孩因杀人罪而被逮捕,她还以为菲比斯已死,也陷入了无比痛苦中。接受审判的时候,埃斯梅拉达起先当然不肯承认妄加的罪名,但后来被屈打成招,她受不了"穿铁靴"的酷刑,被迫承认所有的罪行,因此被法庭判处绞刑。当晚,案件的真凶——阴险的克罗德来到监狱,向可怜的埃斯梅拉达表达了自己的爱意,并以带她离开为条件,想逼埃斯梅拉达就范,但是被女孩断然拒绝。

第二天,埃斯梅拉达被押赴刑场时,看见曾对自己情意绵绵的菲比斯跟一个女子在路边冷眼旁观,一副事不关己的样子。沉重的打击使她几乎昏倒在地。此时,一直默默爱着她的钟楼怪人卡西莫多挺身而出,劫了法场,把埃斯梅拉达从绞刑架上救下,抱进了巴黎圣母院内藏了起来,并对她照顾有加。

阴险的克罗德对埃斯梅拉达仍不死心,他找到女孩房间的钥匙,半夜潜入屋子准备奸污埃斯梅拉达。紧急关头,女孩吹响了卡西莫多交给自己的哨子。敲钟人及时赶到,黑暗中将潜入者扔出屋去。月光下,他猛然发现这个企图侮辱埃斯梅拉达的男子竟是他一直敬重的克罗德副主教。恼羞成怒的克罗德气冲冲地离开,嫉妒之情在他心中越发强烈。他下定决心:如果自己得不到女孩就将她毁灭。

法庭得知死刑犯被劫的消息后大为恼火,又受到教会的挑动,于是扬言一定要捉拿少女,派官兵到处搜捕。乞丐们闻讯后,都纷纷前来营救,决定冲进圣母院救出埃斯梅拉达,杀死卡西莫多。一心想要巩固王位的国王路易十一得知暴动的真正目的后,下了一道"把平民杀尽,把女巫绞死"的诏令,坚决镇压暴动,致使圣母院门前横尸遍地,周围变成了一片血海。无赖汉们围攻主教堂的时候,埃斯梅拉达正在睡觉,惊醒后看见面前站着两个黑衣人。一个是她的"丈夫"格兰瓜尔,另一个则一直默不作声,带着他们来到滩边坐船离开。靠岸之后,格兰瓜尔带着女孩的山羊离开,而埃斯梅拉达则被陌生人拉着,一路狂奔,来到了广场中央的绞刑架前。陌生人掀起风帽,女孩这时才认出这正是屡次企图侵犯她的副主教克罗德。这位副主教对埃斯梅拉达进行最后威胁:要她在自己和绞刑架之间作选择。又一次被拒绝后,他把女孩交给一位隐修女看管,自己则去找禁卫军告密。年迈的隐修女无意间发现眼前这位漂亮的姑娘竟是自己寻找了15年的女儿。军队也在这时赶到,领队的正是菲比斯。百感交集的母亲奋力保护自己的女儿,在一阵混乱中,头撞石板而死。而无辜的姑娘最终也没能逃脱被绞死的厄运。

卡西莫多发现埃斯梅拉达不见了,焦急地四处寻找,他想起只有副主教克罗德有通到塔上的楼梯的钥匙;他又记起副主教那天黑夜对少女的偷袭;他记起了成千的细节详情,断定埃斯梅拉达被副主教劫持了。可是长期以来,他对于那牧师是这样的崇敬,他对这人的感恩、崇拜和爱慕,已经深深印到心里。疑惑、失望、痛心,种种感情纠结在了一起。正在此时,他发现了克罗德的身影,于是尾随他来到塔顶,亲眼看见埃斯梅拉达被绞死。伤心欲绝的卡西莫多明白了一切,他无比愤怒,从背后用力将这位虚伪、邪恶的副主教从圣母院的塔顶推了下去。

大约两年之后,人们在埋葬死刑犯的地穴发现了两具骷髅。一具是一个女子的,另一具骨骼歪斜,以奇特的姿态抱着女尸骨。人们想把他从他所搂抱的那具骨骼分开来时,他霎时化作了尘土。

《笑面人》

初版时间: 1869 年

主要人物:

内容梗概:

《笑面人》是雨果在 1869 年写成的长篇小说,也是他的三部长篇力作之一。这部小说以 17 世纪末 18 世纪初的英国社会为背景,也就是从詹姆士二世起到他的女儿安妮女王统治英国的那个时期。《笑面人》描写善良乐观的主人公的悲剧命运,批判贵族特权对人权、正义、真理、理智和智慧的摧残。

小说主人公格温普兰是一个爵士的后代,从小就被卖给了儿童贩子,成为宫廷阴谋的牺牲品。他落入儿童贩子之手以后,被迫动过毁容手术,脸孔因此始终像在怪笑一般。格温普兰十一岁那年,因为新法令的出台,那些将他拐卖的人口贩子为了逃离追捕坐船离开居住的波特兰岛,将小格温普兰单独丢在了这个荒无人烟的小岛上。而那些可恶的人口贩子万万没有料到,等待他们的竟是一场致命的海难。

就这样躲过一劫的小格温普兰在岛上饥寒交迫,他不停地四处奔跑,试图寻找出路,却怎么也辨不清方向,在岛上兜兜转转。风雪之中,他忽然在雪地上发现了女人的脚印。于是,他顺着脚印,往看得见烟的方向走去。可是等待他的并不是村坞,而是被埋在雪地里的一对母女。母亲已经死去,而她怀里的女婴尚有一丝气息。本已自顾不暇的小男孩却抱起女婴一同上路。寒风中,他的步履显得更艰难了。他也想要放弃,躺在地上安静地死去,可是怀里的女孩却成了支撑他的一股力量,他继续艰难前进,终于走进了一座小城。在那里他们遇见了好心的流浪人于苏斯。

于苏斯是一个善良智慧的老人,他幽默风趣,虽然有时性格古怪,但却才智过人、多才多艺,还略通医理,偶尔会给人治病。他与奥莫——一条驯良的狼,是一对亲密的朋友。他们从这一州到那一州,从这座城到那座城,到处流浪,靠着表演杂技、戏法讨生活。奥莫也不是一条普通的狼,它长得很结实,但只喜欢吃枇杷和苹果,它不但帮于苏斯表演,还帮他拉车,是他最好的伙伴。

老人招待小格温普兰后,得知了他的遭遇,便好心地收留了他和他捡来的小女孩——盲姑娘蒂。从此带着他们俩和奥莫到处卖艺,四海漂泊。

就这样,十五年过去了,格温普兰和蒂也慢慢长大了。蒂从小就从于苏斯口中得知当初自己被救的经历,因此一直很喜欢格温普兰,她虽然看不见,但却用心感受着周围一切美的人与事。格温普兰靠着他那引人发笑的"笑脸"来谋生,他演出时,蒂就做他的助手。两人一起长大,彼此安慰,两颗痛苦的心也充满了对对方的感激,互相热爱着,幸福地生活在理想世界里。

　　由于苏斯创作,格温普兰和蒂演出的"绿箱子"戏剧在许多地方都颇受欢迎。于是,老人决定带着两人和奥莫一起去伦敦。一行人来到繁华的伦敦,租了一个客店的大院子,在那儿上演他们的"绿箱子"。演出很快获得了成功,笑面人也轰动一时,然而这一切却招来了许多人的妒忌:丑角们用捍卫《摩西五书》的名义攻击它;牧师们用治安的名义攻击它;奥莫也成了别人攻击的借口。

　　一日,正当格温普兰在表演的时候,一位美丽、高贵的女子路过,在那儿驻足了一会儿。临走时,还付了一枚金币作为赏钱。在场的所有人都对这位"仙女"的美貌和身材大为惊叹,其中也包括笑面人格温普兰。从那以后,"仙女"就时常出现在他的脑海中。其实这位小姐是约瑟安娜公爵小姐,她虽然美貌,但却是个骄傲无知、放荡轻佻的女人。她与大卫·第利-摩埃爵士早有婚约,但因为两人都不愿被束缚而迟迟未婚,各自过着自由的单身生活。突然有一天,这位"金币小姐"托侍从给格温普兰带来了一封信,约他见面,心中还表达了自己的爱意。这使格温普兰兴奋不已,甚至不敢相信。

　　但经过一番仔细考虑后,他还是决定忠于蒂,在她面前把公爵小姐的来信烧掉。正当两人又沉浸在幸福之中时,"铁棒官"出现在大家面前。"铁棒官"是英国警察机关的官吏,用"铁棒"点向谁,就会把谁带走,因此大家一直对他怀有敬畏,没人敢违抗他。格温普兰为了不使蒂担心,于是瞒着蒂,怀着忐忑的心情,悄悄跟"铁棒官"离开,随他来到了一个荒凉的石洞。于苏斯尾随其后,来到了石洞门前,被关在外面。格温普兰则带到了一个地窖。在那里,格温普兰被告知了一条令他极为震惊的消息:他原来竟是克朗查理老爷,英国的爵士,当初是被几个儿童贩子拐走的。

在场的官吏们向他出示了一系列证据,证明他的身份。原来是那批在海上遇难的人口贩子们,临死前将事情的真相写在信上,放在一个葫芦里,这个葫芦恰巧被海边的炮兵捡到,交到王宫。安妮女王知道这件事后,因为不愿意让她继承克朗查理财产的妹妹受到损失,决定将约瑟安娜嫁给新爵士,也就是格温普兰。这一切来得是那么突然,对格温普兰可谓当头一棒,刺激过度的他当场晕倒在地。

于苏斯被关在门外,而一直等了一夜不见格温普兰出来,以为他凶多吉少,带着沉重的心情回到客店。得知格温普兰离开后,蒂也陷入了极度悲伤之中。警察局的人这时来到客店,告诉他们格温普兰已死,并勒令他们立即离开英国。

醒来后的格温普兰发现自己置身于宫殿之中,一心想去找蒂的他却误闯入公爵小姐的房中。约瑟安娜知道一切之后,极为气恼,悻悻然地离去。格温普兰又被带到了王宫,举行了册封仪式,成了真正的贵族。但是,他却厌恶贵族的这种充满诡计与谎言的生活,在议会上痛斥了贵族的种种恶行。之后,便抛弃了荣华富贵,逃出了宫殿,去寻找自己的同伴们。

他来到了曾经表演过的客店,但那里已经人去楼空。他离开客店,焦急地四处寻找。格温普兰找了整整三天三夜,发着烧的他昏倒在河边,快要失去知觉的时候,感到有一条舌头在舔他的手,他转身一看,原来是奥莫。格温普兰跟着奥莫来到了一条船上,找到了正要动身离开的于苏斯和蒂。可怜的姑娘因为刺激过度已经病得奄奄一息,最终死在了爱人的怀里。格温普兰悲痛万分,最后投河自尽。

乔治·桑
(1804~1876)

乔治·桑,原名奥罗尔·杜邦,于 1804 年 7 月 1 日生于巴黎的一个贵族之家。父亲在她4岁的时候死于意外。母亲曾沦落风尘。所以她从小由祖母抚养,13岁进入巴黎的修道院。

18岁的她嫁给了贵族卡西米尔·杜德望,与他有两个孩子,但对婚姻不满的乔治·桑,开始了一次又一次的婚外情。最后,决定独自离开。

1831年乔治·桑来到巴黎独立生活,不久成为于勒·桑多的情人,两人合作完成了一部作品,从那时起,她开始使用乔治·桑这个笔名。七月革命后,她发表了第一部长篇小说《安蒂亚娜》(1831),一举确立了在法国文学史上的地位。此后,她又接连发表了《华伦蒂娜》(1832)、《莱莉亚》(1833)等,这些作品都描写爱情上不幸的女性,不懈地追求独立与自由,充满了青春热情与反抗意志。她倡导女性的主导地位,批评社会上对女性固有的偏见以及当时传统的道德规范。这也构成了她早期作品的特点,被称为"激情小说"。

1833年,乔治·桑开始了同缪塞的一段传奇经历。两人相恋共赴意大利后,缪塞常被精神病所困扰,乔治·桑此时爱上了情人的医生。

1835年5月,她结束了与缪塞持续两年的感情纠葛,开始与共和派律师米歇尔交往。这段感情使她对社会主义思想产生了兴趣,也标志着乔治·桑第二阶段作品的开始。这一阶段为"空想社会主义小说",代表作有《木工小史》(1840)、《康素爱萝》(1843)、《安吉堡的磨工》(1845)等。在这些作品里,她为穷人辩护,提出了资本主义社会中妇女的命运问题,抨击资本主义的财产制度和婚姻制度,进而提出空想社会主义的理想。

1838年,她又投入了与音乐家肖邦的新感情。

1845年,乔治·桑结束了对城市、革命、政治的种种抱负,回到了自己的出生地诺昂,开始了第三阶段"田园小说"的创作,代表作有《魔沼》(1846)、《弃儿弗朗索瓦》(1848)和《小法岱特》(1849)。她的田园小说以抒情见长,善于描绘大

乔治·桑

自然绮丽的风光,具有浓郁的浪漫色彩。而她也并没忘记昔日的感情生活,写了20卷的回忆录《我的一生》(1854)和《她和他》(1859),叙述了与缪塞的感情经历。同时,乔治·桑也创作了《金色树林的美男子》(1858)等传奇小说和许多童话故事。

乔治·桑于1876年6月7日逝世。她是最早反映工人和农民生活的欧洲作家之一,一生写了100部以上的文艺作品。

《安吉堡的磨工》

初版时间: 1845 年

主要人物:

玛塞尔………………………… 德·布朗·西蒙男爵夫人
亨利·列莫尔………………………………… 机械工人
梅南·路易……………………………… 安吉堡磨工
布芮可男………………………………… 暴发户
罗斯……………………………… 布芮可男的小女儿
布芮可里伦……………………… 布芮可男的大女儿

内容梗概:

出版于1845年的《安吉堡的磨工》是乔治·桑第二阶段创作的代表作之一。受空想社会主义影响,她这一阶段的作品大多关注社会问题,在这部作品中也不例外。通过叙述一个爱情故事关注社会各个阶层人物的性格、面貌,反对存在于社会上的金钱至上、金钱婚姻等不公平的现象。

《安吉堡的磨工》主要围绕两段感情展开。小说中的女主人公玛塞尔是德·布朗·西蒙男爵的妻子,她与男爵结婚几年,有一个儿子名叫爱德华,但是,年轻的玛塞尔对这段婚姻却并不满意,她的丈夫虽有不少家产,却因为无度生活而挥霍得所剩无几了,他对玛塞尔的感情也并不专一,最终在争夺情妇的决斗中被杀。其实玛塞尔也早已和机械工亨利·列莫尔相爱。丈夫死后,她请求列莫尔在她服丧期满之后娶她,但却被他拒绝。因为列莫尔认为两人地位悬殊,之间的障碍更是不可逾越,他深爱玛塞尔却不愿带给她不幸的生活,因此不能与她结合。

　　伤心的玛塞尔于是说服全家人,带着儿子,在两个佣人的陪同下,回到丈夫的领地布朗西蒙去。不料布朗西蒙的位置十分偏僻,一路上他们东走西绕,四处打听,途中还不慎陷入沼泽。危急关头,安吉堡的磨工梅南·路易及时出现,搭救了他们一行四人,还将他们带去父母开的客栈暂住。玛塞尔虽是贵族出生,却丝毫没有贵族的骄傲与虚伪,与磨工一家人相处得十分愉快,路易的热心与纯朴也给她留下了很好的印象。经过了一夜的休整,第二天,在路易的带领下,玛塞尔带着儿子和仆人终于来到了布朗西蒙。

　　那是一个荒凉、杂乱、甚至略显破落的农场。首先迎接他们的是西蒙男爵的佃农布芮可男一家。这一家与磨工一家形成了鲜明的对比:男主人布芮可男是一个暴发户,贪婪自私;他的妻子同样是一个势利的农村妇女,对人冷淡;但他们的小女儿罗斯却不同,她温柔善良,没有承袭父母金钱至上的做人准则。

　　玛塞尔的丈夫西蒙男爵生前实际上已经破产,还欠下许多的债务,布芮可男是其中最大的债主,他想趁着男爵去世之际,以低廉的价格从玛塞尔手里买下他的领地。发现破产的事实后,玛塞尔并没有难过或惊慌,她独自一人坐在简陋的房间里思考自己和儿子的未来。正在此时,路易出现在了她的面前,表示愿意随时给她需要的帮助,玛塞尔十分感动。于是她预备写信把这个破产的"好消息"告诉情人列莫尔,并请路易帮忙送去。玛塞尔一心以为破产之后,原本存在于她与列莫尔之间的阶级距离便不复存在,两人终于应该可以在一起了。

　　虽然布芮可男夫妻俩对玛塞尔十分冷漠,但他们的小女儿罗斯却与玛塞尔十分投缘,常与她来往,并向她诉说心事。几天的相处之后,玛塞尔对布芮可男一家人的情况也渐渐了解了。

　　罗斯与路易从小一起在安吉堡长大,结下了深厚的友谊。长大之后,两人互生情愫。罗斯的母亲有所察觉,因为家世的问题她对路易并无好感,处处刁难,甚至侮辱他,对他与女儿之间的交往也是百般阻挠。并不知情的布芮可男对路易印象不错,还时常称赞他能干。

布芮可男还有一个大女儿,人们叫她布芮可里伦。她曾爱上一个很好、很诚实的年轻人,因为男孩没钱而遭到父母的坚决反对。后来这个青年参了军,在阿尔及尔战死了。爱人的死讯使罗斯的姐姐彻底陷入疯狂之中。她从此不与任何人说话,也似乎从来听不见别人说话,她总是喜欢沉浸在自己的世界里,一个人独处,东游西荡。布芮可男夫妻俩并没有因此后悔,反而常以女儿为耻,只有罗斯和祖母同情、照顾不幸的姑娘。

玛塞尔也把美丽的罗斯当做知心朋友,将心底的秘密和盘托出。

外出送信的路易碰巧在附近遇见列莫尔,在他的劝说下,列莫尔同他来到布朗西蒙。在路易的安排之下,玛塞尔与列莫尔终于见面了。短暂的分离似乎使两人的感情更为深厚。在路易的帮助下,两人每天都抽空偷偷地见面。但事实并不像玛塞尔想象中的那样顺利,列莫尔还是没能如她所愿,抛弃阶级的观念,答应和她结婚一起生活。列莫尔最后还是准备离开自己的爱人,结束这段感情。

另一方面,路易为了帮助玛塞尔保住仅有的财产到处奔走,而这一切恰巧让布芮可男发现了,知道路易一直在暗中帮助玛塞尔与自己作对,使他的交易迟迟未能成功。恼羞成怒的暴发户决定报复路易。在一次当地保护神的节日里,布芮可男当众羞辱路易,把女儿拖回家。回到家中,异常气愤的罗斯同父母大吵了一架,激动得晕倒在地。玛塞尔赶来看望罗斯,并听她倾诉内心的情感。

看到罗斯伤心的样子,玛塞尔也感同身受,想起了自己的经历,都是因为金钱的问题,使原本相爱的两个人被迫分开。感情受挫的玛塞尔不愿路易与罗斯重蹈自己的覆辙,决定成全两人。于是,她同意以25万法郎的价格把自己的领地卖给布芮可男,唯一的条件就是让他同意把自己的小女儿罗斯嫁给路易。贪财的布芮可男答应了玛塞尔的条件,签下合约,同意了两人的婚事。

　　正当他为自己的交易得意的时候,令他始料不及的事发生了。夜里,发疯的大女儿竟一把火把父亲的房屋和农场都烧了净光,布芮可男眼看费尽心思得到的所有的财产瞬间化为乌有,贪心的他最终落得一无所有的境地。布芮可里伦也葬身于那片火海之中。这一把火也把玛塞尔的 25 万法郎化为了灰烬。破了产,又失去了最后财产的她此时与机械工列莫尔算是实现了经济上的彻底平等,似乎这样一来,他们之间的鸿沟便消除了。但其实,即使玛塞尔一文不名,她仍然是贵妇,与列莫尔之间还存在着难以逾越的障碍,所以最终两人还是没能结合。

　　路易反而成了这次交易的唯一获益者,发了一笔“意外之财”,在罗斯祖母的支持下,终于和美丽的女孩成了婚,过上了幸福的生活。

《魔 沼》

初版时间: 1846 年

主要人物:

内容梗概:

　　1846 年,乔治·桑发表了中篇小说《魔沼》,揭开了写作“田园小说”的序幕。田园小说最突出地体现了乔治·桑的艺术主张和个性。乔治·桑把艺术看做是抒发自己情感、思想和主张的工具。她从早年热情奔放的浪漫主义发展到主张人道的空想社会主义。1846 年左右,她进一步深入到农民中,力图理解他们和描绘他们,于是就有了她写作生涯第三阶段的一系列"田园小说"。"田园小说"都以农民为主角,揭开了乡土气息的故事篇。她描写当地的风光和她所深爱的人物,甚至有时还把他们理想化。《魔沼》是她最早的"田园小说",也是最具代表性的作品之一。

小说情节十分简单,基本上只描写了一天一夜所发生的事,但乔治·桑却从简单的情节中挖掘出男女主人公高尚、正直、善良的心灵。男女主人公一贫一富,然而在爱情的感召下,经济和年龄上的差别全部消失了。虽然他们并不美丽,却疾恶如仇、乐观勤劳、身体健硕,另有一种健康美。

乔治·桑在小说序言中宣称,她要描写朴素中的美,这篇小说确实是一个非常朴实的充满诗意的爱情故事。

小说中,已经28岁的男主人公热尔曼是一个忠厚老实、安守本分的庄稼汉,只了解与他朝夕相对的土地,对金钱等毫无概念,也从不爱计较,一切都交由自己的岳父看管。他有三个儿子,最大的儿子名叫皮埃尔,已经快长大了,聪明伶俐,活泼可爱,经常在牧场、农田帮忙;但另外两个儿子小索朗日和西尔万还是小不点儿,整天需要大人的照顾、看管。热尔曼就这样带着三个孩子,同岳父母一起生活了两年。他的岳父莫里斯老爹也是一个通情达理的人,他好心想帮热尔曼再找一个妻子,既可以让他有个伴,也可以帮忙照顾他的两个小儿子。但是莫里斯老爹觉得老实的热尔曼最好不要娶年轻的姑娘,而要找一个年纪相当、经济富裕的女人,而且还为他物色到了一个对象,那就是邻区一个有钱的寡妇,她还与热尔曼一直怀念的亡妻卡特琳同名。她住在邻区富尔什,是莫里斯老爹一个远房亲戚莱奥纳老爹的女儿。

热尔曼像所有吃苦耐劳的农民一样,一直安分守己地过日子。他二十岁结了婚,这辈子只爱过一个女人,虽然他是个急性子,活泼好动,但打从妻子死后,他没有同别的女人嬉笑打闹过。他心里忠实地怀着真正的悼念。但一向对岳父言听计从的热尔曼又不愿违背岳父的意思,辜负他的一片好心,于是怀着忧愁的心情,动身去富尔什,准备向卡特琳求婚。

动身去相亲的那一天,邻居吉叶特大妈请他把女儿玛丽带上,玛丽正好也要去离富尔什不远的奥尔默农场去当七个月的牧羊女,为家里赚一点过冬的钱。热心的热尔曼欣然同意。两人就这样上路了。出发没多久,他们在路口碰到了早已等在那里的小皮埃尔,小家伙要父亲带上他同行,在他的恳求和玛丽的劝说下,热尔曼终于同意带他上路,于是三人骑马向富尔什出发。

途中,热尔曼一方面怕姑娘和孩子会累着,不敢让马走得太快;另一方面,自己又选错了路,多花了不少时间。因此,直到黄昏时分,太阳落山时,他们还没有到达富尔什,而来到了一片沼泽。黑夜中,大雾弥漫,他们在魔沼里迷了路,又累又饿,只能在那里焦急地等待天明。这时,玛丽热心地照顾活泼可爱的小皮埃尔,安慰害怕的他,哄他入睡,细心地帮他盖披风,两人相处得很好。玛丽还为这父子俩准备晚餐。她的活泼、勤劳和善良获得了热尔曼的好感。他们父子和玛丽在一起,度过了这艰难困苦、寒气逼人的黑夜。这魔沼中的一夜使他们彼此之间增进了了解,达到了内心的融合。慢慢地,热尔曼对这个平日从未曾引起他注意的牧羊女产生了爱情。热尔曼对女孩表达爱意,并且表示要娶她为妻,但是玛丽觉得自己太穷,配不上热尔曼,暂时还不想考虑这个问题,因此不愿马上接受他的求婚。热尔曼则从她的言语中认为是因为两人间年龄差距悬殊,使他得不到玛丽的同意,只好闷在心里,十分失落。

第二天,他们终于走出了林子。玛丽带着小皮埃尔朝农场走去。被拒绝后的热尔曼则带着复杂的心情独自前往寡妇卡特琳家,预备向她求婚。刚到富尔什不久,他就看到了等在门口的莱奥纳老爹。一阵寒暄后,热尔曼才知道在自己之前已经有另外三个求婚者了,于是便想离开,但却被莱奥纳莱爹推进了屋里。刚巧看见卡特琳正在同三个求婚者调情,热尔曼顿时产生反感。一顿丰盛的饭菜后,热尔曼又被拉去同他们一起做弥撒。途中,卡特琳的轻佻、造作使热尔曼觉得十分不自在。他不愿再忍受这个虚荣、浅薄、风骚的女人和那个怂恿女儿养成自负、虚假恶习的父亲。于是,他与卡特琳一家告别,准备去奥尔默农场找玛丽和自己的儿子。

到达那里后,热尔曼并没有找到他们俩。四处打听下才知道农场的主人原来是一个老色鬼,企图得到玛丽。玛丽只得带着小皮埃尔逃走了。焦急的热尔曼赶忙骑马追去,来到他们曾一起过夜的沼泽边。在那里,他遇见一位老太婆,从她口中得知这片沼泽原来被称作"魔沼",那里发生过很多不幸的事。这使热尔曼更为不安。正在他手足无措的时候,突然发现躲在树丛中的玛丽和小皮埃尔,同时也碰到了追赶他们的农场主。愤怒的热尔曼教训了这个调戏玛丽、欺负小皮埃尔的农场主。之后,便带着两人踏上了回家的路。

回到村庄之后,深爱玛丽的热尔曼一直暗中帮助她们母女俩。玛丽内心其实也同样热爱着热尔曼,只是觉得自己家太穷配不上他,也不愿意热尔曼为了自己放弃这一门有钱的婚事。热尔曼对玛丽的真情最终打动了莫里斯老爹。二老还热心地帮助热尔曼,想办法撮合他俩。终于,热尔曼得到了玛丽的爱情,按当地习俗,与玛丽举行了隆重的婚礼。

在结尾,乔治·桑还细致描写了当地特殊的婚礼:保留了抢婚形式的假搏斗、具有隐喻意义的庆祝活动、对农神礼赞和预祝生育的抢菜心。这些富有地方特点、保持了古老风格的结婚仪式,给小说带来了浓厚的抒情意味和浪漫色彩。

奈瓦尔

(1808～1855)

热拉尔·德·奈瓦尔,在法国诗歌史上具有举足轻重的地位。法国现代诗诸流派都能从他那儿找到渊源,象征主义和超现实主义则把他当做是各自的先驱和鼻祖。

奈瓦尔是作家热拉尔·拉布吕尼所采用的笔名,他 1808年 5 月 22 日生于巴黎,父亲是军医,母亲在他出生后两年就去世了。他的童年是和叔叔在瓦洛亚度过的,那儿的生活使奈瓦尔从小就喜欢幻想。

奈瓦尔在巴黎上中学时结识了戈蒂埃,两人成为好朋友,并且都积极投身于浪漫主义运动,还与一帮年轻、冲动的文学浪子打成一片。他们的首批文学作品便是受拿破仑时代启发所写成的哀歌《拿破仑和法国战争》(1872)。1828年,受日耳曼文化所影响的奈瓦尔翻译了歌德的《浮士德》、霍夫曼的《奇异故事集》。同一时期,他又作为记者和"小文社"的主要浪漫主义作家雨果等接触,加入生活放荡不羁的文艺圈。

1834年,奈瓦尔认识了演员兼歌手的珍妮·珂隆,年轻的他很快爱上了美丽的珍妮,但他的感情并没打动女孩。1838年,珍妮嫁给了一位音乐家,伤心的奈瓦尔便开始通过旅行寻找安慰,但是珍妮成了他之后文学创作中的理想女性形象之一,特别是在《奥蕾利亚》中。不幸的感情经历也决定了他日后作品中的一个特点:倾诉对现实生活的思考。梦想和幻想则是他作品主要的灵感来源。

1841年,奈瓦尔得了精神病,在疗养院接受了6个月的治疗。1842年,病稍稍好转之后,他得知了珍妮的死讯。

1843年,奈瓦尔开始他的东方之旅,辗转去了包括埃及、叙利亚、土耳其、马耳他等地方。这次旅行使他深受东方古代文化和神话故事的影响,在1851年出版的《东方之旅》中,描述了这次难忘的经历。

1853年开始,奈瓦尔又被疾病所困扰,住进了疗养院。这次的病情更为严重,而且始终未能完全治愈,但精神失常的奈瓦尔偶尔也有清醒的时候,也正是在这些日子,他写成了许多著作:《火的女儿》、《幻象集》、《奥蕾利亚》等。《奥蕾利亚》是奈瓦尔的最后一部作品,书中表现的是"梦在真实生活中的抒发"。这部作品被之后的许多超现实主义者看做是他们的先驱。

奈瓦尔的晚年过着流浪的悲惨生活,1855年1月26日,人们在巴黎的一条小巷内发现了吊死的奈瓦尔,而也正是在此时,他的最后一部作品《奥蕾利亚》开始出版发行。

《火的女儿》

初版时间: 1854 年

内容梗概:

从 1853 年开始,奈瓦尔就开始准备他的小说《西尔薇》——《瓦洛亚的回忆》。不久后,奈瓦尔因为精神失常被再次关进疗养院。《火的女儿》这部作品是他在疗养院完成的,直到他死后才出版发行。

《火的女儿》主要收入了两部分内容:第一部分是由八篇中短篇小说构成,这几篇小说的内容虽然各有不同,但同时它们也有一个共同特征,那就是其中的每一个故事都以一个女人的名字命名,这些名字有的从现实生活中得来,有的则是从神话故事中获取灵感,是天使或女神的名字,而故事的主题则是对遗失的女性形象的寻找。包括《西尔薇》在内的前几篇小说讲述的是发生在作者的故乡瓦洛亚地区的故事,而最后几篇中的故事则把发生地转移到了意大利;第二部分,是收入了由 12 首十四行诗组成的诗集《幻象集》。在《幻象集》中,作者充分发挥了自己对于冥间的幻想,而对各种象征形象的运用则使整部作品显得更为神秘、独特。

《西尔薇》

主要人物:

"我" ……………………………………… 男主人公热拉尔

西尔薇 …………………………………… 农村姑娘

阿德丽爱娜 ……………………………… 金发姑娘

内容梗概：

《火的女儿》一共收集了八部中短篇小说，而其中最为著名的当属《西尔薇》了，这也是奈瓦尔的小说代表作之一。这个短篇不以情节曲折、故事扣人心弦取胜，而像一首抒情诗那样优美。小说描绘了恬静而淳朴的瓦洛亚地区的自然风光和民间风俗，尤其描绘了"我"对爱情的追求。

故事中的西尔薇是一个农村姑娘，淳朴、善良，住在主人公热拉尔的邻村，两人从小就认识，还经常在一起玩耍，感情很好。而西尔薇也是热拉尔最早中意的对象，她身上体现的是一种质朴的美。

可是，有一晚，金发女孩阿德丽爱娜的出现改变了热拉尔。那是在一座亨利四世时代的古堡周围，当时热拉尔正在草地中央和一群姑娘一起跳舞，他的舞伴就是与他青梅竹马的姑娘西尔薇。突然，在舞群中的一位金发女子引起了热拉尔的注意，那是一个高大美丽的女孩，具有一种西尔薇所没有的魅力，人们都叫她阿德丽爱娜。她出现在古堡中，光彩夺目，吸引了几乎所有人的目光，当然也包括热拉尔，年轻的热拉尔马上被女孩独特的气质深深吸引，对她产生了好感，并设法与她接近。那晚，阿德丽爱娜还和其他几个姑娘跟热拉尔一起跳舞，按照跳舞的规则，热拉尔还亲吻了美丽的姑娘。之后，他们一起跳舞、玩耍，他还听到姑娘为他歌唱，那嗓音是如此美妙，仿佛使热拉尔感受到了爱情的全部魅力，但听说女孩是法兰西先王一位后裔的孙女，第二天就要去修道院当寄宿生，也许日后再也见不到面了。热拉尔对阿德丽爱娜的殷勤使西尔薇十分伤心，不再理睬热拉尔了。温柔友情的中断、不可能的爱情，这些都使热拉尔极为沮丧。他带着这无法平息的痛苦心情回到巴黎继续学业。没过多久，他还得到消息，知道美丽的姑娘已经被她的家庭奉献给了宗教。

在巴黎学习的三年时间里，热拉尔时常想起阿德丽爱娜的美丽面容，回忆与她在一起的点点滴滴。他时常去剧院看一位女演员的演出，其实是在她身上寻找阿德里爱娜的影子。西尔薇则似乎渐渐地淡出了他的记忆。

　　但在主保瞻礼节的时候，热拉尔又回到了洛阿齐——西尔薇的故乡，加入了弓手的行列，一同参加庆祝活动。也是在舞会后的晚宴上，他重遇了西尔薇，但眼下的西尔薇似乎已经同当日的青涩少女判若两人。这次重逢使他回忆起了两人昔日的点点滴滴，也重燃了他对女孩的爱情。热拉尔趁着去探望叔叔的机会，经常拜访西尔薇家，同她出游。但在与女孩相处的日子里，他仍然没法停止对阿德里爱娜的思念之情。但是这段感情显然已不会有结果了。于是，一日，热拉尔借机向美丽的西尔薇表白，但却遭到拒绝。

　　后来，热拉尔又来到了巴黎，遇见了一直喜爱的女演员奥蕾莉，年轻美丽的奥蕾莉让热拉尔想起阿德丽爱娜。于是，他在想象中，把奥蕾莉当做是阿德丽爱娜的化身。夏天，奥蕾莉所在的剧团要去尚蒂依演戏，热拉尔以诗人的身份随团前往。一天，他找机会向奥蕾莉表达了自己的爱意，吐露了内心真实的想法，但奥蕾莉不愿被当做别人的替身，拒绝了他的表白，打碎了热拉尔的幻想。热拉尔对爱情的追求又一次以失败告终。

　　之后，他又得知阿德丽爱娜死在修道院中，西尔薇也终于和别人结婚。至此，热拉尔对理想爱情的追求完全幻灭了。

　　在《西尔薇》中，奈瓦尔通过不同的情境表现、发掘了所有浪漫的主题：梦想、伤感、激情、对大自然的热爱和对儿时的怀念。

《幻象集》

内容梗概：

　　奈瓦尔被称为"梦幻诗人"。他认为梦是个人经历的反映，是另一种生活。在梦中"精神世界朝着我们敞开"、"自我在另一种形式下继续着存在的生命"。在他的诗中，现实生活和个人回忆都被梦幻所变形，个人的经历与全人类的经验密切相关，诗人的命运象征着整个人类灵魂的命运，都经历了犯罪、受罪和赎罪这三个阶段。他认为我们熟悉的现实世界和梦中的超现实世界之间有一种神秘的契合。所以，一切都有两副面孔，一朵花、一个吻都有其内在的象征意义。在奈瓦尔看来,幻象绝非是文学的虚构,而是绝对的真实。所以他力图简单、朴实地记录其梦中的经历,清醒地分析威胁其理智的梦幻,以达到一种新的认知形式。

奈瓦尔的诗形式凝练,意象朦胧,每一行抽出来都可以看做是一首小诗,他的《幻象》充满了暗示和象征,让意识之流汩汩不断地流出,带领我们超越时空,进入一个盛开着美的昔日的天空。诗的跨度大,跳跃性强,朦胧晦涩得往往使人无法读懂。奈瓦尔自己说过,《幻象》中的十四行诗是无法解释的,一经解释便会失其魅力。

《奥蕾利亚》

初版时间: 1855 年

主要人物:

杰拉德 ……………………………………… 男主角

奥蕾利亚(珍妮) ……………………… 杰拉德的爱人

故事梗概:

1855 年出版的《奥蕾利亚》是奈瓦尔生前写下的最后一部作品,也是在他死后不久才开始发行的。从 1853 年起,奈瓦尔就出现十分严重的精神问题,住进了疗养院,而在被疾病所困扰的几年中,他利用短暂出现的清醒时间写下了他一生中的许多代表作品,《奥蕾利亚》就是其中一部。

书中,奈瓦尔用散文的形式刻画了一次梦幻之旅,倾诉了对现实生活的思考,长期受精神病所困扰的奈瓦尔也借此描述了这一产生于神秘精神领域的疾病留给自己的种种印象。在《奥蕾利亚》中,奈瓦尔尝试叙述他的一次"超自然"或者说"超现实"的经历,在此过程中,梦幻与现实之间的界限已变得异常模糊了。奈瓦尔也因为《奥蕾利亚》这部作品被后来许多超现实主义者视为自己的先驱。

奈瓦尔

除此之外,《奥蕾利亚》似乎也是作者自身经历的写照。书中男主角杰拉德的经历和作者本人极为相像。书中的女主人公名叫珍妮,这与奈瓦尔本人年轻时的一段感情经历也颇有关系。奈瓦尔年轻时曾深爱一为名叫珍妮·珂隆的演员兼歌手,但他的这段感情并没有开花结果,女孩最终并没有选择他,而嫁给了一位音乐家,没多久便去世了。但这段感情却对奈瓦尔造成了不小的影响,女孩珍妮成了他心目中的理想女性形象之一,同时也成了"奥蕾利亚"的原型。

在创作《奥蕾利亚》之时,奈瓦尔已经患了严重的精神病。当时深受精神疾病困扰的奈瓦尔却用异常清晰的思路,借男主人公杰拉德的经历描述了他自己所亲身体验过的各种精神问题,以及这些问题在头脑中留下的种种痕迹。除此之外,特别值得一提的是,在文中,作者还运用文字,借助梦境,向我们展现了一个变形后的现实世界,表达了占据作者灵魂的令人同情的惶恐与不安。书中的主人公杰拉德对所有生灵都表现出了一种令人感动的关切之情,而这种怜悯、同情之心也使他对所有世间的痛苦与不幸都感同身受,从而深受困扰;另外,我们也可以从作品中读到杰拉德,或者说是作者奈瓦尔本人令人捉摸不透的忧虑和他期望远离焦虑与恐慌的心愿。

《奥蕾利亚》中的男主人公杰拉德因为自己的一次过错失去了心爱的女孩珍妮,也就是日后被他称作奥蕾利亚的人。这次失败的感情在杰拉德的心里留下了永久的阴影,并给他的生活造成了很大的困扰。从此以后,他便开始日日夜夜被各种不同的影像所缠绕,不停地做着奇怪的梦。

有一天晚上,杰拉德觉得看见了自己的幽灵。之后,在不知不觉中他慢慢地进入了梦乡。在睡梦中,杰拉德又发现一个影子,这个神秘的幻影在费力地到处游荡,显出一副十分痛苦的表情,而这个影像就是他意中人奥蕾利亚的幽灵。这个幻觉似乎也是一个先兆,预示着杰拉德精神方面即将出现的危机。

这个危机在 1841 年彻底爆发,主人公杰拉德出现了严重的精神问题,被送到疗养院接受治疗。自从他得病之后,他便开始了对现实生活的种种思考。这些现实生活中的影子也被搬到了他的睡梦之中。杰拉德先是梦到自己搬去了莱茵河畔的一间小屋；在那里生活了一小段时间之后，他又恍恍惚惚地来到一个陌生的城市之中，在那座神秘的城市里，杰拉德发现自己在大街上不停地游走，东飘西荡；最后他又辗转来到了居住在摩特枫丹的叔叔家中。这段东游西荡的生活经历使杰拉德觉得：在这个世界上，任何事都是没有止境的，万物变幻无常；所有落空的希望最终也都能找到一个庇护的场所。

不久之后，杰拉德得知了昔日的爱人奥蕾利亚的死讯。突如其来的消息使杰拉德伤心不已。从此以后，女孩美丽的面容便经常出现在他的梦境之中，他也在自己的梦幻中将奥蕾利亚的形象渐渐地神圣化了：他将女孩看做是大自然的灵魂，化身为万物之主，就像是存在于他心目中的女神。从此之后，他的心，除了奥蕾利亚之外，便不再爱任何的人了。

1851年，杰拉德又做了一个全新的梦。在这一个新的梦中，他看见了一个看似与自己极为相像的鬼魂，它仿佛就是另一个自己。而令他觉得恐惧的是，这个双面人鬼魂竟企图将奥蕾利亚——他心中的女神从他身边带走。于是，异常激动的杰拉德便大吵大闹了起来。奇怪的是，醒来之时，他竟也听见一个女人的声音正在黑夜里痛苦地叫嚷着。这正可以看做是梦和真实生活的一种互相呼应。游离在梦幻与现实之间的杰拉德焦虑不已，烦躁的他开始进行内省：这个双面人是神的化身吗？抑或是魔鬼的替身？鬼魂到来是要将奥蕾利亚永远地从他身边带走吗？而它之所以这么做是不是为了惩罚他呢？如果是的话，又是出于什么原因呢？是惩罚他爱奥蕾利亚而不爱其他任何东西，包括神吗？这种想法不停地困扰着他，使他坐立不安。继而，他又开始责备自己没有看出这是一种考验。他无法贬低自己以获得原谅；同时，其他幻觉告诉他，他的这种省悟已经太迟了，他第二次失去了奥蕾利亚，这次仍然是他的过错。

1853年的一天夜里，在疗养院中的杰拉德又做了另一个新的梦：睡梦中的女神奥蕾利亚又一次出现在了杰拉德的面前，告诉杰拉德：她就是他所爱的一切人物的化身。每次，她为了考验他，都脱下一个假面具。奥蕾利亚还告诉杰拉德，他既可以把她看做是他母亲的化身,也可以看做是圣母的化身,因为这些都是他所爱的。因此,他可以继续爱奥蕾利亚而不用担心会因犯罪而受到惩罚了。

得到宽慰的杰拉德又陷入到了神秘的狂乱中。于是,医生开始宽慰他,为了让他摆脱幻觉,医生建议他去注意另一个病人的命运。就这样,他个人的热情逐渐变成了兄弟般的怜悯、仁慈,对周围的一切人与事都投入自己的关切之情。而他关心世间其他人,同时也挽救了他自己。

在杰拉德的最后一个梦中,奥蕾利亚出现在了天空中,发出耀眼的光芒,照耀着他,也照耀着他身边的一切人与物。

缪 塞
(1810~1857)

阿尔弗莱德·缪塞是19世纪法国浪漫主义诗人。他于1810年12月11日出生在巴黎一个热爱文学和艺术的富裕家庭。14岁就开始诗歌创作,并获得了许多文学奖项。

缪塞18岁就参加了以雨果为核心的"小文社",在那里他结识了阿尔弗莱德·维尼、雨果等人,但同时也结识了许多纨绔子弟,并沾染了他们的生活习气。

19岁时,缪塞出版第一本诗集《西班牙和意大利故事》(1830)并取得成功。深受古典艺术影响的缪塞开始投身于戏剧创作,但并不顺利。第一部戏剧《魔鬼的收据》因为七月革命而被迫取消上演。同年创作的喜剧《威尼斯之夜》也以失败告终。缪塞不得不放弃舞台剧创作,转而从事戏剧剧本的写作。由于不需要考虑舞台效果等限制因素,缪塞得以更为自由地发挥。1832年,缪塞出版了喜剧《椅中景观》第一卷,此后又出版了一系列戏剧剧本,引起了著名杂志社经理卡洛兹的注意,被其聘用。

之后，缪塞认识小说家乔治·桑。两人随即坠入爱河，1833 年共同前往威尼斯。在那里，缪塞出现轻微的精神失常。两人的关系也出现危机，最终破裂。1834 年，缪塞独自回到法国。这段感情经历给他的文学创作带来了很大影响，使其作品更趋成熟，促使他在这一阶段创作了一系列戏剧作品：《勿以爱情为戏》、《罗伦扎西欧》(1834)、《烛台》(1835)。同时这也是他 1836 年创作的自传体小说《一个世纪儿的忏悔》的直接灵感来源，书中缪塞描写了和他同时代的人所共有的"世纪病"，反映出了他们的彷徨与苦闷。此外，也是在同一时期，缪塞出版了著名的组诗《四夜》(1835～1837)。

但是 28 岁后，缪塞逐渐失去了创作灵感。1840 年，他出版了戏剧作品合集《喜剧和格言》，而这也几乎标志了缪塞文学创作的终结。

1847 年，法国喜剧社上演了缪塞的剧作《任性的玛丽亚娜》，取得了极大的成功。此后，缪塞的许多其他戏剧作品都被陆续搬上了舞台。然而，骄淫过度的缪塞除了《喀尔摩金》等少数作品外已无力再创佳品了。尽管如此，缪塞还是凭借其在文学上的众多成就获得了许多荣誉。他在 1845 年获得了荣誉勋位，在 1852 年被接纳为法兰西学士院院士。1857 年 5 月 2 日，逐渐被人淡忘的缪塞在巴黎去世，享年 47 岁。

《四 夜》

初版时间：1835～1837 年

主要人物：

　　诗人、缪斯

内容梗概：

　　缪塞是 19 世纪法国浪漫主义卓有才华的抒情诗人，他的诗歌辞章精美，潇洒活泼。而在他的诗歌作品中尤以组诗《四夜》

最具代表性,其中的许多诗句至今仍停留在人们的记忆之中,为人们所吟诵。

《四夜》由四首诗歌所组成,按出版日期的先后分别是:《五月之夜》(1835 年 6 月)、《十二月之夜》(1835 年 12 月)、《八月之夜》(1836 年 8 月)、《十月之夜》(1837 年 10 月)。

所有的诗歌都有一个共同的特点,即都是通过对话的形式来表现的。在《五月之夜》、《八月之夜》和《十月之夜》中,对话是在女神缪斯和诗人之间展开的;而在《十二月之夜》中则是诗人与孤独之间的对话。这种对话形式并不仅仅是一种修辞方法,而是作者内心斗争的生动体现。

1835 年 5 月,缪塞结束了与乔治·桑的一段感情,深受打击的他于是思考着这样的问题:如果失去了美好的生活,写作还有什么意义? 于是在《四夜》中,我们可以看到作者不断思索艺术创作和痛苦生活之间的关系。过度的悲伤阻碍了文学的创作:这就是《五月之夜》的主题。在《五月之夜》中,我们看到缪斯和诗人的对话。缪斯是希腊神话中掌管音乐、文艺等的九位女神中的一位。缪斯鼓励诗人继续创作,建议诗人设法忘记自己的痛苦,让灵感闪现。但是,诗人并没有接受缪斯的建议与鼓励,仍然坚持保持沉默,独自沉浸在自己的痛苦之中。缪斯于是又告诉他痛苦中其实也蕴藏着巨大的财富,也常常是创作灵感的主要来源之一。但沮丧的诗人觉得自己已经无力进行创作,并想选择逃离。

《十二月之夜》又被称作"孤独的困扰",整首诗中也以对话形式表现,对象则是诗人和一直陪伴在他身边的神秘的影子——孤独。从小到大,在诗人的成长过程中,每当他的生活中出现起伏,遇到挫折,感到忧郁、沮丧、悲伤的时候,总会有一个人出现在他的面前,独自坐在阴暗的角落,并与他感同身受,一起难过,甚至一起流泪。这个人如同诗人的亲生兄弟一样,与他如影相随。诗人对这位朋友的感觉也十分复杂,总是既觉得似曾相识又觉得神秘而陌生,于是不停地追问他究竟是谁,是上天派来的天使? 抑或是魔鬼的化身? 终于有一天,当诗人独自待在房里,对着保存的纪念品,追忆过去曾经历过的一段破碎的感情而暗自悲伤难过的时候,那个一直追随着诗人的神秘的影子终于揭示了自己的秘密：他既不是什么神，也不是什么魔鬼，他的名字叫做孤独，不论诗人遇到什么样的挫折，经历怎样的痛苦，他都将陪在诗人身边，与他一同分担。

《八月之夜》谈论乐趣的种种幻觉，对话又回到了诗人和缪斯女神两者之间展开。心情愉悦的诗人十分高兴地迎接缪斯的到来，并向她表达了自己内心的欣喜之情。但是缪斯并没有因此感到放心，她看见诗人沉浸在虚幻的喜悦之中时感到非常的担心，想劝服诗人不要被眼前这些虚幻的事物和表象所迷惑，并且问诗人：难道觉得自己的伤口真的已经被这些所谓的欢乐治愈了吗？难道将来不会为此而感到后悔吗？然而，诗人却不愿听缪斯的话，拒绝接受她的建议和警告。他情愿继续放纵自己，并期望在一段段新感情所带来的激情中重获幸福。

《十月之夜》是《四夜》组诗中最后发表的一篇，整首诗仍旧围绕女神缪斯和诗人之间的对话展开，这次他们谈论的主题是痛苦过后所带来的种种好处。原本诗人觉得自己已经痊愈，已经从过往的痛苦中解脱出来。然而，当他的记忆又一次被唤醒时，诗人又感到万分痛苦和愤慨，并且开始诅咒那些曾使他遭受折磨的人。于是，缪斯开始安慰起他来。让他知道难道在经历了这样的过往之后，不应该从此更懂得珍惜人世间的乐趣吗？缪斯的一番话使诗人蓦然惊醒，明白了只懂得仇恨对自己来说是没有任何意义和好处的，于是诗人决定同即将来临的新的一天一起重生。

《一个世纪儿的忏悔》

初版时间：1836 年

主要人物：

故事梗概:

《一个世纪儿的忏悔》一书出版于 1836 年,当时的缪塞 26 岁,在经历了与乔治·桑的一段感情悲剧后他创作了这部成名作。

缪塞在一次晚宴上结识了当时已颇有名气的小说家乔治·桑,两人随即坠入爱河,并于 1833 年共同前往威尼斯。但两人的感情并没有维持多久,共同在威尼斯居住了一年多时间之后,饱受病痛困扰的缪塞独自一人回到法国,与乔治·桑的这段感情也宣告结束。然而这段经历给缪塞的文学创作带来了很大的影响,成了他创作《一个世纪儿的忏悔》的直接灵感来源。

《一个世纪儿的忏悔》这本自传体小说被认为是一部文学忏悔录。它通过对当时一代人的形象刻画,以独特的视角,分析了那个时代的"世纪病"及其产生的历史、社会和政治等原因。小说共由 5 个部分组成,讲述围绕主人公奥克塔夫所展开的爱情故事。

小说开头,缪塞描绘了形成"世纪病"的时代氛围。那是在复辟时期,青年们由于失去了拿破仑时代靠征战飞黄腾达的机会,只得面对了无生气的、阴郁的时代,要实现他们的野心看来是毫无希望了。这一代人是"神经质的、苍白的、激动的",忧愁的一代生活在这个"破碎了的世界上"。他们身后是一个永远摧毁的过去。他们的未来却是未知数。于是,他们痛感生活的空虚和手头的拮据;他们一遇到障碍就哭泣,垂头丧气;他们沉湎在病态的梦幻里;他们讥笑宗教,嘲笑爱情,讥笑世上的一切。主人公奥克塔夫就属于这类患"世纪病"的青年。他感到热情无处发挥,于是想在爱情上寻找出路。

正派而单纯的"我"即奥克塔夫是富家子弟,19 岁的他深爱着一位貌美女子。然而,在一次化装舞会后的夜宴上,奥克塔夫意外地发现自己的情妇正在和自己的一个好友调情。深受双重背叛打击的奥克塔夫陷入了无比的痛苦之中,终日灰心丧气。出于愤怒,他找自己的朋友兼情敌决斗,结果反被对手射伤;他想找自己的情妇泄愤,结果却被对方再度欺骗。绝望的奥克塔夫于是开始思考起自己的将来,这时才恍然发现在他曾走过的岁月中，爱情竟是自己唯一的寄托，失去了这一寄托之后的他被空虚所填满，不知所措。此时，他的朋友戴尚奈，一个纨绔子弟，前来劝慰奥克塔夫，让他不要对感情认真，要他"去爱所遇到的随便什么女人"。他告诉奥克塔夫"完美是不存在的"，应当懂得"享受爱情"，并要带他去寻花问柳找寻新的快感。正当奥克塔夫在回味好友的高谈阔论的时候，在树林中遇到了前任情妇的一位好友。这位勒瓦索太太向他倾诉了自己的一段痛苦经历，但正当奥克塔夫对她感到同情的时候，她却想用她的玉腿来安慰、勾引他。情妇的背叛、朋友的劝说、妇人的诱惑更使奥克塔夫平添了一份空虚、无助之感。悲伤、绝望的奥克塔夫开始整日徘徊在旧情人的窗下，并用酒精麻醉自己。他甚至想要听从戴尚奈的意见，过放荡的生活。但在同妓女共度了一晚后，奥克塔夫又觉得自己无法接受这样的生活。

正在他准备打退堂鼓的时候，好友戴尚奈给他带来的一则消息又改变了他。原来，他的情妇不仅同时拥有两个情人，还有第三个存在，他的这两个情敌甚至还在情妇家里大吵大闹。不仅如此，这个不知羞耻的女人还把奥克塔夫每天在她窗前徘徊的事大肆渲染，使奥克塔夫成为众人的笑柄。为了争回自己的面子，为了证明自己已经对这个女人死心，奥克塔夫宣布将从今天起，改变以往的生活作风，他决定接受戴尚奈的建议，同他一起从此沉溺于酒色之中，过放荡不羁的生活。他第一次目睹所谓剧院的化装舞会；第一次尝试了豪饮大食；第一次看见了形容憔悴的妓女；第一次走进了赌场……他开始了解这个世纪和知道他们是生活在什么样的时代了。但这一切所谓的乐趣都无法减轻他内心的痛苦与不安。他还是无法忘记，也无法摆脱那次欺骗给他带来的伤痛。奥克塔夫就这样在戴尚奈家里度过了整个季节，并在那儿听说他的情妇已经去了外国，这个消息在他心中留下了一种永远摆脱不了的忧郁。但奥克塔夫也很快厌倦了这种放纵的生活，对戴尚奈吐露了内心的想法，向他坦白了这种堕落的生活在他内心所造成的恐惧感。正在这时，他得到了父亲病危的消息，于是匆匆离开巴黎，赶往乡里。

但当他赶到家的时候，父亲已经去世，他没能见到父亲最后一面。父亲的突然去世也为奥克塔夫的这种放荡生活彻底画上了句号。奥克塔夫独自坐在父亲的房间,翻看着父亲的日记,决定按父亲以前的生活规律来过全新的日子,以此来告慰他。于是,奥克塔夫开始和父亲生前一样在乡间过起了平静、安详、朴实的生活。一天傍晚,奥克塔夫在林中散步,偶遇一个青年妇女,打听之下才知道她是比埃松太太,名叫布丽吉特,是一个30岁的年轻寡妇,丈夫故世后就与姑妈在乡下过着深居简出、宁静恬淡的田园生活,平时除了做慈善工作以外,就是看书弹琴、侍弄花草。之后,一次偶然的机会,两人同在一个农夫家避雨,布丽吉特的善良纯朴引起了奥克塔夫的注意。在与她的进一步接触中,奥克塔夫越来越觉得她可爱、高尚,被她的纯情打动,于是向布丽吉特讲述了自己的所有经历,同时也了解了女孩的一段爱情遭遇。两人惺惺相惜,相处得也十分愉快。就这样,三个月很快过去了,这段日子的相处使奥克塔夫对这个年轻寡妇的感情愈发强烈,犹豫许久之后,他终于决定向布丽吉特表白。但年轻的姑娘却拒绝了他,并离开了乡间去城里的亲戚家小住几天。临走之前,她还托人给奥克塔夫带去了一封信,信中表示了自己对他的敬重之情,但却不能接受他的爱情,并暗示希望他能离开。决心离开的奥克塔夫最终还是放不下这段情,去了布丽吉特所在的小城,向她再度告白,却又一次被拒绝。布丽吉特试图与他疏远。但是姑娘最终还是被奥克塔夫的真情所感动,两人相互坦白了各自内心深处的情感,坠入情网,一起在乡间过起了平静、安逸的生活。

但幸福的日子并没有持续多久。两人相恋后,布丽吉特在乡里的好名声因此受到玷污,谣言四起。另一方面,曾经经历过的情感背叛和放荡生活始终困扰着奥克塔夫,深爱布丽吉特的他总是对自己的情人充满怀疑和嫉妒,对布丽吉特的感情也慢慢演变成了一种病态的猜忌。他似乎无法再相信布丽吉特的真心和爱情了。这种无止境的猜忌不停地折磨着奥克塔夫,也令布丽吉特痛不欲生。为了不再折磨心爱的姑娘,奥克塔夫想离开布丽吉特,独自一人离去。但就在他预备出发的时候,姑娘又出现在他面前,对他吐露内心的痛苦及对他的感情,愿意同他一起离开过全新的生活。

于是,两人决定外出旅行。他们先来到巴黎,准备从那里出发去各地旅行,他们充满希望地规划着两人的未来。正在此时,布丽吉特儿时的朋友,亨利·史密斯的到访改变了两人的生活。史密斯从纳城给布丽吉特带来了许多封信,从那时起,姑娘的心情与行为也发生了很大的改变,这一切使奥克塔夫感到不安,他开始不停地猜测是什么改变了布丽吉特。他的嫉妒之心又重新被点燃。而暗恋布丽吉特的史密斯则不停地劝说她要挽回自己的名誉,离开奥克塔夫。这对爱人继续折磨着彼此。奥克塔夫的嫉妒心与日俱增,甚至有一夜,在一次激烈的争吵之后,他拿着刀来到了熟睡中的情人床前,想用死亡来结束这一段令双方痛苦的感情。但偶然间,他发现了布丽吉特写给亨利的一封信。信中,布丽吉特承认自己喜欢的是亨利,但是,出于责任,必须留在奥克塔夫身边,为了奥克塔夫她甚至愿意牺牲自己的性命。布丽吉特的善良使奥克塔夫感动不已,为了拯救自己的爱人,他决定成全他们两人,选择平静地离开,独自远走高飞。

戈蒂埃

(1811~1872)

特奥菲尔·戈蒂埃于 1811 年 8 月 30 日出生在一个小资产家庭,是法国唯美主义诗歌的奠基人之一。

戈蒂埃最初从事的职业是画家,1829 年与维克多·雨果相遇,对文学产生了浓厚的兴趣。作为拥簇者,他积极地投入到戏剧《艾那尼》中。1830 年 2 月 25 日,《艾那尼》首演的那天晚上在文学史上被称为"艾那尼之战"。这是文学史上浪漫主义反古典主义的著名事件之一。戈蒂埃跻身支持雨果、反对古典主义的浪漫主义阵营。

1830 年底,戈蒂埃加入到了由许多艺术家和作家组成的

"小文社"。在那里,戈蒂埃与奈瓦尔、乔瑟夫等文人结下了深厚的友谊。也正是在那个时期,戈蒂埃和当时其他许多文化人一样,开始过上了放荡不羁的生活。

戈蒂埃崇拜雨果,曾写过不少浪漫主义的作品。1830年出版的《诗歌集》就是浪漫主义的产物。但这些诗并无多大特色,成就远不能与雨果等人相比,于是他开始另觅新路。1831年5月4日,戈蒂埃发表了第一部奇幻故事《咖啡壶》,此后,他又创作了许多颇受欢迎的作品:《木乃伊的故事》(1858)、《通灵者》(1866)等。除了一系列灵异故事外,戈蒂埃也出版了《讽刺小说》(1883)、《青年——法兰西》(1833)等短篇小说集;在小说《莫班小姐》(1835)的前言中,他响亮地提出了"为艺术而艺术"的口号。

1852年,戈蒂埃的代表作《珐琅与玉雕》问世,标志着他诗歌创作的新阶段。从此他远离政治,与外界隔绝,躲在象牙之塔中雕刻艺术精品。《珐琅与玉雕》精巧细致,以自然美、人体美和艺术美为题材,把回忆、梦幻隐藏在美丽的画卷后面,是典型的唯美主义作品。

1857年,戈蒂埃发表了《艺术》一诗,这首诗被认为是唯美主义的宣言。戈蒂埃在诗中提出,最美的作品出自最坚硬、最难对付的形式。此处的"坚硬"指的是感情的冷漠。这句话一方面是说要拒绝浪漫主义的感情泛滥,另一方面又指出诗应该讲究技巧,选择艰难的形式。

1872年10月23日,61岁的特奥菲尔·戈蒂埃在纳伊市去世。雨果和马拉美分别用两首诗确认了戈蒂埃在法国文坛的重要地位,这两首诗后被收录在一起取名为《特奥菲尔·戈蒂埃之墓》(1873)。此外,1857年,波德莱尔也把自己的《恶之花》献给了这位伟大的文学家。

《莫班小姐》

初版时间：1835 年

主要人物：

达贝尔 ……………………………………………… 青年诗人
戴奥多尔（莫班小姐）………………………… 骑士（富家小姐）
罗赛特 ……………………………… 寡妇（达贝尔的情人）
阿西比亚德 ………………………………… 罗赛特哥哥

内容梗概：

《莫班小姐》简言之，就是一位年轻的法国少女寻求爱情的故事。虽然小说写的是一个爱情故事，其实隐喻对美的追求。这部小说之所以出名不仅是故事本身具备独特吸引力，还要归功于该书的前言。

在《莫班小姐》的前言中，戈蒂埃充分表达了自己在艺术上的许多独特主张和对美的崇拜。之后描述的爱情故事中仍然渗透了对美的追求这一主题。可以说《莫班小姐》一书很好地表达了作者戈蒂埃对艺术的看法。

故事中的男主人公、青年诗人达贝尔对外形美十分敏感，崇拜外形美的他一直在追求完善的女性美，但却始终没能找到心仪的完美对象。他虽然曾有过许多情妇，但是没有一个完全符合他的理想。眼下的情人名叫罗赛特，是一个既年轻又有钱的寡妇。在与她交往的头几个月里，达贝尔还感到比较满意，两人如胶似漆，但不久之后，他对罗赛特感到了厌倦，觉得她也不是自己理想的对象，想要渐渐与她疏远。一日，罗赛特约达贝尔一同出去游玩，把他带到了乡下。在那儿，两人碰巧遇到了骑士戴奥多尔，一向注重外形美的达贝尔竟被戴奥多尔的俊美外貌和独特气质深深吸引，觉得这位骑士完全体现了他理想中的美，正是他一直以来苦苦追寻而不可得的形象。而这种莫名的感觉也一度使达贝尔产生了疑惑。

但其实，戴奥多尔是女扮男装，她的真名叫作莫班。莫班小姐出身富贵人家,父母相继去世。到了该出嫁的年龄,她仍然对男人一无所知。她隐约感到男人在女人面前和在男人之间表现得不一样,她想在真正了解男人之后再把自己的感情奉献出来。于是,她穿上男装开始游历,以男人的身份观察男人,以两种眼光、两个自我去看待世上的男人和女人,目的就是为了给自己找到一个理想中的男子。而途中,她却遇到了罗赛特和诗人达贝尔两人,这次巧遇让她经历了一番独特的感情经历。

三人相处了一段日子后,彼此之间产生了一系列微妙的感情。原本对达贝尔死心塌地的罗赛特竟也被女扮男装的莫班小姐深深吸引,对她产生了感情,并且还把自己的心事告诉了哥哥阿西比亚德。阿西比亚德便向骑士戴奥多尔,也就是莫班小姐,转达了妹妹的心意,不知情的他甚至还要求莫班小姐娶自己的妹妹罗赛特为妻。莫班小姐当然无法答应这样的请求,婉言拒绝了阿西比亚德的好意,但后者却不肯就此罢休,提出与她决斗,无奈的莫班小姐只得接受,与他进行了决斗,结果在打斗中,莫班把阿西比亚德给刺伤了,结婚一事也就此作罢。

之后,达贝尔建议演出莎士比亚的喜剧《皆大欢喜》,还邀请戴奥多尔一起参加。戴奥多尔欣然接受,还自告奋勇扮演女主角,她形象生动的表演令大家惊叹不已。其实达贝尔早已起了疑心,觉得戴奥多尔是女儿身,如今经过这一次演出更令他对自己先前的推断确信无疑。早已对她倾心的达贝尔于是写了一封信给莫班小姐,向她诉说了自己的心意,但寄出的信却迟迟没有回应,等待了多日的达贝尔渐渐心灰意冷起来。

莫班小姐对年轻的达贝尔其实也早有好感,她想了解男人究竟能给她带来什么样的快乐,经过一番挣扎和考虑,她决定接受这个年轻诗人的这份爱情,委身于他。她匆匆赶去达贝尔的住处,在河边找到了正要投河自尽的年轻人,与他在屋里一起度过了美好而难忘的一夜。

但是第二天早上,莫班小姐却悄悄地离开了。几天后,她给达贝尔寄去了一封信。信中,她告诉达贝尔自己之所以离开,是因为害怕将来终有一天达贝尔会厌弃自己,也害怕自己有一天对达贝尔的爱会慢慢褪去,与其到那时分手,还不如在此之前就选择静静地走开，让彼此在对方心中都留下一个永远的美好的印象。她只希望达贝尔能像她一样，会记得两人共同度过的那美妙的一晚就已足够了。最终，两人还是没能结合在一起。

《莫班小姐》一书不仅叙述了一个浪漫、动人的爱情故事，传达了对美的追求，更值得一提的是此书的前言部分。作者戈蒂埃在《莫班小姐》的前言中提出了自己对艺术的主张，表达了自己对艺术的许多独特的见解。他响亮地提出了"为艺术而艺术"的口号。在戈蒂埃看来，艺术应独立于政治与道德之外而存在，应当保持自身的纯洁。他甚至怀疑感情，宁要感觉印象而不要激情。继而，他又提出艺术家应当只崇拜美，诗除了追求美之外没有别的目的。美能固定诗人的梦，平息诗人内心的忧虑。美是不朽的，它只存在于无任何功用的东西之中。一切有用的东西都是丑的。

拉比什
(1815~1888)

拉比什，1815 年 5 月 5 日生于巴黎，卒于 1888 年 1 月 13 日。最早的剧本《水盆》发表于 1837 年，接着陆续写了 170 余部剧本，大部分与别人合作。1878～1879 年《戏剧全集》出版，共 10 卷。拉比什于 1880 年入选法兰西学士院。他的创作大致可分为两类：一类是带有闹剧性质的喜剧，妙趣横生，代表作《意大利草帽》通过一系列误会表现了各式各样人物的可笑形象；另一类剧本反映现实生活，具有哲理性，代表作《贝吕松先生的旅程》写一个暴发户由于死要面子差一点挑错了女婿。其他剧作还有《迷惑》、《厌世者和奥弗涅人》等。

《贝吕松先生的旅程》

初版时间：1859 年

主要人物：

贝吕松 ……………………………………… 车身制造商
昂里埃特 …………………………………… 贝吕松的女儿
马乔林 ……………………………………… 铁路职员
达尼埃尔 …………………………………… 油轮公司代理人
阿尔芒 ……………………………………… 银行家
司令 ………………………………………… 前高级军官

内容梗概：

第一幕：在车站

马乔林在里昂车站焦急地等待贝吕松先生，他想问贝吕松借三个月的工资。这时候，贝吕松一家赶到了车站，这是他们家第一次旅行，目的地是瑞士。因为来得太早，售票处还没有开门，他们只好先等着，期间，贝吕松拿出一本笔记本给女儿，说旅程的花费和美好感受都要记录下来才好。车站送货员走过来，贝吕松不放心自己的行李，就陪着送货员去装行李。正巧被马乔林看到，马乔林说明了来意，虽然贝吕松并不情愿在这个节骨眼上借钱，但还是给了他六百法郎。贝吕松太太和女儿昂里埃特百无聊赖地等候着，这时候达尼埃尔走过来，他认出了昂里埃特，殷勤地对母女俩打招呼；达尼埃尔刚离开，阿尔芒走过来，他也认出了昂里埃特，同样殷勤地对母女打招呼。贝吕松回来了，一家人商量给了送货员二十苏的小费。终于售票窗口开门了，贝吕松急忙去买票：一切都搞定了！贝吕松连忙让女儿在笔记本上记下马车、车票、运货员的费用，对了，不要忘记在即将离开法国之际抒发一下情感啊！写完这些，他们一家才走进候车室。

达尼埃尔和阿尔芒相遇了，他们互相询问要去哪里。原来两个人都还没确定要去哪里，原来他们都想追求那个车身制造商的美丽女儿，并宣称要娶这个姑娘！于是两个人相约公平竞争。突然，他们看到贝吕松先生在书报亭买书，于是决定跟着他和他登上同一辆火车。

第二幕：在瑞士乡间旅舍

阿尔芒和达尼埃尔先于贝吕松一家到达了这座阿尔卑斯山脚下的小旅舍，因为他们在火车上听闻贝吕松一家也会来到这儿。这回，他们坐在大厅里之间问各自的事业，并再次互相保证对爱情的竞争决不会影响彼此的友谊。交谈完毕，阿尔芒打算出去走走，便与达尼埃尔告辞了。达尼埃尔心里暗暗嘲笑阿尔芒不在旅舍里待着却在外面晒太阳。正想着，贝吕松先生被妻子扶着走了进来，原来刚刚他骑马差点冲到悬崖下面，幸亏阿尔芒出现一把拉住了马。贝吕松对阿尔芒连声道谢，昂里埃特也对父亲的救命恩人充满感激。这一幕让达尼埃尔十分后悔自己刚刚没有和阿尔芒一道出去。等贝吕松一家离开以后，阿尔芒又和达尼埃尔聚到一块，达尼埃尔丧失了信心，表示要退出竞争动身回巴黎。阿尔芒便请求达尼埃尔代自己向贝吕松先生表达求婚之意。为了友谊，达尼埃尔只好硬着头皮去找贝吕松先生。

贝吕松先生正要出去，俩人又谈起阿尔芒的英雄之举，看来贝吕松对阿尔芒的好感不是一般啊。达尼埃尔回来后告诉阿尔芒他没有向贝吕松先生传达所托之事，而且他改变主意决定继续参加竞争。贝吕松邀请阿尔芒和达尼埃尔和他一起去冰海看一看，阿尔芒借口自己太累了所以没有随他们一起去。出发前，好发感想的贝吕松先生在《旅行者留言簿》上写下："从冰海之高处凝望人类，人类多渺小啊！"

旅社里来了一位新客人：司令。他坐在大厅，随手拿起《旅行者留言簿》，正好读到贝吕松写下的那段话：啊，贝吕松犯了一个拼写错误，他把"海"字写成了"妈"！于是司令也写了一段对贝吕松的评语。这时候，司令看到了阿尔芒，知道他就是自己要找的蒂尔乃公司的那个人。原来司令有一宗汇票的案子受到蒂尔乃公司的追查，司令向阿尔芒说明，自己并非为此逃跑到冰海，而是为了控制自己对一个叫阿尼塔的姑娘的痴迷，才远离巴黎来到这儿，回到巴黎后，阿尔芒就可以把他抓到科里什监狱里去。阿尔芒表达对他的信任。送走司令，贝吕松夫人走了过来。

阿尔芒忍不住向夫人表达要娶昂里埃特的意愿。这让贝吕松夫人慌张起来,丈夫不在不可能随便做主啊!这时候,门外传来叫喊声,只见达尼埃尔被贝吕松搀扶着走进来,这回是贝吕松在事故中救了达尼埃尔。贝吕松对自己的壮举十分得意,他早把阿尔芒救他的事儿忘记了,只记得是自己救下了年轻的达尼埃尔,多伟大哟:俩人显得对彼此充满了深深的感情。贝吕松又要在《留言簿》上留下自己的感想,却看到一个署名"司令"的人留下的讽刺他拼写错误的话,他恨恨地拿起笔写道:"司令是个粗鲁的家伙!"写完这句话,贝吕松打算重新出发,妻子过来告诉他有人向自己的女儿求婚,贝吕松也告诉妻子达尼埃尔也对他说了同样的话!算了,这事晚些再说吧,出发在眼前啊。可是天公不作美下起大雨来。导游把汽车开到旅舍外面,车内座位不够,贝吕松坚持达尼埃尔坐进车里,阿尔芒只能坐在车头车夫身旁的座位上。见此情景,达尼埃尔窃喜。

第三幕:巴黎,在贝吕松的家中

贝吕松一家回到了巴黎,仆人让告诉主人,一个名叫阿尔芒的先生和另一个名叫达尼埃尔的先生已经上门好几趟了。贝吕松夫人因此和丈夫商量,应该从这两个年轻人中间为女儿挑选一个夫婿。贝吕松的心里早已经把达尼埃尔当成最佳选择,贝吕松太太则更倾向于阿尔芒,于是俩人决定由女儿自己作选择。昂里埃特只好承认自己喜欢的人是阿尔芒。这下可急坏了贝吕松,他声称阿尔芒是个自以为是的家伙:救过我就了不起了么,而我可是救过达尼埃尔的人呢。这时候,让报告说马乔林来了。贝吕松原先招呼他一起吃晚饭,现在却小气地反悔了。这让马乔林很是不满。马乔林告诉贝吕松,明天拿到邮轮公司的股票红利才可以还那六百法郎。贝吕松则告诉他,途经日内瓦的时候,自己买了三块漂亮的手表想送给仆人让、厨娘玛格丽特和他,可是没有藏好,过海关的时候被没收了。马乔林听得心里骂道:居然把我当成他家仆人的档次,还小气地不肯为三块手表付关税?!

阿尔芒突然造访,贝吕松很随便地将他介绍给马乔林,更是不愿提及自己被阿尔芒救过的事实。达尼埃尔也来了,贝吕松马上热情起来,他自豪地说要不是自己救了达尼埃尔,马乔林可拿不到明天油轮公司的红利了。让走进来,手捧一份报纸,原来,贝吕松的英雄事迹上报了。贝吕松欣喜若狂。贝吕松夫人建议把阿尔芒的事迹写信告诉给报社,贝吕松却认为毫不必要。让又走进来,可是这回捧着的居然是法院的传票:贝吕松被起诉了!原因是他在入关时为了三只手表辱骂了海关人员。一家人都慌了,阿尔芒自告奋勇说自己在海关有熟人,也许能帮帮忙。这下,贝吕松转而向阿尔芒示好了,并且恨不得马上把女儿嫁给他。阿尔芒离开后,贝吕松向达尼埃尔表示会把女儿嫁给阿尔芒。达尼埃尔装作不介意的样子,并不停地提醒贝吕松他会记得他的英勇之举,并声称请画家把贝吕松的勇敢形象变成画作参加画展——贝吕松立刻陶醉起来,嫁女儿的决定又不作数了。

又有人来访,这回居然是司令先生,司令是为了贝吕松写下的那句"司令是个粗鲁的家伙"而来的。贝吕松恼羞成怒,和司令争执起来。最后,司令向贝吕松挑战:第二天中午在小树林决斗。司令离开后,贝吕松指责让没有看好门,让这才送上司令的名片:其实司令之前已经来过了。一看名片,贝吕松和达尼埃尔都意识到事情的严重性,来者是个厉害的角色。这下贝吕松可慌了,但是他还是向达尼埃尔证明自己是个勇敢的人。其实他偷偷写信给警察局局长,希望警察局来制止这场决斗。达尼埃尔呢,他也不想让事情恶化,于是也偷偷地给警察局局长写求救信。贝吕松夫人获知决斗一事后,也连忙给警察局局长偷偷写信。三个人都悄悄嘱咐让去送信,这下滑稽了:让手上有三封写给警察局局长的信!

第四幕:在贝吕松家的花园里

贝吕松把马乔林叫来,他想让马乔林做自己的决斗见证人。马乔林哪里想接上这样严重的事情,可是贝吕松不停暗示那六百法郎的事情,马乔林只好答应了,但是他要求两点一定离开,去拿油轮公司的红利。贝吕松夫人和女儿出来送行,因为她们相信警察局局长肯定会阻止决斗的,因此她们一副并不担心的样子——这反而让贝吕松感到不愉快,好像自己的勇敢没有得到家人的重视。阿尔芒赶来,宣布决斗取消了,因为司令已经被他送进了科里什监狱。大家都很高兴,达尼埃尔和马乔林匆匆离开了,只有贝吕松反而气恼起来,他认为是阿尔芒坏了他展现勇气的机会。

让来传话:司令来了! 贝吕松大吃一惊。原来司令已经出狱了,他刚刚把拖欠的汇票返还给阿尔芒的公司。这趟来就是为了恢复决斗。贝吕松害怕了,架子全没了,他怯怯地向司令道歉。一见此情景,阿尔芒和让都想回避,可是司令偏偏要让留下作个见证。让便傻乎乎地留了下来,这可气坏了贝吕松:让一个主子在仆人面前这副模样?! 这个下贱的让,今晚就让他滚蛋……司令临走之前勒令贝吕松,明天去冰海把留言簿上的恶语去除掉。司令一走,贝吕松的矛头直指阿尔芒,指责阿尔芒多管闲事阻止决斗,否则不会弄得这么难堪,他甚至怪阿尔芒当初救他也是多此一举。

宣布女婿的时刻就要到了,阿尔芒和达尼埃尔再次聚到了一起,达尼埃尔得意洋洋地向阿尔芒揭示了自己的哲学,那就是:千万不要帮助傻瓜——傻瓜只会忘恩负义,只有给傻瓜当英雄的机会才会获得他们的认可。达尼埃尔道出自己当初是故意摔倒的,而且报纸上登的那篇文章也是自己花钱请报社写的。阿尔芒听到达尼埃尔这番言论非常震惊。贝吕松一家走出来,可是贝吕松宣布的名字是阿尔芒。原来达尼埃尔刚才的话都被他听到了。贝吕松表示自己终于明白了错误,只有感恩的心才是最珍贵的。他把女儿许配给阿尔芒,并且相约明天一起出发故地重游,不仅为了司令的要求,也是为了重温受恩的那个日子。

福楼拜
(1821~1880)

福楼拜是法国19世纪现实主义小说家。他一生都在追求艺术上的真实和美。语言准确精致是其小说的最大特点。

　　福楼拜生于里昂。父亲是里昂市医院院长，福楼拜的童年是在医院里度过的。由于福楼拜在学习上不如自己的兄妹，加上母亲的冷漠导致他性格孤僻、被动，并患有神经官能症。福楼拜在中学时期就开始创作，写了小说《圣安东的诱惑》。中学毕业后，他遵从父命学习法律，这期间他写了小说《情感教育》。这两部小说后经过福楼拜的修改相继于 1869 年和 1874 年出版。在学法律期间，有一次福楼拜不小心从马车上摔了下来，患上了一种类似癫痫的怪病。从此福楼拜一直生活在克鲁瓦赛，终身未娶。由于福楼拜对写作要求精益求精，因此他一生只发表了五部小说。除了《圣安东的诱惑》和《情感教育》之外，福楼拜还先后创作了他的代表作《包法利夫人》（1857）、短篇小说集《三故事》（1877）以及他最后的未完成的小说《布瓦尔和佩居谢》（1880）。1880 年福楼拜因脑出血在工作中去世。

　　福楼拜的小说反映现实，用白描的手法再现环境和人物，在遣词造句方面他更是反复推敲，做到准确明晰，读起来声调和谐、抑扬顿挫。

《包法利夫人》

初版时间：1857 年

主要人物：

内容梗概：

　　卢欧老爹是拜尔斗最富裕的农民。一夜他在农庄摔断了腿,医生查理·包法利来给他接腿。腿伤不复杂,医生却经常去探望,原来他新近丧妻,爱上了卢欧老爹的女儿爱玛。卢欧老爹看出了医生的心思,觉得他不是理想的女婿,不过他勤勉老实,省吃俭用,有学问,不用说也不会计较陪嫁,便答应了这门亲事。

爱玛美丽动人,"朝你望来,毫无顾忌,有一种天真无邪胆大的神情"。她自小在修道院设的寄宿女校念书,受的是贵族式的教育,跳舞、地理、素描、刺绣、弹琴样样都会。包法利医生有这样一个完美的妻子而感到无比幸福。

对于爱玛来说,爱情是不可思议的。她生性浪漫多情,沉迷在小说里读到过的"欢愉,热情,迷恋"这些字眼儿上。结婚后她发现查理不解风雅,做事畏畏缩缩,平凡庸俗。她看着乏味,宁可打发他去看病人。

不久,查理医好了一位侯爵的口疮,为表谢意,夫妇俩被邀去参加侯爵府的舞会。奢华的排场、宾客高雅的谈吐,让爱玛入迷。一位风度翩翩的子爵邀请爱玛跳舞,这让她深深流连。这次舞会在她的生活上凿开了缺口,"她的心和财富接触之后,添了一些磨蹭不掉的东西"。看书、弹琴都无所寄托,对舞会的回忆成了她唯一的排遣。回忆之后徒留一片怅惘,她变得乖戾任性。查理为爱玛的健康担心,为她搬到永镇,好换换空气。

永镇只一条街,街上最引人注目的是金狮客店和郝麦先生的药房。药剂师郝麦爱自我吹嘘,他没有医生执照,非法营业。在金狮客店包饭的房客赖昂是一个在律师那儿做事的练习生。初次见面,对音乐和旅行的共同爱好,就让他和爱玛很谈得来。从此他们经常一起谈天,交换书籍。爱玛生了一个女儿,寄养在木匠家,赖昂有时一起陪她去看女儿。爱玛感到爱情的来临,有意避开赖昂,将心思转向家务。她把女儿接回家,并按时上教堂。赖昂惭愧自己怯懦,瞻前顾后,又是相思又是胆怯。最后他决定离开,上巴黎完成学业。分离后,爱玛更加抑郁,像生了病,常常一个人待在海边,伏在石头上流泪。

一天,地主罗道尔弗来找包法利医生替他的佣人放血。他独身生活,风流潇洒,性情粗暴,思路明敏,经常和女人来往,是一个风月老手。他见爱玛明眸皓齿,婀娜多姿,忍不住打她的主意。农业展览会上，他接近爱玛，谈起内地的庸俗、生活的窒闷、理想的毁灭……爱玛再也忘不了他了。他以爱玛的健康为由，带她去骑马散步，他献上一颗真心，坦言对爱玛的爱情，爱玛沉入了新的快乐，久经压抑的感情一涌而出。他们天天通信。一整个冬天，每星期有三四回，罗道尔弗黑夜赶来花园和爱玛幽会。每逢查理清早出诊，爱玛都一路泥泞，心急气促地跑到情人家。爱玛如此热情，在罗道尔弗看来也有些不妥，爱玛也渐渐有了畏惧的心思。

金狮客店的伙计是一个跛子，郝麦先生看到巴黎博士治跷脚的一篇论文，就怂恿包法利如法炮制，给小伙子做手术。爱玛仿佛看到了希望，指望丈夫能扬名天下，也在一边鼓动他。包法利自知本领不过硬，但的确也没有什么证明他不可以成功，他经不起郝麦和爱玛双管齐下，只得听从。但事实上，这种手术只在理论上说得通，手术几天后，小伙子腿肿流水，最后不得不马上截肢。包法利的名声一落万丈，爱玛气急败坏，再也受不了丈夫的愚蠢无能。她厌恶束缚她的家庭和婚姻，更放肆地投入了情人的怀抱，她要和罗道尔弗私奔，忘记自己痛苦的生活。

她向商人勒乐订购衣服和箱子。在此之前，她已经是他的老主顾了。爱玛买衣服、礼物不论价格，勒乐满足她的虚荣，引诱她花钱赊账，唆使她卖地产还债。

万事齐全，远走高飞的日子到了。罗道尔弗从来口是心非，逢场作戏，写信给爱玛说逃走只会给她带来不幸，他不能害她一辈子，爱情到此为止了。爱玛站在窗口又气又恨，想跳楼一死了之。傍晚，她看到罗道尔弗坐着马车与情妇约会，当即晕倒。爱玛大病一场，查理不知其中原委，为她的身体忧心忡忡。勒乐来催账，一会儿吓唬，一会诉苦，逼来逼去，查理只得四处借钱。

查理让爱玛散心，陪她上卢昂的剧院，遇到了赖昂。赖昂和爱玛分别三年，热情已经消退，再说他常与轻浮子弟厮混，畏怯之心早不知去向。查理得回去出诊了，赖昂极力说服爱玛多留一天好去参观卢昂大教堂。

爱玛回去后，对赖昂又萌发爱意。她借口去卢昂学钢琴，实际上与赖昂幽会。爱玛不顾花销，背着丈夫向勒乐借钱，恣情纵乐。赖昂渐渐腻味爱玛了,而且这种暧昧关系会影响他的前程,于是开始回避她。

勒乐逼她还债,爱玛再三拖延。商人手段卑劣,告上法庭,限定爱玛一天内还清八千法郎,不然就扣押其不动产。爱玛向赖昂求援,赖昂谎称借不到钱,躲开了。爱玛想到罗道尔弗,他竟然明说没钱。爱玛羞辱受尽,疲惫不堪,只觉天旋地转,但求一死。回家后,爱玛吞下了砒霜。查理得知消息已经晚了,不知所措地看着她呕吐痉挛而死,觉得整个生命都崩溃了。

为了清偿债务,查理变卖了全部家当。他翻抽屉,发现了爱玛和赖昂的情书及罗道尔弗的肖像。他伤心过度,不再出门,也不见人,后来死在花棚的长凳上。爱玛的女儿被姨母收养,之后进了纱厂。

自包法利死后,一连有三个医生来永镇开业,但都经不起郝麦的拼命排挤。他的主顾众多,当局宽容他,舆论庇护他,最后还得了十字勋章。

《情感教育》

初版时间: 1869 年

主要人物:

弗雷德里克·莫罗 ···················· 青年学生
戴洛里耶 ························· 青年学生
阿尔努夫人 ······················ 画商的妻子
萝莎奈特 ························· 交际花

内容梗概:

1840 年秋天的一个早上,弗雷德里克·莫罗先生坐船回塞纳河畔的诺让老家。他新近从中学毕业,放完假就要回巴黎攻读法科。在船上他结识了阿尔努一家。阿尔努先生口若悬河,坦率亲切,是巴黎一个小有名气的画商。阿尔努夫人年轻美丽,温柔贤淑,有两个小孩。虽然初次见面,弗雷德里克对这一家人抱有一种莫名深切的温情,尤其是对阿尔努夫人,慵懒倦人的秋色中,她仿佛是万物汇聚的那个光点。弗雷德里克才十八岁,又是浪漫忧郁的性格,阿尔努夫人的每一个细节、每一个特征都让他沉浸在无限的想象中。

弗雷德里克的母亲莫罗夫人出身贵族世家,如今没落了。弗雷德里克的成绩和品行都不错,她在邻居跟前有骄傲的资本。罗克老爹看中他家贵族的姓氏,当然还有他的前途,早盘算着要让弗雷德里克做他的女婿,还把他推荐给实业界的显赫人物当布勒兹先生,希望能为他谋得一官半职。

少爷回家,大家纷纷来看望。戴洛里耶是他的挚友,久别重逢,他们互相紧紧拥抱。他和戴洛里耶早年是同学,虽然门第悬殊,性格迥异,两人的感情却好得难舍难分。弗雷德里克耽于幻想,爱好文学艺术,戴洛里耶慷慨激昂,热衷政治法律。家庭条件的缘故,戴洛里耶现在不得不给人做文书谋生,但做法学教师的梦想一直指引着他。

两个月后,弗雷德里克回巴黎,法律专业的枯燥和生活的孤独令他百无聊赖。犹犹豫豫,寻寻觅觅,阿尔努夫人令他念念不忘。弗雷德里克向同学马蒂侬倾诉他的烦恼,又说不出什么道理,富农子弟感到莫名其妙。终于经由浅薄的记者于索奈的引荐,弗雷德里克与阿尔努一家的关系日益密切。

戴洛里耶来巴黎和弗雷德里克同住,边谋生边准备教师考试。弗雷德里克经常光顾阿尔努的工艺社,在那儿花钱漫无节制。他认识了很多阿尔努身边的人,渐渐感到了阿尔努为人的轻浮好色和做生意时的卑鄙无耻。

假期又到,弗雷德里克回家竟得知家里破产。他无比绝望,心里只想着再没有颜面见阿尔努夫人。他决定随他母亲,买一个法院书记官的职务在老家安然度日。罗克老爹的女儿路易丝渐渐长大,她天真纯洁,很喜欢弗雷德里克。他慢慢安于外省自然恬静的生活。

一八四五年冬,弗雷德里克的叔叔去世,留下一笔可观的遗产。他终于又有去巴黎的资本了。阿尔努改行做了瓷器商。戴洛里耶在会考答辩时由于政见激进遭到主席的拒绝。现在他文书也不做了,靠给人补习写论文维生。

弗雷德里克再度拜访阿尔努,阿尔努夫人待他礼数周全,但也平淡依旧。阿尔努带他去风尘女子萝莎奈特家参加舞会。弗雷德里克很不自在,想着阿尔努夫人,觉得自己在参与某个反对她的勾当。不过年轻人的反叛又让他放开了胆子。萝莎奈特的美丽和快活令他眼花缭乱,刺激着他的神经,他产生了对女人、奢华和巴黎生活所包含的一切的渴望。

戴洛里耶和于索奈来找他借钱。戴洛里耶做辅导老师向学生灌输对考试不利的理论而不受欢迎,替人辩护又全败诉了。现在他梦想着办一份报纸,可以在报上卖弄才学,发泄烦恼。虽然弗雷德里克觉得他空口许愿,一堆蠢话,还是迫于情面,答应了他。阿尔努进一家了高岭土公司做监督委员,不料公司倒闭。他因为涉嫌帮助公司伪造报表,不得不承担损失赔偿,卖掉阿尔努夫人的家产。弗雷德里克把原本给戴洛里耶钱给了阿尔努,这使戴洛里耶深感不快。

自从来了巴黎,弗雷德里克已经多次光临当布勒兹府。领略上流社会难以言传的魅力令他情不自禁地感到快乐。当布勒兹夫人年轻高贵,温文尔雅,身边带着一个丑侄女赛西尔,据说是出于她的慈善,把她从孤儿寄宿学校接来的。已做了法官的马蒂侬在一边极为殷勤。

陶瓷厂在远郊小城,阿尔努夫人又常一人在那儿。弗雷德里克就三天两头去看她。阿尔努的背叛、弗雷德里克的深情最终令她厌倦了所谓的贞操和妇道。他们沉浸在自由的爱情和幸福中。1848 年二月革命,戴洛里耶和朋友们寻他一起去参加游行。弗雷德里克惦念着和阿尔努夫人的约会,把一片喧嚣抛诸脑后。可是阿尔努夫人却因孩子急病,迟迟未来。失望之际,弗雷德里克想到萝莎奈特,投入了她的怀抱。

临时政府转眼成立,新的事态对有产者构成了威胁。当布勒兹先生忧心忡忡。弗雷德里克曾写过几篇激进文章,老先生认为他即使不能帮他做事,至少也能保护他。因此他登门造访,鼓励他去做议员。他认为弗雷德里克本人的观点可以获得激进派的选票,家庭的关系可以拿到保守派的选票,当然还有他本人，可以为弗雷德里克拉来实业界的选票。

六月，工人起义被镇压。弗雷德里克退缩了，与萝莎奈特去游山玩水。可怜的萝莎奈特提起她的悲惨经历，令弗雷德里克心生怜悯，虽然他已经开始厌倦萝莎奈特的愚昧和低俗趣味。接着萝莎奈特怀孕了，生下一个儿子。他望着她幸福的样子更不忍离去了。

两人相守变得沉闷难耐。当布勒兹夫人开始吸引弗雷德里克的目光。政治空谈和佳肴美馔麻痹了他的是非观。他梦想当布勒兹夫人能提高他的身价。1850 年，虽然当布勒兹夫人跟马蒂侬说明西赛尔并没有遗产，马蒂侬还是不计得失地娶她。当布勒兹先生死了，弗雷德里克面对三百万的财产心动了，答应娶独占家产的当布勒兹夫人，可是第二天当布勒兹夫人发现遗嘱已经改动过，大部分遗产都留给西赛尔。西赛尔是当布勒兹先生的私生女。弗雷德里克难免失望，但为保全面子，不得不履行诺言。

萝莎奈特的婴儿突然病死，她伤心欲绝。阿尔努开了家宗教用品店，现在资不抵债，还惹了官司，不得已举家离开巴黎。弗雷德里克赶去帮助阿尔努，萝莎奈特不愿意，与弗雷德里克一刀两断了。在阿尔努家的家具拍卖上，当布勒兹夫人的举动刺伤弗雷德里克的心，这使他冷冷地与她分手了。他想起思念着他的路易丝了，但失望的路易丝已和戴洛里耶结婚。

多年后，弗雷德里克和戴洛里耶在冬日火炉边回顾他们的一生。一个曾梦想爱情，一个曾梦想权力，两人都虚度了年华。

波德莱尔
(1821~1887)

19 世纪著名诗人，象征主义诗歌先驱。波德莱尔于 1821 年出生于巴黎，6 岁丧父，母亲次年改嫁一名军官，他受不了继父的专制作风和高压手段,家庭重组在他心中烙下情感背叛和注定孤独一生的印记。在学校里,他聪慧优秀,却性格孤僻。中学会考后,波德莱尔在巴黎研读法律,却日夜流连于拉丁区,过着波西米亚式的文人浪荡生活。他结识了勒孔特·德·李勒、皮埃尔·杜邦等作家,酗酒,逛妓院。1841年,继父奥比克上校为了制止儿子放纵胡闹的生活,把他送去印度。18个月的漂泊让他领略了异国绮丽的风土人情,为日后文学创作拓宽了想象空间。

回到巴黎,波德莱尔拿着父亲的遗产,过着挥金如土的生活。他衣着考究,并偏爱奇装异服,举止优雅,购买大量艺术作品。他迷上一名叫乔安娜·杜瓦尔的混血女演员,并称她为"黑维纳斯",终身与她做伴。由于他挥霍无度,继父决定管理他的财产。波德莱尔自杀未遂,开始过穷困的文人生活。

波德莱尔的文学生涯始于艺术评论和翻译。从1845年至1859年,他先后发表《1845年的沙龙》、《1846年的沙龙》、《1855年的世界博览会》和《1859年的沙龙》。1846年,他在美国诗人爱伦·坡身上找到了自己的宿命:对艺术救赎人类的信仰和对永恒至美的渴望。他决定翻译爱伦·坡的所有作品。同时,他又在杂志上零星刊登了几首原创诗歌。

1857年,《恶之花》问世。不久,波德莱尔被指控诗句"有伤风化",被强迫删去6篇主要的诗歌。1861年,《恶之花》再版,加入新诗35首。

由于长期服用大麻鸦片,波德莱尔健康每况愈下。1866年在比利时,他已出现失语症和半身不遂的症状,于是被送回巴黎一家疗养院,并于1867年逝世。

《恶之花》

初版时间:1857年

内容梗概:

1857 年,刚出版的《恶之花》就以其惊世骇俗的主题和冷眼奇诡的风格震动了司法界和文学界。法庭处以波德莱尔三百法郎的罚款,并勒令其删去诗集中 6 首"有伤风化"的诗篇。1861年,第二版《恶之花》发行,增添了 35 首诗篇,合计 129 首,由篇幅不一的 6 个部分组成:《忧郁和理想》85 篇,《巴黎风貌》18 篇,《酒》5 篇,《恶之花》9 篇,《反抗》3 篇和《死亡》6 篇。

在《恶之花》里,波德莱尔坦承人类的恶,好比一次发现人性悲剧的旅程,他看见了人间的灾害苦难、疾病折磨、信仰缺失、道德败坏。他认为,人是天堂和地狱永恒矛盾的产物,无时无刻不挣扎于两个召唤之间,一个来自上帝,一个来自撒旦,所以人有着升至静谧天国的理想,也有坠入无底深渊的欢愉。"恶之花"这个题目本身就是一个矛盾体:"花"象征纯洁无辜,本不该与"恶"为伍,却被波德莱尔联系在一起,在此代表专属于恶的一种美。

在卷首语《致读者》中,诗人斥责大众为"虚伪的读者,我的同类,我的兄弟!",表明自己同为"恶"的俘虏,但至少双眼看清了虚伪假象,并试图告诫读者和他一样睁大眼睛,认知现实。

第一部分《忧郁和理想》篇幅比重最大,占全书三分之二。一开始,波德莱尔用十几篇诗歌来定义诗人的处境和写诗的意义。他认为,诗人是被放逐到地面上的信天翁,原是云霄里的王者,此时它"巨人似的翅膀反倒妨碍了行走"(《信天翁》),追逐永恒理想的诗人不被众人理解,陷入一片嘲骂声中,这让他十分忧郁。同时,他又坦然接受不幸,把它当做寻得真理路途上可贵的考验:"感谢您的祝福,天主,您赐予的苦闷,就是治疗我们污垢的灵药,这就是最优良、最纯粹的香精,引导坚强的人趋向神圣的喜悦!"(《祝福》)

但是,现实与理念的差距却加重了诗人的忧郁,阻扰诗人的是肉体的病痛:"深陷的双眼充斥着憧憧夜影,我见你的脸色交替地变化,映出冷淡沉默的畏惧与癫狂"(《病缪斯》);是物质的匮乏:"为了挣得糊口的面包,你必须像唱诗班的童子,摇晃着香炉,去唱你不大相信的赞美诗篇"(《稻粱诗神》);是懒惰:"要等到几时,才把我这凄凉悲惨的身世,亲手画成妙景,供我亲眼欣赏?"(《坏修士》);是飞逝的时间:"啊痛苦!啊痛苦!时间侵蚀生命,隐匿的仇敌吞噬我们的心,用我们失去的鲜血壮大自己!"(《仇敌》)。

为求得解脱,诗人企图躲进爱情里,他追逐肉体的欢愉,并把这些诗篇献给情人乔安娜·杜瓦尔,她"绿油油的罗望子的清香"和"垂在脖颈上的碎发"是诗人香甜的温柔乡。即便如此,爱情也不能驱散他的阴霾,诗人反复地感受到忧郁,从而转向其他的逃避方式:他走向街头,相忘于市井百态,并写了下一部分《巴黎风貌》。

巴黎,这个漩涡般的梦幻都市,在波德莱尔笔下是"喋喋不休的工场",是"煤烟的气流",是"骚乱的革命"。在这里,他看到衣衫褴褛的女乞丐、低头前行的盲人、卖命耕地的农民、苟延残喘的病人,并对他们抱着惺惺相惜的怜悯。

"深底的酒瓶,是人造天堂"(《酒》)。因为"它滑进劳累过度者的喉咙,带来无穷的欢乐"(《酒魂》),因为"它输送希望、生命和青春年少……使我们像神一样昂起了头"(《孤独者的酒》),因为"它让我们并肩飘荡,无休无止,不知疲倦,逃往我梦中的乐园"(《情侣的酒》)。然而,短暂地逃离现实只能带来不堪一击的欢愉,留给诗人的仍是无尽翻涌的黑暗。

诗人接着叩问灵魂深处的罪恶、放荡及禁忌之爱(《恶之花》)。"恶魔在我身旁不断地蠢动,像摸不到的空气,我把它吞下去,觉得肺部犯灼痛,充满一种永远的犯罪的欲望"(《快感》)。暖热而倦人的夜晚、灼热的身躯、苍白的脸庞、处女、恶魔、怪物、女同性恋者、牲口、吸血鬼,恶之花在此怒放。

肉体欢愉满足之后,下一步便是精神的解脱:反抗上帝,拥护撒旦(《反抗》)。"该隐的后代,去登上天庭,把天主揪来摔在地上!"(《亚伯和该隐》);"啊撒旦,你是全知者,是地狱的至尊,是治疗人类痛苦的亲切的医师"(《献给撒旦的祷文》)。失意的诗人膜拜撒旦,尊他为"流亡的王者","是天使中最美而又最聪明,却被命运出卖,被夺取赞美的神"(《献给撒旦的祷文》)。

"是死亡给人安慰,唉!使人活下去"(《穷人之死》),诗人视死亡为人类最后也是唯一的希望:穷人可在那里吃吃睡睡,安然栖身;艺术家在那里找到了美;情人的灵魂在那里合成了一块明镜。《死亡》中的《旅行》,是整部诗集的一个总结,在这场发掘人性的旅途中,"获得的知识是多么苦涩! 这单调狭小的世界里,不论昨天、今天、还是永远,我们都只看到自己的面影,就像沉闷的沙漠中一抹骇人的绿洲!"。然而,死亡能带来救赎:"怀着一个年轻旅人的轻快的心,我们登舟出发,驶向冥国的海洋"。只有死亡能治愈人的厌倦无聊,使他窥见未知的全新世界。

《恶之花》是法国诗歌史上一朵无可替代的奇葩,它词句奇美,结构丰盈,节奏和谐,对人性、命运的思考也具有少见的深度。波德莱尔作为现代诗歌的先驱,开创象征主义文学,对日后魏尔伦、马拉美、兰波等诗人影响颇深。

凡尔纳

(1828~1905)

儒勒·凡尔纳是一位世界级的科幻小说家。1863 年他发表了第一部科幻小说《气球上的五个星期》,之后又写了使他获得巨大声誉的科幻三部曲:《格兰特船长的儿女》、《海底两万里》和《神秘岛》,到晚年写完《世界主人》,他一生共写了 60 余部科幻小说,总题为《在已知和未知的世界漫游》。凡尔纳的科幻小说是丰富的幻想和科学知识的结合,既是蕴寓着科学精神的幻想曲,也是富有幻想色彩的科学预言。凡尔纳小说中的主人公是一些鲜明、生动而富有进取心和正义感的人物,这一点和西方同类小说和游记中的殖民主义者、冒险家、征服者、奴隶贩子、投机商人、种族主义者等人物形象是迥然不同的。凡尔纳的小说人物,或是地理发现者、探险家、科学家、发明家,都具有超人的智慧、坚强的毅力和执著不懈的精神;或是反对民族歧视、民族压迫的战士,反对社会不公的抗争者,追求自由的旅行家,他们热爱自由,热爱平等,维护人的尊严,在他们身上具有反压迫、反强权、反传统的战斗精神。奇幻的故事情节,鲜明的人物形象,丰富而奇妙的想象,浓郁的浪漫主义风格和生活情趣,使得凡尔纳作品产生了巨大的艺术魅力,赢得全球各种肤色人们的喜爱,小说被译成数十种文字在世界各地广泛传播,仅在法国本土就销售了两千万册。

《海底两万里》

初版时间: 1869 年

主要人物:

阿罗纳克斯……………………………………博物学家
孔塞伊……………………………………阿罗纳克斯的助手
尼摩……………………………………潜艇艇长

内容梗概:

1866 年,大海中突然出现一个巨大的怪物。它的身体为纺锤形,身上不时发出磷光,体积之大和速度之快使鲸鱼都望尘莫及。人们对怪物的出现议论纷纷,有人认为是海蛇,也有人认为是海麒麟,莫衷一是。每当争论暂告段落时,便有一只船被怪物钻破船底沉没,于是新一轮讨论重新又开始了。最后人们怀疑那是一条巨大的独角鲸。于是,美国专门派了一支船队追踪。

"独角鲸说"的主要倡导者是巴黎博物馆一名教授及其助手,他们受追踪船队的邀请登上了装备齐全的驱逐舰,踏上了征途,准备捕捉这一怪物。

船队为寻找这条独角鲸,在大海里漫无目标地航行了三个多月,始终不见独角鲸的踪影。正当他们打算放弃追踪的时候,独角鲸出现了。捕鲸手正准备抡起飞叉刺过去,却反遭独角鲸的攻击,教授、助手和飞叉手三人一下被抛进大海,多亏三人紧紧抓住怪物的后背得以脱险。这时他们才发现,所谓的独角鲸其实是一艘潜艇。

这艘潜艇被命名为"鹦鹉螺"号,它的主人是尼摩船长。尼摩船长是一位决心与陆地绝缘、终身从事航海生活的古怪人物。为了让三人替他保密,在三人保证永远不再返回陆地的前提下,他才允许三人进入潜艇。

"鹦鹉螺"号的动力是电力,电源则是海洋中取之不尽用之不竭的钠。它是当时世界上第一艘能够潜入万米深海底的潜艇。此外,"鹦鹉螺"号里还收藏有一万两千册图书和无数的海洋标本。

尼摩船长计划从日本海出发,打算航行海底世界一周。于是,教授等三人随同尼摩船长开始了对奇异的海底世界的游览。

"鹦鹉螺"号首先潜行于太平洋,随后又进入印度洋。在此期间,教授三人和尼摩船长一起穿过了无数的岛屿,欣赏了美丽的珊瑚礁和形形色色的鱼类,参观了渔民捕捞珍珠的技术……而当"鹦鹉螺"号通过波斯湾和红海时,尼摩船长突然宣布要让"鹦鹉螺"号驶向地中海。正当教授三人感到惊奇时,"鹦鹉螺"号转眼之间便穿过苏伊士运河并经被尼摩船长命名为"阿拉伯隧道"的海中峡谷进入了地中海。在参观完海底火山后,"鹦鹉螺"号驶出直布罗陀海峡,进入大西洋。

在旅行过程中,教授三人开始密谋逃脱之计。他们虽然不忍放弃这诱人的海底旅行,但行动不自由毕竟还是令人不舒服。可惜在进入大西洋后,"鹦鹉螺"号再次潜入深海,逃跑计划暂时落空。

在参观了沉没的亚特兰蒂斯大陆之后,"鹦鹉螺"号进入了南极海。虽然途中极厚的冰层曾阻住"鹦鹉螺"号的去路,但在南极点则是一片没有冰的海。可是在归途中却因冰山颠覆,"鹦鹉螺"号被困在四面厚冰的包围中进退维谷,"鹦鹉螺"号中的空气只够维持两天,陷入一筹莫展的绝境。这时,"鹦鹉螺"号全体乘员与厚冰展开了殊死搏斗,终于掘开最薄的冰层,逃出险境。

教授等三人再也不愿在"鹦鹉螺"号上待下去了,他们利用一个有利机会登上了一只小艇,可是小艇却被挪威西北海域一股大旋涡吞噬……

当教授三人清醒过来时,发现他们已经被当地渔民救到挪威北部的海岸上。

"鹦鹉螺"号后来下落如何呢?尼摩船长究竟是什么人呢?这些都将永远是一个谜了。教授他们所能做的,只有祈祷尼摩船长和"鹦鹉螺"号平安无事。

《八十天环游地球》

初版时间: 1873 年

主要人物:

斐利亚·福克 …………………… 英国上流社会的绅士
路路通 ……………………………… 福克先生的仆人
费克斯 ……………………………… 自命不凡的侦探

内容梗概:

1872 年,英国伦敦白林敦花园坊赛微乐街 7 号,住着一位斐利亚·福克先生。大家对他了解得不多,只知道他是豪爽君子、英国上流社会里的绅士,其他就一无所知了。除了十分体面的伦敦改良俱乐部,福克先生没有加入任何团体。福克先生从来不挥霍浪费,但也不吝啬,凡是涉及慈善或者是公益事业,他总是不声不响地出钱,没人知道他的钱从哪里来,消息最灵通的人也说不出个究竟。福克先生知识渊博,特别是地理知识,尽管多年来他未曾离开过伦敦。福克先生的仆人若望是一个地道的法国人,外号路路通,是个很正派的大小伙子,年纪很轻,但经历却十分丰富。

每天早晨 11 点半,福克先生都会来改良俱乐部用餐;12 点47 分在大客厅里阅读《泰晤士报》;5 点 40 分,他又返回大厅,专心研读《每日晨报》;半小时后,当改良俱乐部的会员都进入大客厅的时候,大家会坐在一起玩牌。这天,大家讨论起三天前的一桩失窃案:那天,价值五万五千镑的巨款竟从英国国家银行总出纳员的小柜台上被人偷走了。争论中,福克先生和大家打了个赌:他可以用80天的时间环绕地球一周,赌注是2万英镑。

当晚,福克先生和他的仆人收拾好行李就上路了。他们坐着马车首先赶到了卡瑞因克罗斯车站,坐上开往巴黎的火车。然而在伦敦,大家都对福克先生表示怀疑,认为干这种事的人多半是神经错乱。更让人意想不到的是,侦探费克斯认为福克先生就是那个偷钱的贼。原来在福克先生从苏伊士赶往孟买的路上,费克斯收到一份描写窃贼外貌特征的材料,跟福克先生的护照对比之后,他认定窃贼就是福克先生,于是急忙向伦敦打电报,要求立即签发一张拘票。

费克斯也登上了开往孟买的"蒙古号"商船,他打算在拘票寄到后立即逮捕福克。经过十几天的海上航行,"蒙古号"终于停靠在孟买的港口,比预定时间早了两天。下船后,福克先生独自一人去领事馆办理护照签证,并吩咐路路通去买一些东西。费克斯也下了船,他来到当地的警察局,在获悉拘票并未寄到后,他向孟买警察局局长索要一张拘捕福克的拘票,却遭到拒绝。晚上8点整,主仆二人登上了开往加尔各答的火车。

《气球上的五个星期》

初版时间: 1863年

主要人物:

内容梗概:

1862年在滑铁卢广场三号伦敦皇家地理学会上,主席弗朗西斯向大家宣布了一个激动人心的消息:不久,费尔久逊博士将横穿整个非洲大陆。顿时整个英国为之沸腾了,有人兴奋激动,

·249·

凡
尔
纳

也有人将信将疑,甚至有人说根本就没有费尔久逊博士这个人。事实上,费尔久逊博士是一位从青年时代开始就经历过各种冒险的旅行家,而且他也确实是要去非洲探险。面对大家的各种猜测,他只说了一个字:"excelsior"。博士的朋友狄克·凯乃第听到这个消息后,急忙赶到伦敦劝阻博士放弃这次旅行,他认为博士这个主意简直就是疯了。不料在博士一番游说之后,凯乃第渐渐放弃了自己的想法,也加入了冒险的队伍之中,因为博士告诉凯乃第他准备利用气球从非洲上空飞过去,虽然他心中仍存有一丝疑虑。

其实之前也有过许多非洲探险家,如巴尔斯、蒲尔顿和斯比克等人,但是其结果均是一无所获。博士此行的目的就是要将他们的工作联系起来,也就是说要跨过十二多度的区域。博士和他的仆人乔精心准备了整个旅程,包括气球、武器和食品等等,并且还一一过了磅。

2月16日博士一行从格林威治出发,乘坐"决心号"来到了此次非洲之行的起始站:桑给巴尔岛。在一片的震天欢呼声中,博士三人乘坐的气球——维多利亚号迅速地升上了高空。在用每小时8英里的速度飞行了2个钟头后,维多利亚号到达了非洲大陆上空。博士忙着测量各种数据,而凯乃第则忙着欣赏非洲大陆的景色。每当气球飞过土著人的村庄时,总会引起当地人的愤怒和恐慌,他们朝气球放箭还念着没有效力的咒语,幸好这些都伤不着气球。在这个地区,疟疾是非常流行的,第二天凯乃第就不幸染上了疟疾,冷得浑身发抖,此刻天上也下起了瓢泼大雨,博士让气球飞过了雨层,三人呼吸到了新鲜的空气,见到了太阳,不久,凯乃第就病愈了。在鲁别霍山上,他们遭到一群狒狒的袭击,在火枪的帮助下他们赶走了那群怪物重新回到了空中,两天后就来到了卡结赫——非洲中部的一个重镇,这里有着热闹的市集。随着气球的降落,博士一行被当地人误认为是月亮女神之子,巫师请求他们去救治生病的苏丹,面对荒淫无度、病入膏肓的苏丹,博士也无能为力。之后三人终于来到了乌克列维湖,这正是科学家们认为的尼罗河的源头,也正是博士此行的目的之一。

在找到尼罗河之源后，他们又向西北方向进发了，之前他们都是沿着先前探险家们的足迹走的，此刻他们进入了从未有人去过的地方。他们一路穿过发抖山、乌索加王国，路上又遇到了很大的季风，气球经受着前所未有的考验。一路上，三人有说有笑，目睹了地面上各种奇异的景物和人，包括食人族之间的战争，这一切都让博士等人瞠目结舌。在一场与黑人的激斗中，三人救下了一个法国传教士，但是不久他便死于重伤，博士将死去的朋友就地埋葬起来，却意外地发现了大量金矿，为此乔还和博士闹了别扭，因为博士不允许乔往气球上带太多的金矿石。

出发10天后他们已经走完了一半的旅程了，但是不幸的事却发生了，在飞越撒哈拉大沙漠的时候，气球上的水消耗殆尽，无奈三人只有强忍着干渴和日晒，期待着能够找到水源，但是一无所获，就在他们快要绝望的时候，沙漠里刮起了一阵热风，将气球带到了一片绿洲之中，三人终于在这里找到了期待已久的水。在补充完给养之后，乘着东风，气球终于飞出了茫茫的沙漠。

接着三位航空家又陆续飞过了莫斯菲亚城、曼达拉、克尔纳克和乍得湖。在乍得湖上空，他们遭遇到了一群凶恶的兀鹰，兀鹰将气球撕裂了，气球迅速地朝湖中坠落，为了使气球不至于落入湖中，乔奋不顾身地跃入了湖中，气球勉强地降落在了湖边北岸地区上，为了重新升空，博士不得已去掉了气球的外囊，使气球体积大大地缩小了。他们搜寻乔未果，为了躲避飓风，博士和凯乃第只得重新起飞了。二人在飞行一段路程后，发现前方有一群阿拉伯人正在追捕一个奔跑的人，而这个人正是乔。二人机智地从阿拉伯人手中救下了乔。原来乔跳入湖中后，被一群黑人救起，乔独自在森林中寻找着出路，不小心闯入了阿拉伯人的营地，引得一群阿拉伯人追杀。

又经过几日的飞行，维多利亚号离目的地越来越近，但是气球漏气，越飞越低，博士不得不扔掉所有可以扔掉的东西包括仪器设备来减轻重量，就这样，三人乘坐着气球跟跟跄跄地飞过了塞内加尔河，但是气球却被湍急的河水给冲走了。在法国军官

凡
尔
纳

的见证下,费尔久逊博士三人终于完成了此次非洲之行的旅程,安全返回了伦敦,创造了新的纪录。三人也因此获得优秀探险队的金质奖章。

瓦莱斯

(1832~1885)

儒勒·瓦莱斯,作家、新闻工作者、政治家。1832年出生于法国勒浦伊。1848年他来到巴黎,就读于孔多塞高级中学的修辞班(旧时法国中学的最高班)。1850年在雷恩未能通过中学毕业会考,同年10月回到巴黎准备报考巴黎高等师范学校。1852年瓦莱斯拿到了中学毕业文凭。

1855年他担任古斯塔福·普朗什的秘书。1862~1863年在卡昂中学任学监同时在文学院学习,但没能获得文学学士学位。1864~1865年在《里昂进步报》做记者。1865年在《时代报》工作,第一次署名出书《逃服兵役者》。1867年创办了第一份报刊《大街报》。1868年《大街报》停办,瓦莱斯也因对警察一些报道而被判入狱两个月。1869年又先后创办了《人民报》和《叛逆报》,他辛辣的言辞使得资产阶级统治者胆寒。1871年2月他创办了《人民呼声报》,5月26日被选举为巴黎公社成员。

1872年缺席死刑宣判,已开始了在伦敦长达9年的流亡生活。1879年《大街报》恢复出版,自传体小说《孩子》完成。1880年他在法国实行大赦后才得以回国。1881年第二部自传体小说《中学毕业生》和《孩子》一起出版。1885年瓦莱斯因病逝世,他与上万巴黎公社成员一起被葬在拉雪兹神甫公墓。1886年《起义者》在他死后出版,至此瓦莱斯自传体小说《雅各·万特拉》三部曲全部出版。

《起义者》

初版时间: 1886 年

主要人物:

　　雅克·万特拉

内容梗概:

　　《起义者》是儒勒·瓦莱斯著名的自传体小说《雅克·万特拉》三部曲的第三部。三部曲的第一部《孩子》和第二部《中学毕业生》讲述的是万特拉的童年时代和青年时代的生活。万特拉的童年是悲惨的,但是年幼的万特拉已经具有不畏强暴的反抗精神。他在学校里读书的时候和毕业以后,不断参加政治斗争,反抗不合理的社会制度,虽然一再受到各方面的打击,但是他从来没有气馁过。

　　《起义者》是三部曲中最重要的一部,也是最为精彩的一部,这不仅仅是因为万特拉在作品中表现得更为勇敢,更为坚定,他的形象更为完整动人,而且他在这一部作品的最后十几章里叙述了巴黎公社运动的始末。儒勒·瓦莱斯作为公社的领导人之一,亲身参加了公社革命和工作,他真实地记载下了这一段历史,因此《起义者》也是一部革命文献性的作品。

　　《起义者》涵盖的历史时期是从第二帝国的末期开始,一直到巴黎公社失败为止。小说大体可以分为三个部分。

　　第一部分写的是万特拉在第二帝国末期的生活和斗争。万特拉在巴黎过着贫困的文人生活,几次三番失业。他进了《费加罗报》工作,但是他不愿意替报纸写无聊的文章和新闻,宁愿卷铺盖走人。他向老板表示:"你需要的是一个供人解闷的人,而我是一个反抗者"。因此他情愿"重新回到穷人的队伍里"。后来他自己办报纸,由于他在报上撰文抨击政府,报纸被查封,他也坐了牢。不过他再接再厉,在其他报上继续写文章指责统治集团里的人物,再度入狱。万特拉还针对缪尔热的《浪漫文人生活景象》写了一本书,他要用他的笔揭穿缪尔热的谎言,让青年们不再受骗。后来他又计划写"六月起义"的历史,写出当年英雄们的事迹,为了写好这本书,他亲自访问参加过起义的战士并从中大受启发。在任何斗争中,万特拉都走在最前面。他明知无法和儒勒·西蒙对抗,可是别人来找他参加竞选,他一点也不退缩,愿意做穷苦人的候选人。维克多·诺瓦遭到迫害后,万特拉义愤填膺,立刻带上武器要去找凶手,尽管他很清楚凶手就是拿破仑三世的堂兄弟比埃尔·波拿巴亲王。欧德和布里多被判处死刑,他丝毫没有想到会连累自己,而是四处奔走,设法去营救他们。

第二部分主要讲了资产阶级临时政府成立到巴黎公社建立这段时期的情况。临时政府成立以后,万特拉的斗争并没有停止。他对这个资产阶级共和国一开始就没抱任何幻想。他和无数的巴黎劳动人民站在一起顽强地战斗着。他当上了巴黎二十个区的中央委员会的代表和国民自卫军的营长;他率领队伍攻占拉·维勒特区政府,参加起草著名的要求统治者"让位给人民,让位给公社"的《红色宣言》;他在军事法庭上坚持真理并且机智地逃脱了审判。万特拉一再遭到迫害,但是他却乐观地相信暴风雨一定会到来。

万特拉的愿望终于变成了事实。1871 年 3 月 18 日,巴黎人民举行了武装起义。巴黎公社建立后,他立即积极热情地参加了公社的工作。从 3 月 18 日开始到 5 月 28 日公社的最后一分钟为止,万特拉一直忠心耿耿地为公社战斗。5 月 21 日起,凡尔赛反革命军队攻进巴黎,巴黎的无产阶级投入了浴血巷战,进入了历史上著名的"五月流血周"。在这一周内,万特拉冒着枪林弹雨在巴黎各个街垒之间奔走,参加指挥战斗,从未离开过岗位,他坚决反对放弃抵抗。作者通过万特拉的所见所闻记叙了巴黎公社的许多历史事实和激动人心的场面。巴黎劳动人民与反动军队展开了殊死搏斗,连妇女和孩子也走上了阵地。他们保卫着每一条街道,每一所房屋,每一寸土地,前仆后继,直到浴血牺牲。公社失败后,万特拉依靠群众的掩护,逃脱了敌人的追捕。

左 拉

(1840~1902)

左拉是 19 世纪下半叶法国重要的批判现实主义作家,自然主义文学理论的主要倡导者,一生写成数十部长篇小说,代表作为《萌芽》。

左拉的创作和世界观充满矛盾:一方面对现存的制度进行毁灭性的批判,一方面又对资本主义社会抱有不切实际的幻想。他的创作从理论到实践都有其特色。早期作品短篇小说集《妮侬的故事》(1864)、长篇小说《克洛德的忏悔》(1865),脱不开对浪漫主义作家的模仿。后来,他对现实主义和自然主义逐渐产生浓厚兴趣。在泰纳的环境决定论和克罗德·贝尔纳的遗传学说的影响下,形成其自然主义理论:主张以科学实验方法写作,对人物进行生理学和解剖学的分析;作家在写作时应无动于衷地记录现实生活中的事实,不必掺杂主观感情。但在左拉身上,自然主义、现实主义两种倾向兼而有之。

他受巴尔扎克《人间喜剧》的启示,创作一套长达 600 万字、由 20 部长篇小说构成的巨著《鲁贡—玛卡尔家族》,反映了法国第二帝国时期社会各方面情况,以描写罢工斗争的《萌芽》和反映普法战争、第二帝国崩溃、巴黎公社起义的《崩溃》最为重要。他还写了三部曲《三城市》:《卢尔德》(1894)、《罗马》(1896)、《巴黎》(1898)以及《四福音书》中的前三部:《繁殖》(1899)、《劳动》(1901)、《真理》(作家死后的 1903 年出版),第四部《正义》尚未完成。左拉因煤气中毒于 1902 年 9 月 29 日逝世。他的《小酒店》、《娜娜》、《金钱》、《妇女乐园》亦十分著名。

1908 年,法兰西共和国政府因左拉生前对法国文学作出卓越贡献,为他补行国葬,遗骸被迁入伟人祠。

《萌 芽》

初版时间: 1885 年

主要人物:

艾坚·郎杰…………………………………………………… 年轻矿工

汶森·马安…………………………………………………… 老矿工

嘉黛琳………………………………………………………… 马安的女儿

萨瓦尔………………………………………………………… 矿工

德内林………………………………………………………… 矿区总经理

内容梗概:

艾坚·郎杰是个二十一岁的机器工人,有着褐色的头发,强壮的身体,而且是个漂亮的男子。他因在里尔的铁路工场打了工头的耳光而被开除,来到服娄矿场找工作。他向矿场的车夫汶森·马安打听矿上的情况。汶森·马安是个矮小的老人。他家祖祖辈辈都在矿井当挖煤工人,他的父亲和两个叔叔及三个兄弟都死在井下。他自己在矿井工作了五十年,虽然长期在井下劳动损坏了他的腿脚,不能再下矿井了,但总算幸运地活下来了。为此工人们给他起了个称号叫"善终"。

老"善终"的儿子都森·马安是个倔强而熟练的采煤工人。他的采掘小组,刚好死了个女推车工,艾坚便顶替了女工的位置,参加了马安的采掘小组。服娄矿井的设备条件极坏,矿工必须跪着、爬着、仰面躺着干活,"活像夹在两页中间的一个虫子,受着活生生被压成一片的威胁"。由于煤层散发着热气,工人们闷得透不过气来。推煤车的多半是些未成年的女孩子,肌肉鼓得紧紧的,肩膀和腰不停地使劲,累得汗流浃背,喘息不止。地下潮湿不堪,矿工的四肢都被水泡肿了;碎煤、石块又把他们的脚都戳青了;矽土侵蚀着肺,把人们的肺都烧坏了;矿工们有的得了贫血症,有的关节瘫痪了。

艾坚和马安的十五岁的女儿嘉黛琳一同推煤车。这个女孩子有一对像"泉水般淡绿与洁净"的大眼睛。艾坚由于干的是女孩子的活,加上技术不熟练,人们都瞧不起他。善良的嘉黛琳则处处照顾着他。艾坚没有下榻的地方,她便请求父亲帮忙解决。马安把艾坚介绍给"有利"小酒店的老板赖赛纳。赖赛纳认识艾坚的朋友普鲁沙,便答应让艾坚住在他的店中。

赖赛纳是个三十八岁的胖子,"圆圆的面孔上,剃得精光,露着和善的微笑"。他原是个挖掘工,在三年前一次罢工风潮中被公司开除了。后来,他便在服娄矿区开起酒店来,并成为矿区不满工人的首领,但他只强调合法斗争,反对暴力行为。

马安的两个儿子柴沙里、襄伦都在矿井工作,但工资低,不够维持一家的生活,家里常常面临着断炊的危险。艾坚来到矿井时,他们一家又揭不起锅盖了。马安嫂便去向商人梅格拉借贷。梅格拉是个外表彬彬有礼、内心龌龊冷酷的胖子,而且是个大淫棍,经常以借贷为名奸淫矿工的妻女。他的店铺开在矿场总经理海纳波公馆的隔壁,由于他受到工头们的庇护,生意十分兴隆。他看马安嫂没有什么油水可捞,便拒绝了她的借贷要求。

马安嫂又到矿业公司股东格雷歌亚先生家借贷。格雷歌亚夫妇装出一副慈悲的嘴脸,让其女儿珊茜尔把一些他们用不着的衣料施舍给马安嫂,而拒绝借给马安嫂急需的五法郎钱。马安嫂想到井下的丈夫和儿女回来将要挨饿,只得又回到梅格拉的店中来。梅格拉想起马安嫂有个十五岁的女儿嘉黛琳,便同意把食物和钱赊借给她。

嘉黛琳吃过晚饭后到蒙楚镇上去买帽带,路上她遇见了同在矿井工作的大个子萨瓦尔。萨瓦尔强奸了她。这事刚好被正在散步的艾坚撞见了。艾坚感到既难过又嫉妒,因为他自己正喜欢着嘉黛琳呢。

艾坚在"有利"酒店认识了另一位房客苏瓦林。他是服娄的机器工人,年纪三十左右,身材瘦长,面孔细嫩,头上的金发很浓密,两边的颊须却很稀疏。他是俄国贵族的儿子,因企图谋杀沙皇未成,逃到法国。他信奉无政府主义,主张"杀掉顽固的人们,铲除一切陈旧的事物,当这腐烂的世界不再留下半点东西时,一个更好的社会或许会茁长起来"。他不同意艾坚提倡工人集会结社的主张。

三星期后,艾坚成了矿井里最好的推车工,人们改变了对他的看法,尤其是一向尊重出色工人的马安,对他产生了亲切的友情。他认为这位年轻人不仅劳动好,阅读、书写、绘图样样都能干。他邀艾坚搬到他家里住宿,并让他转为采掘工。

艾坚与"国际"劳工组织有联系,他的朋友普鲁沙经常寄些小册子来给他阅读。他在马安支持下,在矿区发起了一个互助会社——"准备金库"。参加的会员每月得缴纳二十个铜子,以便工人在急难时互相救助。这样一来,艾坚在工人中赢得了信任,并在他周围团结了一批群众。这时,矿业公司借口工人在矿井装塞木头马虎,用罚金来惩处工人,并实行所谓新的工资制,使工人每月收入大大降低,引起了工人的普遍不满。再加上一次矿井崩塌,压死了矿工树根,压断了马安小儿子襄伦的腿,矿工的愤怒情绪达到了顶点。艾坚和马安便领导工人起来罢工。马安是服娄矿场最受尊敬的工人,被人们推举为向总经理交涉的代表。

总经理海纳波先生在家里大摆筵席,因为他要促进他的外甥保罗·内格莱尔和格雷歌亚的女儿珊茜尔的婚事。内格莱尔是服娄的工程师,对待工人十分苛刻;同时,他灵魂卑鄙,背着舅舅,暗中与舅母海纳波太太私通。席间除格雷歌亚夫妇外,还有格斯东·玛丽矿场的经理——格雷歌亚的外甥德内林,他们正在谈论服娄工人罢工的事,担心这次罢工会影响到别的矿场。海纳波则认为工人罢工不会持续太久,等到他们肚子饿了就会回到矿井去。何况,工人一罢工,他们刚成立起来的"准备金库"就要垮台了。

马安等工人代表来见总经理。他们向海纳波严正指出:公司克扣工人的工资是不合理的,提出每车煤要增加五个生丁的要求。总经理态度十分蛮横,断然拒绝,还骂工人想加入"'国际'这个强盗的队伍,梦想破坏整个社会"。谈判破裂了。

工人连续进行了三星期的罢工。艾坚在工人中做宣传鼓动工作,他成了群众一致拥戴的首领。与此同时,他的虚荣心也滋长起来,幻想将来能有一天当上议员。工人们在戴西尔寡妇家举行秘密集会,关于是否加入"国际劳动者协会"的问题,发生了激烈的争执。艾坚主张工人加入"国际"团体,赖赛纳和苏瓦林都持反对意见。赖赛纳认为工人一加入"国际"组织,他们的生活不仅不能得到合理的改善,公司反而将用更严厉的办法惩罚工人。苏瓦林认为加入国际组织是一件蠢事。他主张"破坏一切……不再有不同的民族,不再有政府,不再有财产,不再有上帝和崇拜"。几种意见正相持不下时,艾坚的朋友普鲁沙从里尔城赶到会场。这是一个有着细长身材和小白脸的工运活动家。他因为历次讲演的成功,便流露出一种洋洋自得的神气。他的声音已经嘶哑了,但他仍有力地说明了工人加入"国际"组织的好处。这样一来,艾坚一派的主张获得完全的胜利。会后,蒙楚一万名矿工便成了"国际劳动者协会"的会员。

罢工进行了一个月。矿工们早已断炊了。从伦敦"国际"工人组织寄来四千法郎的声援款不足工人们购买三天的面包。马安嫂把家里一切能卖的东西都卖光、当光了。她的两个最小的儿女在路边向人乞讨,襄伦进行偷盗活动。不久,马安嫂的小女儿婀茜尔饿死了。大女儿嘉黛琳已和萨瓦尔同居,她送了些糖和咖啡来给母亲,但被她男人发现了,被说成是倒贴给她心爱的男子艾坚的。嘉黛琳受到萨瓦尔的踢打。矿场中一些工人迫于饥饿,开始复工了。萨瓦尔所在矿场约翰·巴尔的工人复工得最早。于是三千名坚持罢工的矿工在森林里举行了集会,讨论下一步的策略,艾坚主持了会议。在他的启发下,矿工们决心把斗争进行到底。他们骂那些复工的工人是奸贼,要到各个矿场去惩罚他们。萨瓦尔也参加了大会,大伙鄙视他,但他在会上保证:明天他和他矿场的工人将不再下井了。

萨瓦尔到约翰·巴尔后,并没有履行他的承诺。他被经理德内林收买了。第二天,服妥的罢工工人开到约翰·巴尔。他们把下井的工人全部轰了上来。工人们对萨瓦尔最为恼恨,对他进行了嘲骂和踢打,然后又把他挟持在游行队列中,从一个矿区游行到另一个矿区,把他当做奸贼,去教训那些出卖自己同伙的人。罢工工人不断加入到游行队伍中来,最后队伍扩展到两千五百多人,组成一股浩浩荡荡的人流。他们一面行进,一面高喊:"面包,面包,面包!"

在总经理公馆门前,游行工人拦截了野游归来的太太和小姐们,砸碎了梅格拉开的店铺。梅格拉逃到房顶,但他从那里滑跌下来。女工们想起这个淫棍一贯对她们的侮辱,便对他施行报复。如焚嬷嬷跑上前去,拔下了梅格拉的阳物,把它戳在木棒尖上,高高地举起,像一面旗帜似的在空中摇晃着。

萨瓦尔乘人们不注意时逃跑了,他引来了大批宪兵。罢工工人开始溃散了。接着整个矿区都被军队包围了起来。公司对罢工工人实行了残酷的镇压,开除了马安等三十四个工人。艾坚在军队开来时躲藏到一个已报废的矿井里。突然的事变,把他的头脑也搞乱了。这时,他感到改变工人现状十分渺茫。白天他不敢露面,晚上他去看马安一家。当人们问他该怎么办时?他认为目前只有和公司和解。为此,他遭到马安嫂的嘲骂。当艾坚出现在赖赛纳的酒店里时,又受到赖赛纳的挖苦。苏瓦林则说:"全都是懦夫。"这时,萨瓦尔带了嘉黛琳到酒店中喝酒。由于罢工事件和感情纠葛,萨瓦尔见到艾坚格外眼红,便扑上去要杀死艾坚,于是在他们之间发生了一场激烈的搏斗。在搏斗中,嘉黛琳偏袒艾坚。斗败的萨瓦尔便把她臭骂了一通,不准她回家了。

资本家一面利用反罢工分子下井劳动,另一面准备雇用比利时人来代替罢工的工人,这再次引发矿工的愤怒。人们涌向矿场与军队发生了冲突。开始工人用石块投掷他们,后来军队开枪了,打死了马安等十四个工人和小孩,二十二人受伤,酿成严重的流血事件。

艾坚参加了马安的葬礼。他的软弱与无能遭到工人的唾弃,他背后不断发出了嘘声。马安嫂公开对他说:"我若站在你的位置,给伙伴们惹起那么多的损害,我早已忧闷死了。"他在工人住宅区经过,有人向他伸着拳头,有人向他抛掷石块。这时,艾坚反倒埋怨工人野蛮和牲畜一样愚蠢。赖赛纳见到工人围攻艾坚的场面很高兴,他对工人宣传说:"暴力从来不会成功,人们不能于一天之内改造世界。答应你们一下子改变一切的人们,只是不负责任的荒唐鬼或有意欺骗的卑劣小人。"于是,他在工人中重新获得了失去的威望。

嘉黛琳被萨瓦尔抛弃后,回到娘家和马安嫂住在一起。眼看一家大小挨饿,她决定下矿井去工作。艾坚也表示要和她同去。这时,艾坚想起了达尔文的进化论学说,认为人类在进行一种生存斗争,强的吃掉弱的。

苏瓦林不满人们的懦弱,他暗中在进行一项冒险的破坏活动。他偷偷地下到矿井,锯开了护井壁的木板,破坏了矿井的排水设施,使大水淹没了矿井。恰好,这天艾坚和嘉黛琳一道下井去,由于矿井充水,出口处已崩坍堵塞了,工人上不来。矿外工人组织了抢救队。柴沙里知道妹妹嘉黛琳被埋在矿井,便参加了挖隧道的工作。他干得特别卖劲,但他疏忽安全设施,引起了煤气爆炸,结果被炸死了。总经理海纳波先生和股东格雷歌亚一家也来到现场。格雷歌亚为了讨好工人,对马安一家遭难表示同情。他和他的女儿珊赛尔到马安嫂家慰问。家里只有"善终"老人一人在家。他被一连串不幸的事变弄得麻木和痴呆了。格雷歌亚夫妇送了一双老人无法穿的大皮鞋给他。当他们走开后,珊赛尔想单独留下来和老人谈谈话。"善终"出于一种疯狂的冲动,把珊赛尔掐死了。然后他自己也跌倒在珊赛尔的尸体旁边。

被埋在井下的工人,由于饥饿、缺氧,大部分人都死去了。最后只剩下三个人:艾坚、嘉黛琳和萨瓦尔。萨瓦尔和艾坚为争夺嘉黛琳又展开了一场激烈的搏斗。艾坚用石块击碎了萨瓦尔的脑壳,萨瓦尔死了。矿井中的水位越涨越高。艾坚和嘉黛琳半身都浸泡在水里,接连几天没有东西吃,他们饿得发昏。最初,他们吃一小段朽木头,木头吃光了,便只好挨饿了。嘉黛琳无法再支撑下去了,她倒在艾坚的怀里死了。当人们挖通隧道后,艾坚也昏死过去,但他被人们救上来了。

艾坚是这场灾难的唯一幸存者,他在蒙楚医院躺了六星期。公司给了他一百法郎救助费,但把他开除了。艾坚拒绝接受这一百法郎。当他伤好出院后,看到工人们迫于饥饿下井工作了。马安嫂为了养活一家,也只好重新当起推车工来。她和艾坚分别时,对他说:"经过这一切屠杀之后,我曾有一会儿,很想

左

拉

打死你。但是人们必须反省，不是吗？人们发觉这到底不是任何人的过失……不，不，这并不是你的过失，而是大家的过失。"她原谅了艾坚。艾坚一面离开矿区，一面放慢了脚步，看着周围的一切。他感到自己在矿井底下的艰苦经历已将他锻炼成熟。他的教育已结束，"他武装着知识离开，他已变成革命的、有理性的战士，将对他所看见的和所判决的社会宣战"。他准备去找普鲁沙，做一个像普鲁沙那样使人们"言听计从的首领"。同时，他相信在矿井底下"无数的人，暗暗苗长起来，一个复仇与黑色队伍的胚种已在犁痕底下慢慢萌芽与长大，为了未来世纪的收获，不久就要裂开压盖着的土地"。于是，他动身到巴黎去了。

《巴黎的肚子》

主要人物：

内容梗概：

菜农弗朗索瓦太太在去中央菜市场的路上救起奄奄一息的弗洛朗，但她并不知道这个年轻人是被政府流放而逃跑出来的革命者。她把他带到菜市场，并让年轻画家克洛德带他到处转悠。弗洛朗望着阔别已久的巴黎，回忆起当初暴力镇压时的情景。正当他竭力要逃脱嘈杂肮脏的菜市场时，正巧遇到了老朋友加瓦尔，加瓦尔带他回到了格努的肉食店——格努是弗洛朗从小相亲相爱的弟弟。弟弟见哥哥归来非常激动，弟媳莉莎也表现得很客气。就这样，弗洛朗在弟弟家安顿了下来。

加瓦尔便常常来到肉食店，因为他商量为弗洛朗谋一份代替别人的鱼货检验员的工作。街坊里爱管闲事的莎热小姐佯装买肉食来到店里企图探听消息，并在菜场里散布谣言。受周围闲话的影响,莉莎再次劝弗洛朗接受检验员的工作而不是待在家里,这样可以使家人免遭议论。于是,弗洛朗只好接受了这份工作。

虽然鱼市的梅于丹一家对他怀有敌意,虽然他在这个腥臭哄闹的市场上感到空虚,但是弗洛朗还是私下拟定了改革市场的方案,并且教导梅于丹家小孙子米什读书学习。米什的母亲——诺曼底女人慢慢对他产生爱慕,但是想得到他的动力不过是为了与美丽的莉莎较劲斗气。莎热小姐散布谣言说弗洛朗与梅于丹家姐妹都有染。莉莎认为这样的传言影响到肉食店的声誉因此非常不高兴,而且弗洛朗开始带弟弟到酒吧里谈论政治,莉莎更加害怕起来,她对弗洛朗的讨厌越发厉害。有一天,趁弗洛朗不在家,莉莎溜进弗洛朗的房间,发现了夫兄写下的革命性的笔记以及近期要发动一起秘密行动的计划。这时,莎热小姐也从莉莎女儿的口中套出弗洛朗的真实身份,她立刻把这个收获和那些饶舌的女人们分享。很快,弗洛朗的身份就在中央菜市场流传开来。酒吧里秘密会议的成员的革命意志也开始瓦解。莉莎再一次在弗洛朗的房间里发现了革命行动需要的旗子和帽徽,她的恐惧达到了顶点,匆匆赶到警察局告密。而让她惊讶的是她在那儿看到了更多对弗洛朗的举报信,她辨认后发现莎热小姐一伙,甚至秘密会议里的成员,在她之前都已经开始告密了。

警察来了,莉莎早已把家里的东西和弗洛朗的东西分清,诺曼底女人也恐慌地把自己和弗洛朗的关系撇得干干净净,所有人都在等着看好戏……终于,弗洛朗在返回巴黎的时候被逮捕了,中央菜市场恢复了平日里的气氛:商贩们继续买卖着,女人们继续钩心斗角散布谣言,只有菜农弗朗索瓦太太和画家克洛德为弗洛朗的遭遇感到难过。

·263·

《小酒店》

初版时间:1877 年

左

拉

主要人物：

内容梗概：

绮尔维丝和朗第耶是从外省来到巴黎寻求机会的一对年轻人，他们和两个儿子克罗德及爱弟纳租住在"好心旅馆"。

这天，夜已深，朗第耶还没有回家，绮尔维丝焦急地等待着。第二天丈夫才回来，这是个懒惰又不顾家的年轻人，他一回家就不耐烦地和妻子吵架，并逼迫妻子把衣服当掉换钱。衣服当了五法郎，绮尔维丝把钱留给丈夫，收拾了全家换下的肮脏的衣服拿到洗衣房去洗。正当她在洗衣房和门房博歇太太拉家常的时候，大儿子克罗德带着弟弟来找妈妈，说爸爸把家里的东西都搬走不知去哪了。绮尔维丝意识到该死的朗第耶抛弃了她。维尔吉妮也在洗衣房里，这是个和朗第耶有暧昧关系的女子，她听到小孩的话语就幸灾乐祸起来，绮尔维丝气不过，于是两个女人大打出手。

邻居古波开始追求绮尔维丝，并向她求婚，绮尔维丝虽然并不喜欢他，但仍然很感动。没有过多久，他们就在闹哄哄的一天里完婚了。婚后的生活还算美满，年轻夫妇勤劳地工作，开始有了点积蓄，搬到了一间宽敞的房子里，绮尔维丝还为古波生了一个女儿取名叫做娜娜。邻居顾奢母子对这家人非常友好，两家人建立了深厚的友谊。这天，绮尔维丝带着女儿来到工地等丈夫下班，因为他们看中了一个要出租的店面，打算一起去看一看。古波的工作非常危险，完全是在半空作业。不幸的事情发生了，为了低头回应娜娜的叫唤，古波从空中摔了下来！在家休养期间，古波开始变得非常暴躁，他觉得自己原来的工作根本就不值得做，而且认为像如今这样偷偷懒懒也是不错的事情——休养把这个男人变坏了，有时候他会揍爱弟纳，每天还要和从前的工友一起喝酒。生活的担子全落到绮尔维丝的身上，而她的心里一直惦记那个招租的店铺。憨厚的顾奢爱上了绮尔维丝,他把准备结婚用的钱拿出来借给绮尔维丝去租店铺。

洗衣店终于开张了,绮尔维丝尽心尽力地经营着生意。古波也重新当起了锌工,但是他的散漫酗酒还有轻佻都越来越严重,绮尔维丝像照顾孩子一样地容忍着。因为没有人照顾,绮尔维丝还把古波的妈妈接到家里照料。顾奢有时候也偶尔来店里,他的心里一直都怀念着绮尔维丝。爱弟纳已经十二岁了,顾奢把他介绍到自己的螺丝钉厂做拉风箱的工作。

日子一天一天地过着,这天绮尔维丝遇到了当年和她打架的维尔吉妮,两个女人都表现出冰释前嫌的姿态,来往也多了起来。从维尔吉妮的口中,绮尔维丝获知了不少关于朗第耶离开她后的生活情况。为了防止自己胡思乱想,她经常去螺丝钉厂看望小儿子和顾奢,每当她看到顾奢挥舞铁锤卖力打造的时候,她都感到很快乐。她和顾奢之间的情谊在加深,但是他们都没有越雷池一步。酗酒的古波变得越来越颓废,这让绮尔维丝感到绝望。到了绮尔维丝生日的那一天,她在店里设宴邀请平日的街坊和亲戚来庆祝。饭桌上杂乱哄闹,这时候朗第耶出现在路对面,正往店里看。绮尔维丝和其他女人们都惊恐起来,古波出去和朗第耶谈了一会竟邀请他到宴席上一坐。从这以后,朗第耶便经常到店里来,到最后古波竟要求把房子改造腾出一个房间给朗第耶住。朗第耶搬进来之后便越来越放肆,不但开始管油盐酱醋而且还问绮尔维丝借钱,有一次他正要强吻绮尔维丝的时候被顾奢撞到。顾奢也像街坊里的人一样认为绮尔维丝和旧情人旧情复燃了。为了向顾奢解释,绮尔维丝来到螺丝钉厂,一番交谈后,顾奢向绮尔维丝诉说了自己的心声,并提议两人离开巴黎,但是绮尔维丝表示抛弃家庭并不容易。

古波一天到晚和朗第耶厮混在一块,工作也不高兴做了,只知道喝酒作乐。这样绮尔维丝就不得不养活家里这两个大男人,而家里已经负债不断了。这天晚上,古波因为在外面喝酒两天都没有回家,朗第耶提议带绮尔维丝去听音乐会放松一下,等他们回来的时候发现古波已回来了,并且呕吐了一卧室的脏东西。朗第耶便怂恿绮尔维丝到他的房间睡觉,绮尔维丝不愿意做这样的事情，但是卧室里太脏了，在朗第耶的推搡下只好进了他的房间……古波妈妈看到这一幕后非常生气，她把这件事告诉给了自己的大女儿罗里欧太太和二女儿洛拉太太。这两个人本来就和绮尔维丝家关系不好，经由这两个人的散布，全区都知道了洗衣店家的丑事。而绮尔维丝渐渐也习惯了这样不正常的关系，只要丈夫喝醉酒回来不省人事，她就到朗第耶的房间睡觉，因为那里干净很多。

顾奢听闻了这件事，伤心欲绝。顾奢的妈妈也对绮尔维丝非常失望，不仅因为绮尔维丝伤害了自己的儿子，也因为她对洗衣生意越来越不用心：不是迟迟不送洗好的衣服，就是洗得不干净，为此，街坊里的人都转而把衣服送到福公尼那老板那里去洗。绮尔维丝的洗衣店越来越破落了。古波呢，贪吃酗酒，身材发福得厉害，对于妻子和朗第耶的做法也视而不见。看着古波家穷困起来，朗第耶开始另外盘算，他游说维尔吉妮把绮尔维丝的洗衣店盘下来，原来他已经给自己找好下家了。

古波妈妈在一个夜晚静静地病死了，葬礼的花费让家里更加拮据。众人各怀鬼胎，都怂恿古波把洗衣店转让出去。古波经不起旁人的刺激，就一口答应了。很快，洗衣店转让给了维尔吉妮家。用换得的钱，古波一家重新住回破旧的公寓，绮尔维丝也重新去福公尼那做洗衣工。这样还算过得去的日子两年后就结束了，家里已经吃穷了，越是穷越是懒，连绮尔维丝也如此。雪上加霜的是古波得了肺炎，经过治疗重新回到家里，可是他一回来就经不住小酒店里酒精的诱惑，又开始酗酒。绮尔维丝发现酒还真是一样美味的东西，虽然肚子饿，但是能把钱花在酒上再灌下肚竟也是不错的选择。从这以后，绮尔维丝也沉溺在小酒店中。

娜娜已经长大了，她肥胖、美丽、粗俗，在一家假花店做女工。有个有钱的老头觊觎她，她倒很是得意，反而变得更轻佻起来。古波为此没少打骂过她。这天，娜娜回到家看到父亲又要打她，便离开了家再没有回来过。娜娜的离开让父母的关系更加糟糕，绮尔维丝也破罐子破摔，除了谩骂不停其他的她都不在乎了。古波夫妇终于在歌舞厅找到了失踪的娜娜，她已经成为一个舞女，夫妇俩强行把她拉回家，可是娜娜已经习惯了放荡的生活,还是想办法溜出去到各个舞场做表演,古波和绮尔维丝也拿她没办法,连他们自己也变得麻木不仁。

冬天到了,古波家中凡能当的东西都当掉了,连床也当掉了,只是把干草铺在地上作床用。丈夫还没有拿着薪水回家,绮尔维丝感到很饿,她躺在干草上一动不动地等待着。久久不见丈夫回家,她只好起身出去寻找,在小酒店里发现了丈夫。她央求丈夫给她些钱吃饭,可是丈夫嫌她丢人竟无情地拒绝了。绮尔维丝落魄地在街上游荡,看着阴暗丑陋的巴黎,回忆自己的过往,百感交集。当她看到树下站着的拉客的妓女时,也学她们的样子叫唤经过的男人,没有人理睬她,直到她拉住了顾奢。顾奢把她领到自己家里,拿出食物给她。绮尔维丝又饿又羞:曾经美丽的少妇如今变成颓废衰老的女人!顾奢勇敢地表达自己依然爱慕着她,绮尔维丝被这无法承受的真情吓坏了,她痛苦地夺门而出。

古波因为喝醉酒掉到了河里,绮尔维丝到医院的时候看到丈夫像疯子一样跳舞。每天,街坊们幸灾乐祸地等着归来的绮尔维丝给他们表演古波的怪病。这样痛苦不堪的生活持续了几个月,绮尔维丝自己也神志不清起来,饥饿压垮了她。最后,她死在屋内的干草堆上。

《娜 娜》

初版时间: 1879 年

主要人物:

内容梗概:

晚上九点,万象剧院座无虚席,所有人都是为了一睹娜娜的

·267·

左

拉

表演而来的。浮式瑞和表弟艾克多尔、娜娜的情人达戈奈、银行家史坦那……各路人马都来了。娜娜出场了,她的表演和演唱都很一般,可是她独具的白皙丰满和风骚吸引了所有男人的目光,他们为之倾倒。尤其是坐在达戈奈身旁的一个稚气未脱的美少年更是大呼娜娜的名字。演出大获成功。

第二天,娜娜一直睡到早上十点,连刚刚与她同枕共眠的男客人离开了都不知道。起床后,娜娜和女仆谈起话来:一会儿谈论固定常来的男客人;一会儿说起自己寄养在乡下的私生子小路易;一会儿为债主和房东的逼迫苦恼不已。这时候,特里贡太太来了——她是专门负责传话的人,她来告诉娜娜有个客人愿意出二十个金币与她相处一下,娜娜欣然答应了。就在娜娜离开的这会儿,许多仰慕娜娜的男士纷纷登门拜访。先是昨天那个美少年,然后是史坦那,接着是娜娜的某个老主顾外号"黑人"。娜娜终于带着钱回来了,又有两个先生到来:舒阿尔侯爵和他的女婿莫法伯爵。他们居然是来向娜娜募捐,说是要救济社区的穷人。在娜娜的房间里,他俩感受着屋子里胭脂水粉的浓郁气味,望见娜娜丰满性感的身材,伯爵感到一阵眩晕。娜娜很爽快地给了钱。打发走之前的三个人,若爱报告说楼下全是慕名而来的男人,娜娜只好从厨房溜了出去。

在莫法伯爵家,妻子莎彬伯爵夫人正在招待各位上流人士。浮式瑞和艾克多尔,还有那个美少年都来了——美少年叫乔治,他的母亲于贡夫人和伯爵家有着很好的关系。绅士们谈论政治和上流社会的风流韵事。年轻人则在一起窃窃地讨论着明天晚上娜娜家的座上宾有哪些人。浮式瑞代娜娜悄悄邀请伯爵赴宴,作风严谨的伯爵拒绝了。

第二天,宾客们纷至沓来,连没有被邀请的男士也来到娜娜家。宴席中,娜娜却独自离开——因为莫法伯爵没有来。其实这场宴会的真正目的在于吸引伯爵的到来,这下,宴会算是失败了。

万象剧院里《金发爱神》继续上演着,莫法伯爵陪同王子也在观众之中。幕间休息时,在剧场经理阿尔德那夫和伯爵及侯爵的陪同下,王子来到娜娜的化妆间。娜娜正在换衣,她慌忙躲到帘子后面。不一会儿，她走出来：她只穿很少的衣裤，几乎是半裸的！闷热并混杂各种香气的化妆间让伯爵回忆起当初在娜娜家的那种眩晕，不但如此，现在，娜娜全然不顾地在他们面前化妆修饰。莫法伯爵，这个恪守道德、严肃庄重的男人，连自己妻子穿着短裤在他面前走过的情形都没有见过，现在，他感到内心禁锢已久的肉欲蓦然腾升。

娜娜上场了，每晚到这幕，所有的观众都期待着看到裸体的"女神"。莫法伯爵躲在幕后偷偷窥视着舞台上这尊洁白丰满的身体，等娜娜下场时，他冲过去亲吻了她。从这个时候开始，对于伯爵，四十年信仰和自守的生活走到了尽头，他只想拥有娜娜。

受于贡夫人的邀请，伯爵一家人还有浮式瑞等人都来到丰代特度假。正在这个时候，娜娜也来到了附近的迷鸟台，史坦那送给她的房子就在这里，这也是娜娜第一次看到这座房子，因此她非常兴奋。乔治获知娜娜的到来，就在众人面前装作生病要休养，天黑的时候就溜出来直奔迷鸟台。娜娜对乔治的到来又惊又喜，这个年轻孩子的心意让她好生感动，她和他度过了浪漫的一夜。

第二天，于贡夫人谈论到新搬来的娜娜，莫法伯爵也知道了娜娜的到来，于是他决定夜里去迷鸟台一趟。乔治看到伯爵往迷鸟台方向走，便明白了一切，他奔跑到娜娜那里对她哭泣。正好史坦那在楼上。娜娜不忍心伤害这个孩子，就让他藏在自己的卧室，并答应会支开史坦那和伯爵。果然，她对史坦那谎称自己病了，等到伯爵来时，她故意又把史坦那引来，让伯爵无从下手。伯爵只好怏怏地离去，史坦那也独自上楼睡觉了。小乔治又和娜娜偷偷度过了一夜。在和乔治相处的日子里，娜娜觉得自己似乎变得更年轻了，甚至有了恋爱中的羞耻之心和激动。她还把自己的儿子小路易接过来照顾，能和自己的孩子待在一块她感到非常幸福。这样的日子过了一个礼拜，另一帮曾经不经意邀请的人相约来到了迷鸟台，其中有剧院的演员，也有艾克多尔。十几个人挤在娜娜的房子里。伯爵再次来到的时候，发现娜娜家来了这么多人，更没有机会得到娜娜了。由于伯爵总

·269·

左拉

是不在,浮式瑞和伯爵夫人之间竟也日久生情。这天,丰代特的人一起到户外闲逛,正巧遇上娜娜一帮人驾着马车出游,伯爵和于贡夫人都看到乔治居然和娜娜紧挨在最后一辆马车里!晚上,乔治灰溜溜地回来了,伯爵望着他真是痛苦不堪,他决定无论如何要去迷鸟台一趟。这回,他终于得到了娜娜。

接下来的日子,伯爵便经常和娜娜在一起。这天,伯爵在万象剧院外等娜娜,他一定要问她为什么来剧院,因为这些日子并没有娜娜的演出。娜娜出来了,伯爵倒没了质问的勇气。突然,达戈奈冒了出来,伯爵赶快躲到一旁。达戈奈告诉娜娜说浮式瑞和伯爵夫人有奸情。于是,娜娜把这个传闻又告诉给伯爵。伯爵冲出门外,心里满是绝望:他和他的妻子竟然同时有这样肮脏的行为。等他再返回娜娜的住所,史坦那也来了。银行家已经濒于破产,但是他还是凑了一千法郎来送给娜娜。娜娜倔强地不肯理会这两个男人,她自己也受够了成为依附男人的玩物。她告诉伯爵自己这些天去剧院是为了和剧院演员丰当幽会。伯爵愤怒地离去。

之后不久,娜娜就离开了自己的住所,她和丰当一起搬到另一个街区过上了夫妻一样的生活。娜娜是真被这个男人迷住了,所以她开始享受起这样普通人的生活来。然而好景不长,丰当的恶性很快就暴露出来,他开始天天殴打娜娜,在花光了娜娜的积蓄之后却不肯拿出自己的积蓄供应娜娜。娜娜呢,这个被爱冲昏了头脑的女人,默默忍受着这一切。为了养活自己为了还债为了小路易,她又重操旧业——但已不再是当初那个万象剧院的"女神",而是躲藏在黑暗的巷子里等待客人的下等妓女。

万象剧院里正在排练浮式瑞写的新剧本,经理阿尔德那夫同意让娜娜出演其中一个荡妇形象。娜娜很是犹豫,便来到剧院先做观察。在熟人的帮助下,她把伯爵引到了自己的化妆间。伯爵虽然和新剧的女主角洛丝在一起很久了,可是当娜娜重新出现在自己面前时,对她的渴望又重新燃起。娜娜对伯爵的表白无动于衷,她唯一的条件就是让伯爵去说服浮式瑞和经理:踢走洛丝,自己当女主角。虽然伯爵很不情愿,但是为了得到娜娜,他硬着头皮最终还是说服了剧院。虽然娜娜的表演并不成功,但是她又回到了万人瞩目的生活中,并且由于伯爵的赞助,生活重新变得衣食无忧。伯爵要求娜娜对他忠诚,娜娜虽然口头答应,但是除了接待伯爵,她还是偷偷和乔治等人来往,甚至还有乔治的哥哥:当兵的菲利普。

这天,伯爵突然回来,撞见娜娜正躺在乔治的怀里,娜娜连忙解释,并发誓再不会这样了。伯爵虽然伤心,但是想到自己还是离不开她,便只好相信了她。又一天,乔治听到哥哥在向娜娜求婚,他担心极了,他哀求娜娜不要和他哥哥在一起,娜娜指责他干涉过多,乔治绝望地把刀刺向了自己的胸膛。

伯爵对娜娜失望透了,他终于明白娜娜根本没有对他忠诚过,除了自己,她一直和别的男人纠缠不清。娜娜也看清了伯爵对自己的失望,从此,她只管问他要钱,别的都无所谓了。因为娜娜,伯爵一方面忍受内心道德和欲望的矛盾煎熬,另一方面他的财政被娜娜逼得越来越窘迫。娜娜继续挥霍着伯爵的金钱,继续寻欢作乐着,直到有一天,伯爵撞见自己的岳父舒阿尔侯爵竟躺在娜娜的怀里! 伯爵再也没有回来过,而乔治的死讯也传了过来。

之后,人们再没有看到娜娜,原来她卖掉了房产和家什,在别的地方开了一家旅馆,等相识的人们再次见到她的时候,她已经因为天花死在自己的旅馆中了。

《妇女乐园》

·271·

初版时间: 1883 年

主要人物:

左拉

内容梗概：

乡下姑娘德尼丝带着两个弟弟日昂和北北来到巴黎投奔开面料店的博迪伯父。他们还没走到伯父家，就被一家名叫"妇女乐园"的巨大的百货公司吸引了，橱窗里陈列的五光十色的商品令他们眼花缭乱，驻足不肯离去。德尼丝的到来令伯父感到苦恼，因为正是对面的那家妇女乐园抢走了他的顾客，垄断了巴黎一大片地区的生意，迫使他家的生意陷入困境，因此无力承担德尼丝三人的生活。然而伯父还是收留了德尼丝姐弟，而德尼丝应聘了妇女乐园服装部的售货员工作并被录用。

妇女乐园的老板是年轻的穆雷。这一天他来到情人德福尔热夫人家的聚会，游说信托公司的总经理哈特曼男爵，请他将新修马路周边的地皮卖给他以便扩大妇女乐园的经营。最终，男爵答应如果下周一妇女乐园举办的大展销能获得成功，就同意穆雷的请求。

到了周一的大展销，这天也是德尼丝开始上班的日子。但无论是服装部的同事还是主管奥雷利太太都从心底里讨厌这个土气的姑娘。到了下午，顾客开始越来越多，女人们疯狂地涌进妇女乐园，在面料部、手套部、服装部争先恐后地抢购。售货员也使出浑身解数推销商品，彼此间算计竞争。在服装部，不熟练的德尼丝遭到主管奥雷利太太的责骂，只好充当衣架子，试穿太太们看中的衣服，大家评头论足，连穆雷也参与到太太们的嘲笑中来，这一切都让德尼丝感到侮辱和伤心……一天的繁忙结束了，展销会获得成功。

渐渐地，德尼丝开始无畏起来，她辛苦地工作，且还要承受服装部那些女人们对她的冷嘲热讽和恶意诬蔑。这一切都是为了赚钱勉强应付姐弟三人的生活。然而由于弟弟日昂总是到店里问德尼丝要钱，德尼丝因人告发而被解雇了，她只好租住在布拉先生的旅馆，并在罗比诺德面料店谋到一份差事。一次偶然的机会，德尼丝碰到穆雷，穆雷殷勤地告诉德尼丝只要她愿意就可以重新回来工作。看着面料店越来越糟糕的经营和布拉先生的旅馆面临地皮被征收的困境，德尼丝决定重新回到妇女乐园。

商店里开始出现德尼丝与穆雷的传言，穆雷怀着对德尼丝的爱慕和赞赏提拔她做了时装部副主任。渐渐的,德尼丝感觉到自己也爱上了这个年轻人。服装部的人都不敢再轻视德尼丝反而变得恭顺起来。获知隐情的德福尔热夫人则气愤不已,准备和别人联手新开大商场来与妇女乐园抗衡。

又一个关于德尼丝拥有众多情人的流言传到穆雷耳中,他央求着德尼丝的爱并把她提升为童装部主任。德尼丝也尽心帮助穆雷改善管理,使员工的待遇大为改善。可是那些街区里的老商铺无不日趋没落,濒临绝境,德尼丝对此有心无力,陷入深深的矛盾中。

扩建后的妇女乐园举办了新的展销会,客人纷至沓来。就在这个时候德尼丝却提出辞职,因为她害怕与穆雷相爱,不愿意依附男人。商业上的成功无法填补穆雷爱情上的挫败,对于德尼丝的绝情,在最后告别时刻,他表达了自己的绝望和放弃,德尼丝再也不忍心折磨她深爱的男人了,终于向他倾诉自己一直都在爱着他……

《人 兽》

初版时间: 1890 年

主要人物:

卢博 ……………………………………… 火车站副站长
塞芙丽娜 ……………………………………… 卢博的妻子
格朗莫兰 ……………………………………… 铁路公司董事长
雅克 ……………………………………… 火车司机
芙洛尔 ……………………………………… 雅克的表妹

内容梗概:

塞芙丽娜小时候是铁路公司董事长朗格莫兰的养女。格朗莫兰表面上是一个庄重富有的上流人物,私底下却是一个淫棍:他收养塞芙丽娜就是为了霸占她。数年后,为了摆脱格朗莫兰的折磨,塞芙丽娜嫁给了火车站副站长卢博。有一天,生性蛮横好妒的卢博发现妻子并非贞女,这让他愤怒得无法自抑。他逼迫妻子写信把董事长引上火车并在包厢里杀死了他。然而就在此时,火车司机雅克正在铁道边沉思苦恼:他有一种怪病,只要看到年轻女人的肌肤就无法抑制地要杀掉她——刚刚他就差点失手杀死钟情于自己的表妹芙洛尔。雅克正一抬头,竟目睹飞驰的火车上发生的那幕杀人景象!

自命不凡的预审法官德尼泽展开调查,卢博夫妇惶恐不安,同在铁路工作的雅克认出凶手就是卢博。可是当他的目光落到美丽弱小的塞芙丽娜身上时,一种奇妙的感觉让他放弃了揭发的念头。案件的焦点被引到森林工人卡不什身上,因为当年芙洛尔的妹妹被董事长奸污后,好朋友卡不什扬言要杀掉董事长。

为了堵住雅克的嘴,卢博不惜故意让自己的妻子亲近雅克,他让雅克在妻子去巴黎的途中照顾她。塞芙丽娜来到巴黎忐忑不安地找到司法部秘书长卡米-拉莫特,卡米是董事长生前的好友,也是这宗命案的负责人之一。其实秘书长已经拿到了事发当天约见董事长的那封信,塞芙丽娜的到来使他确定写信人就是她。考虑到揭露真相可能会使董事长的那些丑事激起社会议论并且牵扯出别的什么重大事情,秘书长决定封口并倾向于让卡不什当替死鬼。

为了拉拢雅克,塞芙丽娜主动对雅克示好,她知道只要抓住雅克的心自己才有保命的希望。而雅克对女人的杀欲在塞芙丽娜的面前都消失了,他相信是对塞芙丽娜的爱拯救了自己。格朗莫兰的案子慢慢被人们淡忘了,雅克也成为卢博夫妇家的常客。夫妻关系的冷淡疏远无形中促进了女主人和雅克之间的爱意。塞芙丽娜和雅克一直悄悄地经常幽会,雅克对塞芙丽娜的爱越来越深,因为他把塞芙丽娜视作除掉他心头杀人欲的女神。卢博衰老了,并染上了赌博的恶习,家里开始负债累累,夫妻间的矛盾争执也越来越多。

表妹芙洛尔洞察到表哥和塞芙丽娜之间的关系,这让她非常气恼妒忌。为了表达自己对雅克的忠诚,塞芙丽娜把自己和卢博杀死董事长的真相叙述给了雅克听,而雅克心底里的杀人欲不知不觉中被用刀子杀死人的叙述激活了!

为了摆脱丈夫开始新的生活,塞芙丽娜恳求雅克杀掉自己的丈夫,雅克的忧郁使谋杀计划失败。而在铁道边,一心想要报复表哥和他的情人的芙洛尔,竟狠心在铁轨上做了手脚。火车果然出事了,死伤许多,但是雅克和塞芙丽娜却奇迹般地活下来了。报复未果让芙洛尔更加痛苦,她走上铁轨等待下一辆火车来结束自己的生命。

塞芙丽娜再次催促雅克杀掉自己的丈夫,一连串事情让雅克的精神处于危险的紧张之中。他本打算杀掉卢博,却在和塞芙丽娜的交欢中不由自主地将她残忍地杀死了。

马拉美

(1842—1898)

19 世纪象征主义诗人。马拉美于 1842 年出生在巴黎,幼年丧母,10 岁时被送入寄宿学校读书。他从小喜欢幻想,自称有着"拉马丁的气质",对诗歌情有独钟,就读于桑斯高中时已开始写些诗句,并着迷于波德莱尔的《恶之花》。1863年马拉美去英国修读英语,在伦敦创作了诗歌《窗》,并且结了婚。得到英语教师资格证后,他携家人回到法国,先后在图尔农、贝尚松、阿维尼翁执教,但他很快厌倦了这单调之味的生活模式,并于 1871 年来到巴黎。

马拉美坚持创作诗歌,1866 年在杂志《当代巴纳斯》发表包括《窗》在内的数十首诗。他很快不再满足于零散的诗歌,而幻想创作一部宏大的作品来包含他所有的诗歌理念。自1866 至 1876 的这十年间,他致力于两部长篇诗歌《埃洛狄亚德》和《牧神的午后》的写作,其中后者于 1876 年问世,是诗人篇幅最长、最著名的长篇诗歌。

从 1874 年起,马拉美每周二都会在巴黎的公寓里举办诗歌沙龙,接待文学爱好者和他的学生。直到 1884 年,他的名字仍仅为一小部分文人所知;次年,魏尔伦和于斯曼在各自的作品中都提及了马拉美和他的诗歌,于是诗人声名鹊起,后被誉为象征主义诗歌的领袖人物。他的"周二沙龙"队伍不断壮大,卡恩、拉弗格、雷尼埃、克洛岱尔、纪德、瓦勒里等人也相继加入。他又先后发表了《诗歌全集》、《徜徉集》、《爱伦·坡的墓》等作品。1898年逝世。

马拉美一生信奉着一种宗教,那就是诗歌。他的最终理想,就是用诗句诠释至美的理念。他遵行诗人苦行的教条,主张抛开一切物质享乐及荣誉。他为创作中犯下的错误而自责,为一时无法把理念呈现于纸张而苦恼。正是他这种高度的自我约束和追求艺术的激情,使他赢得了人们崇高的致意。

《牧神的午后》

该诗发表于1876年。十年前,马拉美就想创作一部主题为牧神的诗歌,名为《牧神的独白》。如果说《埃洛狄亚德》象征着萦绕诗人心头的理念美,那《独白》则道出他追寻理念美的满腔热情和感官欢愉。诗人酝酿了十年之久,对《独白》作了修改和扩充,并将其更名为《牧神的午后》,全诗长达110句,是马拉美篇幅最长、最为著名的诗歌。

诗中的场景为纯巴纳斯风格:一个烈日炎炎的盛夏午后,在意大利西西里岛的水滨,牧神从一场美梦中醒来,他念念不忘和两个仙女嬉戏的梦境,竟然辨不清刚才的场景是真情还是幻梦。牧神于心不甘,吹起了笛子,想借助音乐在回忆中逍遥一番。不知不觉,他被自己的幻觉征服,迷迷糊糊,又恍惚入梦去追逐消失的仙女。牧神是罗马神话中的低等恶神,他上半身是人,但长角,有须,下半身为公山羊,善吹笛,爱追逐林中仙女。请看《午后》的开篇:

"牧神:林泽的仙女们,我愿她们永生。多么清朗。

她们轻而淡的肉色在空气中飞舞,空气却睡意丛生。"

牧神的独白始终围绕着一个问题:他遇见的林泽仙女是真实的还是虚幻的:"莫非我爱的是个梦? 我的疑问犹如一堆古夜的黑影,终结于无数细枝,而仍是真的树林。"醒来的牧神,意犹未尽,于是掏出笛子,"把和弦洒向树丛,那夏日拂过羊毛的和风,迅急地从双管芦笛往外吹送",试图在音乐中回味梦中的欢愉。芦笛的前奏曲悠然响起,惊起泉畔的水鸟,仙女们也闻声仓皇逃奔,"她们把自己的灼热浸入波浪,一声怒叫向森林的上空掷去,她们秀发如波的辉煌之浴,隐入了碧玉的战栗和宝石的闪光"。牧神追赶过来,发现脚旁躺着两个慵懒的仙女,"手臂互相交织地熟睡着",他"没解开她们的拥抱,一把攫取了她们,奔进这被轻薄之影憎恨的灌木丛"。仙女躲闪着牧神似火的嘴唇,欲滑脱他的怀抱,牧神的双臂"因昏晕之死而发虚,猎物竟突然挣脱,不告而别"。身心疲惫的牧神伏倒在焦渴的沙土上,嘴巴微张,再次昏昏欲睡。

牧神想把邂逅的林泽仙女永存在回忆中,仿佛诗人在梦境里听到缪斯的召唤,醒来焦急地想把灵感付诸现实。于是,这首描写牧神的诗陡然变成了一首描写诗人的诗:牧神是诗人的象征,手中的芦笛是诗人的纸笔。他心血来潮,要把心中的梦幻写成一首诗,但最后作罢,变得沉默无声。诗歌的最后一句:"别了,仙女们,我还会看见你们化成的影。"是诗人对转瞬即逝的灵感依依不舍的告别。

《午后》里出现的梦中场景并没有按照传统逻辑秩序被铺展,而是被一股神秘的力量牵动着,一幅幅地从阴影处涌出。这般交错复杂的风格很容易使读者在阅读时迷失方向。此外,马拉美的诗歌富有大量的象征意义,晦涩难懂。他宣称:"一个智力中等的人,文学根底不足,偶尔打开一本这样写成的书,想要从中得到享受,这是误会。"马拉美信奉诗歌的神秘主义,坚信诗歌是神圣的,为了保持神圣性,它就必须变得神秘,且仅可被少数精英所理解。所以在他的诗句中,马拉美从不直接命名事物场景,而总是用象征符号来代替,待读者细细揣摩猜测。

《牧神的午后》的问世在艺术界引起了不小的轰动,马奈为长诗作了插画;在诗歌问世近二十年后,德彪西谱写了《牧神的午后前奏曲》,并于 1894 年 12 月 22 日由古斯塔夫·多莱指挥首演;俄国舞蹈家尼金斯基又按这首序曲创编了同名芭蕾独幕舞剧,全长十分钟,于 1912 年 5 月 29 日在巴黎首演。

魏尔伦

(1844~1896)

　　保尔·魏尔伦于 1844 年出生于梅斯,父亲是一名军官。他 7 岁时,全家搬到了巴黎。自 14 岁起,魏尔伦就对诗歌有着浓厚的兴趣。1862 年从波拿巴高中(现孔塞多)毕业后,他就职于巴黎市政厅,同时经常光顾巴黎的咖啡馆和文学沙龙,在那里与孟戴斯、法朗士、科佩等诗人作家结识。1866年,魏尔伦在《当代帕尔那斯》杂志上首次发表诗歌,收录在同年出版的诗集《感伤集》中。不久,父亲的去世给他带来沉重打击,他开始酗酒,并时常殴打母亲。1869 年,《华宴集》出版。那一年,他爱上了 16 岁少女玛蒂尔德,并于次年与她结婚。这段婚姻在魏尔伦的心中燃起生活的希望,他开始高唱纯朴无瑕的爱情,并把《美好之歌》献给妻子。但是好景不长,1871 年他因支持巴黎公社运动而被市政厅解雇;同时,他结识了兰波,与他产生了炽烈的友情。魏尔伦背叛自己的妻子,与兰波一同前往比利时和英国旅行,途中写下《无言心曲》。在布鲁塞尔,兰波威胁要离开魏尔伦,争执中魏尔伦朝他开枪,因此被判 2 年监禁。狱中他皈依天主教,并忏悔往日的罪恶。出狱后,他去了英国做中学教师,写下《智慧集》。但不久,他便厌倦日复一日的简单生活,又重新过起了酗酒、挥霍的放荡生活,同时创作《今昔集》和《平行集》。魏尔伦在诗坛的声誉与日俱增,被誉为"诗歌王子",可是他的生活却陷入窘境,他晚年的创作纯粹为了维持生计。1896 年,时年 52 岁的魏尔伦在巴黎死于贫困。

《华宴集》

初版时间: 1869 年

内容梗概:

《华宴集》是魏尔伦的第二部诗集。1859 年,龚古尔兄弟发表的《十八世纪艺术》在巴黎掀起一阵欣赏十八世纪画家弗拉戈纳尔、华托和布歇等人的热潮。魏尔伦深受这本书的启发,并多次去罗浮宫观赏画展,遂作《华宴集》,收录 20 首诗歌。

但是,与龚古尔兄弟的《十八世纪艺术》不同,魏尔伦并未想在《华宴集》中还原或复兴上个世纪真实的艺术面貌,而是借助那个时期绘画的人物和场景,营造一个属于自己的模糊、优雅、甜蜜而凄凉的幻境。在这个梦境里,月光"惨淡而华丽";喷泉在沉醉中"啜泣";假面舞者"脚步轻盈"却"神情黯伤"(《月光》);皮埃罗在滑稽的面具下"默默淌着眼泪"(《哑剧》);情人记不起"往日的甜情蜜意"(《绵绵情话》)。《华宴集》就是这样将华托式温柔精巧的背景和悲凉感伤的主调糅合在一起。

在诗集中,魏尔伦对"虚幻"的着迷随处可见,他频繁使用"幽灵"、"雕塑"、"假面"、"丑角"等作为诗中的主人公(《哑剧》、《月光》、《曼陀林》、《绵绵情话》等);同时,他又迫切地捕捉着一些转瞬即逝的感官印象:一个眼神、一阵清风拂起的涟漪、少女碎发下忽隐忽现的后颈和她那裙摆扬起时露出的小腿……在魏尔伦眼中,没有什么比这些细腻柔弱的事物更持久、更深刻。

在表现手法上,魏尔伦运用了大量的叠韵、断句、顿挫、省略和感叹词,使得诗句具有很强的音乐性。德彪西便是受《月光》的启发,为它谱了曲。此外,魏尔伦在诗句中会穿插一些对话,如诗集末篇的《绵绵情话》中,昔日情人的对话如二重唱般回荡

·279·

魏尔伦

在破旧的公园里：

> "你可记得往日的甜情和蜜意？"
> "您干吗偏要让我勾起这回忆？"
> "你听到我的名字会心儿直跳？
> 你就是做梦总会见到我？""无聊。"
> "啊！那美好的生活多引人入胜，
> 我俩曾频频亲吻！可不是？""可能。"
> "当年多美的希望，多蓝的天空！"
> "黑夜中希望破灭，已无影无踪。"

《无言心曲》

初版时间：1874 年

内容梗概：

《无言心曲》是 1872～1873 年间魏尔伦和兰波一起在比利时和英国旅行时创作的。这是魏尔伦人生最灰暗的时期：和兰波炽烈的恋情使他抛弃自己的妻子，跟随这个"年轻的撒旦"四处流浪，但因为在争执中开枪击伤了兰波，为此被判了两年的监禁。因此，在短暂欢快的《美好之歌》后，《无言心曲》又一次奏起早期《感伤集》和《华宴集》中忧郁凄凉的主旋律，诗集充满着魏尔伦对过去的悔恨、对未来的焦虑和对爱情消亡的恐惧。

《无言心曲》共收录 22 首诗歌，分为三个部分：《被遗忘的小咏叹调》（9 首）、《比利时风光》（6 首）和《水彩画》（7 首）。《被遗忘的小咏叹调》中的第三首《泪水落在我心中》是魏尔伦传颂最广的诗篇之一："泪水落在我心中，如同雨水落在城里……"诗人写凄清的雨，也写心中的泪，雨和泪交织在了一起，奏成一首哀怨缠绵的小咏叹调。魏尔伦善于精选一幅幅朦胧凄美的场景：烟云、残月、黯淡的星空、飞扬的沙土、屋顶的雨滴，来承载他道不清由来的情感，"说不出为了什么，既没有恨，也没有爱，我心中充满了悲哀。"（《泪水落在我心中》）

《比利时风光》记叙了诗人游历异国时领略到的风景。在诗句中,心灵的放逐与动荡的旅行不谋而合,因此魏尔伦笔下的比利时和英国没有异国情调。在《比利时风光》中,诗人捕捉着闪电般飞逝的物体:高速驶过的火车、拂过青草的微风、展翅嘶鸣的大雁、奔跑时刮伤脸颊的荆棘……这些令人晕眩的画面在《水彩画》里也有体现,风景与情感如水调和颜料般"水乳交融"。此外,《水彩画》中所有诗篇的题目都以英语命名,其中《绿》最为著名。"看那里,果实、繁花、绿叶和树枝;再看这里,我的心只为你跳动。你白皙的双手可不要将它撕碎,就让它在你的美目里谦卑地奉上温情……就让它平息吧,这场美妙的风暴,让我小睡一会儿,既然你也休息了。"(《绿》)诗人在自我放逐中渴望获得安宁、庇护和抚爱,他希望爱人能用柔情来平息他的焦躁和恐惧,他害怕短暂的欢愉过后,爱情将离他远去:"玫瑰娇艳依旧,黑藤枝枝蔓蔓,亲爱的啊,只要你稍稍移动,就勾起我无限心忧。"(《忧郁》)

魏尔伦的《无言心曲》虽作于他人生最低谷的时期,但它在诗歌界却有很高的艺术地位,尤其是 1887 年再版之后。魏尔伦的创作风格独树一帜,他的诗句音乐性强,景致明暗交错,情感细腻深刻,深受印象派画家和音乐家喜爱。

于斯曼

(1848—1907)

若里-卡尔·于斯曼 1848 年出生于巴黎,原籍荷兰。于斯曼从小在寄宿学校学习,8 岁时父亲逝世。母亲随后改嫁给一个商人。1866 年,于斯曼获得了学士学位。同年,他开始在内政部工作,开始其长达三十年的公务员生涯。1874 年他自费以笔名若里-卡尔·于斯曼出版了散文诗集《蜜饯糖果盒》,从此开始在文坛引起人们的关注。1876 年他写成第一部小说《玛尔泰,一个女孩的故事》。次年他发表了一篇名为《左拉与小酒馆》的文章,他在文中向左拉致敬,认为左拉是同时代作家的典范,他也开始加入自然主义流派。1879年,他又出版了第二部小说《瓦塔姐妹》。1880年他和左拉等共6位作家编撰出版了中篇小说集《梅塘夜谭》。1881年,受神经衰弱困扰的于斯曼去巴黎市郊的丰特内-玫瑰疗养。1884年,他出版了《逆流》。于斯曼在创作上也完全脱离了自然主义主张的美学观点。他笔下的主人公都是些颓废麻木的人物。他对普通的现实感到厌恶,只欣赏波德莱尔、魏尔伦、马拉美等诗人的创作风格。这在他1891年出版的小说《在那边》中也有反映。《在那边》最初是以连载形式刊登在《巴黎回声报》上。于斯曼随后又着迷于基督教艺术所表现出的美,他开始信仰宗教并写就了《在路上》,他晚年的作品《大教堂》(1898)、《修士》(1903)、《鲁尔德民众》(1905)都是他对宗教狂热信仰的体现。于斯曼还与埃德蒙·龚古尔一起担任龚古尔文学奖委员会的第一任主席。1907年,于斯曼于巴黎逝世,被葬在蒙巴拿斯墓地。

《逆　流》

初版时间: 1884 年

主要人物:

　　让·德塞森特公爵

内容梗概:

　　小说《逆流》共分 16 章,故事几乎全部围绕着主人公德塞森特一个人展开。让·德塞森特出生在一个居住在卢尔城堡内的大家庭里,以前家族人丁兴旺时遍布整个法兰西岛和布里。但近两个世纪以来,德塞森特家族一直在近亲之间通婚,导致家族逐渐衰败:家族内不再有强壮的士兵,男子日趋女性化……如今家族只剩下唯一的子嗣——德塞森特。

德塞森特今年30岁,可能是由于隔代遗传的缘故,他像他的老祖父一样脸颊凹陷,身体瘦小纤弱。他的童年过得十分不幸,持续不退的高烧几乎把他的身体完全压垮,他还患上了淋巴结核,在悉心的照料下才挺了过来,最终步入成年。对于他的父母,他也只留有些许可怕的回忆。他的父亲通常住在巴黎,几乎不怎么和让交流;而母亲留给他的印象是一直静静地躺在卢尔城堡内昏暗的卧室里。父母亲很少生活在一起,即使在一起的那几天,他们俩也只是面对面坐在昏暗的小圆桌边寒暄几句,然后他父亲就漠然地离开了。

让在耶稣教会学校学习,他的才智令学校的神甫感到吃惊,他们非常疼爱他,想好好开发他的智力,挖掘他的潜力。可是不管他们如何努力栽培小德塞森特,他都只对拉丁文感兴趣,而对于希腊语等现代语言则丝毫没有显露出天赋,在学习一些最基本的自然科学时,他也表现得十分迟钝。家人对他也漠不关心:他父亲偶尔会去寄宿学校看他,和他打声招呼,让他好好学习,做听话的好孩子;暑假他回到卢尔城堡,他母亲只是带着痛苦的微笑,看他一会儿,然后又回到自己常年昏暗的卧室休息。在城堡供事的仆人年事已高,都很古板无趣,他只能一个人找点乐子:下雨天他就找些书翻翻,阳光明媚的午后他就会去乡间散步。他很喜欢去山谷或是汝第涅村庄散步,躺在草地上感受那儿的乡土气息,倾听水磨发出的声响。有时候他会登上平坦宽阔的小山顶,一边能俯瞰到塞纳河谷,另一边则能望到普罗万的教堂和塔楼。这也是他童年为数不多的美好回忆了。

德塞森特阅读了很多书籍,经常一个人思考一些问题直到深夜,久而久之,他先前的一些未成形的思想成熟了。每次假期后回到学校,他的老师们都会察觉到他身上发生的变化,但是他们并没有认可这个思维活跃但难以管教的孩子。他们认定德塞森特绝对不会为学校增光添彩,况且他富裕的家庭对他的前途也是漠不关心,于是老师既没安排德塞森特进入好专业学习,也不打算让他进入教会,而是任由德塞森特学习他感兴趣的学科。德塞森特因此过得很开心,继续着他的拉丁文和法文学习,课余

于
斯
曼

时间他还自学了神学。

17岁那年，德塞森特的母亲因身体衰竭而死，父亲也死于不明病因。成年后，他从学校毕业并且从他的监护人德·蒙谢弗莱伯爵那拿回了属于自己的遗产。年迈的德·蒙谢弗莱伯爵和德塞森特几乎没有任何共同语言。伯爵举办的晚会总是一成不变地邀请一些老古董级的父辈人物。他在参加了类似的几场晚会后就下定决心彻底与这个社交圈告别。他开始同同龄人打交道。这其中有些人和他一样在教会学校接受教育，他们会在复活节领圣体，经常出入天主教社区，但是他们总是像侵犯女子的罪犯一般偷偷摸摸地行事；另一部分人则更为自由、开放些。他们都是些花天酒地的人，听轻歌剧、赌马、玩纸牌。经过一年的接触，德塞森特感到这种放荡的生活未能给他带来真正的刺激和享乐，于是他疏远他们，开始和文人交流。他和文人的思想交流就显得较为顺畅了。可文人间的对话十分平淡，他们以作品的销量和盈利来评价作品；他还发现一些市侩教条者和自由思想家宣扬的思想竟是为了桎梏他人的思想，他又开始鄙视这些文人……长此以往，德塞森特越发蔑视人性，他感到世界大部分是由无赖和傻瓜构成的。德塞森特对能在世界上找到与他有共鸣的人不再抱有希望。他感到浑身不自在，十分痛苦，他开始刮伤自己的皮肤。他又想通过接近美色来拯救自己，可过度的骄纵使得他的身体很快衰退。

总之，无论他怎么想法摆脱苦楚，内心的孤苦始终挥之不去。他的健康状况也日益恶化。他决定卖掉闲置着的城堡，结算他的其他财产，买了国债，这样他每年有五万镑左右的收入，他还预留了一笔钱用来造一间小屋供他过上清静的生活。他在巴黎周边地区觅到一间待售的简陋小屋，环境清静，没有邻居，十分符合德塞森特的愿望。他请了些泥水匠刷了房子，某一天，他辞退了佣人，在没有告知任何人的情况下离开了自己原来的住处，连看门人也不知道德塞森特的去向。

莫泊桑

(1850~1893)

    莫泊桑 1850 年 8 月 5 日生于法国西北部诺曼底省的一个没落贵族家庭。1870 年到巴黎攻读法学,适逢普法战争爆发,遂应征入伍。退伍后,先后在海军部和教育部任职。19 世纪 70 年代是他文学创作的重要准备阶段,他的舅父和母亲的好友、著名作家福楼拜是他的文学导师。莫泊桑的文学成就以短篇小说最为突出,有"世界短篇小说巨匠"的美称。他擅长从平凡琐屑的事物中截取富有典型意义的片断,以小见大地概括出生活的真实。他的短篇小说侧重摹写人情世态,构思布局别具匠心,细节描写、人物语言和故事结尾均有独到之处。除了《羊脂球》(1880)这一短篇文库中的珍品之外,莫泊桑还创作了包括《一家人》(1881)、《我的叔叔于勒》(1883)、《米隆老爹》(1383)、《两个朋友》(1883)、《项链》(1884)等在内的一大批思想性和艺术性完美结合的短篇佳作。莫泊桑的长篇小说也达到了比较高的成就。他共创作了 6 部长篇:《一生》(1883)、《俊友》(又译《漂亮朋友》,1885)、《温泉》(1886)、《皮埃尔和若望》(1887)、《像死一般坚强》(1889)和《我们的心》(1890),其中前两部已列入世界长篇小说名著之林。

《一　生》

初版时间: 1883 年

主要人物:

德沃男爵 ·························· 没落贵族

内容梗概:

约娜今天十七岁,她已经在修道院呆了整整五年。当初男爵把她送到修道院就是为了女儿能够保持纯洁无瑕的天性。如今,约娜回来了,她迫不及待地要和家人一起到白杨山庄过夏天。约娜对修道院以外的一切风光都感到激动,她享受着山庄里的美景和清闲,同时这个爱幻想的姑娘期待着美丽爱情的降临。

这天,男爵夫人遇到乡间神父比科,比科把新搬来的子爵于连介绍给男爵一家。这是个英俊有修养的小伙子,很快爱情就在两个年轻人之间萌芽了。三个月后,男爵和妻子就匆匆为这对恋人举行了婚礼。

几天后约娜和于连来到科西嘉岛蜜月旅行,自然风光的奇异深深地吸引着约娜,然而在她心底,对这次婚姻渐渐产生了怀疑和忧心:她发现于连只是把自己当做泄欲的工具,而且他是个吝啬抠门的人。等他们回到白杨山庄,约娜的忧虑更加深重了:曾经期盼的美好生活变成了一成不变的单调重复。于连开始掌握家里的财政和决策权,他的心思完全放在如何缩减支出、如何刁难农民上,俨然一付财主的模样。对约娜,他冷漠粗暴,仿佛爱情早已是昨天的事情了;对男爵,他也不放在眼里,并开始冷嘲热讽,老实的男爵也只好默默地忍受着。

开春以后,男爵夫妇决定返回里昂把山庄留给新婚的孩子。从这以后,约娜的生活完全陷入了无聊空虚和寂寞的境地之中,有时候她也会重温少女时候的那些幻想,可是这反倒让她对现实生活更加失望。这天,侍女萝莎丽突然产下一个婴儿,约娜追问她孩子的父亲是谁,可是萝莎丽不肯透露真相,而于连则一直催促约娜把这个伤风败俗的姑娘赶出家门,善良的约娜不同意,就这样争执着过了几天。有天晚上,约娜独自睡在房间里,突然她感到身体不适就去找萝莎丽,她万万没有想到的是,萝莎丽竟然和自己的丈夫睡在一起！痛不欲生的约娜冲出家门,虚弱的身子经不起寒冬的考验,终于倒在悬崖边。约娜被抬回家,经过休养终于恢复了,并且得知自己也怀孕了。男爵和妻子赶到白杨山庄,对女儿的遭遇感到十分痛心。约娜让萝莎丽当着神父的面坦白真相,萝莎丽哭着说于连从第一次来到家中就一直偷偷地溜到她的房间,婴儿的父亲就是于连。于连抵赖不认账,气愤的男爵也不敢当面指责。约娜要求结束这场痛苦的婚姻,神父却竭力劝约娜继续维持婚姻,理由是男爵年轻时也曾经和年轻女侍私通过。男爵因此也不敢吭声了。由于没有人支持,约娜只好无奈地放弃了抗争。神父提议把巴维勒农庄给萝莎丽当嫁妆,这样便有人肯娶她了,对此男爵夫妇表示赞同。

　　山庄恢复了平静也恢复了单调无聊。只有于连不会觉得寂寞,他结识了福尔维勒伯爵夫妇。第二年的七月,约娜生下一个男孩取名叫保尔,约娜把所有心思都花在孩子身上,于连却对孩子毫不关心。于连有时候也会带着约娜一起去福尔维勒伯爵家拜访,约娜察觉到于连和伯爵夫人之间的暧昧关系,可是她并不妒忌,她对丈夫再没有爱意了,如今只有保尔和父母才是最重要的人。在一个明媚的春日,约娜骑着马出去散步,突然发现于连和福尔维勒夫人的马拴在一起,这一幕证实了约娜心中的怀疑。回想伯爵夫人平日对自己的友善殷勤,约娜更觉得伯爵夫人无比虚伪。

　　约娜写信邀请父母到白杨山庄来,男爵刚到就重返里昂处理事情去了,男爵夫人却突然病死在山庄里,约娜非常伤心。守夜之日,约娜把母亲收藏的信件拿出来看,作为对逝者的追忆,却无意中发现了一个秘密:原来男爵夫人曾经也当过别人的情人! 约娜一阵痛心。母亲去世后不久,保尔也害了一场大病差点死掉,约娜因此产生了新的幻想:再生一个孩子。可是,自从女侍那件事情以后,她和于连已经不同房了。约娜找到神父向他寻求帮助,神父便把约娜想恢复夫妻生活的意愿告诉了于连,约娜和于连渐渐恢复了关系。果然,约娜怀孕了。

　　神父因为升职调离了村子,新来的神父名字叫托耳彪克,这是个严厉狂热的教徒,他看不惯村子里的各种风气,特别憎恨爱

莫
泊
桑

情和两性关系,村子里的很多人都讨厌他。约娜在神父的不懈布道下也逐渐变成虔诚的信徒,她经常和神父一起讨论问题。十一月,男爵又回到山庄,男爵受启蒙思想影响,崇尚自然,对新来的神父非常反感,他发动农民一起反对顽固的神父。神父偏执的控制欲望反而变本加厉起来,当他发现了于连和福尔维勒伯爵夫人之间的私情后便一个劲地鼓动约娜揭发,可约娜不想再掀家庭风波,这让神父非常生气,于是他亲自向伯爵告了密。怒不可遏的伯爵冲出家门去寻找妻子,最终他发现妻子和于连藏匿在林间小木屋里,力大无比的伯爵连人带屋地把他们推下了山坡,于连和伯爵夫人一命呜呼。当天晚上,约娜就分娩了,可是产下的却是个死掉的女婴。

经历了一连串的打击之后,约娜的身体已经大不如前了。如今,保尔是她生活的唯一动力,她溺爱着这个孩子。等到保尔大些了,男爵决定把他送到城里去读中学,约娜虽然一百个不愿意也只好同意了。一到假日,约娜就催促保尔返回山庄。保尔在学校功课很差,而且他已经长成一个大人了,对母亲对外公都不再那么依恋。这天,一个高利贷者来到山庄,家里人这才知道保尔在外面赌钱欠了很多债。约娜和父亲来到学校找保尔,结果学校告知说保尔已经很久没有来上课了。他们在一个娼妓的家里找到保尔,强行把他带回山庄来,可是没几天他就逃走了。这以后,保尔再没有出现过,他只是不停地写信回家,每次都是因为欠债或穷困问家里要钱,约娜不忍心孩子受苦,所以次次都如数寄钱给保尔。最后,在为保尔奔波债务的路途上,男爵突然中风去世了。

保尔依然没有回家,约娜失去了所有至亲的家人,在痛苦的折磨下身体每况愈下。这时候,萝莎丽出现在她的身边:得知了白杨山庄的变故,萝莎丽不计前嫌主动来到约娜的身边。约娜在最困难的时候重新有了这个好朋友,她非常感动。萝莎丽帮助约娜当家,为了节约开支,萝莎丽提议把山庄卖掉,搬到小一点的房子里,约娜怎么肯离开这个充满回忆的白杨山庄呢?但为了维持生计,为了保尔的将来,约娜最终还是依依不舍地离开了山庄。搬到新家的约娜整日沉浸在对过去岁月的缅怀之中,日渐衰老。七年了,保尔都没有回过家,约娜决定到巴黎去寻找儿子,可是却无功而返。保尔又写信回来,他在信中说当年和他在一起的那个娼妓快死了,他们有了一个女儿,可是家里却一分钱也没有了。萝莎丽建议约娜一定要把孙女抱回来,于是约娜又感到微微的一丝希望。

《羊脂球》

初版时间: 1880 年

主要人物:

羊脂球 ······················· 妓女
鸟先生 ····················· 葡萄酒批发商
卡雷拉玛东先生 ················· 省议会议员
布雷维尔伯爵 ·················· 老绅士

内容梗概:

普法战争中,由于法国政府的腐败和军队的无能,法军节节溃退。普鲁士军队占领了鲁昂城。本地的几个大商人因为做买卖的需要,想到法国占守的阿弗尔港,但得先从陆地坐马车到第厄普,然后再乘船到那个港口。他们利用了几个相熟的德国军官的势力,从总司令那里弄来了一张准许离境的通行证。

一个星期二的清晨四点半,一辆载有十名乘客的公共马车启程了。由于下了半天一夜的雪,天气变得非常寒冷。这十名乘客中:鸟先生是葡萄酒批发商,他奸诈狡猾,他的妻子是鸟先生生意方面的得力助手;卡雷拉玛东先生,在棉纺业里有很高的地位,是省议会的议员;他的妻子年轻、漂亮;布雷维尔伯爵是一位气派很大的老绅士,他在省议会和卡雷拉玛东先生是同僚,他的太太气派雍容,风流能干。同行的还有两位修女。另外,号称"民主党"的高尼岱,是个自由自在的政客;外号"羊脂球"的妓女,因为肥胖又娇艳而格外惹人注目。天色大亮,那几位正经妇人认出了羊脂球后,都小声议论、辱骂她,三位太太也因此一下子结成了好朋友。由于高尼岱在场,三位上层社会的男子也谈得格外投机。大家走得匆忙,以为能赶到多特吃午饭,所以都没带吃的。不料车子走得太慢,天黑前赶到就算不错了。大家越来越饿,路边也看不见一个小饭馆,周围的农庄里连面包都找不到,农民怕士兵们抢劫,早把东西藏好了。

下午三点钟,他们来到了一片一望无边的平原,眼前连一个小村落都没有。这时,羊脂球从长凳底下抽出一个蒙着白巾的大篮子,里面装有很多食物,足够她吃三天了。这时大家的肚子都饿了,谁还管阶级仇恨和阶级差别呢。首先是鸟先生毫不客气地接过鸡腿,津津有味地吃了起来。最后,连最正派的布雷维尔伯爵夫妇也向羊脂球的食物投降了。一篮子东西三下五除二就被全车的十个人吃光了。

晚上六、七点左右,马车来到了多特。检查完每个人的离境准许证之后,大家正要吃饭,旅馆的老板来了,说一个普鲁士军官要找羊脂球。羊脂球先是一阵为难,但考虑了一秒钟,就断然拒绝了。但是,在大家的央求和催逼下,羊脂球答应了。过了十分钟,羊脂球回来了,脸涨得通红,大家问她怎么回事,她却什么也不肯说。

第二天,赶车的马车夫不见了!原来那位普鲁士军官下命令不准马车夫套车。大家心烦意乱,提心吊胆。到晚饭时,旅馆老板又来找羊脂球了,羊脂球说她坚决不会答应。大家听说那位普鲁士军官原来是想跟羊脂球睡觉,都显得非常气愤。可是气愤过后,大家又陷入了一片沉默之中。

接下来的几天,大家还是无聊地被困在旅馆里,这时各自的切身利益终于战胜了同情心和愤慨之情。人们采取了车轮战术,轮番对羊脂球进行游说。但羊脂球都不为所动。

又一天午饭后,伯爵挽着羊脂球的胳膊,说道:"这么说,您是宁愿让我们留在这里,和您一样等普鲁士军队吃败仗以后,冒遭受他们种种强暴对待的危险,而不肯随和一点,答应做您一生经常做的事?"羊脂球什么话也没回答。

一回到旅馆,羊脂球就答应了。所有的人都如释重负,深深叹了一口气。旅馆里又恢复了欢快热闹的气氛,鸟先生还开了几瓶酒以示庆祝。第二天,天气晴朗,马车终于又启程出发了。

快开动时,羊脂球露面了,大家都没理她,把她丢在最后。走了几个小时候之后,大家把各自带的食物拿出来,津津有味地吃着。没有一个人想到羊脂球,尽管她什么吃的都没带。羊脂球终于忍不住,眼泪顺着两颊流了下来。

哭声中,马车依然缓缓地朝前走着。

《两兄弟》

初版时间: 1887 年

主要人物:

罗朗老爹 …………………………………… 旧首饰商
皮埃尔 …………………………… 罗朗的大儿子,医科毕业
让 ……………………………… 罗朗的小儿子,法律学毕业
罗塞米伊太太 ……………………………… 年轻的寡妇
勒·加尼 ……………………………………… 公证人

内容梗概:

皮埃尔和让毕业后从巴黎回到勒·阿弗尔的家中过暑假。皮埃尔冲动好斗,让则文静沉稳。长大了的两兄弟暗地里总是较着劲——这不,罗朗老爹和夫人邀请了邻居罗塞米伊太太一起钓鱼,两兄弟便争着向这个年轻美貌的寡妇献殷勤。罗朗太太冷眼旁观这一切,无论哪个儿子能得到寡妇的青睐她都会满意,因为这是个富有的寡妇。收获不大,罗朗老爹只好号召众人收竿返回。一到家,女佣约瑟芬就告诉罗朗老爹公证人勒·加尼一会儿要来。公证人要来,对于这个不富有的家庭来说是个不好的消息,罗朗和太太猜测着发生了什么事情,心头都很不安。

公证人来了,罗塞米伊太太自觉地告辞了。公证人给罗朗家带来一个不可以思议的消息:罗朗在巴黎的旧相识马雷夏尔去世了,这个国家财政处的高官在遗嘱中把每年两万欧元的年

金留给了罗朗家的让！罗朗和太太对这个天上掉下来的馅饼又惊又喜，他们竭力掩饰着心中的激动，表面上仍装出对死者深深的哀悼。罗朗太太忍不住问公证人能否立刻就签署遗产转让文件，公证人告诉她得等到第二天下午两点到办公室来签署。送走了公证人，罗朗和太太都欢腾起来，他们到这时都还对这件好事感到难以置信。让却很冷静，似乎有些顾虑，他要求一个人到外面走一走，皮埃尔随后也走了出去。等孩子们离开，罗朗太太向丈夫表达了自己的担心，她担心这笔财富会让皮埃尔感到不公。罗朗则不以为然，他觉得让的好运就该只是让的好运。

皮埃尔独自在街上晃荡，内心很是沉重，他知道自己是在妒忌弟弟。他来到马露斯科医生家向他说起遗产的事情，医生为皮埃尔抱不平，认为这样的安排会导致兄弟反目。这番话让皮埃尔更加心烦意乱，他怏怏地回到家中。

第二天起床后，皮埃尔的斗志燃烧起来，他计划要做一名成功的医生，这样就能靠自己成为一个富有的人。在这番雄心壮志的驱动下，他立刻出去寻找房子搬出去住。等他回到家里，发现午餐没等他就已经结束了，只给他留下一块冰冷的排骨，原来罗朗老爹等不及要陪着让去公证人那里签证书。出门前，罗朗和妻子又兴奋地谈论着该怎么拿这笔钱去享受。这一切都深深刺激着皮埃尔。等家里只剩他一人的时候，他陷入从未有过的空虚之中。想到自己身无分文来支付看中的房子，他考虑也许可以问弟弟借点钱——这个念头让他更加懊恼：自己居然这么穷！他离开房间来到街上，突然想到，这个时候也许应该找个女人安慰一下自己。他想到曾经相识的一个女招待，于是便来到小酒馆。见到女招待，他竟然不由自主地把遗产的事情告诉给了对方。女招待一听立刻对皮埃尔口中的弟弟充满了欣赏和羡慕，对皮埃尔却表现出嘲讽的态度。皮埃尔愤然离去。他来到另一家咖啡馆，心里又气又恼，他开始设想消息传开之后的结果：大家一定会议论纷纷，会怀疑死者和母亲的关系，会议论弟弟的来历……不行，一定要阻止让接受遗产！想到这儿，皮埃尔赶回家去。一进门，家里人正要开始晚餐以示庆祝，还邀请了罗塞米伊太太和父亲的朋友博西尔船长。餐桌上所有人都围绕着让谈笑风生、受冷落的皮埃尔冲着父亲发起脾气来，饭局在扫兴的气氛中结束了。

　　第二天，又一件不公平的事情发生了，罗朗太太为了让可以体面地开办律师事务所，为他租下了一座漂亮的房子——正是皮埃尔之前相中却苦于付不起房租的那座！饭桌上，皮埃尔询问父母是如何与马雷夏尔相识的。原来，马雷夏尔是罗朗老爹首饰店的老主顾，后来发展成朋友，因为在皮埃尔三岁得猩红热那年，正是马雷夏尔去药房买药，救了皮埃尔的性命。

　　皮埃尔听到这里，心里反而更加愤愤不平：既然马雷夏尔曾经这么疼爱自己，怎么会只把遗产留给让呢。他再次来到马露斯科医生家，医生暗示他一定得阻止让接受遗产，否则他母亲将名誉不保。皮埃尔离开医生的家，他在脑海里努力寻找马雷夏尔和他们两兄弟来往过的情景，回忆出马雷夏尔和让有着同样的金发，他越想越觉得母亲和马雷夏尔之间可疑，甚至自认为事实就是如此。这个发现让他紧张痛苦，他感到家族蒙羞。

　　半夜里，皮埃尔几次三番来到让的门口想要进去劝弟弟放弃遗产，但是每次都没有勇气敲门。整个晚上，皮埃尔都没有睡觉。第二天一早，他决定到特鲁维的海滩放松一下心情，于是来到母亲的房间道别。面对母亲，他产生一种陌生感，他从这刻起用医生的敏锐眼光观察起她来。他忍不住问当年家里那幅马雷夏尔的画像放到哪里去了，罗朗太太迟疑着回答说不知道，不过答应好好找一下。晚上回到家中，皮埃尔故意在饭桌上询问母亲画像找到没有。

　　罗朗太太很紧张，她声称自己知道放在哪里，只是还没有拿出来。皮埃尔发现母亲白天撒了谎，更坚信自己的推测了。在罗朗老爹的要求下，罗朗太太把画像拿了过来，皮埃尔自己比较着画中人和让的外貌，他确信让的神情和马雷夏尔如出一辙。

　　这之后，只有在吃饭的时候皮埃尔才出现，父亲问他怎么了，皮埃尔不冷不热地回答是因为一个女人。罗朗老爹当然听不懂这话，但是罗朗太太却变得脸色苍白。望着慌张的母亲，皮埃尔却说服不了自己宽恕她，心里一直忍不住要对她说些恶毒的话。这天，一家人连同罗塞米伊太太和博西尔一起到乡下游

莫
泊
桑

玩。让一路寻思着要不要娶这个同行的寡妇,的确,她很漂亮,而且财产也与自己相当。他终于开口表白了,想不到罗塞米伊太太像早有准备似的一点也没有惊讶,而且一口答应了。皮埃尔远远看着这两个人很不以为然,还乘机向母亲暗示女人不忠的天性。罗朗太太对皮埃尔一直以来咄咄逼人的态度实在承受不住了,她慌忙离开皮埃尔来到让的身边。

返回城里之后,众人直接来到让的新房子参观,让的新房子装潢得像皇宫一样豪华。看着原本属于自己的房子和得意的弟弟,皮埃尔内心被激怒了。过了许久,罗朗老爹送罗塞米伊太太先行离开,罗朗太太在新卧室里整理,客厅里就剩下两兄弟。突然,皮埃尔开始嘲讽起罗塞米伊太太,让不允许他这样说自己的未婚妻,两个人激烈地争执起来。让指责皮埃尔是因为嫉妒自己得了马雷夏尔的遗产才变得这么暴躁。皮埃尔再也压抑不住心中的秘密,他一股脑儿把自己发现的秘密说了出来,说完这些,他便夺门而出。让被这突然的告密惊呆了,他不相信自己的母亲会做出这样的事情,他冲进卧室发现母亲正伏在床上哭泣。罗朗太太痛哭着承认了这个秘密并告诉让自己曾经深爱马雷夏尔,让一下子陷入深深的痛苦中。罗朗太太无地自容地想要离开,面对可怜的母亲,让拦住她不让她离开,并发誓自己永远不会嫌弃她。罗朗太太恳求小儿子为她做些什么,因为她对皮埃尔充满恐惧。让答应了她。送完母亲,让回到自己的新房子,好容易才让自己平静下来。他开始思索那笔遗产的问题:接受还是不接受呢?他的内心充满了矛盾:一方面,出于道德,他觉得不应该接受这笔钱;可另一方面,他想到要失去金钱甚至失去未婚妻就又很不甘心。最后,他安慰自己只要把罗朗老爹将来的遗产留给皮埃尔,那么自己就可以理所当然地继承亲生父亲的遗产了。窗外轮船的汽笛响起,这似乎给了让一些启示。

让回到父母家中,皮埃尔也在,一家人又坐在一块吃饭了。让谈论起码头开往纽约的大船"洛林号",说自己刚和船公司的主管马尔尚先生闲聊过,接着他说起越洋船员的收入都很丰厚,特别是船上的医生。这一点正好触动到皮埃尔,他对这个职位颇有兴趣,让立刻表示愿意替他引荐。果然没过多久,皮埃尔就收到了船公司的聘书,这意味着他就要离开法国了。让松了口气,他终于可以暂时让这个哥哥离开母亲。皮埃尔参观了自己即将登上的那艘大船,他心里冒出悲凉的感觉:因为母亲曾经的不轨,如今自己只能漂荡在无边无际的大海之上。临行日到了,一家人挤进皮埃尔的船上房间,尴尬和沉默里每个人都怀揣着各自的心思。船要开了,一家人都回到码头上。望着船驶离渐远,罗朗太太伤心落泪起来。

洛 蒂
(1850~1923)

　　皮埃尔·洛蒂,原名路易·马里·于里安·维欧,1850年出生于法国西部罗什福尔市。他从小迷恋大海,梦想当水手周游世界,17岁进入了海军军官学校学习。三年后,他开始了长达42年之久的海上职业。1872年,他来到了塔希提岛,当地的女王给他取了"洛蒂"的绰号(洛蒂是一种热带花卉的名称)。1876年起,他就开始使用"洛蒂"作为笔名进行写作。

　　洛蒂一生到过美洲、大洋洲、土耳其、塞内加尔、埃及、波斯、印度、巴基斯坦、印度支那、日本、中国……体验了各国的风土人情。丰富的阅历源源不断地给他提供写作素材。洛蒂于1879年发表了记述土耳其风光及其与当地女子阿姬亚黛恋情的处女作《阿姬亚黛》,并一举取得了成功。1881年洛蒂晋升为海军上尉,并第一次用笔名出版了小说《一个非洲骑兵的故事》。1886年,《冰岛渔夫》又大获成功。洛蒂于1891年当选为法兰西学士院院士还被授予一级荣誉勋章。1923年,洛蒂在昂达伊镇过世,法国为他举行了国葬。洛蒂是位高产的作家,一生出版了20多部作品,其中较为我们所

洛

蒂

熟知的有《冰岛渔夫》和《菊子夫人》。

《冰岛渔夫》

初版时间：1886 年

主要人物：

杨恩·加奥 ……………………………… 渔夫

西尔韦斯特·莫昂 …………… 渔夫，与杨恩的妹妹玛丽订婚

歌特·梅维尔 …………………… 喜欢杨恩，后来与杨恩结婚

内容梗概：

1886 年出版的长篇小说《冰岛渔夫》被公认为是洛蒂的巅峰之作，这部作品为他赢得了经久不衰的世界声誉。

小说以法国古老的布列塔尼为背景，讲述了那儿的渔民生活。

在布列塔尼居沿海地带住着一个勤劳勇敢的航海民族，他们世世代代靠渔业为生，大海是他们赖以生存的唯一条件，每年他们都要在冰岛海面度过漫长的春季和夏季，直到秋天才能返回家园。在这个地区，从来没有谈情说爱的春天和欢乐活跃的夏天，整个春季和夏季都在焦虑中度过，直到秋季来临，这里始终笼罩着一片死亡的阴影。这项既艰苦又危险的职业不知葬送了多少条生命：八十年间，一百多条渔船和两千多名壮汉就这样在海面上消失了。

27 岁的杨恩·加奥就是一名勤劳的捕鲟鱼的渔夫，他是家里 14 个孩子中的长子，长相英俊，体格强壮，天性有几分粗鲁，像其他渔民一样，他偶尔也会喝醉酒，在酒店里唱一些俚俗的小调……他刚为国家服役了 5 年，担任过舰队的炮兵，他自称要娶大海。与他同船的有 17 岁纯洁的西尔韦斯特·莫昂。西尔韦斯特和杨恩的妹妹玛丽订了婚，莫昂一家的全部子孙都被大海吞噬，西尔韦斯特从小在一种尊重圣礼的环境中由老祖母抚育成人，他在海上度过了童年，西尔韦斯特的祖母还收留了美丽的

姑娘歌特·梅维尔。一头金发的歌特幼年丧母,父亲出海捕鱼时就无人照顾她,西尔韦斯特的祖母就收留了她,让她照顾小她一岁半的西尔韦斯特,她和西尔韦斯特相处得也十分融洽。歌特第一次在冰岛人的朝圣节上见到杨恩时对这位渔夫的印象并不怎么深刻,后来在一次婚礼上见面,这位少女喜欢上了杨恩。可杨恩的态度总是十分矜持,没有流露过他的感情,加之他整个春季和夏季都在海上捕鱼,歌特就开始了对爱情的追求和期待。她的小知己西尔韦斯特也希望歌特能和杨恩走到一起。

后来西尔韦斯特去布雷斯特军营当了桅楼水兵,不久又因为战争需要被派往中国。一路上他领略到了亚洲的地域风光。到了战场,年轻的西尔韦斯特平生第一次经历了枪林弹雨,在逃跑途中,他胸部中枪负了重伤,挣扎了半个多月的后,年轻的水兵在被送回法国的途中死去。噩耗传来,西尔韦斯特年事已高的祖母只能默默地再次承受一切痛苦,对此她似乎已经变得麻木了。

歌特在苦苦等待出海的杨恩的同时也失去了父亲,为了偿还父亲生前欠下的巨额赌债,她拿出了家里的全部积蓄,她不得不找工作养活自己。这个纯洁而忠贞的少女日益憔悴,经过那么长时间曲折而痛苦的期待,绝望得几乎要死去。后来云开雾散,杨恩终于向她袒露了长久以来的恋情,而且爱得那么深、那么真挚。布列塔尼的春天似乎也为这对恋人提前到来。两人终成眷属,然而在他们只做了六天幸福的夫妻,杨恩又再次出海了。歌特在焦虑而甜蜜的期待中度过了春天和夏天,好不容易盼来了喧闹、快活的秋天,去往冰岛的渔船都相继返航了,只是不见杨恩和他的莱奥波丁娜号。日子一天天过去,深秋将尽,冬季就要来临,无论歌特怎样用一切最微弱的希望鼓舞自己,无论她怎样在绝望中挣扎,无论她以怎样的耐心和毅力等待,杨恩最终还是没能回来:他长眠于大海之中,"和大海举行了婚礼"。

·297·

《菊子夫人》

初版时间:1887年

洛

蒂

主要人物：

"我" ……………………………………… 法国海军军官
伊弗 ……………………………… 法国海军军官，"我"的朋友
菊子 ……………………………………… "我"在日本租用的妻子

内容梗概：

小说《菊子夫人》几乎没有故事情节，洛蒂几乎如写日记一般，逐日记下自己在日本的经历。因而与其说这是一部小说，不如说是"纪实"更为确切。

小说没有激动人心的戏剧冲突，但书中详尽描摹了日本这个岛国的山川之美，勾画了日本大和民族的风貌、气质、情趣以及种种奇特的习惯。小说中大量琐碎的细节似乎也是为了更好地反映这个民族的特点。

本书以一个欧洲人的眼光来看日本。日本人过多的礼节、过分的客套、过小的器皿、过于冗长的表达方式……都令"我"惊讶不已。短短两三个月的小住，"我"就揭示了日本民族中某些极其矛盾的表现：一方面，这是一个满脸堆笑、极其殷勤、和蔼的民族，在他们的语言中，甚至不容易找到十分粗野的词汇；另一方面，他们却崇尚某些阴森可怕的东西：从孩童时期起，他们就玩一些会叫其他国家儿童做噩梦的玩具；在节日的欢乐中，几乎每个人都会戴上令人生畏的假面具……

故事讲述了海军军官"我"和伊弗随船从布列塔尼航行来到了日本长崎，在漫长而又无趣的长途跋涉后，"我"打定主意一到日本便娶一位当地人为妻来给自己解闷。可等船一靠岸，当"我"看见长相奇怪而且十分俗气的日本人后就失望不已。

可"我"终究还是因为无聊打算找个妻子。于是"我"乘坐舢板进了城，然后找了位年轻车夫拉"我"去百花园找婚姻介绍人兼翻译勘五郎。经勘五郎推荐并通过一番筛选，"我"决定选茉莉小姐做妻子。三天以后，"我"见到了茉莉小姐，可她过于年轻、肤色过白，使"我"对娶她为妻产生顾虑："我"更倾向于找位不同于白皮肤法国人的黄种人来换换口味。在无意间，伊弗提醒"我"注意随茉莉小姐一同前来的菊子，在经过一番讨价还价之后，"我"终于以每月二十皮阿斯特的价格租下了菊子做"我"

的妻子。巧合的是,菊子的一个弟弟就是拉"我"到百花园的那位车夫。菊子的长相相当有特色,而且显得很忧郁,和"我"结婚后,她整日就是在家插花、弹拨一种长柄的"吉他",而"我"对菊子感到厌恶。整天面对她,"我"觉得十分无奈。但是久而久之,在菊子带"我"和伊弗在法国国庆节出游以及平日"我"对菊子进一步观察后,"我"对她的态度有所转变,但是并不很明显。9月,"我"紧急接到了被派去中国的命令,最后"我"付清了租用菊子两个多月的费用,离开长崎,结束了短暂的日本"租妻之旅"。

《菊子夫人》中几乎都是细节描写,故事都是铺陈直叙,但就是在这样的故事的启发下,意大利歌剧作家普契尼著名的两幕歌剧《蝴蝶夫人》诞生了。

兰 波
(1854~1891)

19世纪法国著名诗人。兰波1854年10月21日出生于夏尔维勒。父亲是军官,抛下五个孩子出走。兰波母亲管教十分严厉,不许孩子们跟街上的野孩子玩耍,可是兰波生性叛逆,不但跟他们玩耍,甚至屡次离家出走。兰波天资聪颖,15岁就取得拉丁语写作比赛第一名。1870年,他在老师乔治·伊森巴尔指导下创作诗歌,进步神速。1871年9月,诗人魏尔伦读了兰波的诗作,两人开始诗歌和书信往来,魏尔伦十分爱慕兰波的才华,邀请兰波来到巴黎。此后的三年中,两人穿梭于巴黎的文学沙龙,结下友情。然而,在巴黎文化界有关他们暧昧关系的传言铺天盖地,于是他们出走布鲁塞尔、伦敦。此间,兰波写了大量诗作。1873年,魏尔伦与兰波发生争执,开枪击伤了兰波的手腕。兰波随即离开魏尔伦回到罗什,在极度伤心中写下了著名的《地狱一季》。

1874年,兰波和诗人热尔曼·努沃再度返回伦敦,魏尔伦出版了兰波的作品《彩图集》。之后,年轻的兰波放弃写作,在欧洲漂泊游历。1880年起,他踏上非洲大陆,游历埃及、埃塞俄比亚,学阿拉伯语,翻译《古兰经》。1891年,兰波膝上长了肿瘤,被迫回法国接受截肢手术。同年11月10日,兰波病逝于马赛,年仅37岁。

《地狱一季》

初版时间: 1873年

内容梗概:

散文诗集《地狱一季》共分为九章,分别为:《序言》、《坏血统》、《地狱之夜》、《谵妄1:疯狂的童贞女/下地狱的丈夫》、《谵妄2:语言的炼金术》、《不可能》、《闪光》、《清晨》以及《永别》。

《序言》首先回忆"我"是如何从对"美"的追求到对"恶"的崇拜的:"以往,如果我没有记错,我的生命曾是一场盛宴,在那里,所有的心灵全都敞开,所有的美酒纷纷溢出来"。……"我逃离。噢,女巫,苦难,仇恨,我的珍宝托付给你们!"……"我像猛兽一样不声不响地在欢乐之上跳跃,为了掐住希望的咽喉。"

然后追溯"我"恶的源头:高卢血统。"从他们那里,我继承了偶像崇拜和亵渎爱情的恶习;——噢,所有的罪恶,愤怒,淫荡,——绝妙的淫荡——,尤其是谎言和懒惰"。"我"自认是一个劣等民族的后裔,憎恨祖国,厌恶一切职业,"生活是一场众人演出的闹剧!"

《地狱之夜》和《谵妄1:疯狂的童贞女/下地狱的丈夫》幻想"我"的地狱游记和疯狂行径。《地狱之夜》给人一种混乱和绝望的印象。许多互不连贯的句子和呼喊号叫,既有对真实的确认又有虚幻影像、生存的梦幻,还有撒旦冷笑的声音。"我"还从一个女人的角度回顾与"魔鬼丈夫"的生活:"我越来越渴望他的善意。他的亲吻和亲切拥抱曾是一片天空,一片阴忧的天空,我进入其中,并愿意留在那里,任自己贫穷、聋哑、失明。我已习惯这一切"。"魔鬼丈夫"反复无常,装作无所不知,还称"帮助别人是自己的责任"。

《谵妄 2:语言的炼金术》阐述了兰波的诗歌理论。"我"回顾自己的艺术创造:"我发明了元音的颜色! ——A 黑、E 白、I 红、O 蓝、U 绿"。"我默写寂静与夜色,记录无可名状的事物。我确定缤纷的幻影"。"我"主张诗歌创造自由,要发明一种"足以贯通一切感受的诗歌文字语言",用来"记录眩晕的感觉"。在这章的结尾,"我"历经世事之后,"如今才懂得向美致敬"。

《不可能》批判"我"平庸的生活,但是"我"已决定不再逃避,要熬炼自己,探寻真理,"我"开始在精神上摆脱地狱"走向上帝"。"我"还提出有关"东方"和智慧的梦想,也就是科学与宗教的幻想。

《闪亮》和《清晨》两章是"我"的自我升华:"我和地狱的缘分已尽",渴望早日"在沙滩与群峰之上,向着新的劳动、新的智慧致敬! 为暴君的逃亡、迷信的终结而欢呼——成为最初的使者——迎接人间的圣诞!"

在最后一章《永别》中,"我"返回最初的状态,质疑天国:"我受骗了? ……仁慈是否就是死亡的姐妹?""我用谎言养育了自己……""我"哀叹生命的悲惨和现实的残酷,但是生命也孕育真理:"再也别唱赞美诗:坚持走过的每一步"。"我终于可以随心所欲地在灵与肉之中获得真理"。

出版于 1873 年的《地狱一季》是诗人兰波非常著名的一部散文诗集,当时兰波年仅 19 岁,刚离开魏尔伦回到罗什。魏尔伦称这部作品是兰波"杰出的精神自传"。书中的"我"有着近乎疯狂的偏执,倾诉自己的苦楚,诉说个人的遭遇,追忆了与魏尔伦度过的"地狱情侣"的岁月,还有来自内心的呼喊等等。诗的语言也十分华美,往往将虚幻的影像、扭曲的事实融成一体,这也符合兰波一贯的诗歌观。

这部作品记录了诗人的情感挫折,袒露了兰波的爱情观:"爱情是需要重新发明创造的"。兰波希望借助地狱经历来发现诗歌真谛,成为通灵者,探寻真理。

《彩图集》

初版时间: 1886 年

内容梗概:

《彩图集》(一译《灵光集》)1886 年在魏尔伦的帮助下得以出版。这也是兰波最后一部作品,之后他便放弃了文学。《彩图集》收录了兰波在 1873~1876 年间在比利时、英国、德国游历时所创作的 56 篇诗作。这些作品对后世的诗歌发展影响很大,马拉美视其为"艺术史上独特的奇迹,横空出世的一颗流星"。象征主义和超现实主义都将兰波奉为自己的先驱者。书取名为"彩图"(Illuminations)实际上是借用了"Illuminations"在英语中的意思,故兰波也特意用英语写了个副标题"Painted Plates"加以说明。

《彩图集》中收录的都是一些篇幅很短的诗歌、优美的散文和一些有明显错误但读来十分优美的韵文。兰波首先在文字上实现了他"我愿成为任何人"的狂想。在一出出小戏剧中披着华丽的面具、彩衣轮流上场的角色们——巫师、戏子、杀手、流浪者、国王、精灵等等——都是兰波自己的化身。这些作品大多描绘了虚幻的影像,对于读者而言都很陌生,很难走入作者勾勒的世界,可一旦对这些虚幻影像的惊讶感渐渐褪去,就会发现兰波的诗歌意境并非遥不可及。魏尔伦在为此书作的出版说明中说道:"诗歌流露出他作为一位伟大诗人的快乐,描绘了令人陶醉的景致和若隐若现的爱情,还表明了诗人在诗歌创作文体方面的追求……敬请读者深入作品仔细玩味。"

收录的《黎明》、《花》和《神秘》等都较为著名。《黎明》以其清新优美的语言为我们描绘了一幅静谧而迷人的彩图。《花》是描绘了诗人在池塘边的草丛中所看到的景象。《神秘》是日出时一个牧场斜坡上的景色和由此引发的联想。

罗斯丹

(1868~1918)

　　埃德蒙·罗斯丹于 1868 年出生于马赛的一个富裕的家庭。1870 年,他父亲因为担心巴黎公社会引发社会不安而举家迁往位于吕雄的矿泉疗养区。埃德蒙罗斯丹在吕雄度过了22 个夏季,他早期的作品就是受到在吕雄生活的启发。他先后在马赛和巴黎求学,主攻法律,成绩优良。1888 年,他创作了第一部戏剧《红手套》和一些诗歌,但都没有取得成功。1890 年,他与著名女诗人罗丝蒙德-杰拉尔结婚,同年,他发表了诗集《无所事事》。1894 年由他创作的戏剧《浪漫故事》在法兰西大剧院上演并获得成功。1897 年,《西哈诺·德·贝热拉克》在圣马丁门剧场上演并获得巨大成功。该剧分五幕,在法国家喻户晓,被翻译成多国语言,后来还被搬上了大银幕。剧中主人公西哈诺长着一个大鼻子,容貌丑陋,但是他机智,勇敢,反映了法兰西精神。1900 年,他的新剧《雏鹰》又成功上演,他还凭借该剧入选法兰西学院。1910 年,他完成了戏剧《尚特克莱》,这部戏剧的特色在于所有的角色都是动物,可该剧没有取得成功。罗兰·巴特后来拿这出戏作为反面教材,反对戏剧的服装过于华丽。此后,罗斯丹不再创作戏剧。1918年,这位剧作家因为患上"西班牙流感"而在巴黎过世。

《西哈诺·德·贝热拉克》

首演时间: 1897 年

主要人物:

西哈诺·德·贝热拉克

克里斯蒂安

罗克萨娜

内容梗概:

《西哈诺·德·贝热拉克》是一部具有喜剧色彩的五幕爱情悲剧。故事取材于 17 世纪的法国历史。故事的主人公西哈诺·德·贝热拉克是个真实存在的人物,他写过《月亮上和太阳上的国家和帝国的趣史》。

剧中的贵族青年西哈诺聪明机智,既是诗人又是剑客。他一个人敢于抵挡一百人,甚至能够一面战斗一面成诗。可是他长着一个大鼻子,这成了人们嘲笑的对象,因而他只得把对漂亮表妹罗克萨娜的爱情埋藏在心底,还帮助克里斯蒂安赢得了罗克萨娜的爱情。在经历一番波折后,他终于在临终前也得到了表妹的爱情。

该剧第一幕发生在勃艮第剧院,当时正在上演一出剧目。正当一位演员在念大段独白时,在场的西哈诺打断了演出并要把这位演员赶下台去。瓦尔维侯爵当众就嘲笑他的大鼻子,西哈诺立刻以大段独白赞美他的大鼻子来予以回应,侯爵被说得哑口无言,成了众人的笑柄。第二天,表妹罗克萨娜约好要和西哈诺见面。

第二幕,西哈诺在他的朋友拉格诺家里与表妹会面,两人一同回忆了童年共度的快乐时光。可随后,罗克萨娜告诉表哥自己爱上了一个相貌英俊的年轻人,尽管自己还不知道那个小伙子的名字,她还是希望西哈诺能保护他。西哈诺听到后十分沮丧,但还是答应了表妹的请求。罗克萨娜爱上的男子名叫克里斯蒂安,虽外表俊秀,可缺少才气,他告诉西哈诺自己不善表达情感,于是西哈诺开始替克里斯蒂安给罗克萨娜写情书,助他赢得罗克萨娜的芳心。

第三幕中,在罗克萨娜家的阳台下,克里斯蒂安要向罗克萨娜表白,西哈诺藏在阴暗处一字一句告诉克里斯蒂安表白的话语。罗克萨娜听后被深深打动了。吉什伯爵一心要把罗克萨娜许配给瓦尔维侯爵。克里斯蒂安最终击败了瓦尔维侯爵的爱情攻势,可吉什伯爵于心不甘,为了报复,他将西哈诺和克里斯蒂安派往阿拉斯作战。

第四幕,在战场上,西哈诺和克里斯蒂安所在的军队被西班牙人包围,食物供给被切断了,军队士气低落。西哈诺在这种情况下还时常冒着生命危险穿越敌人设置的封锁线,以克里斯蒂安的名义把自己写下的情书寄给罗克萨娜。罗克萨娜被信的内容所打动,在拉格诺的帮助下,她乘坐一辆满载着食物的四轮马车赶到了阿拉斯,只为向克里斯蒂安表明自己的爱情。此时,克里斯蒂安才知道西哈诺在战场替自己给罗克萨娜写了情书,原来西哈诺也深爱着罗克萨娜;同时克里斯蒂安也意识到罗克萨娜事实上是爱上了写情书的西哈诺,而并非是缺少才气的自己。克里斯蒂安要求西哈诺把事实真相原原本本地告诉罗克萨娜,克里斯蒂安本人则奔赴前线参战,最终年轻的克里斯蒂安不幸被战争夺去了生命。他死在了罗克萨娜的怀中,并将西哈诺写的最后一封情书交给了她。西哈诺决定守住这个秘密。

第五幕,毫不知情罗克萨娜仍深爱着克里斯蒂安,为了保持对他的忠贞,罗克萨娜进了修道院。在15年的时间里,西哈诺经常去探望她,但从未吐露这个秘密,也没有向表妹表露爱情。由于西哈诺攻击那些虚有其表的贵族僧侣等人,他在一次暗杀行动中遇害。临终前,他请求罗克萨娜让自己念克里斯蒂安留给她的最后一封情书,他念信时充满感情,抑扬顿挫。罗克萨娜觉得似乎和她曾在阳台上听过的一模一样。此时天色已晚,西哈诺仍然在诵读着他了然于心的情书。罗克萨娜此时终于明白,她原以为自己爱的是克里斯蒂安,其实她爱的是西哈诺,她感受到的爱情并非是源自外在美而是一种更为崇高的心灵美。最后,西哈诺在幸福中离开了人世。

罗斯丹在剧中对西哈诺作了热情的歌颂:他出色的艺术才华、同情心、正义感、自我牺牲精神和勇于反抗强权的意志,都是十分感人的,从中观众也能看出作者的生活态度。

无论就思想内容还是创作技巧而言,《西哈诺·德·贝热拉

克》都是罗斯丹最出色的一部戏剧,此剧也被认为是新浪漫主义
戏剧的范例。

20世纪文学

20 书脊文字

法朗士

(1844~1924)

阿纳托尔·法朗士于 1844 年出生在巴黎的一个书商家庭。法朗士不愿继承父业,而是努力作为一个自由撰稿的研究者和记者谋生。1868 年,法朗士加入标榜为"艺术而艺术"的"当代帕纳斯"诗歌团体,并于 1873 年出版处女作《金色诗篇》。1875 年他参与主编第三集《当代帕纳斯诗选》,成为该派的代表作家之一。1876 年他发表以希腊人生活为题材的三幕诗剧《科林斯人的婚礼》。之后,他与帕尔纳斯派渐渐疏远,专事小说、游记和文学评论的写作。

1881 年,法朗士发表第一部长篇小说《希尔维斯特·波纳尔的罪行》,受到法兰西学士院的奖赏,从而一举成名。1885 年,他又出版描写自己童年生活的《吾友之书》。他于 1888 年开始创作长篇小说《苔依丝》,该书于 1890 年出版,为他赢得了巨大成功。1893 年,他出版长篇小说《鹅掌女王烤肉店》。1894 年,他的随笔集《伊壁鸠鲁乐园》和爱情小说《红百合花》出版。1896 年,法朗士被选为法兰西学士院院士。

19 世纪末 20 世纪初,法国政府捏造的"德雷福斯案件"在社会上引起强烈反响,法朗士参与了要求重新审查该案件的运动,并加入左派政治。这一时期,他的主要作品为长篇四部曲《当代史话》(1896~1901)、短篇小说《克兰比尔》(1901)、长篇小说《企鹅岛》(1908)和《诸神渴了》(1912)。

1921 年,为了表彰"他辉煌的文学成就,其特色是高贵的风格、深厚的人类同情、优雅和真正的法国人气质",法朗士荣获诺贝尔文学奖。

《企鹅岛》

初版时间：1908 年

主要人物：

圣玛埃尔 …………………………… 修道士，企鹅人施洗者
奥博罗丝 …………………………… 企鹅国主保圣人
阿加里克 …………………………… 修道士，力主复辟
比罗 …………………………………… 犹太军官
埃芙琳 …………………………… 伊波利特·塞雷斯的妻子

内容梗概：

《企鹅岛》分为起源、古代、中世纪、文艺复兴、近代和未来五个部分，全书共八卷，由一些既连贯又独立的故事组成，这些故事一起，构成了企鹅国的历史。企鹅国的历史其实影射的是法兰西民族发展的过程。

圣玛埃尔是一名虔诚的修道士，他担任着依维恩修道院院长一职。有一天，他受到天主的召唤，去各地传播福音。三十七年中，他使很多地区的人民改变了信仰，皈依天主教。有一次，由于魔鬼的作梗，圣玛埃尔偏离原来的目标，来到一座名叫阿尔卡的无人岛上，并误将岛上的企鹅当做人，给他们施行了洗礼。这件事情在天国引起了轩然大波。经过激烈争论，天主终于决定接受企鹅作为基督教徒，但将它们变成人形。于是，企鹅成了企鹅人。

魔鬼化成修道士来到阿尔卡岛，给企鹅穿上了衣服。最初，企鹅人各自安守本分地辛勤工作，可后来，企鹅人的财产开始私有化，他们还给各自的田地定下了界限，开始形成等级，并且召集了一次三级会议。第一个穿上衣服的企鹅人——美丽的奥博罗丝私下嫁给了男企鹅人克拉康，克拉康扮作龙的样子，在岛上大肆劫掠，给居民带来极大恐慌。奥博罗丝与克拉康合计，她装作受到上天启示，向圣玛埃尔请命，在克拉康的协助下，降伏巨龙，条件是要向克拉康纳供。龙被降伏后，克拉康收取供品，成

为最有权势的企鹅人，奥博罗丝成为公众崇拜的对象，她去世后，变成企鹅国最著名的主保圣人。奥博罗丝留下一个儿子，外号叫德拉科，他建立了企鹅人的第一个王朝。

有史可查的第一个德拉科王朝的国王是虔敬者布里昂，他的直系后裔到九百年短鼻子科利克为止就绝嗣了，于是表亲高尚者博斯科即位，他为保住王位，把所有亲属赶尽杀绝。他之后出了许多强大的国王。其中就有伟大者德拉科，他尚武好战，却经常打败仗。他把主保圣人——奥博罗丝的圣骸运到首都的教堂里重新安放，并不断保卫和颂扬基督教。伟大者德拉科死后，发生了可怕的骚乱，在 13 和 14 世纪，企鹅人一直陷在血腥的无政府状态中。他们与邻岛的鼠海豚人之间进行了历时百年的战争。这一时期，企鹅人在文学、艺术上都有了很大进步，修道士约翰尼斯·塔尔帕撰写了十二卷著名的拉丁文编年史《企鹅人行传》，国内还出现了早期的画家。15 世纪时，杜洛克·得·吕纳用拉丁文写成了一篇珍贵的不朽作品，继续了修道士玛尔博德到冥府去的一次旅行。

企鹅人的智力觉醒带来了宗教改革，天主教徒和新教徒互相残杀，最终天主教徒占据了优势。探究的精神深入到企鹅人的心里。主保圣人奥博罗丝也受到了批判。下一个世纪是哲学家的世纪，怀疑主义愈演愈烈。哲学家的世纪末年，旧制度被彻底摧毁，国王被处死，贵族的特权被废除，共和国在动乱中宣告成立。议会下令熔化教堂里的一切金属器皿，圣奥博罗丝的遗骸盒也未能幸免。鲁坎夫妇预见到企鹅人最终还会回过头来信教，于是他们收了一把灰，几根骨头和一些破布藏在旧罐子里，准备以后谎称是圣奥博罗丝的遗骸，名利双收。共和国的立法者制定可怕的法律来保护财产所有者。共和国需要应付大规模的战争，创建了军事力量，立法者们打算用恐怖的刑罚来约束将军，但却无法对付那些打了胜仗拯救了共和国的军人。他们其中的一名，一个叫做特兰科的军人统治了企鹅国长达 14 年。企鹅人最终建立了自己的民治政府。他们选举了一个议会，授予它任命国家元首的权力。国家元首从普通的企鹅人中挑选，元首本人也要服从国家的法律。新的国家接受了共和国这个名

法
朗
士

称。当时为了国家安全,企鹅国维持着庞大的军队,人民对这笔沉重的开支怨声载道。其中,奥布吕比尔教授就极力反对战争。他乘船来到最大的民主国家新亚特兰蒂德,准备考察各民族的精神,以为忙于从事工商业的民族没有工夫去打仗,可是他发现,财富和文明与贫困和野蛮一样都是战争根源。

共和国在被剥夺了特权的贵族中引起了不满,他们寄希望于流亡鼠海豚国的德拉科王朝末代王孙克律肖王子。金融家们出于自身利益考虑,也对专制极权抱有好感。共和国也有它的拥护者:广大的工人们。阿尔卡城的一个叫做阿加里克的修道士拥有宏伟的政治抱负,他的事业就是推翻共和国,因为他认为民主政体和天主教会是势不两立的。他来到鼠海豚国拜会克律肖王子,并与王子的三位老顾问合谋,打算复辟王朝。他通过奥利弗子爵夫人拉拢在企鹅国具有很高威望的海军元帅夏蒂荣。保皇的亲德拉科分子积极反对共和国的部长们,他们公开举行集会和游行,引起骚动。可是夏蒂荣被骗逃离企鹅国,势力的天平再次倒向共和党人,阿加里克的阴谋宣告失败,教会的特权也再一次被削弱。

一个出身低微的犹太人比罗参加了企鹅国人的军队,可是当时的陆军部长无法容忍他,将所有坏事都归结到他身上。一天,八万捆供骑兵用的干草不翼而飞,部长马上认定是比罗干的,并认为是他偷去卖给了死敌鼠海豚人。他不顾缺乏证据,逮捕比罗。这一事件震惊全国,出于对犹太人的反感,所有人都认定是比罗干的。后来,一些人意识到案件有误,开始支持比罗案件的重审。事件影响了整个国家,人民分裂为两派——比罗同盟和反比罗人士。经过种种波折和骚动,比罗最终获得平反。

埃芙琳是克拉朗斯夫人(一位高级官员遗孀)的女儿。她要手段赢得了议员伊波利特·塞雷斯的爱慕。伊波利特·塞雷斯被选定在下一届内阁中担任部长。经过长时间的犹豫,埃芙琳终于决定嫁给他。在伊波利特·塞雷斯的促成下,新一届内阁——维齐尔内阁成立。在所有内阁成员夫人中,塞雷斯夫人人品最为出众,她成了内阁的骄傲。可是她爱上了总理维齐尔。伊波利特·塞雷斯受到极大打击,决心报复。维齐尔却沉浸在温柔乡中无法自拔,最终导致内阁垮台。敌对的邻国入侵企鹅国,世界战争爆发。半个多世纪以后,企鹅国文明达到顶峰,国家无比平静。

高楼大厦在企鹅国建了起来,它成为世界上工业化程度最高最富有的国家,一切国家事务都服从托拉斯的利益。亿万富翁出现。他们是财富的苦行者,把全部精力放在生意买卖上,不去追求任何享乐。工厂里做工的工人们,在肉体上和精神上都严重衰退。他们只能靠罢工才勉强维持最低工资。然而,这种社会却无与伦比的稳固,因为它建立在骄傲和贪婪之上。城市里缺乏氧气,人们呼吸的是人造空气。食物也完全依靠人造。在这种情况下,无政府主义者策划了一桩桩的破坏事件。警察多次大肆逮捕,却无法制止爆炸事件。经历了动乱和破坏后,秩序又恢复了,但是国家始终没有从损失里完全恢复过来,过去的繁荣一去不复返。在接下来的许多世纪里,村庄不断遭到入侵,国家几次更换主人。国家越来越富庶,城市无限制扩大。

《诸神渴了》

初版时间: 1912 年

主要人物:

加默兰	…………………………………	画家,革命者
爱洛蒂	…………………………………	加默兰的恋人
朱莉	…………………………………	加默兰的妹妹
沙撒诺	…………………………………	朱莉的丈夫,旧贵族
布罗托老头	…………………………………	加默兰母亲的朋友

内容梗概:

该小说集中描绘了法国大革命中雅各宾专政时期恐怖革命的现实。每当大屠杀行将开始时,作者都发出"诸神渴了"的惊呼。小说旨在揭露恐怖与暴力,但其中亦流露出对大革命的强烈同情,作者正视现实,正是因为不愿看到历史悲剧重演。

法
朗
士

　　法国大革命后期雅各宾专政期间,内部的动乱和外部的反对势力令社会动荡不安。善良的画家加默兰成了巴黎新桥区军事委员会委员,他与委员会其他工作人员一起积极地保卫处在危急中的祖国。共和主义的口号是:"要自由、平等、博爱,否则毋宁死"。因为,推翻了国王、摧毁了旧世界的,是和加默兰一样的千千万万个小人物,对于他们来说,革命的结果,不是胜利就是死亡,因此他们把希望寄托在革命的领导人——罗伯斯庇尔和马拉的身上,热情而又镇定地用恐怖手段维护已获得的成果。

　　加默兰十分贫穷,家里一无所有,根本不需要锁门。他热恋着版画商的独生女儿爱洛蒂,可爱洛蒂的父亲坚决不同意把女儿交给他这样的无名画家。爱洛蒂也深爱着他,这对恋人每天都见面,依依不舍,还互相许下了永不变心的誓约。

　　马拉被暗杀后,社会形势恶化。法庭重新组织后分成四个分庭,每个分庭有 15 名陪审员。加默兰就任了陪审员的职务。雅各宾派的国民议会用恐怖手段应付战事的失利、各省的暴动和叛变,监狱里的犯人数不胜数,检察官为处理各种案件,每天工作时间超过 18 小时。战败的将领被处以极刑。

　　前线的种种不利的消息传来,反法联军控制着所有交通线,节节挺进,保皇党人在旺北取得胜利,里昂和土伦分别叛乱和投降。陪审员们的情感也受到战事的影响,为了镇压一切可能的敌人,他们审判犯人决不手软。加默兰对任何罪犯都主张判死刑,不管男女老少,地位尊卑。短短一周,加默兰所在的分庭已经将 45 个男人和 18 个女人送上了断头台。陪审员们都在过度工作造成的发烧和昏昏欲睡中不断做出严厉的审判。并非他们不善良,而是身处这样的政治环境和立场,只能采取这样的行动来完成这些可怕的任务。加默兰不久被任命为市公社议会委员。

　　加默兰的妹妹朱莉,之前爱上了原军官沙撒诺,随他一起逃亡到英国。沙撒诺受别人之托回到法国执行任务,不料被捕,朱莉女扮男装回到家里请求母亲安排她与哥哥见面,希望能为自己的丈夫求情。母亲认为沙撒诺是逃亡的旧贵族,不可能得到加默兰的原谅。果不其然,加默兰回到家中,朱莉躲进房间,母亲向加默兰提到妹妹的情况,被加默兰无情打断,他表示妹妹一家一旦回国,自己会马上去告发他们,让他们得到应有的惩罚。

布罗托老头是加默兰母亲心目中可敬可爱的好友。他仅仅因为剪跳舞玩偶,就被委员会怀疑反对共和而被捕。同时被关进监狱的还有隆格玛尔神父和布罗托老头喜爱的喜剧演员戴凡南。布罗托老头非常清楚自己的处境和局势,对获释不抱任何幻想。

时局一步步恶化,原来的革命领导人之一——丹东,也被指为叛徒,并被送上了断头台。被捕的犯人不断互相揭发,导致无休无止的审判和死刑。审判不再是一个一个,而是一批一批地进行,检察官将许多案子合在一起,加快审理。

一次审判中,加默兰在 30 多名被告中发现了沙撒诺,他们互相嫌恶。被告又全部被处死。朱莉找到加默兰,不加掩饰地诅咒他,要加默兰把自己也送上断头台。无休止的审判生活让加默兰无法安心休息,不断被噩梦惊醒,只有在爱洛蒂的怀里,才能得到短暂的安宁。

布罗托老头、隆格玛尔等共 49 人,也终于被指控为阴谋案的被告,受法庭审判。他们中间有律师、记者、旧贵族、资产者,很多人都互不相识,却被指控为同谋犯。公诉状指控布罗托老头为向外国出卖情报的最危险的主使人。布罗托予以否认,可是无人理睬。隆格玛尔神父被称为"方济各会"修士,更让布罗托觉得荒谬之至。最后,被告均被判处死刑,当天执行。死刑即将执行,布罗托安静地阅读自己随身带着的鲁克莱蒂乌斯诗集,心中留恋着美好的阳光。

加默兰在公园里等待爱洛蒂,他郁郁不乐,苦闷地沉思着:人们对血腥的革命已经失去了热情,祖国在咒骂挽救它的人。加默兰向爱洛蒂提出分手并永别,为了祖国,他想要忠于责任,让自己成为一个十恶不赦的罪人,放弃一切的快乐甚至生命都在所不惜。他请求爱洛蒂忘了自己。绝望的爱洛蒂变得疯狂。

局势发生急剧变化。国民议会在一次长达 6 小时的会议后,通过逮捕雅各宾派领袖罗伯斯庇尔。加默兰不顾爱洛蒂的劝阻,不顾个人危险,义无反顾地前去市政府参加全体会议。他在市政府会议厅里的签名本上签名,表示坚决拥护罗伯斯庇尔。局势一度出现转机,罗伯斯庇尔在一片欢呼声中发表演说。然而,国民议会卫队闯进会议厅,开枪打伤罗伯斯庇尔。加默兰用小刀刺进自己的心脏。等他醒来时,发现自己被带到了法庭上,和70名公社代表一同成了被告。此时,罗伯斯庇尔已经被送上了断头台。加默兰被押上前往断头台的囚车,看热闹的人侮辱他是"吃人肉的吸血鬼"。他不断思索着,认为自己想通了,他认为罗伯斯庇尔和自己及其他革命者一样,犯了软弱、宽大、温和的过错,才导致共和国的灭亡,为了洗刷错误,罗伯斯庇尔和自己的死都是应该的……

保罗·克洛岱尔
(1868～1955)

保罗·克洛岱尔1868年出生在香槟地区一个富裕家庭。1882年,他随家人来到巴黎定居。克洛岱尔14岁就开始写作,兰波的诗对他的文学修习有非常大的影响,让他感受到超自然力量的存在。1886年,他参加巴黎圣母院的圣诞仪式,感受到对上帝坚定不移的信仰,成为非常虔诚的天主教徒。

1890年对于保罗·克洛岱尔来说是非常重要的一个年头。这一年,他发表了处女作——剧作《金脑袋》,并完成了另一部剧作《城市》。同年,他进入外交部工作,开始了长年周游列国的外交工作生涯。他先后在美国、中国、欧洲、巴西出任外交官,并先后出版多部作品,如戏剧集《树》(1901),诗歌《正午的分界》(1906)、《五大颂歌》(1908),散文诗集《认识东方》(1900～1907),戏剧《给玛丽报信》(1910)、《人质》(1911)等。保罗·克洛岱尔对上帝的信仰影响了他一生的文学创作,他坚持艺术要体现出追求上帝的理想。在诗歌中,将诗句扩大到与圣经诗篇相媲美的地步,被人们称为"克洛岱尔式诗风"。他于 1922 年出任驻日本大使,1924 年,他最重要的作品,戏剧《缎子鞋》问世。1947 年,克洛岱尔当选为法兰西学士院院士。他于 1955 年 2 月去世,按照他的遗愿,在墓碑上刻下"保罗·克洛岱尔的遗体和种子安息于此"。

《认识东方》

初版时间: 1900 年

内容梗概:

《认识东方》是保罗·克洛岱尔描画神秘东方的一部散文集,被诗人自己称为"精致的素描册子"。

克洛岱尔曾于 1895 年到中国任外交官,在这个古老而神秘的国家度过了十五载时光。在此期间,他广泛游历中国各地,参观了园林、宝塔、寺庙、戏台等地方,这些游历经验激起了他源源不断的创作灵感。诗人将自己的见闻和感受以散文的形式用精美的文字记叙下来。在他的眼里,中国"到处皆诗"。

《认识东方》一书共由 61 篇散文诗组成,分为两个部分。第一部分包括写于 1895 年至 1900 年间的作品,共 52 篇,曾于 1900 年单独结集出版;第二部分则写于 1900 年到 1905 年,只有 9 篇。1928 年加上序言后,终成定本。

书中,首篇作品《椰子树》的创作灵感来自于他初到东方,停泊在科伦坡时对那里的印象,末篇《融化》则追忆了他当时在船上邂逅的一位少妇。其他作品大多是诗人在福州任职期间写成的。他非常喜欢这个中国南方温暖的海滨城市,称其为一个有着"玫瑰和蜜的颜色的地方"。多年后他在《札记》里写道:"真的,只要一闭上眼睛,我立刻就觉得自己还在我福州家里的游廊下面,午后清风徐来,分外凉爽。"他在福州留下了 30 多篇散文诗,其中的名篇有《海上随想》《榕树》《戏台》《唯觉寺》《海潮》等等。之后他奉调汉口，留下了《江》、《雨》、《游廊之夜》等共 8 篇作品。1897 年在牯岭度夏时，他又写下了《梦》和《城市珍赏》。同年他从汉口乘船去上海，经过南京时，写下了《钟》和《陵墓》。1898 年，保尔·克洛岱尔去日本旅游，写下了《松树》、《林中的金色拱门》等 5 篇散文诗。该书初版时并无序言，1921 年时，克洛岱尔途经香港时，用他独创的一种"长短赋格"写下了《香港》一文，置于《认识东方》一书的卷首，作为序言。

　　《认识东方》中展现的异国情调，是诗人与环境的直接交流的重现和感悟，对于克洛岱尔来说，诗歌的真谛在于道出人的心灵中无法满足的渴求。他的"认识"是立体的，他所认识的，不仅仅是东方，更是人生和自我。

勒　胡
(1868～1927)

　　加斯东·勒胡，20 世纪初法国最杰出的推理小说作家，尤其以善写密室推理小说著称。1868 年 5 月 6 日勒胡生于巴黎。他是一位勤奋多产的作家，一生中共写了 33 部长篇小说，都在报纸，杂志上以连载的形式发表。1927 年 4 月 15 日勒胡在尼斯去世，享年 59 岁。到勒胡去世为止，他一共出版了 62 部作品。作品的题材形式多样，涉猎广泛，而最有成就的就是他的推理小说。如今小说已经被翻译成了多种语言文字，为全世界的读者所喜爱。勒胡最初学的是法律，毕业后到一家律师事务所工作，后来才改行做记者，几年后投身于写作事业。勒胡很早就开始业余创作，写短篇小说跟随笔，并且为剧院提供"小型舞台剧"剧本。在"巴黎回声报"做记者期间，他因为一篇对刑事案件的深度报道而出名。此后他作为《晨报》的特派记者周游世界各地，为读者报道各国新闻事件。在此期间他创作了著名小说《黄色房间的秘密》，小说一面世便受到了读者的热烈欢迎,获得了巨大的成功。作为密室推理小说的代表作,这部作品被誉为法国推理小说中的最佳杰作,小说的主人公是一位年轻的记者侦探乔瑟夫·鲁雷达比。1907年开始,勒胡辞去记者的工作,开始专心创作通俗小说,成为专职作家,后来转而从事戏剧评论,并且成为优秀的剧作家。加斯东·勒胡是密室推理小说类型的最早开创者之一,他的推理小说充满悬念,诡异恐怖的节奏,出人意料的曲折情节,非常引人入胜。

《剧院魅影》是加斯东·勒胡的另一部非常有名的代表作,这本书的故事发生在法国的巴黎歌剧院,讲述了一个关于剧院幽灵凄婉浪漫的爱情故事。20世纪80年代,英国作曲家安德鲁·韦伯将其改编成同名音乐剧搬上舞台,在各地上演,引起巨大的轰动。1925年,这部小说又被拍成无声电影,搬上银幕。20世纪末本世纪初,这部作品被重新搬上银幕。它的音乐舞台剧也在全世界公演,成为最流行的音乐舞台剧之一。

《黄色房间的秘密》

初版时间:1907年

主要人物:

"我" ·············· 律师
鲁雷达比 ·············· 记者
丹格森 ·············· 著名博士
奇璐德小姐 ·············· 博士女儿
杰克大叔 ·············· 仆人
贝尔尼夫妇 ·············· 看门人
巴尔克教授 ·············· 奇璐德小姐未婚夫
那桑 ·············· 警官

内容梗概:

勒

胡

早上，我正躺在床上，读一篇巴黎晨报上刊登的消息，该消息讲述了一件发生在著名博士丹格森的私人公馆的杀人未遂事件。文章称，博士美丽的女儿奇璐德小姐头一天夜里遭到了不明身份者的袭击，身受重伤，目前正躺在医院里，生死未卜。凶案的经过是这样的：前一天晚上，丹格森博士、奇璐德小姐和公馆的老仆人杰克大叔三人一起在位于公馆深处的研究室工作。午夜时分，奇璐德小姐要回房间休息去了，在跟博士和杰克互道晚安之后，奇璐德小姐便进了自己的卧室，这个房间的内壁是黄色的，面积很小，仅有最基本的桌椅床等家具，杰克大叔一直住在黄色房间上面的亭子间里。时钟敲过了 12 点，突然，从奇璐德小姐的房间里传来了惊恐凄厉的求救声，紧接着两声枪响过后，就是桌椅翻倒、油灯摔碎的声音。惊恐的博士跟杰克大叔急忙冲向黄色房间，可是房间的门怎么也打不开，原来奇璐德小姐睡觉前反锁了门，并且挂上了门闩，博士和杰克大叔怎么也无法破门而入。房间里似乎正在发生着搏斗，传来博士女儿断断续续越来越弱的求救声。杰克大叔断定袭击者肯定是从房间的窗户进去的，窗户正对着原野，要从窗户进入房间必须出公馆大门从外面绕进去。于是杰克大叔匆匆跑向大门，路上碰到了闻枪声而来的看门人贝尔尼夫妇。贝尔尼夫妇分头行动，一个陪杰克大叔赶去窗户那里，一个赶到房间门口丹格森博士那里。杰克大叔跟贝尔尼太太终于跑到窗户跟前，然而窗户没有任何的异常，铁栏杆跟百叶窗都完好无损。这表明罪犯不是从这里进入房间的。他们又赶紧一起跑回房间门口那里，大家奋力撬门，终于房间门被打开了。

房间内的景象让大家都惊呆了：博士的女儿穿着睡裙倒在血泊中，全身沾满鲜血，脖子上有明显的指甲印，右边的太阳穴有伤，血还不断地从伤口里流出来。小房间里狼藉一片，似乎曾经经过一场搏斗。罪犯已然不知去向，墙上门上地上留下很大的男人的血手印，地上还留有一条沾满鲜血的手帕跟一个旧贝雷帽。在房间的角落里，大家发现了杰克大叔的手枪，它本来应该呆在亭子间杰克大叔的抽屉里的，枪里被打掉了两颗子弹。警察仔细搜查了现场，但令人感到迷惑的是，房间没有任何可以进入的通道，案发时房间的门是反锁的，窗户也是封闭的，房间里经过调查没有发现任何的暗道，一切都发生得那么蹊跷，令人百思不得其解。罪犯是从哪里进入小姐房间的，他又是怎样逃走的呢？如果不是罪犯手段高明，那真是有不可捉摸的神秘力量在作怪了。公馆里充满诡秘的气氛，人人自危。

我刚刚成为律师，我的好朋友鲁雷达比则是一位有名的记者，他曾经因为帮助侦破一件颇为有名的悬案而名声大噪，并被《时代报》录用，成为世界上最年轻的记者。鲁雷达比被报社派去追踪报道这个案件，我们两个都对这个匪夷所思的案件着了迷，于是我们一起出发去博士公馆捕捉罪犯留下的蛛丝马迹。博士的女儿今年35岁，15年前博士从美国来到这里并买这个公馆定居下来。15年来，美丽的奇璐德小姐令众多男士倾慕，而她却一直保持单身，看上去她的全部热情都倾注到科学研究工作中了。巴尔克教授也是奇璐德小姐的倾慕者之一，两三个星期前消息传来，奇璐德小姐被巴尔克教授的热情所打动，答应了他的求婚。

随着案件的推进，越来越多的人被怀疑跟案件有关。首先是看门人夫妇，案件发生后杰克大叔跑到大门口的时候遇到了看门人夫妇，奇怪的是习惯晚上9点就睡觉的看门人夫妇竟然不是穿着睡衣。杰克大叔看见他们的时候，之前应该在睡觉的他们穿戴整齐，贝尔尼先生竟然还穿上了皮靴；巴尔克教授也是嫌疑犯之一，据说案发前奇璐德小姐已经提出要取消这门婚事；杰克大叔也很有嫌疑，不但房间内的手绢跟他拿在手里的是一模一样的，而且他也有那么一顶贝雷帽，虽然康复后的奇璐德小姐承认那把手枪是她为了防身而从杰克大叔抽屉里拿走的。连负责案件侦破的那桑警官也有点反常，拎了一条新手杖，在这之前他是从来不用手杖的。还有更令人震惊的消息，奇璐德研究多年的科学成果竟然不翼而飞了。

案件扑朔迷离，越来越让人捉摸不透。奇璐德小姐痊愈后回到了公馆，博士、杰克大叔、看门人夫妇也仍旧在公馆内生活，我、鲁雷达比、那桑警探住在公馆内继续对案件进行调查。不明身份的凶手又像幽灵一样出现在了公馆里，在这期间案件的主

勒

胡

人公们也有很多反常的举动,似乎连受害人奇璐德小姐也有不为人知的秘密。随着案件的深入,我跟鲁雷达比充分运用聪明才智,对案件进行观察跟推理,凶手慢慢浮出了水面,发生在密闭黄色房间的神秘案件最终被我们破解。

纪 德
(1869~1951)

安德烈·纪德是法国20世纪最有名的作家之一。他于1869年11月生于巴黎一个宗教气氛浓厚的家庭,他11岁丧父,母亲清教徒式的管教对他的一生影响很大。20岁时,他又遭遇感情挫折。为摆脱现实的束缚,他投入了文学创作,结识了著名唯美诗人瓦莱里和马拉美,并于1890年发表了处女作《安德烈·瓦尔特的日记》。

1893至1895年,纪德两次游历北非,思想有了很大转变,一反清教徒的禁欲主义,他开始宣扬独立自由和享乐主义,追求同性之爱。1897年出版的散文诗集《人间食粮》热情讴歌人生,是他的第一部重要作品。1899年的《解放了的普罗米修斯》以同样的热情歌颂自由。

然而纪德的作品互相矛盾,既宣扬个人主义,又歌颂集体的献身精神,既极力主张享乐主义,又强调这种享乐并非庸俗的物质享受,而旨在剖析自我,探索存在的价值。他同时构思的三部作品《背德者》(1902)、《窄门》(1909)和《田园交响曲》(1919)表达了互相矛盾的真理。1914年出版的《梵蒂冈的地窖》讽刺了教会和虚伪的道德观。他的重要作品《伪币制造者》发表于1926年,是他唯一的一部长篇小说。同年,他还发表了自传《如果种子不死》,在其中坦承了自己的同性恋倾向,在当时引起了轩然大波。

1925 年，纪德去刚果、乍得旅行时，开始参加共产主义活动，可 1936 年访问苏联回国后，又著文否定了苏联的社会现实。这一时期，他写了《刚果游记》（1927）、《乍得游记》（1928）、《苏联归来》（1936）。他的其他主要小说作品还有：《妇女学堂》（1929）、《新食粮》（1935）、《忒修斯》（1946）等。

1947 年，为了表彰"他内容广博和艺术意味深长的作品——这些作品以对真理的大无畏的热爱和敏锐的心理洞察力而表现了人类的问题和处境"，纪德荣获诺贝尔文学奖。

《伪币制造者》

初版时间：1926 年

主要人物：

贝尔纳·普罗菲唐迪厄………………………………… 学生
奥利维埃 ……………………………… 贝尔纳的朋友
爱德华 ……………………… 作家，奥利维埃的舅舅
樊尚 ……………………………… 奥利维埃的哥哥
乔治 ……………………………… 奥利维埃的弟弟

内容梗概：

贝尔纳·普罗菲唐迪厄是个中学生，他从母亲的情书中发现自己是个私生子，给父亲留了一封措辞尖刻的信后离家出走，来到好友奥利维埃·莫利尼埃的家里借宿。奥利维埃的哥哥樊尚刚念完医科前期，为了支付他的情妇——有夫之妇洛拉分娩的费用，他准备拿出母亲辛苦为他开业攒下的五千法郎，可是这笔钱却被他赌输了，无奈之下，只好去向畅销书作家帕萨旺借钱。他遇到美国女人莉莲·格里菲恩夫人，并成为她的情人。

奥利维埃的舅舅爱德华收到朋友洛拉的求援信，从英国回到巴黎。他在火车站丢失了行李寄存收条。贝尔纳跟随其后，拾起了这张收条，并出于好奇取走了他的手提箱，发现手提箱里有一本爱德华的日记簿。贝尔纳读了日记，得知爱德华和奥利

维埃的关系以及洛拉的困难处境:洛拉离开丈夫费利克斯·杜维埃去疗养院治病,在那里认识了病友樊尚并与他相爱,现在洛拉怀孕了,却被情夫樊尚无情抛弃。贝尔纳同情洛拉的处境,就到她住的旅馆去试图帮助她,在那里遇到同样前去看望她的爱德华,并受聘担任爱德华的秘书。晚上,莉莲·格里菲恩说服樊尚离开洛拉。同一天晚上,爱德华去拜访钢琴教师拉佩鲁兹老人,老人请爱德华把他的孙子——在瑞士治病的鲍里斯领回来。

爱德华带着洛拉和贝尔纳一同来到瑞士的萨斯费。贝尔纳给奥利维埃写信,叙述自己给爱德华当秘书、随他一起旅行,以及旅途中和到达后的情况。没想到爱德华和奥利维埃之间感情暧昧,这封信在奥利维埃心中激起夹杂着忧愤、绝望和怨恨的复杂情感,于是他担任了帕萨旺办的文学刊物的主编。奥利维埃离开帕萨旺家时,斯特鲁维卢正好来访。

爱德华一行与给鲍里斯治病的精神分析医生索弗罗尼斯卡进行交谈。由于和医生的女儿勃罗尼娅的友谊,鲍里斯的病情逐渐好转。爱德华和大家谈到他的下一部小说,小说取名《伪币制造者》。但他并没说明他所谓的伪币制造者就是指帕萨旺之流的作家,而非广义的伪币,其实是指虚伪的世界。贝尔纳向洛拉求爱,但洛拉拒绝了他,并把她丈夫请她回去的信给贝尔纳看。索弗罗尼斯卡告诉爱德华,她已把鲍里斯"施展魔法"的护身符给了斯特鲁维卢。爱德华决定把鲍里斯带回巴黎,放在阿扎伊斯寄宿学校。奥利维埃给贝尔纳写信,叙述他和帕萨旺在科西嘉度假的情况。

爱德华于九月份回到巴黎。他遇到他的姐夫,奥利维埃的父亲奥斯卡·莫利尼埃,并得知后者有外遇。同一天晚上,他收到洛拉的姐姐拉歇尔的短笺,就在第二天去阿扎伊斯寄宿学校找她,拉歇尔向他借钱。他顺便去看望阿扎伊斯老人,过一天又去拜访拉佩鲁兹。奥利维埃离开帕萨旺,回到巴黎。他去巴黎大学看望在那里参加中学毕业会考的贝尔纳,并于当天晚上参加《阿耳戈英雄》杂志社举办的宴会。他请贝尔纳和爱德华去参加这次聚会,爱德华同贝尔纳和洛拉的妹妹萨拉一同前往。迪梅尔因嫉妒和奥利维埃发生争执,聚会不欢而散。爱德华把奥利维埃带到家中过夜。当天晚上,萨拉委身于贝尔纳,成为他的情妇。

第二天早上,奥利维埃在浴室开煤气自杀,幸好被爱德华发现。贝尔纳去看望奥利维埃,他们俩曾谈起过自杀,奥利维埃曾说他认为自杀的可能性只会发生在人们达到某种最愉快的阶段。奥利维埃的母亲波利娜也来到爱德华的住所,谈起她那有外遇的丈夫,但她更担心自己的儿子奥利维埃,尤其是在阿扎伊斯寄宿学校读书的小儿子乔治,她请爱德华去找乔治谈谈。爱德华到帕萨旺家去取奥利维埃的衣物时,帕萨旺把莉莲·格里菲思的来信给他看,她在信中对樊尚表示憎恨。同一天,预审法官普罗菲唐迪厄来访,把乔治以前曾涉及一桩风化案、现在又在使用伪币的事告诉了爱德华。贝尔纳通过中学毕业会考,决定离开爱德华。

爱德华到阿扎伊斯寄宿学校去找外甥乔治谈话,提醒乔治警察已经开始注意他们的伪币交易,乔治立刻把这个消息告诉了他的同伙盖里达尼佐尔和菲利普,盖里达尼佐尔则去通知表兄,即主谋斯特鲁维卢。奥利维埃去看望洛拉的弟弟阿尔芒,阿尔芒已受聘担任帕萨旺的秘书,他把哥哥、亚历山大·弗代尔牧师从非洲寄来的信给奥利维埃看。亚历山大在信中说起自己收留了一个怪人,据陪伴怪人的黑人说,他们的小船沉没,女主人被淹死,其实使她溺水身亡的这个怪人正是奥利维埃的哥哥樊尚。

鲍里斯得知治病期间认识的女友勃罗尼娅去世,十分难过。这时,盖里达尼佐尔组织"强者兄弟会",表示愿意吸收鲍里斯参加,但条件是要他经受考验。第二天下午,在自修课快要结束时,鲍里斯走到讲台右面,在他祖父拉佩鲁兹面前对着自己的脑袋开枪,倒地身亡。这次事件使乔治非常震惊,从而看清了盖里达尼佐尔一伙的面目,回到母亲身边。贝尔纳也最终回到父亲家里。爱德华继续写他的小说《伪币制造者》,他任书中的情节自由发展,因为生命呈现在我们眼前的一切本来就没有始终。他想用"可续……"或其他类似的字眼来结束自己的这部《伪币制造者》。

纪

德

《田园交响曲》

初版时间：1919 年

主要人物：

热特律德 ………………………………………… 盲女

牧师 ………………………………… 热特律德的收养者

雅克 ………………………………… 牧师的儿子

内容梗概：

　　一位乡村牧师去给本教区一户破败人家的老太太办丧事时，发现这家人仅存老太太的侄女——一个十五岁盲女。由于老太太生前又聋又哑，女孩也不会听说，而且是完全混沌，心智未开。出于同情之心，牧师决定将这个无依无靠的盲女带回自己家中照顾抚养。

　　牧师的妻子阿梅莉开始时十分惊讶并排斥这个不速之客，因为家中已经有了雅克、萨拉、夏洛特等五个孩子，而住房和收入都有限。后来她慢慢地也就接受了这个可怜的女孩，并将女孩清洗干净，换上干净的衣服。因为女孩的真名实姓没有任何人知道，甚至她自己也完全不清楚，牧师就接受了女儿夏洛特的建议，给这个盲女取名叫热特律德。

　　牧师为了开发热特律德的心智，设计了一套教育方案，却发现徒劳无功。热特律德终日迟钝木讷，毫无表情。并且对任何人都采取防卫的态度：有人走近就流露敌意，有人和她说话她就像动物一样嗷嗷叫。吃饭时吃相贪婪得简直像牲口一样。这一切都令牧师十分难堪并无可奈何，渐渐对女孩的教育丧失了信心。

　　牧师的朋友马尔丹来牧师家里见到热特律德，认为不该丧失希望，应该从最初教起，从吃饭的感觉配上声音、单词，反反复复地说，并让她重复。牧师接受了朋友的建议，开始实施他介绍的方法，怀着常人难以想象的耐心，精心教导热特律德。这种启蒙教育极其花费时间，还招来了阿梅莉的责备，她认为牧师不应

该把所有时间都花在这个盲女的身上,而对自己亲生的孩子不
闻不问。

功夫不负有心人,牧师的努力总算有了回报,热特律德脸上
初绽笑容,给了他极大的安慰和无比的喜悦。这种教育起步困
难,但只要初见成效,进步就特别迅速了。渐渐的,热特律德的
进展让牧师越来越有信心。牧师开始将热特律德带到户外,让
她感受到大自然的美丽。热特律德开始主动向牧师发问,主动
学习这个世界。为了教导热特律德,牧师还学习了盲文。在儿
子雅克的帮助下,热特律德有了更大的进步,已经能设法表达思
想了。为了教授热特律德颜色的概念,牧师带她去听了音乐会。
借助每种乐器在交响曲中的不同音色,让她联想自然的颜色。
那次音乐会上演《田园交响曲》,这首曲子让热特律德在很长时
间内一直心醉神迷。

在教导热特律德的过程中,牧师一直不敢和她谈起邪恶、罪
孽和死亡等等世界的阴暗面,给她读圣经时,只讲其中美好的故
事,所有涉及罪恶的故事,牧师都会回避过去。热特律德问牧师自
己的相貌是否美丽,牧师一再避而不答,不想让她意识到自己的
美貌,在热特律德的再三坚持下,才勉强承认。

见热特律德对音乐感兴趣,牧师就带她到自己的小教堂中,
那里有一架小风琴。为了避免流言飞语,牧师一般将她单独留
在小教堂,傍晚再去接她回家。牧师的儿子雅克放暑假回到家
中,瞒着父亲去小教堂教热特律德弹琴,并打算为了她放弃和朋
友约好的旅行。这件事情被牧师发现后,引起牧师的愤怒,他找
到雅克谈话,指责雅克不该卑鄙无耻地扰乱热特律德的纯洁心
灵,雅克辩解说自己像父亲一样尊重热特律德,并坦承自己爱上
了热特律德,打算娶她为妻。这件事情让牧师十分慌乱并且不
满,他决定不惜一切代价阻止这桩婚事。牧师找到儿子,希望他
先不要和热特律德表白爱情,因为热特律德心智刚得到开发,单
纯轻信,不像雅克那样感情早熟,过早接受他的爱可能有失慎
重。他要求儿子按原定计划后天离家去旅行。雅克脸色煞白,
答应了父亲。

雅克即将离开,牧师和妻子阿梅莉单独在家。他和妻子聊

起了雅克对热特律德的爱情,阿梅莉表示早已察觉,并说自己起初就不赞成收留热特律德。牧师表示既然夫妻俩都不同意这件婚事,为了让雅克旅行回来见不到热特律德,可以将她托付给路易丝·德·拉·M小姐,德·拉·M小姐还可以给她上音乐课。牧师征求妻子的意见,可是妻子不发一言,她已经隐约感觉到自己的丈夫对盲女热特律德的感情变得有些微妙了。第二天,天晴气朗,牧师带着热特律德出游。两人尽情地感受并抒发大自然的美好。后来他们说到雅克,牧师问热特律德雅克是否向她表白过爱情,热特律德表示虽然雅克没说,但自己能感觉出来,而且她感觉雅克的爱没有牧师的强烈。她向牧师表白说自己爱的是牧师,她不能嫁给雅克。牧师终于不情愿地意识到,自己对热特律德的感情,已经从最初对一个盲女的爱怜转变为炽热的爱情了。他心情沉重,无法面对现实。

热特律德搬到德·拉·M小姐家居住了。雅克旅行回到家中,却没有和父亲一起参加复活节隆重的礼拜。牧师发现雅克的性情越来越冷淡,宗教信仰也有所改变,变得因循守旧,教条主义。而且他对热特律德开始称呼"您"了。牧师认为,每个人都应当追求快乐。《福音书》里说:"你们若是盲人,就没有罪了。"他想,热特律德身上焕发的幸福,就是因为她不知何为罪过。

牧师日渐疏远自己的妻子儿女,认为他们身上只有世俗的兴趣,他几乎每天都去德·拉·M小姐家喝茶,看望热特律德。一天,牧师同热特律德一起出去散步,热特律德感觉到自己和牧师之间的爱已经深深伤害到他的家人,并感觉到牧师给她的全部幸福是建立在无知上,她为此深感自己的罪恶却又无法自拔。牧师也非常震动,无法控制自己的情感。

牧师的朋友马尔丹把眼科专家鲁大夫介绍给牧师,鲁大夫确定只要给热特律德动手术,她就有望恢复视力。然而,热特律德能恢复视力这个消息反而让牧师莫名惶恐。手术十分成功,热特律德恢复了视力,回到家中。

几天以后,热特律德在河边散步时,为了采花掉进河里,生命垂危。她向牧师承认这并不是意外,而是她想要自杀。视力的恢复让她看到了这个世界的美丽，也看到了自己给牧师家人带来的痛苦和自己的罪孽。她在手术后的住院期间，雅克去看望过她，她看到雅克后才明白自己真正深爱的其实不是牧师，而是雅克。可雅克在那次被热特律德拒绝之后，皈依宗教，成为天主教神职人员，不可能结婚了。她也认识到了当时牧师拆散他俩的虚伪和私欲，自己同样改信宗教。热特律德最终治疗无效死亡。

《人间食粮》

初版时间：1897 年

内容梗概：

　　《人间食粮》是一部散文诗，描述的是纪德在阿尔及利亚旅行期间，身处北非清新的自然环境中身心所发生的变化。他主张摒弃基督教的原罪观念，品尝大地上的一切果实。当时，大病初愈的纪德怀着过分的激情写下本书，他曾在《人间食粮》的序言中写道："当我写这本书时，文学界有一股非常强烈的造作和封闭的气息；我觉得迫切需要使文学重新接触大地，赤足随便踩在大地上。"他主张"要把文学重新投入人生这个源泉中去。"（《纪德谈话录》）

　　《人间食粮》充斥着一种原始的、本能的冲动，记录了本能追求快乐是那种冲动的原始状态；而这种原生状态的冲动，给人以原生的质感，具有粗糙、天真、鲜活、自然的特性。这些特性得到了青年们的广泛认可。纪德明确写道："人长出牙齿，能咬食咀嚼了，就应当到现实生活中寻求食粮。勇敢点儿，赤条条地挺立起来，你只需要自身汁液的冲腾和阳光的召唤，就能挺立地生长。"在生活中寻求食粮，就是寻求快乐。这部《人间食粮》，也就是追求生活快乐的宣言。

　　纪德的《人间食粮》是主张从书本"返回"到大地上的，因为它反对从"观念"出发看人、看事，而是一切听从"感性"的呼唤。他说："要行动，就不要考虑这行为是好是坏；要爱，就不必顾忌这爱是善是恶……我要教会你热情奔放……我希望在人世间，内心的期望能够尽情表达，真正心满意足，然后才完全绝望地死去"。在他那里，生命的激情像宗教一般神圣，任何感觉都是一种无限的存在。只有你感觉到了，一切才真正有意义。

他满怀真诚地诉说着心灵，他在书中呼喊着，"这本书一旦看完就扔掉吧，然后出行——但愿它引发你出行的渴望……千万别携带我这本书……忘掉我吧"。他那如行云流水的文字，表现出对传统道德的蔑视，对家庭和社会的双重反叛，及提倡个人行为自由。实际上，他在这部散文诗中强调的是人对自然和人生的真实感受。正是这种感受，成了他的食粮，也成了影响几代人的食粮。

普鲁斯特

(1871~1922)

马塞尔·普鲁斯特是法国著名小说家。他于 1871 年出生在巴黎一个非常富裕的资产阶级家庭，自幼体质孱弱，敏感而又富于幻想。他中学时就开始写诗，给报纸专栏写文章。大学以后，他涉足上流社会，出入文艺沙龙，广泛接触文学艺术名流。

1892 年，普鲁斯特与亨利·巴比塞等好友一同创办了杂志《宴会》，并在上面发表了一些短篇小说和随笔，后集成《欢乐与时日》于 1896 年出版，法朗士为此书作序。1896 到 1899 年间，他写成自传体小说《让·桑德伊》，未完成，直到 1952 年才得以出版。1900 到 1906 年间，他翻译了英国美学家约翰·罗斯金的著作《亚眠人的圣经》(1904)、《芝麻和百合花》(1906)。

1906 年起，他自小患上的哮喘病不断发作，健康状况不断恶化，只能在家闭门写作。除了写过一篇阐述美学观点的论文《驳圣伯夫》之外，普鲁斯特投入了文学巨著《追忆似水年华》的创作，并自此时起，将全部精力投入这部小说。1913年，他自费出版第一部《在斯万家那边》，读者反应冷淡；1919年，第二部《在妙龄少女身旁》由伽利玛出版社出版，获得龚古尔文学奖，给作者带来广泛的赞誉；1920至1921年，他发表第三部《盖尔芒特家那边》；1921到1922年，发表第四部《索多玛和娥摩拉》。他一刻不停地写作，终于在1922年去世前完成了所有作品。第五部《女囚》(1923)、第六部《失踪的阿尔贝蒂娜》(1925)、第七部《重现的时光》(1927)均在作者过世后出版，构成了完整的《追忆似水年华》。这部鸿篇巨制革新了小说的传统，令普鲁斯特成为意识流小说的鼻祖和代表作家。

《追忆似水年华》

初版时间：1913 年

主要人物：

"我"	叙述者
斯万	贡布雷的贵族
奥黛特	斯万的妻子
吉尔贝特	斯万的女儿
阿尔贝蒂娜	我的女友
盖尔芒特公爵夫人	贡布雷的贵族
罗贝尔·德·圣卢	我的朋友，盖尔芒特公爵夫人的外甥
夏吕斯男爵	盖尔芒特公爵的弟弟

内容梗概：

《追忆似水年华》是普鲁斯特以第一人称写的自传性质的小说，全书共分七卷，分别是《在斯万家那边》、《在妙龄少女身旁》、《盖尔芒特家那边》、《索多玛和娥摩拉》、《女囚》、《失踪的阿尔贝蒂娜》、《重现的时光》。

普鲁斯特

　　"我"患有失眠症，在半睡半醒的状态中，"我"回忆起童年时在贡布雷的生活。那时，母亲每晚在临睡前都要上楼来亲吻"我"。有一次，由于家里有客人，母亲没有上来，"我"就发了脾气。但这些回忆十分零碎，不够完整。一个冬日，"我"把小玛德莱娜蛋糕浸泡在茶水中吃。这种味道令"我"想起童年时莱奥妮姨妈在星期天早上也是这样给"我"吃蛋糕的。这种无意识回忆使童年生活的城市——贡布雷全部浮现在"我"的眼前。

　　"我"想起，在贡布雷周围，有两条步行道，一条通往斯万家，称为斯万家之路，另一条通往盖尔芒特府邸，称为盖尔芒特家之路。短距离的散步走斯万家之路，"我"在那里看到斯万的女儿吉尔贝特；长距离的散步则走盖尔芒特家之路。在一次婚礼中，"我"看到了盖尔芒特公爵夫人并迷上了她。"我"还想起曾听到别人讲起的"我"出生以前斯万的一段恋爱史：

　　一天，斯万在剧院里结识了交际花奥黛特·德·克雷西。奥黛特把他带到维尔迪兰夫人的沙龙。最初斯万并不怎么喜欢奥黛特，但后来斯万在她的身上发现梵蒂冈西斯廷教堂一幅壁画上叶忒罗的女儿西坡拉的特征之后，就爱上了她。一天晚上，斯万来到维尔迪兰家时，发现奥黛特已经走了。斯万找遍了林荫大道上所有的餐厅，最后总算在街上找到了她。斯万用马车送她回家。那天晚上，他成了她的情夫。维尔迪兰夫人不再邀请斯万参加沙龙，因而他从此无法见到奥黛特。而且他还发现奥黛特生活放荡，开始时他感到十分痛苦，但随着时间的流逝，他逐渐平静下来。

　　"我"重新回忆往事。"我"离开贡布雷，回到巴黎，和女仆弗朗索瓦丝一起在香榭丽舍大街散步。"我"认识了在贡布雷见到过的斯万的女儿吉尔贝特，并经常同她一起玩耍。吉尔贝特不来玩时，"我"就到布洛尼林园去散步，因为吉尔贝特的母亲奥黛特常去那儿散步。"我"爱上吉尔贝特，不顾身体孱弱经常去和她相会，终于病倒。这时，"我"收到吉尔贝特的来信，她请"我"到家里来吃点心。从此"我"经常去斯万家做客，还在一次午餐时遇到著名作家贝克特。在这段时期，在老同学布洛克的带领下，"我"出入妓院。鸨母屡次将一位名叫拉谢尔的姑娘与

"我"撮合在一起。"我"看到吉尔贝特在回避、疏远"我",十分痛苦,便假装和她断绝关系,期待她回心转意,不料竟弄假成真。随着时间流逝,"我"对这段恋情渐渐淡忘,不再去拜访斯万夫人。

两年以后,"我"和外婆一起去海滨城市巴尔贝克,在那里"我"认识了外婆的女友——盖尔芒特家族的成员——维尔巴里西斯侯爵夫人。她请"我"乘她的车去兜风,并向"我"介绍自己的外孙罗贝尔·德·圣卢。圣卢很快和"我"交上了朋友。此外,"我"还获悉夏吕斯男爵是圣卢的舅舅,此人曾在当松维尔盯着"我"看。一天,"我"在海边看到一群姑娘,其中一个推着自行车。一天,"我"在画家埃尔斯蒂尔的家里遇到了阿尔贝蒂娜,就是那个推自行车的姑娘,"我"逐渐和她熟悉起来,一次,"我"误解了她的意思向她求爱,遭到严拒。这件事情给"我"留下深刻印象,而阿尔贝蒂娜对"我"来说有了神秘感。假期结束,姑娘们离开了巴尔贝克,"我"也和外婆返回巴黎。

"我"回到巴黎,发现父母的新居是附属于盖尔芒特府邸的一个套间,而盖尔芒特家族是圣日耳曼区声望最高的贵族。"我"去看望圣卢,希望以此结识他的舅妈盖尔芒特夫人。圣卢把"我"带到维尔巴里西斯夫人府。"我"在那里意外见到布洛克。过了一会儿,盖尔芒特公爵夫人来了。她微笑、傲慢和茫然的神情和风趣的谈吐引起"我"的爱慕。在那里,"我"还再次见到夏吕斯男爵,并得知男爵是盖尔芒特公爵的弟弟。晚会结束后,夏吕斯在楼梯上叫住了"我",并和"我"挽着手,边谈边走。夏吕斯是同性恋,他想当"我"的保护人,并希望"我"每天和他相会。

一天,"我"陪外婆到香榭丽舍大街散步,外婆的尿毒症突然发作。不久,外婆去世,"我"对生活感到失望。一个秋日,"我"很晚才去参加维尔巴里西斯夫人的晚会。我在侯爵夫人家再次见到盖尔芒特公爵夫人。公爵夫人请"我"周末到家里来吃晚饭。圣卢告诉我,夏吕斯男爵想在盖尔芒特公爵夫人家吃完晚饭后同"我"见面。"我"去看望夏吕斯男爵,他十分生气,责备我把他忘了,还说要惩罚"我",永远不把能打开盖尔芒特王妃府邸大门的秘诀告诉我。两个月后,"我"接到王妃的邀请。"我"担心有人戏弄自己,就在邀请之日去盖尔芒特公爵府进行核实,但公爵和公爵夫人对我的事漠不关心。

"我"第二次去巴尔贝克时,阿尔贝蒂娜也在附近的一个疗养地。昔日的情感重新涌上心头。可阿尔贝蒂娜变了。"我"固执地怀疑她是同性恋,将接近阿尔贝蒂娜的一切女人都看作对她心怀不轨或与她有染的人,并竭力搜集证据使自己对阿尔贝蒂娜的同性恋倾向深信不疑。为了阻止阿尔贝蒂娜和她的朋友相会,"我"说服她立刻返回巴黎,并把她"禁闭"在家里,每天过着几乎与世隔绝的生活,将她变成自己的女囚。发现别人喜欢她"我"就嫉妒,不断盘问她的过去,她只好用欺骗的方法来为自己辩解。我们互相折磨。最终,由于阿尔贝蒂娜不能相信"我"的爱,也不能忍受这种爱的方式,不辞而别。"我"多方打听寻找她的下落,虽然和她有了联系,却没有将她找回来。后来"我"才得知她骑马不慎摔在树上撞死了,悲痛欲绝。

光阴流逝,"我"的痛苦和嫉妒也逐渐淡薄。"我"过去体弱多病,这时精神却好了起来,就陪伴母亲去威尼斯旅游。这时,吉尔贝特给"我"写信,说她将同罗贝尔·德·圣卢结婚。斯万死后,吉尔贝特的母亲奥黛特嫁给了福什维尔伯爵。吉尔贝特请"我"去当松维尔小住。在那里,"我"得知圣卢性欲倒错。

第一次世界大战爆发了。"我"长年生活在疗养院里。但期间"我"曾三次返回巴黎。第二次回巴黎是在 1916 年,"我"在去维尔迪兰夫人家时在街上遇见夏吕斯。夏吕斯在社交界失势了,因为维尔迪兰夫人和莫雷尔恨他,另外有人说男爵已经过时,并指责他亲德,又是同性恋。"我"还获悉圣卢已在前线阵亡。"我"第三次回到巴黎时,战争已经结束。盖尔芒特王妃去世后,亲王娶寡妇维尔迪兰夫人为妻。一天下午,"我"来到盖尔兰特王府门前,看到铺院子的石板大小不等,回想起威尼斯圣马可教堂中的石板,又感到吃浸泡在茶水中的小玛德莱娜蛋糕的那种快感。"我"觉得自己超越了时间的界限,把过去和现在交织在一起,感到生活是失去的时间,自己有义务把消失的印象通过无意识的回忆重新挖掘出来,并用文艺作品的形式固定下来,以此找回失去的时间。

柯莱特
(1873~1954)

　　西朵妮·加布丽艾尔·柯莱特生于 1873 年 1 月,父亲是上尉,在意大利战役中被截去一条腿,后来当了收税员;母亲结过两次婚,与前夫有过两个孩子,与柯莱特上尉也育有一男一女。

　　1893 年,她嫁给亨利·戈蒂埃-维拉尔(笔名维利),他是音乐和轻薄小说的评论家。从 1900 年到 1903 年,柯莱特在丈夫的启发下发表了以克洛婷为主人公的系列小说《克洛婷五部曲》,包括《克洛婷在学校》、《克洛婷在巴黎》、《克洛婷成家》、《克洛婷出走》,署名为维利。1904 年,她发表了《动物的七个对话》,署名为柯莱特·维利,这个笔名一直沿用到 1923 年。1907 年,柯莱特与维利正式分居,维利把《克洛婷》系列的全部版权卖掉。迫于生计,柯莱特在红磨坊舞台上演出长达七年。在此期间,她写出了《感情的退隐》(1907)、《葡萄藤的卷须》(1908)、《流浪女伶》(1910)。1910 年,她终于与维利离婚。

　　后来,她在《晨报》馆遇见亨利·德·若弗纳尔。1912 年,她跟亨利·德·若弗纳尔结婚。1913 年,生下女儿柯莱特·德·若弗纳尔。同年出版《杂耍歌舞剧场内幕》和《束缚》。从 1910 年开始,她在《晨报》上发表故事,后结集为《在人群中》(1918),一战后她相继发表了《米楚》(1919)、《谢里》(1920)、《克洛婷的家》(1922)、《青苗》(1923)等。在愤怒读者的压力下,《青苗》在第 15 章时停止发表,但《青苗》是首次用柯莱特署名,后一直沿用。

1924 年，柯莱特再次离婚，1925 年，她遇到了比她小 16 岁的莫里斯·古德凯，但这次婚姻没有再破裂。30 年代初，柯莱特发表了《黎明》(1928)、《第二个女人》(1929)、《茜多》(1930)、《牝猫》(1933)、《二重唱》(1934) 等。1931 年，她在极右报刊《格林瓜尔》发表连载小说《这些——纯洁与不纯洁的——快活事》。1933 年至 1938 年间，她为几家杂志撰写戏剧评论，后结集为《黑色观剧镜》，1936 年，她入选比利时法国语言文学科学院院士。1936 年，她的回忆录《我的学徒生涯》出版。1937 年出版短篇集《贝拉-维斯塔》。二战期间，她写出了《倒写日记》(1941)、《从我的窗户眺望巴黎》(1942) 等。从 1943 年起，她的腿关节炎使她不能活动了，在此期间，她又写出了小说《朱丽·德·卡尔奈朗》(1941)，中短篇集《旅馆房间》(1940)、《军帽》(1943)、《姬姬》(1944) 等。1944 年，她还出版了《美丽的季节》，并进入龚古尔学院，当选为龚古尔文学奖评选委员会评委。1949 年，她成为该会主席。这一年，她的腿几乎彻底瘫痪了。晚年，她发表了出版《维斯佩星星》(1947)、《蓝色信号灯》(1949) 等。1953 年，她获得二级荣誉勋位。

1954 年 8 月 3 日，柯莱特逝世，享年 81 岁。法国政府为她举行了盛大的葬礼，埋在拉雪兹神父公墓。

《克洛婷在学校》

初版时间：1900 年

主要人物：

克洛婷…………………………………… 故事主人公
塞尔让…………………………………… 女校长

内容梗概：

小说以第一人称叙述了克洛婷在学校的最后一年的生活，

她是一个机灵的小姑娘。她知道自己很美丽，并且富有反抗精神。她敢于面对教师和威严的女校长塞尔让小姐。在她的周围，是一些外省的农家姑娘，她们或天真，或狡猾，或愚蠢，或恶毒。但每当附近男校的两个教师中的一个出现时，这些大姑娘们就会激动起来。姑娘们毕业后都到省城去参加考试，正逢一个部长来校参观，于是这个小城便沸腾了。

《克洛婷在巴黎》

初版时间：1901 年

主要人物：

克洛婷………………………………………… 故事主人公
马赛尔………………………………………… 克洛婷的侄子
勒诺…………………………………………… 克洛婷的堂叔

内容梗概：

克洛婷和她的父亲突然移居巴黎。这个乡下姑娘第一次看到了繁华的首都，感到惊讶和害怕。她拒绝出门，后来更是卧病在床。父亲和克洛婷一起去拜访克洛婷的姑妈，这位老太太抚养着她的孙子马赛尔，这是一个孱弱的漂亮小男孩。克洛婷不久就与这个与她同年的侄子成了好朋友，尽管她常常嘲笑他的举动不像个男孩子。他们经常互相交流真心话，克洛婷总爱幻想，而马赛尔对她的友谊也是出自真心的。

克洛婷后来遇到了以前的老同学吕丝，吕丝现在由她的叔叔抚养，而她的叔叔对她是百依百顺。克洛婷在孤独中被堂叔勒诺所吸引，但勒诺对她只有一种父爱。克洛婷与马赛尔、勒诺经常出去玩，这是克洛婷最喜欢做的事情。终于有一天，在晚饭时喝了酒的克洛婷向勒诺承认了爱情，而马赛尔指责她引诱他父亲是为了要他的钱。勒诺被克洛婷感动了，向她求婚，但她却拒绝了。

柯
莱
特

《克洛婷成家》

初版时间：1902 年

主要人物：

克洛婷……………………………………… 故事主人公
勒诺……………………………………… 克洛婷的丈夫
蕾琦……………………………………… 克洛婷的朋友

内容梗概：

勒诺并没有因为克洛婷的拒绝而气馁，他继续向克洛婷的父亲提亲，有情人终成眷属。在旅行结婚后，两人相亲相爱。但克洛婷不太习惯丈夫的朋友圈子，她不能容忍这些时髦人物对自己婚姻的议论和诽谤。克洛婷慢慢发现她的丈夫是一个非常古怪和可怕的人，他抛弃了她。这个圈子里有个非常漂亮的女人蕾琦，她与克洛婷经常见面，虽然克洛婷有点担心蕾琦的亲热方式，但她觉得这只是友谊，并且这份友谊必不可少。对她们的来往，勒诺非但不阻挠，还鼓励她们。最后，蕾琦终于向克洛婷承认对她不仅只有友谊。感到恐惧的克洛婷把经过告诉了勒诺，但又禁不住想见到蕾琦。出乎意料的是，勒诺很高兴她们相会。克洛婷因气恼而大病一场。大病初愈后，她去找蕾琦，但她在老地方不仅找到了蕾琦，还找到了她的丈夫！她离开了家，避居到童年时代的房子里，以此寻找宁静与平衡。

《克洛婷出走》

初版时间：1903 年

主要人物：

安妮……………………………………… 克洛婷的朋友
阿兰……………………………………… 安妮的丈夫

玛尔特 ························· 阿兰的姐姐

内容梗概:

《克洛婷出走》的副标题是《安妮的日记》。在这本小说中,克洛婷退居次要地位,主人公变成了安妮。安妮的婚姻并不是很幸福,她对自己的丈夫阿兰是又爱又怕。在一次旅行中,阿兰把安妮托付给他的姐姐玛尔特照顾,但玛尔特同各种人物交往,并不是一个可以信任的人。她把安妮介绍给她圈子里的人认识,于是安妮就结识了克洛婷和勒诺以及总是追随着玛尔特和她的丈夫的音乐评论家莫吉斯。这些人去泡温泉,到贝鲁特去参加瓦格纳的音乐会,但安妮逐渐厌倦了这种社交生活。刚开始时,安妮讨厌克洛婷的直率,但她们不久就成了好朋友,但克洛婷渐渐变得谨慎,与安妮保持着距离。安妮与丈夫分开几个星期,终于能如实地看待他,她逐渐找到了独立。后来,安妮发现了玛尔特和莫吉斯的暧昧关系,玛尔特为了报复,告诉安妮,她的丈夫有情妇!安妮独自回到巴黎,确认了实情,于是她结束了对丈夫的爱,决定在丈夫回到巴黎前出走。

《克洛婷的家》

初版时间: 1922 年

主要人物:

茜多 ························· 克洛婷的母亲
朱丽叶特 ························· 克洛婷的姐姐

·339·

内容梗概:

每一章都是一篇短篇小说,每篇小说或写一个人,或一种关系,或一种情景,或仅仅写一种印象。第一章《孩子们到哪里去》是开场白。母亲茜多关心着家里所有的生灵,包括她的孩子们、猫和玫瑰。茜多有三个子女,长发的朱丽叶特和小发明家哥哥是母亲与前夫所生的,然后是克洛婷。《夺取》、《本堂神父在海上》、《宣传》、《婚礼》的故事发生在老房间和花园里,茜多仍然

柯
莱
特

是主要人物,她做着平凡的事情,却总是满腔热情。她时而非常尖刻,时而又富有童心,甚至幼稚得可爱。茜多和本堂神父的纠纷令克洛婷很感兴趣,因为茜多不信教,并以此感到庆幸。作品的后三分之一描写了各种各样的动物。

《茜　多》

初版时间: 1930 年

主要人物:

茜多……………………………………………… 作者的母亲
柯莱特上尉……………………………………… 作者的父亲
柯莱特…………………………………………………… 作者

内容梗概:

茜多,柯莱特的母亲,是一位外省的家庭妇女,她非常看重外省简朴自然的风俗,贬低巴黎的矫揉造作之风。尽管如此,她心灵的眼睛却总时时凝注着巴黎,巴黎的戏剧、时装打扮、节日、香水,对她来说都不陌生。每次从巴黎回家时,她带回了她那双灵活闪动的灰色的眸子,因疲劳而变得红彤彤的面庞。因为牵挂着家里的一切,她像鸟儿似的扑腾着翅膀飞回来,而家如果没有她,也会失去生活的热情和趣味。她操持起家务来又灵巧又快速,对家里的亲人、动物甚至植物都关心备至。茜多有着判断事物、观察事物的敏锐能力,她经常带着特别加重的语气说出许多箴言。她对任何事的评论总是像一条小蜥蜴似的,爽朗、灵活、热情和欢快,她能一下子就抓住事物的特征、毛病,迅速地指出并不明显的优点,清澈地洞察人间那些狭隘的心肠。茜多可不是一天到晚忙家务活的主妇,她爱干净、整洁、挑剔,可她并不爱成天清点餐巾、糖块、酒瓶。她经常在一丝不苟地做完活后,就到花园里去,愁闷便烟消云散。

在柯莱特的家乡,几乎每户人家都有花园。这些花园通过欢声笑语互通有无。柯莱特家的园子是左邻右舍效仿的榜样。

他们家的孩子从不打架,一家人轻言细语,甚至连牲畜都很温驯。三十年来,这家的男女主人亲密无间,平日彼此讲话连声音都没抬高过。茜多喜欢拿着放大镜观察雪花的分叉,还喜爱她在园子里种的各种花枝。她对东西南北四方老天爷总是直呼其名,他们之间的交谈,很像受到神灵启示的简短的内心独白。但她又时刻提防着善变的老天爷,以保护那些脆弱的花朵。茜多对天气的观察细入微,她观察天空云彩涌动,谛听壁炉里海潮奔腾般的声音,她有观察动物的习惯,她敏锐的听觉也告诉她天气的变化情况。这种习惯也被小柯莱特继承了下来。茜多通过各种预兆推测天气的方法只有在外省才有效,因为这些风、月和水的事只有在外省广阔的原野中间才是自由的、应验的。茜多敏感机智,又富有精致的艺术趣味。她对植物充满了爱心,因此对用花去祭祀非常反感,她宁愿把花送给不更世事的婴儿,哪怕那小坏蛋把花揉碎了她也不生气。茜多喜欢观察乌鸦,哪怕它把她的樱桃吃了也不在意;她还说她看到过七月下雪,她总是给她的小女儿柯莱特讲稀奇的故事,把小女儿唬得一愣一愣的。茜多让柯莱特给她的好朋友安娜·圣-奥班送去一些蔬菜和两本杂志,并给其他邻居,特别是生病的邻居送去一些蔬菜,但小姑娘厌恶病人,母亲便严厉地训斥了她。

当柯莱特十二岁以后,茜多因为整日操劳于日常琐事,而不再归属于她的花园和她的小女儿了。

柯莱特的父亲常常凝神望着茜多,他对她充满了无限的爱,而茜多也一片至诚地爱着柯莱特上尉,她对他的任何决定总是十分尊重。柯莱特上尉是一位退役的军人,他在意大利战役中被炸掉了一条腿,但他在游泳比赛时,比健全人游得还好、还快。他虽然很爱孩子,但他与他们相处时总是非常拘谨。茜多在第一次婚姻中有一儿一女,大姐终日沉湎于阅读小说,大哥看上去很孤傲(虽然他秉性很温柔),茜多与柯莱特上尉的亲生儿子在音乐上颇有天赋,但却有些懒散,但父亲却并不在意,但他还是最喜欢他的小女儿。他总是为小女儿出色的判断力感到自豪,后来在柯莱特摸索着开始协作时,也是父亲给她振奋信心,给她最慷慨的赞扬。

他留着连腮的大胡子,有着南方人的雪白光润的皮肤,吃很多甜食却从不发胖。他颇有文化教养,但从来不爱显露自己博学多才。他生气时的声音甜润,但非常有震慑力。他爱不停地唱歌或吹口哨。他从不亲吻孩子,但总是给他们讲故事,逗他们笑。他喜欢星期天和全家一起去郊游,尽享天伦之乐。他早过了谈情说爱的年龄,却仍然热恋着他的伴侣,当茜多无意中提到前夫时,他也会吃醋。他总是向心爱的茜多索取热吻,当茜多生病时,他会狂躁不安。茜多说过,她决不能死在丈夫前头,不然他会自杀,若自杀未遂,那就会更加痛苦。

茜多总是笑骂自己的两个儿子是野孩子。这对同母异父的兄弟长得都很帅,很瘦削,性情温和。大哥和二哥感情极其融洽,他们总是在一起玩耍,一起读书并制定出奇怪的评价规则。

茜多的大女儿自作主张与一个嗜酒的人订了婚,后来婚姻很不幸福。大哥立志学医,但喜欢远离人群。二哥则希望自己逃逸到文明的束缚之外,除了尽情享受这份梦想和沉默的自由之外,他什么也不愿意做。他非常有音乐天赋,能把他听过的音乐完全无误的复奏出来,但他最终成了一个抄写员。这样他一坐到桌子前,就土木形骸,遨游一世,似乎他的整个心灵都自由了,他唱歌、听音乐、作曲,他又向往昔飞去,在梦中寻找他的童年。他仍然是个空气精灵,只不过从六岁的空气精灵变成了六十三岁的空气精灵。而茜多却始终弄不明白她的二儿子为什么没能走上音乐的道路。这两个儿子都是乖孩子,他们只喜欢鲜花、最精致的事物、最冷清最空旷的地方,喜爱一切远离人类便焕发青春、生机勃勃的东西。

阿波利奈尔
(1880~1918)

纪尧姆·阿波利奈尔,法国著名诗人、小说家、文艺评论家,超现实主义流派的先驱。他原名纪约姆斯-阿波利纳里斯-阿尔贝图斯·科斯特罗威斯基,1880年生于罗马,是一个波兰女子和一名意大利军官的私生子。他从小就跟随母亲在摩纳哥、戛纳、尼斯、里昂生活。1899年,他来到巴黎,从事各种小工作。20岁时,他改名为纪尧姆·阿波利奈尔。1901到1902年,阿波利奈尔在莱茵河畔担任家庭教师。他于1904年返回巴黎,结识了包括毕加索在内的多名艺术家、文学家,并爱上了一名叫做玛丽·罗朗森的女画家。1907年,他抛弃了银行的工作,从此以写作为生。1911年,阿波利奈尔因涉嫌盗窃藏于罗浮宫的名画《蒙娜丽莎》而被捕,一周后获释。

1913年,被玛丽·罗朗森抛弃后,阿波利奈尔发表《醇酒集》,集中了十四年来的诗歌创作。其中佳作纷呈,比如《米拉波桥》、《失恋者之歌》、《莱茵杂咏》等等。《米拉波桥》是他最著名的一首诗,诗中流露出对与玛丽·罗朗森之间已经消逝了的感情的无限惆怅。

一战爆发,阿波利奈尔志愿参军。他给一位叫做路易斯·德·科里尼-夏蒂翁的女子写了126首情诗,这就是《献给露的诗集》。1916年,他头部受重伤,养伤期间,他完成了剧本《蒂雷西亚的乳房》,开创了超现实主义流派。1918年,阿波利奈尔的另一部重要诗集《图画诗》问世,其中的名篇有《一颗星的哀愁》、《美丽的红发女郎》。"图画诗"即是视觉抒情诗,是他用诗句来构成图案的成功尝试,对后来诗歌形式的发展产生了巨大影响。

1918年,阿波利奈尔患上西班牙流感去世,他死后葬于巴黎的拉雪兹公墓。

《醇酒集》

初版时间: 1913年

内容梗概:

《醇酒集》是阿波利奈尔的代表作,奠定了他诗坛新霸主的地位,被认为是20世纪的一部具有里程碑意义的重要诗集。这部诗集收集了诗人1898到1913年15年间所写的诗。

《醇酒集》这一总题看上去令人费解,收入该诗集的诗歌同样互不协调,但是酒的含义在诗集的几首诗中出现过,如《市郊贫民区》:"你喝这杯热酒像喝下你的生命/你喝下的生命就像一杯烧酒。"有比如《雨月》:"我像喝下整个宇宙一样醉醺醺。"小酒店、咖啡店、啤酒店、客栈在诗集中频繁出现,诗歌意象也往往与酒和喝醉相关联。

这部诗集五光十色,各种诗歌杂然相处。其中,有些诗歌得益于象征流派,但略带嘲讽;有些具有传统的艺术特色,情感真挚;有些富有冒险情趣而有不乏诗意;有些则糅合了现代主义精神和抒情成分。

《醇酒集》特点鲜明。首先,它吸收了民歌的体裁和表现手法。比如《密腊波桥》的形式就借鉴了中世纪的民歌《盖叶特和奥莉娥》(织布歌)的形式,具有民歌的音乐节奏美与韵律和谐美,叠句一唱三叹,增强了韵味和情感。但阿波利奈尔善于运用民歌形式却不拘泥于这种形式,而是进行了改造,将传统与创新熔于一炉。其次,它借鉴了浪漫派和象征派的手法。浪漫派偏好运用哀歌的形式,在这部诗集中就有不少哀歌式的作品,如《密腊波桥》、《订婚》、《吕尔·德·法尔特南》等等。而在《失恋者之歌》中,诗人把忧愁写作七把剑,分别是彩虹、金绿色的河、纺纱杆、柏树、火炬、朋友、公鸡、女人、枯萎的玫瑰等。这种将抽象的感情用具体的物象描绘出来,正是典型的象征派手法。然后是对立体派艺术手法的借用。立体派主张利用世界的各个片段去重新建立一个新的世界。阿波利奈尔发展了这种手法。在他的《市郊贫民区》中,他将在咖啡店或在公共场合听到的话语记录下来,表现出这些话语的混乱和自发性。他打破固有的节奏和序列,寻找大胆的组合,重构现实与形象的联系,表现奇特的意象,带给读者强烈的感受,比如"我的玻璃杯像哈哈大笑一样粉碎了"。此外,阿波利奈尔将《醇酒集》中所有的标点符号都取消了。

杜伽尔

(1881~1958)

1881年5月23日，罗歇·马丁·杜伽尔出生于塞纳河畔的纳伊。他的父亲是诉讼代理人。1892年，杜伽尔进入天主教会学校学习，他爱看左拉的小说，也受到托尔斯泰的影响。后来他进入文献学院，学习历史和中世纪建筑学。他服过兵役，去过非洲，还研究过精神病学。

杜伽尔的第一部小说《变化》(1909)是他自费出版的。1913年，他发表了小说《让·巴罗瓦》。1914年第一次世界大战爆发，杜伽尔上前线做了一名骑兵军团下士，直到一战结束前，他一直负责运输弹药的工作。1919年他复员后在巴黎从事戏剧活动。小说《蒂博一家》(1922~1940)就是在第二年春天开始酝酿的。这部小说的第七卷《一九一四年夏天》轰动了国际文坛，并为杜伽尔带来了1937年的诺贝尔文学奖。

第二次世界大战期间，杜伽尔开始创作《穆莫中校的回忆》，这部小说直到作者去世都没有完成。杜伽尔在他的创作生涯中还陆续发表过一些剧本，包括《勒勒老爹的遗嘱》(1914)、《大肚子》(1928)和《有口难言的人》(1931)。1955年，伽里玛出版社出版了他的全集。

1958年8月22日，杜伽尔因心肌梗死去世。

《蒂博一家》

初版时间：1922年至1940年

主要人物：

内容梗概：

在第一卷《灰色笔记本》中，描写了蒂博家这个大资产阶级家庭。蒂博先生经营着社会慈善和教育事业。他的一生事业有成，因此志得意满、独断专行，但其实他昏聩糊涂，良莠不分。他一手创建的教养院是一个戕害少年儿童身心健康的机构。他的小儿子雅克是这个资产阶级家庭的逆子，他骨子里的反抗精神使他极力想离开这个令人窒息的家庭。雅克和他的朋友达尼埃尔·德·丰塔南当时还是两个中学生，他们俩于是计划离家出走，但是他们最后还是在马赛附近被抓住，送回家中。

小说第二卷《教养院》讲述的是：在雅克和达尼埃尔出走事件一年后，雅克的父亲把儿子送进了他自己在克卢伊创办的教养院。这个教养院繁杂的扼杀人的个性和主动性的各种规章制度几乎毁掉了这个聪明的孩子。雅克的哥哥昂图瓦纳是一位有才干和毅力的儿科医生，他像他的父亲一样活跃在社会上，并且看来有条件成为蒂博家的继承人。他思想比较开明，看到弟弟在教养院中过着不堪忍受的生活而精神极度萎靡，他于心不忍，不惜与父亲当面争执，终于说服了父亲将雅克领了回来。父亲让雅克完成学业，并允许他与信奉新教的丰塔南一家来往。

第三卷《美好的季节》叙述五年以后，雅克以第三名的优异成绩考入巴黎高等师范学院。他爱上了达尼埃尔的妹妹贞妮，后者是美术学院的学生。达尼埃尔和贞妮所在的丰塔南家族是整部小说的第二条主线。丰塔南是一个生活糜烂的资产者，他整日追逐女人而置家庭于不顾，还跟情妇在国外生活了好几年。他的妻子温柔善良，但逆来顺受、过于软弱，单独把达尼埃尔和贞妮抚养成人。然而达尼埃尔却继承了他父亲的风流浪荡，与一个女子拉雪尔同居，但拉雪尔后来同前恋人跑到非洲，这使达尼埃尔的精神受到极大的打击。

第四卷《诊断》叙述三年后,昂图瓦纳的诊所里排满了病人,他第一次给一个骨折的小女孩动手术,虽然他从来没有动过手术,但却要表现得自信和有能耐。后来,他又不得不为自己的父亲看病,但是他对父亲隐瞒了病情的严重性。而雅克在生活的道路上徘徊,他看到社会现状却无能为力,未能找到正确道路,父亲反对他与贞妮恋爱使他最后选择了出走。

第五卷《小妹妹》讲述的是昂图瓦纳偶然在一本瑞士杂志上看到一篇名为《小妹妹》的小说,根据小说的内容和作者的笔名,他肯定这篇小说是出自雅克之手。雅克通过小说道出了出走原因。哥哥昂图瓦纳最终理解了他,于是动身去瑞士寻找雅克,在日内瓦发现他与一群革命者在一起活动,勇敢而不屈不挠的雅克终于找到了能为社会作贡献的道路。

第六卷《父亲之死》中,昂图瓦纳说服了雅克回到垂危的父亲身边。兄弟俩为父亲洗热水澡来减轻父亲的痛苦,这位雄心勃勃的父亲想让自己的名字流芳百世,然而事与愿违。他的两个儿子都没有继承他倾注了毕生精力的事业,他亲手建立起来的大厦眼看就要崩塌,而他直到临死时才意识到这一点。他的死是一场痛苦的挣扎,昂图瓦纳只好用药缩短父亲临终前的痛苦。父亲死后,雅克还是离开家,到外面闯荡去了。

第七卷《一九一四年夏天》讲述了 1914 年 6 月至 8 月间发生的故事。雅克重新回到了日内瓦的革命者中间。一位曾经当过飞行员的革命者梅奈斯特雷交给雅克一些任务。在一次执行任务期间,雅克与阔别多年的贞妮重逢了,他们的爱情重新爆发。但是,因为战争和贞妮母亲的疾病,这对恋人不得不再次分离。雅克遂决定全力以赴从事和平宣传。他异想天开地实行了一个计划:从梅奈斯特雷的飞机上向双方阵地撒传单,呼吁士兵们放下武器,像兄弟般彼此相爱。然而飞机不幸失事坠毁,身负重伤的雅克落在德军阵地上,德军将他当做奸细枪毙了。

最后一卷《尾声》叙述了雅克死后,贞妮生下了遗腹子。昂图瓦纳在生活中认识到社会的积重难返和他自身的弱点,他的经历就是知识分子在动乱时代的悲剧命运。四年后,达尼埃尔和昂图瓦纳在战争中都负了伤,而蒂博家的度假别墅改成了野战医院,由丰塔南太太领导。在这里,昂图瓦纳见到了贞妮和雅克的儿子让·保尔。昂图瓦纳知道自己活不久了,便向贞妮提出结婚,以便让孩子姓蒂博,然而贞妮拒绝了。昂图瓦那最终用一针药剂结束了自己的病痛和生命。

杜阿梅尔
(1884～1966)

1884 年 6 月 30 日,乔治·杜阿梅尔生于巴黎,他在童年时经常随父亲居无定所,以致影响了学业。中学毕业后,他开始学习医学和生物学。1906 年至 1908 年间,他住在克雷特伊修道院,即"修道院文社"。从 1907 年起,他陆续发表了几部诗集,包括:《传说、战斗》(1907)、《领头人》(1909)、《根据我的规律》(1910)、《同伴们》(1920),这些作品都体现了修道院文社的"一体化主义"精神。同时,他也创作了一些戏剧,包括:《光芒》(1911)、《在塑像的阴影中》(1912)、《战斗》(1913)等。

作为外科医生的杜阿梅尔在第一次世界大战期间在前线做了大量的手术,这种经历对他的文学创作产生了深刻的影响。他根据自己的经历写出了小说《烈士传》(1917)和后来获得龚古尔文学奖的短篇集《文明》(1914～1917)。随后他又发表了《混乱中的谈话》(1919)、《四首谣曲》(1920)、《七个最后的伤口》(1928)和《栖身之地》(1940),这四部与前两部一起被收入了《战时故事》(1949)出版。这些杜阿梅尔的早期作品都充满了人道主义精神,受到一体主义的乌托邦理想和现实战争的双重影响。

从 1920 年开始,杜阿梅尔着手创作长河小说,这也是他的创作新阶段的开始。他的第一部长河小说《萨拉万的生平和遭遇》(1920～1932)包括5卷小说:《子夜的忏悔》(1920)、《两个人》(1924)、《萨拉万的日记》(1927)、《里昂人俱乐部》(1929)和《有如身受》(1932)。1927年,杜阿梅尔在游历了苏联后,写出了抨击苏联现实的《莫斯科游记》(1927)。随后又来到美国,写成了《未来生活场景》。杜阿梅尔于1935年当选为法兰西学士院院士,两年后当选为医学科学院院士,1940年成为外科科学院院士,1944年当选为伦理与政治科学院院士。他还曾担任多年的法文协会会长。杜阿梅尔的第二部长河小说是《帕斯吉埃一家纪事》(1933～1945),分为10卷:《勒阿弗尔的公证人》(1933)、《动物园》(1934)、《乐土的景观》(1934)、《圣约翰节之夜》(1935)、《比埃弗尔的荒漠》(1937)、《老师们》(1937)、《塞西尔在我们中间》(1938)、《与黑暗搏斗》(1939)、《苏珊娜和小伙子们》(1941)和《约瑟夫·帕斯吉埃的激情》(1944)。

1944至1953年,杜阿梅尔出版了五卷本回忆录《照射我一生的光芒》以及几部小说:《帕特里斯·佩里奥的旅行》(1950)、《深渊的呼喊》(1952)、《泰奥菲尔情结》(1958)、《黑暗帝国的新闻》(1960)等等。1966年4月13日,他在家中安然辞世。

《帕斯吉埃一家纪事》

初版时间: 1933年

主要人物:

雷蒙	……………………	帕斯吉埃一家之主,洛朗的父亲
约瑟夫	……………………	雷蒙的大儿子
菲尔迪南	……………………	雷蒙的二儿子
洛朗	……………………	雷蒙的小儿子,故事的主人公
塞西尔	……………………	雷蒙的大女儿
苏珊娜	……………………	雷蒙的小女儿

内容梗概:

第一卷《勒阿弗尔的公证人》讲述了洛朗的童年经历。洛朗的父亲雷蒙·帕斯吉埃力图通过刻苦自学成为医生,母亲吕丝勤俭持家,将这个七口之家料理得井井有条,但仍然入不敷出,生活拮据。吕丝的姑妈去世时给她留下了遗产,但因为姑妈的家人不喜欢雷蒙,因此把四万多法郎证券赠给了几个孩子,另外一部分遗产留给了吕丝远在巴西下落不明的姐姐,吕丝要等待勒阿弗尔的公证人做调查。因此这得到这两笔遗产还要不短的时日。吕丝向邻居借了一万法郎度日,却因雷蒙买卖证券损失大半。但他们一家还是搬到了一套比较宽敞的公寓中居住。雷蒙和吕丝的大儿子约瑟夫一心想赚钱而放弃了读书,很早就工作了。二儿子菲尔迪南由于智商低而没有通过小学毕业考试。三儿子洛朗学业优秀,立志当个生物学家。他的邻居兼同学德西雷由于父母经常争吵,家庭生活很不安定,因而功课差、留级过好几次,但德西雷总是保护洛朗。大女儿塞西尔具有音乐天赋,能弹一手好钢琴。而后来出世的小女儿苏珊娜具有表演天赋。后来,勒阿弗尔的公证人终于寄来了两万多法郎,但还债后所剩无几了,而另外一笔钱要几年后才能给吕丝。但是,新的生活还是开始了。

第二卷《动物园》叙述了青少年时期洛朗的经历。洛朗的父亲雷蒙要他不要同街上的任何女人搭讪。塞西尔在钢琴老师瓦尔德马尔的教导下,钢琴技艺突飞猛进。一天,吕丝要洛朗按一封信上的地址去找一个女人,原来这是雷蒙情妇的住处。吕丝的另一个姑妈又留下一小笔遗产,雷蒙提出要钱用于考试,但吕丝知道钱的去处,因此拒绝给他。洛朗大胆地闯入父亲情妇的住处,请求她离开父亲。后来洛朗收到父亲情妇的字条,说她已经离开雷蒙,洛朗去她的住处证实了。但在巴斯德举行国葬的那天,他发现父亲和情妇坐在露天咖啡座上!于是他要求父亲为母亲着想。但母亲说她的逆来顺受是为了维持这个家。一心想要发财的约瑟夫写信给洛朗,叫他别管这种闲事。塞西尔要开音乐会了,并爱上了瓦尔德马尔。

第三卷《乐土的景观》的故事是:洛朗完成学业,当了医生。

帕斯吉埃一家搬到巴黎郊区的克雷特伊,但生活仍很拮据。这时,吕丝的姐姐马蒂尔德得到的那笔遗产也归到了吕丝名下。雷蒙要还他的两个儿子约瑟夫和菲尔迪南的钱,塞西尔和洛朗也要得到他们每人一千法郎的份额。约瑟夫试图说服洛朗把钱存到他那里,他给洛朗百分之六的利息。洛朗曾对约瑟夫说过,他会撕掉他得到的第一张一千法郎的钞票,于是他跳上浮桥,拿出一张钞票,撕得粉碎扔到水里。其实他撕掉的是一张 500 法郎的钞票,他后来向朱斯丹·维尔透漏了这个秘密。雷蒙买了一辆小汽车,但在他带着孩子出游时,撞到了墙上。约瑟夫离开家去发展。菲尔迪南订了婚。塞西尔在国外开音乐会。雷蒙的风流艳事使家庭关系变得紧张。瓦尔德马尔发了疯,杀死母亲后自杀。

第四卷《圣约翰节之夜》的叙述者换成了朱斯丹。约瑟夫要洛朗参与他的买卖,向他大谈金钱哲学和炒股票。犹太人朱斯丹去耶路撒冷旅行后回到巴黎,德雷福斯事件仍未平息。在去洛朗的实验室的路上遇到一个姑娘洛尔,对她产生好感。洛朗告诉朱斯丹他家发生的事:雷蒙想发明吸尘器,用消防水管做试验,并把管道工叫来,管子不停地响了大半个月,房客不堪其扰。房东出面指责雷蒙家用水太多,于是惹恼雷蒙,他一斧子砍裂水管,自己也不得不搬家。约瑟夫发了财,成了家,当了父亲,他买了一块地,请全家参加乔迁之喜。菲尔迪南结了婚。洛朗爱上洛尔,但他们的老师桑西埃也爱上了她。桑西埃明白不能得到她的爱,于是去远东治疗鼠疫病人,后来死在那里。洛尔后来也进了疗养院,慢慢死去。

第五卷《比埃弗尔的荒漠》讲述朱斯丹在巴黎南郊的比埃弗尔找到理想的隐居地。他和朋友们平静地工作,但经济拮据,有人解囊相助并鼓励他们。他们成为印刷工。洛朗在与他们会合前病倒了,被送回父母家。原来他因为洛尔和桑西埃的出走受到打击,要以身试验一种新疫苗。他为科学献身的行为使他获得了荣誉军团的绶带。24 岁的塞西尔刚从美洲回来。不久,"荒漠"里的人出现矛盾,朱斯丹也遭到各种批评。最后大家终于分手。

第六卷《老师们》讲述朱斯丹在比埃弗尔受到挫折后,在文学上又遇到困难,重新与大家隔绝。他当了工人,洛朗与他保持通信联系。在信中他谈到自己的几位老师和领导:法兰西学院教授奥利维埃·沙尔格兰是新理性主义的代表人物;尼古拉·罗奈教授领导洛朗的实验室;卡特林娜·乌都瓦尔与洛朗一起工作时受到细菌感染而死去。罗奈要求洛朗与他一起解剖卡特林娜的尸体,洛朗拒绝了。他发现他的两位老师是仇敌,当他们在竞争荣誉时,仇恨爆发了。沙尔格兰因脊椎出血而落败,瘫痪在床,智力减退。

第七卷《塞西尔在我们中间》中,塞西尔被瓦尔德马尔悲惨的死吓坏了,朱斯丹的爱情又令她不踏实,所以因厌弃生活而和一个没有才能的、自私冷漠、永远不能给她幸福的里沙·富维结了婚——她的理想破灭了,于是在宗教中寻找慰藉。洛朗对她信教既不明白,又不赞成。约瑟夫的生意扩大到世界范围。土耳其和保加利亚之间发生战争期间,他充当德国人卖装备的中间人。他对家人说自己破了产,要动用他们的积蓄,用花言巧语骗取了菲尔迪南的信任。塞西尔的丈夫每天打扮要两个小时,引起塞西尔的不满,她的孩子又夭折了,她最后同丈夫离婚。

第八卷《与黑暗搏斗》叙述 1914 年春,33 岁的洛朗在国立生物学院工作。他的父亲开了个诊所。政治野心勃勃的生物学院院长拉米纳给洛朗安排了一个懒惰无能但政治后台坚实的助手依波力特·比罗。后来洛朗接受了另一个助手雅克琳娜·贝莱克,终于赶走了依波力特,他写了一篇抨击安插人做法的文章,不料却投给了一份反对派报纸,他的文章被大改一通再发表,使他的声誉受到打击。罗奈要他辞去《生物学报》的秘书职务。沙特兰先生本想助他一臂之力,但他已递交了辞呈。这件事使洛朗疏远了同事、朋友和家人。朱斯丹当了南特一份报纸的主编,竭力保护他的朋友。洛朗认为自己的事业受到挫折,迟迟不敢向雅克琳娜求婚。此时国内外局势日益严重,战争即将爆发。战争爆发后,他们结了婚,但朱斯丹、约瑟夫、菲尔迪南和洛朗都要入伍,小苏珊娜也当了护士。雷蒙也宣称要入伍,他去非洲做了一次神秘旅行。

第九卷《苏珊娜和小伙子们》叙述战后只有朱斯丹没有回来,他在战争中牺牲了。苏珊娜出落得非常漂亮,成了先锋派导演维达姆剧团的明星。后来她与导演闹翻,决定放弃戏剧,离开巴黎。她的一个崇拜者、年轻画家菲利普·博杜安请她光顾他在奈尔的家。他的父亲是个东方学家,母亲是雕刻家之女。博杜安一家都是艺术家、音乐家,过着普通而幸福的生活。博杜安家的三兄弟都爱上了苏珊娜,但维达姆剧团派人来邀请她再回去演戏,她抵挡不住职业的召唤,于是到南美进行巡回演出去了。

第十卷《约瑟夫·帕斯吉埃的激情》叙述了洛朗写信给美国的塞西尔,告诉她约瑟夫家里发生的事情:约瑟夫的事业继续发展,到 1925 年,他已经是 19 个团体的会长,4 个团体的副会长;蒙特尔董古堡的主人,拥有一个画廊,爱好立体派绘画。他的大儿子吕西安步他后尘,二儿子让-皮埃尔却要当画家。女儿长得并不漂亮。妻子艾伦娜已不是贤妻良母了。约瑟夫在家里建了一个藏宝室,经常晚上把自己关在里面。但他在生意上遇到了麻烦。吕西安要给他出主意,但居然要求三万法郎的报酬,他只好同意儿子的要求。但事业上的矛盾仍层出不穷,他不得不把墨西哥油井转让出去,冰箱进口的事也两次被人算计。他还丢掉了学院的位置。他的妻子不忠,被他赶了出去。他的秘书也离开了他。女儿要进修道院。吕西安离开家做生意。让-皮埃尔关在自己房里,拒绝父亲进去,要求见母亲。

莫里亚克
(1885~1970)

弗朗索瓦·莫里亚克于 1885 年出生在波尔多市一个信奉天主教的守旧的中产阶级家庭。他在波尔多大学学习了两年后,于 1908 年进入著名的沙特尔学院。然而他对文学有浓厚兴趣，家庭的殷实也使他无需谋求任何工作，因此他抛弃学业，转向文学创作。

1909年，莫里亚克自费出版了诗集《合手敬礼》，得到诗人巴雷斯的赞赏。1912年起，他开始从事小说的写作，最初发表的作品有《身戴镣铐的儿童》、《白袍记》，然而未被世人关注。第一次世界大战爆发，他参与了伤兵救治工作。1922年发表的《和麻风病人亲吻》使他在文坛声名鹊起。接下来的十年中，莫里亚克陆续出版了十余部以资产阶级家庭悲剧为题材的小说，备受欢迎。1925年，他发表的《爱的沙漠》获法兰西学士院小说大奖。1927年出版的小说《苔蕾丝·德斯盖鲁》被认为是20世纪上半叶法国最佳小说之一。1932年出版的《蛇结》是他最为优秀的小说之一。他善于揭示资产阶级家庭内部的悲剧，描写人性的阴暗面。1933年，莫里亚克成为法兰西学士院院士。

在文学创作上取得巨大成功后，莫里亚克把注意力转向戏剧理论和政治评论。1936年，他在报界发起了反对西班牙佛朗哥政权的运动。第二次世界大战期间，他参加了法国地下抵抗运动，用假名出版了攻击纳粹的《黑色笔记本》。他积极支持戴高乐的政治活动，获得"荣誉团大十字勋章"。在他生命的最后二十年中，他致力于写作回忆录、新闻报道和社论，他的12卷全集在1950年到1956年间出版。

"因为他在小说中深入刻画了人类生活的戏剧时所展示的精神洞察力和艺术激情"，莫里亚克于1952年获得诺贝尔文学奖。

《苔蕾丝·德斯盖鲁》

初版时间：1927年

主要人物:

内容梗概:

　　苔蕾丝是庄园主的女儿,住在阿尔热卢兹——法国西南部一个"大地的尽头"。她的父亲拉罗克先生是县城的市长和市议员。由于母亲产后去世,苔蕾丝在姑姑照料下在阿尔热卢兹庄园长大。这片法国西南部的偏僻荒原,遍布稞麦地、沼泽、礁湖、松林。邻家的贝尔纳在巴黎攻读法律,他继承了父亲德斯盖鲁的房产和两千公顷土地。

　　苔蕾丝与贝尔纳同母异父的妹妹安娜是一对亲密的好友。苔蕾丝急于找到自己的归宿,出于对贝尔纳家的佃户、矿石、树脂、松林等产业的动心,她理智地与贝尔纳订婚。镇上的人都赞成他们俩结婚,因为他们婚后可以将财产合并,非常合适。他们在圣·克莱尔镇的小教堂里举行婚礼后,即去意大利度蜜月。粗俗土气的贝尔纳沉溺肉欲,苔蕾丝茫然失措,对他冷漠、厌恶,急于返回故里,想独自一人思索自己梦幻的破灭。尽管苔蕾丝极力回避,她还是怀孕了。

　　苔蕾丝的好友、贝尔纳同母异父的妹妹安娜自小在修道院学习,家庭管束严格。但她疯狂地爱上了一个来附近庄园休养的青年阿泽韦多。由于阿泽韦多是犹太人,她的哥哥贝尔纳和父母坚决反对他们来往,他们希望安娜能嫁到德基莱姆家里,于是求助苔蕾丝劝说安娜。苔蕾丝说服了安娜外出旅行,然后找到阿泽韦多。这位巴黎的小伙子博学多识,他对苔蕾丝的指责进行辩解:他并不想打进安娜体面的家族,只是被安娜迷人的魅力所吸引,他对安娜的感情只是游戏而已。他听从了苔蕾丝的提议,给安娜写了一封信,委婉地告诉她不要抱任何幻想。他对苔蕾丝说:"你瞧瞧这单调的茫茫冰原,心灵都在这里冻住了……每个人都得服从这个阴郁的共同命运,有些人反抗,就产生了悲剧,对于这些悲剧,家族里是决口不提的,正如这儿的人常说:不要声张……"几次的接触后,苔蕾丝对阿泽韦多的激情和智慧的谈吐有了倾慕之心，阿泽韦多是苔蕾丝遇到的第一个把精神生活看得高于一切的男人。她忧郁寡欢的生命里升起一道真正热情的阳光，更觉得荒原贫乏和丈夫贝尔纳俗不可耐。

贝尔纳认为自己有神经质心脏病，非常惧怕死亡。他夜里突然大声喘息，还让苔蕾丝给他水杯里倒了点野莴苣汁，用这种饮料来治病。贝尔纳听医生说他贫血，决定采取弗勒疗法进行治疗，即服用少量砒霜，而且他再也不挨近妻子了，怕房事危及心脏。苔蕾丝鄙视丈夫，认为自己认识的唯一高尚的男人就是自己的父亲。

父亲拉罗克是县城的市长和市议员，还是庄园主兼工业家。他不近女色，结婚时是童男，妻子死后也没有情妇。苔蕾丝竭力把他想得形象高大，但她终于看出了父亲的卑鄙，他和德斯盖鲁家表面争辩抽象的政治，却以假象遮盖他们共同的对财产的贪欲。

她孤独寂寞，给远在巴黎的阿泽韦多去信也杳无回音。安娜回来后，记恨好友的欺骗，不再理睬苔蕾丝。安娜最终认命屈服了。贝尔纳身体稍缓就热衷打猎。苔蕾丝整日无所事事，仿佛走进了一个没有尽头的隧道。丈夫一家人为保全胎儿，殷勤照料她的饮食起居。到12月底大路不能通行时，她被带回到镇上的住宅，女儿玛丽降生了。

暑季来临，苔蕾丝对女儿毫不留恋，对丈夫的肥胖、自私、盛气凌人愈发厌恶。几个星期未下一滴雨，附近卢夏的五百公顷森林烧光了。她期望自己的镇子也不要幸免。马诺发生大火这天，贝尔纳忙乱中误将服用的弗勒药水加了一倍的剂量。这药水含有一定毒性，他到晚上呕吐不止。苔蕾丝在医生追问病因时，对看到贝尔纳误服过量砒霜的事情只字不提，并由此产生了谋杀念头。以后她有意多倒药水，丈夫再一次犯病，医生对吐出的绿色液体感到吃惊。8月中，贝尔纳一次更可怕的发作之后，医生要会诊，幸好第二天有所好转。12月初，贝尔纳旧病复发，全身发抖，两脚失去了知觉。受邀来会诊的医生看到药剂师送来的处方上添了大剂量的有毒药品。贝尔纳在医院证明是中毒，医生起诉，苔蕾丝被拘禁。

检察官开始调查案情，《小巴黎人报》上刊出红绿插图的《普瓦蒂埃的女囚》。拉罗克害怕女儿的丑闻牵连自己，影响竞选议员，便去找报社，见省长，多方奔走。贝尔纳担心妻子玷污家族声誉，作伪证寄信给检察官，为其开脱罪责。拉罗克让女儿找借口申辩，让律师出主意在报上反击……检察官不得不宣布此案不予受理，诉讼只能撤销。

苔蕾丝回到庄园，她试图向丈夫表白心迹，以求宽恕。但贝尔纳理所当然地认为她是想霸占产业，谋财害命，不准她进厨房和任何房间，将她在阿尔热卢兹的家中软禁起来。并把女儿与她分离，也不让她读书订报。为了维护家族声望，堵住流言飞语，他和苔蕾丝一起去教堂，到集市，让人们相信他们是和睦夫妻。在当地人面前佯装清白无辜的苔蕾丝，像被猎人追逐的动物一样惴惴不安地避开任何人。在事情平息下来之后，他离开苔蕾丝，将她与两个仆人单独留在阿尔热卢兹。苔蕾丝的父亲为了掩饰这件丑事，任凭贝尔纳处置自己的女儿。

苔蕾丝不停地吸烟，夜里发烧时，梦见了欢乐的生活，拼凑出不可能的爱情。她再不能起床了，什么都吃不进，面无血色，瘦骨嶙峋。她想自杀，也想只身逃走，都未能如愿。这时安娜与德基莱姆订了婚，并打算回庄园结婚。他们回来后，看到了身心受到极大摧残的苔蕾丝。贝尔纳逼使妻子应付场面，让参加婚礼的当地人看到他们恩爱地一起出入。

安娜结婚后，贝尔纳感到妻子再无作用，为甩掉包袱，送她到巴黎过独居生活。苔蕾丝自由了，也从德斯盖鲁家的名册中消失了，她的女儿也将不认她了。她想最后一次让丈夫了解自己，但未成功。贝尔纳走了。她喝了很多酒，抽了很多烟，抹上胭脂口红，漫无目的地在巴黎街头走着。

《蛇　结》

初版时间：1932 年

主要人物：

内容梗概：

《蛇结》被认为是莫里亚克的代表作。整部作品以第一人称进行叙述。这是一个行将就木的老守财奴写给妻子的控诉信，写到后来逐渐转化成日记、忏悔录，是一部长篇的内心独白，直到他突然去世才终止。

路易出身卑微，是一个公务员遗孀的独生子。母亲给予了他无微不至的关怀，并以他为豪。虽然路易小时候家境拮据，但在母亲的精心操持下，逐渐发家致富，拥有了大片的森林、葡萄园和其他产业。路易靠死记硬背，成绩名列前茅。他打算报考巴黎高等师范学院，可是在入学会考前两个月，他因为咯血被迫放弃了学业。得知自己拥有一笔巨大且逐年增长的财富后，路易开始追逐女性，并用凶狠冷酷的态度对待母亲。母亲劝他研习法律，以成为一名大律师。在吕雄度假期间，路易结识了豪门大族丰都台日一家，他们是路易家产业的承租人，并不按时缴纳租金。路易爱上了丰都台日家的女儿伊莎。奇怪的是，丰都台日一家并没有对她与出身卑微的路易表示反对。母亲担心他们是有利可图，但没有找到任何证据。路易很快便和伊莎结婚了。

婚后的生活是非常幸福的。可是一个晚上，伊莎向路易坦白了自己的往事。她曾与另一个男子相恋，但最终这门婚事失败了。家人认为她嫁不出去了，曾经十分着急，正在这时，路易出现了……得知此事后，路易内心受到极大的创伤，他自怨自艾，愤不欲生。他对伊莎充满了怨恨。四十年默默不语的时期开始了，虽然肉体关系仍旧维持，但家庭的内部已经崩溃。伊莎几次怀孕，生下了儿子于倍尔和女儿热纳维埃芙。她把所有精力都倾注到孩子身上，对路易不闻不问。路易在外面沉溺于秘密的放荡生活中,他的事业却越来越成功,不满三十岁,他便成为了一名大名鼎鼎的商务律师。一起案件令路易一举成名,所有报纸都登出他的照片,然而伊莎却对他冷漠无情,毫不过问,这让路易更加愤懑,确定她心中根本没有自己。而孩子们早就站到了伊莎那一边,和母亲一样信仰基督教,对不信教的"可怜的爸爸"抱有成见。路易对伊莎和她的信仰大肆讽刺挖苦,使她跟她自己的宗教信仰发生冲突。

伊莎的姐姐玛丽内特曾经任凭家人做主,嫁给了年纪很大的菲力波男爵。婚后几年,这个老头子死了,留下孀居的玛丽内特,她只有三十岁。男爵留下遗嘱,将一大笔财产留给妻子,但条件是她不得再嫁,否则自动放弃遗产。在十年无爱的婚姻结束后,终于得到解放的玛丽内特不愿终生孀居,坚持要把幸福置于一切之上。路易和伊莎最宠爱的孩子玛丽生病去世,给夫妇带来非常大的痛苦。玛丽内特回来参加葬礼后很快就离开了。巨大的悲痛使他们没有注意到她的变化。两个月后,他们获悉玛丽内特和她邂逅一个记者结婚了。伊莎对失去了一大笔财产耿耿于怀,对最终死于难产的玛丽内特丝毫没表现出悲伤。路易开始照顾玛丽内特的儿子小吕克,对他倾注了极大的关怀。他想在死后将自己所有的财产交给小吕克,可吕克的父亲不愿意接受。路易在吕克身上觉得心爱的女儿玛丽复活了,他对吕克无比关怀,却对自己的孩子完全失望。可是吕克在战争服役时失踪了。

路易对自己的儿子、女儿,还有孙子、孙女、孙女婿都非常厌恶,他们之间几乎不存在什么亲情。因为路易对于他们来说,只不过是一台赚钱机器。路易想尽办法,以捉弄、折磨他们为乐事,打算剥夺他们的财产继承权。同时,他清楚地知道,儿孙们背地里叫他"老鳄鱼",还合谋打算霸占他的财产,认为这是"家庭的神圣权利"。路易对自己的认识也很清醒,他清楚地了解自己对财富的贪欲,对家庭的仇恨,他将这仇恨的心结比作蛇结,认为它是解不开的,必须用利剑斩断。

路易年轻时,婚后对妻子的失望和仇恨使他在外面过上了放荡的生活,他的女友为他生下了一个孩子。他虽然一直没有见到自己的孩子，却在三十年间，瞒着家人给母子俩寄去有限的生活费。由于对家人的憎恨，他决定将财产赠给这个素未谋面的儿子。可是见到自己的儿子罗倍尔以后，他发现这是个愚蠢的失意的小职员。在路易表示要将所有财产在自己死后交给他以后，罗倍尔母子感到十分害怕，尽管路易一再坚持，并做好各种安排，他们仍旧担心路易的家人发现这个秘密。在路易的一再苦劝下，罗倍尔终于答应接受他的赠予。路易在一家咖啡馆意外地发现了自己的儿子和女婿，他尾随他们来到教堂，却发现了罗倍尔。原来这个胆小鬼因为害怕风险，出卖了他。路易再次找到罗倍尔，告知他自己已经拆穿他与自己儿女的阴谋，并许诺每年给他一笔年金。

路易对于无法送出财产，将不得不把财产留给自己的子女感到十分痛苦。就在这时，他接到电报，妻子中风去世了。路易回到家中，晕厥过去。他给妻子的这封长篇的控诉信突然失去了读者。路易病倒了，他感到十分疲乏，将自己的财产分给了儿女。

路易的外孙女雅妮娜痛苦万分，因为她的丈夫菲力弃她而去。家人都希望雅妮娜斩断情丝，解除婚约，路易却为菲力辩护。雅妮娜回忆起以前对于菲力的种种不公，对他难以忘情。家人对路易的做法完全不理解，认为他是在蓄意报复，认为他仍旧还是原来那个阴险毒辣的老头。而雅妮娜逃出疗养院后，被路易收留下来，路易同情这个失意的外孙女，终于在生命的尽头，重新感受到了对家人的爱。

罗　曼
(1885~1972)

于勒·罗曼原名路易·法里古尔。1885 年 8 月 25 日生于圣于连-沙特伊。他在巴黎度过了童年时光。1904 年，他进入孔多塞中学。1905 年又考入高等师范学院,并在毕业时获得生物学文凭。1909 年他在布列斯特和拉昂当哲学教师。1911 年定居巴黎以后,他加入"修道院文社",在此期间形成了他的文学思想:一体主义。

在他还在高等师范学院求学之时,他就发表了一篇故事《更新的村子》(1906),描写了外省平静而麻木的生活。1908 年,他发表了诗集《一体生活》,主要整理了他在 18 到 20 岁之间写的诗歌,主题思想就是一体主义。1911 年,他发表了剧本《城里的军队》和小说《一个人的死》,1913 年又发表了小说《伙伴们》。1914 年,他的故事集《在维莱特的码头上》出版。

第一次世界大战时,他在后备部队服役。战后,他辞掉了教师职业而专门从事写作。1920 年至 1940 年间,他的作品以剧本为主,其中以《克诺克》(1923)最为成功。但他也创作了一些小说,如《普叙克》三部曲,包括《吕西安娜》(1922)、《肉体之神》(1928)和《当船儿……》(1929)。1932 年至 1947 年,于勒·罗曼主要创作长河小说《善意的人们》,这部作品长达 27 卷,主要描述了主人公在友爱和共同的理想中寻找生存的理由。

历来关心世界局势的于勒·罗曼在 30 年代发表了几部谈论政治形势的作品。第二次世界大战爆发之前,他呼吁各国人民团结起来,共同反对法西斯。因此在大战爆发后,他只能避居至美国,后又辗转墨西哥,战后才回到祖国。1946 年,他当选为法兰西学士院院士。晚年的于勒·罗曼还创作了《热尔法尼荣之子》(1956)、《一个极其正直的人》(1961)、《马尔克-奥雷尔》(1968)。

1972 年 8 月 14 日,于勒·罗曼在巴黎逝世。

《善意的人们》

初版时间:1932 年至 1947 年

主要人物:

热尔法尼荣 ……………… 故事主人公,爱好和平的知识分子
雅莱兹 ……………… 热尔法尼荣的朋友,后来成为作家

内容梗概:

小说第一卷《十月六日》描写了 1908 年的好几个社会领域,包括戏剧界(女演员热尔曼娜·巴德是议员居罗的情妇)、政界(贵族:圣帕普尔家和玛丽·德·尚塞奈子爵夫人家)、巴黎下层人民(马伊柯丹太太)、知识分子(正直、热爱理想、代表世俗精神的小学教师克洛里卡,接受新思想的退休教师德·桑佩耶尔)等等。小说的主人公,年轻的让·热尔法尼荣离开山区,来到巴黎高等师范学院求学。这时正值罢工不断,第一次世界大战的阴云笼罩着法国。

第二卷《吉内特之罪》叙述了朱丽艾特·艾兹兰始终爱着年轻时代的一位朋友;那位女演员热尔曼娜的情夫居罗遭到一个石油经营人的暗算;玛丽·德·尚塞奈是一位舞蹈演员,石油大王萨梅柯激烈地追求她;小说的主人公热尔法尼荣和他的朋友雅莱兹还在巴黎高师学习;沉静的银行家吉内特帮助了一个无政府主义者勒昂德里,后者后来变成了杀人犯。

第三卷《童稚的爱情》描写了热尔法尼荣和雅莱兹在学校阁楼上的思索和知心话。雅莱兹告诉热尔法尼荣自己十五岁时爱上了爱伦娜·西戈。小说还描写了贵族贝尔娜丁·德·圣帕普尔的生活;石油大王萨梅柯追求玛丽·德·尚塞奈的故事;汽车厂主贝特朗的生活;巴黎高师校友奥奈神父、批评家法贝·阿洛里、中校杜鲁尔、居罗和若莱斯。其中居罗和若莱斯的对话阐述了当时的政治局势。

第四卷《巴黎的情欲》叙述了石油大王萨梅柯在房间里等待舞蹈演员玛丽;热尔曼娜不得不忍受罗柯博尼的放肆;马伊柯丹太太的女儿依莎贝拉·马依柯丹爱上了一个流氓;主人公热尔法尼荣的朋友雅莱兹天真地认为诱惑中会有纯洁和理想的爱情;诗人福尔和莫雷亚斯出现在丁香苗圃。

第五卷《高贵的人》讲述了舞蹈演员玛丽告诉石油大王萨梅柯,她把私生子托付给了奥特森林的一户农民。他们一起去看

孩子时,玛丽在客店中委身于他,因此她在随后到英国的旅途中一直担心会怀孕。她在这次英伦之旅中,也看到了人民的疾苦。登记赌注的哈维康发现了矿泉水,生意成功了。议员居罗梦想着一个正义的世界,他还在石油老板办的报纸上发表了文章。

第六卷《卑贱的人》描绘了穷人的生活。小路易·巴斯蒂德因为聪明好学而获得了一双黄皮鞋。然而他的父亲刚刚失业,全家陷入困苦之中。祸不单行,巴斯蒂德太太又丢了钱包。小路易去他的老师克洛里卡那里寻求帮助,还勇敢地拜访了他父亲的前领导,但遭到回绝,他感到非常失望和伤心。路易去向神父忏悔,神父被他的懂事感动,于是设计让孩子找到丢失的钱并交给巴斯蒂德太太。因为他的爸爸始终没有工作,他便瞒着父母,课后去送花和袋装咖啡。

第七卷《一座教堂的探索》叙述主人公热尔法尼荣和小学教师克洛里卡觉得他们这一代需要依附于一个教堂。这得益于退休教师桑佩耶尔的探索。另一个名为洛莱尔克的人的探索体现在对秘密的和平团体身上。小说还写到了共济会。议员居罗想到情妇热尔曼娜那里去排解烦恼,不料却在她家看到另一个男人的背影。不久,居罗辞去劳工部长的职务,他觉得政治就像女人一样靠不住。朱丽艾特虽然结过婚,但是雅莱兹还是常去拜访她。

第八卷《外省》讲述了德·圣帕普尔侯爵在贝尔日拉克德大选中首次未获半数,热尔法尼荣为他写讲稿和海报。热尔法尼荣在他后来写给雅莱兹德信中,表达了自己对选举丑闻的看法。第二轮选举时,侯爵当选了,洛莱尔克接到秘密使命前往阿姆斯特丹,米奥奈接手了塞拉斯吉埃大人卷入的经济案件。

第九卷《危险增长》叙述了经过彻底改造的巴黎,郊区工业大发展,社会也随之振荡:保护工人的工会和保护业主的国家,这两种势力对峙着。然而对铁路工人罢工法的修改,遏制了工会发展的势头,并将产生广泛的影响。代表工人的是马依柯丹,代表老板的是贝朗特和尚塞奈。居罗预计到德国的危险性,拒绝当外交部长。尚塞奈和居尔皮歇与欧洲联合银行做交易。洛莱尔克跟随"组织"派来的卡尔先生到南方去,但是当布里昂在

罗

曼

议会被刺杀后,洛莱尔克发现凶手是他的组织派遣来的,意识到自己受到了愚弄。银行职员马尔克·斯特里日琉将财政界的秘密透漏给了妹妹。

第十卷《权力》描写了政府内幕。居罗虽然拒绝接任劳工部长,但却接手了公共工程部长。一次飞机失事引起了内阁改组,他当上外交部长。居罗反对法德协定,但辞职并没有实行。洛莱尔克怀疑"组织"的性质。热尔法尼荣却和洛莱尔克所爱的玛蒂尔德发生了关系。尽管战争迫在眉睫,他仍然在家乡闲适地过了几天,并与雅莱兹一起庆祝取得了中学教师资格。

第十一卷《求助于深渊》叙述了乔治·阿洛里竞选院士失败的经历。洛莱尔克被玛格蕾·德齐德里亚抛弃后,去追求玛蒂尔德·卡扎利。居罗的情妇戈多尔夫人在她的沙龙里搜集各种传闻。只有在兰斯当少尉的热尔法尼荣和当新闻记者的雅莱兹避免了堕落。

第十二卷《创造者》主要描写了三个人物:医生维奥尔、诗人斯特里日琉和画家奥特加尔。维奥尔能使心脏停止跳动,他与具有同样爱好的阿什纳向科学院提交了一封信,建议召开会议进行讨论。斯特里日琉想用词典写作一首冷漠的诗。奥特加尔画了一幅古怪的画,并不考虑加以解释。泄气的居罗接受了武装冲突的主张,而雅莱兹却认为阿尔萨斯-洛林的命运不值得引起一场战争。

第十三卷《在罗马的使命》叙述在贡布法案投票时左派势力的上升,使教会感到恐惧并倾向于德国。居罗告诉普安卡雷危险来自罗马,并派遣一个观察员去那里,这个任务最终交给了米奥奈神父,他带着塞拉斯吉埃大人的建议前往罗马。掌权的是两派,一派是敌视法国的红衣主教梅里·德尔·瓦尔,另一派是他的政敌、波伦亚主教乔柯莫·德拉·齐埃萨。小说描写了各派斗争的种种阴谋。记者梅柯桑从巴黎向德国国会报告法国的情况,透漏了法意两国于1902年签订了秘密的中立条约。若莱斯告诉居罗战争不可避免。一年后,他被暗杀。

第十四卷《黑旗》叙述热尔法尼荣与奥黛特·克利松结婚。而洛莱尔克抛弃了玛蒂尔德,雅莱兹与朱丽艾特决裂了。吉奈特第三次杀人。战争逼近,洛莱尔克眼看和平的梦想破灭了。背景是萨拉热窝暗杀事件。此时的若莱斯还希望能避免战争,但居罗不相信。米奥奈向普安卡雷建议在意大利两派之间斡旋。记者梅柯桑和威廉二世会谈。

第十五卷《在凡尔登揭开的畜牧》叙述各国人民在出战失利后,速胜的幻想破灭了。高层领导人无能、自私、狭隘。热尔法尼荣和妻子在香槟省的前线看到了文明的结束。居罗得知凡尔登守不住而紧张万分,然而若弗尔却非常沉着。梅柯桑毫不犹豫地建议威廉二世进攻凡尔登。1916 年 2 月 21 日,德军在凡尔登发动攻击。

第十六卷《凡尔登》讲述了卡斯塔蒂、马泽尔和拉乌尔遭到猛烈的炮火袭击,躲进掩蔽所。前线吃紧,而后方的领导人却不相信情况的严峻形势。德国步兵趁势发起冲锋。热尔法尼荣的团无法接防,只好回到前线。虽然所过之处民众欢呼,但士兵们仍鼓不起斗志,因为等待他们的将是死亡。贝当负责指挥凡尔登前线。大雪纷飞、炮火连天。前方士兵在卖命,后方掮客在捞钱。阿维尔康通过荒唐的宗教祭祀发了财,他后来放弃了肮脏的不动产交易,改作有利可图的皮鞋、旅行箱和羊皮生意。马伊柯丹也利用战争发了小财,生意是车炮弹壳。面对恐怖和灾难,神父让纳虔诚地请求天主的饶恕。

第十七卷《伏尔日对吉奈特》描写了吉奈特吸引了诗人克洛德·伏尔日。伏尔日了解到这个罪犯的一份警察局报告,并拜访了他,了解他如何杀人,并奉他为老师。后来伏尔日想掐死吉奈特保护的女人而未果。热尔法尼荣从雷那尼,雅莱兹从维也纳发回了战况报道。1917 年 7 月 14 日庆祝胜利。

第十八卷《生活的温馨》讲述了雅莱兹在尼斯的闲适生活。他认识了女售货员安托妮娅,但他又回忆起爱伦娜·西戈,而美丽的艾莉莎白钟情于他。雅莱兹认识了书店老板吉奈特·德贡布尔,他还拜访了米奥奈主教。温馨的假期结束后,他动身去了日内瓦,随后在国际联盟谋到一个职位。克洛里卡转向俄国,洛莱尔克在瑞士同各国的和平主义者频繁接触。

第十九卷《东方的伟大光芒》讲述了 1922 年发生的故事。

罗

曼

俄国令人不安。洛莱尔克和克洛里卡谈论列宁、各民族的分歧、战争与和平。他们计划到俄国旅行。一位俄国的女空论家爱上了克洛里卡。雅莱兹在意大利看到了法西斯的兴起。热尔法尼荣陪同部长布伊通到达俄国。这东方的伟大光芒激起了热情和恐惧。马伊柯丹认为还是在法国好。

第二十卷《世界是你的冒险》描写了法西斯在意大利的肆虐。雅莱兹回到法国后,重新找到了生活的温馨。乌克兰闹起了饥荒。雅莱兹后来遭逮捕,随后又被释放。热尔法尼荣和布伊通与雅莱兹终于重逢。一个德国农民和教师的谈话介绍了布尔什维克的治理方法。

第二十一卷《大山中的日子》描写作为 1924 年立法选举候选人的热尔法尼荣,回忆起了 1910 年那次选举。他在演讲中强调千方百计阻止战争或革命爆发的必要性。这是他的右翼社会党的目标。雅莱兹始终在日内瓦国际联盟工作,为和平服务。

第二十二卷《工作与欢乐》中,富翁阿维尔康让建筑师拉乌尔·图尔班和装修商塞尔日·瓦扎尔建造和装修他的现代住宅和古堡,他还准备花钱离婚。因为热尔法尼荣总是忙于事务,他的妻子奥黛特感到不安,雅莱兹来安慰他。热尔法尼荣害怕战争爆发,并同洛莱尔克谈论国际组织的和平计划,后者终于同意了他的观点。雅莱兹、热尔法尼荣、奥黛特、巴莱特同游布戈涅。

第二十三卷《帮派的产生》描写了大学生的生活。玛尔戈受到左派思想的影响,大商人的私生子吉贝尔·诺迪亚尔是一帮混混的头,他着迷于纳粹的残酷手段,还梦想以肉体关系结成黑帮,使之成为政治工具。布伊通与热尔法尼荣、居罗等一同商讨如何对付骚乱分子。

第二十四卷《出庭》中,阿维尔康后悔没有从事建筑业,也抱怨自己失败的个人追求。雅莱兹觉得没有达到自己二十岁时的梦想。而最绝望的是热尔法尼荣,他觉得自己想阻止战争爆发的目标不可能实现,法西斯和帮派的力量使他忧心忡忡。他寻思优秀人物是否能影响历史的进程。桑佩尔去世,将有一条街以他的名字命名。阿维尔康曾资助右翼社会党人的丑闻被揭发。

第二十五卷《魔毯》叙述雅莱兹想以色情这条"魔毯"解闷，在旅行中他分别与柏林女人、波兰女人、男爵夫人、匿名女人勾搭上了。维奥尔医生给一个小男孩格扎维埃看病，这孩子的父亲在凡尔登战死了。于是他带上孩子旅行，路过凡尔登时遇到一个曾当过上尉的老兵，他因为参加这无谓的战争而到这里来自尽。阿维尔康破了产。

第二十六卷《弗朗索瓦丝》讲述弗朗索瓦丝·梅约尔的家族受到阿维尔康息票事件的牵连而破产。她后来遇到雅莱兹，很欣赏这个作家。热尔法尼荣在外交部召开军事会议上，面对英美的暧昧态度，他放弃签订四方条约并辞职。阿维尔康消失了。雅莱兹告诉奥黛特，自己爱上了弗朗索瓦丝。作家和少女在广场、郊区甚至在战场上相会。

第二十七卷《十月七日》是小说的尾声。25年后的早上，郊区工人照常上班，等车和坐地铁的人更多了。德国正在审理国会纵火案。雅莱兹在弗朗索瓦丝身上找到了幸福。过去的石油大王萨梅柯远离了西方世界，在突尼斯过着奢华的生活。克洛里总是担心战争会到来。热尔法尼荣从维希开完代表大会回来后，与达拉迪埃内阁重归于好。意大利和德国法西斯的阴影投射在法国和欧洲的上空。然而，雅莱兹、热尔法尼荣、弗朗索瓦丝、奥黛特、柯莱、布迪散、和巴莱特等等这些善意的人们聚集在德鲁昂，在共同的友爱和理想之中，找到了生存的理由。

傅尼耶
(1886~1914)

阿兰·傅尼耶于1886年出生于法国中部卢瓦尔省的一个小村庄里。父亲是一个乡村中学的校长兼教师，母亲也是教师。他的家就住在小学里。小学毕业后，傅尼耶前往巴黎读中学，但不久就放弃了学业，准备报考海军学校。但由于很难适应严苛的训练,且想念童年的朋友,他还是回到了家乡,完成了中学的学业。之后,他进入巴黎郊区的一所师范学校的预备班就读,在那里,他结识了挚友雅克·里维埃,他们一见如故,都对文学有着浓厚的兴趣。两人通信的信笺,都在傅尼耶去世后结集出版。

1905 年,傅尼耶在塞纳河畔邂逅了一位美丽的少女,这次邂逅对他来说是一次刻骨铭心的爱情。经过 8 年的寻觅,1913 年时,他终于找到当年的少女,可她早已嫁为人妻。早在 1905 年时,他已经开始了自传小说《大个子莫林》的撰写。1907 年起,他陆续发表了一些诗歌、散文、故事等,后来也结集出版,名为《奇迹》。1913 年,傅尼耶完成了《大个子莫林》。1914 年,第一次世界大战爆发,傅尼耶应征入伍。可这位大有前途的年轻作家,在洛林不幸阵亡,年仅 28 岁。

《大个子莫林》入围龚古尔文学奖,虽然最后以微弱的差距惜而败北,但这部小说却越来越受欢迎,被翻译成几十种文字。傅尼耶凭他唯一的小说名扬天下。

《大个子莫林》

初版时间: 1913 年

主要人物:

莫林 ……………………………………… "我"的同学
"我" ……………………………………… 弗朗索瓦
伊冯娜·德·加莱 ………………………… 莫林的梦中情人
弗朗兹·德·加莱 ………………………… 伊冯娜的哥哥
瓦朗蒂娜 ………………………………… 弗朗兹的未婚妻

内容梗概:

"我"的父亲和母亲都是小学教师,"我"家就住在学校里。一天,一个寡妇将自己的儿子送到"我"家来寄宿,他是个高个子少年,名叫莫林。"我"好静,莫林好动。

圣诞将至,"我"的祖父祖母要来"我"家共度节日。老师,也就是"我"的父亲,让一个同学陪"我"一起去火车站接他们。莫林却自作主张,自己去借了辆马车,想在"我"之前把祖父母接回"我"家。然而他直到第三天才风尘仆仆地回到家中。

后来,莫林把自己失踪几天的秘密告诉了"我"。原来,他在去火车站的路途中迷了路,意外地来到一个不知名的庄园,换上了讲究的衣服,参加了一个豪华的婚礼。在婚礼上,莫林邂逅了一位美丽的姑娘,她是庄园主的女儿,伊冯娜·德·加莱。莫林爱上了她。婚礼即将正式举行,可新娘却不见了踪影。莫林在一个小屋子里遇到了满腹愁肠的新郎,伊冯娜的弟弟弗朗兹·德·加莱,并得知了新娘并非大家闺秀,而是一个名叫瓦朗蒂娜的女裁缝,她认为自己配不上弗朗兹而临时逃婚。愁苦的弗朗兹为了寻找她,不辞而别。离开庄园后,莫林对伊冯娜一直念念不忘,可他并不知道那个不知名的庄园的确切位置,无从寻访。

"我"和莫林经过商量,决定等天气转暖后凭记忆去寻找庄园,莫林还按记忆草草画了张小地图。一天晚上,"我"家被不知名的人袭击,莫林和"我"被引了出去,莫林随身携带的地图被抢走。第二天,班上来了个新生,是来本地流浪的一个吉卜赛人。"我"和莫林惊讶地发现他就是前天晚上抢走地图的人。原来他就是那天晚上未能成婚的新郎,弗朗兹。他为寻找瓦朗蒂娜隐姓埋名,到处流浪。在得知莫林爱上自己的姐姐伊冯娜后,他透露了伊冯娜在巴黎房子的地址。未及详谈,他就被迫匆匆离去。我们三人成了朋友,我们向他发誓,当他向我们发出呼唤时,我们要对他尽朋友之谊。

在得知伊冯娜在巴黎有房子后,莫林通知自己的母亲说希望转学到巴黎,母亲答应了他,莫林离开"我"家去了巴黎。他走后,前后仅给"我"写了三封信。"我"从信中得知,莫林没有找到伊冯娜,而是得到消息,说她已经结婚了。莫林最终放弃了寻找。

莫林走后,"我"和班上的雅斯曼·德鲁什逐渐要好起来。从他那里,"我"意外得知了莫林一直在寻觅的庄园的确切名字

傅尼耶

和地址,那是旧南赛区的萨布洛尼埃庄园。那里正好是"我"父亲的家乡,"我"还有个叔叔在那里经商。这一年考试一完,"我"立即去了那里,还结识了伊冯娜·德·加莱小姐和她的父亲。此时,庄园早已破败,在弗朗兹的婚礼前,他们一家已经是日薄西山,可由于对弗朗兹的宠爱,他们还是竭力供他玩乐。婚礼失败后,弗朗兹失踪,讨债人纷至沓来,父女俩变卖了大部分家产,仅留下住所。"我"向伊冯娜提到莫林,发现她也对莫林难以忘怀。

"我"找到莫林,他似乎正准备一次长途旅行。得到"我"的消息,莫林十分激动,他将出行计划推迟,随"我"来到了萨布洛尼埃庄园,见到了魂牵梦萦的伊冯娜。他向伊冯娜求婚,几个月后,他们正式成婚。婚礼当日下午,"我"在房子附近的树林里,听到当初我们与弗朗兹约定的呼唤。"我"循声找到弗朗兹,原来他还在到处流浪,寻找落跑的未婚妻。他来到这里是希望莫林能帮他一起寻找。为了避免破坏莫林与伊冯娜的幸福,"我"将他劝走,让他一年以后再来。可莫林早已辨认出这呼唤声,追了出来,在伊冯娜的眼泪下,莫林没有马上追出去。

第二天,莫林还是做出了决定,他离开了新婚的妻子,去寻找瓦朗蒂娜。几个月过去了,伊冯娜发现自己怀孕了,可莫林还没有回来。伊冯娜在生下一个女儿后,难产去世,她的父亲不久后也与世长辞。"我"在庄园住了下来,照顾莫林和伊冯娜的婴儿。"我"在莫林的手提箱中发现一本日记,得知他离开妻子的隐衷。

原来,莫林在巴黎寻找伊冯娜的时候,遇到了另一个姑娘。在他得知伊冯娜已经结婚,彻底失去希望后,和那个姑娘住在了一起,并在人前以夫妇相称。姑娘辞退了工作,莫林则着手做结婚的准备。可是一次,他意外发现那个姑娘竟然就是当年弗朗兹落跑的新娘瓦朗蒂娜。瓦朗蒂娜并不知道莫林与弗朗兹相识,她劝莫林不要在意,说自己当年是一时荒唐。莫林怒不可遏,不顾瓦朗蒂娜的请求,将她赶走。后来,经过再三犹豫,莫林担心失去工作的瓦朗蒂娜沦落,决定去寻找并挽救她,可就在这时,"我"找上门带来了伊冯娜的消息。他忍受着悔恨和遗憾,直到结婚那天下午听到弗朗兹的呼唤,他想起了自己昔日的诺言。他在取得妻子的同意后,离开了她,决定找到弗朗兹和瓦朗蒂娜之后才回来,甚至做好了不再回来的打算。

莫林和伊冯娜的婴儿长成了一个结实漂亮的孩子,不久就满一周岁了。一天,一个猎人打扮的男人来到家里。原来是大个子莫林回来了,他终于找回了弗朗兹和瓦朗蒂娜。"我"惊讶和悲伤得说不出话来,只是抱住他痛哭。莫林马上明白伊冯娜已经去世了,非常痛苦。"我"把他的女儿抱给他,他十分惊喜。莫林用大衣裹起自己的孩子,带着她远走高飞了。

贝尔纳诺斯
(1888~1948)

1888 年 2 月 20 日,乔治·贝尔纳诺斯生于巴黎。童年的贝尔纳诺斯一直在巴黎和外省的天主教学校读书,这也确立了他的宗教思想,使他后来成为一位名副其实的天主教作家。他后来又学习了文学和法律,喜爱巴尔扎克、左拉、陀思妥耶夫斯基等作家,还和右翼的《法兰西行动报》有来往。1913 至 1914 年,他又主办过一份倾向于君主制的周刊。第一次世界大战期间,他加入了骑兵团,负伤后受勋。1917 年结婚后,因为要负担六个孩子的生活,日子非常拮据。经历了战争的贝尔纳诺斯看到了政治家的虚伪和卑劣,并与《法兰西行动报》断绝了来往。

二战后他为保险公司当监察员,并常在视察时在火车车厢和餐厅里构思和写作,就是在这种状态下他写成了他的第一部小说《在撒旦的阳光下》(1926),他也借这部小说而一举成名。他成名后成为职业作家,相继发表《伪善》(1927)和后来获得费米纳奖的《欢乐》(1929)。后来他又成为新闻工作者,直到遭遇交通事故而落下残疾。从 1934 年至 1937 年,他出版了《一场噩梦》(1934)、《一件罪行》(1935)、《一个乡村教士的日记》(1936)和《穆舍特新传》(1937)等小说。

西班牙内战爆发时，贝尔纳诺斯曾经支持佛朗哥，认为西班牙右派进行了一场法国右派不敢尝试的战争。但是遵循人道主义的贝尔纳诺斯很快发现法西斯军队的凶残和教士和主教的倒行逆施，从而转变了立场。回到法国后，他写出了抨击西班牙现状的《月光下的大坟场》(1938)。慕尼黑协定后，贝尔纳诺斯到达巴西，在二战时与戴高乐合作并写作政论，相继发表《我们这些法国人》(1939)、《致英国人的信》(1942)、《真理的丑闻》等杂文集，由他的1939至1940年的日记编成的《受辱的孩子们》在1948年出版。在这期间，贝尔纳诺斯一直是法国抵抗运动的重要精神支柱之一。

贝尔纳诺斯离开巴西回到法国后，仍然继续在报刊和讲坛上为战后经济发展、自由和基督教文明的发展而大声疾呼。在他去世前几个月还完成了一部电影剧本《加尔默罗会修女的对话》(1949)。(后来改编成舞台剧)。1948年7月5日，贝尔纳诺斯在巴黎的纳伊去世。

《一个乡村教士的日记》

初版时间：1936年

主要人物：

"我" …………………………… 主人公，一位乡村教士
伯爵 …………………………… 古城堡主人，主人公的朋友
伯爵夫人 ……………………… 古城堡女主人，主人公的朋友

内容梗概：

主人公"我"是昂布里库堂区的一名本堂神甫。昂布里库是个乡下的小村庄，这位本堂神甫出身贫穷，但执著于精神的修行。他在描写他传教生活的日记里记下了他的思考、回忆、与其

他人的谈话和交往。

他给一些小孩上日课，但在这些孩子们身上，他看到了隐藏在天真下面的恶意和奸诈，幸好他得到一位与他交往甚密的教士——托尔西神甫（这是一位坚定不移的天主教教士）的开导，不再因为觉得教士就是灵魂在受罪的人而整夜失眠。他还认识几位教士：多尼桑神甫尽管得不到上司赏识，但仍然走着自己的路；舍旺斯神甫是个谦恭的听忏悔神甫；塞纳布尔神甫在被恶迷惑时仍能履行职守。

这个堂区最值得注意的教民就是昂布里库古城堡的主人——伯爵夫妇。伯爵夫妇经常邀请他去城堡做客，伯爵本人也经常来拜访他。有一次，伯爵的女儿尚塔尔来拜访他，告诉他，她非常恨自己的母亲，她也觉得她父亲与她的家庭教师路易斯小姐的爱情令人觉得恶心。神甫去城堡拜访伯爵夫妇，但最终他发现灵魂的混乱和不安。伯爵夫人为了报复丈夫的欺骗和不忠，极力赞成和鼓励自己的女儿蔑视父亲。伯爵夫人把自己封闭在失去幼子的悲痛中，并在心中与上帝对抗。但神甫却不顾别人出卖过他，一直支持着这位失去了希望的可怜女性，终于经过激烈的斗争，让她恢复了希望和爱，最终她把保存着儿子遗物的挂件扔进了火中。伯爵的女儿也受到触动，宁静的生活终于回来了，伯爵夫人静静地在一天夜里去世了。

在这些事件中，作者借书中人物的谈话，表达了他的天主教思想：原罪使人受到撒旦的控制，最纯洁的人有时能感受到魔鬼的意志渗入自己的心灵，"它存在于敢于正视它的目光中，它存在于否认它的嘴巴中。它存在于神秘的烦恼中，它存在于傻瓜的确信和平静中"。然而，迷途的人只要斗争，是不会丧失胜利希望的。无药可救的唯一的恶，是对得救无动于衷，是放弃斗争。因此，教会应该致力于塑造善于激励基督教品德的人。但是，现代世界被恶控制了，因为它遗忘了基督教。而基督教承认人的尊严和价值，没有基督教，就只有奴役和混乱："基督教创造了欧洲。基督教死亡了。欧洲即将崩溃。"

虽然身体羸弱的神甫一直不懈地希望在他的教区恢复基督教的精神，但终于因为疲惫和疾病而倒下了。他常年受胃痛的折磨,最终因为胃癌死在神学院同窗的家中。这位同窗已经还俗,不做教士了,但他给了神甫最后的祝福。神甫去世前的最后一句话是:"一切都是天恩。"这句话表明他终于得到了欢乐。

塞利纳
(1894~1961)

路易-费迪南出生于 1894 年,是小资产家庭的独生子。1912 年,他为了尽早进珠宝店当学徒而入伍。三年后,他在战斗中负伤,后被调到伦敦工作,与夜总会的女招待结婚。1916 年他赴喀麦隆淘金,回国后参加速成医学培训。1924年,路易-费迪南通过医学博士论文《塞麦尔维斯的生平和著作》,同年,被日内瓦的国际联盟组织录用。1925 年到古巴、美国、加拿大,1926 年到塞内加尔、尼日利亚执行研究任务。1927 年,他在克利希开设了一家诊所,并开始写作。1932 年,他用"塞利纳"这个笔名发表了《长夜行》,获得勒诺多文学奖。1936 年,他又出版了《缓期死亡》。随后他投身政治斗争,发表反犹主义文章《屠杀琐事》(1937)。1940 年又在亲纳粹德国的报纸发表文章。1944 年他离开法国赴德国,然后去了丹麦。1951 年受到缺席审判,被赦免之后回到法国,并先后发表了《从一个城堡到另一个城堡》(1957)、《北方》(1960)。塞利纳于 1961 年去世,他的另一部作品《一帮滑稽小丑》于他死后出版(1964)。

塞利纳在 20 世纪文学上占有独特的地位。他亲纳粹、反犹太的政治立场使他遭到社会排斥。但是他在文学上有革新,他认为写作的起点是激情,所以不顾语法规则,创造了一种以口语为基础,融汇行话、俗语、大众用语的新语言,并且非常讲究文体。从 20 世纪 70 年代开始,塞利纳作品中的暴力色彩、酣畅的情感、新奇的语言使他成为最受欢迎的作家之一。

《长夜行》

初版时间: 1932 年

主要人物:

费尔迪南·巴尔达木 …………………… 退役军人、医生
罗宾逊 …………………………………… 巴尔达木的朋友

内容梗概:

1914 年,巴黎克利希广场。年轻的费尔迪南·巴尔达木在军乐的鼓舞下,英雄主义情绪暴涨,他决心投身到对德战争中去。但是当他到了前线,在残酷的现实和恶劣的环境中,他失望地发现了战争的可怕,很快丧失了刚开始的激情。他怎么也找不到理由朝德国战士开枪,他突然感觉到自己的懦弱。

有一次,他奉命去敌方侦察。到了夜里,他偶遇一个叫罗宾逊的预备役战士,那人正打算逃跑,于是两人一起当了逃兵。可惜他们的冒险没有成功,逃跑过程中巴尔达木受了重伤。不知情的法国军官把巴尔达木送回巴黎治疗,还给他颁发了一块军功章。发奖典礼那天,他认识了一位年轻而美丽的美国护士——洛拉。此后他辗转于数家医院疗伤,享受着所有负伤战士应得的礼遇。

不久洛拉离开了他。于是他又结识了年轻的小提琴演奏家木斯妮。他们相恋不久后,木斯妮在一次大轰炸的时候也弃他而去。

退役以后,巴尔达木决定去非洲。在那里,他目睹了一幕幕可怕的殖民剥削场景。他还再次遇到那个逃兵罗宾逊,并接替他管理一家商行。后来,他得了妄想症,不得不离开非洲。

他坐着一艘西班牙船驶离非洲的时候,已经奄奄一息。这艘船把他带到了纽约。在这个他梦寐以求的城市里,他度过了

一段孤独而又窘困的日子。他只好只身来到德特瓦找活干。他在福特公司备受欺凌,幸好有个叫莫莉的女人帮他脱离苦海。莫莉是个妓女,她深深爱着巴尔达木,希望他能接受她的资助,一起生活。但是巴尔达木不甘心就这样度过一辈子,断然拒绝了莫莉的好意,带着一身的尘土和一颗伤痕累累的心回到巴黎。

回到巴黎以后,他变成了一名医生。他住在兰希这个贫穷而悲凉的郊区,始终过着清贫的日子。在那里,他感受到了人世间所有的疾苦与不幸。药品匮乏,他无力回天,眼睁睁地看着他喜爱的小男孩贝贝尔离开了人世。随后他又卷入一桩肮脏的交易。他的一个客户亨鲁一家想摆脱他们年迈的母亲,以一万法郎的价格请罗宾逊杀掉老人。但是罗宾逊慌乱中失手,自己还受了伤,暂时失去了视力。经过巴尔达木的精心治疗,他去土鲁兹流亡。陪伴前往的还有亨鲁年迈的母亲,也就是他刺杀未遂的那位老人。

巴尔达木也不再从医,并离开了兰希。他先在一部舞剧中跑了个龙套。随后也追随罗宾逊来到土鲁兹,结识了罗宾逊的女友玛德龙,并成了她的情人。一天,巴尔达木带领亨鲁的母亲还有一群游客参观一个小酒窖,这位老人不慎摔下楼梯身亡。其中巴尔达木的谋杀嫌疑最大。在罗宾逊的唆使下,巴尔达木回到了巴黎。

他又在一家精神病诊所谋得一份差使。诊所老板巴里通医生和他一见如故。

不久巴里通精神错乱,临走前他把诊所托付给巴尔达木,对他说:"我会重生的,费尔迪南。"正当巴尔达木沉浸在巨大悲伤中时,罗宾逊又出现了。此时他视力恢复了,也离开了玛德龙,为了逃避后者,他躲进巴尔达木的诊所。巴尔达木的情人,年轻的斯洛伐克护士苏菲想方设法让两人重归于好。巴尔达木建议大家出游,希望在游玩中改善关系。但是在出租车上,罗宾逊再次拒绝玛德龙。姑娘悲愤交加,朝罗宾逊连开三枪。看着好友惨死,巴尔达木突然发现自己孤零零待在运河边。远处的拖车轰鸣,仿佛想把一切带走:"一切的一切,没有人再会提起。"

季奥诺
(1895～1970)

1895 年 3 月,让·季奥诺出生于法国阿尔卑斯省的马诺斯克。他出身贫寒,鞋匠父亲身体不佳,母亲是熨衣女工。因为家庭经济拮据,他只能辍学,去银行当服务员,从此开始自学,接触到希腊文学。1914 年,他遇到了后来成为他妻子的哲学教师艾丽丝·莫兰,后又被作为海军军校二年级学生派到蒙塞居尔,次年入伍,被派到前线,1919 年作为二等兵退役,回到马诺斯克。1920 年结婚,回银行当职员。由于经常被派到高原地区出差,被那里"史前的纯洁"深深触动。在此期间,他从未放弃过自学,阅读法国及外国作家的经典著作,研究绘画和音乐。

从 1921 年起,他为马赛的杂志撰稿,从此开始他的创作第一阶段(这一阶段持续到二战前夕)。1929 年至 1930 年,他陆续发表了"潘神三部曲"(《山冈》、《一个博穆涅的村民》和《再生》),后来又发表了《大畜群》(1931)、《蓝色的让》(1932),他的代表作是小说《人世之歌》(1934)、《让我的欢乐长存》(1935)及其续篇《生命的凯歌》(1942)。这些作品的主调是讴歌大自然,热爱田园生活,风格奔放,充满激情。

1939 年第二次世界大战爆发,季奥诺拒绝应征入伍,发表反战小册子《拒绝服从》,被捕入狱,不久经人营救开释。在法国沦陷期间,他发表《向梅尔维尔致敬》(1943)和《活水》(1943),依然写他故乡故土的山川风物。1945 年德军溃败,法国光复,季奥诺被指控曾和维希傀儡政府往来而被扣押,后因证据不足,未予起诉。晚年发表的几部作品,以《屋顶上的轻骑兵》(1951)和《狂热的幸福》(1957)等比较著名。其他作品包括《一个百无聊赖的国王》(1947)、《诺亚》(1947)、《强有力的心灵》(1949)、《波兰磨坊》(1952)、《帕维的灾难》(1963)、《风暴两骑士》(1965)、《埃纳蒙德》(1968)等。他于 1953 年获得摩纳哥文学奖金,1954 年被推选为龚古尔学院院士。

1970 年 10 月,季奥诺逝世于马诺斯克,他的遗著有《联队的故事》(1972)、《浮士德在乡村》(1977)等。

《人世之歌》

初版时间:1934 年

主要人物:

安多尼奥……………………………… 住在柴岛上的渔夫
马特罗 ……………… 森林里的老樵夫,安多尼奥的朋友
贝松…………………………………… 马特罗的小儿子

内容梗概:

一天夜里,老樵夫马特罗穿过森林,骑着木头过河来找安多尼奥。马特罗问安多尼奥有没有看到刻着十字记号的树干顺流漂下来,因为他的双胞胎儿子之一贝松到上游的雷拜崖去砍五十棵杉树,到现在还没有音讯,本来两个月就够了。而安多尼奥并没有看到任何木材漂下来,这一点他非常肯定,因为作为渔夫的他每天都观察水势。马特罗怀疑贝松已经淹死了,但即使他死了,也要把他找到,抬回来埋在干爽的森林里。马特罗的老伴茹妮想让安多尼奥去他们家一趟,于是马特罗带着安多尼奥重又涉水过河,穿过伸手不见五指的森林,来到了马特罗的家。他家门前燃着一堆篝火,旁边坐着马特罗的双胞胎大儿子的遗孀夏洛特和她的女儿。茹妮在房里焦急地踱来踱去,责怪安多尼奥鼓动他们一家去河上生活,而先后把她的两个儿子都断送掉了。安多尼奥决定第二天一早与马特罗一起沿河而上,寻找贝

松。出发前，茹妮告诉马特罗去雷拜崖的维尔维埃找一位卖历书的人，她还对安东尼奥说："这回你带走的，可是我家最后一个男人了。"

出发前，安多尼奥跳下河去查看水流，他脱下衣服，露出健硕的身体，但身体上有三道疤痕，一道是菜刀砍的，一道是牙齿咬的，一道是柴刀砍的，这都是他年少风流时留下的痕迹。那时他常常赤身游到下游，躲在芦苇荡里对着岸上的女人唱歌，因此得了一个"金子嘴巴安多尼奥"的外号。

安多尼奥与马特罗一人走大河的一边，仔细搜寻每一寸浅滩和泥沼，但是一直到大河进入峡谷之前仍然一无所获。过了晌午，从雷拜崖飘来的一片浓雾开始顺着峡谷流动，人在其中不但看不到一步以外的地方，就连发出的声音都会被挡回来。安多尼奥决定在天黑之前渡过河去，找到马特罗。在渡河时，他遇到一条两米长、酒瓶粗细的水蛇，但他凭着出色的水性、灵巧和力量躲过了一劫，游到了对岸。

太阳下山后，大地又变成一片漆黑，他循着篝火的光找到了马特罗。这时他们听到森林里传来痛苦的呻吟声，他们循声找去，结果在谷底找到一个正要生孩子的女人，她已经痛苦得奄奄一息。安多尼奥跑出森林找人帮忙，在路上遇到一个牛倌，后者给他指了路，叫他去找"路边大妈"。安多尼奥带着大妈到了谷底，那女人已把孩子生下来了，于是他们把她背到大妈家，安多尼奥可怜她的痛楚，悉心照料她。然后，他出门看星星，遇到之前那位牛倌，牛倌与他聊天，还把大衣借给安多尼奥御寒。后来安多尼奥向大妈打听贝松，大妈说现在有很多人都在找这个红头发的小伙子，其中有莫德鲁的人，但她不知道原因。安多尼奥这才发现那些牛倌们都是莫德鲁派来找贝松的，而且明显他们带有敌意。生完孩子的女人醒了，她有一双淡绿色的薄荷叶子似的漂亮眼睛，但却从小双目失明，她叫克拉拉，安多尼奥爱上了她，并答应会回来找她。安多尼奥和马特罗骗牛倌们他们也是来找红头发小伙子算账的，从而巧妙地避开他们，继续往大河上游寻找贝松。

在路上，他们遇到一些要去维尔维埃看病的山民，他们说那里有一位卖历书的先生医术非常高明。安多尼奥、马特罗与他们同行。马特罗在闲谈时告诉安多尼奥,他年轻时曾是一名水手,在海上待了十年,后来他觉得林涛像海浪声,于是搬到了森林里当了樵夫。他们在路上遇到了暴雨,被淋得透湿冰凉,幸好遇到一个厂棚避雨,厂棚里已有很多人,他们也是去看病的。同行的人告诉他们,这些人中有一个人是莫德鲁的外甥,叫梅德雷克,他被枪打伤了肚子。梅德雷克的妈妈叫吉纳,是莫德鲁的姐姐,她年轻时特立独行,拥有自己的庄园,她还把自己弟弟的女儿也取名为吉纳。梅德雷克从小就喜欢小吉纳,但小吉纳却不爱他。她后来爱上了红头发的小伙子,还跟他跑了。就是红头发的小伙子开枪打伤了梅德雷克。老吉纳获知后气得发疯,发誓要报仇。

至此,前因后果都清楚了,剩下的事情就是找到贝松。他们到达了维尔维埃,向人打听到卖历书先生的住址。他们找到历书先生,出人意料的是,后者居然认识马特罗。到亮处一看,原来他就是茹妮的哥哥杜桑。而贝松和小吉纳就藏在他家。杜桑派人去通知茹妮一切平安,安多尼奥也拜托送信人去路边大妈家打听克拉拉的情况。莫德鲁的人封锁了这一带,要带着贝松和小吉纳全身而退,需要等待时机。况且雷拜崖的冬天到来了,天寒地冻,小吉纳总是埋怨贝松没有实现他承诺要带她远走高飞的诺言,于是贝松蠢蠢欲动。他滑着雪橇去查看冰封在雪底的杉木木筏,结果暴露了行踪。

马特罗住在杜桑家的一间房间里,房子后面是被雾气缭绕的雪峰,就像是要扬帆出海的大船。马特罗总感到大海要召唤他回去。这时,传来了梅德雷克的死讯。杜桑是他的医生,听到了他临终时说出爱小吉纳的话,梅德雷克虽然年龄比小吉纳大很多,但他愿意与她归隐山林过幸福的生活。杜桑自己是一个佝偻、驼背,他了解一个因为年龄大或相貌丑而得不到爱的人的痛苦,因此他很同情梅德雷克,他宁愿是梅德雷克而不是他的外甥得到小吉纳的爱。

安多尼奥混入为梅德雷克送葬的队伍里打探消息,在为梅德雷克挖掘墓坑时,他认识了一位温和慈祥的老人,老人是个瘸子,眼神总是透出忧伤,他时刻在思念着自己的亡妻,原来这位老人就是莫德鲁。安多尼奥回家后,与马特罗一起偷偷跑出去到小酒馆喝酒。时值新春之夜,全城的人都在狂欢,安多尼奥借着酒劲也跑去追逐女人了,留下马特罗独自回家。不料埋伏在暗处的莫德鲁的手下扑上来,朝马特罗的背部捅了刀子。

安多尼奥回到家,发现送信的人回来了,还带来了克拉拉。这时杜桑发现马特罗还没有回来,感到不妙,便与安多尼奥、克拉拉一起去寻找。双目失明的克拉拉在黑暗中比常人更加敏感,她发现了躺在泥泞中的马特罗。他已经咽气了。他们把马特罗抬回了家,贝松得知后冲出了屋子,安多尼奥跟上他。他们要去报仇。他们俩找到莫德鲁的庄园,偷偷击昏了几个牛倌,放了一把火,把十几间牛棚全烧了,庄园顷刻间化为一片火海。一些牛夺门而出,而很多母牛和小牛都葬身火海。贝松本想杀死莫德鲁,但安多尼奥死命阻止了他。

春天到来了,冰雪消融,万物苏醒,河水解冻了,激流奔涌。安多尼奥和贝松带上克拉拉和小吉纳,乘上木筏,踏上了回森林的归途。安多尼奥梦想着能让克拉拉触摸到万物,甚至是天上的星星。他要给她幸福的生活。

《屋顶上的轻骑兵》

初版时间: 1951 年

主要人物:

> 昂热洛 ……………………… 意大利轻骑兵上校,故事主人公
> 波利娜 ……………… 勇敢的法国少妇,昂热洛途中遇到的同伴

内容梗概:

路易-菲利普时期,流亡法国的意大利轻骑兵上校昂热洛骑着马在烈日下赶路。太阳高挂,阳光成了白色的粉末,高温下稠厚空气涂抹着大地。上坡被太阳烧得露出了骨头,植物被烤得毫无生气。昂热洛一路只见阳光,不见其他生命。他行进在一

丝风都没有的山上,因为暑气熏蒸,迫切需要找些水喝。于是他下山找到一所修道院,喝完闻名遐迩的酸酒和填饱肚子后继续上路。

不止是山区经历了前所未有的炎热,其实热浪已势如潮涌,席卷了南方各地:在瓦尔河流域,树木被烤得发出爆裂声;在马赛,阴沟里冒出了青烟;在里安镇,一早就有人病倒,其中有一个姑娘在取水处喝水后突然拉肚子,刚跑几步就栽倒在地死了。因为酷热,人们就大量地吃甜瓜和杏子,但他们把瓜皮、瓜子到处扔,垃圾很快腐烂,滋生了大量苍蝇、蚊虫和老鼠。不论是城市还是村庄,炙热的阳光使房屋和景物产生强烈反光,刺得人睁不开眼。空气稠得像糖浆,万物都变得模糊朦胧,人人都像喝醉了酒。很多人走路时摔倒在地就死了。地方督察医生为了自己的升迁,隐瞒了当地疫情。

昂热洛在路上又在几户人家买了点吃的,直到他到达勒多蒂埃隘道的一个小村庄。这村庄的房顶上落满了各种颜色的鸟,灼热黏稠的空气里有微微发甜、令人恶心的气味,驴、马、羊在嘶叫,但没有人的迹象。后来他发现在这些荒寂的房屋里到处都是污秽的尸体,身上到处都是呕吐物和排泄物,而且尸体已被鸟、狗啄咬得面目全非。昂热洛的马受惊跑掉了,但被路上来的另一个人给牵了回来。这是一位瘦小的医生,他不顾疫病传染的危险,坚持要到每个房子、每个最易隐藏临终病人的阴暗角落寻找最后一个没咽气的人。这给昂热洛的触动很大,他也跟着医生尽力寻找,但他们没有救活任何一个人,但至少昂热洛学会了抢救这类霍乱病人的方法:保暖,用酒精揉搓他们的身体,给病人喝烈酒。但最后医生也染病死了。昂热洛用尽全力也没能把他救活,他尊敬地称这位可敬的人为"可怜的小法国人"。

昂热洛在路上遇到路障,有配枪的哨兵把守。但他用枪和金币就顺利通过,还买到了面包。夜晚降临后,他朝着有火光的地方前进,原来那是焚尸堆。运尸车不分昼夜地把城里的尸体运来焚烧。昂热洛每每看到发病的人,就以"可怜的小法国人"为榜样,想过去救活他们。穿过小镇,在漆黑的树林里,昂热洛遇到了一位女家庭教师,她带着一个小男孩和一个小女孩要去阿维尼翁。昂热洛护送着他们远离大陆，穿过树林，避开路障。但由于女家庭教师过于迷信主人的声名，认为哨兵会给他们弄一张路条和一辆马车而被关进了隔离所，并且不愿和昂热洛一起逃出来，因此当昂热洛租到马车回去营救他们时，他们已经死在了隔离所里。

　　昂热洛走出村子，没再碰到一个活人，空气中弥漫着血液的微甜味和腐尸的臭味，令人作呕。后来他遇到一家人，男的发了病，昂热洛用尽全力还是没能救活他。在马诺斯科城，到公用水池中洗手的昂热洛被当成了投毒者，差点被乱拳打死。他被一名好心的警察所救，逃了出来。他偶然发现城中连成一片的屋顶是一个避难的好地方。虽然酷热难当，还有随时被成群的鸟当成尸体吃掉的危险，但他有时下到一些有活人的房子里可以偷到一些干净的食物，另外，他还有一只猫做伴。全城的人在大批死去，似乎只有屋顶相对安全。有一天，猫儿钻进一个天窗，昂热洛也跟着下去，在那里遇到一位勇敢的少妇，她丝毫不惧怕地热情招待了昂热洛，给了他面包和热茶。这给他留下了深刻的印象。第二天昂热洛就离开了她。他后来在修道院中碰到一位胖嬷嬷，后者不辞辛劳地帮死者洗身，既然救不了他们，就让他们有一个干净的身子去天堂。昂热洛虔诚地跟着嬷嬷待了几十天，帮她做这种肮脏但令自己心灵平静的工作。而城里的很多人，把自己得病的亲人偷偷抛弃在街上，哪怕他们可能并不会死。嬷嬷被修道院调走后，昂热洛这才发现城里已经有很多人搬到山上，在空旷的树林里野营，但还是有人死去。他向居民打听他的朋友日于塞普，有人给他指了路，要他绕过医疗站（也是隔离所）。他在路上得到一个男孩的帮助，找到了他的朋友。日于塞普是昂热洛的奶兄弟，他的母亲是昂热洛的奶妈（她把昂热洛也视作亲生儿子），他的妻子是从小被昂热洛的妈妈收养长大的侍女。因此他们亲密无间，愿意为对方失去生命。昂热洛的妈妈托日于塞普转交了一封信（信中有不少鼓励的话）和不少的钱给昂热洛。日于塞普在当地的民兵中很有威信，但他们戒备森严的居住地还是开始出现了疫情，因此日于塞普为昂热洛准备了足够的行囊后，让他先出发，过后他们再在圣科隆布会合。

季奥诺

在又一个路障前，昂热洛重遇先前为他煮茶的那位勇敢的少妇。她要去她的位于加普的嫂子家避难，于是昂热洛决定护送她，以报答她先前的恩惠。他们绕过路障，专走有树林遮掩的路段，但仍然遇到了骑兵。后者会将他们关进隔离所。昂热洛英勇地击退了他们，而少妇也并未单独逃开，她勇敢地握着她的大手枪，这让昂热洛更信赖这位同伴，他们可以互相保护。一路上昂热洛对少妇关心备至，并不是故献殷勤、矫揉造作：他把他的大衣给她盖，自己却穿着衬衣睡觉；他让她睡在旅店的屋里，自己为了马不被偷掉而睡在马厩里；少妇被乌鸦啄伤，他细心地为她消毒良久；他一刻不停地关心少妇的脸色和健康；遇到强盗和其他危险，他总是用身躯挡在少妇的前面。少妇自己也是落落大方，毫不扭捏造作，无畏无惧。他们骑着马一路上互相照顾，渐渐生出细微的情愫。他们穿过重重阻碍，避过死亡之地和重重路障，本来一路顺利，离目的地越来越近，但一时粗心大意，被一帮骑兵抓住，送进了隔离所。昂热洛用他的机智和果敢，找到一条密道，与少妇一起逃了出来。但他们已经没有马了，只好步行。这之后，少妇和昂热洛才互通姓名，少妇名叫波利娜。这整个行程中的粮食是昂热洛在刚开始时买的玉米粉，他们每天就靠喝煮沸的茶和玉米糊糊充饥，因为饮食必须谨慎。后来他们到达的地方，霍乱的迹象越来越少。于是他们在一个小村子里借了口锅，买了鸡和蔬菜煮了吃。不料，村里的人实际上是强盗，他们见财起了杀心，幸亏昂热洛的军人素质和波利娜的敏感及时察觉异样才幸免于难。他们用枪震慑住强盗，逃了出来，还牵了匹骡子（他们还为此付了钱）来驼行李。但路上遇到暴雨，狂下不止。昂热洛用大衣将波利娜裹得严严实实，自己却淋得像落汤鸡，幸好碰到一位好心的老医生，带他们回家取暖，给他们吃炖鸡、面包和酒。

雨停后，他们又出发了。可是波利娜却毫无预兆地发了霍乱。一向冷静的昂热洛突然感到手足无措，但他很快镇静下来，采取一切抢救措施：生火；将石头烤烫，用布包好，为她暖身；他解开她的所有衣物，用酒不停歇地给她擦身，擦了整整一夜，筋疲力尽。他终于没有让致命的青紫斑和扩散的痉挛得逞。第二天,她奇迹般地活了下来。

昂热洛依照诺言,将她送到了目的地,而他自己却继续朝着家乡意大利的方向进发。

科　昂
(1895～1981)

阿尔贝·科昂是法国现代著名的小说家,诗人,剧作家。他1895年出生于希腊的一个犹太家庭,五岁的时候举家搬迁到法国的马赛,在那里科昂度过了他的童年时光。1914年,科昂来到瑞士日内瓦攻读法律,几年后加入瑞士国籍。学业完成后,他进入联合国工作。在日内瓦,阿尔贝·科昂度过了他人生的大部分时光。二战中他移居伦敦,又回到了瑞士,日内瓦安静甜美的生活让他舒适愉快。他的著名小说《上帝之美》中的爱情情节的描写大部分取材于三十年代他在日内瓦的生活。这本著作使他获得了龚古尔文学奖和法国学院士大奖。1921年,他的第一本诗集《犹太之音》出版。第二年,他的一篇《日内瓦午夜之后》引起了雅克·日维耶的注意,并给了他很大的鼓励。从此阿尔贝·科昂开始了写作生涯。他的代表作包括四本小说集:《索拉尔》(1930)、《芒日戈鲁》(1938)、《上帝之美》(1968)和《勇士》(1970)。最值得一提的是,这些小说中关于爱情的动人的描写跟刻画,使他的作品成为世界文学史上最有成就的作品的一部分。

阿尔贝·科昂的另外两部小说也引起了巨大的反响:《妈妈的书》,1954年出版,带有自传性质;《噢你们,人类兄弟》,于1972年出版。这两本书非常受欢迎,之后多次再版。1979年出版的《车票簿》是他的最后作品。1981年,科昂在日内瓦逝世。

《妈妈的书》

初版时间：1954 年

主要人物：

"我" ………………………… 阿尔贝·科昂本人
妈妈………………………… 阿尔贝·科昂的母亲

内容梗概：

《妈妈的书》出版于 1954 年,这是一本带有自传性质的小说。书中,作者用细腻的笔触,讲述了发生在儿子跟母亲之间的故事,作者在作品中直接使用了第一人称。这不是一本传统意义上的自传:一方面,书中最主要的角色不是作者自己,而是他的母亲;另一方面,故事不是以母亲的经历为故事延伸的线索,而是以作者的情感跟记忆为主线展开叙述。作者在写这本书的时候,他的母亲已经去世了,年轻的时候,他渴望离开母亲,也曾经对母亲有过抱怨。在书里,他对自己过去对待母亲的方式后悔不已,不断自责。这本书最感动读者的地方在于,阿尔贝·科昂深情地刻画了自己在失去母亲之后的痛苦和留恋,在失去母亲的时候,他才知道自己对母亲的感情是那么的深厚,他从来也没有告诉过母亲,他是多么的爱她,在儿子的心目中,她占有多么重要的地位。

科恩回忆了一个非常平凡,非常普通,也非常伟大的母亲,这个母亲的一生都是为她生命中最重要地两个人——丈夫和儿子活着。他详细讲述了在母亲的陪伴下度过的难忘的童年时光,那些简单的小小的快乐,发生在自己跟母亲之间那些小小的故事。这是一本作者自己作为儿子写给母亲的书,也是所有儿子写给母亲的书。每个人都能在这本书中找到自己母亲的影子:圣洁,勇敢,坚强,对孩子热烈而深厚的爱;所有失去母亲的儿子也都会有这样的愧疚自责的心情:当母亲在世的时候,自己时常对母亲表现得那么的不耐烦，薄情，冷漠和不理解；母亲去世的时候，想对母亲好一点，却为时已晚，只留下愧疚跟悔恨。《妈妈的书》是一本那么好的书，它像是一首美мандонг人的歌曲，细腻温情，震撼人心。每一个人都应该读一读这本书！

阿尔贝特·科昂说："人们为他们的母亲哭泣时，也为他们的童年哭泣。人爱童年，希望回到童年。如果随着年龄的增长，他更爱他的母亲，这是因为他的母亲就是他的童年。"

《上帝之美》

初版时间：1968 年

主要人物：

安瑞亚娜 ……………………………………………… 贵族少妇
索拉尔 …………………………………………… 安瑞亚娜的情人
都穆 ……………………………… 安瑞亚娜丈夫，索拉尔下属
法国勇士 ………………………………… 索拉尔的堂兄弟们

内容梗概：

《上帝之美》是一部爱情小说，1968 年伽利玛出版社出版。这部小说是阿尔贝·科昂的四联剧（三部悲剧，一部讽刺剧）中的第三部，也是最精彩的一部。《上帝之美》是一部伟大的作品，它不仅仅是一本小说，更是一个纪念碑，一段记忆，一段彷徨岁月的真实重现。故事的背景是 1936 年前后的日内瓦，战争让瑞士这个欧洲中立国在国际政治舞台上举足轻重。而作者却对当时纷繁复杂的国际政坛给予了无情的讽刺。这个环境造就了一段上流社会的疯狂爱情，这段爱情不可避免地消退，最后男主人公变得玩世不恭，女主人公哀怨伤感。女主人公开始时遭遇追求者的嘲弄，产生爱情，接着爱情达到了顶点，热烈而浪漫，接着横生枝节，遭遇波折，到最后双双自杀。从来没有哪一部文学作品可以将无数哀歌作者所歌颂过的"狂热的爱情"跟"永恒的女性"刻画得那么真实和淋漓尽致，这是男女主角的初次见面：

———既然我们都是自由的,我决定追求你。

———你真下流。

———当然了,他微笑着说,三个小时后,我向你说过的誓言可就不算数了……

女主人公安瑞亚娜是一位年轻的贵族少妇,她性格单纯,任性,也充满幻想。她的丈夫都穆是一名平庸的中产阶级。另外,在这个家庭里,还有一位刻薄小心眼的婆婆,和一位完全微不足道没有地位的公公。故事的男主人公索拉尔是一位富有的犹太年轻人,长相非常英俊,很吸引姑娘们的注意,他很少一本正经,说话爱好挖苦讽刺。索拉尔是安瑞亚娜丈夫都穆的上司。男女主人公的见面很富喜剧色彩,1935 的一天,索拉出现在安瑞亚娜的家里,这时他又开一个玩笑,他乔装打扮成一个犹太男人,又老又脏,径直闯进安瑞亚娜的家中,向这位贵族太太问好。这位年轻的太太被吓坏了。还好他及时除去伪装,表明了自己的身份。这种见面的方式让安瑞亚娜很不悦,第一次相遇没有给她留下好印象,她对他充满了戒备之心。接下去,索拉尔派遣都穆去国外出差,三个月后才能回到瑞士。他于是有机会接近了安瑞亚娜,经过长谈,在索拉尔的刻意引诱下,安瑞亚娜爱上了他。两个人沉浸在爱河中,非常快乐。可是安瑞亚娜的丈夫就快回来了,为了能够长相厮守,在他们堂兄弟法国五勇士的帮助下,索拉尔带走了安瑞亚娜私奔了。他们逃到了法国南部。安瑞亚娜的丈夫提前回到了家中,可是妻子已经跟着别的男人私奔了,他对妻子的背叛感到非常愤怒,心情极端抑郁,甚至企图自杀。

然而这对情人此时的日子过得是多么快活呀。他们来到了风景优美的法国南部蓝色海岸,住在一家奢华的酒店里,过着纸醉金迷的生活,一切都是那么合心意。这对恋人相亲相爱,再也没有比现在还要快乐浪漫的日子了!然而随着时间的流逝,索拉尔似乎开始对这种奢华浮躁的生活感到厌倦了。恰逢第二次世界大战前夕,国际形势突然变得紧张,德国人肆虐的铁蹄也伸向欧洲各个国家,对犹太人的迫害也开始了。作为犹太人,索拉尔失去了他的法国国籍。这对情人不得不从昂贵的酒店搬走,此时幸好他们还租得起一幢别墅。然而生活越来越艰难,挫折接踵而至，一点一点磨掉他们的爱情跟幸福。索拉尔感觉自己生活在爱情的监狱中，他表现得越来越暴戾。爱情就这样慢慢衰退，这对恋人对彼此越来越厌烦，互相感到越来越失望。最后，他们回到了日内瓦，双双自杀。

爱情在阿尔贝·科昂的笔下，是那么激烈澎湃、震撼人心。看看他是怎么描述他们的爱情吧："她向他伸出了双手。他把它们握住，然后在她面前跪了下来，受到他的感染，她也不由自主地跪了下来。以至于打翻了茶壶、杯子、牛奶罐跟所有的柠檬片。他们就那么面对面跪着，彼此微笑着，露出闪亮的牙齿，那是年轻人的牙齿啊。就那么跪着，显得很滑稽，但是他们非常自豪，非常美丽，生活是那么美好。"

《芒日戈鲁》

初版时间： 1938 年

主要人物：

索拉尔……………………… 国际联盟副秘书长

芒日戈鲁………………… 法国五勇士之一

所罗门…………………… 法国五勇士之一

撒切尔…………………… 法国五勇士之一

马塔迪亚………………… 法国五勇士之一

米歇尔…………………… 法国五勇士之一

内容梗概：

芒日戈鲁是小说主角的名字，直译为"吃钉子"。中文里碰钉子和吃钉子意味着碰到困难，遭到刁难，然而在法语里指的是不怕困难，勇往直前的意思。这部小说已经经过改编，被拍成了电影，中文译名《瑞士寻宝记》。作品语言诙谐幽默，主人公的经历曲折离奇，充满喜剧色彩。故事是这样开始的："1936 年四月的一天，美丽的希腊塞法尼岛上，四十岁的所罗门由于不会游泳受到讥笑，正痛下决心在家中的脸盆里练习游泳技术，他是一名擦皮鞋工，夏天卖杏子水，冬天顺便兜售热乎乎的拔丝饼。他不伦不类的室内游泳练习被撒切尔叔叔所打断，事实上撒切尔叔叔是他名正言顺的堂兄，由于虚长几岁，出于对他的尊重，堂兄弟们都称呼他为撒切尔叔叔。"撒切尔声称收到了一封奇怪的信，住在同一条街道上的另外三名堂兄弟米歇尔、马塔迪亚和芒日戈鲁闻声而至。这五位堂兄弟在当地被称为"法国五勇士"，他们同属于姓索拉尔的犹太家族后裔，五个世纪以来，这个家族在法国不同的地区漂泊流浪，直到18世纪末，他们才来到这个希腊的塞法尼岛上定居下来。然而如今他们仍以身为法国人为傲，坚持使用法语交流，可惜由于教育的关系，他们的法语说得又破又乱，常常逗得法国来的游客捧腹大笑，由于时常吹嘘他们英勇参战的经历，当地人才给他们起了这么一个雅号。五位堂兄弟里，所罗门头脑简单，童心未泯，撒切尔天真坦率，实在太容易相信别人。其余三个人也各有千秋：米歇尔高大英俊，魁梧的外表勾引起女孩子很有一手，据说塞法尼岛长官的千金也对他倾慕有加；马塔迪亚是个船商，但抠门至极，被唤作"吝啬鬼的头儿"；尤其是芒日戈鲁，他口才一流，出了名的空话大王加江湖骗子。撒切尔收到的这封信没有署名，信中附有一张30万的支票，信上说，支票的十分之三归撒切尔所有，剩下的由四位堂兄弟平分。天上掉下馅饼来，五位堂兄弟们欣喜若狂，决心出发去兑换支票。这个时候撒切尔又有了新发现，在信纸的背面用铅笔写满了一连串的数据，由数字跟难以理解的单词组成，似乎是一个宝藏密码。五兄弟激动万分，跟着信的指示，他们踏上了寻找财宝的旅程。

事实上，这封信是由他们的堂兄弟索拉尔发出的。他任职于瑞士日内瓦国际联盟，担任副秘书长，索拉尔年轻有为，前途无量。然而每天周旋于各国部长跟外交官们之间，在充满了狡诈、谎言与虚伪的政治漩涡里，他感到非常痛苦。于是，索拉尔耍了一个小小的计谋，他写了这封信，里面附上了支票和一组密码，为的是引起堂兄们的好奇之心，吸引他们来到日内瓦以便帮助自己。兄弟五个按照信中的指示来到第一站马赛，在这里他们碰到了西皮勇，他是芒日戈鲁昔日的战友，如今他拥有自己的一条小渔船,最后他加入了五兄弟,六人一起出发到瑞士寻找宝藏。到达日内瓦以后,一群人吵吵嚷嚷地住进了一家酒店,在等待下一步的指示期间,由于不知道该怎么消磨时间,这群人怀着赌一把的心态偷偷进入了国际联盟,爱开玩笑的芒日戈鲁捉弄撒切尔,给他拍了一个假电报,声称紧急任命他为犹太国家首相。撒切尔满怀自信,去跟国际联盟的副秘书长索拉尔会面了。经过一连串的曲折,最后,他们为犹太人赢得了自尊跟国际联盟的重视,五兄弟一起重返塞法尼岛。

阿拉贡

(1897~1982)

　　路易·阿拉贡于 1897 年出生于巴黎,是一名私生子。父亲是当年显赫一时的巴黎警察局局长、议员,母亲是一位大家闺秀。不幸的出身使他心灵蒙受了一辈子阴影。中学毕业后,他应征入伍,并获得十字勋章。1919 年参加达达运动,不久和布勒东等一同发动了超现实主义运动,但在 1930 年和他们正式决裂。他于 1926 年发表《巴黎的土包子》,从此蜚声文坛。1927 年参加法国共产党,并逐步成为法共文化战线上的代言人。阿拉贡是一位著名诗人和小说家。他的爱情诗遐迩闻名,广为传诵。最著名的诗集有《断肠集》(1941)、《蜡像馆》(1943)、《法兰西晨号》(1945)、《未完成的小说》(1956)、《爱尔莎》(1959)等等。他的小说中,以《现实世界》(1933~1951)为总题的小说,称得上是近半个世纪法国历史和社会人文风情的鸿篇巨制。另外还有《巴塞尔的钟声》(1934)、《奥雷利安》(1945)、《圣周风雨录》(1958)、《处死》(1965)、《布朗什或遗忘》(1967)等。1970 年爱尔莎逝世后,他离开政治舞台。1982 年《人道报》节为阿拉贡举办了专题展览。密特朗总统授予他最高的荣誉勋位团十字勋章。阿拉贡于当年 12 月与世长辞,终年 85 岁。

《圣周风雨录》

初版时间: 1958 年

主要人物:

特奥道尔 ……………………………………… 羽林军宫廷骑士

内容梗概:

这部小说以历史事件为描述内容,是一部现实主义巨著。1814 年,被法国大革命推翻的法国王室在联军的保护下重返巴黎,路易十八重新建立起波旁王朝。1815 年 3 月 19 日到 26 日,按照基督教的传统,复活节的这一周被称为"圣周"。就在这时,拿破仑逃离厄尔巴岛,返回巴黎,发起了著名的"百日政变",小说的故事就发生在这一周,再现了这年从棕枝主日到复活节的圣周中法国政治的风云变幻。

拿破仑登陆后,发表宣言号召"把三色国旗高高竖立起来"。因为复辟王朝不得人心,所以他所到之处纷纷归顺,因而得以不费一枪一弹,顺利地向首都巴黎进发。与此同时,路易十八下令羽林军撤退,于 3 月 19 日仓皇从巴黎出逃。这批显赫贵族和这支庞大的护卫随从和羽林军的队伍在凄风苦雨中、泥泞道路上艰难跋涉,朝法国和比利时的边境前行。流亡队伍浩浩荡荡地从巴黎出发,经由圣-德尼、博韦、阿布里索、贝蒂纳、圣波勒等地向北逃窜。路易十八优柔寡断、反复无常,将帅们陷于尴尬困境、指挥失灵,大队人马在寒冷、饥饿、疲劳中混乱不堪,成为一群乌合之众,追随者在保王忠诚的外表下隐藏着沮丧、矛盾和摇摆不定。

小说中还再现了一些显赫的、参与过历史事件、名存史册的人物:内伊元帅、拉奥里将军、德·洛里斯通元帅、马克舟纳尔元帅、德·伯尔农维将军、马尔蒙元帅等。他们在那个历史阶段中几易其主,不断改变立场。

主人公特奥道尔出身资产阶级,他尤其擅长绘画,同时也精于骑术,对自己的坐骑"老六底"疼爱有加。他的父亲有一定的保守政治倾向,所以在复辟时期出于虚荣心,为自己的儿子在路易十八的禁卫军中买了一个官职。

　　圣周前,禁卫军已经处于戒备状态,所有的军官都在兵营集中待命。但是没有指令下达,所以他们无聊地以赌博度日。3月19日,羽林军得到指令集结,路易十八要在下午检阅,但是集合完毕后国王又取消了阅兵,并在当天晚上故作镇定地大宴宾客,而后趁着雨夜逃离罗浮宫。不久,骑卫队也随之出逃,特奥道尔不得不跟着队伍撤退。他沿途看到了法国北部地区的省城、小镇、农舍、田庄、古堡等等人文风物,看到了队伍在逃亡过程中的种种窘态,由此见证了整个圣周中的风风雨雨。在这短短几天中,他不断思索、变化、成长,从满腔热血的青年变成对当前两个阵营对抗形势和社会政治含义有了清醒认识的观察者。

　　复活节的前一天,大队人马到达贝蒂纳。众人在贝蒂纳大广场集合,当听闻国王逃离法国、投奔比利时,所有宫廷骑卫、羽林骑卫、榴弹骑卫都感到无比沮丧。尔后军队中有人潜逃,有人偷了自己看管的小桶金子开溜,大家人心惶惶,不知道自己的结局怎样。最后在一小队骑卫陪伴下,亲王也来到了法比边界,因为不可能让所有人都进入异国土地,所以王爷向那些不能进入比利时的部队进行了表示告别与感谢的简短演讲,之后大家相互告辞,剩下的部队由专门的军官率领,返回贝蒂纳。

　　特奥道尔身陷贝蒂纳城,在全城鼎沸的混乱中独自清净地思考。不时有人出逃,哨兵睁一眼闭一眼放行。认清局势后,特奥道尔抗议道:"三色徽章或白色徽章,这就是向我提供的全部选择! ……一种借口或另一种借口,内乱或战争,这就是给我的选择! 难道没有别的前景!"他既视波旁王朝为一个"荒诞的世界",又看透了拿破仑的局限与失误:专制独裁、奢靡成风、漫无止境的征战、百业凋零、工业衰退等等。他认为此刻伺机逃跑仍为时未晚,因而最终放弃了军官身份,打扮成农民骑着坐骑从贝蒂纳逃走。他拿到通行证逃出贝蒂纳后,忽然感到"出了太阳,

阿拉贡

道路也完全不一样了"。

圣-埃克絮佩里

(1900~1944)

安东尼·德·圣-埃克絮佩里于 1900 年 6 月 29 日出生在法国里昂,4 岁丧父,家庭经济拮据。他先后在芒市和瑞士弗里堡的教会学校里读书,随后又在巴黎美术学院学习建筑。他曾经有志于报考海军学院,但未能如愿。1921 年 4 月,他入伍到斯特拉斯堡,在空军基地当地勤人员,在此期间他私下学习驾驶飞机,并取得了民航驾驶执照,从此开始了他的飞行员生涯。

1926 年,圣-埃克絮佩里进入拉泰科埃尔航空公司,此公司后来改名为法国邮政航空公司。1927 年,他调至摩洛哥的朱比角,当中途站站长。他在这里待了 18 个月并写出了他的第一部长篇小说《南方邮件》(1929)。这段经历也为其另一部小说《夜航》(1931)提供了素材。从此他在文坛上声名鹊起。后来的一起事故迫使他中断了飞行,转而从事新闻工作,并两次前往西班牙进行战地采访。然而,飞行仍然使他不能忘怀。1936 年,他参加巴黎-西贡飞行比赛,却跌落到利比亚沙漠中。第二年,他又参加了从美国到火地岛的飞行,再次出事,被送进医院,在疗养中写出了又一部重要作品,即《人的大地》(1939),该作品后来获得法兰西学士院文学大奖。

第二次世界大战爆发后,他不顾年龄和病痛重入法国空军。1939 年至 1940 年,他多次执行飞往德国的任务,由此写出小说《空军飞行员》(1942)。法国沦陷后,1943 年,他辗转北非后到达美国纽约,写下了《小王子》(1943)和《给一个人质的信》(1944)。一心想奔赴战场的圣-埃克絮佩里随盟军来到阿尔及利亚，但在一次执行的任务过程中负伤，随后被调回阿尔及尔。但他仍不放弃，1944年又返回同盟国地中海空军部队，先在撒丁岛，后调至科西嘉岛。1944年7月31日，他在一次飞往里昂的侦察任务中失事，再也没有返回。

《小王子》

初版时间：1943年

主要人物：
"我" ………………………………………… 飞行员
小王子………………………………………… 外星小王子

内容梗概：

小说的叙述者是个飞行员，他坦率地告诉读者自己是个爱幻想的人，不习惯那些太讲究实际的大人，反而喜欢和孩子们相处。在飞行员还是个孩子的时候，他画出了人生的第一幅作品：一条蟒蛇吞掉一头大象。因为蟒蛇把大象吞到肚子里之后并不能马上消化，所以肚子是鼓起来的，因此大人们说他画的是一顶帽子。大人们要他解释，而当他画出蟒蛇肚子里面的情形时，大人们又劝他把这些图画放在一边，还是把兴趣放在地理、历史、算术、语法上。大人们缺乏想象力，虽然他们从前都是孩子，但他们后来忘了这一点。

接着，飞行员讲述了六年前他因飞机故障迫降在撒哈拉沙漠中的奇遇。他遇见了来自另一个星球的小王子。神秘的小王子原来住在被称作"B-612"的小星球上，这颗星球比小王子也大不了多少，而他是那个小星球上唯一的居民。小王子喜欢看日落，在他的星球上，只要把椅子挪动几步就可以随时看到夕阳余晖。他的星球上有三个火山和疯长的植物。

一天，他的星球上长出一株特别的植物，在太阳升起的时候，她开出了光艳夺目的花。这朵花很美丽，却非常傲慢，还带着4根刺,她还天真地幻想着会出现老虎或者别的什么危险。她以她高傲的方式向小王子要求养料和挡风的罩子,要求小王子爱她。而在小王子眼里,她是独一无二的,她是那么神奇和艳丽。他尽心尽力地呵护着她,甚至放任她的傲慢。这朵花儿就这样以她那有点敏感多疑的虚荣心折磨着小王子。只是有一天,小王子终于被花儿的言语惹恼,便离开她到别的星球去远行。高傲的玫瑰假装恬静温柔地送别了小王子,并告诉他:没有他,她会很好。虽然小王子在随后的旅途中认识了不少人,但他从没有停止对玫瑰的思念。

小王子开始了他的星际旅行。他离开自己的星球后拜访的第一个星球是小星球325,这颗小星球上仅有的居民是一位国王。这位国王声称自己统治一切,他的统治必须被尊重且不容忤逆;然而,事实上他只是徒有虚名,他只能让别人去做别人自己想做的事。这位国王并不霸道,但他还是一厢情愿地"统治"着。

接着,小王子来到了第二颗星球。在这颗星球上居住着一个爱慕虚荣的人。他坚持要大家崇拜他。爱慕虚荣的人对别人的意见充耳不闻,他听见的只是一片赞扬声。他要别人钦佩他,并承认他是星球上最美的人、服饰最好的人、最富有的人、最聪明的人。小王子不懂为什么别人的钦佩能使这位爱慕虚荣的人这样感兴趣。

小王子拜访的第三颗星球上的居民是一个酒鬼。小王子问他为什么整天喝醉酒,酒鬼回答说是为了忘记自己感到羞愧的事,什么事让他羞愧呢? 因为整天喝醉酒。于是羞愧和喝醉酒成了无休止的循环。

第四颗星球上住着一位商人,这是一个滑稽的大人。他坐在那里为属于自己的星星计数,忙得连抬头的时间都没有。他认为既然在他之前不曾有任何人想到要占有这些星星,那他就拥有这些星星。而拥有这些星星,他就富有了,就可以去买更多的星星。可是,他对星星却没做过任何有益的事。尽管小王子在这之前也见过很多奇怪的大人,但这个商人是小王子唯一批评过的大人。

小王子遇见的第五个人是点灯人，也是一个较复杂的形象。他严格遵守着每天点一次灯熄一次灯的命令，然而他所在的小行星却越转越快，甚至一分钟就转一圈，也就是一天。他不得不无休止地点灯熄灯。乍一看，他好像是另一个行为荒谬的大人，然而他的无私奉献精神得到小王子的赞叹。在小王子来到地球之前，点灯人是唯一一个被他认为可以做朋友的大人。

　　地理学家是小王子在到达地球之前见到的第五个人，也是最后一个。地理学家看上去好像很有学问，他知道哪里有海洋、河流、城市、山和沙漠，但他不了解自己所在的星球，并拒绝自己去勘探，因为那是勘探工作者的事。也是他劝小王子去访问地球的。

　　小王子来到地球，遇到了一条蛇，这是小王子在地球上遇到的第一个事物。蛇告诉小王子自己在人间很孤独，这使小王子认为蛇非常弱小。但蛇告诉小王子自己掌握着生命的谜。它还告诉小王子，它之所以像出谜题似的说话，是因为它知道所有的谜底。

　　小王子走过了沙漠和高山，终于来到一个玫瑰盛开的花园。他感到非常伤心，因为他的玫瑰曾对他说她是整个宇宙中独一无二的一种花。可是，仅在这一座花园里就有五千朵完全一样的这种花朵！不过，在一只狐狸的引导下，小王子认识到她们和他的玫瑰虽然类似，但因为他给他的玫瑰盖过罩子，因为他给她竖过屏风，因为他给她除过毛虫，因为他听过她的埋怨、吹嘘甚至她的沉默，所以他的那朵玫瑰在世上是唯一的！这就是"驯养"的概念。聪明的狐狸要求小王子驯养它，它使小王子明白什么是生活的本质。狐狸告诉了小王子三个秘密：用心去看才看得清楚；是分离让小王子更思念他的玫瑰；爱就是责任。

　　后来，小王子又遇到一位扳道工，他负责调度来来往往的火车，而火车满载着对自己待的地方永远不会满意的大人们往来于各地。他同意小王子的观点：孩子们是唯一懂得欣赏和享受火车奔驰之美的人。

　　接着，小王子遇到一个贩卖解渴药的商贩。吃了这种解渴药就不需要再喝水，这样一星期就可以节省五十三分钟。而小王子说他宁可花那些时间去悠然自得地找一口水井。

在井旁的一堵残缺的石墙下,小王子被他先前遇见的那条蛇咬了一口,虽然小王子中毒死去了,但是飞行员在第二天日出后并没有找到小王子的躯体。飞行员相信小王子顺利地返回了自己的星球。

《夜　航》

初版时间: 1931 年

主要人物:

　　利维埃………………………………… 邮政航班公司经理
　　佩勒兰………………………………… 邮政航班飞行员
　　法比安………………………………… 邮政航班飞行员

内容梗概:

　　利维埃是专门从事夜间空递邮件的邮政航班公司的创始人和经理,他是一位严厉无情的人物,他的人生哲学是"行动"的哲学,哪怕这行动的代价是牺牲良好的人际关系、甚至是人的幸福或生命。为此,他规定所有误点的航班都不能得到"准点奖",哪怕是因为大雾;所有飞行员若摔坏飞机,就不能得到"完好奖",哪怕是在森林上空发生故障。他还解雇了一位为公司维修了二十年飞机的、曾经为阿根廷装配了第一架飞机的老机械师,为的是降低飞机故障的发生率。他的这些表面不近人情的规定和他的"行动"哲学却神奇地保障着邮政航班准点地、无事故地运行。而利维埃本人也为这份事业奉献了一生的心血,每晚他的心都在与所有的邮政航班一起,与未知的黑夜进行着艰苦的搏斗。

　　这一天夜幕降临时,三架满载着邮件的邮政班机分别从智利(从西部)、巴塔戈尼亚(从南部)和巴拉圭(从北部)起飞,飞往布宜诺斯艾利斯——利维埃所在的公司控制中心,这里等着汇总他们的邮件,好让去欧洲的邮政班机可以在半夜时分出发。

　　从智利出发的飞机在飞跃安第斯山脉的图彭加托火山附近

时，碰上了火山爆发。岩石和积雪一起沸腾着迸发出来。雪火山一座接一座地爆发，风暴顶端高高地插入飞雪的云层，而底部则像黑色的熔岩在平原上翻滚。这是太平洋的旋风，但这些旋风以前从来没超出过安第斯山的范围。当飞行员佩勒兰眼前一片混沌之时，猛烈的气流救了他，把他举到七千米的高度，然而另一股气流又把他摔到三千米的地方，但运气一直使他擦着山脊飞行，而没有撞到山上。他终于飞进了平原。这架从智利飞来的佩勒兰的邮政班机也是最先到达布宜诺斯艾利斯的。

但是从巴塔戈尼亚出发的法比安的邮政班机就没有这么幸运了。他也遇上了佩勒兰刚好穿越的风暴，但是风暴却越刮越猛。他向四面八方的中途站询问天气情况以避风雨，但风暴已覆盖了整个地区，所有的中途站都答复说即将有暴风雨。在暴风雨中，报务员又与所有地面上的指挥机构失去联系。于是飞行员法比安只有在一片黑暗之中与死神搏斗。飞机在涡流中飞行，法比安时而看到混乱的火光在黑暗中旋转，时而看到排气管喷出的火焰，风吹得它直往上蹿，时而又产生幻觉，感到黑夜夹着岩石、山岭、漂流物一齐向飞机撞来。飞机在风暴中飘若游丝。他想下降，但每次发动机都震得非常厉害，整个机身像是在生气发抖。他分不清是大地还是海洋。他使用唯一一颗照明弹想降落，竟然发现自己已经漂移到海面上，降落将是必死无疑。但他突然看到朦胧的星光，于是他不顾一切向上面那块光明之处冲去。他终于冲到了风暴的上面，见到了明月和星星，云变成了晶莹剔透的波涛，"暴风雨在他脚下组成了另一个世界，厚达三千米，狂风大作，水柱高喷，电光闪闪"，这太虚幻境真是太美了。然而这只不过是弥留的颂歌，在这三千零八米的高处，下面是一望无际肆虐的风暴，而汽油只够飞行半个小时了。在地面上，法比安刚新婚六个星期的妻子却在布宜诺斯艾利斯晴朗的夜空下为他准备了归来的热咖啡和鲜花。当她从邮政航班公司得知自己的丈夫失踪而凶多吉少时，她的世界崩溃了。公司职员和经理利维埃回报她的只有沉默。而利维埃自己也开始怀疑自己的"行动"哲学，怀疑自己有何资格剥夺别人的幸福。半个小时过去了，法比安的飞机从此杳无音信。

最后一架从巴拉圭出发的飞机却在平静的天空中飞行,随后安全地在布宜诺斯艾利斯着陆。当所有人都在怀疑利维埃是否要放弃夜航事业,下一班飞往欧洲的班机会不会仍在夜晚起飞时,利维埃终于在经过了思想斗争后下达了起飞的命令。又一位挑战黑夜的勇士载着人类行动的力量飞向了目的地,而地面上,又有一位妻子守望着自己丈夫的归来。

马尔罗

(1901~1976)

1901 年 11 月 3 日,安德烈·马尔罗出生在巴黎。中学毕业后,他在吉梅博物馆和罗浮宫学校自由听课,在一位出版商的书店工作,并研究古典和现代艺术作品。1920 年在这位出版商的杂志《知识》上发表了他的第一篇文章——《论立体派诗歌的起源》。也是这一年,他开始写作一部诗体小说——《纸月》(1921),这部小说意境朦胧,深受超现实主义的影响。1922 年至 1923 年,他认识了许多艺术家(其中有毕加索),他还发表了一些评论作家(包括纪德)的文章,这时的马尔罗在文艺领域已小有名气。

1923 年,经济拮据的马尔罗偕同妻子到达柬埔寨,想通过发掘丛林中寺庙废墟的艺术品来发财。但当他打算把锯下来的浮雕运走时,被法国殖民当局以"盗窃文物罪"拘捕。马尔罗被判三年徒刑,而他的妻子回到法国在文艺界组织了声援活动,成功使马尔罗减刑为一年并缓期执行。马尔罗回到法国后,又来到西贡,与保尔·莫南合作创办《印度支那报》,激烈抨击殖民地政府对越南人的压迫和掠夺。这份报纸被停刊后,马尔罗前往香港购买印刷设备,正遇上省港大罢工。

1926 年,在回巴黎的船上,他开始创作《西方的诱惑》,这部小说最早反映了马尔罗对时代发展和东西方社会巨大差别的思考。1927年发表《论欧洲青年》，次年发表《离奇的王国》和他的第一部小说《征服者》，并大获成功。1930年他发表了第二篇小说《王家大道》。这一年，马尔罗游历了东印度群岛、日本和美国，第二年来到中国。1933年，他出版了后来获得龚古尔文学奖的《人的状况》。1934年，他与安德烈·纪德极力为保加利亚革命领导人季米特洛夫辩护，并发起成立"全世界争取德国反法西斯政治犯无罪释放委员会"。1935年，他发表小说《轻蔑的时代》，并开始写作《艺术心理学》。1936年，他参加了支援西班牙共和国的国际纵队，担任外国空军部队的总指挥。1937年11月，小说《希望》开始在报纸上连载。

1939年第二次世界大战爆发后，马尔罗做过装甲部队普通士兵，受伤被俘过，后来参加抵抗运动，领导过1500名游击队员。在1945年解放阿尔萨斯的战役中，担任阿尔萨斯·洛林纵队总指挥。在这期间，他还在继续写作《艺术心理学》和《与天使的斗争》(1943)。二战后，马尔罗开始从政，也进行艺术批评和回忆录的写作。他在政治上一直与戴高乐将军紧密地站在一起。1945年至1946年，担任新闻部长。1947年至1952年，是人民联盟的全国代表。1958年6月1日起担任法国总统府国务部长，后兼任文化部长。1946年至1951年间，他陆续发表了《电影心理学概论》(1946)、《艺术心理学》(1947~1949)及其更名本《寂静之声》(1951)、《世界雕塑的想象博物馆》(1952~1954)和《天神的变形》(1957)等著作。1956年，他开始写作《反回忆录》，这不是一部一般意义上的回忆录，它不是记述作者的私生活，也不按年代顺序排列，而是回忆一些片断以及思索一些哲理问题。1970年以后他的作品包括：《黑三角》(1970)、《砍倒的橡树》(1971)、《拉撒路》(1974)、《黑曜岩之首》(1974)、《过客》(1975)、《非真实》(1975)、《绳与蛇》(1976)。

1977年11月23日，马尔罗在巴黎去世。他的遗著有

《命运未卜的人和文学》(1977 等)。1996 年,马尔罗的骨灰被法国政府移至先贤祠。

《人的状况》

初版时间:1933 年

主要人物:

乔·吉佐尔 ………………………… 法日混血儿,武装起义领导人
卡托夫 …………………………… 俄国人,武装起义领导人
陈………………………………………… 中国革命者
吉佐尔 ………………………… 乔的父亲,社会学教授
梅 …………………………………… 德国人,乔的妻子

内容梗概:

陈在一个卧室中暗杀了唐寅达,在这第一次的暗杀过程中,他体验到了孤独和生命的荒诞性。找到所需要的军火交易文件后,他沉着地离开了现场。他来到一家唱片店,几位革命同志已经在那里等候了。唱片店老板陆幼霜和赫麦利奇为起义口令录制了秘密唱片,只有在两张貌似坏损的唱片同时播放时,才能听到断续的口令,唱片将在第二天被送去汉口。店里还有两名外国人:乔·吉佐尔是法日混血儿,卡托夫是俄国人,两人都是这次武装起义的领导人。陈把文件交给乔后,乔与吉佐尔出门准备。自从二月暴动失败以后,中国共产党中央委员会就委托乔负责起义部队之间的协调工作。乔曾要求把起义部队从两千增加到五千,军事指挥部却再过一个月才能做到。乔自己组织了192 支战斗队,每队约 25 个人,但他们连两百支枪都没有,而停在江心的"山东号"上,就有三百支木壳枪。他们设法弄到这批枪。乔和卡托夫来到一个灯具店,老板夏告诉他们铁路工人已经宣布进行罢工,起义队伍第二天或第三天就能到上海。随后,乔和卡托夫分头行动。乔在"黑猫"酒店的舞池找到了葛拉比克男爵,后者接受乔提出的 3% 佣金和每支枪多赚 5 元的条件,答

应帮助乔把枪弄到手。而卡托夫去见了一批突击队员，这些人大部分都是就难者的亲属，他们还在努力学习怎样使用武器，但是因为武器和弹药的匮乏，他们虽然英勇无畏，但并没有必胜的把握，尤其害怕坦克。卡托夫耐心地教他们对付坦克的办法，他在这些人中有很高的威信。突击队的主要任务是解除警察局的武装。乔与卡托夫碰头后，一起去了一家金鱼铺子，神秘的店主告诉他们行动是在第二天一点钟，部队已经到了真如（到上海之前的最后一站）。卡托夫已经准备了十五六套军警的制服，以便去拿那批枪。

乔回到家中，他的父亲吉佐尔是被张作霖撵出北京大学的社会学老教授，他以自己的才智劝人为善、彼此相爱。他尽管培养出中国革命最优秀的干部，却从来没有参加过什么活动。如今，他深受失眠之苦，沉迷于鸦片之中。乔的妻子梅回来了，她是出生在上海的德国人，在一家中国医院当医生，她告诉乔，一个18岁的姑娘因为被迫嫁给有钱的老粗，而在轿子里割腕自尽，这就是近日妇女的处境。看多了死亡的她，在起义斗争的前夕，面对可能面临的死亡，利用乔对她的自由的"尊重"，与一个男同事发生了肉体关系。乔虽无能为力，却与梅有了隔阂。葛拉比克来了，带来了好消息。卡托夫也来了，乔与他一起出门。清晨四点，陈来到乔的家，告诉老师吉佐尔说自己第一次杀人，感到孤独。陈出身教会学校，是西化的中国人，他已经被恐怖主义迷住了，突击队员的活动已经无法满足他，清晨四点半，卡托夫带着陈装成政府士兵，乘坐一艘汽艇接近了"山东号"，虽然船长有所怀疑，但在枪口下只能把枪交给了卡托夫。上岸后，他们用卡车把枪分发到各个战斗组织点。

22日上午，全市工人举行大罢工。下午一点，200多个战斗小组向各个区的警察局发起攻击，他们还攻占了市政府、火车站。法兰西-亚细亚康采恩的总经理费拉尔约见金融巨头刘，建议联合向蒋介石提供5000万美元的援助，以帮助他们镇压起义。北伐军开进上海，国民党军队要求起义者缴械投降。乔反对领导的一系列做法，于是前往汉口第三国际代表团驻地，反对交出武器，主张脱离国民党。但沃罗金不同意与蒋介石决裂，命令起义军交出武器。4月11日,陈以杀身成仁、同归于尽的精神两次怀揣着炸弹去袭击蒋介石的汽车,失败后自杀。葛拉比克得知蒋介石当晚11点要包围所有的共产党机关,但他流连于赌场而没有去报信,乔不幸被捕。葛拉比克想营救乔,但行动失败,他混上开往法国的轮船,撒手不管了。赫麦利奇的中国妻子和儿子都被手榴弹炸死,于是他加入了浴血奋战。乔吞下氰化钾自尽,卡托夫则把毒药留给了两个中国青年,自己昂首走向火车头的锅炉,被活活烧死。

在巴黎,费拉尔去法国财政部办公室请求大财团支持,但遭到拒绝,他最终破产了。乔的父亲吉佐尔避居到日本神户内弟家中。梅决定继续从事革命斗争,她与吉佐尔告别,踏上了征途。

《反回忆录》

初版时间: 1967年

主要人物:

"我"……………………………………… 马尔罗,作者本人

内容梗概:

《反回忆录》是非传统意义的回忆录,它"回答了一个回忆录不谈的问题,而不回答那些回忆录论述的问题"。它的主线不是时间,而是两条线索:第一条线索由马尔罗1965年出访的亚洲各地构成,包括埃及、亚丁、锡兰、印度、新加坡、中国香港等,第二条线索是马尔罗自己的作品。整个《反回忆录》分为五个部分,分别与他的作品《阿腾堡的胡桃树》、《反回忆录》、《西方的诱惑》、《王家大道》、《人的状况》对应。

在作品的第一部分中,马尔罗跳跃式地回忆了自己的童年和青年时期。作者一开始就叙述了祖父令人费解的自杀,但他觉得这神秘的自杀行为是令人尊敬的举动,因为它是对命运的回答,它出自自愿,表现了人类身上存在着对世界提出质疑的能力。作者有一个叔叔叫沃尔特,他认为"人不过是一小堆可怜的

秘密"。随后作者分别描写了以"穿越文明的人性之恒久"为议题的阿腾堡修道院研讨会、精神失常的尼采等等。作者在三十年前瞻仰过的埃及文化，特别是狮身人面像给了他无尽的艺术启迪，激发他去探索艺术与死亡的关系："大凡神圣的艺术都与死亡水火不容，因为艺术不会点缀死文化，而是以其最高的价值来表现这种文化。……只有超越人世的现实主义才能天长地久。"埃及的博物馆像是在与永恒做游戏，而埃及法老的墓穴使作者联想到希特勒自杀的地堡和分崩离析的德意志第三帝国。作者的遐想在埃及到墨西哥的古老文化中恣意驰骋。最后，作者回忆了自己在 1934 年驾驶飞机去寻找萨巴女王首都的冒险经历，他历尽艰险，终于死里逃生，回到了大地。

第二部分记述了作者 1945 年与戴高乐将军初次见面的情况以及从内阁新闻部长的角度看二战后错综复杂的国内政治斗争。1958 年，法国经历了卧薪尝胆时期，期望重振法国的戴高乐提出"必须改革国家政治体制，稳定货币，结束殖民主义"。随后，马尔罗奉戴高乐之命，前往圭亚那和安的列斯群岛，他不顾生命危险，圆满地处理了全民公决问题。接着，作者叙述了他与阔别二十年的老朋友尼赫鲁的谈话，他们深入探讨了非暴力、共产主义、精神殖民主义、东西方价值标准等问题。随后，作者的联想又把读者带入 1944 年，当时身为"世界反法西斯委员会和反对反犹太联盟主席"的马尔罗遭到德军的伏击，他受伤被俘。作者借此讴歌了法国人民临危不惧、捍卫民族尊严的凛然正气。

第三部分描写了印度——"我们灵魂中的古老东方"，作者用优美、抒情的文笔描绘了印度文明的圣地——贝拿勒斯、孟买、马杜赖、埃罗拉、象岛石窟，为读者撩起了印度美丽而神秘的面纱。印度教宣扬宇宙轮回、转世变形，因此印度人追求超脱生命、摆脱轮回。当西方人含着泪水、收敛亲人尸骨并诅咒世界的荒谬时，印度人却点燃柴垛，神情漠然地焚烧西方人眼中的生命。对生命和死亡的态度表现了东西方文明的本质区别。印度文化的博大精深强烈地吸引着西方人，"印度思想包含某种令人着迷、勾魂摄魄的成分，它让我们觉得在奋力攀登圣山，而顶峰却始终在后退；或者说循着它举起的火把，在黑暗中摸索前进。"

作者又回忆起 1940 年 6 月,当他们向敌军阵地推进时,他又一次死里逃生。最后,又回到了与尼赫鲁的谈话,他们谈论了甘地、非暴力主义和艺术。

在第四部分中,作者在新加坡见到了《人的状况》中玩世不恭的掮客克拉比克男爵的原型,这位昔日的冒险家正在为好莱坞拍摄印度支那色丹族国王梅雷纳的悲剧传奇。作者与一位殖民地高级官员进行了彻夜长谈,这位官员本身就沉湎于鸦片和烈酒之中,他们探讨生命的意义究竟在哪里,谈话中还涉及阮爱国(即胡志明)的革命活动和越南的抗美救国战争。

作品的最后一部分涉及作者的中国之行。他首先想到了三十年前"给两亿中国人带来希望"的红军长征,他准确地回顾了长征途中的艰辛,特别是如临其境地描写了气势恢弘的勇夺泸定桥。他还回忆起自己受到陈毅、周恩来、毛泽东、刘少奇等中国革命元老的接见,与他们就共产主义、民族解放运动、超级大国、中苏两党意识形态分歧、修正主义、青年问题等交换了意见。作者在文中表现了他对毛泽东的崇拜,尤其赞赏毛泽东不断革命的思想。随后,作者的联想又飞到了日本,在那里,他与日本僧人探讨了东方艺术里天人合一的审美观。然后他又提到自己在抵抗运动领袖让·穆兰的迁葬仪式上发表的著名演说,这篇祭文写得悲怆感人,气势恢弘。最后,关于法西斯实施的酷刑和有组织地凌辱人格的纳粹集中营,作者提出了他的思考。

萨洛特
(1902～1999)

娜塔丽·萨洛特是法国当代著名的新小说派作家及理论家。她生于俄国一个犹太资产阶级知识分子家庭。她两岁时父母离婚,分别定居巴黎与俄国,自此她便经常来往于法国和俄国之间,直到 1910 年跟随再婚的父亲在巴黎定居,并开始学习。在小学及中学时代她对文学表现出强烈爱好。她博览名著,特别爱好陀思妥耶夫斯基、普鲁斯特、卡夫卡等的著作。1919 年在巴黎获英文学士学位,后赴英国牛津及德国柏林攻读历史和社会学,1922 年进入巴黎大学学习法律。1925 年结婚并从事法律工作。她在 1932 年开始文学创作,1939 年发表了第一部小说《向性》,这是一本与传统小说不同的作品,在小说里已表现出了“萨洛特式的心理描写”方法。《陌生人肖像》(1946)是作家第二部小说,在这里,既无完整的故事,又无动人的情节,只不过写叙述者自己如何去窥探一对父女,然而,它却得到了萨特高度的赞扬,他在此作的序言里第一次用了新术语“反小说”。40 年代后萨洛特继续创作了好几部成功的作品,如《马尔特洛》(1953)、《怀疑的时代》(1946~1956)、《行星仪》(1959)、《金果》(1963)等,80 年代又写了《语言的应用》(1980)、《童年》(1984)等新作。《怀疑的时代》是一部论文集,此集为当时兴起的新小说浪潮奠定理论基础并成为当代法国文学的重要理论文献。在这部论文著作中作家主要阐述了自己的文学主张。她和其他新小说派作家一样反对现实主义小说传统,主张变革小说艺术,主要着重于心理描写,在这方面有完整的一套方法,她的小说除了《童年》外,几乎全部都是心理现代主义的作品。

《童 年》

初版时间: 1984 年

主要人物:

我	作者自己
爸爸	我的父亲
妈妈	我的母亲
薇拉	我的继母

萨洛特

内容梗概:

　　大概在五六岁时我和父亲一起在瑞士度假,有位年轻女人负责照料我并教我德语。那时我和其他孩子一起在儿童餐厅用餐,每顿饭我吃得最慢,因为我必须按照母亲的嘱咐把饭嚼碎成像汤一样的流质后才咽下去,这使周围的人不满也使父亲难过,可我觉得应遵守诺言。后来回巴黎母亲身边时这些事都消失了,一切又恢复了无忧无虑的气氛,和母亲一起到舅舅家去过快乐的夏天,我舅舅在卡缅涅茨——波多利斯基市当律师。夏天过后我去了伊万诺沃父亲那里,这是我出生之地,我是两岁时离开这儿去了巴黎。我和父亲在这儿过得很愉快,父亲教我数数,我俩还彼此间说俄语或法语来打趣。圣诞节时我们在莫斯科父亲寓所里,还有一位年轻漂亮的金发女郎也和我们一起过节。圣诞过后我又回到母亲身边,那时父亲每到巴黎都要领我去卢森堡公园散步并玩各种游戏,有时我也去旅馆找父亲,一次我在那儿碰见了一位年轻女人,她不是在莫斯科和我们一起过节的那个人,而是个一头褐发女人,叫薇拉,她也和我们一起散步游玩,还给我读安徒生的童话,当时我感到很"欢乐"。后来我母亲和柯利亚(继父)搬到彼得堡去居住,我也跟随而去,在那里有位年轻女仆照料我,我们常一起散步逛街,到晚上父母出去后我们便和其他女仆一起玩牌,主要玩"作家四重奏",相互猜作家及其作品。我在那时就对文学产生了浓厚的兴趣并且读了很多图书,特别喜欢看《王子和贫儿》,其中的两幅画面——王子与贫儿对我的影响很深。我不仅喜欢读书也开始了写作尝试,但没成功,妈妈请来的那位编辑先生说:"开始写小说以前,得好好学拼写法",我觉得这个美妙的"童年创伤"也许是"我"很晚才开始写作的原因。到了1909年2月,我又开始动身去巴黎。那时父亲和薇拉结婚并定居在巴黎。我已习惯于来来往往的生活,可感到这次的离别不同往常,我在一路上不停地流泪,母亲安慰我说一过夏就去接我。母亲送我到柏林车站后有位"叔叔"——父母的好友带我去了巴黎。刚到巴黎时我很想念母亲,每晚躺在床上一面哭一面拿出照片吻母亲,于是就写信向她诉说了不快和思念之情,可后来母亲写信把这些告诉了父亲,这种背叛行为对一贯尊敬和信任母亲的我来说无疑是很大的打击，从此我们母女之情开始淡化。不久后母薇拉生了个女孩，小名叫莉莉，后母很偏爱她，经常专为她准备一些营养品，设法补偿命运没给予女儿的一切东西，我对此一点也不在乎，可莉莉是个"神经质的孩子"，从不懂得母亲的爱心，常常怪声怪气的号叫。后来我渐渐地发现后母对我越来越冷漠，而且还说一些"这不是你的家"之类的话，不过她虽然对我怀有一种故意的疏远，但从不对我发脾气，也许是怕扮演后娘这个不光彩的角色或者是由于父亲对我的那"遥远的"庇护。受女主人的影响，仆人们也开始对我表现出不同的情感，有的说"没娘的孩子多不幸"，还有的说"没娘的孩子没教养"等等，但这些事件从没影响过我，我一贯我行我素地生活着。已经十月份了，可母亲还是没有来接我，在等待期间我到附近的一所学校上学，从头学起了字母拼写法，老师教得很耐心，我每次独自关在房里认真地描画、埋头努力学习。我在10岁时正式上了小学，那次平时很冷漠从不过问我教育的后母似乎也很高兴地为我准备了上学用具。学校里的崭新生活和孩子们的笑闹声很吸引我，每天都高高兴兴地去上学。小学教育在我身上可以说很成功，我学习很用功，每晚都找父亲辅导数学直到熟练为止，那时我背课很流利，字句清晰，恰到好处，具有一种与他们融为一体之感。有一次老师让我们以《我的第一件伤心事》为题目写作文，我认为这是个很有趣的"黄金主题"，于是我写出了一部以"我的小狗之死"为题材的充满孩童纯洁、天真情感的故事，把抽象的东西描写得很活泼生动，对此作不仅我自己满意而且得到了父亲的赞赏。大概过了两年，有一天父亲告诉我母亲想要领回我的事，他还说"她真心想接你，完全可以自己来，可她提出必须由我负责送你去，这我可办不到，除非你要求我这样做"。这件事使我很矛盾，父亲又把决定权推给我本人，要我自己去割断和母亲的纽带是痛苦的，这纽带并不太结实，但我有时感到它的存在，不过父亲的语气在鼓励我下决心，我终于说出了"我愿意留在这里"这句话。这一举动从此使我和父亲的命运紧紧地连在一起，直到我成年。在小学时代对我影响很深的是薇拉的母亲和两位老师。我很爱薇拉的母亲，对我来说,真正的外婆也比不上她,我们是那么合得来,她教我弹琴,给我读喜剧《没病找病》或者是《钦差大臣》,我们有时笑得都在地毯上打滚,我们还爱说德语,好恢复以前所学过的德语。还有两位老师贝尔纳太太和 T 小姐很关心我。贝尔纳太太常请我去和孩子们一起吃点心并给我一种含蓄温柔的体贴和充满温情的注视,特别是她讲到 1870 年的战争,讲巴黎如何被包围等时的表情使我很激动,我们合唱起了那首充满战斗热情的《马赛曲》。和 T 小姐在一起时我这种崇拜为国捐躯的情绪达到了高潮,在镜框间都夹起了波拿巴的画像。有一次 T 小姐领我们去卢森堡博物馆参观后布置了作业:《描写你最喜欢的画》,我挑选的是德塔伊的《梦》。我 11 岁那年,母亲来看过我一次,那是 1909 年 2 月以来的第一次会面,后来在 1914 年母亲又来过一次,但因为战争很快就回去了。这时我也该去上中学了,终于有一天早晨后母送我到车站并把我拜托给了售票员,从此我开始了中学生活,我对童年往事的回忆也到此结束。

格　诺
(1903～1976)

　　雷蒙·格诺是法国当代著名的小说家、诗人。他 1903 年生于勒阿弗尔,父母是缝纫用品商。他在巴黎完成学业,于 1924 年获得哲学学士学位。他曾经是超现实主义团体成员,但由于同安德烈·布勒东意见不合,于 1929 年脱离该团体。他当过银行职员、售货员,最后进入伽利玛出版社当审稿员。他的第一部小说《麻烦事》于 1933 年获得双猴奖。之后又写了大量小说,其中著名的有《最后的岁月》、《我的朋友比埃罗》,另外还著有《文笔练习》,即同一个故事的 100 种不同写法。1959 年,《地铁姑娘扎姬》获得了巨大成功,路易·马勒在第二年将该小说改编成了电影。随后,雷蒙·格诺又创建了"潜在文学工场"，完成了小说《圣-格兰格兰》、《蓝花》(1965)、《伊卡洛斯的飞行》(1968)。

雷蒙·格诺嘲弄语法规则，喜欢文字游戏，但这丝毫没有影响他在法国文学界的地位。他既是法国龚古尔文学奖评选委员会的成员之一，还热衷于修辞学和活字印刷术，甚至酷爱《萨利·马拉全集》中的色情描写。格诺这种复杂的性格在法国文学中至今仍是一个谜一般的存在。

《地铁姑娘扎姬》

初版时间：1959 年

主要人物：

扎姬…………………………………… 早熟的小姑娘
加布里埃尔…………………………… 扎姬的舅舅

内容梗概：

《地铁姑娘扎姬》一书十分畅销，该书和格诺的其他小说一样，是一部平民主义的作品，奇特而滑稽。书中保留了作者的风格，嬉笑怒骂，轻松幽默。作者喜欢在所有语言层次上做游戏，大量运用俚语黑话、文字游戏以及异想天开的拼写法，喜欢将俚语或口语按照发音将他们写下来，和正规语言混用，拥有独具一格的诙谐的同时，也因晦涩而出名。

故事讲的是，十岁的小姑娘扎姬和妈妈让娜·拉洛谢尔一起来到巴黎，让娜来找她的情人，于是把小扎姬托付给她舅舅加布里埃尔照顾两天。扎姬是一个聪明但满口脏话的小姑娘，还爱搞恶作剧。她的早熟让她具有几乎和成人一样的思想。来到巴黎后，她最想做的事就是乘地铁，不巧因为工人罢工，地铁停运了。

加布里埃尔在夜总会里男扮女装跳艳舞谋生，却自信是个高尚的艺术家。他习惯随身带一块浸透了菲奥尔产的巴尔布兹香水的手帕。他晚上工作，白天睡觉，并且从来不在一点之前起床。于是第二天一早小扎姬就趁着舅舅睡觉的时候偷偷地溜出来，在巴黎的大街上闲逛。她先是教训了一下酒吧老板蒂朗多。因为当蒂朗多发现她逃出住处并打算将她带回去的时候，她张嘴大喊"救命"，引来一大群无聊至极的人们围观，然后她偷偷地向一个围观的女人耳语，散布了几句带下流字的悄悄话。顿时，蒂朗多就被淹没在大家的口水中，灰溜溜地逃走了。

随后小扎姬来到地铁口，她看到罢工停运的告示牌，坐在那里伤心地哭泣。这时她遇到了陌生人佩德罗。他带她去跳蚤市场买牛仔服，还请她喝啤酒吃牡蛎。她向他讲述了自己父母之间发生的可怕故事：母亲拿了情人送的斧子，把喝酒堕落并试图玷污女儿的父亲杀了。向陌生人讲完故事后，她抢了牛仔服打算逃跑，可惜狂奔了几个街区却仍然无法摆脱那个陌生人。她只好重施故伎，打算骗取围观人们的信任，骗取牛仔服。但这一次，她的运气并没像前一次一样好。围观的人反而将她判为了小偷。她被陌生人送回了舅舅家，后来因为言语不合被舅舅拎出门去。

下午，小扎姬在舅舅和出租车司机查理的陪同下去埃菲尔铁塔游玩。一路上小扎姬不停地追问舅舅是不是同性恋，尽管她并不明白同性恋的确切含义，这使得大人们不胜其烦。在铁塔下，加布里埃尔被一群傻乎乎的外国游客当成了导游，强行拉上车去圣人教堂参观。幸好小扎姬碰上在大街上一边遛狗一边寻找爱情的有钱寡妇莫阿克，后来又碰到了警察杜斯卡雄，三人于是结伴一起追去解救加布里埃尔。一路上寡妇和警察之间还产生了爱情。其实，杜斯卡雄就是上午遇到过的佩德罗，他喜欢穿上不同的衣服，扮演各种不同的人物，这会儿，他又扮成了警察。上午他曾追过小扎姬一直到她舅舅家，这会儿又转而对这位寡妇产生了好感，当天夜里，他还趁家里没人，跑去骚扰小扎姬的舅妈——温柔的马塞利娜。

后来小扎姬找到了正把外国游客唬得一愣一愣的舅舅。加布里埃尔邀请无所事事的大家晚上去看他在同性恋俱乐部的艳舞表演，大家欣然前往，兴高采烈地度过了一个不眠之夜。随行的还有蒂朗多和他的鹦鹉拉韦尔蒂尔，这只鸟只会不停地说：

"你侃,你侃,你就知道侃!"最后在度过了忙碌、混乱、疯狂和荒诞的一天一夜之后,小扎姬来到车站和妈妈会合,坐车离开巴黎,她最终没能坐上地铁。

小说的最后是车厢里妈妈和小扎姬的对话:

"那么,你玩得很开心了?"

"马马虎虎。"

"你乘地铁了?"

"没有。"

"那么你干了些什么?"

"我变老了。"

尤瑟纳尔

(1903~1987)

　　玛格丽特·尤瑟纳尔,法国现代著名女作家,原名玛格丽特·德·凯扬古尔,"尤瑟纳尔"是作家与父亲一起以姓氏字母重新组合后为自己起的笔名。尤瑟纳尔1903年生于布鲁塞尔,父亲为法国人,母亲为比利时人,她出生后仅10天,母亲便不幸去世。玛格丽特从小受到父亲的加倍疼爱,在法国北部、南部和巴黎度过了优裕的童年和少年时代,得到数位女管家的呵护和家庭教师的悉心指导。与父亲一样,自青年时代起,尤瑟纳尔长期奔走于欧洲多国和美加之间。1939年第二次世界大战爆发后赴美,从事记者、翻译和教师等工作,1949年定居美国东北海岸的芒特德塞岛。1951年,尤瑟纳尔的历史小说《哈德良回忆录》同时获得费米娜奖和法兰西学院大奖,这出人意料的成功为她赢得了世界性的声誉。当《苦炼》1968年再获费米娜奖之后,各种荣誉纷至沓来。1980年,尤瑟纳尔以77岁的高龄入选法兰西学士院,成为法国历史上第一位"绿袍加身"的女性不朽者。

作为作家,尤瑟纳尔拥有多种才华。她既是诗人(《幻想的乐园》(1921 年)、《众神未死》(1922 年))、剧作家(《埃莱克特或面具的丢失》(1954 年)、《阿尔赛斯特的秘密》(1963 年)),又是长短篇皆佳、蜚声文坛的小说家(短篇小说集《死神驾车》(1934 年)、《像水一样流》(1982 年);长篇小说《哈德良回忆录》(1951 年)、《苦炼》(1968 年))和传记作家(《世界迷宫:虔诚的回忆》(1974 年)、《北方档案》(1977 年)),除此之外,她还是一位文笔优美的翻译家(曾经翻译过希腊诗人、英语作家亨利·詹姆斯和维吉妮娅·伍尔芙等人的作品,《深邃的江,阴暗的河》(1964 年)、《王冠与竖琴》(1979 年))和思想深刻的文论家、批评家(《时间,这伟大的雕刻家》(1983 年))。在所有体裁的作品中,尤瑟纳尔的历史小说和自传体作品成就最高。开阔的视野使她的作品题材丰富,涉猎东西方文明和南北方文化。作家不断地从汗牛充栋的书海中获得源泉,赋予作品以浓厚的伦理内涵和思辨色彩。尤瑟纳尔坚信,历史是一所"获得自由的学堂",是对人类进行哲理思考的跳板。因此,她特别青睐历史,她的虚构作品漫游于古代、文艺复兴时期以及 20 世纪初的广大空间;若用现代的文论言语表达,尤瑟纳尔的全部作品都是互文性的杰作,充满着今与古、此与彼、我与他、灵与肉、具体与抽象的对话。

《哈德良回忆录》

初版时间:1951 年

主要人物:

"我" ································· 罗马大帝
马可 ··················· 收养的孙子,皇位继承人
图拉真 ··················· 前任罗马大帝,"我"的堂兄
安蒂诺乌斯 ····················· "我"收养的人

内容梗概:

马可:

　　我病了,又是咳嗽,又是气喘。而且还得了心脏肥大这一不治之症。病魔是无情的,它剥夺了我纵情享乐的权力。

　　从青年时代直到当皇帝后,我一直酷爱打猎。我的另一大嗜好是骑马。我还是一位美食家。野炊烤肉的香味令我陶醉,但是,罗马宫廷的丰盛宴席却让我生厌。

　　爱情和吃喝的享乐之区别在于前者还涉及另一个人,爱情令人心醉神迷,贪欢于肉体。从爱一个人的肉体到爱一个人的灵魂之间有一种神迷的力量,我愿为之付出我生命的一部分。此外,与爱人相处的美妙使我发现了独身生活所无法体验到的种种人生奥秘。

　　在所有与我渐渐绝缘的享乐中,只有睡眠对我最宝贵。可最近,我常常失眠。失眠是死亡的孪生兄弟,我已经开始体验到死亡。

　　我打算用回忆录的形式来给你写这封信。

　　我的一生是由欲望、计划、犹豫和行动组成的。我祖上是西班牙人,以驯马为生。我出生在伊大利加,而不像故事中所讲的罗马帝国的皇帝都出生在罗马。我最早在西班牙上学,后转学到罗马。我在那里学会了对付人生艰难险阻的本领。当时,我最崇拜的人是苏格拉底。

　　我开始学习希腊文。我靠拉丁文治理国家,但我用希腊文思考和生活。

　　我16岁那年来到雅典。在那里学习数学、医学以及艺术。我学会了重实际、重观察的方法。

　　在雅典学习期间,我在一家遗产纠纷事务所实习了一年,但我对法律一窍不通。

　　从学校毕业后,我回到了罗马。人们不大欢迎我,当我赞美古希腊文化时,参议员们总是带着轻蔑的神情。

　　我愿意尊重人们。否则,我就没有资格统治他们。我充分理解人的一切恶习。我尽量使自己为人处世的态度有别于哲学

尤瑟纳尔

家的清高和凯撒大帝的傲慢。

令我惊讶的是,忌恨我的人并不多,而喜欢我的人愿意为我付出生命。

我比任何人都更强烈地追求自由,我追求自由胜过追求强权。

我返回了军营,被提拔为第二军团的军事指挥官。后来,我又被调到第五军团,主要任务是分化瓦解边界地带的游牧部落,由于我对野蛮民族有特殊兴趣,所以轻而易举地完成了任务。

我的堂兄图拉真在罗马皇帝去世后登基继位。多瑙河部队派我前去祝贺,途中,我遭到了姐夫塞尔维亚努斯的阻截,他想夺取这份美差,经过一番较量,我先于他到达,由于我的勇猛顽强,图拉真把我留在身边担任第二忠诚军团的军事指挥官。

他比我年长 24 岁,竭尽所能地为我创造晋升的机会,然而却又对我缺乏信任。我在他眼里只不过是一个初出茅庐的军官。

图拉真在登基后的第二年发动了对达斯民族的围剿。我生性反对战争,然而这几年南征北战的生活却给我带来了无穷的乐趣。

我逐渐对皇帝的策略感到不满,然而,我当时还没有权利和义务发表我的见解。于是,我就充分享用我的自由,这种自由在我当了罗马皇帝之后就一去不复返了。

我在各次战役中出生入死,英勇无畏,屡建战功,声名显赫,因此得到了皇帝的信任,同时也招来了一批人的嫉妒。在最后一次攻城获胜的那天晚上,图拉真在尸横遍野的战场上将皇帝传给他的金刚钻戒戴到了我的手上,这是继承皇位的许诺。

征战结束后,我回到了罗马,过了几年舒适安定的生活。渐渐地,我梦想起当皇帝来了,在图拉真生病期间,我代替他处理国家大事,但他对我的疑虑仍然存在,为此,我忠于职守,随机应变。

当图拉真全力以赴地进行征服亚洲的战争准备的时候,东北边境传来了撒尔马特人入侵的消息。我被任命为巴诺尼省长,和大将军前往还击侵略者。

这场长达 11 个月的战争异常艰苦。我采取了一系列的严厉措施整顿军纪,使这一地区恢复了平静。

返回罗马后,我便成了政府里举足轻重的人物。

在图拉真进军亚洲的第一年,我被任命为叙利亚的总督,不久,又被任命为罗马教皇的全军特使。我反对这场战争,但我无法拒绝这些任命,这是我通向帝国最高权力的唯一通道。

几个世纪以来,罗马帝国的每位皇帝都有征服东方的野心。对亚洲发动战争是实现这一愿望的第一步。

战斗如期打响,前线部队连连告捷,可是,阿拉伯人和犹太人串通一气,抵抗运动的战火燃遍了整个亚洲大陆。虽然起义被镇压了下去,但我军遭受了重创,图拉真心力交瘁,一病不起。临终前指定我为他的法定接班人。

我首先结束了图拉真统治时期发动的一系列战争,平息了阿拉伯人和犹太人的骚乱,恢复了和平。

我通过各种途径接近民众,争取民心。我去访问医院和养老院,到杂技场和公众谈话,禁止奴隶角斗,禁止男女同浴等。我还拒绝了所有诸如大日耳曼、国文、神圣等加封在历代罗马皇帝名字前的称号。我只想做一个名副其实的阿德里安,建立一个奥林匹斯山诸神式的军权。罗马将成为一个属于一个国家的、属于这个国家公民的、属于一个共和国的不朽城市。

我统治的宗旨是人道、自由、幸福。我相信道德的力量。我不喜欢法律,它生硬、粗暴、复杂。我用感化的方式来对待奴隶,使他们懂得罗马的兴衰与他们的个人命运息息相关。我给予妇女在婚姻、家庭、财产管理、订立遗嘱、继承遗产等方面更多的权力和自由。我把大地主庄园里荒芜的土地分给一无所有的农民耕种;我废除了各属国向皇宫进贡的制度;我对商人实行监督政策,惩办投机倒把分子;我尽量使军队地方化,使其变成类似于罗马共和国的地方组织;我花费极大的精力挑选、培养、训练我的政府官员,以便在我需要离开罗马或面临死亡的时候,国家机器能够照常运转。

作为罗马皇帝,我对整个世界负有责任,我要让人民安居乐业,社会安定昌盛。我来到莱因河口,我用近一年的时间来修筑河两岸的防御工事。工作余暇,我尽情地欣赏大自然的千姿百态,感慨人生的短暂和欲望的无穷。我来到布列塔尼从事市政改革,高卢地区的发展欣欣向荣,西班牙的国民富足昌盛,我的故乡伊大利加更是丰衣足食。只有北非地区局势动荡,骚乱频繁,我不得不一次又一次地在沙漠中作战。帝国东部边境地区的巴尔特人又一次蓄意挑起争端。当事双方剑拔弩张,战争一触即发。我立即将先帝图拉真生前扣留的人质——巴比伦国王的女儿交还给巴尔特人,并同他们的首领进行谈判。我们终于签署了和平协定。

从那个时候起,我开始意识到自己代表了上帝的意志,人们开始把我当做上帝的化身来崇拜。

我在亚洲逗留期间收养了一个希腊男童,名叫安蒂诺乌斯。我们之间建立了一种异乎寻常的亲密关系。他一直伴随我到世界各地旅行。我同他一起度过了一生的黄金时代。过去的艰辛如今都得到了报偿。幸福和权力虽然都姗姗来迟,但却像正午的太阳,放射着灼人的光芒。

由于我对雅典的兴趣日益浓厚,最后终于在那里定居了下来,并且决定重建这座城市。白天我视察建筑工地,晚上欣赏音乐。频繁的社交活动占用了我很多时间。在我的统治下,和平终于实现了。我曾经为了培养人的神性但又不牺牲人的人性而努力。我获得了成功。

在罗马,我接受了"国父"的称号。我的妻子被封为皇后。

我开始着手众神殿的建设,我要利用希腊及古代罗马的原始艺术,使这座供奉众神的庙宇形似星球或者日冕。同时,我的陵墓也破土动工了。

我对小安蒂诺乌斯的宠爱和保护引起了周围一些人的嫉妒。他们暗中勾结,妄图取而代之,现在,前途对我来说已经无关紧要了,时间对我来说已经不多了。

这段时间,我主要在东方活动。我来到贝罗兹修建庞贝德陵墓。我还在研究解剖学,试图寻找灵魂的寄寓处。其余的时间里我或者作诗寻乐，或上山打猎。登山途中，我开始感到体力不支。

我的侍从找来了一个女巫给我算命。结果令人沮丧。安蒂诺乌斯似乎明白了死是效忠主人的最后一种方式。有一天他终于不辞而别，一个人来到河边自杀了。我悲痛万分，他是用死来表达对我的无限忠诚和感激，是用自己的死换得我的生。我心中充满内疚与自责，日日夜夜忍受着痛苦的折磨。我亲自为他选择了墓地，为他举行了隆重的葬礼。

我的最后一次东方之行结束后返回了希腊，从事农业改革。我还对基督教采取了宽容和保护的政策。

我一直崇信古希腊的精神。我建立了一整套为人民服务的国家体制，我修订了雅典宪法，精简了人浮于事的国家机构，为各国在雅典建造了大使馆，创建了众多的学校，使雅典重又成为人类智慧的中心。

接着，我着手处理罗马的事物。我首先改革了意大利的行政管理制度，我计划为历代罗马君主建造一座宫殿，为我忠实的安蒂诺乌斯树立一块纪念碑，为罗马建立一座传播希腊文化的图书馆。

公元一世纪，犹太人掀起了反抗罗马人的怒潮。我认为这都是他们自认为是"上帝的选民"的过错。狂热党人占领了耶路撒冷，叛乱酿成战争。敌人依仗农民的支持，异常顽强，宁死不屈。我明白，他们可以在肉体上被消灭，但永远不会被征服。这场战争是我的一大失策。我曾对这一地区的形势盲目乐观，掉以轻心，如今终于尝到了恶果。眼看着我苦心经营十六年的太平盛世将因一场巴勒斯坦的血腥厮杀而毁于一旦，我忧心如焚。为了结束这场混战，我下令处决了狂热党人的九名首领，他们至死都对自己的信念忠贞不渝。我承认他们的勇敢，但为他们的不识时务感到遗憾。

这场战争夺去了几百万人的生命，毁灭了九百多座城市和村庄，犹太人从此失去了自己的家园，但他们拒绝离开养育了自己的土地，在附近定居下来。遵照我的旨意，这一地区改名为巴勒斯坦。

　　罗马为我的胜利凯旋举行了隆重的欢迎仪式。这一次,我接受了人们的欢呼,因为我认为这是对人类奋斗精神的确认。

　　现在,我只剩下两件事情了;选择接班人和等待死神的降临。我没有后嗣,我收养了埃斯乌斯·恺撒,选定他为我的接班人,他年方三十,能言善辩,才华超群。不幸的是,他的健康状况令人担忧。我痛苦地发现,他从来不曾爱过我,不曾爱过我开创的事业,他只是利用我的慈爱,百般挥霍,花天酒地。我为我当初的选择后悔,幸好,病魔带走了他。

　　我开始重新寻找。我的目光落在了一位名叫安东尼的元老议员身上。我首先被他对长辈的尊敬所感动。接着,我选择了你,马可,为安东尼的继子,也就是我的孙子。同时,我还要求安东尼把吕齐乌斯的儿子也收养下来。这样,你就有了一位兄弟,将来,你们将共同统治罗马帝国。我的决定得到了人们的一致拥护。

　　我发现对死亡的思索能够帮助人们更加心平气和地生活。我离开了世俗的喧嚣,来到乡间隐居下来。准备亲自结束自己的生命。我的贴身仆人被我的计划吓得魂不附体,精神错乱。我的随行医生因无法拒绝我的恳求,自杀身亡。他的死让我改变了主意,我放弃了冒犯死神的计划。

　　渐渐逼近的衰老和死亡使我的形象更加神化了。人们干脆把我奉为上帝的化身。我认为,人民对我的这种盲目的崇拜和信任是对我二十年心血的回报。

　　我不再为如何轻松地离开人间而煞费苦心。世界上的一切对我已失去魅力,所有关于"永恒"的说教再也引不起我丝毫的兴趣。我不再为世界的前途而忧心忡忡,不再为维持和平而绞尽脑汁,让诸神去安排这一切吧! 我是无能为力的。我相信:灾难、混乱、毁灭终将降临人间,但秩序、自由、正义也不会总是隐而不现。我们的文化艺术将万代相传,我们的事业将后继有人。

　　我的病情日趋恶化,任何药物已不起作用,值得庆幸的是,我始终神志清醒,情绪安定。我的陵墓已及时竣工。我将同恺撒大帝后代的遗骨安葬在一起。人们伫立在我的身旁为我哭泣,从一张张被痛苦扭曲的脸上,我感到了人类的爱。

我将睁着双眼迎接死亡。

萨　特
(1905~1980)

　　萨特是20世纪法国最有影响的哲学家,他的名字和存在主义紧密相连。他的人格、他的多产、他涉足领域的广泛以及他积极参与政治活动的态度,对他所处的时代的思想和文学都产生了深刻的影响。萨特出生于1905年,他的父亲是一位海军军官,在他出生后第二年去世。1929年,萨特通过了哲学教师资格考试,并由此认识了西蒙娜·德·波伏娃。1939年,他的第一部小说《恶心》取得了巨大成功。几年后,他发表了博士论文《存在与虚无》,这篇论文篇幅巨大,难以读懂,在文中,萨特阐述了现象学理论的哲学基础。随后他又创作了剧本《苍蝇》(1943)和《隔离审讯》(1944)。二战后,他积极从事政治活动,创办《现代》杂志。1945年,他结识加缪,后来两人因政治立场不同于1952年决裂。1945至1948年,萨特先后创作了《自由之路》的前两卷(1945),随笔《波德莱尔》(1947)、《有关犹太人问题的反思》(1947)、《境地》第一、二卷,还于1948年完成了剧本《脏手》的创作。从此萨特从纯粹的创作领域逐渐介入政治和社会,他反对西方资本主义,支持第三世界国家的民族解放,支持殖民地的独立运动,支持苏维埃共产主义,但在1956年苏联武装干涉布达佩斯期间与共产党疏远。1963年,萨特发表了自传《词语》,因为"他那思想丰富、充满自由气息和找来真理精神的作品,已对我们时代产生了深远的影响",而被授予1964年诺贝尔文学奖,但萨特没有接受,理由是"谢绝一切来自官方的荣誉"。1980 年 4 月 15 日,萨特在巴黎去世,共有五万人参加了他的葬礼。

《恶 心》

初版时间: 1939 年

主要人物:

洛根丁 ………………………………………………… "自修者"

内容梗概:

这是一部日记体小说,平淡、黏滞的文体几乎没有讲述任何起伏的情节,仅仅表达了一个简单的情感事实。故事发生在虚构的小城"布维耶"(其法语的字面意思是"泥土之城"),整座城市肮脏乏味,天空一直是灰蒙蒙的。小说的主人公洛根丁是一个"自修者",他一直过着与世隔绝的孤独生活,后来为了完成一项研究任务,才到城里的图书馆去。他发誓要掌握全部的知识,由此把握这个陌生的世界,于是他成天蹲在图书馆,按照字母顺序逐一阅读每一本书。一心一意,并且乐此不疲。这种阅读方式蕴涵着一种看法:人们在不同角度的阅读中理解世界和生活;而对世界和生活的完整理解则包含在"百科全书"式的阅读中。

有一天,当他在海边拾起一块石头时,突然而来的呕吐、恶心使他迅速丢掉石头。自此以后,他不论见到什么,都会感到恶心,因此不得不放弃研究任务。他承认自己是无意义的存在固体——只不过是肉体和意识的蠕动而已。

人生充满了孤独、烦恼、沉沦、堕落和荒谬。对于洛根丁来说,"恶心"使他感到自己的存在。但是,"讨厌自己","厌恶存在",并且已经"厌倦于厌恶存在",洛根丁所能体验到的唯一"纯洁的东西"是"空虚":"我既不是祖父,也不是父亲,更不是一个丈夫。我不投票选举,我也差不多不付任何税款,我不能以纳税人的权利自负,也不能自诩为享有选民的权利,甚至连二十年唯唯诺诺的生涯所赋予一个小职员的受人尊敬的权利,我也不能拿来自负。我的存在开始使我自己真正感到惊异。我难道不是一个单纯的表象吗?"这种"空虚"和"恶心"使洛根丁相信自己及所有的人的存在都是多余的。"一切都毫无道理,那花园,这城市,以及我自己……就是'蠢猪们'……想用权利的见解掩盖他们自己……他们也不能不感到自己是多余无用的……实际上,他们都是多余的……虚无缥缈、悲哀可怜的。"

洛根丁审视着痛苦。有一次他在图书馆里经受了一番思想的痛苦后,来到街上,"我感到我的脸上,被微风轻拂着。远处有人在吹口哨,我睁开眼皮,天下雨了,那是柔和而平静的雨。"

他努力地坚持个性和自由,拒绝与别人交往过密,实际上他的自我感觉如此之强烈以至于他同别人在一起时也如同独处一般。洛根丁除了厌恶自己,还嘲笑博爱,因为这是他做不到的事。他不知道为什么要去"为别人写作"或"爱大家",他对一切都无所谓,像一只螃蟹一样"正在逃离那住人太多的屋子"。

洛根丁的情妇崇拜诗歌中的爱情,为此躲避洛根丁,当她终于出现时,却已人老珠黄,与洛根丁一样失落。依照洛根丁在日记中的记载:"人生活在自己和他人的故事中,并通过故事安排生活。"侍女露西,这个女人是痛苦生活的化身,她承担了普通女人的所有痛苦,但是,她生活于事实之中,因此是个踏实的也由此是在哲学上安分守己的女人,从来不提问一些超越于生活的问题,只是在寂寞的时候唱着自己喜欢或者不喜欢的歌曲。她生活着、回忆着并讲述着,她滔滔不绝地向人讲述自己的痛苦,将痛苦人生讲述成一个充满情节和悬念的故事,有悲有喜,有高潮有低谷,她善于将自己的悲剧人生讲述成一个命中注定的故事,然后在这个悲剧故事里自我理解、自我安慰、自我疗伤。

忽然有一天,洛根丁在小城公园遇一棵剥光了外皮只剩下光滑躯干的老栗树。老树黝黑古怪,令他张口结舌,方寸大乱。树根钻入泥土,"词语消逝了,人们刻画事物的记号也变得无影无踪"。洛根丁感到恶心,因这树根"以我无法解释的方式存在着"。他获得了启示,认为这才是存在的最真实的内容,人类的生活毫无意义。

最后洛根丁在日记中自白:"荒谬一词从我笔下流出。我明白,我已找到存在的答案。"

《脏 手》

初版时间: 1948 年

主要人物:

雨果……………………………… 革命知识分子
贺德雷……………………………… 无产阶级政党领导人

内容梗概:

《脏手》发生在一个叫做伊律里亚的东欧国家。1945 年,德国军队在伊律里亚节节败退,二次大战眼看就要结束。只需要不到一年时间,步步进逼的苏联军队就会占领该国。此时伊律里亚的三个政党正在展开角力,以应付时局的变化。这三个政党一个是亲王的法西斯政府,正在与轴心国合作,另一个是卡斯基的民族党,代表保守的和自由主义的资产阶级,再一个就是由路易和贺德雷领导的无产阶级政党。

而在无产阶级政党内部,意见也产生了分歧。路易和贺德雷各执己见,针锋相对。贺德雷提议,苏军一进入伊国,他们的党就应当与亲王和卡斯基共同执政。他认为,苏军占领伊国,必然会在国内引起民愤,所以,和莫斯科有联系的无产阶级政党如果在联合政府中仅为少数政党,就可以不至于成为众矢之的。路易的那一派认为,贺德雷的路线是妥协投降,出卖党的利益,破坏党的纯洁性。

雨果是路易的追随者,他痛恨贺德雷阴谋破坏党的纯洁目标。路易和雨果都认为,"贺德雷是个叛徒","像贺德雷这样的人,运气好的话可以成为铁托或葛穆尔卡,运气不好,就成了纳吉或托洛斯基"。雨果曾为这个党的纯洁目标而背叛自己的资产阶级家庭,他最引以为自豪的便是自己对党诚实忠心,他表示:"我(对党)并不隐瞒我得过博士学位,但……我并不是知识分子,……我认为服从命令、遵守最严格的纪律是光荣的事。"一天,路易交给雨果一个任务,让他去担任贺德雷的秘书,接近贺德雷并取得他的信任,然后伺机杀死贺德雷。

雨果按计划走进贺德雷的圈子,在日常的接触中,贺德雷觉得雨果挺天真,他告诉雨果,干革命就是要不怕说假话、耍手段、玩权术,干革命必须一次又一次地弄脏自己的手:"我的孩子,你多么洁身自好啊!你是多么害怕弄脏自己的手啊!好吧,保持纯洁吧!但这对谁有用处呢?为什么你到我们中间来呢?纯洁,这是印度的出家人和僧侣的理想。你们这些知识分子,这些资产阶级无政府主义者,你们不过是为了什么也不干,便找纯洁做个借口罢了。什么也不干,动也不动,两只手臂贴着身体,戴着手套。我呢?我有一双肮脏的手,一直脏到臂肘上。我把手伸到大粪里去,血污里去。还有什么话可说呢?你以为人们可以不干坏事就掌权吗?"

结果,在每天的交往中,雨果逐渐改变了对贺德雷的看法,对他的理解和尊敬与日俱增,而这竟然变成了他刺杀贺德雷的最大困难。但是经过一番激烈的思想斗争后,雨果终于还是按照原定计划杀死了贺德雷,完成了党交给他的任务。

雨果杀死贺德雷后,党的领导认为他长期接触贺德雷,思想必然受到腐蚀,在政治上已经不再可靠,在党组织领导路易的眼里,雨果已经变成"一个最爱多嘴的人",一个"无组织无纪律的无政府主义者,一个光想表态的知识分子",所以必须将其消灭。

雨果在革命同志奥尔加佳处藏身,党派来的杀手就埋伏在门外。奥尔加听了雨果的陈述后相信,并且愿意向党证明雨果还是"可以挽救"的同志:"对,他是知识分子,又是无政府主义者,不过也是个走投无路的人,只要好好领导他,无论干什么,他总可以当个帮手吧?"不过最后,奥尔加告诉雨果,其实党的路线早就已经变了,党已经在执行与亲王和卡斯基合作的路线。这一消息如同炸雷,使雨果的革命理想彻底破灭,并且失去了活下去的勇气和意义。于是他毅然打开大门,走向埋伏在外的杀手。

这是一部关于知识分子自由或不自由的剧。一方面,知识分子为了成为有社会作用的自由个人主体,不能不与"组织"发生密切关系。另一方面,知识分子的自由行为因为与组织有染,不能不成为一种弄脏手的行为。小说中,知识分子雨果自以为是,为纯洁的道德理想而投奔革命,但是,他偏偏必须以执行一项肮脏的政治谋杀来证明自己的纯洁理想。最终,无论雨果怎样努力争取表现,组织纪律严密的党都不再加信于他。

《隔离审讯》

初版时间: 1944 年

主要人物:

戈尔辛、依奈斯、艾斯黛拉 …………… 三个下了地狱的恶人

内容梗概:

萨特的存在主义名言是,"他人即地狱"。独幕剧《禁闭》描述的是三个恶人下了地狱之后,互相无止境地审讯、监视和折磨。该剧后来被奉为西方现代戏剧的经典之作。萨特说,他人的存在是自己存在的参照,这种参照使人备受折磨,因此他人就是地狱。

第一场:戈尔辛在一个小鬼的陪伴下走进一间第二帝国式样的房子。他不停地询问各种刑具的用途,因而被小鬼嘲笑,因为在地狱里,这些东西根本没用。地狱里热得像火炉,里面没有镜子,没有窗户,也没有床……更重要的一点是,他的眼睛也只能一动不动地睁着,被迫盯着自己在世间犯下的罪恶,无法继续逃避。

在小鬼离开之前,戈尔辛问他当有需要的时候是否可以摇铃喊他。小鬼告诉他,房间里的铃铛也是时响时不响的。

第二场:小鬼走了。戈尔辛一个人待在房间里。他试着想摇摇铃,但是铃并没响。他努力拍着门,不过没有人听到。

第三场:依奈斯走了进来。她向戈尔辛打听佛罗伦斯在哪里,但是他并不知道,因为他甚至都没听说过这个人。戈尔辛向依奈斯隐瞒了真实身份,并且解释说自己一点都不害怕。他建议他们俩能够相互友好客气,但是谁都做不到,因为他们俩都十

分紧张,谁都不知道接下来等待他们的将是什么。

第四场:金发女郎艾斯黛拉也走了进来。刚开始她把戈尔辛错认成了一个熟人。但戈尔辛很快做了自我介绍,并向她解释了这里的规矩。

第五场:艾斯黛拉在这里目睹了自己的葬礼,并告诉他们自己死于肺炎。三人保持着礼貌,各自讲述了自己的死因:依奈斯死于煤气中毒,而戈尔辛是被八颗子弹击毙的。戈尔辛看着在巴黎的人间的妻子,她不知道他已经不在人世了,可她没有哭,也绝对不会哭。此时人间正是夜晚时分,三个人就这样静静地盯着自己的世界看。

艾斯黛拉琢磨着为什么他们三个会被分到一起。她还试图找自己的朋友或者亲人。戈尔辛认为他们是偶然被分到一起的。他认为所有的一切都已经安排好了,他们只是需要勇气承认自己所犯下的罪行。但是艾斯黛拉觉得自己并没有犯任何错,她坚持认为进地狱是被误判。她向他们详细讲述了自己的经历:她嫁给了父亲的一个朋友,一个有钱的老头。后来她又碰到了自己真正喜欢的人,但她还是选择了忠于自己的丈夫。这时依奈斯取笑她,称她"圣女"。

可误判是不存在的,没有人会无缘无故进地狱。虽然这里的刑具都不管用,但是,对于每个人来说,他人就是打手。

艾斯黛拉试着化妆,但她并没有镜子,于是便要戈尔辛当自己的镜子,并对她说她很美。戈尔辛拒绝了这个要求,但是她的挑逗已经引起了依奈斯的嫉妒。戈尔辛带着坏笑回答道:"我们已经没有什么可以失去了。等一会儿我们全都会赤条条暴露在别人面前……"他建议大家不要再隐瞒自己的罪行,说出真相。

随着谈话的进一步深入,大家隐藏在文明举止之后的真面目渐渐暴露出来:戈尔辛是因为离开了家,并伤害了自己的妻子。他对自己恶行的解释是妻子天性软弱,好欺负。依奈斯是个坏女人,她和表嫂佛罗伦斯有过节,她们先合伙杀了她表兄,然后双双开煤气自杀,她解释说自己需要看着别人痛苦才能活下去。至于艾斯黛拉,她的情人因她而自杀,因为他希望她只属于他一个人，而她要保持名节。她和他有过一个孩子，不过她最后把孩子扔到河里淹死了。

最后戈尔辛得出结论：他们之中没有一个人可以自我拯救，他们现在是一条绳上的青蛙，要么全军覆没，要么一起获救。

这时依奈斯突然看见有一对情侣在她人间的房间里，但是她的视线变得模糊起来——她就要变瞎了！这意味着她将彻底死去！戈尔辛试图帮助她，但她拒绝了。艾斯黛拉此时也看到她的旧情人正在和她最好的朋友奥尔嘉跳舞，她的妒火顿时蹿起，呆呆地望着自己最好的朋友，无比忧伤和绝望。艾斯黛拉希望戈尔辛拥抱自己，他一开始拒绝，但最后还是妥协了，因为他希望得到她们的信任。但是依奈斯在一边监视着，他还是没有拥抱艾斯黛拉。

戈尔辛认为，只要艾斯黛拉信任他，他就有机会逃出地狱。但是依奈斯的不信任结束了他的幻想。戈尔辛勃然大怒，想要离开屋子。艾斯黛拉死活不让他走，当房门打开的时候，他突然又不想离开了，因为依奈斯正盯着他，他一走就是胆小鬼。只有得到依奈斯的信任，戈尔辛才能真正获救。戈尔辛一直梦想有一天能成为英雄，但是梦想并不够，还需要用实际行动来证明。

戈尔辛和艾斯黛拉试着相爱，但是在地狱里不可能存在亲密举动，因为这里从来没有夜晚，一切都在别人的监视之中。在依奈斯的注视下，戈尔辛永远也不能和艾斯黛拉享受亲密。艾斯黛拉忍无可忍，拿出裁纸刀想要杀掉依奈斯时，依奈斯冷笑着说：你该知道，我是个死人。

艾斯黛拉终于清醒过来，原来他们已经身在地狱，永远在一起了。

他人就是地狱！

《词　语》

初版时间：1963 年

主要人物:

"我" ……………………………………… （十岁前的）萨特

内容梗概:

这是一部萨特的童年自传,分为上下两篇:《读》和《写》,从不同角度讲述了作者与词语结下的难解文缘。萨特是一位以词语为人的自由而奋斗的词语大师,他选择"词语"作为自己童年自传的书名,清楚地表明他与词语那种难分难舍的关系。

作者描绘了自己从小的阅读和写作的经历。父亲在他出生一年多就死了,他自己也患了肠炎,在死亡线上挣扎,由于生病,他才九个月就被强行断了奶。父亲死后,身无分文的母亲只好带着他回到了她父母的身边,他开始了在"一个老头和两个女人中间"长达十年的孤独生活。所以,萨特的童年是在书籍的海洋里度过的:他的外祖父查理·施韦泽是一位语言教师,所以家中有很多藏书。萨特很小就开始注意到这些"砖块"并羡慕地看着外公摆弄它们。就这样,几乎与外界完全隔绝的小萨特开始了他的阅读历程,他与"词语"这种人类文化的符号相遇了,并和它们结下了不解之缘。他还不知道拼写和阅读的时候,就"半背诵半辨读"地完成了《一个中国人在中国的苦难》、《流浪儿》等书。随后又开始接触高乃依、雨果、福楼拜、凡尔纳的作品。因为几乎没有玩伴,所以他把这些已故的作家当成了自己的兄弟。《拉鲁斯大百科辞典》更让他爱不释手,他觉得百科辞典就是整个世界。他在书本中开始了他真正的生活。萨特描绘了 20 世纪初叶巴黎一个有产者家庭的日常生活,正是这种生活帮助他确立了自己的信仰:世界上没有比书更重要的东西了。整天与词语做伴使他萌发了柏拉图式的唯心主义思想:词语的世界才是真实存在的,而现实世界只是词语世界的"摹本"而已。

然而无论词语的世界是多么诱人多么丰富,不管外祖父如何溺爱他,称他为"奇才",也不管萨特本人如何想象自己有着丰富的想象力、渊博的知识和舞剑的灵巧,有一天当他在卢森堡公园里看着那些活泼健壮的孩子们在玩游戏时,他惊呆了,他不得不承认自己只是一个引不起任何人兴趣的小矮子而已。这时,只要能获准加入孩子们的游戏,他就会毫不犹豫地抛弃他为之自豪的语言才能。正因为他无缘接触同龄人,所以他一次又一次丧失了正常成长的机会。本来他可以在学校里和小朋友相处,但是他第一次上学却是次失败的经历:尽管他在上学前已经读过许多书,但他是一个"不知道正宗法为何物的神童",所以第二天就被外祖父从学校领回,又回到了从前的孤独生活,回到词语的世界。

接着他又开始对词语的进一步征服——写作。起初是七八岁的时候,祖父和他以诗歌互通信件,受到表扬的小萨特信心倍增,慢慢地养成了写作习惯。他把想象中的事件写在稿纸上的时候,发现这样就把虚幻的东西变成了现实。这向他展示了巨大威力:他可以随心所欲地在词语的天国里制造种种事件,而这些事件一旦用词语表现出来,它们也就随着词语变成了绝对而获得永恒。于是他任凭想象力的驱使,随性地编造着自己的故事。

所以,一方面由于词语本身的美丽,另一方面也因为萨特在现实面前的败退,促使他回到词语,回到想象。他在词语中找到了他所需要的一切:必然性、永恒、存在的理由。他要通过词语来为人类效劳,同时证明他自己的存在并通过词语获得永恒。这也种下了他日后所谓的"文学神经症"的根源:"我生来就是写作的。"

在词语的宫殿里,他是主人,可以任意调兵遣将,去完成他想象中的远征,然而一旦离开词语这座宫殿,他又立刻成了一个普通人。他在最后写道,如果把他的词语送进道具商店,他就成了一个"任何人都可以和他相提并论"的人,不比任何人高明。

贝克特
(1906~1989)

萨缪尔·贝克特,荒诞派戏剧代表作家。他用英、法两种语言创作戏剧、小说和诗歌。贝克特出生于都柏林一个信仰新教的家庭,父亲是个测量员。中学时代他就爱好戏剧,后进都柏林圣三一学院深造。1927年毕业,获法文和意大利文学士学位,次年到巴黎高等师范学院任教。此间,他结识了意识流作家乔伊斯,担任他的秘书,并将他的作品译成法文。1931年,他回都柏林任教。1938年定居巴黎。德军占领期间,他参加抵抗运动。组织暴露后,他曾隐居农村。1945年返回巴黎,专事文学创作。

20世纪50年代以前,贝克特主要从事论文、诗歌和小说创作,出版有诗集《胡罗斯考坡》(1930)、评论集《普鲁斯特》、长篇小说《莫菲》(1938)和《瓦特》,长篇三部曲《莫洛瓦》(1947)、《马洛纳之死》(1951)和《无名的人》(1953)等。在这些作品中,作者热衷于精神领域和心理状态的探索,表现人的内心孤独、人生的艰难和虚无。50年代以后,他主要从事戏剧创作,剧本《等待戈多》(1952)名震西方文坛。此后,他写出《剧终》(1957)、《最后一盘录音带》、《啊!美好的日子》(1961)、《被逐者》、《喜剧》、《乔伊》、《来与去》、《俄亥俄即兴之作》和《摇篮曲》(1982)等剧作,另写有长篇《依然如此》(1961)等。这些在当时都产生很大影响。贝克特曾受但丁、笛卡尔和乔伊斯等人的思想影响,但他的创作更接近存在主义,主要表现人生的荒诞、客观世界的残酷和人无力拯救自己等主题。他认为,既然作品内容是荒诞的,那么剧作的形式也应该是荒诞的。尤其是他的戏剧,往往追求怪诞夸张的舞台效果。此外他还写有短篇小说、广播剧、电视剧、电影剧本等。1969年,他因“新奇形式的小说和戏剧作品使现代人从精神贫困中得到振奋”以及戏剧的“希腊悲剧式”和“净化作用”,获诺贝尔文学奖。

《等待戈多》

初版时间:1952年

主要人物：

内容梗概：

第一幕：黄昏，乡间路旁，一棵光秃秃的树。埃斯特拉岗，也就是戈戈，正坐在土墩上脱靴子。弗拉基米尔，也就是狄狄，走来同戈戈闲聊。他们一边语无伦次地谈着，一边做些无聊的事情。戈戈脱下靴子，朝里面看了看，又伸手进去摸了摸，再把靴子口朝下倒了倒，两眼出神地朝前瞪着。狄狄则把帽子脱下，朝里面瞧了瞧，又朝里面吹了吹，在帽子顶上敲了敲，又重新把帽子戴上。

他们忽而谈到要为自己的处世忏悔，忽而想到应该到死海去度蜜月，忽而讲开了《福音书》里救世主和贼的故事。他们究竟干什么来了？戈戈说："咱们在等待戈多。"

戈多不见来，却来了波卓和幸运儿。戈戈和狄狄把波卓当成了戈多，原来他们和自己苦苦等待的人，竟然素未谋面。

戈多还不来，可是终于等来了戈多的使者，他送来消息：戈多今晚不来了，明晚肯定来。于是戈戈和狄狄相信明天一切一定都会好起来。他们唯一应该做的事，就是耐心地等待戈多的到来。

第二幕：第二天，还是那时辰，还是那地点，唯一不同的是：那棵光秃秃的树上今天长出了四五片叶子。

狄狄激动地上台，发了疯似的来回走动，偶尔停住脚步，从地上拿起一只靴子看了又看，闻了又闻，然后露出厌恶的表情，把靴子放回了原处，继续不耐烦地来回走动。他忽然大声唱到："一只狗来到厨房，偷走一小块面包。……"一遍又一遍地重复着。

戈戈赤着脚，低着头走过来，他同狄狄相互看了好一会，忽然两个人相互拥抱在一起。他们又一次走到了一起，为了一个共同的目标：那就是等待戈多。

昨天,他们谈了一晚上的空话,像做了一场噩梦。今天是噩梦的继续。他们甚至连空话也说得少了,更多的是沉默,无休止的沉默,长时间的沉默。他们实际上并没有话要说,说话只是为了"不想"和"不听"。

他们对现实生活烦腻透了,狄狄暴怒地吼道:"我他妈的这一辈子到处在泥地里爬! 瞧这个垃圾堆,我这辈子从来没离开过它。"

他们无数遍地把帽子脱下戴上、戴上脱下;他们相互对骂"窝囊废"、"寄生虫"、"丑八怪"、"鸦片鬼",以此来消磨时间,排解等待的烦恼。但他们之所以能够忍耐,全是因为在这场大混乱里,至少有一件事情是清清楚楚的,那就是他们在等待戈多。

波卓和幸运儿又来了。一夜之隔,波卓瞎了,幸运儿哑了。狄狄问波卓什么时候变成这个样子的,谁知波卓勃然大怒:"你干吗老是用你那混账的时间来折磨我,这是十分卑鄙的! 有一天他成了哑巴,有一天我成了瞎子,有一天我们会变成聋子,有一天我们出生,有一天我们死去,同样的一天,同样的一秒钟,难道这还不能满足你的要求?"

戈多的使者又来传话:戈多今晚不来,明天一定来。戈戈和狄狄想离开这里,想去上吊,但他们既不能走,又不能死,因为还得等待戈多,只要他来了,"咱们就得救了"。

布阿罗-纳赫塞雅克
(1906~1998)

布阿罗-纳赫塞雅克并非一个人的名字,而是皮埃尔·路易·布阿罗(1906~1989)和托马·纳赫塞雅克(1908~1998)名字的组合。这对搭档是法国著名的侦探小说大师、理论家,他们合作创作了多部享誉全球的作品,他们的侦探小说销量一直很好,许多作品已经被拍成了电影,非常卖座。

在这些作品中,最著名的包括被希区柯克改编的《迷魂记》(1958)。《恶魔》则被著名的电影人克鲁佐于1955年改编成电影,并获得票房上的巨大成功。这对搭档同样也参与改编其他作家的小说,或者为电影撰写剧本。

布阿罗1906年出生于巴黎第九区,曾经做过生意,后来被一家毡制品工厂录用;纳赫塞雅克真名皮埃尔·罗伯·阿郝,1908年出生,他受到良好的教育,大学里学的是心理学,成为心理学学士后被一所大学聘用,担任教师。

两人当中布阿罗最早接触写作,但最初的写作离侦探小说创作还很远。1934年,布阿罗的第一部小说发表,题目是《颤抖的石头》,小说的主角来自两年前一个真实案件。布阿罗擅长谜案解密和密室推理小说的创作,他最著名的小说之一,出版于1939年的《没有凶手的六宗罪》就属于这种类型。1938年,布阿罗的第四本小说《巴楚的小憩》,获得了冒险小说大奖。二战期间,布阿罗在德国战俘集中营中度过了两年时光,1942年回到巴黎。二战结束后,布阿罗重新开始出版小说,大多在《法兰西晚报》上连载发表。

纳赫塞雅克的第一部侦探小说《午夜凶手》创作于二战期间。他的第二部小说以及随笔《侦探小说的美学》确立了他的写作风格。他在《侦探小说的美学》中细致分析了布阿罗的作品,那是两位作者的初次接触。他们在交流的过程中,发现各自的理念相似。纳赫塞雅克的第四部小说《死亡就是旅行》获得冒险小说大奖,日后的这对搭档在颁奖礼上首次相遇了。

1950年,他们决定合作:"两个人的合作是必要的,一个人负责处理小说的技术部分,不必考虑小说的人物,另外一个人则专注于小说的人物,尤其是独立于技术之外的人物。"然而,他们的分工并没有一成不变,一般来说布阿罗设计情节,纳赫塞雅克负责人物的心理刻画。他们第一部合作的小说《影子和猎物》,创作于1951年,直到1958年才面世,1952年的第二部小说,由德诺埃勒出版社出版,两年后被克

鲁佐改编成电影,改名为"恶魔",一炮而红。之后他们一直
密切合作,不但作品改编成电影,而且也致力于侦探小说的
理论思考,例如《侦探小说》(1964)。他们的最后一次合作
的成果是《手中的阳光》。布阿罗去世后纳赫塞雅克继续写
作,依然用"布阿罗-纳赫塞雅克"署名。1998年,纳赫塞雅
克去世。

《母　狼》

初版时间: 1955年

主要人物:

"我" ………………………………… 热尔韦,逃跑的战俘
贝尔纳 ………………………… "我"的好友,逃跑的战俘
埃莱娜 ………………………………… 贝尔纳教母
阿涅丝 ………………………………… 埃莱娜妹妹
朱莉亚 ………………………………… 贝尔纳表姐

内容梗概:

　　《母狼》是一部悬念小说,作品以第一人称展开叙述:贝尔纳
是我在德军战俘营里结识的最好的朋友,我们关系密切,无话不
谈,我对他的一切了如指掌。他身材魁梧、体格健壮,战争爆发
前,贝尔纳经营着一家伐木厂和锯木厂,虽然目前他身处囹圄,
但据说木材厂的生意依旧兴隆,两家厂的资产达百万。贝尔纳
的家庭成员只有表姐朱莉亚和舅舅查理,出于某些原因,在一次
激烈的争吵后,他跟表姐断绝了一切来往。贝尔纳的舅舅五十
年来一直在法属西非做生意,同居的女人也已经去世,目前孤身
一人。查理舅舅资产甚巨,贝尔纳将是他财产的合法继承人。
在战俘营里,由于贝尔纳所受的教育有限,一直由我执笔代替他
给教母回信,因此我对贝尔纳同他的教母的所有事情都了如指
掌。战时的教母多如牛毛,这位教母名叫埃莱娜。毫无疑问,虽
然没有见面,贝尔纳似乎已经爱上了她。终于有一天,贝尔纳下

决心带着我逃出战俘营,他的计划是逃出去以后,变卖一家木材厂,然后同埃莱娜结婚,过衣食无忧的生活。我们历尽艰险从战俘营逃了出来,然而就在快到目的地的时候,贝尔纳被黑暗中行驶的火车挂倒当场死去,临死前他要我把他身上的所有能证明身份的东西拿走,去寻找埃莱娜,他相信埃莱娜会照顾我的。

我含着热泪离开了贝尔纳出事的地点。没有其他的选择,我冒充贝尔纳逃进了埃莱娜的家中。埃莱娜比照片上看上去要大许多,她同自己的妹妹阿涅丝住在一起,然而姐妹俩互相仇视,势同水火。埃莱娜目前教授钢琴为生,而妹妹阿涅丝则靠装神弄鬼替人算命获取战时难得的食物。姐妹两个看上去各怀心事,为争夺我展开了一场没有硝烟的战争。事情朝着我不能预料的方向发展下去,我不得不同意和埃莱娜结婚。结婚登记前,我写信给贝尔纳的家乡,申请他的出生证明。这时另外一个女人突然来到埃莱娜的家中,这就是已经同贝尔纳断绝关系的朱莉亚表姐。她的到来似乎是一个阴谋,她明知我是冒充者却不点破,在其他两个女人面前也不漏出丝毫破绽。三个女人各怀鬼胎,明争暗斗,让我胆战心惊。她们之间似乎有什么不可告人的秘密。朱莉亚要走了,我坚持去送她,路上她对我承认查理舅舅已经去世,贝尔纳是两千万的巨额财产的唯一继承人。如果贝尔纳也死了,那么所有的财产将被捐赠给慈善机构,这是朱莉亚不希望看到的。于是她索性张冠李戴,承认我就是贝尔纳,到时候遗产的一半归她。就在这个时候,街上一阵骚乱,德军在追杀刺客,朱莉亚被乱枪打死,唯一一个知情者也死去了。我回到埃莱娜家,妹妹阿涅丝极力劝说我不要同埃莱娜结婚,她承认朱莉亚的到来是她一手操纵的,为的是揭穿我是个冒牌货的事实。原来贝尔纳和我在战俘营的时候,她一直偷拆贝尔纳写给埃莱娜的信,并截下了贝尔纳曾经寄来的照片,因此从我出现的那一刻,她就知道我是冒充的了。我彷徨不安,就在担心阿涅丝要向法院揭穿我的真面目的时候,她却被发现已经自杀身亡了,埃莱娜没有惊动任何人,火速处理了阿涅丝的后事。我又一次安全了。

我和埃莱娜结了婚,我们搬离原来的地方,住到了风景优美的莱茵河畔。起初我仍旧顾虑重重,然而埃莱娜对我真诚的照顾使我慢慢放了心。唯一让我担忧的是,我的身体似乎哪里出了问题,从浑身乏力到最后卧床不起。埃莱娜对我温柔体贴,每天为我调理饮食,对此我心怀感激。然而有一天,我在埃莱娜的抽屉的底座里找到了几封信,信来自一家事务所,信的内容让我大吃一惊。原来,在成为贝尔纳的教母前,埃莱娜已经委托事务所调查了所有关于贝尔纳的背景,包括他的木材厂和他身体已经非常糟糕的富翁舅舅,这就是埃莱娜选择做贝尔纳教母的原因。我恍然大悟,面前温柔体贴的埃莱娜才是世界上最可怕的母狼。一切都在她的掌控之中,她不但早就知道我是个冒牌货,并且处心积虑,一步步引我走进了她早就布好的陷阱里。为了掩盖我冒名顶替的事实,她杀死了自己的妹妹阿涅丝。原来我一直误会了阿涅丝,她早就洞察了姐姐的阴谋,将贝尔纳的表姐引来想阻止我步入陷阱,然而却遭到了埃莱娜的毒杀。我也找到了身体一天天变糟糕的原因,一定是埃莱娜为我准备的食物出了问题,事到如今我已经没有反抗的能力,只能听从埃莱娜的摆布。等我死后,埃莱娜就是贝尔纳名正言顺的遗孀了,也就是那两千多万遗产的继承人了,没有人会对此抱有异议。我只好不动声色,假装没有看穿埃莱娜的阴谋,在她出去办事的间隙,挣扎着把事情的经过写了下来,收信人是里昂法院。写好后,我把信交给了厨房外的劈柴老人,拜托他帮我把信寄出去。我回到床上,静静等待埃莱娜来结束我的生命。

《恶 魔》

初版时间: 1952 年

主要人物:

内容梗概:

《恶魔》1952年出版。这是一部悬念小说,故事情节跌宕起伏,惊心动魄。故事的男主人公米盖是一所学校的校长,他的妻子弥娅从父母那里继承了这所学校。米盖是个冷酷自私的家伙,对学生跟教师苛刻无比,学校里从老师到学生没有一个人不讨厌他,他对待妻子的粗鲁方式就连同事们也看不下去。学校的中央有一个宽大的游泳池,米盖为了节约一点可怜的清理费,拒绝清理游泳池,所以里面落满了树叶和各种各样的垃圾,臭气熏天。妮可是学校的数学老师,也是米盖的情妇,软弱的弥娅对他们的三角关系一直保持着沉默。然而妮可也看不惯米盖虐待妻子的方式,她时常安慰弥娅,两个人慢慢建立起了一种特殊的友谊。在米盖的折磨下,弥娅患了心脏病,不能够经受惊吓和刺激。然而有一次,弥娅心脏病发作,米盖眼睁睁看着妻子挣扎在死亡的边缘,幸亏在一个学生跟闻讯而来的教师们的帮助下,弥娅才没有命丧黄泉。弥娅对丈夫的冷酷感到非常的失望与灰心,她想离婚,然而丈夫宣称在她完全放弃学校的条件下才会同意离婚。

在妮可的怂恿和帮助下,她策划了一场谋杀,她们将米盖溺死在浴缸里,然后把尸体沉入游泳池,想制造米盖失足落水的假象。然而过了几天,尸体一直没有浮起来,弥娅每日惶惶不安,内心承受着极大的煎熬,精神几近崩溃。几天后,弥娅命令学校的看门人将游泳池打扫干净。游泳池的水被抽干了,游泳池里空空如也,尸体神秘地失踪了。那么尸体到底哪里去了呢,一定是出了什么问题,弥娅陷入恐惧中。离奇的恐怖事件接踵而至,米盖临终时穿的衣服神秘地出现在了弥娅的房间里,包裹尸体的塑料布被挂在了房间的窗户上,米盖似乎在二楼的某一个窗户上出现过,弥娅也收到了一个胶卷,里面拍下了米盖被妻子和情妇谋杀的全过程。为了找出真相,弥娅委托一位私人侦探来寻找真相。妮可在私人侦探到来之后似乎变得有点反常,她竭力阻止私人侦探介入此事,并且向弥娅透漏自己谋杀米盖的动机,是因为米盖独吞了两人贪污的学校的钱,如今妮可把钱找回来,并且分了一半给弥娅。

弥娅在极度的恐惧中心脏变得越来越虚弱。弥娅要求妮可离开学校,她希望妮可走得越远越好,留下自己来承担所有的罪过。妮可在离开的途中发现弥娅没有收下钱,而是把它们全部给了妮可。妮可深受感动,她改变了主意赶回学校。这个时候米盖突然出现在弥娅面前,装扮成临死前的恐怖样子,弥娅大受刺激,心脏病发作,昏倒在地上。妮可及时返回,意图阻止米盖谋杀弥娅。原来这一系列的阴谋都是米盖和妮可一手设计的,想刺激弥娅心脏病发来达到他们的目的,然而妮可被弥娅的善良所打动,中途改变了主意。米盖绝不肯收手,昏倒的弥娅也苏醒了过来,三个人扭打在了一起,在弥娅跟妮可的努力下,米盖最终被溺死在了游泳池里,罪有应得。

波伏娃
(1908~1986)

·

西蒙娜·德·波伏娃于1908年出生在巴黎一个富有的资产阶级家庭里。1929年她在准备哲学教师资格考试的时候,加入了巴黎高等师范学院的一个小团体,在那里她认识了萨特,从此成为他的终身伴侣。1937至1946年间,她在马赛、鲁昂、巴黎任教,过着漂泊不定的生活,以旅馆为家。1949年,德·波伏娃发表了一篇研究女性现状的作品,即《第二性》,引起了轩然大波,这也是一部有关妇女运动的奠基性作品。它的英文译本在美国引起强烈反响。1954年,她凭借一部描写战后欧洲社会的《名士风流》(又译《达官贵人》)获得了当年的龚古尔文学奖。与此同时,她积极参与政治斗争,反对在阿尔及利亚滥用酷刑、反对越南战争,支持妇女流产和避孕的权利。1958年,她开始创作自传《一位循规蹈矩的少女的回忆录》,并在此基础上写成了萨特的传记:《年富力强》(1960)、《时势的力量》(1963)、《极其平和的死》

（1964）。1968 年五月风暴后，自由化思潮席卷法国，德·波伏娃投身于改善人们生存现状的斗争中，她抨击社会对老年人的不公正待遇，为妇女积极争取平等的权益。1983 年她发表了最后一部自传《告别仪式》，文中描写了萨特去世前最后几年的生活。德·波伏娃于 1986 年，即萨特逝世六年之后去世，临终前还出版了萨特生前的一些信笺。她自己的信笺直到 1990 年才面世。

《名士风流》

初版时间： 1954 年

主要人物：

迪布勒伊 ……………………………… 作家、思想家
亨利 ………………………… 作家、迪布勒伊的追随者
安娜 ……………………………… 迪布勒伊的妻子
樊尚等 ………………………………… 左派知识精英

内容梗概：

故事发生在 1944 年的圣诞节，一批左派知识精英聚集在一起欢度抗敌胜利后的第一个节日，准备迎接新世界的到来与自己生活的新起点。这是一批上流社会精英，他们中有思想家、社会活动家、小说家与剧作家、名记者、报刊主笔、声名远扬的医生。但是，他们立刻感受到了战争带来的创伤。他们面临的是一个千疮百孔、满目凄凉的国度。事实上，不仅法国，欧洲其他国家也一样处在浓云笼罩下。在这样一个灰色的年代里，这批"名士"们一边行动，一边思索，一边奋斗，同时也感到深深的困惑。

迪布勒伊在战前早已是知名的作家与思想家，被视为一代人的精神领袖和引路人。二战爆发以后，他结束了自己的作家生涯，全身心地投入了反抗纳粹德国的斗争，成了一个社会活动家与政治家。战后，他依然选择弃笔从政。当他成功地组织起

"革命解放联合会"时，他受到了来自左右两方面的巨大压力，陷入左右为难的尴尬局面，至此，他不得不承认自己的失败，他困顿、迷茫，感到一事无成。而此时，他的家庭又面临着支离破碎的局面：女儿的精神危机和年轻妻子的出轨让他痛苦不堪。

亨利是迪布勒伊的追随者又是合作者，他在战前就已经是一名出色的作家。可是到了战后，他发现，无论是在感情生活上、文学创作上，还是社会政治活动上，自己都无所适从。生活上，他一心要放弃舒适的家庭生活去换取单身汉清苦的自由，但这个简单的愿望竟难以实现。创作上，他决心写一部适于战后时代的"欢快小说"，然而作品却遭遇难产。在社会活动与事业上，他追随迪布勒伊，让自己多年来苦心经营的一家卓有声誉的报纸放弃了中间偏左的立场，进一步左倾，没想到却因此引发了一连串意想不到的后果。在左右两方面的压力中，他终日疲于奔命。

安娜是迪布勒伊的妻子，知名的精神分析大夫。在战前，无论发生多大变故，她都能安之若素、泰然处之。然而在战后，在她身上产生了与原来生活完全反向的自我个性觉醒，发生了两次外遇。这几乎使她脱离了自己长期以来的生活轨道，彻底摧毁了她的生活，最后还差点让她付出生命。

樊尚是报社编辑兼记者，左派知识界中的愤青。他怀着战争时期长期累积的仇恨，像一头盲目而又愤怒的野兽一般，打着主持正义的名号，暗杀那些战时有通敌行为的人。同时又整天提心吊胆，害怕受到法律惩罚。

朗贝尔是报社里又一个青年编辑兼记者。他才华横溢，但做事顾虑重重，犹疑不决，往往需要别人帮他作出决断。因此在复杂的现实中，他终于不由自主地迷失了方向。

纳迪娜，迪布勒伊与安娜的女儿。她曾经有过纯真的少女时代，但战争的阴影始终笼罩在她的心头，她也因此变成了一个毫无生活目标的人，整日飘忽不定，不思进取。她不停地更换职业，更换男伴，她玩世不恭，嘲笑一切有价值的事物，拒绝接受任何有意义的事物。

这是一个令人困惑的时代，谁都不知道自己的将来会是什么

样的,未来混沌不清。就连这样一批社会知识精英也陷入似乎不
该陷入的失败和消沉。但是即便如此,他们从来也没有丧失过理
想和激情。他们一直在奋斗着,不甘碌碌无为,甚至宁可为此付
出沉重的代价。他们在严峻的现实世界中,明知自己作为一介书
生人微言轻,却仍然保持自己的存在价值观,重视自己的职责,即
便是选择了一条看不到前途的道路,也坚定不移地走下去。

　　最后,迪布勒伊为了争取和平,反对战争,又满怀热情地到
处发表演说;亨利也放弃了逃到意大利去隐居的计划,又重新投
入到工作中;纳迪娜终于结束了自己的玩世不恭,开始积极生
活;安娜也及时回头,出发到生活中去寻求新的意义。但是全书
仍然是以"谁知道呢"、"谁知道呢"这两个疑问句作为结束,折
射出了这批知识精英无法解开的迷茫。

《一个循规蹈矩的少女的回忆录》

初版时间: 1958 年

主要人物:

　　"我" ……………………… 作者西蒙娜·德·波伏娃本人

内容梗概:

　　本文用第一人称写,是西蒙娜·德·波伏娃关于自己的童
年和青春期的一部回忆性质的自传。是德·波伏娃写的四部回
忆录(《一个循规蹈矩的少女的回忆录》、《年富力强》、《时势的
力量》、《总结》)的第一部。

　　西蒙娜出生于 1908 年 1 月 9 日一个中产阶级家庭,是家中
长女。西蒙娜没有受过任何压制、强迫和恶意对待,这使她从小
就养成一种充分的自由感。自由对她而言是一种理所当然的存
在。童年的环境奠定了西蒙娜性格的基本特征。父亲曾试图保
留她的纯真,他曾经跟她说过,即使当她满十八岁的时候,他还
会继续禁止她读弗朗索瓦·考培的故事,但是后来他已然放任
她随意阅读。父母亲密无间的关系、家庭祥和安宁的气氛,给了

孩子极大的安全感和稳定感。西蒙娜的童年在自由和无忧无虑中度过。

她的小妹妹波佩蒂是她第一个朋友,也是她诉说自己美丽心事和梦想与发泄愤懑时的好听众。她在教育妹妹的过程中,不自觉地把父母对自己的教育方法运用其中。同时,波佩蒂也使她免受孤独,并且教会了她如何自立。她是她的另一个自我。与波佩蒂的相处,既满足了她的权威意识,又满足了她的爱意。

不过母亲虽然对姐妹俩管教很严而且很细,却忽略了两性教育。她本身思想传统,免不了把性欲和罪恶联系到一起混为一谈,她认为大人们应该严肃正经。她十分讨厌肉体的问题,从来不对女儿们进行必要的生理卫生知识讲解,也从不和她们进行讨论。

在西蒙娜的成长中,学校的影响也不可忽视。小西蒙娜十分厌恶这个宗教气息浓郁的伪善的地方。她的朋友们都很乖巧地扮演着自己上流社会得体的角色。她们陪伴在自己的母亲身旁,喝着茶,微笑着,说话和声细气。而她却喜欢笑得龇牙咧嘴,一点也不懂得表现自己的优雅和魅力。她在内心深处暗暗地反抗,她渴望学习,给自己定下严格计划,打算考文学、拉丁语和基础数学的证书,同时还学习希腊语。她喜欢这样的挑战,更确切地说,这种对困难和挑战的享受完全占据了她的整个生活,因为她对周遭的事物提不起丝毫兴趣。

在学校里,西蒙娜有了个好朋友叫扎扎。她待人接物彬彬有礼,落落大方,同时敢作敢为,行事很有个性。但是因为从小缺乏来自父母的亲情,所以尽管表面上她大大咧咧,实则十分脆弱,缺乏自信。西蒙娜和扎扎的友谊随着年龄增长日渐深厚,但她们的人生道路却截然不同:扎扎屈从于外部压力,窒息而终,临终时她终于说出"我是一个废物"这样的话,而西蒙娜却始终追逐着自由。就这样,两个好朋友的生活没有了交集:西蒙娜取得了经济上的独立,而扎扎最终没能摆脱家庭的束缚,当西蒙娜最终取得自由的时候,扎扎妥协于各种家庭约束,被逼疯进而走向了死亡。

在十七岁的时候,西蒙娜碰到了她人生中另一个重要的朋友：邻居雅克。他也是西蒙娜的初恋。雅克既是她的朋友、一个值得信赖的人，也是她的爱人。在她的人生中，爱人第一次成为人与人的一个重要关系。雅克把西蒙娜引领进当代文学的殿堂，同时也带小西蒙娜走进了蒙帕那斯酒吧。为了爱情，西蒙娜努力改变自己的行为举止以达到对方的要求。她喜欢和雅克单独相处的感觉，就好像和亲人相处一样自然、平静。但最终这段恋情还是以分手而告终。

大学时，西蒙娜认识了马厄——萨特"三人帮"中的一员。他们互相产生了好感，但是西蒙娜和马厄之间的暧昧感情介乎于友情和爱情之间：他们从来没有任何亲密的行为。他们在认知上存在很大的差异，西蒙娜认为马厄在两性问题上看法十分陈腐，他支持男女在性道德上的不平等。而西蒙娜其实也从未把马厄看成自己可以追随一生的爱情伴侣。

回忆录以扎扎的死为结尾，死时她只有二十一岁。随着扎扎的去世，西蒙娜的一个时代结束了。扎扎之死是西蒙娜一生中最难以忘怀的事件，她竭力不让自己重蹈扎扎的覆辙，反抗这个社会，争取自身的独立。

《第二性》

初版时间：1949 年

内容梗概：

本书分上下两卷，第一卷主要是从女性群体的角度去讨论妇女问题，是全书的理论框架。

第一部：命运

作者首先从生物学的角度探讨了雌雄两性的性生活。从最简单的单细胞动物一直到复杂的哺乳动物，详细论述了单性生殖和有性生殖的种种表现，揭示了动物界当中出现的雌雄分体、雌雄同体、雌雄间体和雌雄嵌体的现象，认为单性生殖和有性生殖具有同等重要的作用，驳斥了将女性等同于子宫或卵巢的观点。接着，作者介绍了精神分析学的妇女观，批判了弗洛伊德以男性为中心的、把女性的生理、心理和处境归结为"性"的"性一元论"。随后作者论述了马克思主义的妇女观，认为马克思主义有关妇女的论述对妇女理论的发展作出了重大的贡献，尤其是私有制或世袭财产私有制的出现是妇女受压迫的一个根本性根源的观点，对研究妇女的历史和现状更是起到了奠基性的作用。

第二部：历史

作者分不同时期不同地点，分别介绍了游牧民族中的女人、早期农耕时代的女人、父权时期和古代社会的女人，随后从中世纪到十八世纪的法国女人讲述到法国大革命以后女性参与政治的情况以及就业的情况，作者用大量篇幅论述了从原始社会到社会主义社会妇女的处境、权利与地位的变化，揭示了许多鲜为人知的历史事实。

第三部：神话

作者讨论了东西方神话中的妇女权利与地位，指出对处女的崇拜只是在私有制出现以后，男性为了保证世袭财产能够在父系范围内继承才确立的一种制度，而妇女因此才成为生产继承人的工具的这一重要的历史事实。作者指出，与此相反，在私有制出现以前，即在远古时代，人们恰恰认为处女是"邪恶的"、"不吉利的"，并把处女交给过路人或神殿的僧侣。交给前者是因为，过路人对处女的"魔力"可能满不在乎，交给后者是因为僧侣具有神圣的力量，可以战胜处女的"魔力"。作者还以斯丹达尔和劳伦斯等五位作家为例，讨论了西方文学对妇女的态度。

第二卷从第四部到第七部的四个部分中，作者从女性成长、处境、生存之辩和走向解放四个方面出发，沿着从童年到老年这条生命发展轨迹，以各类妇女（女性同性恋者、妓女、恋爱中的女人或情妇、虔信的女人或修女、独立的女人或职业妇女）为对象，广泛探讨了女性的个体发展史，尤其是探讨了各个年龄阶段、各种类型女性的生理、心理及处境的变化，说明"女人不是生天的，而是后天形成的"。最终得出结论说，妇女要得到解放，就必须正视她们同男性的自然差异，同男人建立手足关系。

全书以马克思的这样一段话为结束语:"男女之间的关系是人与人之间最自然的关系。因此,这种关系表明人的自然的行为在何种程度上成了人的行为,或人的本质在何种程度上对他来说成了自然的本质",这是意味深长的,它在暗示着作者认为马克思主义在妇女研究中有着不可取代的地位。

此书被誉为"有史以来讨论妇女的最健全、最理智、最充满智慧的一本书",甚至被尊为西方妇女的"圣经"。它以涵盖哲学、历史、文学、生物学、古代神话和风俗的文化内容为背景,纵论了从原始社会到现代社会的历史演变中妇女的处境、地位和权利的实际情况,探讨了女性个体发展史所显示的性别差异。《第二性》堪称为一部俯瞰整个女性世界的百科全书,它揭开了妇女文化运动向久远的性别歧视开战的序幕。

热 内
(1910~1986)

让·热内是法国著名的剧作家、小说家、诗人,1910 年出生于巴黎的阿萨斯街公共救济院塔尔尼埃医院,出生后 7 个月即被母亲遗弃在育婴堂。之后让·热内被一家莫尔旺山区的小工匠收养。1923 年,热内以地区第一名的成绩从小学毕业,此后就再也没有进过学校。在随后的几年中,热内做过很多工作,印刷学徒,在农场、作坊做工,受过非人的待遇。他做梦也想离开法国,但是一次次在逃跑的路上被警察抓回遣送巴黎。从小学起热内就开始偷身边人的东西,离开学校后仍时常小偷小摸。16 岁时因为偷盗被送进了监狱,出狱后再次偷盗被送到农村儿童教养所劳改直到成年,教养所环境恶劣,他成为同性恋者。早年的坎坷在热内的心里留下了深深的烙印,他后来的许多作品都取材于这段时间的经历。年满 18 岁后,让·热内应征入伍。他志愿跟随部队到世界各地服役,在随后的几年中热内跟随军队驻扎在阿拉伯、阿尔及利亚、摩洛哥等地。在阿尔及利亚服役期间,热内阅读了大量的文学作品,为其后的文学创作打下了基础。1936 年,让·热内再次应征入伍,但因不堪忍受长期待命而中途逃离部队,此后的几年热内为了躲避军队的追捕一直过着流浪的生活,四处漂泊。1937 年,他因在萨马里丹几家商店偷了 12 条手绢而被捕,被判处一个月监禁,缓期执行。此后断断续续,热内一直处于小偷小盗被监禁、被释放、接着又被逮捕的生活。热内所偷盗的东西各种各样:4 瓶饮料、一件衬衫、一块零头绸布、几本书、一块边角毛料等等,这些罪状每每能使他到监狱待上几个月。由于被医生鉴定是精神病患者,虽然在监禁的过程中被发现是逃兵,他也只被判处了 2 个月监禁。

1942 年,他在桑特监狱服刑期间开始了第一部作品《鲜花圣母》的创作。刑满释放后热内又因偷书被关进弗雷纳监狱。他在里面创作了长诗《死刑犯》,然后自费印刷。之后由于再次偷书热内两次被监禁,接着被判处终身流放。当时著名的诗人、小说家和剧作家让·科克托非常欣赏他的才华,设法将其保释出来,但终身流放的判决却没有被解除。接着让·热内认识了大作家萨特,萨特也对他十分欣赏。《鲜花圣母》、《玫瑰的奇迹》、《小偷日记》等相继出版,热内的文学才华吸引了众多的读者。在萨特、科克托为首的"全巴黎文学界"的呼吁下,1949 年,法国总统颁布赦令免除了热内的终身监禁,热内引起了更多人的注意。

让·热内的文学成就也开始得到文学评论界的重视和承认。1947 年热内发表了《女仆》,获得了七星诗社奖。他创作的剧本也在欧洲各地上演。他的作品中,多半角色都是那些被社会遗弃的人或生活在社会底层的边缘人类。剧本的很多情节都取材自他成长的坎坷经历,也是他整个人生的真实写照。1968 年以后,热内开始热衷于参加世界各地的政治活动,他辗转世界各地,支持黑人及民族运动。1983 年,他获

热

内

得了法国的文学大奖。1986 年 4 月 14 日午夜,让·热内逝
世,享年 76 岁,安葬在摩洛哥北部沿海城市拉腊歇古老的西
班牙公墓。

《小偷日记》

初版时间: 1949 年

主要人物:

我 ……………………………………………………… 让·热内
史蒂利达诺 ………………………………… 我的朋友,杀人犯
佩佩 ……………………………………………………… 赌徒
阿尔芒 …………………………………………………… 小混混

内容梗概:

　　小偷日记是以第一人称展开叙述的,小说更多的是对自己
心理感受的描写和对灵魂的解剖:我一出生便被母亲遗弃在公
共救济院,我的父亲一直是一个谜。直到 21 岁,我才拿到了一
张出生证。我横下心来当小偷,很难确定是在我人生的哪一个
时刻。总之有一段时间我以偷盗为生,或者出卖色相——我是
一名地道的同性恋者。从梅特勒轻罪教养所逃出来之后,为了
领取入伍补助,我与军队签订了 5 年的服役合同,然而没过几
天,我就偷了军官的行李箱开了小差。在军队的时候,我目睹
了被我偷过的士兵的绝望情绪,曾一度动了恻隐之心,然而我
最终还是横下心来,逃离友谊的枷锁对我的束缚,同军队一刀
两断。

　　我越过边境逃离法国,到了西班牙,混迹于皮条客、骗子、赌
徒、小偷和亡命徒中间,在这里我认识了史蒂利达诺,很快我们
便形影不离,我对他爱慕不已,甘愿听他差遣。我跟史蒂利达诺
的生活极其悲惨,我靠做男妓来维持生活,从待在公共便池的男
人们身上捞点小钱。我认识一个警察,靠他的通风报信,我们也
做点小偷小摸的勾当。在一场街头赌博中,我亲眼目睹了一个

外号叫佩佩的男孩子杀死了另外一个赌徒,我曾经对佩佩产生过很大的好感。后来我们得到消息,佩佩被判处无期徒刑。后来我还喜欢上了男扮女装,这让我感到非常满足。后来史蒂利达诺和我一起去卡迪克斯,在路上,我跟史蒂利达诺走散了,后来得知,他因为曾经犯下的杀人罪而被捕入狱。我只好东游西逛,靠捡食物为生,后来我离开卡迪克斯,去了韦尔瓦。从此,我走上了周游欧洲的旅程。

在被韦尔瓦市政卫队驱逐出城之后,我又来到克塞莱斯,尔后到了阿利坎特,一路沿着海滨走下去,之后又深入到内地。德国、波兰、意大利、南斯拉夫……我独自流浪,孤苦伶仃,沿街乞讨,跟叫花子们结识。我孑然一身,躲避野兽和警察,从几个地方穿越边境,从四面八方翻越阿尔卑斯山,每次的风景都不尽相同,大自然是那么的奇异。路上我难免要小偷小摸一番,也难保不进牢房待上一段时间,但我从来没有放弃我的欧洲之旅,反而变着花样深入不同的国度,领略这个五花八门的世界。一路贫穷的景象让我难过,德国已经让整个的欧洲陷入了恐慌,卑鄙无耻的行径每天都在上演。

有一天,在安特卫普城埃斯科河岸边一条最肮脏的街道上,我又跟史蒂利达诺重逢了,他一副暴发户的打扮,原来是贩运鸦片的买卖让他发了财,他娶了一个妓女,她为他挣钱糊口。我又迷上了史蒂利达诺,他还是像以前一样,在流氓群中混得很开,我又心甘情愿地成了他的跟班,代他运送鸦片,冒各种风险。后来我们又一次分道扬镳,我的新朋友阿尔芒也投奔了盖世太保——德国占领了巴黎。而我,继续着我的行窃之路,我对偷窃有着不同寻常的激情,也有自己的一套手法跟理论,它就像一个巨大的诱惑,让我欲罢不能。我所经过的每个城市,几乎都有我认识的小偷。

在小说中,热内是这么说的:"无疑,罪犯为自己能成为罪犯而感到骄傲,他的独特性应归功于社会。事实上,小偷受到的惩罚不如顽固不化的敌人厉害,因为社会害怕其独立的精神。于是,社会包容了这种独特性,但这种独特性势必要同社会进行抗争,成为插入社会肋部的一把刀子,酿成社会的一种心病——混乱——留下一道伤口,社会原本怕流的鲜血却从这道伤口流出。如果我不能拥有最辉煌的命运,那么,我就要最悲惨的命运。并非为了离群索居、称孤道寡,而是为了从一种稀有的题材中提炼出一部崭新的作品。"

格拉克

(1910~2007)

朱利安·格拉克,原名路易·普瓦里埃,是法国20世纪40年代之后著名的小说家、诗人、剧作家和评论家。他是超现实主义的三位杰出的继承人之一。朱利安·格拉克出生于曼恩·卢瓦尔省。他在约1930年时在法国师范学院受教育,主修历史与地理。他曾在坎佩尔、南特、亚眠及巴黎克洛德贝纳尔的中学教书。第二次世界大战爆发的前一年即1938年,他开始走上文学创作的道路。其主要作品有小说《在阿尔戈尔的城堡》(1938)、《阴郁的美男子》(1945)、《流沙海岸》(1951)和《林中阳台》(1958);诗剧《渔夫国王》(1948);散文诗集《巨大的自由》(1947);论文集《癖好》(1961)和《大号字母》(1967)。他是歌德《浮士德》的法文译者,并将歌德等德国浪漫主义作家的艺术风格吸收到自己的文学创作中去,形成了自己独特的创作风格。他对超现实主义大师布勒东推崇备至,有意识地吸取了布勒东的意识的无指向性和瞬间变幻的迷离恍惚的现代艺术风格。1951年,龚古尔文学奖评选委员会宣布把该年度的文学奖授予《流沙海岸》的作者格拉克,但他出于对艺术信仰的执著追求,拒绝了龚古尔文学奖。之后,朱利安·格拉克把目光转向现实生活,花了数年时间精心创作了《林中阳台》这部脍炙人口的小说。这部小说篇幅不长,但却是法国当代文学史上纯文学作品的代表作之一。

《林中阳台》

初版时间：1958 年

主要人物：

格朗热……………………………………………… 中尉
莫娜……………………………………… 朗格热的情妇

内容梗概：

1940 年上半年，德国军队随时都有可能入侵法国领土。就在这时，格朗热中尉被一辆小卡车送到了法国边境要塞阿登山区的一个碉堡——"林中阳台"里。这是一座矮矮的钢筋混凝土的工事，只有背面一道坚固的门。这座密林中的碉堡扼守山区干道，阻止来自比利时的装甲车开往默兹河战线。从此，漫长的等待开始了，他就像被流放到一个荒无人迹的孤岛上一样，几乎与世隔绝。碉堡四周林木丛生，云雾缭绕，阴气袭人。士兵们几乎和外界断绝了所有联系。只有一辆小卡车会隔天从莫里亚梅运来生活必需的物资和邮件。偶尔，也会有个官方委员会里的人来巡视。他们总是"神情严肃，眉头紧皱，一言不发"。因为没有打算长期驻扎，所以碉堡的射击孔始终没有照规定用漏斗形框架加以保护，只是随便地用一些土袋子来充数。每次有人来检查，格朗热总是毕恭毕敬地陪着他们，那些人稍带挑剔的目光总让他觉得无比难堪。

士兵们分成四人一组，格朗热的三个手下中，奥里丰原先在一家造船厂工作；艾尔维埃是个打猎野鸭子的高手，不过却也因此得了昼盲症；古尔居夫生性木讷，并且嗜酒如命。

在这种遁世隐居的环境里生活了一段时间，格朗热中尉深深地觉察到，法国的军队里信息转送不畅，上级没有明确的作战计划和目的，命令没有明确传达给下方的战士们，只是不时地下达一些令人揣摩不透的命令，模棱两可地对战争进行着预测。

战争尚未开始,他们竟然已经为驻守在阿登地区的部队划定了详细的撤退路线。与此同时,下面的战士们也在等待中整天无所事事,糊涂度日。他们虽然焦躁不安,但在与世隔绝的碉堡中也无计可施。格朗热及其手下的三个士兵只能成天浑浑噩噩地生活在那座林中的"阳台"上。天长日久,堵在胸口的郁闷和无助感日益积聚,无法消除,只能找个地方发泄。于是,他们有的开始谈情说爱,也有的借酒精消愁,格朗热也找到了一个情妇。她叫莫娜,是一个无忧无虑的快乐的女孩子,奔跑的时候,"就像一匹逃脱了的小马驹奔跑那样充满了勃勃生机",她的笑声又像清凉的雨水般使人舒服。她的到来使极度无聊中的格朗热看到了希望和活力,他们在莫娜的林中小屋里共同度过了许多快乐的时光。

最后,战斗真的打响了,德军步步逼近,他们的上级逃之夭夭,置士兵的生死于不顾。村里的居民也坐火车紧急撤退,到处都呈现出一片死气沉沉的气氛。士兵们如同置身孤岛,守在碉堡里进行最后的抵抗。在手忙脚乱中,他们击中了敌方装载军籍簿的小卡车,因此遭到德军轰炸。炸弹打穿碉堡,在里面爆炸。奥里丰和艾尔维埃当场被炸死。格朗热看着这两具尸体,"立即产生了一种无可名状的凄凉而又被嘲弄的感觉"。最后中尉自己也受了致命的重伤,他自言自语地说,"我那时在等待某件事的到来。我已为它腾出了位置……",他和古尔居夫从碉堡地下坑道的翻板活门逃脱,古尔居夫逃去默兹河,而中尉如同一条丧家之犬,逃到了森林里他情妇的那座空屋子里,在昏昏沉沉、断断续续的回忆中死在莫娜林中小屋的床上。

作品描写了一群被人抛弃了的年轻官兵的人生境遇。从某种意义上来说,那是法军在第二次世界大战初期遭到重创的一个缩影。作者别具匠心地创造出了一种如梦似幻的虚无缥缈的战争环境,作品并没有直接描绘浓烟滚滚的战场,而是通过官兵们的感受、思索来描写和反映战争。

尤内斯库

(1912~1994)

　　尤内斯库是法国剧作家,法兰西学士院院士。1912 年 11 月 26 日生于罗马尼亚,卒于 1994 年 3 月 28 日,父亲是罗马尼亚人,母亲为法国人。尤内斯库在法国度过童年,1925 年回罗马尼亚学习,1940 年后定居法国。1949~1957 年为其创作的第一阶段,最早的剧作都是独幕剧。被作者称为"反戏剧"的《秃头歌女》1950 年在巴黎首演,讲述两对典型的英国中产阶级夫妇在起居室里展开的无聊对话。《椅子》写一对年逾九旬的老夫妻对着象征宾客盈门的满台空椅追述往事,最后自杀。1952 年以后的剧作有《责任的牺牲者》、《阿美代或怎样摆脱它》、《新房客》、《阿尔玛的即席作》等。在这几部戏里,作者认为物的繁衍膨胀最终会不可抗拒地成为扼杀人的力量。1957 年以后为尤内斯库创作的第二阶段,这阶段他的剧作多为多幕剧,其中《不为钱的杀人者》描述人在恶行面前的无能为力。《犀牛》写人在物的绝对统治之下,丧失人格,异化为犀牛。这两个剧和《空中行人》、《国王死去》的主人公都叫贝朗热。此后又发表《饥与渴》、《屠杀游戏》、《麦克贝特》、《提皮箱的人》、《赴死者处旅行》等戏,主题多是写孤独的个人在矛盾混乱的宇宙中的处境。除剧作之外尤内斯库还写有大量散文、随笔及论战文章,多收在《意见与反意见》、《与克洛德·波纳弗的会谈》、《现在过去·过去现在》、《散记》等文集中,其中不少是阐述他戏剧观的论文。他还写有一部长篇小说,即《孤独的人》。

《秃头歌女》

首演时间： 1950 年

主要人物：

内容梗概：

一个英国式的夜晚。在伦敦市郊一间英国式的中产阶级起居室里，英国人史密斯先生坐在一把靠近英国式壁炉的英国式扶手椅上抽着英式烟斗，看着一份英国报。他戴着一副英式眼镜，留着一小撮英国式的灰白唇髭。在他身旁，他的英国妻子正在缝补着英国袜子。墙上的英国式的大钟按英国方式敲了十七下，打破了这种英国式的长时间沉默。

"啊，九点了。"史密斯太太开始毫无感情地唠叨起日常琐事来，什么土豆肥肉片，英国色拉油，鱼肠大葱，八角茴香，儿子喝啤酒，两岁女儿吃糊糊，豆馅饼，葡萄酒，做酸乳酪的大铁锅……她的语言单调而枯燥，絮叨个没完，就像开足了发条的闹钟响开了一般。史密斯先生只是心不在焉地嘴里应着，爱理不理地继续专心致志地看着他的报纸。而当他的太太扯到麦肯其·金大夫给病人动手术出了人命事故时，他加入了她的闲扯。从已死了四年的博比·沃森尸体上还有热气，讲到博比太太的相貌，讲到他俩打算明年春天结婚，讲到博比太太年轻守寡身边没孩子，但又存在一男一女两个小孩的抚养问题，讲到这个家族的人都叫博比·沃森，沃森太太爱上了当商店推销员的小叔子，而商店推销员是他们家族所从事的唯一一职业……随着这些越来越不连贯、越来越不可理解的对话，墙上的挂钟也忽而敲七下，忽而敲三下，忽而一下也不敲。

正当他们因男人女人的喜恶问题而争吵不休的时候，女仆玛丽进来报告说马丁夫妇来了。于是,他们一边吩咐玛丽让马丁夫妇进来,一边赶紧去换衣服。

但是,马丁先生和马丁太太进屋后却面面相觑,腼腆地微笑着——他们竟然素不相识。在经过一番毫无表情、不断重复的滑稽对话后,他们才相互辨认出他们原来是一对已有一个两岁小女儿的夫妻。在挂钟的胡乱敲打中,他们不慌不忙地依偎在一起,并毫无表情地拥抱接吻,最后,他们竟然坐在一把扶手椅上睡着了。

玛丽踮着脚慢慢走了进来,自言自语:马丁先生和马丁太太不是同一个孩子的父母,并在声称自己的真实姓名是大侦探夏洛克·福尔摩斯之后悄然离去。

根本没换衣服的史密斯夫妇进来了,他们对马丁夫妇的光临表示感谢。但当他们各自坐下后,马丁夫妇却露出了尴尬的表情。双方在经过长时间的沉默之后,嗯嗯哈哈地开始了语无伦次的对话。从感冒、穿堂风讲到年龄、真理,对诸如马丁太太在街上看到一个人系鞋带、一位先生坐在地铁长椅上看报等事表现出莫名其妙的惊讶。这时,在响了三次无人门铃后,进来了一位年轻的消防队长,说是奉命来扑灭城里的全部明火——包括壁炉中的小火、阁楼或者地窖里正在燃烧某种东西的火。原来,由于生产萧条,机器停转,因而无火灾事故,消防队也无钱可赚了。于是他们就拉消防队长坐下来闲聊,消防队长竟然也胡编乱造类似中国相声中类似绕口令式的荒诞不经的小故事。忽然,玛丽走进来投入了消防队长的怀抱——他们是好朋友。对此,史密斯夫妇感到扫兴和愤懑,但玛丽却毫无顾忌地当众背了一首对消防队长表示敬意的诗。愤怒不堪的史密斯先生把玛丽推出了房间。消防队长想到该走了,因为他要准时到城那头去灭火——由一时的激情和有点火辣辣而引起的火灾。

消防队长离去后,他们继续进行颠三倒四、荒唐悖理的谈话。他们时而沉默,时而神经紧张,时而以冷冰冰、敌对的声调对话,时而相互对峙、挥拳吼叫。墙上挂钟的敲打声似乎也更激动了。这时的语言已不再是交流思想的生理现象,而变成单纯的声音和叫喊了。在黑暗中,他们一遍又一遍地喊着:"不从那儿走,从这儿走,不从那儿走,从这儿走……"

突然,一切喧嚣声戛然而止,灯火重又通明。房间里一切都恢复到开场时的情形,只是马丁夫妇代替了史密斯夫妇,仍然是那样坐着,那样机械地表演着当时的姿态神情,那样准确无误地说着当时的每一句对白。

加　缪

(1913~1960)

阿尔贝·加缪于1913年出生在阿尔及利亚。他的父亲是一名农业工人,死于第一次世界大战。母亲给人帮佣。他起初学习哲学,但因为患肺结核而被迫辍学,开始进入报界。1935年他接手阿尔及利亚文化出版社,1938年来到法国担任记者,并加入了一个剧团。接着先后发表了剧本《卡利古拉》和中篇小说《婚礼》(1939)。二战爆发后,他曾想参军,但由于身体原因被拒之门外。1940年,加缪投身抵抗运动,并主持《战斗报》的工作。同时他还发表了《局外人》(1940)和哲学随笔集《西西弗神话》(1941)。1941年开始,他花费数年完成了另一部长篇小说《鼠疫》(1947),并于1951年出版了哲学随笔集《反抗者》,后者因有反对共产主义革命的成分而引起一片哗然,加缪也因其反对共产党的立场最终于1952年和萨特决裂。事实上,萨特和加缪一直格格不入:加缪始终与存在主义保持距离,他寻求美、幸福,反抗荒诞的世界,而萨特则强调作家干预社会。此后加缪孤身作战,一个人默默生活在阿尔及利亚战乱后的痛苦中,与共产主义作家阵营的人声鼎沸形成了鲜明对比。1956年,他发表了短篇小说《堕落》,第二年发表了中篇小说《流放与王国》,并获得了诺贝尔文学奖。正当加缪着手进行一部新小说和剧本的创作时,

1960 年不幸死于车祸。

　　总的说来，加缪的作品分为荒诞系列(《卡利古拉》、《局外人》等)和反抗系列(《鼠疫》、《反抗者》等)。加缪的荒诞感和反抗是相关联的，是一种人道主义。荒诞感来自人的理智无法认识世界，而反抗则是为了人自己。

《鼠　疫》

初版时间: 1947 年

主要人物:

　　里厄……………………………… 医生
　　朗贝尔……………………………… 记者
　　塔鲁……………………………… 检察官儿子

内容梗概:

　　第一部分:北非地中海滨海城市奥兰，194×年 4 月的一天，里厄医生在家中地板上发现一只死老鼠。看门人米歇尔先生认为是有人恶作剧地把死老鼠放到房子里。当天中午，里厄医生送重病的妻子到火车站，让她去外地看病。几天后，当地一家报社报道了那天全市共发现了一万多只死老鼠。这是一场天灾: 一群群垂死的老鼠在街上东撞西撞，然后死在自己的血污中。人们开始焦躁不安起来。有些人甚至开始谴责当局的失职。紧接着，老鼠的数量急剧减少，街道又恢复了往日的整洁，人们以为灾难已经过去了。

　　就在这时，米歇尔先生病了。里厄医生尽力治疗，可终究没能阻挡病情的急剧恶化，看门人先生就这样被一种不知名的疾病夺去了生命。

　　格朗先生是市政府的一名职员，他刚刚阻止了一名试图自杀的青年科达尔。迫于局势，他不得不向里厄医生求援。此时死亡人数越来越多。里厄先生和同事们开始就此时进行探讨。其中年长的卡斯特尔先生不无担忧地猜测:这很可能是一场鼠

加

缪

疫。经过里厄医生的不懈坚持,政府终于正式宣布发生了鼠疫,并采取措施,组织医疗队伍,将病人隔离,并且切断城市与外界的来往。

第二部分:整个城市就这样和外界隔绝了。他们很难和外面的亲朋好友取得联系。孤独和恐惧占据了每个人的内心。

6 月底,一位巴黎来的记者朗贝尔找到里厄医生,希望他能帮助自己重返巴黎,但最终没有成功。那位自杀未遂的科达尔目睹大家的惊慌失措,心里涌起了一阵阵恶毒的满足感。奥兰市的居民们沉浸在被囚禁的压抑情绪中,开始拼命享乐,陷入了末日狂欢。帕纳卢神甫向人们布道,说这次灾难是天主降灾,使狂妄自大和盲目无知的人不得不臣服于他的脚下。他认为人有罪,上帝才以鼠疫降临的形式惩罚人,人必须接受这种惩罚。

检察官的儿子塔鲁在鼠疫流行期间刚好在奥兰,他在自己的本子上清晰地记录了事件的整个过程。他坚信人定胜天,他帮助里厄医生救死扶伤,表现出了极大的勇气。很快记者朗贝尔就加入了他们的队伍。

第三部分:到了夏天,鼠疫的流行更加肆无忌惮,局势变得更为严峻。每天都有无数人死亡,然后被匆匆扔进一个大坑,就像处理动物尸体一样草草了事。到处是暴动,到处有抢劫,政府只能疲于奔命。市民们似乎已经彻底放弃了。他们在"鼠疫"城中,不但随时面临死神的威胁,而且日夜忍受着生离死别痛苦不堪的折磨。他们已经无计可施,每天都在绝望中等待……

第四部分:这部分讲述的是 9 月份到 12 月份的故事。朗贝尔曾经有过离开奥兰回到恋人身边的机会,但是他放弃了,因为他决心留在里厄医生和塔鲁身边,和他们一起战斗到底。法官的儿子奥东临终时,里厄医生目睹了这个幼小生命所经受的巨大痛苦,不禁为之动容,帕纳卢神甫也改变了之前的态度。他无法解释小孩子为什么罪有应得。在一个刮大风的日子里,神甫作了第二次布道。他的大意是不要试图给鼠疫发生的情况找出解释,而是要设法从中取得能够汲取的东西。他毫无畏惧地对那天来听他布道的人说:"我的兄弟们,抉择的时候来临了。要么全信,要么全不信。可是你们中间谁敢全不信?"后来神甫也得了鼠疫，为了信仰，他没有请医生，而是一个人静静地死在了房里，死时手里还紧紧抓着一个十字架。

圣诞节的时候，格朗病了，就在大家都认为他已经没救了的时候，他在卡斯特尔医生新研制出的一种血清的作用下，奇迹般地脱离了危险。这时，街头重新出现了一只只老鼠，活的老鼠。

第五部分：1月，鼠疫得到了控制。最后几个遇害者是奥东和塔鲁。临死前，塔鲁把自己记的小本子交给医生。科达尔利用灾难时期奥兰城与外界隔绝的机会搞走私活动，大发横财，眼看鼠疫即将结束，他竟然感到很不愉快，他希望灾难继续下去。当鼠疫最后终结的时候，他居然疯狂了，端起枪来扫射行人，最终被警察逮捕。

这时一纸电报传到里厄医生家中：他的妻子重病不治身亡。

2月的一个清晨，奥兰市的城门终于缓缓打开。奥兰市市民重新获得了自由，但他们谁都不会忘记这段难忘的经历。

里厄医生最后作为叙事者身份出现，并告诉大家，鼠疫随时都可能卷土重来，人们要时刻保持警惕。

《堕 落》

初版时间：1956年

主要人物：

让·巴蒂斯特·克拉芒斯 ………… 律师、"法官——忏悔者"
无名者 ……………………… 克拉芒斯遇到的对话者

·459·

内容梗概：

第一天：

荷兰阿姆斯特丹，一座运河与冷光之城。让·巴蒂斯特·克拉芒斯在一家叫做"墨西哥城"的酒吧里碰到一个同胞。他请那人帮忙把要点的酒水翻译给吧台侍应生，随后两人就混熟了。他向那人介绍说自己是一个"法官——忏悔者"。夜深了，克拉芒斯陪他一起回去。两人穿过一片犹太街区，谈到了战争的恐

加

缪

怖和纳粹种种令人发指的罪行，又谈到荷兰这片充满梦想和故事的土地。克拉芒斯把他送到一座桥前面告别：因为他曾经发誓绝对不在晚上过任何桥。最后他俩约好第二天再见面。

第二天：

克拉芒斯聊起了自己的过去。他告诉这位同胞自己曾经是巴黎的一位出色的律师。他处处受人尊敬和爱戴，荣耀无比。这也让他沾沾自喜，一向自视高人一等。他生活如意，如鱼得水，事业蒸蒸日上，一切都是那么令他满意。

但是一个秋天的夜晚，当克拉芒斯站在巴黎的艺术大桥上时，突然一阵神秘的笑声在他背后响起，然而四周既没有人也没有船，只有塞纳河水汩汩流淌，笑声顺流而下。他回到家里，又听见窗子下有人在笑。他进了浴室，居然发现镜子里自己的微笑"具有双重性"了。

第三天：

克拉芒斯继续讲述自己的忏悔。他在桥上听到的那阵诡异的笑声打破了他良心的平静，逼迫他重新审视自己的事业和生活：虽然表面上一本正经，但是在骄傲的驱使下，他张扬跋扈，刚愎自用，私下里还玩弄着各种不同的女人。笑声也让他不断回想起两三年前，他目睹一位年轻女人投塞纳河自尽、却因为"水这么凉"而见死不救的情景。他终于认识到，自己只是长期生活在和谐的幻境中而已。他突然从混沌中醒来，发现自己在堕落。

第四天：

两人同去一座叫祖德尔兹的小岛。克拉芒斯边游玩边继续自己的忏悔。当他开始意识到自己的罪恶之后，他曾经努力寻找人类真正的情感，但最终没能找到。他发觉世间一切都像是一出戏，于是决心寻找并嘲笑人类的虚伪和表里不一。他开始自甘堕落，完全颠覆了他在别人心目中的正直形象。可是一段日子过后，他发现自己的痛苦进一步加剧了。

同一天（几小时后）：

在回阿姆斯特丹的船上，克拉芒斯先是回忆了美丽纯洁的希腊："那儿的空气是贞洁的，大海和娱乐是明朗的。"然后继续忏悔。他也曾经寻求过感情，但是没有找到。于是他开始了花天酒地的生活,并最终发现:所有的人都有罪。耶稣为自己残害犹太孩子的罪行而死在十字架上接受忏悔,这就是一个最好的例子。

第五天:

克拉芒斯病了,发烧躺在床上,所以只好在房间里接见了他的同伴。他告诉对话者,在战争年代,当他被关在监狱中时如何从垂死的病人手中抢来几口水喝。他最后解释了什么叫做"法官——忏悔者":"上下左右,全面地认罪",目的在于绘制"一幅既是所有人、又不是任何人的肖像",然后把这幅肖像变成镜子,让所有的人都在这面镜子前露出真面目,于是忏悔者摇身一变,成了法官。尽管正在发烧,他仍然坚持下床看雪。他藏着一幅梵·厄克的油画,希望有一天有个警察突然出现在自己面前,以私藏罪把他逮捕。但很可惜,警察一直没有来。这位阿姆斯特丹酒吧偶遇的对话者也不是警察,其实他像克拉芒斯一样,也是一名巴黎来的律师……

克拉芒斯是第二次世界大战之后巴黎知识界的一种典型,他意识到一种普遍的堕落和犯罪感,而且痛切地感到末日审判的来临。他力图摆脱恶在人的良心上所形成的那种不堪忍受的重负。另一方面,文中的对话者十分特别,通读全书,读者只见其人,却听不到他的讲话。

《局外人》

初版时间: 1940 年

主要人物:

"我"……………………………………… 莫尔索,普通公司职员

内容梗概:

莫尔索是阿尔及尔一家法国公司的职员,他接到离阿尔及尔 80 公里的一个养老院发来的电报说他母亲死了。小说第一句就是:"今天,妈妈死了。也许是昨天……"但是,他并没有哭,

也没有一丝伤感。他向老板请假来到了养老院，糊里糊涂地看着别人安葬了他的母亲。从头到尾他都没有掉过一滴泪，反倒在棺材面前抽烟、喝咖啡。他只觉得很累，不想在封棺前再看一眼母亲的遗容，也不知道他母亲到底多大岁数，只希望尽快结束葬礼。

回到阿尔及尔的第二天，莫尔索到海滨浴场去游泳，碰到了从前的女同事玛丽，两人一拍即合，晚上还去看了一场滑稽电影，玛丽就这样成了他的情妇。

莫尔索的生活十分单调无聊，于是他和同事去追赶一辆卡车取乐。他有个邻居叫雷蒙，原来是个拳击手，曾被情妇的弟弟痛打一顿，他想让莫尔索代笔写封信作为报复。莫尔索觉得"没有理由不让他满意"，就答应了他的要求。

玛丽到星期六又来和他一起游泳，还问他到底爱不爱她，他觉得这种话毫无意义。雷蒙和情妇打架，惊动了警察，雷蒙要莫尔索到警察局去为他作证，莫尔索麻木不仁地照雷蒙的意思回答警察的提问。

老板要莫尔索到巴黎的分号去工作，莫尔索觉得在哪里生活都一样，竟然没有表示太大热情，虽然他"并不愿意使他不快"。对于巴黎，他的评价是："很脏。有鸽子，有黑乎乎的院子……"晚上玛丽来问他愿不愿意和她结婚，他说这个问题毫无意思，她要结婚就结婚好了，这毕竟不是什么严肃的大事。她一定要让他回答是否爱她，他回答"大概是不爱"。

莫尔索为雷蒙作证之后，雷蒙邀请他和玛丽去海滨共度周末。吃完饭后，男人们去海滩散步，碰到了两个阿拉伯人，其中一个是雷蒙情妇的兄弟。他们打了一架，雷蒙被刺伤，便把手枪交给莫尔索，莫尔索不知道应不应该开枪。后来他在恍惚之中看到雷蒙情妇的兄弟掏出匕首，"只觉得饶钹似的太阳扣在我的头上……我感到天旋地转。海上泛起一阵闷热的狂风，我觉得天门洞开，向下倾泻大火。我全身都绷紧了，手紧紧握住枪。枪机扳动了……"，然后他又冲尸体开了四枪。

莫尔索因为杀人被捕，又不愿按照法官的意思向上帝忏悔，案子拖了十一个月。他对杀人非但没有表现一点后悔的意思，当律师问起他母亲去世的事情时也麻木不仁。他逐渐习惯了监狱的生活。玛丽前来探望的次数也越来越少。最后，检察官指控他在母亲死后不但不哭，还在第二天和情妇一起去看滑稽电影，另外还帮雷蒙作伪证。律师继续为他辩护，而他自己已经完全不在乎了。漫长的审判结束时，法庭判处莫尔索死刑。

就在临刑的前夜，他想到了死刑，想到了他的上诉，想到了不再跟他联系的玛丽。当神父来接受他忏悔的时候，他拒绝了。不过神父还是来到他的面前，他怒了，行为激烈，不住地漫骂。神父离开了以后，他冷静下来，突然觉醒了："面对着充满信息和星斗的夜"，他闪过愿意重新生活的念头，他"第一次向这个世界的动人的冷漠敞开了心扉"，但他仍然觉得"过去曾经是幸福的"，"现在仍然是幸福的"。想到他的死刑会有很多人来观看，他觉得自己并不孤独。

书分为两个部分，第一部分从莫尔索的母亲去世开始，到他在海滩上杀死阿拉伯人为止，是按时间顺序叙述的故事。这种叙述只是莫尔索内心自发意识的流露，给人一种不连贯的荒谬之感，因为别人的行为和语言在他看来都是没有意义的，是不可理解的。第二部分发生在牢房里，司法机构以其固有的逻辑，利用被告身上过去偶然发生的一些事件把被告虚构成一种他自己都认不出来的形象：即把始终认为自己无罪、对一切都毫不在乎的莫尔索硬说成是一个冷酷无情、蓄意杀人的魔鬼。审讯几乎从不调查杀人案件，而是千方百计地把杀人和他母亲之死及他和玛丽的关系联系在一起，最终判主人公死刑。

·463·

克劳德·西蒙
（1913~2008）

克劳德·西蒙，法国小说家。生于马达加斯加的首府塔那那利佛。他出生几个月后,身为骑兵军官的父亲就死于战场。西蒙被母亲带回法国的佩皮尼扬接受小学教育,后来又到巴黎一所著名中学就读,毕业后赴英国牛津和剑桥大学读书,他还曾随法国立体派画家安德烈·洛特学过绘画。1936年,他曾到西班牙共和军与佛朗哥部队激烈争夺的巴塞罗那协助起义者,这场残酷的战争给他留下极其深刻的印象。1939年第二次世界大战爆发,西蒙应征入伍,在骑兵团服役。1940年春,他参加了著名的牟兹河战役,受伤被俘,不久又逃出德军集中营,回国参加地下抵抗运动。战后他到苏联、欧洲、印度、中东各地旅行,归来后在乡间从事葡萄种植业,同时进行文学创作。

西蒙的创作道路大致可分为三个阶段。第一阶段从处女作《作假者》(1941)到《草》(1958),这阶段的作品虽然还未能摆脱美国小说家福克纳的影响,不过已试图探索用巴洛克式的螺旋结构代替传统的线性叙述,以表现内心活动中不断变动的感觉、回忆、想象的"混杂体"。第二阶段从获"快报"文学奖的《弗兰德公路》(1960)到获"麦迪西"文学奖的《历史》(1967)。这一阶段的作品,体现出诗与画结合的特色,奠定了他在文坛上的地位。第三阶段从《双目失明的奥利翁》(1970)到带有总结性的、足以使作者进入世界文坛第一流作家行列的《农事诗》(1981)。这阶段的创作已不再是"叙述一场冒险经历",而是一种"叙述的探索冒险"。作者几乎完全排除传统小说中顺时叙事的方法,而是探索小说的空间组合,展示多层次的画面描述。

西蒙虽然是"新小说"派主要代表作家中唯一没有发表过系统创作理论的作家,但他却以自己的作品赢得了"新小说"派主要柱石的称誉。这位沉默寡言、不善社交、甘于寂寞的老作家,以其顽强的探索精神和成功的创作,赢得了"以诗和画的创造性,深入表现了人类长期置身其中的处境"的评价而获1985年诺贝尔文学奖。

《弗兰德公路》

初版时间：1960 年

主要人物：

"我" ……………………………………… 战争幸存者

科里娜 ……………………………………… 雷谢克的妻子

雷谢克 ……………………………………………… 队长

布吕姆 ……………………………………………… 士兵

依格莱兹亚 ………………………………………… 骑师

内容梗概：

　　黑暗中，"我"终于摸到她光滑的身体。我们相互搂抱着，像只有几个头和许多四肢的可怕的怪物，喘息着，翻滚着。"我"占有着科里娜，这个美丽、风骚、性感的女人。往事像她的肉体一样紧紧缠住了"我"。"我"想起了她的丈夫，想起了她丈夫的谜一般的死亡，想起了那场噩梦般的战争。

　　1940 年春，法军在法国北部被德军击溃。弗兰德公路上，死人全都肮脏得令人恶心，到处腐烂着一堆堆曾经是马的东西。飞机俯冲扫射，好像要把地面上的死人再一次杀死，大炮狂轰滥炸，好像在卖力地推销积压的军火。我们的骑兵团就这样不知不觉地从参谋的军用地图上被抹掉，像气化了一样，只剩下依格莱兹亚、布吕姆和"我"，还有队长德·雷谢克。

　　"德"这个词表明雷谢克的家族是显赫的，也许是圣母玛丽亚这类的表亲的后裔，而且大概还是穆罕默德的子孙。依格莱兹亚是队长战前雇佣的骑师，他的童年大概是在城市的阴沟旁、街道上闲荡过去的。布吕姆是个犹太小店员，战争使他有机会逃出单调乏味的布匹店，但绝没有把他带进"风雅的消遣"。对略患肺结核血的布吕姆来说，"女护士"和"白床单"永远是一个缥缈而破碎的梦。

　　你随时都可能被冷枪打死，连喊一声"哎哟"都来不及。敌人躲在暗处从容地瞄准你，好像在玩打气枪的游戏。我们与其说是在战斗不如说是溃逃,或更确切地说是被追捕,我们可悲地稀里糊涂地扮演了猎物的角色。然而,一个人可以毫无理由地杀人或被杀,这又无疑是一场真正的战争。

队长在溃退中阵亡了。他可笑地挥着军刀朝明明知道在前面的伏兵冲过去,像一座古老的骑士塑像一样被机枪的火舌扫倒。他死得像个英雄,又像个傻瓜。这也许不是通常上意义的战死,很可能是出于某种绝望的自杀,而战争给他提供了体面的机会。也许,在这场溃败的灾难中失去了最后的希望以后,他的灵魂早已进入阴冥之境,那一枪不过是送他的身体前去会合而已。当然,科里娜对他的不忠也可能是一个原因。她比他小二十岁,早已不是处女,是美貌和性别的象征。他俩是在别人的议论纷纷中结的婚。丈夫昂贵的赛马和汽车始终也没能拴住妻子的心。可能是出于狂热的性欲,也可能是对自以为占有了她的男人的报复,她搭上了粗矮丑陋的骑师。不管在马房里,在稻草捆上,他们都能进行直截了当的"肉搏"。有人说,依格莱兹亚不光在雷谢克的马背上爬上爬下,而且也骑他的女人。雷谢克曾撞见过他们的勾当,可是又装着没看到。

我们在运送牲畜的车厢里开始了战俘生涯,在不知不觉中变成了类似动物的东西。我们的肺部在寻找空气,像缺水的鱼那样。许多条各不相干的腿交错叠压,使"我"的腿几乎完全失去知觉,好像不再是属于"我"的。强烈的饥饿感成了我们估算时间和空间变化的唯一依据。"我"在黑暗中慢慢摸索,从软绵绵的挎包里掏出仅存的一块面包,凭触觉尽可能准确地估计一下形状和体积,把它分成对等的两半,把那一份最大的递给布吕姆。然后,"我"把自己的这一份小心翼翼地放在手掌心里,送进嘴巴,尽可能慢地细细咀嚼,同时还力图想象自己的嘴巴和肠胃也就是布吕姆的。在战俘集中营里,我们成了双重的囚徒,一重是带刺的铁丝网,一重是内心的绝望。

战争结束后,一切伤口都愈合结疤了。人们对那种徒有其表的精神垃圾又重新开始顶礼膜拜了。那些夸夸其谈、毫无意义的东西排列成行,组成漂亮的词句,这就是所谓的"卓越的文明",所谓的"历史"。

依格莱兹亚和布吕姆早已不在人世了。"我"孤独地驾驶着拖拉机在大地上耕作,每天晚上"我"都赌牌,"我"从一个赌友那里"我"得知科里娜已重新结婚。"我"找到了她。既然一切都是虚幻的,那么,至少她那叮当作响的项链和温存的废话不失为一种生命力的表现。"我"得知她的丈夫明天回来。"我"迷糊地看着自己的手,它仿佛成了与"我"脱离关系的东西,在她的皮肤上接触到朦胧的黄昏。她似乎在哀求"我"放开她,说"我"弄痛了她,但她的身体并不动。我们那紧紧地相互嵌入纠结在一起的肢体在发抖,哆嗦。情欲震撼着我们俩,像野兽在笼中暴怒地奔来跑去,来回撞击。我们迷狂地用赤裸裸的肉体去喂饱感官和心灵的全部欲望。她呻吟的声音全变了,好像出自另一个女人,一个陌生的女人,使人听后感到有点可怕、悲哀和迷惘。

从那以后,"我"似乎丧失了时空的观念,一切都再也搞不清了。那个噩梦般的战争看来似乎是很遥远了,就像没有印晒好的、过度曝光的旧影片。幽灵般的骑兵梦游似的马,不是在前进而是举起脚又原地放下,似乎并未在大地上移动。人和马在一张复杂而又无形的网的重压下不停地变形,变形。也许这一切只是一个幻想,一场梦,但也许我们骑着马从来没有停过步,总是没完没了地在漫长的弗兰德公路上蹒跚而行。这就是命运。即使你能远远地逃离沉重的往昔,你也永远无法走出人生的噩梦。

杜拉斯
(1914~1996)

玛格丽特·杜拉斯,法国当代最著名的女小说家、剧作家和电影艺术家。她于1914年4月4日出生在越南嘉定,父母都是小学教师。她四岁丧父,童年的苦难和母亲的悲惨命运影响了她的一生。杜拉斯十八岁时来到巴黎求学,获巴黎大学法学学士和政治学学士学位,从 1935 年到 1941 年在法国移民部担任秘书,并与罗贝尔·安泰尔姆结婚。在第二次世界大战期间,安泰尔姆曾被关进集中营,后来他娶莫尼克为妻,直到 1990 年去世。

杜拉斯以小说《厚颜无耻之辈》(1943)开始了她的文学生涯。她的作品不仅内容丰富,体裁多样,而且尤其注重文体,具有新颖独特的风格。她早期的小说《太平洋大堤》(1950)充分反映了童年时代的贫困生活,还有不少作品也是以印度支那的社会现实为题材的。《直布罗陀海峡的水手》(1952)等充满了镜头般的画面和口语式的对话,因此,大都被改编成影片;后来的小说如《塔吉尼亚的小马》(1953)、《琴声如诉》(1958)、《洛尔·V·斯坦的迷醉》(1964)等则善于打破传统的叙述模式,把虚构与现实融为一体,因而使她一度被认为是新小说派作家,其实她的小说只是在手法上与新小说类似,重视文体的诗意和音乐性,但在构思方面却大不相同,她在作品中描绘贫富对立和人的欲望,是在以独特的方式揭露社会现实。杜拉斯在戏剧和电影方面同样成就卓著,她分别在 1965、1968 和 1984 年出版了三部戏剧集,在1983 年还获得了法兰西学士院的戏剧大奖。作为法国重要的电影流派“左岸派”的成员,她不仅写出了《广岛之恋》(1960)、《长别离》(1961)这样出色的电影剧本,而且从 1965 年起亲自担任导演,从创作优秀影片《印度之歌》(1974)开始,每年都有一两部影片问世,而且有不少获得了国际大奖。

杜拉斯的六十余种作品始终拥有广泛的读者和观众,其中最著名的是杜拉斯在七十岁时发表的小说《情人》(1984)。在这部十分通俗的、富有异国情调的作品里,她以惊人的坦率回忆了自己十六岁时在印度支那与一个中国情人的初恋,荣获了当年的龚古尔文学奖,并且立即被译成各种文字,至今已售出 250 万册以上,使她成为当今世界上最负盛名的法语作家。后来在得知她的初恋情人死去的消息以后,她又把《情人》改写为《北方的中国情人》(1991)。尽管小说中与她有关的人都已去世,她的回忆已无所顾忌,笔触也更为大胆,用在情人的生理方面的笔墨远比《情人》要多,对乱伦、同性恋的描写也达到了赤裸裸的程度,但是她始终没有说出她的初恋情人的名字,只是用"她"来代表少女,用"中国人"来指她的情人。

《情 人》

初版时间: 1984 年

主要人物:

他…………………………………………………… 华人
她…………………………………………………… 白人

内容梗概:

她已经上了年纪,有一天,在一处公共场所的大厅里,有个男人朝她走过来。他在做了一番自我介绍之后对她说:"我一直认识您。大家都说您年轻的时候很漂亮,而我是想告诉您,依我看来,您现在比年轻的时候更漂亮,您从前那张少女的面孔远不如今天这副被毁坏的容颜更使我喜欢。"

她常常忆起这个只有她自己还能回想起而从未向别人谈及的形象。这是所有形象中最使她惬意、也是她最熟悉、最为之心荡神驰的一个形象。

在她的生命中,青春过早消逝。在她十八岁的时候,繁花似锦的年华早就枯萎凋零。

那是在湄公河的渡船上。

十五岁半,这正是人生过渡的年华。每当她旅行回到西贡的时候,尤其是乘车旅行的时候,她总要在这里乘船过渡。那天早上,她在沙沥搭车,她再也记不起是哪个假期。就在乘渡船横渡湄公河的一条支流时,她从客车上走下来,她向着船舷走过去,观看着眼前的河流。

戴着毡帽的小姑娘被河里的反光照映着,孤零零地凭倚在轮渡船舷上。这顶男式的毡帽把整个场面都染成了玫瑰色。这是唯一的色彩。在河上那带雾的炎热的阳光下,两岸模糊不清,河流似乎和天际相连。

那位英俊的男人从那辆"里摩辛"大轿车里走出来,他正抽着一支英国香烟。他瞧着这位头戴男式毡帽、脚穿金丝皮鞋的姑娘。他慢慢地朝她走过来。可以看得出来,他有点胆怯。起初,他连笑容都不敢露出来。他首先给她递了一支香烟。他的手在颤抖。他们之间有个民族的差别,因为他不是白人,可他又必须凌驾在姑娘之上,所以他才发抖。她对他说她不抽烟:不抽,谢谢。

这时候他问她:您是从哪儿来的?她说她是沙沥女子学校那位女教师的女儿。他思索了一阵,然后说他听说过这位太太,她的母亲。他反复地说能够在这条渡船上碰见她实在难得。就在那天早上,一个长得如此漂亮的姑娘,一个白人姑娘,出乎他的意料之外,居然登上一辆当地人的客车。

她坐进那辆黑色轿车。车门一关,一种刚刚能感觉出来的忧伤油然而生,她顿时觉得有些困倦,河面上的阳光也随之暗淡下来。还有一种轻微的耳聋感,一切都笼罩在迷惘的晨雾之中。

他说他厌恶巴黎纸醉金迷的生活,她聚精会神听着他那长篇大论中有关他家财富的情况。

从一开始,她就知道这里面总有着什么,就像这样,总有什么事发生了,也就是说,他已经落到她的掌握之中。所以,如果机遇相同,不是他,换一个人,他的命运同样也要落在她的手中。他们的命运从此以后也是注定了。坐在这部黑色小汽车里真该大哭一场。

现在,她,只好和这个男人相处了,第一个遇到的男人,在渡船上出现的这个男人。

这一天是星期四,事情来得未免太快。以后,他天天都到学校来找她,送她回宿舍。后来,有一次,星期四下午,他到宿舍来了。他带她坐车走了。

那是城内南部市区的一个单间房间。她微微感到有点害怕。事实上这一切似乎不仅与她期望的相一致,而且恰恰也同她的处境势必发生的情势相对应。她很注意这里事物的外部情况,光线,城市的喧嚣嘈杂,这个房间正好沉浸在城市之中。

在渡船上,她就已经喜欢他了。他讨她喜欢,所以事情只好由她决定了。她对他说,她不希望他只是和她说话,她说她要的是他带女人到他公寓来习惯上怎么办就怎么办。她要他照那样去做。

她告诉他她有两个哥哥。她说他们没有钱。什么都没有。城里的喧闹声很重,记得那就像一部电影音响放得过大,震耳欲聋。

她突然转念在思忖这个人,他有他的习惯,相对来说,他大概经常到这个房间来,这个人大概和女人做爱不在少数,他这个人又总是胆小害怕,他大概用多和女人做爱的办法来制服恐惧。她告诉他她认为他有许多女人,她喜欢自己有这样的想法,混在这些女人中间不分彼此。他们互相对着看。她刚刚说的话,他理解,他心里明白。相互对视的目光这时发生了质变,猛然之间,变成虚伪的了,仿佛被一种痛苦、死亡所缚。

他们从公寓走出来。她依旧戴着那顶有黑饰带的男帽,穿着那双镶金条带的鞋,嘴唇上搽着暗红唇膏,穿着那件绸衫。她衰老了。她突然发现自己衰老了。

在他们交往期间,前后有一年半时间,他们谈话的情形就像这样,他们是从来不谈自己的。一开始他们就知道他们两个人没有共同的前途,当时他们根本不谈将来,他们的话题就像报纸上的新闻。有时,她不回寄宿学校。她在他那里过夜,睡在他的身边。有时,她也不去上课。晚上他们到城里去吃饭。他给她洗澡,冲浴,给她擦身,给她冲水,他又是爱又是赞叹,他给她施脂敷粉,他给她穿衣,他爱她,赞美她。她是他一生中最最宠爱的。他总是害怕她有外遇。而她对这种事情从来就不在乎,也不惧怕。他还另有所惧,他怕的不是因为她是白人,他怕的是她年纪太轻,事情一旦败露,他会锒铛入狱。他要她瞒住她的母亲,继续说谎,尤其不能让她大哥知道,不论对谁,都不许讲。她笑他胆小怕事。她对他说,母亲穷都穷死了,不会上诉公庭,事实上,她多次诉讼多次败诉。

·471·

杜

拉

斯

她对他说她准备把他介绍给她家里的人,他竟想逃之夭夭,她就笑。

她发现,他没有勇气去违抗父命而爱她娶她、把她带走。他无法战胜恐惧去取得爱的力量,因此他总是哭。

每逢请客吃饭,她的两个哥哥大吃大嚼,从不和他说话,连看也不看他。他默默地付账,只要这桩情爱不告吹就行,他可以忍受任何压力。

在开口再和她说话之前,母亲等了很长时间,后来母亲说,满怀爱意地说:你以为事情过去了?在殖民地你根本不能结婚,知道不知道?还问她:仅仅是为了钱你才去见他?她犹豫着,后来她说:是为了钱。她又把她看了很久,她不相信。

离别的日期尽管为时尚远,但是分别一经确定下来,他对于她,对她的肉体,就什么也不能了。这种情况是突然发生的,他并不知道。他的肉体对这个即将离去、叛离而去的女人已经无所欲求。他说:她再也不能得到你了,她自以为还能,但是办不到了。他说他已经死了。

开船的时刻到了,三声汽笛长鸣,汽笛声拖得很长,声音尖厉,全城都可以听到。拖轮驶近大船,把它拖到河道中心。拖轮然后松开缆索,返回港口。这时,轮船还要再次鸣笛告别,那可怕的叫声,那么凄凉,那么神秘,令人不禁黯然落泪。她也哭泣起来,挥泪告别。

战后许多年过去了,她经历几次结婚,生孩子,离婚,还要写书,这时他带着他的女人来到巴黎。他给她打来电话。一听那声音,就听出是他。他说:我只想听听你的声音。他是胆怯的,仍然和过去一样。突然间,他的声音颤抖起来,她听出那种中国口音。他曾经在西贡见到她的母亲,从她那里知道她在写作。他说他和过去一样,依然爱她,他根本不能不爱她,他将至死爱她。

《广岛之恋》

初版时间: 1958 年

主要人物:

他 …………………………………………………… 日本工程师
她 …………………………………………………… 法国女人

故事梗概:

就在回法国的前夕,这个始终未提及名字的法国女人——在这个无名妇女,她扮演角色的影片实际上已近完成。只剩下一组镜头要拍摄。

然而,她遇到一个日本人(工程师或建筑师),他们之间产生了一段过眼云烟般的恋情。他们如何相遇并不清楚明了。因为问题不在这儿。世界上到处都有萍水相逢的事。重要的是,这些常有的相遇之后所发生的事。

广岛,到处是一些残缺不全的躯体——被齐头齐腰截去的部分——在蠕动着——在欲海情焰或在临终挣扎中蠕动着——上面相继盖满了灰烬、露珠、原子弹的死亡阴霾——和情欲得到满足后的汗水。

他们双双躺在一家旅馆的房间里。他们一丝不挂。光滑的身体,完好无损。

他们在谈论什么? 正是在谈论广岛。

她对他说,她在广岛看见了一切。这些景象可怕至极。然而,他的意见是否定的,认为这些景象是骗人的,他客观地、令人难堪地重复说,她在广岛什么也没见到。

他们初次交谈的话题是富有寓意的。

这两个来自不同国度的人,他们在哲学理念、历史背景、经济状况和人种等方面都大相径庭,广岛却是他们共有的场所(也许是世界上唯一的场所?)。在那儿,性欲、爱情、不幸,这些人类普遍具有的东西都淋漓尽致地表现了出来。广岛以外的任何别的地方都能容忍虚假。而在广岛却不然,"虚假"是无法存身、被拒之门外的。

在朦胧的睡意中,他们还在谈论广岛。以不同的方式。他们欲火中烧,也许正怀着不知不觉滋生的爱情。

他们的对话既涉及他们自己,也涉及广岛。他们的话题相互融合,纵横交错,因此,从那时起,在关于广岛的歌剧对白式谈

·473·

杜 拉 斯

话之后,这些浑然一体的话题已难以辨别。

尽管他们个人的故事如此简短,但总是占着优势而压倒广岛的故事。

他们睡醒了。在她穿衣时,他们又谈论起来。他们谈东说西,也谈起了广岛。为什么不呢?这是自然而然的。我们正是在广岛嘛。

突然,她穿着一身红十字会护士服出现在眼前。

见她这身打扮,这简直是一套表现传统美德的制服,他重又渴望得到她。他希望再见到她。他同所有的人一样,确切地说,同所有的男人一样。这类乔装正经的打扮含有一种对所有男人都会产生诱惑力的色情因素。(一次永恒战争中的永恒护士……)

那么,为什么她同样需要他,却又不愿再见到他呢?她并没有讲清理由。

醒来后,他们也谈到了她的过去。

在内韦尔,她的家乡,在她长大成人的涅夫勒省究竟发生过什么?在她的生活中究竟发生过什么使她变成现在这样:既放荡不羁又拘谨不安,既正直善良又虚伪无礼,态度既如此暧昧又如此明朗?为什么如此渴望经历萍水相逢的恋情?而面对爱情却又如此懦弱呢?

她告诉他,有一天,她曾在内韦尔发疯。她凶狠地发疯了。她叙述这件事如同叙述她从前在内韦尔聪明果断一样,完全一个腔调。

她只字未提这内韦尔"事件"是否就能解释眼前她在广岛的行为。她宛如在讲别的事情那样叙述内韦尔"事件"。并不说明原因。

她走了。她决定不再见他。

但是,他们将再见面。

下午四点钟。广岛的和平广场(或在医院门口)。

摄影师们正离开现场(影片中,我们总是只看见他们带着器材离去)。有人在拆卸看台,摘掉悬挂的小旗。

法国女人(也许)在被人拆卸的看台阴凉处呼呼入睡。

人们刚拍完一部颇有教益的有关和平的影片。这绝不是一部荒谬可笑的电影,而是又一部电影罢了。如此而已。

一群人再次顺着为刚拍完的那部影片而设置的布景涌过来,一个日本男人穿过人群。这个男人就是我们上午在旅馆的房间里见到的那位。他看见法国女人便收住脚步,然后,向她走去,瞧着她熟睡。他的目光惊醒了她。他们四目相视,彼此都强烈地渴望得到对方。他并非偶然来到此地。他是为了再见到她而来的。

几乎在他们刚刚重逢时,就开始了游行。孩子们的队伍,学生的队伍,狗、猫、逛马路的人。整个广岛都出动了,其盛况就像历次举行有利于世界和平的活动时一样。游行队伍已变得光怪陆离。

天气非常炎热。天空乌云密布,暴风雨即将来临。他们等待游行队伍走过。就在这等待的时候,他告诉她,他认为自己爱上了她。

他把她带到他家。他们简要地谈一下各自的生活。

他们的婚姻都很美满,无需寻求什么别的东西来弥补夫妻生活的不幸。

就是在他家,在做爱时,她对他谈起了内韦尔。

她还是离开了他家。

"为了消磨她动身前的那段时光",他们到一家临水而立的咖啡馆去。夜色已浓。

他们在那儿又逗留数小时。离翌晨她搭乘的班机起飞时间越来越近,他们的爱却越来越深。

就是在这座咖啡馆里,她告诉他自己曾在内韦尔发疯的原因。

一九四四年,正值她二十岁,在内韦尔,她被剃成光头。她的初恋情人是德国人。在法国将解放时被杀死。

她光着头待在内韦尔的一个地下室里。就在广岛事件发生时,她才变得像样些,能走出地下室,来到街上,混入兴高采烈的人群中。

一个姑娘爱上了国家的法定敌人而把她剃成光头,这是件

·475·

绝对可怕而愚蠢的事。

他们又谈起他们自己。又一次交错重叠地出现内韦尔及其爱情场面和广岛及其爱情场面。

她又走了。她又一次避开他。

她试图回到旅馆稳定一下情绪，但是，她做不到；她又走出旅馆，返回那已经打烊的咖啡馆。她待在那儿。回忆起内韦尔（内心独白），也就是回忆起爱情本身。

那个男人跟随在她身后。她意识到了。她盯着他。他们怀着深深的爱恋互相凝视着。这场短命的爱情就像内韦尔的爱情那样，也将被扼杀。因此，它已经注定要被遗忘。因此，它是永恒的（因为它被遗忘本身所维护）。

她没有同他再叙恋情。

她漫步穿过大街小巷。而他尾随在后，犹如在跟随一位素昧平生的女子。到了一定的时候，他追上她，像在说旁白似的要求她留在广岛。她说"不"。如同所有的人那样拒绝了。她有着一切人所共有的怯懦。

的确，对他们来说，大局已定。

他不再坚持。

她信步走向车站。他追上她。他们俩像幽灵般四目相视。

从那时起，他们不再交谈片言只语。她动身在即，这使他们陷入凄凉阴郁的沉默中。

这就是爱情。他们只能缄默不语。

她和所爱的那个男人坐在一张桌子旁，纹丝不动，除了感到深深的绝望，他没有任何其他的反应。这种绝望的情绪在肉体上已超出他所能承受的，而他也只能逆来顺受。就仿佛她已"另有所属"。而他却只能对此表示理解。

黎明时分，她回到自己的房间。过了几分钟，他来敲门。他不能自持，不能避而不来，他抱歉地说："我不可能不来。"

在房间里，什么也没有发生。他们俩都陷入束手无策的可怕境地。"世俗秩序"的成规还存在着，他们再也不去扰乱他们周围的正常秩序。

他们没有互诉衷肠。再也没有任何举动。

他们只是又一次互相呼唤。呼唤什么呢？内韦尔，广岛。事实上，在彼此心目中，他们仍然谁也不是。他们只拥有地名，这些不是姓名的名字。就好像一个在内韦尔被剃了光头的女子的灾难与广岛的灾难准确地互相映衬。

她对他说："广岛，这就是你的名字。"

《琴声如诉》

初版时间： 1958 年

主要人物：

戴巴莱斯特夫人 ……… 进出口公司和海岸冶炼厂经理的太太
吉罗小姐 …………………………………… 女钢琴教师
肖万 …………………………… 爱慕戴巴莱斯特夫人的男人

内容梗概：

戴巴莱斯特夫人陪着儿子在第二拖船停泊港旁边的吉罗小姐家学钢琴。儿子不愿学钢琴却为了母亲的意愿不得不学。但是他性格偏强，坚持不肯回答老师的问题，却又能弹出好听的音乐。在一次上课的时候，双方正在僵持，窗外传来一声悠长的女人的呼叫。事故发生在附近的一家咖啡馆，门前已经被人团团围住。警察来了，戴巴莱斯特夫人也在儿子下课之后挤到人群的最里面张望。一个女人直僵僵地躺在地上，旁边一个男人却一直在拥抱亲吻着她。警察带走了他，但这桩情杀案却在安娜·戴巴莱斯特心中留下了深刻的影响。

第二天，戴巴莱斯特夫人带着儿子散步，不由自主地又来到了这家咖啡馆。孩子跑到外面的人行道上去玩了，安娜·戴巴莱斯特却要了酒，一杯一饮而尽，第二杯依然如此。咖啡馆里唯一的一个男人放下报纸，与安娜搭上了话。他们谈论起那桩罪案。他们看来，那是因为爱情上的难题无法解决，因为绝望而发展到了这一步。他们继续聊着，男人却认出了她是进出口公司和海岸冶炼厂经理的太太，住在海滨大道尽头一处漂亮的房子。

太阳西沉,安娜也拉好大衣准备离去,却约好由男人再去了解其他情况,下次见面时谈论。

接下来的一天,孩子放学后又被母亲带到了海边散步,进了咖啡馆。咖啡馆里依旧只有那个男人,他叫肖万,看到安娜进来时脸色苍白。孩子出去找到玩伴,而戴巴莱斯特夫人则被那个肖万请到一张台子边坐下,依旧是喝酒,老板娘却有些不悦了。他们又从那起情杀案谈起,追忆着,想象着。事实上,肖万并没有了解到更多的情况。后来话题转移到了安娜·戴巴莱斯特家的房子,他们谈论着盛开的木兰花。肖万突然间似乎对安娜的家十分熟悉,他知道二楼有一个长长的过道连接着安娜的房间与别的房间,也知道她的房间夜里常常亮着灯。就这样他们喝着酒,间或谈论着安娜的家,间或谈起那起情杀案。他们的手相并放在一起。

下面的一天,安娜仍然不可自已地来到了这家咖啡馆,肖万已经在大厅里等她。孩子又跑出去找他的小朋友,他们也走到后厅暗处坐下。肖万的脸靠近她,手也放在了她的手上。他们贪婪地喝着酒,又开始讨论着那桩情杀案,其实却是在讨论着想象中的自己。他们谈论着安娜家的山毛榉、女贞树,安娜却突然指出肖万所说的关于那个被情杀的女人都是假的。但肖万却让她也随便谈点什么说下去。汽笛声又响了,下班的工人一批批拥进咖啡馆,认识肖万的人盯着他看,肖万却只顾与安娜讲话。他们的关系更亲密,该走的时候,肖万帮安娜穿上上衣。第二天是星期五,安娜依照惯例把孩子带来吉罗小姐家学钢琴。小孩依然同吉罗小姐唱反调,明明会的题目也故意答错。按照吉罗小姐的要求,小孩弹了几遍音阶练习,却终于拒绝再弹下去。后来在戴巴莱斯特夫人的温柔要求下,小孩才弹了下去,弹得很好,无懈可击。弹到小奏鸣曲的时候,大楼下面,码头上的人也被感染了。咖啡馆里,老板娘也与肖万交谈了几句。课结束时,吉罗小姐建议由别人来陪小孩上课效果会好些,母亲和孩子却都反对这个意见。安娜走到咖啡馆的门前,发现里面已经有很多人就没有进去,肖万迎上来陪她走了进去。在柜台上喝了一杯酒,安娜又被肖万带到厅堂后座。他们先是谈论着孩子谈钢琴的事情,后来又转到安娜曾经戴着的一朵木兰花。时间已经很晚了,安娜还在一杯一杯不停地喝着酒。最后,她终于离开,家里有十五位客人在等她。他们吃着鲑鱼和香橙烤鸭,安娜却神情恍惚,拒绝吃任何东西除了一点咖啡味冰淇淋,她醉了。第三天,安娜又来到咖啡馆,这次却没有带孩子。安娜想要放弃了,借着酒的名义说出:"我常常呕吐,不过原因和这次不一样。您明白,原因各不相同。一次喝那么多,一下子喝下去,在那么短的时间里,我从来没有这个习惯。所以我吐了。我怎么也控制不住自己,我相信我是再也不能控制自己了,可就那么一下子,实在无能为力,再也不可能了,尽力去做也都是白费。坚持不下去,意志力没了。"他们的手按照葬礼仪式紧紧握在一起,在安娜的哀求下,肖万终于借情杀案说出自己的想法,他也有了同那个男人相同的愿望,而他认为安娜完全同意。安娜认为这是美好的愿望。肖万想要吻她却又放弃。而安娜主动凑上前去相吻。下班的工人又来了。安娜站起来,喃喃道:"也许我不会走到那一步",最后终于离开,结束了这场不可能的爱情。

罗伯-格里耶

(1922~2008)

法国著名作家,"新小说"派的主要代表人物。生于法国布莱斯特,在国立农学院毕业后,在全国统计院工作,后赴摩洛哥、几内亚、瓜达洛普等地任农艺师。1953年发表了第一部小说《橡皮》,从此,他走上专业作家的道路。

除了《橡皮》外,他的主要作品还有《窥视者》、《嫉妒》、《在迷宫里》、《约会的房子》、《纽约革命计划》,论文集有《为了一种新小说》。

从20世纪60年代起,他还从事电影创作,其名作《去年在马里安巴》曾获威尼斯电影节大奖。他还自编自导自演了

《欧洲快车》。

他在创作上主张"重物轻人",即表现"物"对人的"中立性"和"陌生化",纯客观地表述出"物的全部"。他的小说大都是他的艺术主张的具体实践与实验。《嫉妒》便是他的一部代表性作品。

《嫉　妒》

初版时间: 1957 年

主要人物:

阿 x ……………………………………… 一个种植园主的太太
弗兰克………………………………… 另一个种植园的男主人

内容梗概:

现在,柱子的阴影将露台的西南角分割成相等的两半,阿 x 已经从通中央走廊的大门进了屋子。她在屋子里走了几步,打开柜橱最上层的那个抽屉,反复寻找了一番之后,她手中准是拿了张纸。那是一张淡蓝色的纸头,大小与一般的信纸差不多,带有横竖对折过的痕迹。随后,阿 x 坐到桌边,从垫板的夹层里抽出一张纸——与刚才那信纸是一样的淡蓝色,只是没写过字,俯下身便开始写了起来。

阿 x 向厨师吩咐过关于晚饭的事项,就面对山谷,坐在一张靠椅上读头一天借来的小说,这本书她和弗兰克已经在中午讨论过一番了。她埋头读书,直到黄昏降临。

弗兰克留下来吃晚饭。这一回,克里斯吉安娜因孩子生病没陪他来。这阵子丈夫不带她到这儿来是常有的事。

天色已经很黑了,她却不要人掌灯。在一片昏黑之中,为了防止不慎将酒杯弄翻,阿 x 尽量地凑到弗兰克的座椅旁边。她凑得太近了一些,两人的头差点碰到了一块。

今天晚上,阿 x 亲自安排了椅子的摆法。她把自己的那把椅子和留给弗兰克的椅子安放在窗户前边,另外两把椅子放在茶几的另一侧。按照这种摆法，如果坐在后面两把椅子的人想要看到他们，就必须特意扭过头来。

阿 x 让人把餐桌上的灯拿开。她说，那灯光太刺眼。"您不觉得这样更好些吗？"阿 x 转身问弗兰克。

"当然啦，这样显得更柔和。"他回答。

他们聊起了阿 x 正在读的那本小说，弗兰克对书发表了一些评论，那模糊不清的话语的最后一句是："会掌握她（它）。"弗兰克看着阿 x，阿 x 也盯着弗兰克。阿 x 朝弗兰克微微一笑，在黑暗中，这只是转瞬即逝的一个眼波。不，她的表情根本没变，那个模糊的眼波，应该只是灯光的反映，或者是飞蛾掠过的影子。

"我看我该回去了。"弗兰克说。

"别走，"阿 x 立即说，"天一点儿也不晚，这样待会儿多好呀。"

弗兰克一直在讲他那辆卡车上山时抛锚的事，他想进城弄辆新车。"我也需要进一趟城办些事。"阿 x 说。

"那好，我带您去，只要早点出发，咱们当天夜里就能赶回来。"

现在，弗兰克的蓝色大轿车停在那里。阿 x 从车子里走了出来。弯腰凑到关着的车门边。假如车门上的玻璃是放下去的，阿 x 也许已经把脸伸到车厢里边去了。

在房子的另一头，房门开了又关上，脚步在书房前停了下来，然后打开又关上的，却是对面卧室的门。

阿 x 一动不动地注视着前面的山谷，沉默着。弗兰克在旁边也沉默不语。

"我们早点儿出发。"弗兰克说。

"几点？"

"如果可以的话，那就 6 点。"

他们小口小口地喝着加矿泉水和冰块的白兰地。

"假如一切顺利的话，"弗兰克说，"我们十点前后就能赶到城里，午饭之前也就有充裕的时间了。"

"那当然，我也希望这样。"阿 x 说。

他们小口小口地喝着。随后两人又谈别的事,比如小说的主题,情节以及还可能有的别的写法等。随后又返回了旅行的话题。

弗兰克说:"不过,开始的时候很不错",他转向阿x请她帮着证实:"我们准时出发,一路平安。我们到达城里时才刚到10点。"

阿x接过了话头:"而且整整一天,你都没有发现任何反常的现象,是不是?"

"一点不错,可能吃过晚饭,刚要启程,马达怎么也不转了。我们只好等到第二天再说。"

"我看我该回去了。"弗兰克说。

"再见",阿x说,"谢谢您。"

弗兰克打了个手势,表示不必。阿x执意地说:"当然要谢!我耽误了您两天的时间。"

"正相反,害得您在那蹩脚的旅馆里忍了一夜,我很抱歉。"

她和弗兰克各自坐在椅子上,继续谈论哪一天进城为好,这次小小的旅行是他们昨天定下来的。

窗台上,弗兰克和阿x坐在椅子里。弗兰克的衬衣右边口袋里漏出一张淡蓝色的信纸。弗兰克讲起汽车抛锚的故事。随着话题,弗兰克的蓝色大轿车自然而然地出场。阿x下了车,头、胳膊以及躯干的上部都塞到窗口里,使人无法看清车内发生的事情。阿x的手里提着一只很小的绿盒子。她离开车子,又回头朝它看了一眼。

现在,房子里空荡荡的。阿x跟弗兰克很早就出发进城了。她不会回来吃晚餐的,她与弗兰克一起在城里吃,她走时吩咐仆人等她回来。

他们早该回来了。

不过迟到的理由那可有的是,必然的偶然的都会有。

阿x不会回来吃晚餐的,她跟弗兰克一块在城里吃晚餐,然后上路。也许,他们会在半夜前后赶回来。

在房间里,阿x站在窗前,从百叶窗的一个缝隙间往外看着。

大路上一辆卡车变换速度的声音,与这边房子里窗户插销的咔嚓声相呼应。阿x的身影出现在窗框中,"你好,"那声调又欢快又活泼。她很快在屋里消失了。要再看到阿 x,必须正对着第一只窗子往里看:她在房子的最里端,站在柜橱的前面。她拉开最上面的一只抽屉,久久地寻找着什么。

弗兰克与阿 x 正在喝冷饮,他们断断续续地谈论着他们将要在下周一块进城的事,阿 x 是为了去办些杂事,弗兰克则是去打听新来的卡车。

他们已经商定了出发和返回的时间以及其他一些事情,就剩确定最适宜的日期了。

"这么说,克里斯吉安娜不愿跟我们一起去了? 真遗憾……"

"是的,她不去了,"弗兰克说,"因为孩子。"

随后,他们又谈起了阿 x 正在读的那本小说。他就小说中丈夫的行为发表了一句评论——那位丈夫错就错在太粗心上。

弗兰克依然留下来吃晚饭。眼下,这位车主所要讲的行车事故在他和阿 x 进城碰到的事故很相似。问题并不是很严重,可就是使他们回到种植园的时间整整晚了一宿。弗兰克说得很有分寸。

有好几秒钟了,阿 x 兴头十足地盯着弗兰克,好像在等他说出某一句话。除此而外,他们再没谈起那天的事情,也再没谈起那起事故和那个夜晚——其实,他们总有单独待在一起的时候。

吃晚饭时,他们又筹划一起进城的事。在露台上喝咖啡时,话题仍是行将出门的事。

现在,阿 x 读完了欧洲的来信,低下头开始写信。

蓝色大轿车停在院子正当中。她刚刚走访了一趟克里斯吉安娜,弗兰克把她送了回来。他也是刚刚忙完了一天的事情,回家前在这里小憩。

弗兰克讲起自己亲身经历的一件汽车抛锚的故事。出于礼貌,阿 x 追问着故事情节,以表示对客人所述故事的关注。客人起身告辞,回到自己的种植园去。

明亮的背景迅速黯淡下来,山腰上的香蕉林消失在暮色之中。

此时正是六点三十分。

图尼埃

（1924~　　）

　　米歇尔·图尼埃 1924 年出生于巴黎一个生活安逸、富有教养的家庭。他从小体弱多病，性格极为敏感。所接受的教育深受德国文化、音乐和天主教的影响。他在索邦大学和德国蒂宾根大学学习哲学。最初他希望成为中学的哲学教员，但是他最终没有通过教师资格考试。后来他进入法国电台主持有关法国文化的广播节目。1954 年，他开始在欧洲电视一台做有关广告的工作，同时还与《世界报》和《费加罗报》等报纸合作。从 1956 年到 1968 年，他一边继续做电台记者，一边从事德语翻译。

　　1967 年，他出版了第一部小说，即《礼拜五或太平洋上的灵薄狱》。这部改编自丹尼尔·笛福小说的作品获得了法兰西学士院的小说大奖。他的愿望是写一部哲学主题的通俗故事。1970 年，他的小说《桤木王》经评委一致推举，获得了当年的龚古尔文学奖并且卖出了 400 万册。第二年，他又出版了《礼拜五或太平洋上的灵薄狱》的简化本《礼拜五或野蛮生活》。这本书并不是儿童读物，但作者认为好书的标准之一是可以被孩子读懂。正因为如此它成为儿童读物的经典并被翻译成多种文字。1972 年，米歇尔·图尼埃成为龚古尔学院成员。1975 年，他出版了第三部小说《流星》，讲述两个双胞胎的生活。

　　米歇尔·图尼埃的作品受到不同国家不同读者群体的喜爱。由于深受日耳曼诗歌和德国文学的影响，他的想象世界充满了怪物、吃人妖魔、孪生兄弟，颠覆性的主题更是俯拾即是。他的作品兼有现实主义和奇异的幻想。他对神话、宗教和历史的颠覆和思考尽管招致不少批评，但他这种原创的解读为20世纪70年代的法国小说带来了一股全新而有益的气息。

《礼拜五或太平洋上的灵薄狱》

初版时间: 1967 年

主要人物:

鲁滨逊·克罗索…………………… 弗吉尼亚号的幸存者
礼拜五…………………………………… 阿劳干人
泰恩………………………………… 弗吉尼亚号上的猎犬
彼德·范·戴塞尔 ………………… 弗吉尼亚号船长
威廉·亨特 …………………………… 白鸟号船长
简·纳尔雅帕耶夫(礼拜四) …………… 白鸟号水手

内容梗概:

弗吉尼亚号在狂风巨浪中摇摆着,鲁滨逊和船长彼德·范·戴塞尔待在房舱里,听他用塔罗牌为自己占卜命运。风暴越来越强了,弗吉尼亚号终于抵挡不住,连人带物消失在海水中。

弗吉尼亚号触礁了。当鲁滨逊醒来的时候,他已经被海水冲到了一个无名小岛上。为了把这里的情况探察清楚,鲁滨逊拄着树枝手杖在密林里穿行,后来又登上山峰,在那里他发现了一个宽敞的山洞。他把这个岛命名为"荒凉岛"。鲁滨逊一心盼望着会有船经过来救援,所以他回到海岸边,用各种方法做出标记和信号装置。他的守望没有任何结果。日子一天天地过去,他终于决定采取行动,做点什么:他要造一条足够吨位的船逃离这个荒岛。为此他把弗吉尼亚号残骸里的食品、工具、火药还有一本《圣经》都搬运到陆上,开始打造"越狱号"。

工作进展得很慢。他开辟工地,用一根香桃树干做船的主体,又用斧头和折叠小刀砍削出种种形状的船体组成部分。他不知疲倦地干着,还要和自己的孤独感作斗争。他开始每过一天就在树干上刻下一条印记。"越狱号"终于大功告成,但当鲁滨逊想要检测它的稳定性时,却无法把船弄到水里去。这一挫折让他前功尽弃。沮丧的鲁滨逊学着岛上的野猪沉溺在烂泥塘中,沉陷在由此产生的梦幻之中,幻觉让他看到了一艘船正向小岛驶来。当他最终清醒过来的时候,他决心要掌握自己的命运,在岛中寻找希望。

鲁滨逊开始有步骤地勘察全岛,调查岛上的资源。他把岛中部的一个山洞改造为仓库,把弗吉尼亚号上抢救下来的东西都堆放进去。他又自制了笔和墨开始记航海日志。一个新的纪元从鲁滨逊将小岛改名为"希望岛"开始。他把弗吉尼亚号上的小麦播种到岛的东海岸,并把岛上的野生山羊圈养起来。但一些意想不到的事情总是让鲁滨逊感到孤独无助,尽管他知道这是一种恶癖,但他还是溜到污秽的水中寻找安慰。他又造了一条小独木舟以便巡查海岸,这次他成功了。他和"希望岛"的关系也进一步密切起来。大麦和小麦长势很好,收获颇丰。鲁滨逊尽量减少生活上的耗费,并继续开发岛上的资源。他种植蔬菜,放养蜜蜂,蓄水养鱼,贮存各种食物,还发明了制造糖、果酱和蜜饯的方法。这时候,他又多了一个伙伴——弗吉尼亚号的猎犬泰恩来到了他身边。为了全面恢复人性,鲁滨逊在他储藏财富的洞口修建了一个房屋,他把各种人类的衣服放在里面,使它逐渐成为一个人类博物馆。他又制造了一个原始的漏壶和一个度量衡博物馆用于陈列各种度量标准。

在鲁滨逊日历第一千日那天,鲁滨逊庄重地为希望岛立法。他制定了希望岛宪章,任命自己为这里的总督,并制定了一些饮食起居的自律条款;他同时还制定了希望岛刑法,规定了各种违规行为的惩罚措施。就在这时,他看到茂密的森林背后,一缕白烟升上天空。原来是一群阿劳干人在进行祭祀仪式。这次闯入事件促使鲁滨逊开始考虑要在岛上设防。他在自己的建筑物周围竖起了围墙,墙外还挖出了深堑,还布置了吊桥和许多陷阱。紧张的军事行动后,岛上生活逐步形成体系,但他对此仍然心存不满和失望。他一边感受自己身上的变化,一边思考自我与他者的关系。每一天都在紧张忙碌中按部就班地过去,后来他又发现堵住漏壶、不按时行事也是可能的。他在航海日志中思考了很多问题,这些思辨使他更渴望了解希望岛。

一种新层次的生活从漏壶停止后开始了。鲁滨逊试图深入山洞的内部。为此他开始训练自己习惯黑暗。在山洞深处,他蜷缩在一个空穴里,感到了被希望岛包裹起来的温情和母性。那里成为他新的可以获得慰藉的地方。但他最终还是回到了地面,漏壶又重新滴答起来。鲁滨逊把东海岸的沼泽地改为水田用于种植水稻。这意味着一系列的工程,但他对生、死尤其是性的思考一直都在进行。他开始注意观察周围动物和植物的交配方式,甚至自己还和一株化为女人形象的吉阿伊树保持了长久的幸福亲密的关系。

但鲁滨逊却越来越意识到自己的辛勤劳作所具有的荒谬性,作为治理者的他和另一个自我交替存在。在孤独中,他把自己的爱情投注在岛上绯色的小溪谷里,他把希望岛人化为自己的妻。伴随着这种亲密的是他不断的思考,不断地从《圣经》中寻找启示和解答。

这一天,又有一股白烟在海湾那里升起来。更多的阿劳干人来到岛上举行他们的献祭仪式。期间一个罪人为了躲避牺牲逃了出来,鲁滨逊误打误撞把这个阿劳干人从追捕者手中救了下来,并给他取名为"礼拜五"。慢慢地,礼拜五学会了一些英语,可以领会鲁滨逊给他下达的命令,同时还学会了干各种各样的活,成为鲁滨逊的得力助手和驯良仆人。但他的顺从之中总有一些"野性未脱"的痕迹,他常常大笑,并和猎犬泰恩保持着天然的亲密关系;他还趁鲁滨逊不在,用鲁滨逊珍藏的衣物和珠宝把一棵棵仙人掌都装扮起来。为了救掉进泥潭里的泰恩,他还放水冲毁了整个稻田,然后跑进森林不见了踪影。毫无疑问,礼拜五的个性正在打破鲁滨逊辛苦建立起来的局面。他不仅把乌龟的壳活生生地取下来制造盾牌,还一口一口地喂养小秃鹫,他甚至还玷污了鲁滨逊的小溪谷,还偷他的烟斗抽。最终,礼拜五不小心把烟斗扔进了山洞,引爆了火药,从而把整个山洞和建筑都炸毁了。

希望岛的一切都被颠覆了,泰恩也死了。一切又回到了最初的状态。鲁滨逊放弃了原来的生活习惯,他和礼拜五的关系也由主仆变成了兄弟。他和礼拜五一起玩乐,开始仔细观察他的一举一动。礼拜五专心致志地制造弓箭,不惜受重伤制服公山羊昂多阿尔,用它的皮做成风筝,用它的头骨和肠子做成一个随风鸣响的乐器。鲁滨逊也开始了他在日光下的锻炼。他们各自做了一个对方的替身,用来发泄对对方的不满。他们甚至还做互换角色的游戏。后来鲁滨逊在泥土中找到了两册空白的本子,于是他又开始记航海日志,认真反思他和礼拜五关系的这种深刻变化。

终于有一天,一艘英国的海船白鸟号来到了希望岛。从船长威廉·亨特那里,鲁滨逊得知自己已经在希望岛上生活了二十八年零两个月又十九天。船上的人来到岛上,又一次破坏了这里新的平衡。他们把岛上的蔬果野味运回船,并且邀请鲁滨逊和礼拜五上船共进晚餐。在船上鲁滨逊发现自己和所谓文明世界的人已经产生了深深的隔膜。他最终决定留在希望岛。第二天早晨,他却发现礼拜五背弃他追随白鸟号离开了。这对鲁滨逊无疑是个沉重的打击。正当他决定在山洞里孤独死去的时候,白鸟号上的一个小水手出现在他面前。他为了免受船上的欺辱决定留在这里。鲁滨逊重新又恢复了活力,他为这个小水手取名叫礼拜四——这是天神朱庇特的日子。

布托尔

(1926~   )

米歇尔·布托尔是法国新小说派的重要代表作家。他出生于法国北部的蒙·昂·巴洛尔城,其父为铁路职员。布托尔三岁时随父亲调动迁居巴黎,在那里度过童年时代并完成学业。他在巴黎大学主修哲学时,曾在著名哲学家巴什拉尔的指导下写过一篇关于认识论的论文。业余时间他还对雕刻、油画和音乐感兴趣。大学毕业后,从1959年开始,布托尔先后在埃及、英国、希腊、瑞士等国做法语教师,同时开始文学创作,写了小说《途经米兰》(1954),此外还写了许多论艺术的文章,后来收在以《保留节目》为题的文集中出版。在此期间,他曾悉心研究前辈著名作家,如儒勒·凡尔纳、普鲁斯特、乔伊斯、庞德、福克纳等人,接着发表了两部重要作品:《时间的用法》(获1956年费乃翁文学奖)和《变》(获1957年勒诺多奖)。1960年,布托尔在出版了他的第四部小说《度》之后,又开始了他的旅行:三次居留美国,在柏林滞留一年。70年代以后,他定居在尼斯,同时在大学里兼任教授,小说写得不多了,但学术研究范围却大大地扩展了:戏剧、诗歌、音乐、绘画、雕刻、人种学、乌托邦、梦……主要学术著作有:《运动体》(1962)、《梦的材料》(1978)、《绘画絮语》(1969)等。作为小说家的布托尔似乎摇身一变成了学识渊博的学问家。布托尔的小说作品看上去好像是在喋喋不休地大谈现实,其实里边现实主义的成分却少得可怜:他真正关心的,是对词语的锤炼,词语之间如何架构、如何组合、如何发掘词语结构的秘密中所隐藏的自主力量。从这个意义上来说,布托尔首先是一个语言建筑家,他与他同时代的"新小说"实验家们一起为革新20世纪的文学手法作出了巨大贡献。

《变》

初版时间: 1957年

主要人物:

你…………罗马斯卡贝利打字机公司驻巴黎代办处的经理
昂里埃特……………………………………你的妻子
塞西尔…………………………………………你的情人

布托尔

内容梗概:

　　你是罗马斯卡贝利打字机公司驻巴黎代办处的经理,经常因公务而乘火车往返于巴黎与罗马之间。但这一次你踏进三等车室的时候,却不能让公司里任何人知道你离开几天是为了去罗马。你原来害怕赶不上这班火车,这并不是因为你今早起身比原定的时间要晚,恰恰相反,你一睁开眼就伸出手去制止闹钟响,这时晨光正照在你床上那堆零乱的床单上。你转眼看着窗子,看到了昂里埃特那曾经是黑色的头发,还有她的后背,她正在乒乒乓乓地推开百叶窗。你喝了她为你煮热的牛奶咖啡,在楼梯口你没有勇气拒绝她那忧虑的亲吻。由于塞西尔觉得她在法国驻罗马使馆的工作没有意思,你为她在巴黎找到了一份工作。你本来打算靠写信来处理这件事,或者下月参加斯卡贝利公司国外分公司经理年终大会时,再和塞西尔见面。但到星期三事情就急转直下,原因大概是因为这天是你45岁生日,昂里埃特一向看重这些可笑的家庭节日,今年更是大事庆祝。她想拖住你,用这些小小的仪式来笼络你,这当然不是出于爱情,你们两人中间早已没有爱情了(如果说过去确实有过青年时代的热情的话,那么,它和塞西尔带给你的欣喜和解脱的感情是不能同日而语的),而是出于恐惧。与日俱增的恐惧!(呵,她衰老得多么快!)星期三,你走进饭厅吃午饭时,看见你的4个孩子直挺挺地、嘲讽地站在他们的椅子后面。你看见在她脸上,在她那被阴影遮住的双唇上,有一丝胜利的微笑,你感到他们合谋给你设下陷阱,你感到你盘子里的礼物只不过是诱饵,这顿饭自始至终是经过精心策划的,为的是引诱你,为的是使你确信,从今以后你是一个上了年纪的、循规蹈矩的、被驯服了的男人,而就在这之前不久,你开始了另一种完全不同的生活。你很不痛快,但你还是逢场作戏好使他们满意,你装出一副欢快的神气,认真地吹灭那45支小蜡烛,但你暗中却打定主意,一定要尽快结束这种成为家常便饭的虚伪,结束如此根深蒂固的误解。于是你踏上了这间三等车室。你对昂里埃特说,由于某种临时的情况,你不得不在星期五早上出差。火车走了一站又一站,你坐在不太舒适的车室里(平常你出差都是坐头等车的),回忆着与塞西尔的几次交往，也回忆起年轻时与昂里埃特的爱情。夜里，在摇摇晃晃的车室里，你不停地做梦。你在想象着星期一回到昂里埃特身边时如何对付她。是将真情老老实实告诉她，还是保持沉默、继续戴着若无其事的假面具等待塞西尔来到巴黎？火车渐渐驶近罗马，你的脑海里产生了愈来愈多的想法，在重温了与塞西尔在火车上相遇的情景之后，你开始怀疑你最终作出的决定，怀疑它是否确实存在，是否现实，怀疑这种幸福是否近在咫尺。于是你焦虑起来：呵，不行，我费了那么大劲才下的决定，可不能让它就这样垮台，难道我不是坐在这列火车上，朝着美妙的塞西尔驶去吗？我的意志和愿望原先是那么强烈……有那么一会儿，你仿佛又恢复了自信和决心，那种不自在的感觉仿佛只是暂时的。一切仍可期待，和塞西尔生活在一起的前景依然存在，和她一起来再过一次新的青年时代的生活，你的真正的第一次的青年时代。这种可能性仍未遭受破坏。可有时候你脑子里仍乱成一团，自从这列火车从巴黎开出，这种骚乱便有增无减，你的思路越来越模糊不清，疲劳像尖针扎着你全身上下，它们突然使你想起你的过去或你计划里的某个方面，而你恰恰就是想避开这些方面，你自己和你的生活正处于一种不可避免的重新组合之中，那是一种隐秘的变化，你清楚地感到自己只能看到这种变化中极小的一部分，而对它四周一切却一无所知，而你是多么需要去照亮它啊！你忽然觉得你这次必须打消去看塞西尔的念头。不能让她知道你来罗马，不能让她知道你给她找到了工作但又作了这番安排，因为事实上，对她来说就好像你并没有为她找到工作似的，这是对她而言，而不是对你而言，因为今后你不会再去找了，因为今后你知道你是找不到了。这是唯一的办法，你脑子里终于出现了这一线光明，就像出了隧道一样，不去见她，什么也不说，像原先讲好的那样，下次旅行时，下次为斯卡贝利公司出差，由公司支付旅费来罗马时，你再去看她，你保守这个秘密，就像你舌头上有个血疤似的，当然你将继续和她来往，当然你将继续爱她。但是由于眼前这一次旅行，你们中间有了一个可怕的裂痕，它会痛苦地、一次比一次扩大开来而无法愈合，直到有一天她对你相当冷淡了，到那一天她对你不抱什么幻想了，你才能把这一切都告诉她而不会使你的话成为谎言。这是唯一的办法,避免去看她,避免最后一次远远望着她那逐渐远去而缩小的面孔。你猜得出她在喘着大气,她的面孔因奔跑和激动而绯红,避免在她的脸上看到那种新奇的微笑、那种更牢固的、执拗的信任、那种束缚你的手脚和感激,而这一切,在你内心产生这种缓慢发展的、可悲的、愚蠢的、一定要产生的悲剧之前,你将没有丝毫能力去摧毁,而这一切会重新将你禁锢在你今早从里昂车站动身时追求的那个不同寻常的经历里,而你知道那种经历是没有出路的。因此下星期一晚上你必须单独一人来到罗马的特尔米尼车站,你必须看着一个拥挤的夜间月台逐渐离去,而你在月台上认不出任何熟人。火车停住了,你到了现代化的罗马特尔米尼车站,天还是黑的。你对自己说:"我答应你,昂里埃特,一有可能,当这次干扰的余波平息下去,当你宽恕了我,我们就一同再来罗马,那时我们还不算太老。"你提起箱子。你瞧瞧月台上的人群。你走出车室。

费南德
（1929~ ）

多米尼克·费南德 1929 年出生于塞纳河畔的纳伊。1955 年,他从高等师范大学毕业,并取得了意大利语言教师资格证书。由于学的是意大利语,这位作家受意大利文化的影响非常之深。1957 年,他受聘于法国那不勒斯学院,成为一名教师,之后又被高布列塔尼聘请成为意大利语教师。1958 年,他开始了自己的写作生涯,并且在《十五文学》、《快车》和《新观察》上发表自己的文学评论。1968 年,多米尼克·费南德获得了文学博士学位。

他的文学作品形式总是介于小说跟散文之间。1974 年,他的作品《泊泊里诺和那不勒斯的秘密》获得了梅第斯奖,之后又被改编成戏剧搬上舞台,作品的主角是一位18世纪的意大利那不勒斯过气歌手。1982年,他凭借小说《在天使手中》一举夺得龚古尔文学大奖的桂冠。这部小说的原型取自帕索里尼的真实生活,他是一位意大利籍作家、电影工作者,于1975年在奥斯第被谋杀。这是一位伟大的小说家和散文家,他是一位细心的观察者,对社会的每个细微的角落都观察的非常仔细,每个人都有可能成为他笔下的主角,他说:"我把被观察的目标当成一棵树,一直追寻到它的细根,绝对容不得半点个人情感的影响跟独断主义。"多米尼克·费南德作品众多,有《黎明》(1962)、《石头外表》(1959)、《粉色星星》(1978)、《耳朵里的茉莉花》(1980)、《爱情》(1986)、《加尼迈德的绑架》(1989)、《荣誉审判》(1997)、《尼古拉》(2000)、《无休止的奔跑》(2003)等等。

《在天使手中》

初版时间: 1982 年

主要人物:

皮埃尔·保罗·帕索里尼
.... 意大利著名导演,作家,诗人,政论家

内容梗概:

《在天使手中》这部作品以长篇独白的形式,讲述了意大利著名导演皮埃尔·保罗·帕索里尼的一生,从他的童年开始讲述,从一个街头淘气的少年,到他到处挖掘演员,再到最后在罗马郊区被神秘杀害这充满传奇色彩的一生。作者多米尼克·费南德是他的影迷和忠实的崇拜者,他坚持自己一贯的散文和小说相综合的写作风格,将这位艺术大师的一生娓娓道来。虽然作品的一些描述让帕索里尼的一些朋友跟他的追随者们非常不高兴,但这部作品仍旧得到了充分的肯定,获得了极大的成功。

1982 年,多米尼克·费南德凭借这部作品获得了龚古尔文学奖。

皮埃尔·保罗·帕索里尼不仅是一位导演,也是一位才华横溢的制片人、作家、诗人。他一生桀骜不驯,性格充满矛盾和极端,是艺术界的怪人。他在艺术上的成就以及惊世骇俗的艺术作品,震撼着每个人的心灵。皮埃尔·保罗·帕索里尼 1922 年 3 月 5 日出生于意大利波洛尼亚。他自幼跟母亲比较亲近,受她的影响很大,她是一位农村妇女。父亲则是一名法西斯军官,经常从一个驻地换到另一个驻地。帕索里尼的大部分童年的时光都在威尼斯东北部他母亲的出生地度过的,所以这个时期他所接受的语言对他后来的写作颇有影响。1937 年,帕索里尼回到他的出生地波洛尼亚,在波洛尼亚大学学习艺术历史和文学。从这个时期开始,他就在学生月刊上发表文章并开始用费瑞里方言写诗。1942 年,他自费出版了自己的第一本诗集,这本诗集反映出他对自己的母语费瑞里语有着非常深刻的感情。用方言写诗在当时是一个创举,然而并没有得到太多的认可。读完大学后,帕索里尼应征入伍。第二次世界大战期间,帕索里尼加入了共产党,并且阅读意大利共产党精神领袖葛兰西的著作,然而没过多久他就被开除党籍,原因是他的同性恋倾向,被党内人士指控为道德败坏。之后,帕索里尼携母亲赴罗马定居。

从 20 世纪 50 年代开始,帕索里尼就开始了电影剧本创作,60 年代开始亲自执导电影。帕索里尼的早期经历对他有着深刻的影响,在后来的一系列电影中,他用独特的视角,记录了那些生活在社会底层的所谓边缘人物的生活形态,取得很大的艺术成就。他曾先后受邀为马里奥苏迪特、费里尼、波罗格尼尼等人撰写剧本。然而帕索里尼在电影界也是一个颇受争议的人物,他的私生活遭到世人的非议,他众多离经叛道的作品时常引发激烈的争论:50 年代的作品《暴力人生》描写妓女与皮条客的生活;《罗马妈妈》描写娼妓的生活,充满色情;《软奶酪》只放映了一次就被禁映,并给他带来了 4 个月的牢狱之灾;1964 年,他将《马太福音》以无产阶级革命的方式搬上银幕,遭到当时所有左翼人士的强烈抗议;他的绝笔之作《萨罗,又名索多玛 120 天》经法国萨德的小说改编而成,电影充斥大量的病态色欲和虐待狂的描述以及血腥色情的画面,引起轩然大波,并被所有国家禁映;他的一生都在为争取同性恋的平等地位做着不懈的努力。1975 年 11 月 1 日,帕索里尼在罗马郊区被一个 17 岁的同性恋少年杀害,时年 53 岁。

萨 冈
(1935~2004)

弗朗索瓦丝·萨冈出生于 1935 年,是法国著名的才女作家。1954 年,年仅十八岁的她写出了小说《你好,忧愁》,一举夺得当年法国的"批评家奖"。这本关于少年、爱情和孤独的小说,在五年之内被翻译成二十二种语言,在全球的销量高达五百万册,还被改编成电影,成为轰动一时的文化事件和出版现象。

萨冈漂亮出众,个性鲜明,行为有些离经叛道,她喜欢写作、赛马、飙车、酗酒,却备受法国人喜爱。与萨特和法国前总统密特朗不寻常的友谊,都为她的神秘增添了特殊光环。

萨冈被视为一个时代的青春代言人,她的小说明快、典雅,同时富有乐感和诗意,散发着淡淡的愁绪,文字简洁、聪明而从容,将法国的优美展露无遗。她的代表作包括《你好,忧愁》、《某种微笑》、《一月后,一年后》、《你喜欢勃拉姆斯吗……》、《狂乱》等等。在萨冈的小说中,那些衣食无忧的富裕社会阶层的男女,他们那缠缠绵绵的爱情故事,他们那颇为空虚孤寂、无聊的精神生活,他们那大胆追求刺激的心理机制,还有他们为满足私欲而不惜冒险的放荡脾性,都得到了很精彩、很细腻、很到位的再现。她笔下的人物性格生动,心理分析细腻,准确地捕捉到了这种以"忧愁"为基调的无所事事的小资情绪,并且用她的笔传神地表达出来,为我们理解以巴黎为代表的那个时代的时髦人们的精神生活提供了珍贵的资料。

《你好，忧愁》

初版时间：1954 年

主要人物：

塞西尔 …………………………………… 女大学生
雷蒙 …………………………………… 塞西尔的父亲
安娜 …………………… 塞西尔母亲生前好友

内容梗概：

本书以第一人称记叙，在故事的开头作者就亮出主题："在这种陌生的感情面前，在这种以其温柔和烦恼搅得我不得安宁的感情面前，我踌躇良久，想为它安上一个名字，一个美丽而庄重的名字：忧愁。这是一种如此复杂、如此自私的感情，我不禁为此感到羞耻，然而，忧愁在我看来却永远是那么高尚。"

主人公少女塞西尔无忧无虑地在寄宿学校度过了她的童年。母亲过世后，生性浪漫不羁的她，跟父亲雷蒙过了两年多随心所欲的荒唐日子，而不愿意把自己的生活纳入到正规的轨道。雷蒙四十岁，十五年来一直是个鳏夫；他正当壮年，仍充满了活力。塞西尔自由自在地闲居在家，并没有人管束她。她的父亲半年一换女人，拥有情妇无数，不过对这个她早就习以为常。

十七岁那年夏天，塞西尔和父亲以及他的情妇艾尔莎一起去蓝色海岸度假。雷蒙还邀请了塞西尔已故母亲的旧友——风韵绰约的中年妇女安娜同行。在雷蒙、塞西尔父女海滨度假期间，安娜闯入了他们的生活。她并非烟花女子，却比二十九岁的艾尔莎多了几招控制男人的手腕，很快便使雷蒙完全迷恋上了自己。雷蒙决心为安娜改变自己，回归正常的生活，并将艾尔莎撵走。塞西尔发现，安娜跟父亲此前半年更换的情妇不同，她要求稳定的家庭生活。很快，她就开始管理起塞西尔的生活。因为塞西尔刚刚没有通过高中毕业会考,所以安娜决定让她找份职业开始工作。在度假时,塞西尔遇到一位二十六岁的年轻的大学生希里尔,并立刻开始了一段新的恋情。而安娜一直对这段恋情泼冷水。

可是塞西尔害怕失去自由。安娜是一个正直、规矩的女性,一旦让她进入了家庭生活,不仅雷蒙得受她的管制,连塞西尔轻松不羁的生活方式也得随之改变,她将不得不按照安娜的培养计划去做一个乖乖女。所以这个聪明、漂亮、冷静的女人的出现,让塞西尔有了很大的不安全感。于是,她伙同希里尔、艾尔莎一起,共同精心设计了一个圈套,让希里尔佯装勾引艾尔莎引雷蒙吃醋。雷蒙果然无法容忍这个挑战。就像塞西尔预料的那样,父亲看到艾尔莎投入一个和自己女儿差不多岁数的少年的怀抱时,他被激怒了。生性浪荡的雷蒙一度冷落了安娜,而与更年轻也更放荡的艾尔莎重续旧情。一天,他和艾尔莎偷偷约会,安娜撞见两人正在拥抱亲吻,她绝望地哭着离开了。看到这一幕,塞西尔有些难过,因为一切都是她的计划造成的。她开始厌恶自己。雷蒙也不住地自责。后来他们得知安娜因为那天精神恍惚,出了车祸,命丧悬崖。父女二人顿时都陷入了无尽的忧伤中。他们知道,无论如何安娜都不可能再回来和他们一起生活了。"我们一个像鳏夫、一个像孤女似的生活了一个月,闭门不出,一同吃晚饭,一同吃午饭。我们有时也谈一点安娜的事儿:'你记得吗,那一天……',我们谈这些事时小心翼翼,掉开目光,生怕使对方难过……这种相互间的谨慎、相互间的稳重得到了补偿。于是我们很快就能以正常的声调像谈论一个曾与我们一同愉快地生活、但被上帝召去的人一样谈论安娜。"

塞西尔和父亲参加完安娜的葬礼,回到巴黎,忘掉了希里尔和艾尔莎,重新过起了没有约束的生活。塞西尔又遇到了另一个男生,而不甘寂寞的雷蒙也立刻和另一个野心勃勃的年轻女郎打得火热。但和以前不同的是,塞西尔现在品尝了一种新的滋味——忧愁:"只有在清晨,当我躺卧床上,听着从窗外传来的巴黎唯一的车水马龙之声时,我的记忆才偶尔背弃我:夏天和它所有的回忆重现了。安娜,安娜!我在冥暗中很低很低地、很久很久地重复呼唤着这一名字。我的心中倏然涌上了什么,我闭紧眼睛,呼唤着它的名字来迎接它:你好,忧愁。"

《某种微笑》

初版时间: 1957 年

主要人物:

多米尼克……………………………………… 女大学生
贝特朗……………………………………… 多米尼克的男朋友
吕克………………………………………… 贝特朗的舅舅

内容梗概:

小说叙述的是一个青年女大学生多米尼克的一段经历。她是巴黎索邦大学的一名优秀的女大学生,她的男友贝特朗也十分英俊,两人看上去非常登对。但多米尼克始终感到十分无聊、烦恼,觉得生活就像一个阴森森的旋涡。她常常"感到无聊",振作不起来。她这样反问:"为什么要振作呢?""对任何人、甚至对自己也漠不关心"、"对一切都不在乎"。甚至连男朋友也是可有可无,对他保持着若即若离的态度,她觉得自己"时刻被一种忧郁攫住",灵魂的不安一度使她困惑和迷失。所幸的是,每次她总能不动声色地找到排遣的出口:"我走进一家咖啡馆,在唱机盒上投下二十法郎,点一首我们在夏纳听过的乐曲,平添五分钟的忧郁。"

在一次聚会上,多米尼克的生活发生了改变。那次聚会中,多米尼克偶然间结识了男友的舅舅吕克。吕克是一个富有而稳定的典型的中产阶级家庭中的男人,他有一个温柔随和的妻子卡特琳娜。他生活无忧,但并不热爱时事政治,他对任何事情都流露出无所谓的冷漠,对于生活的平庸乏味却无能为力。他全身散发着与他优裕生活所不相称的淡淡的忧愁气息。他那双略带着灰色的眼睛时常露出倦意。多米尼克第一次见到吕克的时候,就发现他"有一对灰色的眼睛,神色疲倦,几乎显得忧郁,透出一种独特的美",他这种独特的忧郁气质深深地吸引了多米尼克。这多少有些矛盾。多米尼克自己也出身中产阶级,并且带有些许玩世不恭的性情,所以她希望找一份相对沉稳的、负责任的感情。在她心目中,理想的伴侣必须稳重,有经历,有担当。但同时她也明白:"在我这样的人身上,幸福只意味着某种心不在焉,意味着既不觉得烦闷又可随意相别人。"她松懒的性格决定了她的选择,最后她跟着感觉,放任自己投进吕克的怀抱。

随后两人平静地、慵懒地甚至带一点忧愁地一步步慢慢地发展。多米尼克一面被吕克深深吸引,另一面又和他妻子卡特琳娜成了好朋友。他的妻子评价他们俩是"同一类人","生性都有点忧愁"。她曾经无意中说过一句心里话:"我觉得吕克向我建议同床共寝是件天经地义的事,同时又十分不合礼仪。"而另一方面,吕克一边当着卡特琳娜的合格丈夫,一边却不可避免地喜欢上了多米尼克。后来,为了不伤害卡特琳娜,两人隐姓埋名,来到法国南方地中海沿岸的蓝色海岸共同度过了一段短暂但是纯洁的美好时光。

终于,多米尼克发现吕克跟一般的花花公子没有什么两样:"他并不冒什么风险,他是个无动于衷的人。"她断然从这段感情中解脱了出来,情绪平和地接受了分手的结局。她没有任何受伤害的感觉,只是觉得仿佛失去了身上某种最重要的、最有活力的东西。

小说的最后,当吕克从美国旅行回来之后给多米尼克打电话时,她突然觉得"在我身上,某种东西已经泯灭",然后她无意中照了照镜子,情不自禁地微笑了。这个满不在乎的微笑以及淡淡的忧愁,都是对过去的一个了断。

作者用简单、明快的句子快速勾勒出了一种懒散颓废无所事事的忧郁,中产阶级的通病——百无聊赖、无所事事、消极颓废、毫无目标的状态弥漫在整部小说中。"巴黎就是属于那些放荡不羁、无拘无束的人们的"。衣食无忧的生活渐渐磨平了他们的激情,无欲无所求。基于这样的共同特性,才造就了吕克与多米尼克的同病相怜,互相安慰,也注定了他们的热情只是昙花一现,转瞬即逝。作者准确地抓住了这种情绪,将主人公的内心世

萨

冈

界刻画得极其生动。

勒·克莱齐奥

（1940~　）

让-马利·居斯塔夫·勒·克莱齐奥 1940 年出生于尼斯，祖上是移居毛里求斯岛的布列塔尼人，其父亲在非洲担任英国军队的外科医生。他先后在尼斯和英国上大学，并获得文学学士学位。他游历过世界许多国家，先后在曼谷和墨西哥任教，1970 年至 1974 年间在巴拿马与当地的印第安人一起生活。

勒·克莱齐奥七八岁便开始创作，其成名作《诉讼笔录》发表于 1963 年，获得雷诺多文学奖。此后，相继出版了三十几本故事集、小说、随笔，其中影响较大的有：《战争》（1970）、《沙漠》（1980）、《觅金者》（1985）、《流浪的星星》（1992）、《云中的人们》（1997）等。

勒·克莱齐奥的写作风格经历了两个截然不同的阶段。

从 1963 年到 1975 年，勒·克莱齐奥作品主要探究了一些疯狂的行为以及一些语言文字方面的问题。在作品中，他通过一些激昂的、大胆的、富有创造性的文字来表现出对现代文明的强烈不满，表现出被这个"文明世界"异化的人们心中深深的焦虑。作为一个大胆创新和反抗现实的年轻作家，勒·克莱齐奥深得米歇尔·福柯的赏识。

1975 年之后，勒·克莱齐奥的风格有了重大变化，笔调变得缓和、宁静，儿童、旅行、少数民族等成为其作品的新主题。在巴拿马和墨西哥的旅行使得他从前期的忧虑中解脱出来，在那里他认识了一些印第安人，认识了一种原始的生活方式，而这样的生活方式正是他所追求的。于是，他开始描写生活中美好的事物，开始描写他所向往的神秘生活。他的这种风格赢得了法国广大读者的认可。1980年，勒·克莱齐奥因其作品《沙漠》而成为第一个获得由法兰西学士院颁发的保尔·莫朗文学奖的作家。

1994年，勒·克莱齐奥被评选为"当今最伟大的法语作家"。2008年，他因为"将多元文化、人性和冒险精神融入创作，是一位善于创新、喜爱诗一般冒险和情感忘我的作家，在其作品里对游离于西方主流文明外和处于社会底层的人性进行了探索"而荣获诺贝尔文学奖。

《诉讼笔录》

初版时间： 1963年

主要人物：

亚当·波洛 ……… 一个离群索居、被认为精神失常的年轻人

内容梗概：

亚当·波洛在海边的山顶上找到了一座闲置的房子，他不知道主人是谁，也不知道主人是否会回来、什么时候回来，便决定搬到这里住下来。他给家人留了几句简短的话，把他的摩托车推进海里，试图让人以为他死了。

在海边他认识了一位年轻的姑娘米雪尔。一次他们一起在山上游玩的时候，亚当·波洛把米雪尔强奸了，她去警察局报了案。米雪尔后来还是按照亚当给他的手绘地图找到了亚当的住房，并为他带来了报纸和钱。她已经成为亚当与尘世之间唯一的接触。亚当对她谈论无处不在的、全面而持久的战争，谈论每个人都终将走向死亡这一定律。然而她对此丝毫不感兴趣，她越来越强烈地感受到跟他在一起的不舒坦。她建议去海边散步。在海边他又一次占有了她，可他的思想却全然不在她身上。他独自奔跑起来，把她远远地甩在了后面。

亚当每隔一段时间进城一次，买些必需品。他行走在城市

·501·

里,偶尔与陌生人进行一些无聊的对话。他发现自己对什么都不感兴趣,无论是城市还是乡村。他躺在海边,看太阳,看天空与大海,猜想松树之后的松树,电线杆之后的电线杆,进行着一些简单的思维活动。他躲在房子里,漫无边际地思考,以"我亲爱的米雪尔"为开头,写信或者写日记。

他来到动物园,久久地观望各种各样的动物,感觉自己似乎成了动物世界的一员。在豹笼前,他试图越过栏杆靠近豹笼,引起笼中母豹发怒。他买下其他游客用来逗猴子的香蕉自己吃,与卖香蕉的老太太攀谈,对老太太刨根问底,引起她的恐慌,威胁说要报警。直到出了动物园,他依然觉得空气里有动物的气味,他开始怀疑自己是不是原本就属于动物群体。

亚当在海滩上看到一只狗,他细细地观察这条狗,然后跟着它,下了海堤,穿过公路,经过林荫大道,来到城市,进入商场,在商场的地下室看那只狗与一只母狗交配。他学狗喝街边水龙头的水,又跟着狗一路奔跑,直到狗回到了它的主人家。

他在那座被废弃的房子里找到了几个桌球,用从花园里找到的竹棍当球杆,独自玩了起来。他发现房子里有一只白老鼠。在这只弱小的白鼠面前,他感觉自己变成了巨人。一场斗争在他与白鼠之间展开。他用桌球当武器,对白老鼠穷追不舍,最终把它砸死。他捡起老鼠散架的尸首,哭泣着把它从窗口扔到了山丘的地上。

亚当继续给米雪尔写信,谈论他发现的白鼠尸体,谈论花园里芦荟树叶上刻着的字,谈论花花草草的故事。他想着如果房子的主人某天回来,那么他该做什么:在朋友不在家的日子登门拜访或者戴孝去墓地装成死者的亲朋好友。

雨天,他又在城里漫无目的地晃悠,他不知道该去哪里,也不知道自己喜欢什么。他慢慢地走着,漠然地看着周围的一切,想着生命的无常,等待着自己猝不及防的末日。海边有人淹死了,吸引了许多看热闹的人。那个溺死的、浑身肿胀的"水人"在亚当看来是那么可笑。他听着周围人们的议论,想象着可能发生在这个四十几岁的男人身上的可笑的事情。亚当觉得,这个人也许从未存在过。

他打电话给米雪尔,米雪尔不在。于是他开始到处追踪米雪尔,就像追踪那条狗。他找遍了城市的每个角落,他看着来来往往的人们,觉得这个城市里到处都是亚当:男的、女的、老的、少的。他行走在街头,对一切视而不见,觉得一切都与他无关。他觉得一切都将归于虚无,觉得自己不久就将不复存在了。

亚当终于找到了米雪尔。亚当再次向她要钱,遭到拒绝。于是他和与米雪尔同行的美国汉子发生了争执,引起了斗殴。米雪尔叫来了警察,亚当在仓皇之间逃走了。

他收到了母亲的来信。母亲诚恳地请求他回家,回到父母身边,过正常人的生活。亚当不予理会,他来到街上,对公众作了一番演说。他说他怀念纯净美好的大自然,说他讨厌这个充斥着电线杆子、大道、小路、墙壁、房屋、桥梁、堤坝、飞机的世界。他足足讲了半个小时,他的语言晦涩难懂,他越讲越快,快到听众无法听懂的程度,甚至到最后在大庭广众之下裸露身体。他被逮捕了。紧接着房子的主人和米雪尔相继对亚当提出控诉,于是亚当被当成一名精神病人送往疯人院。

他静静地待在精神病院的小房子里,静静地观察着房间里的一切,想象着外面世界的一切。医生带着几个学医的大学生来为亚当诊疗。亚当与医疗组中的一位女大学生展开了一场辩驳。他谈到了小时候一位聪明却无法为人理解的同学指出了现代心理价值和语言表达等分析系统的种种弊病,同时也感叹这世界简单明了的东西已经不复存在了。然而他的激进而叛逆的思想无法得到大家的理解和认同,除了那位美丽的女大学生,大家一致认为他精神错乱,都对他的长篇大论表现出极度的不耐烦。

亚当又回到了疯人院的小房间,躺在床上,不再等待任何东西。

·503·

迪 昂
(1949~)

菲利普·迪昂是法国著名作家,他1949年出生于法国巴黎。他开创了一种与同时代有影响力的写作手法完全不同的风格,拥有众多的崇拜者。成名以前的菲利普·迪昂打过很多小工,一直到1981年,他写了第一本短篇小说集《50比1》,这时的他还在一条偏僻的高速公路的收费亭里担任夜班值班员。此时由于没有名气,伽利玛出版社还不肯出版他的小说,但是帮他联系了另外一家出版社。接下来他又写了《地狱般的蔚蓝色》跟《腐蚀地带》,从此迪昂在全世界声名鹊起,成为法国后现代小说的代表性作家。《早晨37度2》是菲利普·迪昂的代表作之一,这部小说后来被翻译成二十几种文字,累计销量超过100万册。在一个电视节目里,菲利普·迪昂认识了瑞士法语歌手斯蒂凡·艾舍尔,从此成为他的主要歌词作者。几年后,菲利普·迪昂举家搬迁美国。在那里,他创作了《鳄鱼》、《脊椎》等。从1993年开始,让菲利普·迪昂的作品加入法国伽利玛出版社颇具影响的"黑色系列"丛书中。

《早晨 37 度 2》

初版时间: 1985 年

主要人物:

佐格 ……………………………………… 修理工
贝蒂 ……………………… 佐格女友,曾经的夜总会女招待

内容梗概:

《早晨37度2》是迪昂的长篇处女作,1986 年,法国著名导演让-雅克·贝纳克斯将其改编成同名电影(又译《巴黎野玫瑰》),在商业票房上获得巨大的成功,并获奥斯卡最佳外语片金像奖提名。

女主人公贝蒂曾经是一名夜总会女招待,她漂亮迷人,夜总会老板对她垂涎欲滴。但是贝蒂也是一个狂野的姑娘,性格中

潜藏着疯狂和歇斯底里。她对自己的生活状况很不满意,也厌倦了在夜总会的生活,贝蒂对未来怀有非常大的期待,希望能有好运气降临在自己头上,从此不用再过贫穷的没有希望的生活。在一次遭遇夜总会老板的非礼后,贝蒂什么也没有带就只身离开了夜总会。离职后,贝蒂来到男友家,留下一起生活,也没有再出去找工作。男友佐格性格温和、随遇而安,是一名维修工,在法国的一个普通小城市里过着悠闲平凡的生活,他的工作是为附近的居民修修补补,马桶堵塞,水管爆裂,活儿不多也很轻松,大部分的时间都可以自由支配。女友的到来打破了他平静的生活。最初的二人世界完美无瑕,他们的爱情热烈疯狂,工作之后,佐格跟贝蒂就待在自己的小屋子里,朝夕相处,非常快乐满足。在佐格的心里,在一个相对安静的地方,拥有一个带阳台的小屋,和贝蒂朝夕相处,就非常满足了。但是对贝蒂来说,在她的内心深处,认为这样的生活是暂时的,没有前途、身无分文的生活无法长久地吸引她,她不喜欢永远过这样简单朴素的生活。

不久,贝蒂不稳定的心理状态开始初露端倪,她开始变得不安和焦虑。一次跟以前朋友的偶然相遇完全刺激了贝蒂内心的欲望。一天,贝蒂跟佐格在一家餐馆碰到了曾经在同一家夜总会做女招待的索妮亚,他的未婚夫侃侃而谈,讲述如何经营咖啡馆发了财,索妮亚也向他们炫耀自己得意的生活。回来后贝蒂表露出极大的羡慕之情,一再向男友表示对目前处境极大的不满,之后不满日盛一日,贝蒂时常抱怨发脾气,催促佐格想办法寻找门路改变生活。偶然间,贝蒂发现佐格写的一箱小说手稿,她欣喜异常,认为终于有了可以改变生活的机会。此时的她像发现新大陆一般,认定佐格完全有可能在写作方面获得成功,而她自己接下来义不容辞的任务就是要帮助佐格成为一个名作家。激动的贝蒂在狂躁之下冲动地烧掉了佐格的小木屋,一定要陪他到巴黎去实现他的作家梦想。但是事实上,佐格只是把写作当做兴趣而已,那只是他在悠闲生活中的一个消遣,他对自己的写作毫无信心,认为自己的文章不算什么,也不认为自己真的能够出名。但是他非常爱贝蒂,他温和的性格也让他对贝蒂

·505·

迪

昂

的行为一直采取忍让的方式。接下来的情形并不如贝蒂想象的那么顺利,他们遭遇了非常多的挫折,佐格的稿子屡次被退,似乎离出版还非常遥远,她的理想也一点点走向破灭。在这个过程中,贝蒂极端的性格开始暴露无遗,反复无常,极端冲动,越来越暴躁,她对周围的事情显得非常不耐烦,以至于采取极端的方式弄瞎自己的眼睛、残害自己的身体来发泄。最终贝蒂被送进了疯人院。为了不让贝蒂忍受病痛的折磨,佐格混进疯人院结束了贝蒂的生命。而这个时候佐格的小说却得到了出版,贝蒂的梦想终于实现了,而她却再也无法体会成功的喜悦。佐格只有用继续坚持写作来缅怀贝蒂,表达他的爱情……

乌艾尔贝克
（1958~　　）

　　米歇尔·乌艾尔贝克1958年出生,被认为是法国1968年后最具代表性的作家。父亲是高山向导,母亲是麻醉师。他从小远离父母,从6岁起就跟随祖母一起生活,祖母信仰共产主义。读中学的时候,米歇尔·乌艾尔贝克就表现出与众不同的思考分析能力,同学们给他起了个"爱因斯坦"的绰号。16岁的时候,米歇尔·乌艾尔贝克发现并喜欢上郝沃德·菲利浦·洛夫克莱福特的作品,他是一位著名的美国科幻、恐怖小说家。1980年,他从农学高等学校毕业,毕业后马上结了婚,并开始了一段时期的失业生活。第二年,儿子出世,之后与妻子离婚。

　　从20岁开始,米歇尔·乌艾尔贝克就开始了文学创作,出入各种文人诗圈。1985年,他得到新文学杂志的米歇尔·布勒都的赏识。之后,米歇尔进入国会,担任行政秘书的职位。1991年,他为郝沃德·菲利浦·洛夫克莱福特作传记,名为《郝沃德·菲利浦·洛夫克莱福特,反世界,反生命》。

第二年,他的第一部诗集《追逐幸福》出版,并获得特瑞斯坦大奖。1994 年,小说《反抗区域的扩大》出版,这也是他的第一部小说,如今已经被翻译成多国文字。1996 年,第二部诗集《战斗的意义》出版并获得福洛活奖,其后,第三部诗集名称为《复活》。1998 年,小说《基本粒子》一经出版便创造销售记录,并掀起一场激烈论战,2002 年,《基本粒子》英译本获得国际 IMPAC 都柏林文学奖。有几年的时间,这位作家一直逗留在爱尔兰,在那里写下了他的第三部小说《月台》,这本小说于 2001 年出版,之后他移居西班牙。《月台》也引起过巨大的反响。这部小说有大量的色情描写,突出了消费社会享乐主义与传统观念的冲突。2005 年,他的第四部小说《一座岛屿的可能性》出版,这是一部科幻题材的小说,虚构了人类世界未来克隆人的生活。

《基本粒子》

初版时间:1998 年

主要人物:

布鲁诺	中学教师
米歇尔	生物学家
雅尼娜	布鲁诺和米歇尔的母亲
柯里斯蒂娜	单身母亲,布鲁诺情人
安娜柏乐	米歇尔年轻时女友

内容梗概:

　　《基本粒子》的故事发生在 1998 年 1 月 1 日到 2009 年 3 月 27 日之间,分别讲述了发生在两个同母异父的兄弟米歇尔和布鲁诺身上的故事,他们都出生在 50 年代末。对于他们来说,完全是偶然的原因,某个小小的基因让他们在某个偶然的时刻有了无法改变的亲人关系。然而在小说里他们却是两个极端,一个是性解放潮流的先驱,一个却是禁欲主义者。他们放荡不羁的母亲雅尼娜,1920 年出生,在阿尔及利亚长大,她的父亲是一位工程师,在阿尔及利亚工作。长大后的雅尼娜来到巴黎念书。那时的她漂亮迷人,情人众多,最后她选择跟一位年轻有魅力的外科医生结了婚。在雅尼娜的眼中,这个外科医生很有男人味,他在当时相对新潮的整容行业工作。然而好景不长,婚姻仅仅维持了两年的时间,在布鲁诺出生以后,他们就离了婚。布鲁诺就这样被父母抛弃,由雅尼娜的父母看管。雅尼娜离开法国去了美国加利福尼亚生活。米歇尔是雅尼娜跟第二任丈夫的孩子,她把孩子扔给了丈夫的母亲来抚养。小的时候,布鲁诺和米歇尔虽然在同一所学校念书,却对彼此的血缘关系并不知情。

　　两兄弟之中布鲁诺成长得更加艰苦一点,他后来被送到严格的寄宿制学校念书,天天忍受欺负跟侮辱。1968 年学生运动,打破了绑缚在布鲁诺身上的枷锁,70 年代性解放潮流席卷而来,情色消费急速蔓延。18 岁的布鲁诺面色惨白,身体过于肥胖,从学校出来的火车上,他坐在一个漂亮女孩子的旁边,忍不住偷偷地手淫。暑假期间,他被暂时安置在母亲的公寓里,然而母亲那些嬉皮、肤色黝黑的情人们出出入入,让布鲁诺感到非常痛苦。布鲁诺对母亲痛恨至极,多年以后,他对雅尼娜的憎恨终于得到了宣泄,那是在她临死前,雅尼娜躺在病床上,布鲁诺再也控制不住爆发了,侮辱的语言像洪水一样喷向母亲。如今布鲁诺在第戎的一家中学里面教授文学,他的理想是成为一名作家。布鲁诺的婚姻濒临破裂,在米歇尔的眼中,布鲁诺已经接近了"四十岁危机",他开始穿着皮大衣,说话也像某个电影里的人物。应该在家里照看儿子的布鲁诺,晚上却沉迷于红灯区,出入夜总会,寻找一夜情。其余的时间,他醉心于网上情色电影和图片,结果欠下了巨额的电话费,无法向妻子交代。布鲁诺已经无法自拔,在欲望的驱使下,他流连于女人内衣、按摩院、卖淫、色情视频、情色聚会、性用品商店之中。第一次婚姻失败以后,布鲁诺遇到了克里斯蒂娜,她离了婚,是一个男孩的母亲,性欲使他们走到了一起。布鲁诺同她一度建立了家庭,然而最终还是走向了分裂。无法满足的欲望让布鲁诺最终走向了精神分裂跟自我毁灭的道路。

　　长大后的米歇尔是一位生物科学家。童年时祖母的去世给米歇尔精神打击很大。他对把他抚养大的祖母怀有强烈的感情,然而失去祖母以后,他慢慢发现自己有了变化,他无法感觉到任何强烈的感情,他发现自己失去了爱的能力。大学的时候,他甚至无法同自己漂亮的女朋友安娜柏乐接吻,后来只得以分手告终。从此以后米歇尔心无旁骛,刻苦钻研生物学,在超市跟实验室之间过着两点一线的生活。他致力于研究动物的无性繁殖。他把自己隐藏在实验室的显微镜前,并且一再研读黑森伯格的自传,这个世界上没有其他事情能够引起他的兴趣,他对真实的生活充满了恐惧。在国家科学研究中心整整待了 15 个年头以后,米歇尔请假去了巴黎,他对上司没有做过多解释,只是说需要时间"想一想"。40 岁的时候,米歇尔跟安娜柏乐又一次重逢,由于米歇尔的性冷淡跟爱的能力的丢失,他们无法再重温过去的时光。安娜柏乐死后,出于对人类世界的失望,米歇尔致力于生物研究,并且取得了革命性的成功:他创造了人类无性繁殖的理论,所有动物甚至人都可以通过克隆而获得永生。2009年,米歇尔去世。科学研究继续深入,人们纷纷进行克隆,最终导致 2029 年现有人类的灭亡。

达利耶塞克
(1969~   )

　　玛丽·达利耶塞克是法国当代著名作家,母亲是一所初中的法文教师,父亲是初级技工,她在法国巴斯克的一所小村子里长大。她从小就热爱读书,说自己从 6 岁开始就想当作家,一直对文学怀有浓厚的兴趣。1986 年,玛丽中学毕业并顺利通过了文学类毕业会考。1988,她小获成功,得到了《世界报》授予的"年轻作家奖"的称号。经过两年的文学预科学习,1990~1994年,玛丽进入巴黎高等师范学院读书,在这段时间里她做了大量的阅读。1994年,玛丽任职于里尔第三大学,教授法国文学,对斯丹达尔跟普鲁斯特有专门的研究。1996年她开始研究心理分析学,并同时撰写学术评论和小说,并在报纸上发表学术论文。同年,玛丽出版了她的第一部小说《母猪女郎》,这本书讲述了一个妙龄女郎如何慢慢变成母猪的故事。小说获得了极大的成功,玛丽成为法国文坛的一颗新星。玛丽称《母猪女郎》并不是她真正意义上的第一本小说,之前她曾写了6部小说,但是由于不够成熟并未发表,但是这些写作帮助她慢慢找到自己独特的写作风格。第二年,玛丽结婚,但这段婚姻只维持了一年的时间便宣告结束。1998年,第二本小说《幽灵的诞生》发表,讲述丈夫出去买面包后失踪,妻子在家久候,心生幻觉。由于对心理学做过研究,玛丽对心理的描写刻画非常独特深入。2000年,玛丽再婚,第二年,儿子出世。玛丽发表了一部被称为最接近自传的小说《宝贝》,小说中虽然始终没有透露出母亲和宝宝的真实姓名,但是人们想当然地认为作者应该讲述的是自己和她儿子的故事,作者从母亲的角度描写孩子出生后家庭的变化和父母的心理。

2006年,玛丽应邀来中国进行短期访问并做了精彩的演讲。如今,作为两个孩子的母亲,玛丽坚持写作,不断推出新的作品,一边照顾家庭一边享受写作的乐趣。

《母猪女郎》

初版时间:1996年

主要人物:

"我" ················· 香水店店员
奥诺雷 ················· "我"的男友,中学老师

内容梗概：

《母猪女郎》出版于 1996 年，玛丽·达利耶塞克凭借这部作品一举成名，并且打入了龚古尔文学大奖的最终入围名单。小说以第一人称展开叙述："我"是个公认的漂亮迷人的姑娘。为了得到一份香水店服务小姐的工作，"我"牺牲自己的色相，满足了化妆品老板的欲望。"我"喜欢游泳，在游泳的时候"我"结识了奥诺雷，他是一名中学老师，他称自己来游泳池的目的就是要认识纯洁的姑娘。"我"开始跟他交往。香水店因为"我"的到来而生意兴隆，因为"我"是一个纯洁迷人的姑娘，不论男顾客还是女顾客都非常喜欢"我"，光顾的人也越来越多。尤其是那些男顾客们，他们对"我"的身体是那么的着迷——"我"除了化妆品，也提供其他的服务。"我"除了得到香水店作为奖励的化妆品，还把化妆品偷出来，卖掉或者拿来自己用。在香水店的日子让"我"快乐，"我"精力充沛，劲头十足。可是问题是"我"总是感到很饥饿，不顾一切地把吃的东西往嘴巴里塞。"我"越来越胖。周围的人都怀疑"我"是否怀孕了，奥诺雷也这么认为。"我"流产了两次，可是之后仍旧狂吃不已。"我"看到镜子里的自己越来越肥胖，身上的赘肉越来越多，工作服处在撑破的边缘。"我"跟奥诺雷之间也出了点问题，他不像刚开始那样对"我"着迷，更何况"我"如今晚上睡觉一直大声地打呼噜，有时候还发出尖叫，这让奥诺雷开始讨厌"我"，于是晚上"我"到客厅里睡觉了，这样也感到更舒服一点，可以肆无忌惮的打呼噜。

"我"以为自己肥胖会让业绩下降，然而出人意料的是，男顾客们络绎不绝，他们似乎更喜欢"我"了，"我"尽自己所能满足他们的欲望。女顾客们对"我"慢慢失去了兴趣，不再光顾。"我"的身体开始发生极大的变化，"我"发现自己的眼睛越来越小，似乎眯成了一条缝，皮肤发红，不断长出怪东西，还伴有臭烘烘的味道，更可怕的是"我"的腿上背上都长出了又硬又透明的细毛。到了晚上，"我"的皮肤变得很粗糙，男顾客们越来越不满，幸亏还有几个比较长情的常客偶尔光顾。老板开始表现出不满，"我"的佣金减低了很多，只够基本的日常开销。

"我"去看皮肤科医生，可是医生似乎对"我"身体的变化也没有更多的办法。"我"最终被奥诺雷赶了出来,这时的"我"在人们的眼中像一头胖母猪,没有男人再对"我"感兴趣。"我"无家可归,只好四处流浪,到垃圾桶寻找食物,"我"的行走越来越艰难,"我"开始用鼻子寻找地上的食物,而且令"我"费解的是,"我"已经不能说话了,每次"我"张开嘴巴,就只能发出猪一样的叫声,"我"还爱上了在泥浆里打滚,后来"我"长出了大耳朵跟大嘴巴,"我"躺在自己的粪便上睡觉——"我"彻底变成了一头猪!

"我"跟一群同类待在一起,他们中有的"我"曾经认识,如今都跟"我"一样,身上臭烘烘的,还用鼻子寻找食物。"我"对这样的状态非常的厌倦,"我"开始有意识地去清洗自己的身体,这种行为让"我"的同类们无法理解。"我"在盥洗室的后面发现了很多书,为求得片刻的宁静,"我"开始阅读所有能找到的书,阅读让"我"发生了变化,回忆起过去,"我"忍不住流下了眼泪。

这时,警察发现了"我"的存在,并对"我"进行追捕,"我"四处躲藏。后来,"我"遇到了变成狼的富翁,"我"们相爱了,过着非常幸福快乐的生活。然而警察的追捕没有结束,"我"的爱人在追捕中被打死了,从此"我"只好东躲西藏,人类的世界在这些年岁中发生了什么,"我"都浑然不知。母亲把城里的房子卖了,到乡下买了一个农场,"我"追随至此,混进了母亲养的一群猪当中,然而母亲却要把猪给卖掉,"我"又一次想逃离厄运的魔掌,然而在争执中,"我"无法控制地朝着母亲开了枪,她被"我"打死了。

诺　东
(1967~ 　)

艾米丽·诺东 1967 年出生于日本神户,她的父亲当时任比利时驻日本的外交官。艾米丽的父母出生于比利时法语区,也是比利时布鲁塞尔一个非常显赫家族的后裔。作为外交官的女儿,艾米丽童年跟少年时代是在远离比利时的东方国家度过的,她跟随父母辗转各个国家:日本、中国、老挝、缅甸等等。艾米丽的童年的大部分时光是在日本度过的,所以艾米丽可以讲一口流利的法语跟日语。读书之后艾米丽回到日本工作,在东京担任过一段时间的翻译。之后艾米丽回到了布鲁塞尔,开始了她的写作生涯。

　　1972 年到 1975 年,诺东跟随做外交官的父亲生活在中国的首都——北京。对于这段经历,艾米丽有着很深的感触,她回忆那段时间时写到:"我目睹了英雄主义,辉煌荣耀,背信弃义,爱,冷漠,苦难,羞辱。那时,我七岁,在中国。"

　　迄今为止艾米丽一共创作了四十几部小说,处女作《杀手保健》在 1992 年出版,初试牛刀的艾米丽凭借这部作品获得了荷内·法雷小说奖。1993 年出版的小说《爱情与破坏》荣获四项法国文学大奖。而后出版的小说《诚惶诚恐》更是让她获得了 1999 年度法兰西学士院大奖。她的作品如今已经被翻译成二十几种语言。目前,中国已经翻译出版了几部艾米丽的作品,包括:《杀手保健》(1992)、《管子的玄思》(2002)、《爱情与破坏》(1993)等。

《诚惶诚恐》

初版时间: 1999 年

主要人物:

艾米莉……………………………日本公司实习生
茉莉小姐……………………………艾米莉上司
齐藤先生……………………………茉莉小姐上司

内容梗概:

　　这部作品于 1999 年出版,获得了法兰西学士院大奖,随后被改编成同名电影搬上银幕。比利时少女艾米莉从小在日本长大,童年的快乐生活和在日本的愉快经历在长大后的艾米莉心里留下了美好的回忆,多年以后她努力寻找机会重返出生地,以实现自己真正融入日本生活的梦想。大学毕业后艾米莉到多家日本公司应聘,由于会说一口流利的法语和日语,艾米莉被东京的一家大公司录用做实习生,这是她的第一份工作。她满怀信心地来到这家大公司,对工作充满美好的期待和憧憬。

小说的题目"诚惶诚恐"来自于日本的传统礼仪,在日本,恭敬礼仪渗透在社会生活的各个方面,尤其在日本公司中非常盛行。日本看上去是一个非常进步非常开放的国家,然而阶级制度如森严壁垒不可稍有逾越。上级跟下级之间、长辈跟晚辈之间的相处有着无法可循但是被所有人默认的规则。作为晚辈跟下属必须时刻表现得谦逊恭敬、诚惶诚恐。

艾米莉是一个善良坦率热情的女孩,由于童年的记忆,长大后的她梦想成为一个真正的日本人。艾米莉非常投入地工作,想要融入公司的文化中,并能够被所有的日本同事所接受。然而接下来事情的发展却慢慢磨灭了艾米莉的热情,甚至朝着更糟的方向发展。作为公司唯一的一名外籍女员工,艾米莉始终被当做一个外国人来对待,被日本同事的民族情结所排斥。而且作为女人,她时刻表现出自作主张、有主见有主意的西方思维为日本同事所不容。日本的公司实质上是男人的世界,女人应该时刻听从上司的差遣,谦逊顺从。然而艾米莉所接受的西方文化让她拥有一种独立自我的个性。看上去艾米莉拥有了一份能够让她发挥所长的工作,有着极大的空间让她展示自己的工作能力。然而事实上,艾米莉是闯入了一个完全陌生的世界,这个世界的逻辑思维模式跟期待中的完全不同:暴躁的上司,战战兢兢的下属,性格怪诞的同事跟复杂的工作环境。艾米莉每况愈下,工作的压力和来自上司、同事的阻力让她越来越难以招架。

艾米莉说:"羽田先生是尾持先生的上司,尾持先生是齐藤先生的上司,齐藤先生是茉莉小姐的上司,茉莉小姐是我的上司。而我,我不是任何人的上司。因此,在弓元,我听从所有人的差遣。"刚开始工作就不太顺利。齐藤先生让艾米莉回复一封高尔夫聚会的邀请信,由于对日本人敏感心理的不够了解,信被搞砸了,接着艾米莉又搞砸了一次财务核算。她的直属上司茉莉小姐曾被艾米莉认为是最善解人意的好朋友,然后掩藏在背后的却是她尔虞我诈的各种伎俩。艾米莉在这个公司吃尽了苦头,陷入困境,从最初的翻译工作到被贬当厕所女工,最后艾米莉再也无法忍受,除了辞职没有别的出路。在这短短的一年时间里,艾米莉历尽辛酸,也最终看清了日本人不平等的金字塔等级制度。她怀着对日本美好的憧憬回到这里,如今,只有怀着无限的失望和复杂的心情离开。

菲利普·克洛岱尔

(1962~)

菲利普·克洛岱尔,法国现代著名作家,剧作家。1962年,他出生在法国洛林地区,他曾经在中学当过教师,后来到南希第二大学教授文化人类学和文学。到目前为止菲利普·克洛岱尔出版了多部作品,并且广受好评。1999年出版的小说《莫斯忘记了》获得法国广播金奖。小说《千百悔恨中的一些》2000年面世,获得马赛巴鲁乐大奖。2000年小说《我放弃》获得法国电视大奖。2003年《小机械》获得龚古尔短篇小说奖和雷诺多文学奖。《灰色的灵魂》是他的代表作之一,2003年出版,小说的灵感来自于作者阅读过的一份第一次世界大战时的犯罪档案,小说的背景也设置在作者的出生地洛林地区。这部作品非常受欢迎,2003年获得雷诺多文学奖并被《读书》杂志评为年度最佳图书,同时还获得2004年度 ELLE 女读者大奖。目前小说已经被改编成电影,搬上荧幕。《三个关于玩具的故事》2004年出版。2005年6月,菲利普·克洛岱尔来到中国,进行了为期一周的访问,同喜爱他的中国读者见面交流。

《灰色的灵魂》

初版时间：2003 年

主要人物：

内容梗概：

故事的背景被安排在第一次世界大战期间法国东北的洛林地区。这个地区处于法德边境地区，第一次世界大战期间战火连连。这个小城跟战场只有一山之隔，军队时常从小城穿过，从战场上退下来的疲惫不堪的士兵、伤痕累累的伤员、一波又一波的军队从这里经过。小城里的居民都处在一种难以描述的心理状况中，每个人都试图让自己脱离这场战争，假装战争离自己还非常遥远，然而又不可避免地遭遇战争的威胁。在这个特殊的年代里，人命犹如草芥，每天都有人得不到救治而死去，缺胳膊少腿的士兵在小城里天天都可以看到。

小说以一个参与当年案件侦查的警察埃梅·拉法尔的自述为线索展开叙述：1917 年冬天的一个寒冷的早晨，10 岁的漂亮小姑娘小布拉什的尸体被人在运河边上发现。她是被人掐死的，脖子上有明显的掐痕。这个案件在小镇上引起了轰动，首席法官米埃尔西被任命负责案件侦破，由于是在特殊的战争时期，军队也参与管理地方事务，上校马次耶夫同米埃尔西共同处理这个案件，警察埃梅·拉法尔也被安排参与这起案件的侦破工作。

美丽的维拉蕾娜是新来的小学教师，她被安置在检察官戴斯第纳家里，这是一个位于运河边的古老城堡。检察官戴斯第纳权高位重,他的妻子18年前去世了。维拉蕾娜时常流露出忧伤的表情,她的情人正在如火如荼的战场上奋力拼杀,这对恋人只能通过书信往来互报平安倾诉爱意。维拉蕾娜时常登上那座小山,泪眼模糊地遥望对面炮火连天的战场,她的爱人此时就在那片战场上奋力拼杀。然而有一天,维拉蕾娜接到了军队寄来的信件,她的情人已经战死沙场。当天夜里,维拉蕾娜被发现死在了自己的床上,每个人都在猜测她自杀的原因。埃梅·拉法尔得知最后一个见到维拉蕾娜的人恰好就是检察官戴斯第纳,他在心里暗暗存下了疑窦。

小布拉什的案件仍旧在追查过程中,埃梅·拉法尔遇到了目击者垃圾回收员诺塞菲娜,她声称案发当晚在河边遇到了一个逃兵,也看到检察官同小布拉什在一起过。为了堵住诺塞菲娜的嘴巴,法官米埃尔西将她关进了监狱,同时将两个逃兵抓了起来进行折磨,最终罪名被栽赃给逃兵,逃兵被枪决,检察官的声望丝毫没有受损。埃梅·拉法尔心里一直怀疑两个女孩的死都跟检察官有关,然而也不可能深入调查。他对法官和上校的草菅人命感到非常气愤,然而却无能为力。由于战争的原因,道路受阻,埃梅·拉法尔无法及时赶回家中,妻子克雷芒斯难产而死,他悲痛欲绝。

维拉蕾娜是自杀还是他杀,杀害小布拉什的凶手到底是谁,答案似乎永远也无法大白于天下。随着时间的推移,在这个死亡犹如家常便饭的年代里,这样的小案件很快就被人淡忘了。

菲利普·克洛岱尔称这是一本伪侦探小说,他的目的不是案件的层层解密,然后真相大白,而是通过特定的历史环境下的一个案件,揭露这个恐慌的年代里战争给所有灵魂带来的痛苦和折磨以及那些懦弱、纯真、善良、尔虞我诈、残酷的"人性"。小城虽然跟战场有一山之隔,然而这里的一切都没有办法脱离战争的阴影,所有的一切都被蒙上了一层灰暗的色彩。在这里,好人和坏人难以区分,善良跟邪恶难以得到公正的裁决。这里没有白色,没有黑色,只有满世界的灰色。直到最后,作者也没有披露真正的凶手是谁,然而这已经不重要了。

2003年,这本小说被法国权威的《读书》杂志评为年度最佳图书,它得到了这样的评语:"这些文字散发出一种晦暗、蛊惑人的美。这种美来自其历史背景——1917 年充满反叛和逃兵的那场战争,也来自那些饱受情感撞击人物的内心深处。……菲利普·克洛岱尔写下一本气氛沉暗、文字朴素但却震撼人心的小说。"